I TALISMANI

Federica Leva

ECHI DALLE TERRE SOMMERSE
Vol. I
(La Saga del Rinnegato)

Sereture Edizioni

9 788894 033311

Copyright
Titolo del libro: *Echi dalle terre sommerse (La Saga del Rinnegato)*
ISBN: 978-88-940333-1-1
Autore: Federica Leva
Sereture Edizioni (VA)
www.seretureedizioni.it

Illustrazione in copertina di © Curaphotography
Mappe a cura di Federica Leva e Roberto Zingarlini

A Roby,
il mio più grande sostenitore

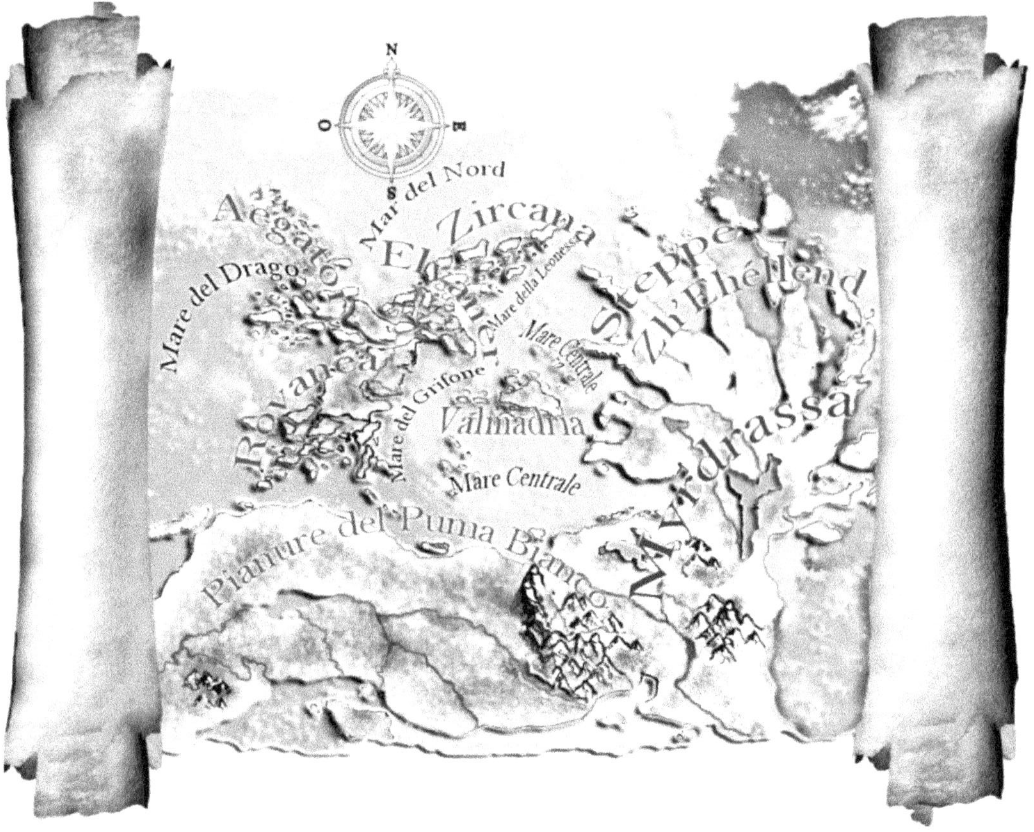
N
O
E
S
Mar del Nord
Zircana
Mare del Drago
Mare della Leonessa
Mare Centrale
Mare del Grifone
Valmadria
Mare Centrale
Steppe
Zh'Ehéllend
Myrdrassa
Pianure del Puma Bianco

Arcipelaghi di Misrenea - Dettaglio

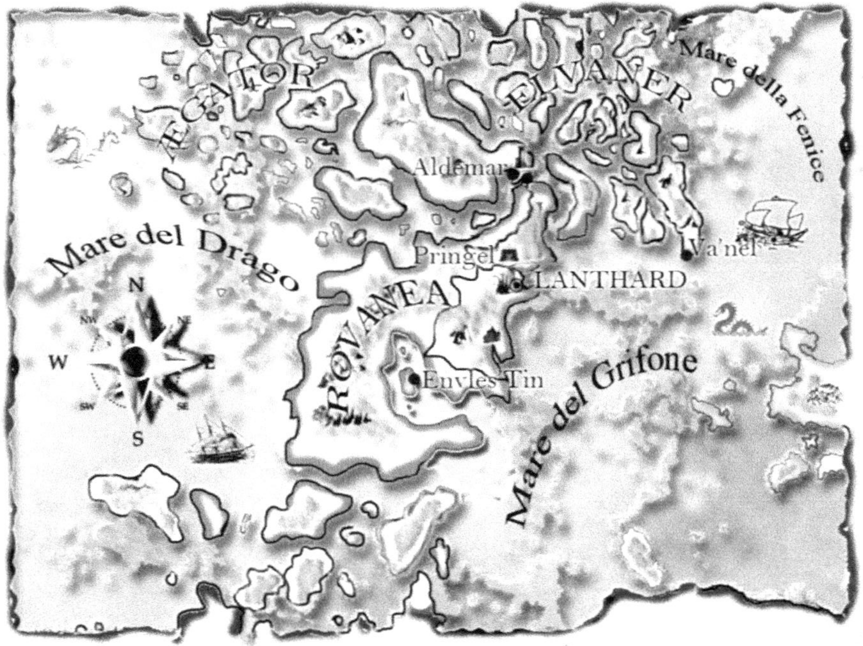

Mare della Fenice
Picco dei Ghiacci
Tempio della
Dea Melyss
Va'nel
Isola madre
di Elvaner

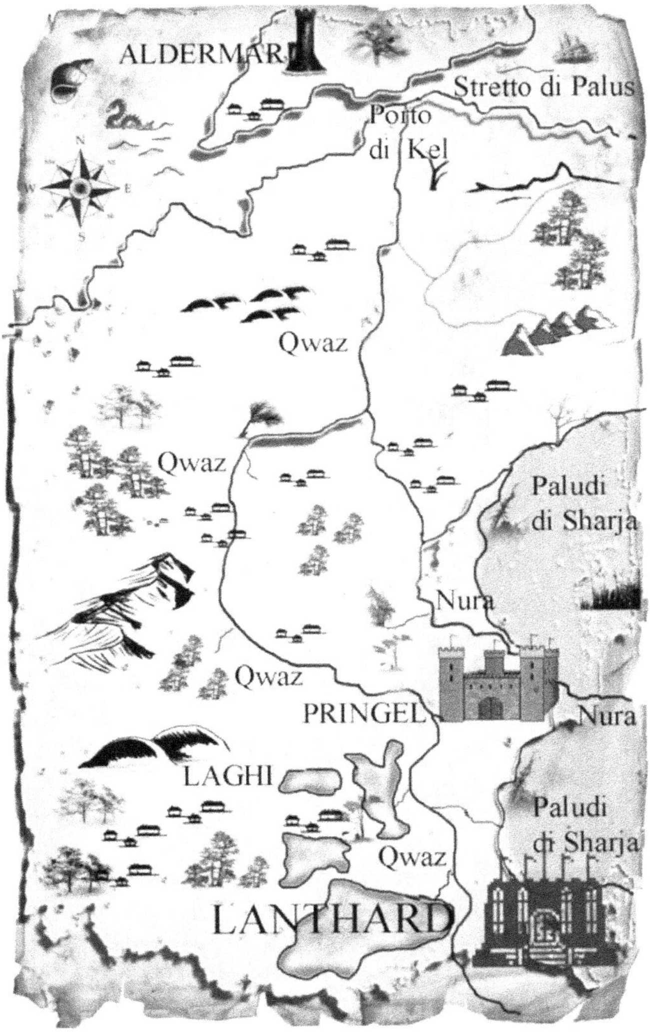
ALDERMAR
Stretto di Palus
Porto
di Kel
Qwaz
Qwaz
Paludi
di Sharja
Nura
Qwaz
PRINGEL
Nura
LAGHI
Paludi
di Sharja
Qwaz
LANTHARD

PROLOGO

«Un tempo» mormorò Verlana, in piedi davanti alla finestra «L'alba aveva una sua bellezza, nonostante tutto. Allora c'era il sole e i prati erano verdi e sconfinati. Talvolta, il grande Dio dei Ra'muss cavalcava in cielo con il suo carro argentato, spruzzando di scintille stellate il fuoco dell'aurora. Adesso, il sole si è spento e l'erba ha il colore della cenere e odora di carne bruciata...»

Alle sue spalle, una giovane donna si tormentava i lunghi capelli castani, fissando il cielo grigio con occhi pieni di terrore.

«Sì, anche il sole si è nascosto per non vedere» bisbigliò. «Gli uomini non possono ribellarsi al volere degli Dèi! Oh, cosa accadrà, adesso?»

Verlana si volse, e la strinse fra le braccia. Sotto gli stracci di lana stinta, la sentiva tremare di freddo e paura.

«Kasara sarà presto di ritorno, piccola Lunaverna» la confortò, accarezzandola con le mani irruvidite dalla schiavitù. «Lui saprà che cosa fare.»

«Non voglio lasciare il villaggio! Hal'Bitshni ci troverà, ovunque andremo, e ci massacrerà!»

«Ma non possiamo restare e nemmeno ritornare in città. Ormai, la rivolta è iniziata e non possiamo più fermarla.»

Verlana si scostò dalla finestra. La pelle color dell'ebano, un tempo luminosa, ora sembrava cinerea, nel lucore spettrale dell'alba. «Quando il Dio degli Schiavi si risveglierà, saprà quel che è accaduto alla Casa dei Mirti e ci condannerà tutti a morte sicura. Dobbiamo fuggire!»

In quel momento, sotto il porticato ci fu un trepestio di sandali e di zoccoli ferrati, e un calcio vigoroso spalancò la porta della stalla. Frastagliati dai bagliori lattescenti che dardeggiavano sulla città, sulla soglia apparvero due uomini dalla pelle d'ambra, in assetto da guerra: erano nudi fino alla cintola, ma corazzati in cuoio e bronzo attorno all'inguine e dalle ginocchia sino ai sandali di sughero. Ai fianchi e a tracolla portavano spade ricurve e archi. Il più massiccio teneva avvolta attorno al braccio, simile a un grosso serpente addomesticato, una frusta a cinque teste. Al suo ingresso, gli artigli di ferro fissati alle estremità urtarono l'uno contro l'altro, levando un cupo clangore, carico di minacciosi presagi. Era stato re, un tempo, e in lui riviveva, nello sguardo e nel portamento, la fierezza di una dinastia che neppure l'ultima guerra degli uomini aveva potuto annientare. Sulla strada, qualcuno attendeva; si sentiva un parlottio indistinto, accompagnato da passi nervosi sul lastricato sbrecciato.

Spaventato dai due guerrieri, alti, abbronzati e dallo sguardo terribile, un bambino biondo corse a cercare rifugio nelle braccia di un'altra donna, celata nell'oscurità, che l'accolse in un abbraccio avido.

«Gjilanira!» gemette il piccolo, e lei gli mormorò qualche parola dolce, sfidando gli uomini con sguardo scintillante. Se Kasara, quel marito barbaro che non aveva mai voluto, avesse provato a portarglielo via, l'avrebbe difeso con graffi e morsi. Avrebbe potuto essere suo, quel figlio dei Ra'muss dai capelli chiari, così simili a quelli dei bambini che le erano stati uccisi, quando la loro città era caduta, tre anni prima.

Si udì il vagito di un neonato, lì accanto, seguito da un altro, e Lunaverna prese due gemellini adagiati sulla paglia, e se li attaccò al seno.

L'uomo con la frusta catturò le donne con uno sguardo rapace, che ben celava l'affetto e l'apprensione che lo agitava. «Siete pronte?» domandò, bruscamente.

Verlana gli s'avvicinò. «È proprio necessario, Kasara?» lo implorò. «Allontana le ragazze, salvale! Sono giovani e ti hanno dato dei figli. Ma io... Concedimi di restare al tuo fianco. Sono vecchia e non avrò più l'onore di partorirti un erede. Lascia che condivida la tua sorte e che assapori l'orgoglio d'essere tua moglie, prima della fine.»

«Donne, il Re dei Ra'muss è morto, ma Hal'Bitshni non avrà misericordia per nessuna di voi, se rimarrete» replicò lui, scorrendo con freddezza i volti tremanti delle mogli. «I carri sono già pronti e le consorti degli altri ribelli vi attendono al Bivio Incrociato. Andate e portate in salvo i miei figli. Già troppi me ne ha uccisi questa maledetta guerra. Su, via!» E poiché esitavano, il suo tono divenne più aspro: «Osate ribellarvi a vostro marito, misere sciocche?»

Le spinse fuori con sgarbo, ma la stretta sulle loro braccia aveva una strana e inconsueta dolcezza, una carezza burbera, impacciata. Sfiorò i capelli delle due mogli più giovani, sorrise debolmente al bimbo Ra'muss, che lo guardava di sottecchi, tremando di paura, e si soffermò a contemplare commosso i due gemelli, assorti a poppare beatamente al seno della madre. Li prese in braccio, uno a uno, e alitò dolcemente nelle loro boccucce aperte, benedicendoli con un antico rituale Harana.

«Dunque sono nati, a dispetto di tutte le violenze che la loro impavida madre ha dovuto sopportare per mano dei Ra'muss. Abbi cura di loro, Lunaverna» le raccomandò, in tono sommesso. «Se moriremo, gli Harana vivranno ancora attraverso i nostri figli.»

Con la gola annodata dal pianto, Lunaverna si limitò ad assentire, e salì sul carro, aiutata da Gjilanira. Kasara arretrò e allungò un braccio per trattenere con sé Verlana. L'aveva amata, un tempo, prima d'essere gettato nel recinto degli schiavi del Dio Hal'Bitshni e d'aver incontrato la coraggiosa Krysalide, ma ogni suo tratto apparteneva già ai ricordi e la mano che lo stringeva, un'implorazione disperata, era più lieve delle piume dei sogni.

«Non andare al tempio» lo supplicò la moglie. «Non morire per lei.» E poi, consapevole che nessuna preghiera avrebbe dissolto l'incanto che l'aveva accecato, mormorò: «È tanto bella, la sapiente del Dio-demone? Le hai tolto il velo, quando l'hai portata sul tuo letto?»

La voce di Kasara divenne ruvida. «Non sono fatti che ti riguardano» ribatté. «L'avevo salvata e mi apparteneva. Potevo farne quel che volevo, lo sai: è la legge degli Harana.»

«Dunque, è come pensavo...»

«No. Nonostante la volessi, non l'ho forzata a soddisfarmi.» A quel ricordo, la voce gli s'incrinò e gli occhi gli si velarono di rimpianto e nostalgia. «Mi è costato, ma ho trovato la forza di lasciarla andare, perché il mio amore non diventasse morte, per lei.»

«E ti è sfuggita di nuovo, vero?» Verlana allungò una mano a sfiorare una ciocca di capelli bianchi e setosi legati all'elmo del marito. «Ti ha lasciato solo questi, come segno del suo favore.»

Kasara si passò una mano sul volto sudato, un gesto stanco. «Un tempo mi hai maledetto, Verlana, e gli Dèi ti hanno ascoltata, riempiendomi il cuore di dolore. Era quello che volevi. Che questo ti rallegri, moglie mia...»

Lei sollevò una mano per zittirlo. «È stato tanto tempo fa e gli Dèi non sono disposti ad ascoltare le preghiere di una donna disperata. Non ho mai voluto questo, per te... per noi... Mi hai sposata ch'ero schiava e sterile, disobbedendo alla legge dei tuoi padri, e per questo ti seguirò anche nella morte. Ma anche se vivessimo altre mille vite, so che non potremmo essere mai felici, insieme, perché la tua anima non è mai stata davvero legata alla mia.» Gli fece cenno di tacere, perché lui aveva accennato a ribattere. «No, non dire nulla, il nostro tempo finisce adesso. Se mai sopravvivremo all'ira di Hal'Bitishni, la mia luna s'allontanerà sempre più dal tuo sole e nulla, nemmeno il volere di un Dio, potrà più farle ricongiungere.»

Non attese che Kasara rispondesse e uscì avvolgendosi nel grezzo mantello di pecora. Le altre spose erano state caricate su un carro, assieme ai figli. Gjilanira, la moglie dai capelli biondi, fissava risoluta l'orizzonte, ma Lunaverna teneva gli occhi bassi, serrati in un cipiglio ombroso. Solo per un momento lanciò un'occhiata al tempio eretto sul monte, borbottando un'imprecazione contro il Dio. «Almeno non avrai il sangue dei miei bambini, maledetto!» Poi, stringendo a sé le sue creaturine, scoppiò in singhiozzi.

Verlana salì a cassetta e, senza voltarsi per un ultimo cenno di saluto, frustò il misero cavallo che gli uomini avevano trafugato dalle stalle dei padroni e il carro ciondolò sulla sterrata. Kasara rimase a guardarlo mentre si allontanava e, nel vederlo scomparire dietro una curva, ebbe la dolorosa sensazione che non avrebbe rivisto mai più la sua famiglia. Ma non aveva tempo per la malinconia. Imbracciò lo scudo ovale e tornò a volgersi ai compagni.

«Zamaka, Gresutu, radunate gli uomini. Attaccheremo il sacrario prima che risuonino i gong della preghiera del mattino.»

Zamaka sollevò il volto alle ultime stelle che svanivano in cielo e il suo sguardo s'incupì.

«La luna rossa è entrata nella fase crescente e la costellazione del Lupo Predatore è oscurata» mormorò. «Gli astri non ci sono propizi.»

«Allora dovremo combattere senza la loro benevolenza» Kasara saggiò con un dito il filo di un pugnale di bronzo e lo ripose nel fodero fissato alla cintura. «Cinquanta schiavi verranno con me e distruggeranno le effigi del Dio nella Camera dei Fedeli. Voi passate per il giardino delle sapienti e conducete Krysalide nel boschetto di mirto, in attesa che venga a prenderla. Se dovesse accadermi il peggio, bada tu a lei, Gresutu. Ti ha visto al mio fianco al palo delle torture, e non ti temerà.»

«Lo farò, fratello» giurò il guerriero. «La difenderò come se fosse mia.»

«Va' e sii prudente» Gli strinse le spalle nel consueto saluto dei condottieri Harana e l'abbracciò. «Anche tu, Zamaka... La morte ci colpirà entrambi, se il Dio ti sopraffarà. Addio.»

Si separarono, seguiti da alcuni ribelli. Anche Kasara si soffermò a scrutare il cielo. Zamaka aveva ragione, gli astri non erano nella posizione favorevole per una rivolta contro il Dio dei Ra'muss . Ma ci sarebbe mai stato un giorno in cui lo sarebbero stati? Con passo sicuro, risalì la sterrata che conduceva a uno spiazzo affacciato sul mare, dove l'attendevano i suoi uomini. Sopra di loro, la cupa ombra del tempio s'allungava sulla città sottostante come l'ala di uno sparviero.

«Sto arrivando, Hal'Bithsni» ringhiò lo schiavo-re, mostrando i denti bianchi, da lupo.

Il momento della rivalsa, o della morte, era ormai giunto.

E la terra tremò.

Dodicimila anni più tardi, Arcipelago di Misrenea

PARTE PRIMA

Ascolta, uomo di Dio, non è una profezia!
La ruota del Karma gira per un suo fine,
non per cospargere d'oscuri enigmi
il cammino dei mortali e degli Dèi.
Il tempo è un cerchio infinito,
e ciò che è stato si ripeterà.
Un dio dal nome dimenticato
Tuonerà la sua aspra vendetta
e il sangue del sacro sangue
gli camminerà incontro.
Come nei tempi perduti
tremeranno le terre,
si sfalderanno le costellazioni
e dal letto degli abissi
si solleveranno gli oceani.
Allora, dai Sacri Cerchi
anche gli Dèi si affacceranno attoniti
e per il mondo sarà o leggenda o eterno oblio.

(Tratto dai Codici Drom del tempio di Envles'tin, Rovanea)

Echi dalle Terre Sommerse

Anno 3345, secondo il Calendario dei Sacerdoti del Tempio del Dio Ályshan.
Arcipelago di Elvaner, in Misrenea, Mese delle Verdi Gemme, Primavera.

1

Sapeva che suo padre si sarebbe irritato, se l'avesse saputo, ma quel pomeriggio il richiamo delle placide acque del mare, quasi immobili davanti al promontorio dell'isola, lo attraeva più che mai. Una decina di giorni prima c'era stata una piccola scossa di terremoto e Tresan sperava che qualcosa si fosse smosso sul fondale, riportando sopra la sabbia qualche vestigia dell'antica città che giaceva là sotto da tempo immemore. In verità, nessuno credeva che quei blocchi di pietra fossero i resti di una civiltà senza nome e forse lui era il solo a pensarlo, ma non gl'importava. Anche se aveva solo tredici anni, non appena ne aveva l'occasione sfuggiva alla sorveglianza di suo padre, Aldric Hardan, Sopracavaliere delle isole di Elvaner, e correva giù alle spiagge per tuffarsi fra le onde, inventandosi storie fantastiche sugli abitanti di quelle rovine e su come fossero morti.

Il sole era appena sospeso sopra un isolotto lontano, pallido fra la bruma biancastra dell'orizzonte, quando Tresan s'immerse nell'acqua fredda. Con ampie bracciate, raggiunse il punto in cui erano distese le spoglie della città. Le aveva scoperte due anni prima, quando gli avevano detto che nessuno andava mai a nuotare sotto il promontorio, perché era maledetto. Neppure i pescatori passavano con le lampare, di notte, e quei pochi che avevano osato sfidare le leggende erano rientrati raccontando storie di volti spettrali che emergevano dalle onde e di voci che sibilavano nel vento. Ribellandosi al divieto di suo padre, Tresan si era fatto accompagnare in barca da un pescatore a poco più di un centinaio di braccia dalla riva e si era tuffato fra i ruderi di quella che un tempo sembrava essere stata una scalinata di sasso. Pazzo di gioia, si era aggirato fra le rocce fino a quando aveva avuto fiato, certo di trovarsi fra le mura di una città dimenticata. L'eccitazione di quella scoperta era stata mitigata dalla collera di Aldric, che quella sera l'aveva atteso sul portale del palazzo assieme ad Ar, il suo servo personale, battendo sul palmo della mano una sferza di corda.

«Cosa volevi dimostrare, scellerato?» aveva tuonato. «Se oserai addentrarti in mare ancora una volta senza il mio consenso, ti spedirò in miniera, te lo giuro sulla memoria di tua madre! Ho già abbastanza grattacapi senza dovermi curare anche delle tue pazzie!»

Ma anche se la parola del Sopracavaliere era legge, sulle isole, e Tresan ambiva a soddisfare il padre più d'ogni cosa al mondo, né i dieci colpi di frusta che Ar gli aveva inferto né quella minaccia avevano potuto impedirgli di ritornare a visitare la città sommersa, nei due anni a seguire.

Quel pomeriggio, Tresan rimase in acqua solo per pochi minuti. Nonostante la terra avesse tremato, nei giorni precedenti, non vide nulla di diverso dal solito. Le rocce e i colonnati spezzati, ricoperti da alghe e coralli, erano sempre gli stessi. Non c'erano neppure nuove fratture, sul fondale, e fra i ricci di mare non era emerso nessun coccio da studiare. *Peccato.* Risalì fra le onde e, mentre riprendeva fiato, i venti pungenti di primavera gli colpirono le spalle bagnate, strappandogli un brivido. Era stato incosciente a entrare in mare, quel giorno. Faceva freddo e prima di ritornare a casa avrebbe dovuto risalire al tempio della Dea Melyss per asciugarsi i capelli e cospargerli con il balsamo al gelsomino dei monaci. Se suo padre si fosse accorto che erano inzuppati di acqua salata, non avrebbe faticato a capire dov'era andato, e il suo servo personale gli avrebbe consumato la schiena a forza di sferzate. Senza perdere altro tempo, inghiottì un generoso fiotto d'aria e ritornò sul fondale. Le ombre dei massi lo accolsero con un abbraccio benevolente e silenzioso.

Chissà com'era vivace questa città, quand'era popolata da uomini e donne! fantasticò. *Era grande, di sicuro, e sorgeva su un colle. Tutte le grandi città sorgono su un colle.* Scese a sfiorare con la mano una roccia dalla vaga forma d'aquila. *Qui sorgeva il palazzo reale, e l'aquila era il suo simbolo. Era senz'altro così. Dopotutto, Elvaner fa parte dell'Arcipelago dell'aquila...*

Aveva ancora un po' di fiato e, passando attraverso un banco di castagnole, si spinse laddove il fondale s'inabissava a picco e l'acqua s'intorbidiva, celando il fondo allo sguardo. Si avvicinò ad alcuni massi che forse un tempo erano stati una casa o parte del palazzo reale, ma non osò addentrarsi fra le alghe che si dondolavano nell'oscurità. *Di tutto quello che è stata questa città, un tempo, non rimane più nulla. Quanti dolori, quante speranze e risa sono svaniti nell'oblio! Che senso ha vivere, se non si lascia nemmeno una traccia di quel che si è stati, dietro di sé?*

Ormai sentiva d'aver bisogno di respirare e accennò a risalire, quando vide qualcosa luccicare fra la rena. La raccolse nel pugno e con poche, rapide bracciate riemerse fra le onde. Non seppe cosa avesse recuperato fino a quando non raggiunse la spiaggia. Allora gettò all'indietro i lunghi capelli bagnati e lo guardò: era un pezzo d'oro in cui era incastonato un piccolo smeraldo. Sotto, s'intravvedevano gli svolazzi di una runa. Mentre lo teneva fra le mani, fu investito dalla consapevolezza di sapere cosa fosse e a chi appartenesse. Scorse il volto di un uomo dalla pelle bronzea, con lunghi capelli neri e vividi occhi verdi, e un altro deformato dalla malvagità e appesantito da folti riccioli rossi. Gli parve di sfiorare i loro nomi e la loro storia, ma un attimo più tardi quella cognizione svanì. Nascose il reperto nella tasca della casacca, si rivestì e, assicurandosi al fianco la spada da allenamento, s'inerpicò sul sentiero che conduceva al tempio.

Come si aspettava, i monaci lo accolsero con gentilezza e gli offrirono uno sgabello accanto al fuoco della cucina. Dopo essersi sistemato i capelli, uscì nel giardino della Dea. Non era tardi, e si recò sul promontorio a rendere omaggio a una tomba che, si raccontava, custodiva le ossa di un re morto prima della comparsa degli arcipelaghi, oltre diecimila anni prima. Di quel re non si sapeva molto, eccetto che era stato un barbaro dalla pelle ambrata, morto schiavo e maledetto dai suoi Dèi. Secondo suo padre non era un Elvaneriano, e forse non era mai esistito, ma a Tresan piaceva credere che le sue spoglie riposassero nell'ombra del grande albero dei rosari, sulla sommità della collina. Attraversò un masso piatto, disteso su un fiume di pietrisco colorato, e si fermò davanti a un semplice sepolcro di pietra.

«Salute a te, Uomo d'Ambra» lo salutò, chinando il capo. «Sono stato nella tua città e ho trovato qualcosa che forse ti apparteneva, quand'eri in vita» Aprì la mano, e lo smeraldo lampeggiò al sole morente. Rimase immobile, in attesa che si compisse un prodigio, ma nessuno spirito emerse dalla pietra, rievocato dai resti di quel gioiello.

Tresan sospirò. Si sentiva sciocco a sognare a voce alta, ma non poteva essere un caso che i monaci ospitassero il corpo di un antico sovrano e che davanti al tempio giacessero i resti di una città sommersa. Una città aveva sempre bisogno di un re e l'Uomo d'Ambra lo era stato, quando le terre erano ancora unite e gli arcipelaghi non erano ancora sorti dai mari. «Eri tu il sovrano delle terre che ora giacciono fra la sabbia e i pesci balestra, o spirito antico?»

Sì, doveva essere così.

Un fruscio alle sue spalle lo fece voltare, e un novizio del tempio gli sorrise da dietro un cespuglio di oleandri. «Parlate con i vostri morti, giovane Tresan?» lo canzonò, avvicinandosi.

Tresan strinse le labbra, a disagio. «Questo morto è anche vostro, Mahair» si difese. «Siete voi monaci a giurare di ospitare quello che resta del Re d'Ambra. Io mi fido della vostra parola.»

Mahair rise. «Se fosse davvero tanto importante, lo conserveremmo in una teca» gli fece notare. «Ma questa vecchia tomba attira ancora qualche pellegrino, di tanto in tanto, e noi siamo grati per gli oboli che riceviamo in suo nome.»

Tresan lo fissò con odio. Come poteva, un uomo della Dea, macchiarsi di spergiuro e deridere così apertamente la devozione dei fedeli? «L'Abate Valjr sostiene che qui giaccia il Re d'Ambra, ed io gli credo!» s'infuriò. «L'Abate non mente!»

«No, naturalmente» Il novizio nascose le mani nelle ampie maniche del saio e s'inchinò. «Perdonatemi, se vi ho offeso, mio principe. Restate pure a pregare fino a quando vorrete. Che la dolcezza della Dea scenda sul vostro cuore e sui vostri pensieri. Addio.»

Si allontanò a capo chino, ma a Tresan non sfuggì l'ombra divertita che gl'increspava le labbra. Nel seguirlo con lo sguardo, mentre svaniva fra i cespugli fioriti, strinse lo smeraldo con tanta forza da ferirsi il palmo con una slabbratura dell'oro. Ma quasi non se ne accorse.

«Non ascoltarlo!» disse con foga alla tomba. «Io credo in te. E credo che tu sia stato il re della città sprofondata nel mare, qui davanti. Uno dei suoi re, perlomeno.»

S'inginocchiò, e ripulì il sepolcro da alcune foglie cadute dall'albero dei rosari.

«Di te si parla nelle leggende, e le leggende raccontano sempre qualcosa di vero» riprese. «I bardi cantano del coraggio con cui hai sfidato una divinità crudele, prima di morire. È vero? Cos'è successo, fra te e il tuo dio?» Si fermò per un istante, attendendo una risposta, che non venne. «Si dice che quel dio ti abbia maledetto per la tua audacia, per questo ti chiamano il

Maledetto o il Rinnegato. Ma per me sei un eroe. Sono così onorato di averti sulla mia umile isola! E se davvero sei vissuto qui, forse...» La voce gli si spezzò dall'emozione. «Forse siamo legati da un vincolo di sangue» Anche le mani gli tremarono. «Eri forse un mio avo, o re?»

Era un pensiero che lo eccitava da tempo, ma non aveva mai osato dar voce alla sua speranza. Se la città sommersa era appartenuta al Re dalla pelle d'ambra, non era improbabile che in qualche modo fossero uniti da un legame di parentela. *Io, discendente di un uomo che vive nella leggenda! No, ora sto correndo troppo, con i sogni!*

Ma era esaltante sperare di possedere il sangue di un antico re; e, se aveva ragione, doveva tributargli le preghiere riservate agli Antenati. Aprì le braccia e fissò il mare, laddove giacevano i resti della città sepolta.

«Proteggimi e benedicimi, Spirito Buono» invocò. «Sorveglia il mio passo, affinché non debba mai cadere, rinforza il mio braccio, perché possa sostenere i più deboli, e dona saggezza alla mia bocca, cosicché possa pronunciare solo parole care agli Dèi» Si baciò due dita e le posò sulla pietra. «Per il mio sangue, che discende dal tuo, addio.»

Dal tempio risuonarono i gong della sera e Tresan si alzò senza indugiare. Doveva correre a casa e, se fosse stato abbastanza veloce, avrebbe evitato ancora una volta la sferza dei servi di suo padre.

Il Drangor Volèn lo aspettava, ombra fra le ombre della sera, nel boschetto che abbracciava il palazzo del Sopracavaliere Aldric Hardan, un'antica fortezza arroccata su una collina che dominava l'isola di Elvaner, a nord est del vasto Arcipelago chiamato Misrenea. Lo sentì avvicinarsi di corsa, con passo troppo pesante per essere un buon corridore, ma agile e scattante come una pantera. Gli parve di vederlo risalire il sentiero, lasciandosi alle spalle la sacra collina della Dea Melyss, come se avesse avuto ancora il perduto dono della Vista. Poi lo scorse davanti a sé, i lunghi capelli trattenuti da un legaccio di cuoio, simili a una fiamma scura, e si ritrasse dietro a un albero, svanendo nel verde fosco dei rami bassi.

Tresan non lo notò. Ombreggiato dal crepuscolo, spingeva i passi affaticati verso la fortezza nascosta nell'intrico degli alberi. La pesante spada legata al fianco gl'intralciava i passi, ma non cedette all'impulso di scioglierla dalla cintura per lasciarla cadere a terra e con uno slancio finale si inerpicò sull'ultima rampa. Rallentò soltanto quando la boscaglia si aprì sulla sommità della collina, mostrandogli il palazzo del padre. Allora si concesse un sorriso e si passò un braccio sulla fronte sudata.

«*Pure gli Shelavin gloriosi avrebbero ceduto la strada al Re d'Ambra, il Maledetto dagli Dèi*» citò una voce, alle sue spalle. «E come lui, giovane guerriero, hai sfidato e vinto il vento.»

Tresan si volse di scatto, e l'uomo emerse dalle querce lasciandosi l'oscurità alle spalle, come un lungo manto ornato di fronde verdeggianti. Era alto e robusto, e vestiva di cuoio nero. Non era più giovane. Nei capelli brizzolati brillavano gocce di luce argentea inventate dal vespro, ma il volto aveva un'età indefinibile. Poteva avere cinquant'anni o cento, o mille. O anche di più.

«Come?» lo canzonò, e i saggi occhi ardesia brillarono, derisori. «Non conosci i canti degli antichi poeti, Tresan? A questo si deve porre rimedio.»

D'istinto, Tresan afferrò la spada che portava al fianco. «Chi siete?» lo affrontò. «Mi avete chiamato per nome... Come fate a sapere chi sono?»

Gli occhi gli corsero all'unicorno impennato su una mezzaluna di stelle che campeggiava sul giustacuore dello sconosciuto. Non era lo stemma di un casato di Elvaner e neppure quello di una delle numerose famiglie nobiliari che vivevano alla corte del Re, in Rovanea. Lentamente, iniziò a sfilare la spada dalla guaina e Volèn si fermò.

«Mi chiamo Volèn e vengo da Aldemar, ma immagino che tu non mi conosca. Sono qui per parlare con tuo padre. Potresti accompagnarmi da lui?»

Tresan esitò, scrutandolo di sottecchi. Anche se era vecchio, Volèn sembrava vigoroso e se avesse voluto fargli del male non avrebbe perso tempo in chiacchiere. Si passò la lingua sulle labbra. Cosa fare? Non c'era motivo perché gli nuocesse, era solo un figlio cadetto e non valeva nemmeno una briciola dell'argento delle miniere di Elvaner. Lui no, forse... Ma se avesse voluto essere scortato a palazzo per aggredire suo padre? Ah no, impossibile! Anche se al fianco portava uno spadone possente e il pugnale infilato nella cintura era senz'altro più affilato di un rasoio, Aldric gli avrebbe mozzato via la mano ancor prima che fiatasse. Non aveva nulla da temere. Sciolse la stretta attorno all'elsa e annuì.

«Certo, straniero. Vi attende?»

«No, le mie visite sono sempre impreviste. Io vado e vengo come i pensieri nella notte. Chi mi conosce sostiene che sia il Signore dei Sogni e che li possa comandare a mio piacimento.»

«Nientemeno… E lo siete?» Negli occhi nocciola di Tresan passò un bagliore divertito e Volèn gli ricambiò il sorriso.

«Io sono molte cose» rispose, evasivo. «Un guerriero, un druido... e un uomo. Sogni spesso, Tresan?»

«A volte. Sogni strani, inquieti. Accade soprattutto nelle notti in cui la luna rossa risale da sola nel cielo e ogni cosa pare lavata nel sangue. Mio fratello ritiene che… Ma non vi può interessare, signore.»

Il vecchio contrasse gli occhi come se fosse accecato dai bagliori del crepuscolo.

«Tuo fratello ritiene che siano indotti da un animo pauroso, indegno di un figlio di Aldric Hardan» concluse per lui. «Ma sbaglia. I sogni ispirati da Athera non sono mai di poco conto» Sorrise dello stupore di Tresan. «Un giorno, se vorrai, me ne parlerai. Ora mostrami la strada. Ho fatto un lungo viaggio per giungere fin qui e sono stanco.»

«Gli amici di mio padre sono i benvenuti nella sua casa. Seguitemi, signore.»

Lo condusse nel cortile, bussò al portale di ferro e bronzo in cui era intagliata una fenice ad ali spalancate e una serva gli aprì. Entrarono in un'anticamera affrescata in oro, azzurro e porpora, che nei tempi lontani era stata la camera nuziale dei principi dell'isola. Attraversando un corridoio arieggiato da ampie finestre, risalirono al primo piano ed emersero in un vano affacciato sui giardini del palazzo.

Tresan indicò un corridoio immerso nelle ombre. «Laggiù si trovano le stanze di mio padre» disse. «Aspettatemi qui, signore. Gli annuncerò il vostro arrivo.»

Ma Volèn non lo ascoltava. Si accostò a un'alta finestra e con nostalgia inseguì il gioco affascinante delle piscine che occhieggiavano fra le siepi, sotto gli alberi smossi dalla brezza della sera. Ricordava i tempi in cui quelle terrazze coltivate erano state boschi e prati selvaggi. Due o tremila anni prima, calcolò. A quel tempo, la terra era ancora percorsa dal vento della magia e la Gilda degli Shelavin era potente e rispettata, e lui era chiamato da tutti *Drangor*, Mago Eccellente. In quel momento, un'eco di passi lo richiamò sotto le arcate del corridoio e, fra i marmi di due leoni che vegliavano il passaggio, apparve Aldric Hardan, alto, muscoloso e bruno.

«Padre...» mormorò Tresan, improvvisamente a disagio.

Aldric li scrutò da sotto le folte ciglia scure e accennò a parlare; poi riconoscendo Volèn, impallidì. «Tu qui! Ero certo che saresti tornato. È per...?»

Gli occhi guizzarono smarriti sul figlio, simili a un lampo nero, e l'apprensione gl'inspessì la voce, rendendola brusca:

«Lasciaci!» ordinò a Tresan. «E di' a tuo fratello di non aspettarmi per cena. Io e l'ospite abbiamo questioni importanti di cui discutere.»

Con un lieve inchino, Tresan prese congedo e si ritirò nella sua camera. Ripose il gingillo che aveva trovato sott'acqua in uno scrigno di cedro nascosto sotto il letto, dove racchiudeva tutti i suoi piccoli tesori, indossò una tunica di lana azzurra e si recò nell'appartamento di suo fratello Rupens per cenare.

«Nostro padre non si unirà a noi» annunciò, entrando. «È nelle sue stanze con uno straniero e discuteranno fino a tardi.»

«L'ho visto arrivare» Suo fratello si scostò dalla finestra che guardava sul cortile, e sedette al tavolo imbandito per la cena. «Un guerriero inviolato dal tempo, vecchio eppure eternamente giovane.»

«Non so chi sia, ma sostiene d'essere il Signore dei Sogni.»

«Allora ho capito chi è. Nostro padre mi ha detto che è un mago sopravvissuto alla vecchia stirpe Shelavin.»

Tresan s'appollaiò sul suo sgabello e con l'indice imburrò una fetta di pane di segale. «La magia non esiste» obiettò, leccandosi il dito sporco. Rupens evitò di guardarlo, infastidito.

«Una volta esisteva» lo contraddisse. «Fino a mille o duemila anni fa, dopodiché è scomparsa.»

«Sarà.»

Suo fratello si servì dal piatto di portata e licenziò i servi. «Ho già incontrato quell'uomo, quand'eri piccolo» riprese, quando rimasero soli. «Voleva conoscerti, ma nostro padre proibì che gli venissi mostrato e ritornò alle sue montagne senza aver apposto il suo sigillo su di te.»

Tresan si stava versando del tè freddo da una brocca e si fermò, stupito. «Era venuto per conoscere... me?»

«Ricordo che ha chiesto più volte di vederti» Rupens gli porse il proprio calice perché glielo riempisse e mentre lo riprendeva, proseguì: «Prima di andarsene, disse che sarebbe tornato quando avessi offerto i tuoi capelli di fanciullo al focolare della terra. É strano che sia venuto adesso. Sei ancora un ragazzetto e non supererai i riti della virilità prima di tre o quattro anni ancora.»

«Nostro cugino Borr intende proporre al consiglio degli anziani di tatuarmi prima dell'età virile» ribatté Tresan, risentito. «Cavalco come un uomo e quando avrò quindici anni sarò pronto per combattere accanto a te e a nostro padre sotto il vessillo di Elvaner.»

Rupens spezzò il pane di farina di grano e rise: «Quando avrai quindici anni potrai portare le nostre armi, ma non cavalcare alla testa dei nostri soldati. Da quando hai queste sciocche fantasie? Hai compiuto tredici anni all'Equinozio di Primavera e saper domare un cavallo non è un merito sufficiente per portare il tatuaggio della fenice o comandare i nostri cavalieri. Non hai mai vinto neppure i giochi dell'isola!»

Tresan represse a stento una risposta insolente e strinse i pugni sul tavolo. «E questo che significa? Sai bene che non posso vincere! Ho gareggiato fin da piccolo con ragazzi di gran lunga più grandi di me… Anche contro di te, che adesso hai vent'anni!»

«Nessuno ti costringe, fratellino» gli fece notare Rupens, con un mezzo sorriso. «Puoi ritirarti quando vuoi» Ma, notando l'espressione corrucciata di Tresan, aggiunse, raddolcendosi: «Quando crescerai, potrai ambire anche tu a una vittoria e in giochi ben più prestigiosi di questi, che sono solo un passatempo per i ragazzi di Elvaner. Neppure io ho mai vinto nulla di ragguardevole, prima di diventare uomo, e ora ho già trionfato in tutti i tornei di strategia degli arcipelaghi riuniti e il re in persona mi ha premiato con una coppa d'oro, lo scorso anno.»

Tresan si morse le nocche, nervoso. «Lo so, sei stato magnifico. Gli Dèi sanno che darei l'anima per assomigliarti almeno un po'!»

«Un giorno mi rassomiglierai. Forse quell'uomo è qui per portarti via con sé, sul monte Aldemar. Si racconta che ogni anno scelga qualche fanciullo fra i figli delle isole e li porti nella sua fortezza, oltre le nebbie dei mari, per crescerli come guerrieri e druidi.»

«Pensi che sia venuto per questo?» C'era un velo di speranza, nel tono di

Tresan. «Ho sentito parlare di quel posto. È una fortezza in cui vengono allevati i più grandi guerrieri dell'Arcipelago, giusto? Io sono un cadetto, e quando avrò superato l'età virile potrò ambire soltanto a servire la nostra casata o quella reale, e i Davlèjn giurano, innanzi tutto, fedeltà al re.»

Rivolse uno sguardo assorto al camino acceso. Aveva visto un guerriero Davlèjn a riposo, l'estate precedente, ed era rimasto incantato dalla sua eleganza, dai volteggi della sua spada micidiale e dal modo incantevole con cui suonava il *ghirr,* la piccola cetra di Elvaner. Si era trattenuto a palazzo per qualche giorno e gli aveva mostrato un combattimento impugnando due spade, e aveva riso quando Tresan aveva cercato d'imitarlo, cadendo goffamente nell'erba. Diventare come lui, un cavaliere di lava e acciaio... Era più di quanto avesse mai osato sperare. Si schiarì la voce e riprese, alzando lo sguardo su Rupens: «Se Volèn mi volesse con sé, dovrei seguirlo?»

«Se Volèn ti vuole e nostro padre approvasse, non ha importanza ciò che desideri. Partirai con lui e farai ciò che è giusto per te e per la nostra casata.»

«Allora prego che sia così. Sarei felice di diventare una guardia scelta del re.»

Cercò con lo sguardo le luci del tempio, oltre la finestra, e si sentì invaso da un fremito di speranza. *Dea, fa' che mi voglia! Sopporterò qualunque addestramento, anche il più duro, se necessario, ma voglio diventare come Rupens e scoprire che mio padre è finalmente orgoglioso di me. Ascolta la mia preghiera, Dolce Signora, e quando porterò l'unicorno impennato sulla casacca, anche tu mi sorriderai, dall'alto del tuo Cielo. Te lo giuro.*

2

Era scesa la notte e ancora le stanze del Sopracavaliere non si erano aperte, da quando Volèn era giunto a palazzo. Incapace di prendere sonno, Tresan uscì a passeggiare nel giardino e notò che le finestre dello studio del padre erano ancora illuminate. I tendaggi socchiusi lasciavano intravedere due figure che discutevano animatamente attorno al tavolo ovale. Forse parlavano di lui, del suo avvenire, e nel sangue gli scorse un brivido d'impaziente curiosità. Per un momento esitò, poi si guardò attorno per accertarsi di essere solo, s'arrampicò su un tiglio e, tendendosi come un gatto, si lanciò sul cornicione del palazzo. Si mosse con prudenza, e dopo essere passato accanto alle vetrate di un corridoio deserto e alle finestre della stanza di Rupens, scivolò silenziosamente sulla terrazza del padre. S'acquattò nell'ombra e, sporgendosi nello spazio aperto fra i tendaggi, vide Aldric alzarsi dalla sedia e portarsi alle labbra un calice di vino rosso per trangugiarlo d'un fiato. La sua voce, grave e possente, lo raggiunse solo leggermente ovattata dalle lastre di vetro soffiato delle alte portefinestre.

«Ne abbiamo parlato fino a stancarci» ruggì Aldric, sbattendo il calice sul tavolo ancora imbandito con ceste di frutta e brocche di vino. «E la mia risposta non è cambiata.»

«Nemmeno la mia insistenza» ribatté Volèn, seduto a gambe accavallate su uno scranno che voltava le spalle alla vetrata. «Voglio Tresan. Non puoi rifiutarmelo.»

Dalla sua posizione, Tresan vedeva chiaramente il volto del padre, illuminato dai candelabri. Era paonazzo per l'ira.

«Non posso? Per gli Dèi, certo che posso! Non l'avrai nemmeno se m'ammazzassi!»

«Non ho mai preteso tanto, ma non ti appartiene più degli stivali che indossi, stolto! E lo sai...»

Non gli apparteneva? Tresan non capiva. Aveva lo stesso volto e le stesse fattezze di suo padre, era senz'altro suo figlio... Che significavano, quelle parole?

«Il bambino non ha neppure una goccia di potere e non maneggia la spada meglio dei suoi compagni d'arme» riprese suo padre, spaccando il guscio di una mandorla nello schiaccianoci di legno corniolo. «Inviarlo ad Aldemar non gli sarebbe d'alcuna utilità. Getterebbe disonore sul suo nome e sul mio. No, vecchio» Esaminò la mandorla alla luce delle candele e la scagliò rabbiosamente nel camino. «Resterà a Elvaner a servire me e suo fratello fino a quando avrà respiro. Così ho deciso.»

Volèn s'alzò dalla sedia e gli si avvicinò con il passo leggero e sicuro di un guerriero. Tresan lo fissò trattenendo il fiato. Suo padre, che pure era più giovane, non era mai stato tanto possente e nel contempo così aggraziato.

«Dunque, è questo che vuoi?» La voce del Drangor era bassa, quasi minacciosa. «Imprigionarlo qui come una donna in un serraglio, per servire suo fratello come uno scudiero qualunque? Non essere ridicolo! Te ne ho già parlato… La sua mappa della nascita è più intricata di quella del re e, anche se diffido dell'astrologia, credo in qualcosa di ancor più ancestrale delle orbite dei pianeti e degli Dèi stessi… Il Legame delle Anime.»

A quelle parole, un brivido gelido corse lungo la schiena di Tresan e il suo pensiero andò, irrazionalmente, al mare.

«Per gli Spiriti, Volèn!» Aldric sembrava incredulo. «Non crederai davvero a simili leggende! E magari» riprese, in tono di scherno. «Hai persino letto il suo futuro? Cos'hai previsto, per lui? Combattimenti, sangue e gloria? Diventerà forse il signore di tutti gli arcipelaghi? Non sapevo che fossi anche un cartomante…»

Volèn ebbe un gesto indispettito. «Non osare, Aldric! In seimila anni ho letto più carte della nascita di quante volte tu abbia respirato in tutta la tua vita, e non ho dubbi. Tuo figlio ha le qualità per diventare un Davlèjn ed è per questo che sono venuto a reclamarlo. Non puoi rifiutare. I Davlèjn appartengono al re, non al seme che li ha generati.»

Aldric abbassò il capo, armeggiando con una brocca, ma non versò il vino nel bicchiere alzato.

«Il nostro amato re, che i suoi Avi lo benedicano, ha altri Davlèjn al suo servizio» mormorò. «Non ha bisogno anche di mio figlio.»

«Non è il pensiero di un suddito fedele e neppure quello di un padre amorevole» obiettò Volèn, in tono più conciliante. «Sai bene che nella carta di Tresan ruotano le Stelle Cacciatrici e questo significa una cosa sola: anime dannate entreranno nella sua vita per gettare sventura su di lui. È questo che vuoi?»

Tresan trattenne il respiro, sbalordito, e appiccicò il volto al vetro, perché oltre non poteva andare. Di cosa stava parlando, quello straniero? C'erano cose che non aveva capito, nei suoi discorsi. Che cos'erano le Stelle Cacciatrici? Presagi di sofferenza, intuiva, ma perché gravitavano nella sua mappa del destino? Non aveva nemici, era in buoni rapporti con tutti, sull'isola, anche con i contadini e i pescatori. Una cosa, tuttavia, gli era chiara: Volèn voleva insegnargli le arti segrete del combattimento Davlèjn e, sebbene indossare lo Stemma del Cavallo Cornuto fosse un grande onore, suo padre era risoluto a non lasciarlo partire. Perché?

Aldric alzò le spalle con indifferenza. «Ci sono così tanti cieli, nella mappa di una persona» commentò, posando il calice vuoto sul tavolo, vicino a un cesto di frutta fresca. «Chi può sapere chi s'incontrerà, nella vita? In quanto alla malasorte… chi non soffre, prima di morire?»

Tresan vide Volèn passarsi una mano sul volto, esasperato.

«Aldric, non ho mai faticato tanto per convincere un padre a darmi uno dei suoi figli! Ma Drusìa si fidava di me e mi ha affidato la lettura della mappa di Tresan, quando ha saputo di portarlo in sé. Non posso fingere di ignorare quello che ho visto, gliel'ho giurato sul letto di morte. Credi che tuo figlio… il figlio tuo e di Drusìa… non mi sia caro?»

«Non è solo per questo che lo vuoi. Tutto quello che mi hai raccontato questa sera… Tu ci credi davvero!»

I due uomini si scambiarono uno sguardo intenso, che Tresan non riuscì a interpretare.

«E tu no, vero?»

«Nemmeno una parola.»

«Te ne supplico, Aldric» Volèn sospirò, esausto, e s'addossò stancamente al tavolo con le mani aperte. «Ha già tredici anni, non è più un bambino… Te l'ho lasciato per tutto questo tempo nella speranza che ti togliessi quei vestiti da chioccia e me lo lasciassi senza piagnistei. Suvvia, non sei una donnicciola che non può fare a meno del suo pargolo! Non sei solo, hai un altro figlio, un figlio che ami di più.»

Aldric lo fissò con astio. «Rupens è il mio erede. È ovvio che mi stia a cuore più d'ogni altra cosa al mondo. Ma non voglio neppure rinunciare ai servigi di Tresan per assecondare le tue follie. É un cadetto, e il suo destino è quello di servire la nostra famiglia e accompagnare Rupens in battaglia come luogotenente. Ma che ne capisci, tu... Sei uno studioso, un mago d'antica casta e credi a oracoli inesistenti. Quel ragazzo non è migliore d'altri...»

Con stizza, Tresan sentì le lacrime bruciargli negli occhi. Sapeva di non assomigliare a Rupens, per aspetto e maestria nelle armi, ma perché Aldric doveva ribadire anche con quello straniero quanto fosse insoddisfatto di lui? Deglutì per ricacciare indietro un nodo di pianto e soffocò un singhiozzo che gli si stava spezzando nella gola. Frattanto, Volèn si stava muovendo attorno al Sopracavaliere, pallido di rabbia, e Tresan notò che faticava a contenersi. Se avesse potuto, avrebbe afferrato Aldric per il bavero e l'avrebbe preso a schiaffi.

«Perché sei tanto ostinato? So bene che Tresan è un ragazzo comune. Proprio per questo vorrei addestrarlo e dargli la forza di affrontare quello che il futuro gli riserverà. Sii ragionevole...»

«Ora basta.»

Non aveva alzato la voce, ma il tono era perentorio e Volèn strinse le labbra, irritato.

«Sei cieco e folle, Sopracavaliere!» sibilò. «Non t'importa nulla di quel ragazzo, se non che diventi lo scudiero di suo fratello. Ma non puoi combattere contro il destino, neppure tu puoi cambiarlo.»

«Davvero?» Aldric sollevò il mento, in un gesto di sfida. «Drusìa mi ha insegnato che non esistono profezie e che il nostro avvenire muta a ogni nostro passo, gesto e pensiero. Quindi non parlarmi di fatalità, Volèn.»

Il druido scosse il capo, rassegnato.

«Non parlerò più. Se non vuoi consegnarmi tuo figlio, non posso costringerti a farlo. Tuttavia, qualcun altro verrà a portargli insegnamento e tu non potrai scacciarlo dalla tua casa.»

Non attese che Aldric rispondesse e accennò un inchino con il capo.

«Buonanotte, Sopracavaliere. Che la notte ti sia musa e consigliera. Ora ti prego solo di lasciarmi riposare sotto il tuo tetto sino all'alba. Poi partirò e non ritornerò più a infastidirti con le mie...» Ebbe una smorfia di disappunto «Stravaganti pretese.»

«Ho già dato ordine ai servi di prepararti l'appartamento degli affreschi» Aldric s'avviò alla porta e chiamò Ar, il suo valletto personale. «Accompagna l'ospite nella sua stanza» comandò. «Ripartirà domattina e sarà tua cura scortarlo al porto. Buonanotte, Volèn.»

Tresan si sporse oltre i tendaggi, ma non riuscì a vedere più nulla. Sentì soltanto lo scatto della porta che si chiudeva, poi rivide suo padre avvicinarsi al tavolo e bere dell'altro vino, il volto tormentato da cupi pensieri. Avrebbe voluto trattenersi a osservarlo, ma Aldric s'accostò alla vetrata, il bicchiere in mano, e il ragazzo fu lesto a ritirarsi per non essere scoperto. A piccoli passi ripercorse il cornicione, ritornò sul tiglio e infine balzò a terra.

Quella notte dormì male, agitato da troppe domande senza risposta e prima dell'alba si vestì, si gettò sulle spalle un fagotto con una tunica di ricambio e il bauletto dei suoi piccoli tesori, e corse in giardino, sperando che il mago non fosse ancora partito. Mentre passava fra le rose di sua madre, illuminate da due delle tre lune che abitualmente si alzavano nei cieli di Elvaner, vide Volèn discendere verso le fontane, avvolgendosi nel mantello. Uscì dall'oscurità e gli si avvicinò. Prima ancora che parlasse, il druido lo scorse e si fermò ad aspettarlo.

«Sei già sveglio, ragazzo?» lo apostrofò. «Dovresti dormire, a quest'ora.»

Tresan gli rivolse uno sguardo febbricitante per l'eccitazione. «Voglio partire con voi» disse, d'un fiato. «Verrò sulla vostra isola e diventerò un Davlejn. Quando tornerò, mio padre dovrà riconoscere che sono degno della sua approvazione quanto Rupens.»

«Come sai...? Hai origliato alla porta, mentre io e Aldric parlavamo di te.»

«No» Abbassò fuggevolmente lo sguardo. «Alla vetrata. Portatemi nella vostra accademia, adesso! Sono pronto per partire.»

Volèn indietreggiò di un passo e mosse una mano, irritato. «Non tentarmi!» tuonò. «Gli Dèi sanno che ti porterei ad Aldemar anche su una zattera, ma non ho l'abitudine di rapire gli allievi dalle loro case, per preparare i nuovi soldati della Guardia del Re. Sono più rammaricato di te, ma dovrai restare qui, come comanda tuo padre.»

Scosso da un moto di ribellione, Tresan strinse con forza il pugno attorno al collo del fagotto. Aveva tanto sperato che il mago lo avvolgesse in un mantello, per confonderlo nella notte, e lo caricasse sulla prima nave in partenza per il sud dell'arcipelago!

«Se resterò» disse, e la sua voce vibrò di pianto. «Imparerò ad amministrare le terre e le miniere che un giorno saranno di Rupens, ma agli occhi di mio padre sarò sempre un incapace. Vi prego, diventare un Davlejn è la mia unica occasione per dimostrargli che merito la sua approvazione, anche se sono solo un cadetto!»

«Non se ne parla!» La voce di Volèn era più dura, adesso. «Dovrai trovare un altro modo per strappargli un assenso, e dubito che Aldric sarebbe fiero di te, se fuggissi di casa in aperto contrasto con la sua volontà.»

Tresan sibilò un'imprecazione, ma nel suo tono c'era più disperazione che rabbia e Volèn si raddolcì. «Ascoltami» lo ammansì. «Saresti felice se inviassi a palazzo qualcun altro disposto a insegnarti come avrei fatto io stesso? Non le tecniche di combattimento, ma i doni della mente, quelli sì, potresti acquisirli anche qui.»

«Doni... della mente?»

«Lettura del cielo, studio delle lingue morte e delle leggende... nozioni di magia...»

Tresan trattenne il fiato. «Tutto questo?» sussurrò. «Sarebbe meraviglioso!»

«Allora è deciso. Ti manderò mia nipote e tuo padre non potrà opporsi, questa volta.»

«Perché, signore?»

«Perché Astrid è stata la più cara amica di tua madre e, anche se Aldric disprezza le perdute arti shelavin, non riterrà che le sue parole possano recarti gran danno. É stata una maga potente, un tempo, e saprà educarti come si conviene a un principe delle isole del Re.»

Tresan si mosse e Pani, la luna d'argento, ancora fulgida nelle prime luci argentate dell'aurora, si specchiò nei suoi occhi scuri.

«Da cosa devo imparare a difendermi, signore?» osò chiedere.

Volèn ebbe un sussulto di sorpresa, ma se Tresan aveva sentito qualcosa, non sapeva tutto, altrimenti avrebbe chiesto ben altre spiegazioni... spiegazioni che ancora non avrebbe potuto dargli. Scosse la testa, impotente.

«Neppure io lo so. Da una guerra cruenta, forse, o da altro ancora... Sì, temo che le guerre non saranno la sola maledizione che si abbatterà sull'Arcipelago, fra non molto.»

«Ebbene» Tresan trasse un profondo sospiro, rassegnato. «Se mio padre vuole che rimanga a Elvaner, gli obbedirò. Qualora l'Alleanza con gli imperi oltre i mari dovesse essere infranta, voglio essere preparato a combattere al fianco di mio fratello.»

Volèn annuì. «Ho scorto anche il suo nome, sulla tua mappa astrale. Fuggevole come il volo di un gabbiano, ma c'era» Gli passò una mano fra i capelli, un gesto affettuoso che colse Tresan di sorpresa. Né Rupens né suo padre erano soliti accarezzarlo...

«Ora va'. Ar verrà a chiamarmi a minuti e tu dovresti ritirarti nella tua stanza. Che gli Dèi proteggano i tuoi passi, ovunque ti conducano; e se è vero che la misericordia dei numi è infinita, ci rivedremo ancora, sotto questo cielo o in un'altra vita. Addio.»

Tracciò nell'aria un segno benedicente e Tresan sentì una pace profonda discendergli nella mente. Rimase a guardarlo mentre si allontanava sul sentiero; poi, scorgendo Ar che si avvicinava, passando fra le piscine, svanì fra i cespugli fioriti e risalì verso le proprie stanze.

Anno 3345, secondo il Calendario dei Sacerdoti del Tempio del Dio Ályshan. Arcipelago di Elvaner, in Misrenea. Mese dei Cardi Fioriti, Primavera.

3

La nave si stava spezzando, sconvolta dalla furia della tempesta e i marosi inghiottivano avidamente i corpi dei marinai e dei passeggeri. Tresan venne travolto da un'ondata impetuosa e si dibatté, atterrito, ma l'urlo gli morì sott'acqua. Quando riemerse, sputò sale e alghe. Non dovevano essere troppo lontani dalla terraferma, comprese. In quel momento, l'impeto del mare gli gettò addosso un cadavere annegato e l'orrore nei suoi occhi spalancati lo paralizzò, ma subito riprese a nuotare, combattendo contro i flutti per restare a galla. Poco distante, un cavallino nitriva terrorizzato, e una bambina piangeva, e il suo pianto era così forte e disperato da scavalcare il ruggito della tempesta. Tresan si aggrappò alle assi della nave e cercò di nuotare verso la piccola, ma il mare si erse, implacabile, e mentre la nave si rompeva con uno schianto, un'onda nera lo travolse, stordendolo, e lo trascinò nella morte sui fondali fangosi, dove le stelle non risplendevano e anche Athera, la luna rossa, moriva risucchiata dalla cecità dell'oblio.

Tresan si svegliò boccheggiando e balzò a sedere nel letto, portandosi le mani alla gola. Un sogno, era soltanto un sogno...! Cercò di calmarsi, respirando piano. Era nella sua stanza, nel palazzo del padre, non sul fondale del mare assieme ai cadaveri di un naufragio. Sperò che fosse stata la febbre a portargli quell'incubo, ma oltre i vetri della finestra scorse la bolla sanguigna della luna risalire fra le nuvole e qualche stella. *È stata lei... ancora una volta*! Quella visione tornava a tormentargli il sonno ormai da cinque anni, esattamente ogni tre mesi, quando Athera si alzava in cielo senza Pani, la luna d'argento e senza Lævec, la luna dorata. *Perché*?

Si sentiva la bocca arida per la febbre e l'angoscia dell'incubo. Sporgendosi verso la cassapanca vicina, afferrò la brocca con l'acqua e nel sollevarla si accorse che era vuota. Con voce roca chiamò il suo servo Enis, che alloggiava nella stanza accanto, perché venisse a riempirla, ma il vecchio non rispose. *Sta diventando sordo*, sospirò, e facendosi forza scivolò giù dal letto. Si sentiva debole, ma non stava più male come nei giorni precedenti. Era stato fortunato. Quella febbre era dovuta solo a una raffreddatura, probabilmente dovuta alle sue ostinate escursioni in mare, e non alle epidemie che negli ultimi anni stavano decimando i ragazzini più deboli, nel grande Arcipelago di Misrenea. Indossò i sandali e, avvolgendosi in un manto di lana, discese verso le cucine. Era notte, e i tripodi con la pece erano già stati accesi, nei corridoi deserti, ma oltre i tigli del giardino lo studio di suo padre era ancora illuminato. *Non può essere troppo tardi*, considerò, e in quel momento dal tempio della Dea Melyss il gong risuonò nove volte per annunciare l'ultima funzione della sera. Passò sotto un'arcata di mattoni bianchi e rosati, ed entrò nelle cucine. Le domestiche avevano appena finito di rassettare, e nel grande camino erano ancora sparse le braci del fuoco che era stato acceso per preparare la cena. Vicino allo sgocciolatoio delle pentole, Tresan scorse una caraffa con dell'acqua e l'assaggiò sulla punta di un dito, prima di portarsela alle labbra con entrambe le mani. Era fresca e bevve a lunghe sorsate, poi spinse una panca contro la dispensa e dal ripiano più alto prese un vaso di vetro che conteneva le foglie essiccate di melissa.

«Cerchi erbe per sfebbrarti?»

Si volse sussultando.

«Di certo» proseguì una donna che era giunta silenziosa alle sue spalle, reggendo una lampada sopra la testa «In questa credenza ci sono erbe più appropriate della melissa per scacciare il calore della febbre, giovane Tresan.»

Il tono era canzonatorio, il volto appena visibile sotto il cappuccio alzato ma, non appena gli sorrise, il ragazzo seppe d'istinto chi era. Aveva l'accento delle isole occidentali di Rovanea e il suo sorriso era un'eco di quello di Volèn.

Tresan scese dalla panca e posò il vaso su una panca vicina.

«C'è davvero magia, in voi, se sapevate dove trovarmi e perché» osservò.

Lei abbassò la lampada e l'appese a un gancio conficcato nel muro, vicino all'arco d'ingresso. «Sai dunque chi sono?»

«Certamente. Vostro zio Volèn è stato ospite a palazzo, lo scorso mese, e mi ha avvisato del vostro arrivo. Siete la maestra che dovrà istruirmi nella magia, ma vi deluderò. Non possiedo nessun talento per le arti magiche.»

«Non lo pretendo. La magia degli Shelavin si è esaurita sedici secoli or sono e sforzarsi di richiamarla sarebbe vano. Vi sono altre dottrine che posso insegnarti e che non faticherai ad apprendere.»

Gettò indietro il copricapo e una folta chioma fulva le ricadde attorno al viso di porcellana. Aveva occhi d'argento vivo e i lineamenti rievocavano una grazia impalpabile, dispersa nei tempi.

«Il mio nome è Astrid e puoi usarlo. Non sono necessarie formalità, fra noi.»

Gli porse la mano perché gliela baciasse e Tresan la sfiorò con le labbra.

«Sono nota sin dai tempi antichi come la Donna del Serpente» riprese lei, sciogliendo i lacci del mantello «Non è bene, tuttavia, che il mio casato sia risaputo, al di fuori della tua famiglia. Neppure ad Aldemar gli allievi conoscono il mio rango, e ai loro occhi sono soltanto la governante della torre del Drangor Volèn e un'esperta guaritrice. Qui, sarò l'istitutrice che Aldric ha mandato a chiamare dall'università di Lanthard per il suo cadetto. Sono una Magistra in medicina e scienze, e questo garantirà una sicura copertura.»

«Non svelerò il tuo segreto neppure al re» giurò Tresan, di slancio, e Astrid sorrise.

«Re Farsnar ne è già informato, ma ti sono grata per la tua lealtà. Vieni, lasciati guardare» Lo prese per le spalle e lo osservò con attenzione. «Sì, c'è molto di Drusìa, in te, nello sguardo e nei tratti del volto. Conoscevo bene tua madre, quand'era ragazza. Se ti ha donato la gentilezza del suo animo, oltre all'aspetto, mi occuperò con piacere di te.»

Tresan si umettò le labbra asciutte con la lingua.

«Perché tu e tuo zio Volèn avete tanto a cuore la mia istruzione?» domandò, con prudenza. «Ho già un tutore. Cosa c'è di tanto inquietante, nella mia carta della nascita, da avervi fatto accorrere fin qui da Aldemar?»

Astrid lo lasciò andare e, con un movimento impercettibile, si strinse un po' di più nel mantello.

«Volèn non te ne ha parlato? Il tuo spazio siderale è invaso da decine di

Stelle Cacciatrici, e non se n'erano mai viste così tante neppure nei tempi in cui la magia scorreva nel sangue degli uomini.»

«Ed è preoccupante?»

«É... interessante. Non è la mappa che ci si aspetterebbe dal cadetto di un piccolo feudo. Sembra che farai arrabbiare molte persone influenti, quando sarai grande, e da alcune è meglio che ti sappia difendere, sia con la spada che» con l'indice gli toccò il centro della fronte «Con la testa».

«É possibile» Tresan chinò il capo, avvilito. «Faccio arrabbiare spesso mio padre. Non mi sorprenderei, se qualcun altro ce l'avesse con me, in avvenire. Spero solo di non deluderti. Sono un ragazzo come molti altri... Nulla più.»

«Non ti chiedo d'essere nient'altro che quello che sei. Mi basterà, per iniziare» Posò lo sguardo sul vaso con le foglie di melissa, accanto a lui, e lo soppesò brevemente. «Vedo che sei già stato addestrato all'uso delle erbe curative. Hai avuto un incubo?»

«A ogni cambio di luna rossa, ormai da cinque anni.»

«Si ripete sempre lo stesso sogno?»

«Sì. Ogni volta vivo lo stesso naufragio» Le lanciò uno sguardo, chiedendosi se avesse dovuto raccontarglielo, o tacere. Astrid gli sorrise, carezzevole, e lui trovò il coraggio di parlare. La Magistra non l'avrebbe schernito come faceva Rupens, ne era certo. «Ecco...» si buttò. «Attorno a me, ci sono cavalli che affogano e sento una bambina piangere. Cerco di salvarla, ma non riesco mai a raggiungerla. Alla fine, vengo travolto da un'onda nera e cado sul fondale. Provo a risalire, ma cado sempre di più e alla fine...» Si tormentò le mani, angosciato. «...Muoio.»

«Sai in quale mare ti trovi?»

«No... Ma non nel mare di Elvaner, almeno credo. Forse in quello di Rovanea. Perché me lo chiedi?»

«Oh, è solo curiosità» La voce di Astrid era stranamente incolore. «Conosco questi sogni e non ti devi preoccupare. Sono solo suggestioni provocate dalla luna rossa.»

Tresan scrutò Athera, grande e bassa, oltre le fronde dei tigli del giardino. «Se è lei a influenzarmi i pensieri » azzardò «Significa che anch'io possiedo lo Shelavin?»

«Forse un goccio, o magari è qualcos'altro. Qualunque cosa sia, lo scopriremo insieme» Gli rivolse un sorriso aperto e rassicurante, ma a Tresan parve che facesse fatica a dominare un fremito di angoscia.

«Ora torna a letto. Hai il viso arrossato, gli occhi che lacrimano e qui fa freddo. Ti porterò un decotto che scaccerà i sogni e appenderò nella tua stanza gocce d'argento e ambra per allontanare l'influenza della luna sulla tua mente. Non dovrai più avere paura delle notti maledette, da adesso in poi.»

«Se potrai restituirmi un sonno senza incubi, ti benedirò mille volte» le giurò Tresan, e lei lo baciò teneramente sulla fronte.

«Accetto la benedizione, giovane Hardan. Ora va'. Devo presentarmi a tuo padre, confidando che non sia così cocciuto da costringermi a litigare con lui per tutta la notte. Ma, che lo voglia o no, non potrà evitare che mi prenda cura di te. Non farà un simile torto alla memoria di tua madre.»

Tresan s'inchinò e, barcollando leggermente per la febbre, risalì verso la sua stanza. S'infilò sotto le coperte e, stava per assopirsi, quando gli parve di udire la voce di suo padre, nel corridoio. Non urlava, ma era teso e concitato.

«Non mi metterai con le spalle al muro, in nome della nostra vecchia amicizia!» ruggì.

«In nome del buon senso, allora?» Il tono di Astrid era glaciale. «Scegli, o te lo porterò via e che Drusìa, dal suo cielo, mi sia testimone. Se ti opporrai, lo farò!»

«Non oserai!»

«Ho osato molto di più, in passato. Non sono Volèn e se voglio occuparmi del ragazzo lo farò, con o senza la tua approvazione. A te la scelta!»

Le voci si allontanarono e Tresan non riuscì a sentire altro. Quando l'eco si spense, tornò il silenzio. Più tardi, quando venne a portargli il decotto, Astrid gli comunicò che Aldric le aveva permesso di restare. «Non hai sentito le sue urla, fin qui? Avrebbe potuto diventare un grande cantore, in un tempio dell'Arcipelago.»

«Pensavo che i più apprezzati cantori degli Dèi fossero castrati» osservò Tresan, ingenuamente.

«Non tutti. Ma non suggerirlo a tuo padre o potrebbe fare in modo che *tu* possa diventarlo!»

Lo aiutò a sollevarsi nel letto, e allora Tresan sentì che aveva lo stesso profumo di sua madre. Non l'aveva mai dimenticato, sebbene fosse morta quand'era ancora piccolo. Bevve il decotto senza dire nulla, ma nel guardare Astrid seduta al suo fianco fu immensamente felice che suo padre avesse ceduto. La nipote di Volèn era la prima donna di rango che il Sopracavaliere avesse acconsentito a ospitare a palazzo, dopo la morte di Drusìa, e anche se non avrebbe mai sostituito la memoria di sua madre, la sua presenza l'avrebbe fatto sentire meno solo.

«Diventeremo amici» le disse, prima che uscisse e lei, già sulla soglia, si volse e sorrise.

«Certamente. Se hai sopportato tuo padre per tredici anni, potrai sopportare anche me per tutto il tempo che sarà necessario. Buonanotte.»

Quando entrò nell'appartamento che Aldric le aveva assegnato, Astrid rimase a lungo alla vetrata a osservare il mare, d'un cupo color vinaccia sotto i riflessi sinistri di Athera. Dèi, com'era possibile? Tresan aveva visto il naufragio al largo dell'Isola Sacra, cinque anni prima! Con la memoria, ripercorse la sua grande carta della nascita, aperta sul tavolo della torre di Volèn, ad Aldemar, ma non trovò tracce di magia, nei suoi cieli. Si spostò sulla costellazione che fronteggiava la sua e il fiato le si ruppe in gola. Tutto nasceva da quelle Stelle Cacciatrici, ne era certa. Quale anima maledetta stava per entrare nella vita di Tresan, e perché?

4

Tresan aveva creduto che Astrid l'avrebbe educato in affiancamento al suo precettore, ma il mattino seguente al suo arrivo, Aldric convocò il Maestro De Tullis nel suo studio per annunciargli che il suo incarico come mentore era terminato. L'istitutore protestò, pregò, minacciò e quasi pianse, quando disse che non avrebbe trovato facilmente un'altra occupazione rispettabile, dopo essere stato scalzato da una donna.

«Perché lo fate?» I singhiozzi del maestro erano disperati. «Solo perché quella Magistra ha insegnato in un ateneo? O in verità preferite avere una donna sotto il vostro tetto... e nel vostro letto?»

Ignorando l'ultima allusione, il Sopracavaliere trasse un brusco sospiro.

«Voi non la conoscete come la conosco io. Anche se glielo proibissi, Astrid si prenderebbe ugualmente quel che vuole. Si è incaponita di volersi occupare del ragazzo, e preferisco che lo istruisca qui, sotto i miei occhi, che non altrove. Frenate la fantasia e raccogliete le vostre cose, maestro. Addio.»

Quello stesso giorno, Astrid si recò nel palazzo del Sottocavaliere di Pull, alla periferia della città, e lo convinse ad assumere il precettore per i suoi cinque figli e, ancor prima che se ne rendesse conto, il pover'uomo si trovò in una vecchia dimora, circondato da boschi, colline e ragazzini schiamazzanti d'ogni età.

Mentre Tresan si riprendeva dalla malattia, Astrid approntò uno scrittoio per i loro studi sotto un'alta finestra della biblioteca rivolta sul giardino. Fece avvicinare una libreria al tavolo e ordinò a Enis di spolverare i libri e i rotoli di pergamene che giacevano dimenticati nei bauli di Drusìa.

Quando la raggiunse per la prima lezione, Tresan impallidì. «Dovrei imparare tutte queste cose? Erboristeria, storia, medicina, astronomia...»

«E lingue, geografia, e qualche cenno di magia» aggiunse lei, prendendo una boccetta d'inchiostro nero da una vetrinetta, lì accanto. «Ti educherò ai segreti delle pietre e delle erbe e, se dimostrerai di averne il talento, t'insegnerò anche ad aprire i libri protetti dai vecchi sortilegi e a leggerli senza occhi, ma solo con il pensiero.»

Tresan era affascinato. «Solo con il pensiero? Non è magia, questa?»

«No, è un'arte che si può apprendere nel tempo, con pazienza e costanza. La magia è... era un'altra cosa» Versò l'inchiostro nel calamaio d'argento incastonato nella scrivania e ritornò verso la vetrina. «Appendi il mantello nella nicchia, e siediti.»

Tresan obbedì e mentre lei era ancora voltata osservò come il sole s'imprigionava nella sua chioma di fiamma, folta e ricciuta, trattenuta all'altezza delle spalle da un fermaglio d'argento. Molte donne della città, in apparenza più giovani di lei, avevano già qualche filo bianco, nei capelli raccolti nelle retine o nelle cuffiette da lavoro. Anche il volto era fresco, di pallida porcellana appena spruzzata da qualche efelide, sul naso e sotto gli occhi.

Si accostò al tavolo, fissandola quasi rapito, e in quel momento Astrid si girò.

«Cosa vuoi chiedermi?» lo prevenne.

«Ecco...» Si schiarì la voce, a disagio. «Vorrei sapere... Voi maghi siete immortali?»

«No, non più. Possiamo morire come tutti, ma invecchiamo molto lentamente. Non è magia. Siamo solo fatti così. Perché?»

«Mi chiedevo» Arrossì fino alla radice dei capelli. «Mi chiedevo quanti anni hai. Non ne dimostri più di trenta, ma se eri già nata, ai tempi delle guerre di magia, devi averne quasi duemila...»

«Sarebbe più facile contare i secoli, che non gli anni!» Astrid si guardò nel riflesso opaco della finestra e il suo sguardo si velò di malinconia. «Ne ho quasi tremila» confessò. Tresan la fissò senza fiato. Non riusciva a immaginare una vita tanto lunga, quasi infinita, ma con una venatura d'ironia, commentò: «Li porti con classe.»

«Oh, certo... Ma per gli Spiriti, sono già tanto vecchia? Non farmelo ricordare! Ora siediti e scegli un argomento da trattare.»

Tresan si accomodò sullo sgabello dello scrittoio. «Mi incuriosisce la lettura con il pensiero. Qualunque libro può essere letto in quel modo?»

«No» Lei gli sedette davanti, sulla sua sedia a mezzaluna, dallo schienale basso. «Solo i testi sacri e i libri vergati dai maghi sono predisposti per essere assorbiti con il pensiero, oltre che con gli occhi. Chi è sufficientemente empatico riesce ad andare oltre la parola scritta e a *sentire* il testo.

Mi capisci?»

«Sì. Pensi che potrei farcela?»

«Non lo so, dovremmo provare.»

«Voglio imparare» Gli occhi gli sfavillavano d'impazienza. «E voglio imparare anche ad aprire i libri sigillati dai maghi. Com'è possibile che un libro sia chiuso da un sortilegio, se la magia non esiste più?»

Astrid s'alzò e si avvicinò a una libreria per cercare un trattato, fra alcuni ordinati a media altezza. «Se chiudi il chiavistello di una porta e poi getti la chiave» mormorò, leggendo assorta i titoli sulle coste «La porta si riapre per incanto?»

Tresan posò i gomiti sullo scrittoio e si sorresse il mento con un pugno. «Certo che no. Per riaprirla, è necessario avere la chiave originaria oppure una sua copia.»

«Proprio così» Astrid sfilò un manuale, lesse il titolo e lo ripose. «I maghi bloccavano i libri sigillandoli con una parola e per spezzare il vecchio incantesimo bisogna pronunciare quella stessa parola. A volte non è difficile indovinarla, ma alcuni libri sono serrati da migliaia di anni e temo che nessuno sarà più capace di aprirli.» Prese un compendio di magia, lo soppesò fra le mani e lo scartò. Infine, scelse un libretto sgualcito e tornò a sedersi di fronte a lui.

«E cosa accade ai libri svincolati dai sigilli?» insistette Tresan. «Si possono richiudere ancora oppure...?»

«Una volta sbloccati, rimangono aperti per sempre o fino a quando la magia non sceglierà di ritornare a percorrere le correnti vitali della terra.»

Tresan era strabiliato. «Potrebbe accadere?»

«Forse... Ma è più probabile che i ghiacci dell'inferno di Kajan si sciolgano, prima. Ti educherò più avanti a sbloccare i libri. Ora t'insegnerò i rudimenti per leggere con il pensiero. Chiudi gli occhi, senza sbirciare, e allunga la mano che usi per scrivere» Tresan tese la destra e Astrid gliela posò su una pagina rugosa. «Prima di entrare in empatia con un libro e assorbire i suoi segreti, devi imparare a leggere con le dita. Dimentica tutto quello che sai, e cerca di focalizzare in te esclusivamente la forma delle rune. Riesci a farlo?»

«Sì.»

«Scorri su queste lettere. Le riconosci?»
«No.»
«Sforzati.»
Tresan si spostò sui segni senza identificarne nessuno, poi si soffermò su un tratto dalle curve morbide e lo ripercorse più volte. «Mi sembra di leggere una lettera» titubò. «Una... C.»
«È corretto.»
«Si ripete ancora, un'altra volta...»
«Riprova dall'inizio. Cosa leggi?»
Passò più volte le dita sui segni sporgenti, che s'intrecciavano gli uni negli altri, confondendo la lettura. «St... Stella...Cac... Stella Cacciatrice!» esclamò, con enfasi. Spalancò gli occhi, e Astrid richiuse prontamente il libro perché non potesse leggere altre parole.
«Chiudi gli occhi e continua.»
Entro la fine della mattinata, Tresan scoprì che le Stelle Cacciatrici avevano tutte un intenso colore viola e volteggiavano libere sulle carte astrali, invadendo le costellazioni tracciate fra i simboli delle Case, degli Universi e delle Tredici stagioni. Tutti i neonati ne possedevano qualcuna, segno che avrebbero incontrato ostacoli, durante la loro vita.
Non era stato difficile, e a volte aveva avuto la sensazione che le rune gli si focalizzassero nella mente ancor prima di sfiorarle, chiare e inconfondibili come luminose lettere di fuoco.
«Molto bene» si complimentò Astrid, ritirando il libro. «Hai una buona sensibilità e imparerai presto a leggere con il pensiero. Non avrai difficoltà neppure ad aprire i libri chiusi dalla magia. Tua madre sarebbe orgogliosa di te, se fosse qui.»
«E mio padre?» Il tono di Tresan traboccava di speranza. «Sarà felice dei miei progressi?»
«Quel mulo parlante di Aldric non ha interesse per queste dottrine, ma non gli dispiacerà d'avere un figlio colto come un chierico» Rise, all'espressione terrorizzata di Tresan. «Sta' tranquillo, non ti manderà al tempio dei tuoi nonni per pronunciare i voti sacri. Ma tu studia! Anche se non è magia, un giorno avrai bisogno anche di questo talento per vivere in un arcipelago sempre dilaniato dalle guerre... e da chissà cos'altro ancora!»

Fino a poco tempo prima, l'istruzione di Tresan era stata semplice e limitata a poche ore al giorno: un po' di storia e geografia, calcolo e lingue. Ora, le sue giornate erano scandite da lunghe lezioni, in biblioteca e sul terreno delle lizze, e non aveva quasi più tempo per scendere al mare. Non se ne lamentava, perché Astrid lo affascinava e, sul far della sera gli piaceva sederle accanto su una panca, vicino al roseto, mentre lei gli raccontava di Drusìa e degli anni della loro amicizia. Qualche volta anche Rupens s'intratteneva con loro, fingendo di occuparsi delle rose, e poiché non aveva mai avuto passione per il giardinaggio, era chiaro che quell'improvviso interesse non era altro che un pretesto per restare ad ascoltare.
Nei primi tempi, Tresan fu tentato di confidarle dei piccoli tesori che teneva sotto il letto, ma preferì tacere, nel timore che la Magistra ritenesse che potessero distoglierlo dagli studi. Poi, tre mesi più tardi, durante i Giochi dell'Isola, non poté fare a meno di parlargliene, e lo spirito del Re d'Ambra, sospeso fra le pieghe del tempo e del Karma, si volse a guardarlo e gli sorrise.

5

Quell'estate, durante il Mese delle Costellazioni Luminose, Athera risalì in cielo da sola per tre notti, e in quei giorni si tennero i giochi annuali riservati ai ragazzi più giovani di Elvaner. Potevano partecipare tutti i maschi dell'Isola Madre e delle isole minori che non avessero ancora compiuto i sedici anni, senza preferenze di classe sociale, e le competizioni erano affollate di concorrenti e combattute allo stremo. Tresan partecipò alla gara di corsa sulla spiaggia, arrivando sesto, e vinse il torneo di tiro con l'arco a pari merito con un lontano cugino. Ma la sfida a cui teneva di più era la tenzone con la spada e per la prima volta, da quando partecipava ai giochi, fu ammesso all'incontro finale. Si sarebbe conteso la palma della vittoria con Argen di Pull, un ragazzotto di quasi sedici anni, alto e muscoloso come un giovane toro. Mentre lo aiutava a vestirsi, a bordo campo, Rupens lo pregò d'essere prudente.

«Ti ha già atterrato, durante le qualifiche» gli ricordò, tirando le fibbie dell'armatura di cuoio. «Forse un giorno lo sconfiggerai, ma adesso l'età è dalla sua parte. Mi prometti di stare attento?»

Ancor prima che Tresan rispondesse, su di loro cadde l'ombra massiccia di Aldric.

«Sei pronto?» gli chiese.

Tresan annuì. Era piacevolmente sorpreso, non si era aspettato che suo padre venisse ad augurargli buona fortuna. Mentre Rupens gli allacciava gli stivali, Aldric lo percorse con sguardo critico.

«Niente paragola o parastinchi? Ti esponi troppo al nemico, ragazzo... Ma son scelte tue. Hai riposato, questa notte? Nessun incubo?»

«No. Astrid mi ha preparato un decotto che allontana l'influsso di Athera e mi sento in forze.»

«Molto bene. La vecchia strega si sta rendendo utile, dopotutto, e tu sei stato *quasi* accettabile, nella gara di tiro con l'arco. Certo, si poteva far di meglio, ma tu... sei tu. Stavo pensando che forse potresti non sgualcire del tutto il nostro nome, se studiassi per un po' ad Aldemar...»

Tresan si sentì mancare il fiato e si appoggiò alla spalla di Rupens, per non cadere. Suo padre gli stava offrendo la possibilità di diventare un Davlejn? «Non potreste farmi un regalo più gradito, signore...» ansimò.

«Lo supponevo» Anche se sorrise, c'era una nota stridente, nella voce di Aldric. «Allora ti propongo un patto: vinci con onore il torneo di spada e considererò di inviarti laggiù per un anno o due.»

Non poteva essere vero! Sbalordito, Tresan lo fissò a bocca aperta ma Rupens s'alzò, allarmato. «Padre, no!»

Aldric lo ignorò. «Che la Dolce Signora ti aiuti» augurò a Tresan. «Ne avrai bisogno. Ricorda. Con onore!»

S'avviò verso il suo scranno, e Rupens lo seguì. «Perché lo fai?» protestò. «Sai che non potrà mai farcela!» Aldric gli batté una mano sulla schiena, scoppiando in una sonora risata. «Almeno, si toglierà quella stupida idea dalla testa, una volta per tutte!»

A quelle parole, Tresan si sentì avvampare di rabbia ed eccitazione insieme. Non aveva importanza se suo padre non credeva in lui. Gli aveva concesso un'opportunità di riscatto e l'avrebbe raccolta a qualunque costo. Sollevò il volto al promontorio del tempio, dove sorgeva la tomba del Re d'Ambra, e lo supplicò fervidamente di concedergli forza, agilità e il favore della buona sorte.

«Fa' che combatta come avresti combattuto tu» lo implorò. Per suggellare la preghiera baciò il pezzo d'oro che aveva trovato in mare, tre mesi prima, e lo fece scivolare sotto la manopola di cuoio, contro il polso. L'aveva portato in campo come portafortuna, e adesso l'avrebbe tenuto sulla pelle per lasciarsi ispirare dalla sua grandezza.

Quando Rupens chiamò in campo i contendenti, non sentì il clamore della folla. Nella sua mente riecheggiava una sola parola: Aldemar! Argen gli si avvicinò, reggendo la spada e lo scudo di legno con il simbolo del suo casato, un gallo ritto s'una zampa sola, e gli sorrise. Erano sempre stati amici, ma quel pomeriggio per Tresan era l'ultimo ostacolo che lo separava dalle sue aspirazioni.

Il duello ebbe inizio. Argen si muoveva con lentezza e lo studiava con circospezione. *Nonostante la sua stazza, ha paura di me*! esultò Tresan. Poi s'accorse che quella dell'amico era solo una tattica per allungare i tempi dello scontro. Faceva caldo, e più volte dovette sbattere gli occhi per rimuovere il sudore che gli colava dalla fronte. Con un gesto secco, si strappò il coprispalle con il simbolo della sua casata, la fenice con le ali spalancate, e gettò a terra l'elmo di cuoio. Gli piaceva combattere senza impicci, e i colpi che assestò divennero più svelti e insidiosi. *Vinci con me, Re d'Ambra*! Argen arretrò, in difficoltà, e il pubblico esultò. Ma dopo qualche parata in difesa, Argen si riscosse. Si lanciò in attacco, mulinando fendenti micidiali, e Tresan dovette impugnare la spada con entrambe le mani per evitare di cadere a terra.

Al di sopra del brusio attonito della folla, Tresan sentì suo padre inveire contro Astrid. «Guardalo, il tuo allievo! Un incapace! Non sa neppure tenere in mano una spada di legno. Non ne starai facendo un imbelle, donna?»

Ecco che cosa pensava suo padre, di lui! Provò a reagire, ma quando parava gli affondi di Argen con lo scudo, gli sembrava che il braccio sinistro gli si dovesse spezzare fino alla spalla. Non riusciva a superare la sua difesa, e in un momento di sconforto comprese che non avrebbe mai vinto. In quel momento, la spada di Argen lo colpì sulla manopola destra e il pezzo d'oro gli si conficcò nella carne, facendolo gridare di dolore. Allentò la presa sulla spada e un altro colpo gliela fece volare via, mentre lui crollava in ginocchio, esausto. La folla inneggiò al cielo il nome di Argen. Aveva perso.

Umiliato, Tresan salutò l'amico con un breve abbraccio e s'allontanò dal terreno delle lizze senza volgere uno sguardo al padre e a Rupens, che s'erano alzati per omaggiare il vincitore. Ancora coperto dall'armatura di cuoio, seguì un sentiero fra le case dei pescatori e scese alla spiaggia.

Sedette nella sabbia chiara e si sfilò il talismano dalla manopola.

«Grazie, Re d'Ambra» borbottò, cupo. «Forse sei un avo di Argen, anziché mio!»

Mentre si massaggiava il polso ferito, udì un passo leggero alle sue spalle e ancor prima di voltarsi seppe chi lo aveva raggiunto e perché.

Astrid raccolse la gonna per non sgualcirla e gli sedette accanto.

«Ti sei battuto con valore» si complimentò. «Hai dato lustro alla tua casata e siamo orgogliosi di te.»

«Se avessi vinto, mio padre mi avrebbe permesso di entrare nell'accademia di tuo zio» ringhiò Tresan, senza guardarla. «Invece ho perso, ed è tutta colpa del Re d'Ambra» Fissò con odio il pezzo d'oro che rigirava fra le dita. «É stato lui a tradirmi, facendosi beffe delle mie invocazioni.»

Lei rise. «Dubito che sia colpa d'un morto, se Argen è grosso il doppio di te! Cos'hai in mano?»

Troppo tardi Tresan nascose il frammento sotto il panciotto di cuoio.

«Non sapevo che ti piacessero i gingilli, come alle fanciulle!»

«Gingilli?» Tresan arrossì con violenza. «No, no. É... Non lo dire a mio padre. Non vuole che vada in mare senza il suo consenso.»

«Lo so. Gli hai disobbedito?»

Lui non osò guardarla. «Sì, qualche volta» Indicò il mare calmo, disteso dinanzi a loro «Qui davanti ci sono i ruderi di una vecchia città, e ogni tanto trovo qualcosa d'interessante. Una volta ho raccolto i resti di un'antica moneta e qualche tempo più tardi ho trovato una statuetta senza testa. La sera in cui ho conosciuto tuo zio Volèn ho portato a riva questo.»

Si appoggiò una mano sul cuore, dove aveva nascosto il pezzo d'oro, ma non glielo mostrò. Astrid lo fissò intensamente. Alla vampa infuocata del tramonto, i suoi capelli sembravano filati nell'oro rosso e le prime ombre si rincorrevano come animate sul suo volto serio.

«Una città? Sommersa dal mare?»

Strano, non ne aveva mai sentito parlare eppure aveva vissuto per oltre tremila anni nell'Arcipelago ed era esperta di storia antica. Se qualche città fosse scomparsa sotto i mari, negli ultimi sette o ottomila anni, di certo l'avrebbe saputo.

Tresan si strinse nelle spalle, a disagio. Forse aveva detto una sciocchezza e non c'era nessuna città sepolta davanti al promontorio. Magari aveva trovato i resti di una nave che aveva fatto naufragio vicino alla costa e ora Astrid avrebbe riso di lui e della sua ingenuità.

«Non lo so» balbettò. «Io... Io credo che lo sia. Dev'essere laggiù da migliaia d'anni. Non la conosci?»

«No. Posso vederlo?»

Con riluttanza, Tresan le porse il pezzo d'oro. «Non dire nulla a mio padre... ti prego.»

«Non sono solita tradire i segreti. Sono stata sempre incuriosita dai reperti antichi, e questo sembrerebbe davvero molto vecchio» Lo osservò al riverbero del sole. «Cosa potrebbe essere?»

«Non saprei. Dalla forma arcuata potrebbe essere un gioiello... Un bracciale, forse.»

«O un fermaglio per i capelli» Passò un dito sullo smeraldo e sulle rune intagliate nell'oro. Anche se era giaciuta a lungo sotto la crosta del mare, la pietra era ancora integra e Tresan l'aveva ripulita fino a farla tornare lucente. «No, è troppo grande per essere il pezzo di un fermaglio. Potrebbe essere quel che resta di una fibbia, oppure di una corona. Sì, sembrerebbe aver la curvatura di una corona. È un vero peccato non avere anche il resto! Vedi com'è rovinato l'oro, in questo punto? Pare che sia stato spezzato da qualcosa di duro, una spada, forse, o una lancia.»

A quelle parole, nella mente di Tresan passò un'immagine... un uomo dalla pelle abbronzata e con folti capelli neri che veniva colpito in fronte da una lancia piumata, nell'infuriare di una battaglia. La visione venne e svanì con la rapidità di un lampo e lui non s'accorse neppure d'averla avuta. Gli rimase soltanto un'intuizione, e disse:

«Il re che la possedeva deve essere stato sconfitto in guerra.»

«Chi ti dice che la possedesse un re? Un tempo, anche i dignitari di corte portavano piccole corone. Questa è sottile e non sembrerebbe essere stata troppo sfarzosa.»

Tresan si morse un labbro, incerto. «Lo suppongo. A me piace credere che sia lo stesso re che giace lassù, nel giardino dei sacerdoti della Dea. Tu cosa pensi?»

«Non saprei...»

Avvertiva un'indefinibile sensazione di familiarità che non riusciva a spiegarsi. Non era Shelavin... quella corona non era mai stata percorsa dalla magia. Allora perché sentiva di *dover sapere* a chi era appartenuta? Riesaminò le rune, quella scrittura era più antica di qualunque idioma avesse mai conosciuto o studiato. Quanti millenni aveva quel reperto? Almeno otto o nove, e probabilmente era ancora più vecchio. *Quale città dimenticata giace sotto il mare? Chi viveva qui, diecimila anni fa, o più? E cosa significano questi segni incisi nell'oro?*

Quasi avesse seguito i suoi pensieri, Tresan disse, scavando una fossa nella sabbia con un piede:

«Quello era il nome del re che la indossava.»

Aveva parlato con semplicità, quasi distrattamente, e Astrid alzò il viso di scatto, cercando il suo.

«Non è completo, ma quelle rune sembrano formare una K e una... forse una A.»

«Perché lo dici?» La voce le uscì in un sussurro.

«Perché assomigliano a una K e a un A... Non trovi?»

Astrid aggrottò la fronte. No, da qualunque lato le voltasse, quelle rune conservavano sempre un aspetto misterioso, che in nessun caso s'avvicinava alla scrittura Misreneana o a quella più rudimentale di Elvaner.

«Non vedo nessuna somiglianza fra questi tratti e quelli in uso nelle scuole dell'Arcipelago» dichiarò.

Tresan arrossì, lanciandole un'occhiata di sottecchi. Arrossiva sempre, quando temeva d'aver commesso un errore. Tuttavia, osò ribattere:

«Io sì. Se segui le linee in un certo modo» e gliele mostrò con un dito «Le prime ricordano una K e le altre la prima parte di una A. Riesci a vederlo?»

Astrid scosse il capo. «No. Mi sembrano segni incomprensibili.»

Eppure, mentre Tresan disegnava l'immaginario percorso delle lettere, in lei s'era risvegliato qualcosa e per una frazione di pensiero aveva letto con naturalezza quell'antica scrittura... ma subito dopo le incisioni erano tornate a essere impenetrabili. Le mani le tremarono. Cosa aveva riportato alla luce, quel ragazzo, dopo millenni di oblio? E che legame aveva con lei, con la storia dell'Arcipelago... e con lui?

«Se non lo vedi, allora è solo un inganno della mia mente» sospirò Tresan, rassegnato, e si raccolse le gambe fra le braccia. «Non dire neppure questo a mio padre e non farne parola con Rupens, per favore. Non capirebbero e mi giudicherebbero un sognatore... o un pazzo.»

«Sarà il nostro segreto.»

Gli restituì il reperto e lui la ringraziò con un tenue sorriso.

«Non pensare male di me» la pregò. «Forse non è vecchio come vorrei, però mi piacerebbe credere che il passato non muoia mai e che possa ritornare, nelle memorie dei vivi.»

«É così. Se il passato vuole tornare, trova sempre un modo per farlo. Ora ritorniamo a palazzo. Non possiamo mancare per la cerimonia di chiusura dei giochi.»

Mentre ritornavano sulla sterrata, la mente di Astrid fu scossa da pensieri burrascosi. *Non può essere un caso... Non ho mai creduto alle coincidenze, né fingerò di crederci adesso. Tresan ha la capacità di avvertire l'influsso di Athera e ha trovato un pezzo d'oro che odora di un passato più antico della leggenda, di quella leggenda che tanto temiamo... Anche questo è un segno. Avresti dovuto rapirlo a suo padre e portarlo via con te, Volèn! Lassù sarebbe stato più protetto, non solo dalle sciocche ambizioni di suo padre, ma anche dai sogni e da se stesso!* Si tormentò l'anello dorato che portava all'anulare destro. *Che cosa posso fare per difenderlo, ora che quest'anello giace inerte fra le mie dita e la grandezza dei tempi lontani è ormai diventata un tormentato ricordo?*

Quella notte, un fremito corse sotto gli oceani e, su un'isola nel nord dell'arcipelago, un vulcano addormentato da trecento anni emise uno sbuffo corrucciato e si risvegliò. Mentre Athera sorgeva grande e sanguigna sopra il cratere, i pescatori che abitavano lungo le sponde fuggirono sulle isole vicine. Mentre erano ancora in mare, videro fiumi di lava strappare via gli alberi dai pendii del monte e una pioggia di lapilli seppellire di cenere i campi e le case. Per dieci giorni, l'isola fu scossa da terremoti e ruggiti, finché non si contorse come una foglia nella vampa del fuoco, sgretolandosi negli abissi dell'oceano.

Era stato un evento portentoso e innaturale. E una notte, mentre l'isola bruciava, nella Città Sacra di Envles'Tin, nel cuore di Rovanea, i sigilli che custodivano i Codici Drom si infransero misteriosamente, destando i sacerdoti dal loro sonno. Un brivido era serpeggiato fra i membri del Cerchio dei Dodici Iniziati, quando i moniti degli antichi scrivani erano stati sussurrati nel silenzio delle grotte.

Un dio ancestrale si stava risvegliando dagli abissi degli oceani.

Il passato pretendeva sempre di tornare e aveva trovato un suo modo, per farlo.

Anno 3346 secondo il calendario dei Sacerdoti di Ályshan di Rovanea.
Isola Madre di Rovanea, Arcipelago di Misrenea. Mese dei Cardi Fioriti, Primavera

6

Nella primavera dell'anno successivo, l'ultima regina dell'Arcipelago morì travolta dalle acque del fiume Qwaz mentre passeggiava sulla riva, appena al di fuori delle mura della capitale. Era incinta di cinque mesi, e con lei moriva anche la speranza di dare al trono un erede di sangue Randeran. Quella notte, per ordine del re, tutte le candele del palazzo vennero spente fino all'alba e le nobildonne della corte indossarono abiti bianchi e si coprirono i capelli con lunghi veli, in segno di lutto.

Non appena i messi annunciarono la dolorosa notizia, i membri delle principali casate dell'Arcipelago si recarono a Lanthard per porgere le proprie condoglianze a Re Farsnar III di Randeran, detto il Biondo, sovrano assoluto del grande Arcipelago di Misrenea. Per la prima volta, da quand'era nato, Tresan s'imbarcò su una galea con Aldric e Rupens e discese nel Mare del Grifone per raggiungere la capitale. Non appena sbarcò, fu travolto dalla confusione che imperversava nel porto e si affrettò ad accostarsi al fratello, nel timore di perderlo di vista.

«Non ho mai visto una città così grande!» esclamò, impressionato. «La nostra Va'Nel sembra un paesello, in confronto!»

«Non sembra, lo è» sogghignò Rupens, divertito dalla sua meraviglia. «Nessuna città dei piccoli arcipelaghi è grande quanto Lanthard» Con un balzo aggraziato, montò in sella al suo cavallo, addobbato con la gualdrappa su cui era ricamata la fenice infuocata di Elvaner. «Adesso non fare quella faccia da ebete, se non vuoi farti prendere in giro anche dai servi, a palazzo. Osserva ogni cosa, ma con aria distaccata, e non parlare se non sei interrogato. Alla corte del re nessuno sarà disposto a tollerare l'insolenza di un cadetto, neppure se è figlio del Sopracavaliere Hardan.»

Anche Tresan si issò sul suo destriero e s'infilò i guanti per cavalcare.

«Non sono insolente!» strillò.

Ridendo, Rupens diede un colpetto ai fianchi del cavallo e si diresse verso Aldric, in attesa poco lontano sul suo morello. Tresan lo raggiunse al piccolo trotto e l'affiancò.

«Vedremo i nonni?» gli domandò. «Verranno a benedire la salma della regina, nel nome del loro Dio Ályshan?»

«No. Sono in ritiro spirituale con i Patriarchi di altri ordini e non faranno in tempo a rientrare in Rovanea per i funerali. Verranno sostituiti dagli Arcisacerdoti.»

«Peccato, avrei voluto riabbracciarli. Nostro padre non mi permette mai di andare a trovarli, ma l'Isola Sacra non è lontana da Elvaner.»

Rupens trattenne a stento una risata. «No? É lontana almeno una settimana di viaggio da qui, e molto di più, da Va'Nel. Nostra madre diceva che se le aquile avessero un ombelico, l'Isola Sacra sarebbe quanto di più simile, nel corpo dell'Arcipelago.»

Tresan non sapeva se le aquile avessero un ombelico, oppure no, ma fin da quando era piccolo gli era stato insegnato che Misrenea aveva la forma stilizzata di un'aquila che scendeva in volo sulle Terre Estese, raffigurate come un enorme leone ruggente. Rovanea, con la vasta isola principale e le sue numerose isole satelliti, costituiva il corpo della regina dei cieli e l'isola dei sacerdoti di Ályshan, che sorgeva in uno dei mari interni, a sud della capitale, poteva davvero sembrare un ombelico nel ventre dell'aquila. Raffigurandosi nella mente la mappa di tutte le terre conosciute, Tresan dovette ammettere che l'Isola Sacra non era poi tanto vicina a Elvaner quanto avrebbe voluto credere. Le isole di suo padre erano ben più a nord, dove tratteggiavano parte della testa dell'aquila e dell'ala orientale, spiegata nell'azzurro del Mare della Fenice, e distavano almeno due settimane di viaggio dal tempio dei suoi nonni.

Quando giunsero a corte, Aldric venne accolto sulla grande scalinata d'ingresso dal re in persona, scortato dal suo seguito di valletti e cortigiani. Qualche passo più indietro c'erano quattro Davlejn, con il simbolo dell'unicorno impennato sui mantelli blu mezzanotte e una mano posata sull'elsa della spada. Il loro volto sembrava scavato nella pietra, gli occhi guizzavano ovunque, attenti e minacciosi. Parevano invincibili. *Avrei potuto diventare come loro*, considerò Tresan, con una venatura di rimpianto, ma subito la sua attenzione si spostò sul re. Era alto e maestoso, e il sole scintillava sui folti capelli biondi, schiariti da molti fili bianchi. Nel vedere Aldric, la sua espressione cupa si distese.

«Amico mio!» l'accolse, spalancando le braccia. «Finalmente!»

Tresan era stato l'ultimo a smontare da cavallo e seguiva il padre a una decina di passi di distanza. Accennò ad avvicinarsi, ma Rupens lo trattenne afferrandogli un braccio con forza.

«Non ti muovere!» gl'intimò, sottovoce, e rivolse al re un profondo inchino. Tresan lanciò una rapida occhiata a Farsnar, che lo stava guardando, e si affrettò a fare altrettanto. Ma ancor prima di rialzarsi sollevò gli occhi sul sovrano, e vide che stava abbracciando suo padre con affetto.

«Ti ho riservato una stanza accanto al mio appartamento, Aldric» gli stava dicendo. «I tuoi figli sono grandi e potranno fare a meno di te, per qualche notte» Impartì un ordine ai servitori, che presero il bagaglio del Sopracavaliere, e gli posò una mano sulle spalle. «Se non sei troppo stanco, passeggia con me.»

Senza voltarsi, i due uomini si addentrarono nei giardini.

A Rupens e Tresan venne assegnata una cameretta affacciata sul parco. Era piccola, ma i due lettini, per quanto semplici e senza baldacchino, erano confortevoli. Dopo essersi rinfrescato con l'acqua del bacile, Rupens uscì per andare a cercare alcuni amici, mentre Tresan rimase a passeggiare nelle vicinanze, per evitare di perdersi in una corte tanto vasta. Era sempre più affascinato e, nonostante indossasse i suoi abiti più eleganti, di seta e velluto color terra, si sentiva inadeguato, in un ambiente tanto raffinato. La corte era formata da numerosi palazzi, in gran parte di sasso rosa e bianco, con alti portali, bifore e trifore in granito. Poco lontano, fra le betulle del parco, si scorgeva un lago a forma di fagiolo più grande della piazza d'armi di Va' Nel. Mentre passeggiava fra le aiuole di un giardino, Tresan notò che anche i servi erano ben vestiti, e indossavano livree azzurre e dorate, i colori di Rovanea. Le dame erano belle, avevano abiti sontuosi e acconciature elaborate come non ne aveva mai viste, a Elvaner. Alcune, passandogli accanto, gli rivolsero sorrisi che lo fecero tremare d'emozione. Era una corte magnifica.

Erano giunti molti nobili da ogni confine di Misrenea per porgere l'estremo saluto alla regina defunta e Tresan si fermò a osservarli da una terrazza del giardino. Non faticò a riconoscere alcuni membri dei clan di Ægator, l'arcipelago che costituiva l'ala occidentale di Misrenea. Erano tutti biondi o rossicci, spesso barbuti, e avevano lineamenti marcati. Indossavano mantelli sgargianti, tinti con i colori delle loro famiglie, e camminavano in gruppo bevendo birra da lunghi fiaschi, scortati dai loro cani. Un comportamento indecente, in occasione di un funerale, giudicò Tresan, e troppo tardi si accorse che li stava fissando con disapprovazione. Un giovanotto dai capelli biondo-rame, già ubriaco, gli si avvicinò con l'espressione di chi voleva cercare una lite.

«Che hai da guardare, ragazzo?» lo apostrofò, nella lingua comune di Misrenea. I suoi compagni si fermarono e qualcuno lo richiamò, ma altri lo incoraggiarono a fare a pugni: «É uno sfrontato, spaccagli la faccia!»

D'istinto, Tresan arretrò di un passo. Non riconosceva i colori del clan del giovane, verde e turchese, ma dall'accento intuiva che provenisse dalle isole più occidentali di Ægator.

«Non guardavo voi, ma i vostri cani» mentì, e l'Ægatoriano bevve un sorso di birra, barcollando leggermente.

«I miei cani?» ripeté, beffardo. «Non ne hai, sulla tua isola?»

«Non di questa razza.»

«Sono bastardi. Ottimi cacciatori e spietati guardiani. Tutti quanti hanno fatto a pezzi almeno un uomo, quand'erano ancora cuccioli. Voi due, qui!»

Con un fischio chiamò due grossi segugi pezzati, che giunsero al galoppo e gli saltarono attorno per giocare; ma a un suo ordine secco, sibilato nel dialetto della sua isola, si strinsero attorno a Tresan, ringhiando e snudando i canini affilati. Erano sporchi e bagnati, e puzzavano da togliere il fiato. Senza preavviso, il più massiccio abbatté Tresan colpendolo sotto la gola con una zampata, mentre l'altro l'agguantava per una caviglia. Lo teneva delicatamente, come se fosse stato una preda di caccia, ma Tresan sentiva sul collo il ringhio e il fiato maleodorante del segugio che lo aveva gettato a terra, e si sbracciava nel tentativo di allontanarlo.

«Via! Lasciatemi, tutti e due!» urlò. Cercò di rialzarsi, ma sentì i denti stringere sulla caviglia, sotto lo stivale, e inciampò goffamente nel prato. Udendo le risate di coloro che stavano assistendo alla scena, avvampò di vergogna.

«Lascialo stare, Aæril!» intervenne un uomo dalla folta barba rossa. «É solo un moccioso.»

«Se proprio insisti, padre.... Piccoli, a cuccia!»

Obbedienti, i cani gli sedettero accanto, mentre Tresan si rimetteva in piedi pulendosi gli abiti dal terriccio umido del prato.

«Chi sei, giovane ardito?» riprese Aæril, sorseggiando dell'altra birra dalla sua fiasca.

«Tresan Hardan di Elvaner.»

Si era aspettato che, nell'udire il lignaggio della sua casata, quello sfacciato giovane si scusasse per la sua sfacciataggine. Invece, Aæril scoppiò in una forte risata di scherno. «Un Hardan! Non mi stupisce che tu sia tanto pauroso!»

Il rossore sulle guance di Tresan divenne fuoco. «Cosa intendete dire?» reagì.

«Sei solo un contadino, e non è necessario risalire ai tuoi avi per scoprirlo. Nessun aristocratico avrebbe tanta paura di qualche cagnolino da riporto.»

«Sono nobile quanto voi, signore!» ringhiò il ragazzo, oltraggiato, e Aæril lo fissò con i suoi occhi azzurri come il ghiaccio. «Ma per favore! Il tuo bisnonno era solo un mezzadro arricchito, lo sanno tutti! Da quanto tempo la tua famiglia governa sulle isole di Elvaner? Un secolo o poco più? I clan hanno il dominio di Ægator da oltre settecento anni. La tua casata può vantare una storia altrettanto lunga e ricca di vittorie in battaglia, come la mia?»

«Noi Vilkaster regniamo sul Principato di Zircana da più tempo ancora» intervenne una voce giovane, ma decisa. «Eppure, considero Tresan mio amico e mio pari, Aæril di Zeln.»

Voltandosi, Tresan vide Romisan Vilkaster, l'erede del Principato di Zircana, il piccolo arcipelago che confinava a nord con Elvaner, disegnando la parte superiore dell'ala orientale dell'aquila. Aveva la sua stessa età, anche se era un po' più alto, ma la durezza del suo sguardo turchese era quasi adulta.

«Naturalmente, Principe Romisan, preferite accompagnarvi ad altri bambinetti come voi, piuttosto che ai nobili, come sarebbe richiesto dal vostro rango» lo biasimò Aæril, ma l'espressione di Romisan non vacillò.

«Mi accompagno a chi desidero, signore. E, quanto meno, non mi aggiro nei giardini del re puzzando di birra e facendo guaire i miei cani come se fossi a una festa di paese. Andiamo, Tresan» Gli porse il braccio, per sorreggerlo. «Se riesci a camminare, possiamo riposare in posti più ameni di questo... e più tranquilli!»

Tresan accettò il suo braccio e insieme discesero le gradinate che portavano al lago. Quando furono lontani dalla vista di Aæril, Romisan lo abbracciò.

«Sono felice di rivederti, amico mio» lo salutò, e Tresan ricambiò la stretta con affetto. «Anch'io. L'inverno è stato lungo, senza di te. Speravo che tuo zio ti lasciasse venire da noi, nei mesi più freddi.»

Ripresero a scendere verso il lago.

«Oh, lo conosci! Da quando mi ha nominato erede del Principato, mi controlla peggio di una chioccia! A volte vorrei che le febbri non avessero ucciso i miei cugini e mio fratello, tre anni fa... Adesso sarei solo un cadetto, e avrei molta più libertà. Ma se non fossi venuto a Va'nel per sfuggire alla pestilenza, noi due non saremmo mai diventati amici... » Gli sorrise, un bel sorriso luminoso. «A volte il *karma* s'inventa percorsi stravaganti, per avvicinare chi condivide lo stesso cielo.»

«Anche un nobile e un contadino? »

Romisan mosse una mano con noncuranza. «Non ascoltare i vaneggiamenti di quel barbaro prepotente. Si sente tanto nobile per nascita, ma non rispetta neppure una regola della cavalleria»

Passarono sotto un pergolato di glicini in fiore e scesero in un grazioso giardinetto.

«Però ha ragione, Romisan» sospirò Tresan, allontanando con una mano un'ape che ronzava davanti alla sua faccia. «La mia casata non è nobile quanto la sua o la tua.»

«Tuo padre è un Sopracavaliere e il titolo gli spetta di diritto. Che t'importa di cosa facessero i tuoi avi, quando non eri ancora nato?»

«Coltivavano orzo e grano dalla mattina alla sera, ecco cosa facevano. Non erano altro che semplici fattori.»

«Ricchi proprietari terrieri, che hanno conquistato il titolo strappandolo in battaglia alla precedente dinastia» lo corresse Romisan. «Se il mio bisnonno avesse dato prova di tanto coraggio, sarei orgoglioso di lui.»

«Lo sono, credimi...»

«E allora finiscila di considerarti indegno d'essere un principe di Elvaner! Anche se a vederti adesso, chiunque dubiterebbe del tuo rango...» Si fermò a guardarlo, gettando all'indietro il ciuffo biondo chiaro che gli ricadeva sugli occhi. «Sembri uscito da una zuffa, con quei capelli scarmigliati e i vestiti sporchi di terra. E puzzi come un cane bagnato!» Rise, divertito. «Non puoi presentarti al re... o peggio, a tuo padre... in queste condizioni.»

Tresan si passò una mano sulla faccia. Il palmo gli si macchiò di una striscia di terriccio. «È meglio che mi lavi. Dove potrei...?»

«Là c'è una fontanella» Romisan gli mostrò il muso marmoreo di una chimera, incastonato in un muretto, da cui zampillava un rivolo d'acqua. «Se ti accontenti...»

«Va benissimo. Prima mi tolgo di dosso l'odore di quei cani bavosi, e meglio è!»

L'acqua era ghiacciata, e se ne gettò qualche manciata sul viso e sul collo. Prima di scostarsi bevve un sorso, e Romisan ridacchiò. «Per il Dio Ashinn, bevi acqua come i cavalli? Andiamo laggiù, piuttosto» Indicò una lunga tavolata imbandita, sulle sponde del laghetto, dove gli invitati si stavano affollando per banchettare. «Ci sarà del vino, e forse della birra del sud. Ho anche fame. Vieni con me?»

«Volentieri.»

Passarono fra i nobili che si aggiravano sulla riva, addentando grossi pezzi d'arrosto e sorseggiando il vino speziato di Rovanea. Da un grande piatto di portata raccolsero rotoli di maiale sotto sale, e con gli stiletti staccarono grossi pezzi di formaggio dalle forme esposte tra i fasci di gigli bianchi, in segno di lutto. Dopo aver riempito un vassoio con carne e formaggio, presero una manciata di frittelle, due calici di birra e sedettero sul muretto, davanti al lago. Guardarono gl'invitati passeggiare sulle rive erbose e ogni tanto Romisan ne indicava qualcuno, elencandone i nomi e i titoli. Conosceva tutte le nobildonne più belle e, nel passargli accanto, qualcuna fra le più giovani lasciò cadere ai suoi piedi un nastro come segno del suo favore. Lui li raccolse tutti, aspirandone il profumo, e decise che quella sera sarebbe passato a omaggiare ogni fanciulla. «Sarebbe villania, preferirne una all'altra, non credi?» osservò, strizzando l'occhio all'amico.

Poco più tardi, mentre ridevano di un lacchè che inseguiva in modo scomposto il furetto di una gentildonna fra gli arbusti, un'ombra cadde su di loro.

«Gli eredi di Elvaner e Valmādria?» domandò una voce profonda e, sollevando lo sguardo, Tresan vide l'Arciprete dell'Impero orientale di Myrdrassa seguito da due funzionari di stato. I due funzionari erano piccoli e rotondetti, e avevano la pelle pallida, ma l'Arciprete era alto, vecchio ed estremamente magro. In segno di lutto per la morte della regina, indossava una lunga tunica bianca, decorata sui bordi con sottili ricami dorati.

Romisan s'alzò, seguito da Tresan. L'Arciprete passava dall'uno all'altro con i suoi occhi bicolore, a mandorla. Era risaputo che tutti i membri dell'alto clero Myrdrass fossero strettamente imparentati fra loro e avessero tutti un occhio nero e un altro blu, ma Tresan non ne aveva mai visti, e rimase sconcertato davanti a quella stranezza.

Accorgendosi che l'uomo attendeva una risposta, si schiarì la voce.

«No, Eccellenza. Non ho l'onore di essere l'Erede della mia terra.»

«Io lo sono, invece» replicò Romisan, con diffidenza. «Portate i saluti dell'imperatore?»

«L'imperatore è troppo impegnato a mantenere la tregua con Misrenea per curarsi dei giovani, Principe Romisan» osservò l'Arciprete, gentilmente «Non è in nome suo, che sono qui, e non parlo neppure per il mio Patriarca, l'Altissimo Gülhan. Il mio è un saluto di cortesia... ma non solo» Tornò a posare il suo sguardo inquietante su Tresan. «Voi sarete il futuro, quel futuro che non conoscerò mai, e vorrei avere un'intuizione di quello che verrà. Posso?»

Non attese una risposta e posò una mano scheletrica sulla fronte di Tresan.

«Quanti astri oscuri!» declamò. «I pericoli verranno a te dalla terra, dal cielo e dal mare. E tu, nobile Vilkaster» Pose il palmo aperto fra gli occhi di Romisan, che sussultò. «Guardati nella tua casa e nel tuo letto. Le tue paure prenderanno forma nei sogni, ma gli Dèi ti amano. Ascolta la loro voce!»

Tresan fu il primo a riscuotersi.

«Siete un indovino?» *O avete letto la mia carta della nascita?*

«No, ho imparato a leggere le persone così come certuni studiosi leggono gli antichi testi, con l'imposizione delle mani» Romisan aggrottò la fronte e anche Tresan s'irrigidì. Quell'uomo li credeva tanto sciocchi da credergli? Era ovvio che sapeva qualcosa, e aveva cercato d'impressionarli fingendosi illuminato dagli Spiriti. Non era difficile predire un avvenire costellato di pericoli a chi possedeva numerose Stelle Cacciatrici come Tresan, e Romisan era l'erede di un Principato. Anche lui avrebbe avuto più nemici che amici, in futuro, e un prete non poteva che suggerirgli di confidare nella protezione degli Dèi.

Cogliendo il loro disappunto, l'Arciprete ritirò le mani dentro le ampie maniche e si scostò di un passo. «Perdonatemi, se la mia è stata scortesia» Il suo sorriso era dolce e sembrava sincero. «É probabile che non abbia la ventura di veder sorgere il nuovo anno, e volevo sapere quali uomini governeranno le nostre amate terre, quando non ci sarò più.»

«Io non governerò né Elvaner né nessun altro feudo» puntualizzò Tresan e il sorriso dell'uomo divenne ancor più affabile.

«No, non governerai un feudo» convenne. «Ma sei figlio del più caro amico del re, e può darsi che avrai influenza negli affari di stato, quando sarai un uomo. Ora scusatemi, miei signori. Le mie fragili ossa mi dolgono e desidero ritirarmi. Sono stato lieto di avervi conosciuto.»

Inchinò il capo e s'appoggiò a uno dei funzionari per allontanarsi. Il secondo burocrate lo seguiva con sguardo truce.

«L'imperatore non sarà felice, quando gli racconterò quello che avete fatto, Eccellente Vis-Mar-Din» borbottò, in lingua Myrdrass.

«Lui no, forse, ma la sua imperatrice, sì.»

Tresan, che aveva capito ogni parola, lanciò un'occhiata spaventata a Romisan. «Cosa significa?»

«Che non avremmo dovuto fermarci a parlare con l'Arciprete del nemico storico del re. Credi che si sia inventato tutto?»

«Naturalmente. Non capisco cos'abbia ottenuto, da noi.»

Romisan si strinse nelle spalle.

«Mah, è solo un vecchio demente che si diverte a vaticinare per sentirsi importante. A me non ha rivelato niente d'interessante, e neppure a te. E noi non abbiamo detto nulla di compromettente, giusto?» C'era una venatura d'ansia, nella sua voce, e Tresan gli passò un braccio attorno alle spalle per rassicurarlo.

«Giusto» confermò. «Ora torniamo agli alloggi. Sono stanco per il viaggio e non vorrei addormentarmi durante la cena. Ti siedi accanto a me, questa sera?»

«Se gli zii non mi vorranno in mezzo a loro come un bambino piccolo, sì!»

****

Dopo cena, Romisan volle andare a divertirsi con una servetta, e Tresan decise di ritornare nella propria stanza. Rupens era seduto alla grande scacchiera della sala d'armi, e stava giocando contro un cugino del re, circondato da una dozzina di cavalieri che seguivano con ammirazione ogni sua mossa. Il re si era già ritirato, e Tresan non vedeva neppure suo padre. Con un sospiro, s'accorse di sentire la mancanza di Astrid. Gli dispiaceva che non li avesse voluti seguire, ma lei gli aveva spiegato che le cerimonie di corte potevano esporla al pericolo e anche se lui non sapeva esattamente da cosa dovesse guardarsi, non aveva insistito perché li accompagnasse.

Si avviò da solo verso gli alloggi degli ospiti e, stringendosi nel mantello per proteggersi dal vento pungente della sera, attraversò a capo chino il giardino in cui quel pomeriggio aveva avuto il diverbio con Aæril di Zeln. Lungo i sentieri e le scalinate erano state accese numerose torce e gruppi di guardie erano stazionate nei punti strategici, per salvaguardare gli ospiti e soccorrerli, qualora si fossero smarriti. D'un tratto, gli parve di scorgere un Davlejn, oltre una lingua di fuoco, e s'arrestò, colto da un improvviso batticuore. Dove c'era una Guardia Scelta, c'era anche il re! Non l'aveva potuto salutare, quel giorno, e l'avrebbe voluto guardare da vicino senza che suo padre lo sgridasse. Farsnar era così solenne e bello! Forse, nemmeno il Re d'Ambra avrebbe potuto competere con la sua maestosità. Senza indugio, deviò dal sentiero che stava risalendo e aggirò una siepe, per non farsi notare. Non era nei giardini reali, eppure quella che sentiva fuoriuscire da una porta-finestra aperta era senza dubbio la voce del sovrano. Sporgendosi con prudenza fra i rametti della siepe, scorse alcune figure che fumavano e bevevano vino, in una stanza illuminata da grandi candelabri. Riconobbe subito Re Farsnar e suo padre, e un attimo più tardi vide l'Arciprete di Myrdrassa seduto a terra con un narghilè fra le gambe incrociate. Stavano parlando di alleanze fra l'Arcipelago e l'Impero, e Tresan si predispose per origliare, quando una mano lo raccolse senza fatica, prendendolo per il colletto, e ancor prima che se ne rendesse conto, il Davlejn l'aveva scaraventato nella stanza attraverso la porta finestra aperta, zittendo i tre uomini.

«L'ho trovato qui fuori, sire. Girovagava fra le siepi come un ladro di polli.»

Inginocchiato a terra, Tresan si sentì morire. «Non è vero» tremò, senza avere il coraggio di sollevare lo sguardo sul padre. «Mi sono perso».

Sentì su di sé lo sguardo del re. «Tuo figlio, Aldric?»

«Non per molto, alla Dea piacendo!»

Il tono del Sopracavaliere era spaventoso e Tresan sentì gli occhi riempirsi di lacrime. Questa volta non se la sarebbe cavata con qualche frustata. Come minimo, rischiava d'essere rinchiuso a vita nel convento della dea. Nel caso peggiore, Aldric l'avrebbe mandato ai confini di Elvaner a scavare la roccia delle miniere d'argento con le mani nude. Strinse disperatamente i pugni sul pavimento lucido, sforzandosi di non piangere. *Non farlo, non farlo!* s'implorò.

La risata dell'Arciprete, rauca ma gradevole, lo sorprese.

«Suvvia, Sopracavaliere, è solo un ragazzo!» lo difese, appoggiandosi a una panca per issarsi in piedi. «Volete che mi accerti se abbia detto la verità? Sapete che posso farlo. Alzati, Tresan.»

Cercando di ricomporsi, Tresan obbedì. Aveva il viso in fiamme per l'umiliazione, ma alzò la testa e lasciò che Vis-Mar-Din gli posasse sulla fronte la mano scarna, come aveva fatto quel pomeriggio. L'Arciprete voltava le spalle al re e ad Aldric, in piedi accanto al tavolo dei vini e, sapendo di non essere visto, gli strizzò un occhio, con fare complice.

«Un ragazzo curioso» commentò, come se gli stesse leggendo dentro. «Molto curioso. Ma ha detto il vero. Non aveva intenzione di spiarci. Il vostro Davlejn è scrupoloso, mio signore, tuttavia il figlio del Sopracavaliere non intendeva offendere la vostra ospitalità con l'impertinenza.»

Aldric scosse il capo, dubbioso. «Siete dunque un mago, Arciprete?» sputò, e Vis-Mar-Din rise.

«No, sono solo il promesso sposo della morte, e un uomo che si appresta a scendere nella tomba non può mentire. O dubitate della mia parola?»

«Nessuno dubita della vostra parola, mio caro amico» intervenne il re, in tono conciliante. «Sappiamo tutti con quale scrupolo svolgete il vostro lavoro, e le vostre capacità non sono in discussione.» Lanciò uno sguardo penetrante ad Aldric. «Non è così?»

Aldric ebbe una smorfia di disappunto. «No, naturalmente» borbottò. «Vi chiedo perdono, Eccellenza, per aver dubitato dei vostri doni. In quanto a te, sciagurato, fila nella tua stanza e prega di poterti alzare dal letto, domattina!»

Tresan si sentì rabbrividire, ma sapeva di meritare ogni cinghiata che il padre gli avesse inflitto, quella sera. Abbassò gli occhi, avvilito, e s'inchinò al re per prendere congedo.

«Sire» lo salutò, ma ancora una volta fu Vis-Mar-Din a parlare in suo favore: «Se il ragazzo ci ha sentiti, tanto vale che rimanga e ascolti anche il resto.»

Tresan lo fissò, sbalordito. Perché l'Arciprete del nemico storico del re lo stava difendendo?

«I figli dei nobili sono il nostro avvenire» disse l'Arciprete, con un sorriso. «Devono essere preparati a quello che verrà e il piccolo Tresan ha troppe stelle oscure, nella sua mappa del destino, per restare nell'ombra della storia.»

Dunque, era come aveva supposto. Quel vecchio imbroglione conosceva la sua carta della nascita e non aveva percepito nessuna Stella Cacciatrice palpitare in lui, quel pomeriggio!

Aldric ebbe un gesto di stizza. «Voi preti ficcate il naso in troppe faccende che non vi riguardano!» inveì. «Farsnar...»

Con un cenno, il re indicò al Davlejn di uscire e di richiudere la vetrata che dava sul cortile.

«Mi fido di Vis-Mar-Din come mi fido di te, Aldric» disse, quando rimasero soli. «É stato a capo della Guardia Scelta di mio padre, quarant'anni fa, e il fatto che sia entrato nel patriarcato di Myrdrassa non ne svilisce la lealtà. É un Myrdrass e ha il diritto di seguire la religione che preferisce, soprattutto» sorrise in modo allusivo. «Se ogni tanto ci porta informazioni preziose.»

«Farsnar!» Aldric impallidì. «Non davanti al bambino!»

Per la prima volta, da quando era giunto alla corte reale, Tresan sentì il re ridere di piacere. «Bambino? Alla sua età, stavo quasi per sposarmi per la prima volta! Cos'hai ascoltato, poco fa, giovane Hardan?»

Tresan abbassò il capo. «Quasi nulla. Mi è sembrato di capire che stavate parlando dei rapporti fra l'Arcipelago e Myrdrassa.»

«Già... Un regno senza eredi è un regno in pericolo» Il re si lasciò cadere pesantemente su uno scranno intarsiato. «Vis-Mar-Din, l'imperatore progetterà di invaderci per spezzare l'unità dei miei feudi?»

Anche l'Arciprete sedette su una panca, abbandonando il narghilè acceso sul tappeto. «No, mio signore. L'imperatrice incalza perché vi dichiari guerra, ma Su'meeramjtra non organizzerà i suoi uomini contro di voi.»

«Perché no?» Aldric si versò del vino e lo bevve d'un fiato. «La regina defunta era una Myrdrass, e con la sua morte si è sciolto ogni vincolo che legava i Randeran agli Shaar Tol Re. Sarebbe un buon pretesto per invadere l'occidente.»

«L'imperatore ha fame, e con i sacchi di riso vuoti non si può organizzare una guerra. Oh, non fraintendetemi» Vis-Mar-Din ridacchiò. «Su'meeramjtra è sempre brutto e grasso, ma i raccolti, nel suo impero, non sono più generosi come un tempo. Credo che attenderà d'avere riserve di cibo più soddisfacenti, prima di attaccarvi. Sono comunque sicuro che non sia sua intenzione dichiararvi guerra... Non adesso, perlomeno.»

«Invece, quella baldracca dell'imperatrice lo vorrebbe, vero?» sbottò Aldric e Tresan trattenne il fiato, stupefatto. Era insolito che il padre diventasse volgare, ma non disse nulla, nel timore che si ricordassero di lui e lo sbattessero fuori dalla stanza.

«L'imperatrice ha progetti ambiziosi, che purtroppo non mi è dato di conoscere» ammise Vis-Mar-Din. «Ha scelto come confidente e confessore il Sommo Gülhan, e spesso s'intrattengono insieme in meditazione.»

«Meditazione?» Farsnar sogghignò. «Ho in mente una forma di meditazione molto profonda, per quei due.»

Anche l'Arciprete sorrise. «Assolutamente. Ora cosa pensate di fare?»

«Resterò in allerta, come sempre... E dovrò anche cercare di dare un benedetto erede al regno! Chi dovrà essere la madre, questa volta? Un'altra Myrdrass?»

«Sarebbe sensato» ragionò Vis-Mar-Din. «Ma andrebbe bene anche una Valmādrian. I Valmādrian e i Myrdrass condividono il sangue, la storia, la cultura... Potreste valutare una donna fertile fra le figlie o le cugine del re di Valmādria.»

«Hai già in mente qualcuna, Farsnar?» domandò Aldric, e Tresan vide il sovrano spalancare gli occhi con disgusto.

«Per gli Dei, no! Sarebbe un pensiero indecente, mentre la mia sposa giace ancora sotto il mio tetto, anche se in una bara nella ghiacciaia, anziché nel nostro talamo. Non che l'abbia amata molto, ma era devota e merita rispetto. Ah, crudeli Spiriti, perché?» Batté un pugno sul bracciolo dello scranno, con foga. «Quattro spose e nessun discendente che possa sedere sul mio trono! Quattro! E giacciono tutte nella cripta reale, assieme ai cadaveri dei bambini che mi sono morti, in oltre trent'anni di regno! Del mio sangue rimane solo il povero Malcolm, spastico e sempre malato, che mai porterà la corona di Rovanea! Il mio seme è dunque così inconsistente da non riuscire a generare una vita forte e durevole?»

Aldric gli porse un calice di vino, ma Farsnar lo rifiutò. Tresan non seppe capire se fosse più irritato o disperato. Nei suoi occhi grigi brillava qualcosa che sembrava una lacrima.

«Non scordare che hai un altro erede, Farsnar» tentò di confortarlo Aldric. «Tuo nipote Damon.»

«Damon? Perché, tu sai forse dove si trovi, quello sciagurato? Gli ho dato tutto, tutto...! E lui l'ha gettato via per seguire un vecchio ciarlatano che ho avuto la sventura di accogliere a corte, quand'era bambino!»

«Non vi ha mostrato molta gratitudine» convenne Vis-Mar-Din, con la sua voce roca ma gentile. «Se vostro fratello fosse vivo, forse sarebbe rimasto con voi. É stata una tragica sventura che lui e la moglie siano periti in quell'attacco dei pirati, una dozzina d'anni fa.»

«Ah, Syrinal non ha fatto che causarmi grattacapi, da quand'è nato, e Damon è come lui, se non peggio! Non avrei dovuto nominarlo mio successore, ma era il parente più vicino alla corona, e il Consiglio incalzava... Cos'altro avrei potuto fare?»

«Se non gli vuoi lasciare il trono, prendi un'altra moglie e popola la corte di figli legittimi» gli suggerì Aldric. «Non sei vecchio e puoi averne quanti ne vuoi. Se avessi un figlio sano, Damon non avrebbe più posto a palazzo, se non come tuo nipote.»

Tresan vide il volto del re, pallido di disperazione, accendersi di speranza. «Tu faresti così, Aldric?»

«Oh, molto peggio!» Con un gesto quasi rabbioso, Aldric sbatté sul tavolo il calice ancora colmo a metà. «Per parte di madre, Damon è anche mio nipote, ma non lo rivorrei, se avessi certezza che mi ha abbandonato per sua scelta, e preferirei sposare altre dieci donne pur di non lasciargli le mie terre e le mie ricchezze. Il suo è il sangue più nobile di tutto l'arcipelago, discende dai Randeran e dagli Alti Sacerdoti del Dio Ályshan, e ha mostrato di disprezzarli entrambi. É inaccettabile che abbia ripudiato la sua famiglia per diventare un umile burattinaio!»

Fra sé, Tresan convenne con ogni parola del padre. La scelta di Damon era uno spregio nei confronti di tutti i suoi Avi. Per linea paterna apparteneva alla famiglia reale e sua madre, Adamor Klastor, era la figlia maggiore dei Patriarchi del Dio Ályshan. Nessun altro aristocratico, nell'Arcipelago, poteva vantare un lignaggio più alto del suo, né Romisan, che pure discendeva da una dinastia secolare, né gli orgogliosi e sprezzanti Mav di Ægator. Perché mai Damon aveva rinnegato le sue origini per seguire un giocoliere su qualche isola sperduta di Misrenea?

«L'hai mai conosciuto, Tresan?»

La voce del re lo distrasse dai suoi pensieri.

«Come? No, mio signore. Quando ha lasciato la corte aveva circa undici o dodici anni, e non ricordo d'aver mai avuto occasione d'incontrarlo, prima d'allora.»

«Non ha mai provato a mettersi in contatto con te o con tuo fratello Rupens, durante questi sette anni?»

«Non che io sappia, sire. Perché avrebbe dovuto farlo?»

«Siete cugini. Adamor e Drusìa erano sorelle, ed erano in buoni rapporti. Damon può aver rinnegato la famiglia di suo padre, ma magari ha ancora a cuore quella di sua madre» Si passò una mano sul volto, stremato. «Sono disperato, e cerco un appiglio in ogni cosa... anche nelle amicizie di un adolescente!» rise, senza allegria. «Allora è deciso. Osserverò il lutto, una volta ancora, e poi cercherò una quinta sposa fra le fertili nobildonne dell'est. Nel frattempo, Vis-Mar-Din, fate in modo che l'imperatore non si armi contro di me. In caso contrario, avvisatemi tempestivamente.»

«Come sempre, mio signore» gli garantì il vecchio, e il re si rilassò. «Allora, Tresan Hardan, hai assistito al tuo primo consiglio segreto. Cosa ne pensi?»

«Me l'aspettavo più intrigante» scherzò Tresan e Farsnar rise, divertito.

«Oh, questo non era che un incontro fra amici! Più avanti, avrai modo di partecipare a riunioni dove si dice tutto e il contrario di tutto. Ora» Si alzò dallo scranno con un agile balzo «Voglio dimenticare la morte, i figli che non ho avuto e le sorti del mio regno. Voglio solo pensare ai vecchi tempi, ubriacarmi e dormire senza sosta fino al canto del gallo. Aldric, mi accompagni nei miei appartamenti?»

Tresan gli s'inchinò profondamente, e nel rialzarsi incrociò l'espressione del padre, e capì che più tardi sarebbe tornato per punirlo. Stava per lasciare la stanza dietro ai due uomini, quando Vis-Mar-Din gli fece cenno di restare. «Chiudi la porta» gli ordinò, e mentre Tresan obbediva, si sedette sul tappeto per riprendere a fumare il narghilè.

«Allora questo incontro ti ha deluso?» sogghignò, smuovendo il tabacco nel braciere. «Un eccesso di amicizia rovina il fascino delle congiure, non è vero?»

Il suo sguardo bicolore brillava di una luce quasi sinistra, e Tresan comprese.

«State facendo il doppio gioco? Vi ho sentito questo pomeriggio. Dicevate che l'imperatrice sarebbe stata contenta di sapere che mi avete incontrato.»

«Lo sarà. Avrò molte cose da riferirle, quando tornerò nell'impero.»

Tresan gli si avvicinò, smarrito. «Da che parte state? A chi volete mentire?»

«A nessuno dei due, per questo sono amico di entrambi» Si appoggiò con il gomito alla panca imbottita, alle sue spalle, e lo scrutò con attenzione. «Io non mento mai, giovane Tresan... O quasi mai. Questo è quello che sono, e il tuo amato re lo sa. Mi dice quello che vuol far sapere ai suoi diletti nemici, e gl'Imperatori fanno la stessa cosa. A loro serve per studiare mosse e contromosse ed io mi diverto. Quale altro svago può avere un uomo che sta per morire?»

Tresan gli s'inginocchiò davanti, fissandolo con occhi gelidi.

«Perché avete voluto che restassi ad ascoltare? Mi stavate studiando?»

Il sorriso del vecchio divenne quasi triste. Aspirò un paio di boccate e posò un braccio su un ginocchio rialzato, ossuto anche sotto la tunica bianca.

«Te l'ho detto, ragazzo mio, tu sei il futuro. Tu e quel tuo amico dagli occhi di cielo, ma non solo. Là fuori ci sono uomini e donne che segneranno il destino delle nostre terre, fra qualche anno, e tu sarai con loro. Non è preveggenza. La storia è fatta dai vecchi, ma l'avvenire è in mano a quelli come te. Non lasciarti mettere da parte solo perché sei un cadetto. I titoli e l'onore si possono conquistare, come hanno fatto i tuoi avi quando hanno spazzato via la vecchia dinastia che regnava sulle tue isole. La mia imperatrice è convinta che tu sia un ragazzo interessante e se dovesse scegliere da chi guardarsi, fra te e Rupens, non esiterebbe ad alzare lo scudo per difendersi dai tuoi affondi. Non ti conosco a sufficienza da sapere se abbia ragione oppure no, ma di una cosa sono certo: non sei uno sciocco e anch'io, se vivessi altri vent'anni, preferirei averti come amico che non come nemico.»

Tresan rimase a fissarlo quasi interdetto, poi si ritrasse molto lentamente, alzandosi con prudenza. «Sei un uomo strano» mormorò. «Sembri sincero, eppure non credo di volerti essere amico.»

«Non avremo il tempo d'esserlo» gli garantì Vis-Mar-Din. «A ogni modo, mi ha fatto piacere averti conosciuto, Tresan di Elvaner.»

Tresan si morse un labbro. Non avrebbe potuto ricambiare la cortesia senza mentire. S'avviò alla porta e uscì senza salutarlo.

No, quell'incontro non era stato innocente come aveva creduto. E qualcuno, oltre i Grandi Mari Centrali, s'interessava a lui.

Il mattino seguente, Tresan si svegliò con un gemito. La schiena e i glutei gli facevano male, e Rupens rise, mentre si stiracchiava fra le coperte.

«Quante te ne ha date?»

«Sette.»

«Ne hai prese di più, in passato» Gettò indietro le coltri e scese agilmente dal letto. «Dimmi la verità. Stavi origliando?»

Tresan si sollevò a fatica, puntandosi sui gomiti, e annuì.

«Allora il vecchio falco ha creduto a quel Myrdrass dagli occhi strani» Rupens gli strizzò l'occhio e si sfilò la camicia da notte dai piedi, restando nudo. «Se avesse sospettato che volevi spiare il re, adesso non riusciresti nemmeno a usare l'orinale. Ce la fai ad alzarti?»

«Sì. Fa male, ma passerà. Chiama Enis, ho bisogno che mi aiuti per vestirmi.»

Quando venne, il vecchio servitore lo medicò con il succo d'arnica e, dopo un lungo massaggio, Tresan riuscì ad alzarsi e camminare. Era solo un po' lento e chino in avanti, e a Romisan disse d'aver dormito male, per via del materasso troppo morbido. Si parlarono poco, perché quando iniziò la cerimonia funebre ognuno sedette con la propria famiglia. Gli Hardan occupavano la terza fila, dietro agli Alti Prelati e ai membri del Consiglio Reale, mentre ai Vilkaster era stato assegnato un banco nell'ala opposta, vicino ai Mav di Ægator.

Tresan, seduto accanto ad Aldric e al fratello, scrutò a uno a uno gl'invitati. Non aveva mai visto tanti nobili insieme, neppure al rito dell'Età Adulta di Rupens, quattro anni prima. C'erano molti cavalieri dell'Arcipelago e, oltre ai Myrdrass, erano intervenuti i rappresentanti dei vari domini delle Terre Estese, che appartenevano a Re e Imperatori a lui sconosciuti. Alcuni fra i partecipanti sembravano annoiati, ma Tresan notò che i capi dei Clan di Ægator erano inquieti e a volte si scambiavano sussurri tesi.

«Che accadrà, adesso?» lesse sulle labbra di Aæril di Zeln, ma non comprese la risposta dell'uomo barbuto e massiccio che gli stava accanto. Notò però che alcuni Mav dei Clan lanciavano occhiate astiose verso Aldric e, quando si voltò, Aæril fissò su di lui uno sguardo così ostile da sfiorare l'odio. L'uomo barbuto lo richiamò con una gomitata sul braccio, e il giovane non tornò più a guardarlo.

Il re e suo padre avevano ragione. Il regno aveva bisogno di un erede, e al più presto. Quando i gong suonarono per tre volte, segnando la fine della cerimonia funebre, la salma della regina venne condotta nella cripta con un maestoso corteo. Più tardi, i nobili si recarono nella sala dei ricevimenti, dove era stato approntato il banchetto. Tresan rimase per qualche tempo in compagnia di Romisan, ma quando l'amico si allontanò dietro le siepi con una damigella, lasciò la sala del rinfresco. Vide Rupens seduto sotto un'alta vetrata, intento a raccontare ad alcuni cavalieri come avesse sconfitto un capitano del re, agli ultimi Giochi di Strategia del regno, e passò oltre senza infastidirlo. La schiena gli faceva male e desiderava solo raggiungere la sua stanza per distendersi sul letto. Mentre cercava la via d'uscita, si ritrovò a girovagare nei corridoi e d'improvviso realizzò di essere in una zona che non conosceva. Nello scorgere due Davlejn parlare fra loro, in lontananza, comprese che si stava addentrando nell'ala privata del re. Doveva andarsene, prima che le guardie lo sorprendessero e lo riportassero a forza nella sala del rinfresco. Suo padre l'avrebbe mandato a spalare letame per un anno, se avesse disonorato la famiglia in quel modo! Decise di uscire in giardino dalla prima porta che avesse trovato ma, mentre attraversava un atrio che dava sul parco, venne attratto da alcune voci che provenivano dalla stanza accanto e si fermò.

«Sei tornato per restare o intendi seguire ancora quell'impostore?»

Riconobbe la voce del re e subito un'altra calda e forte, che gli sembrava d'aver già sentito, in passato, sebbene non ricordasse dove. «Non offendere il mio Maestro, zio. Se la magia vivesse ancora nel mondo, avrebbe già fatto di me un mago.»

«La magia non esiste più da millenni e tu non hai il talento per diventare un mago» ritorse il re, irritato. «Il sangue dei Randeran non è fatato e quello dei tuoi nonni ispira più visioni che magia» Poi, in tono conciliante, aggiunse: «Ti prego, Damon. Sei il mio amato nipote. Resta e prendi quello che ti spetta di diritto: l'Arcipelago tutto. Ti sembra poco?»

Damon scoppiò in una risata. «Misrenea mi spetterà sempre di diritto, zio. Tu potresti anche diseredarmi, ma piuttosto che lasciar precipitare l'Arcipelago nel caos e avviare una guerra per la successione fra i nobili e i generali del tuo esercito, il Consiglio Reale accetterà sempre me, sul trono. Non voglio restare per vivere ai tuoi ordini come un damerino di corte. Marlifer sta facendo di me un uomo vero, e chissà, forse un giorno sarò anche un grande mago.»

«Ah, sei folle, se credi davvero che quell'uomo possa darti più di quanto potrei fare io!»

Il principe rise, di una risata bassa e breve. «Ero certo che l'avresti detto» commentò. «Sei sempre stato presuntuoso, ma un po' di umiltà ti converrebbe. Addio, caro zio. Mi rammarico per la tua perdita, perché comprendo e condivido il tuo dolore, ma mentirei se dicessi che sono dispiaciuto per la moglie e per il figlio che hai seppellito, poco fa.»

A Tresan giunse il suono di uno schiaffo in pieno viso.

«Vattene, ingrato, sparisci dalla mia vista!» ringhiò il re. «Ti giuro che non avrai Misrenea nemmeno se morissi mille volte. Lascia il palazzo, prima che ti faccia scacciare dai miei soldati!»

Prima che potesse muoversi, Tresan udì i passi degli stivali sui pavimenti di marmo e un attimo più tardi Damon spalancò la porta, trovandosi a faccia a faccia con lui.

Alle sue spalle, Farsnar si era allontanato uscendo da un altro passaggio. Erano soli.

Damon scrutò Tresan con alterigia.

«Chi sei tu, con quella faccia da contadino?» Il suo sguardo scivolò sullo stemma della fenice in bassorilievo sulla fibbia del mantello e sorrise. «Un Hardan, naturalmente. Devi essere mio cugino Tresan.»

Tresan fronteggiò quel giovane alto e bello con stupore. Aveva ereditato il portamento altero dei Klastor, ma gli occhi, di un profondo blu, erano caratteristici dei Randeran.

«Sono tuo cugino» confermò «Ma non sono un contadino.»

Damon rise, gettando indietro con le dita un ciuffo di capelli neri come la notte.

«Gli Hardan sono solo campagnoli con qualche podere da coltivare e un vecchio palazzo in cui vivere. Non hai studiato la storia, cuginetto? O voi mezzosangue non avete abbastanza soldi per permettervi un istitutore?»

Tresan sentì un fulmineo fiotto d'odio arroventargli la faccia. «I miei studi sono sufficientemente completi» ribatté. «Ma ti ringrazio per le tue premure, cugino.»

Damon rise ancora e s'infilò i guanti da viaggio. «Sei un contadinotto sagace» commentò. «Accetta un consiglio amichevole, ragazzino. Guardati sempre alle spalle, non puoi mai sapere da quale parte giungerà il pugnale che ti toglierà la vita.»

«È una minaccia?» Negli occhi di Tresan lampeggiò un bagliore verde che fece aggrottare impercettibilmente la fronte del cugino. «Non appartengo alla famiglia reale e non sono candidato al trono. Quando il re ti avrà rimosso dalla successione, non sarò comunque un rivale, per te.»

«Non è al trono, a cui alludo» precisò Damon, con estrema freddezza. «Il mio maestro nutre un certo interesse per te e questo non mi piace. Però parla anche di Rupens, quindi non ha le idee molto chiare su voi due. Ricordati del mio avvertimento, cugino.»

Lo spintonò da parte per passare, e quando lo superò si volse di scatto, puntandogli un pugnale alla gola. Ma Tresan, nonostante fosse più basso e più esile, aveva già estratto dal balteo il proprio coltello da lancio, parando agilmente il colpo. Damon sorrise, compiaciuto.

«Molto bene» si complimentò, infilando il pugnale nella manica. «Forse potrai sopravvivere ancora per qualche anno, mezzosangue.»

«Diventerò un uomo difficile da uccidere» promise Tresan e si chiese dove avesse già udito quelle parole, in passato. Per un momento, fra lui e Damon passò qualcosa... come un ricordo disperso fra le nebbie... la consapevolezza che non avrebbero dovuto essere nemici. Ma fu un attimo. Subito dopo, Damon gli riservò un profondo, beffardo inchino.

«Parole sagge, Hardan. Addio.»

Quando Tresan le raccontò dell'incontro con Damon, Astrid sminuì l'arroganza del principe giudicandola la spavalderia di un diciottenne illuso d'aver mezzo mondo nelle proprie mani.

«Non aver timore neppure del suo mentore» lo rassicurò. «Una volta, Marlifer era un mago potente, adesso è solo un vecchio sciocco, più morto che vivo...»

Ma un'ora più tardi si recò nelle scuderie, e ordinò al maestro d'armi di intensificare le lezioni e d'essere più esigente. «Costringetelo a sopportare prove di resistenza, di precisione e di supremo equilibrio. E fate in modo che diventi uno stratega abile quanto suo fratello. Io gl'insegnerò la danza, per renderlo più fluente, negli scontri a corpo a corpo. L'ho visto in allenamento ed è ancora troppo insicuro nelle parate di ceduta e nella finta doppia. La giovinezza non è una scusante per la sua inadeguatezza.» *La morte non ti chiede l'età, prima di rubarti l'ultimo respiro...*

Scrisse a Volèn in un linguaggio segreto, noto solo a loro, e qualche settimana più tardi le giunse la risposta, che confermava i suoi dubbi.

«Le stelle di Tresan si stanno spostando, nella sua carta della nascita, e i cieli di Damon e Marlifer stanno assumendo una posizione pericolosa, rispetto alla sua costellazione. Non era così, fino a qualche tempo fa, ma la mappa astrale del ragazzo cambia spesso, lo sai. Devi tenerlo lontano da quei due. Se solo potessi averlo qui con me, lo difenderei con le spade dei miei Davlejn e chiamerei a raccolta tutti i venti che soffiano attorno all'isola per nasconderlo al mondo. Che gli Spiriti stramaledicano Aldric e la sua ottusità!»

Astrid sedette sul sofà, turbata. Dunque, era come temeva. Altri pericoli si stavano affollando sulla carta natale di Tresan. Perché? Che cosa voleva Marlifer, da lui? Aveva già un discepolo e Tresan non aveva alcuna predisposizione per l'antica magia o per il misticismo dei sacerdoti. Si tormentò una ciocca di capelli, dubbiosa. E se avesse voluto lei? *Ma non può sapere che sono qui, non con questo ruolo né con questo nome, e mai dovrà scoprirlo! Quasi duemila anni non saranno bastati a fargli sopire il suo odio.* Attraverso le finestre socchiuse, la brezza le portò il profumo delle rose di Drusìa e il suo sguardo cambiò, divenne di ferro gelido. *Sta' tranquilla, amica mia. Se Marlifer cercherà di fargli del male, finirò una volta per tutte quello che ho iniziato con lui, e finalmente ballerò scalza sulle sue ceneri, intonando i salmi dell'oblio eterno...!*

Federica Leva

3348, secondo il calendario dei Sacerdoti di Ályshan di Rovanea,
Arcipelago di Elvaner, Misrenea. Mese delle Fresche Acque, Primavera - Estate

7

Nell'estate dei suoi sedici anni, a Tresan, venne concesso d'essere segnato con il tatuaggio della fenice infuocata. Era un riconoscimento di grande rilevanza, che suggellava la virilità di un nobile altolocato e consolidava la rispettabilità della sua casata, capace di mettere al mondo figli maschi integri e sani.

Quando il Consiglio di Elvaner decretò che il figlio cadetto del Sopracavaliere aveva raggiunto l'età adulta, a Va'nel, capitale dell'isola madre di Elvaner, si festeggiò per tre giorni; e altrettanti giorni di festeggiamento si sarebbero tenuti quando Re Farsnar III di Randeran avesse sigillato il rituale imponendo la propria benedizione sulla fronte del giovane Hardan.

«Cerca di meritare quest'onore» borbottò Aldric, quando convocò Tresan nel suo salotto per dargli la notizia. Era appena rientrato dalla riunione con gli altri nobili dell'isola, ma non era di buon umore. Gettò il mantello sulla spalliera di uno scanno e con gesto pesante sedette sul cassone per sfilarsi gli stivali. «Quella testa dura di mio cugino Borr ha insistito perché il rito non venisse rimandato all'inverno, come avevo proposto, e Rupens lo ha spalleggiato, come sempre. Ar è già salito ad avvisare i Sacerdoti della Dea perché ti preparino per ricevere il tatuaggio. Non si dica che uno dei miei figli si sia mai lamentato, durante il rituale!»

Strattonò le fibbie di cuoio attorno a una caviglia, senza riuscire ad allentarle, e Tresan gli s'inginocchiò accanto per aiutarlo.

«Non accadrà» giurò.

«Tatuare tutti i figli maschi di una casata è una tradizione stupida» si lagnò ancora Aldric. «Solo l'erede dovrebbe averne diritto. Dovrò invitare i rappresentanti delle più nobili famiglie dell'Arcipelago e mi costerà un patrimonio. E tutto per cosa? Per un disegno sulla pelle!»

Tresan tirò lo stivale con forza, e stava per ricadere indietro per il contraccolpo, quando la mano del padre si serrò con forza sul suo braccio, tenendolo fermo.

«Che tu abbia su di te la fenice oppure no, mi apparterrai sempre» sibilò Aldric, guardandolo in volto. «E quando sarò morto, sarai di Rupens, anima e corpo. Lo sai, vero?»

«Sì, signore» mormorò Tresan.

Era avvilito. Non era così che si era immaginato quel momento. Quando il Consiglio aveva deliberato che Rupens era pronto per essere dichiarato uomo, suo padre l'aveva abbracciato con orgoglio e gli aveva fatto dono di un cavallo nuovo.

Aldric lo lasciò andare, un gesto brusco, e si fece aiutare a levare anche l'altro stivale. Mentre li riponeva in un angolo della stanza, Tresan inghiottì un nodo che gli soffocava la gola. Era inutile che s'illudesse. Suo padre non gli avrebbe mai voluto bene come ne voleva a Rupens, e non solo perché il destino l'aveva fatto nascere per secondo. Ah, se la Dea l'avesse voluto più abile, con le armi, e più brillante d'ingegno! Ma adesso stava per diventare uomo, e presto o tardi gli avrebbe dimostrato d'essere pienamente degno di portare il suo nome.

«Quando verrà celebrato il rito?» domandò.

«Al solstizio d'estate.»

«É una bella data. Vi ringrazio, padre.»

Al tramonto corse alla tomba del Re d'Ambra, per dargli la notizia, e quella sera scese in città e girò tre osterie assieme a Rupens e ai suoi compagni d'allenamento, bevendo più bicchieri di vino di quanti ne potesse reggere. Alla fine, quando suo fratello lo riportò a palazzo, si trascinava a stento sulle gambe e rideva per ogni sciocchezza. Rupens lo gettò sul letto, ormai assopito, e dormì vestito fino all'alba. Al risveglio, delle parole del padre gli era rimasto solo un vago ricordo, ma ricordava perfettamente che il giorno del Solstizio d'Estate sarebbe stato dichiarato un membro adulto della sua famiglia. Non mancava molto a quella data, calcolò, e c'erano molte cose da fare. S'alzò, ondeggiando per la sbornia, e si aggrappò a una colonna del baldacchino imponendosi di restare lucido. Era quasi un uomo, e un uomo non si lasciava piegare da qualche bicchiere di vino rosso. Sì, si ripeté, pazzo di gioia, entro qualche mese sarebbe stato un Hardan a pieno titolo e avrebbe portato a vita il simbolo della sua casata sulla pelle.

***

Tutti i nobili delle isole di Elvaner erano stati invitati all'evento. Aldric aveva perso i genitori vent'anni prima e della sua famiglia più ristretta restavano soltanto un'anziana sorella, che dimorava su un'isola mineraria, e suo figlio Borr, un vedovo di quarantacinque anni, senza figli, che da un qualche anno viveva a palazzo assieme ai cugini. Aveva però diversi altri parenti, fra i Cavalieri e i Sottocavalieri del suo esercito e perfino fra alcuni fittavoli dell'isola madre, e tutti stavano giungendo a Va'nel per i festeggiamenti.

Due giorni prima della cerimonia, al porto giunsero anche le delegazioni delle principali casate dell'Arcipelago, per celebrare quella che era considerata la cerimonia più importante nella vita di un maschio di sangue nobile. Il primo galeone che approdò al molo spiegava il vessillo del Sopracavalierato di Zircana. Tresan, che era sceso alla baia per ricevere gli ospiti, vide la bandiera azzurra con la leonessa dai seni di donna quand'era ancora lontana; poi, mentre si avvicinava, distinse il muso con gli occhi dorati e la cascata d'acqua che cadeva dalle fauci socchiuse fra le zampe raccolte sul davanti. Il primo a sbarcare fu Romisan, che lo strinse in un forte abbraccio. Dal loro ultimo incontro, alla corte del re, era diventato più alto, e con i lunghi capelli biondi e gli occhi turchesi stava già facendo cinguettare le servette che passavano sul pontile. Ad accompagnarlo, oltre a suo zio Aserish Vilkaster, il Sopracavaliere di Valmādria, c'erano anche due sorelle e una cugina, Maribelna, che Tresan giudicò molto graziosa. Era una delle numerose figlie del fratello illegittimo del Sopracavaliere, nata in seconde nozze con una nobile Zircaniana. Aveva fluenti capelli corvini e teneva con grazia un cagnolino fra le braccia. Quando la salutò, per ultima come voleva l'usanza, Tresan le disse galantemente che Elvaner non aveva mai dato i natali a fanciulle tanto avvenenti e lei rise, compiaciuta del complimento.

Quel giorno giunsero anche i rappresentanti dell'intricato arcipelago dei Mav di Ægator, i clan d'occidente. Con sollievo, Tresan scoprì che non c'erano membri del clan degli Zeln. Non aveva scordato lo scontro con Aæril, due anni prima, e non sarebbe stato felice di accoglierlo nella sua casa, dopo il modo in cui gli aveva aizzato contro i suoi segugi, nel parco del re. I Mav riempirono presto la corte esterna del palazzo con rumorosi cani da caccia, che infastidirono i delegati dell'arcipelago orientale di Valmādria, giunti nel tardo pomeriggio con pesanti bauli, ventagli di seta, furetti da compagnia e numerosi servitori.

«Dove siamo finiti, in un canile?» commentò un dignitario entrando in portantina nel cortile principale. Si portò al naso un fazzoletto imbevuto di profumo. «Contadini Elvaneriani e zotici Ægatoriani... Statemi vicino, Principe Erlanes.»

I nobili di Elvaner accolsero con un applauso la delegazione Valmādrian. Per oltre un millennio quel complesso di isole orientali era appartenuto all'impero di Myrdrassa, ma settant'anni prima era stato annesso a Misrenea in seguito a una guerra cruenta, e i rapporti con i restanti regni della coalizione erano sempre stati tesi.

Mentre i servitori si avvicinavano per aiutarli, Astrid e Aldric li attesero sulla scalinata principale.

«Fa' sorvegliare i dignitari che accompagnano il principe Erlanes» gli suggerì la maga. «Potrebbero approfittare dei festeggiamenti per studiare i punti deboli dell'isola. A ogni modo, non mi sembrano pericolosi. Hanno paura che i cuccioli dei tuoi bracchetti sgualciscano i loro abiti ricamati e temo che potrebbero svenire, se un mastino gli mostrasse i denti.»

Il principe Erlanes, poco più che un bambino e unico figlio maschio di Re Adranes VI di Kulldren di Valmādria, scese a terra intimidito e silenzioso. Tresan lo accolse con un abbraccio e Romisan cercò di prenderlo per mano per condurlo nel palazzo, ma il ragazzino arrossì e si nascose dietro le vesti del suo istitutore. Non comprendeva la lingua di Elvaner e, anche se parlava abitualmente l'idioma di Misrenea, si sentiva spaesato e avrebbe preferito essere nel suo castello, anziché su quell'isola sconosciuta e dall'aspetto contadino. Disse qualcosa sottovoce al precettore e subito dopo lo seguì con il suo corteo nelle stanze che gli erano state assegnate. Non scese nella sala grande per la cena, ma più tardi Tresan lo scorse mentre piangeva seduto sul bordo di una fontana, in uno dei giardini rivolti verso il mare. D'istinto fece per andarsene, ma fu intenerito dai suoi singhiozzi e con la punta dello stivale smosse qualche sasso per richiamare la sua attenzione. Erlanes sollevò verso di lui il viso rigato di lacrime.

«A cosa pensate, principe?» Tresan gli si mostrò alla luce di Pani, la luna d'argento. «Vi manca la vostra casa?»

Il ragazzino si asciugò gli occhi con la mano. Non sembrava indispettito per essere stato sorpreso in un momento di debolezza; al contrario, aveva apprezzato che Tresan gli si fosse rivolto nella sua lingua natale, anziché in quella dell'Arcipelago.

«Un po'» ammise. «Mi chiedo perché mio padre mi abbia voluto inviare quaggiù, in una terra straniera, circondato da persone che non conosco e che parlano a stento la mia lingua... Eccetto voi e pochi altri, naturalmente» s'affrettò ad aggiungere, nel timore d'essere stato scortese.

Tresan si chinò ad accarezzare un bracco dei Mav di Ægator che gli si era accostato, annusandogli i vestiti. «Probabilmente, il re vostro padre spera che diventiamo amici e che questo suggelli un'armonia duratura fra Valmādria ed Elvaner» suppose. «Non tutti i Valmādrian approvano che il grande re di Valmādria non sia un Kulldren... Lo sapete, non è vero?»

«Mio padre disapprova i moti dei ribelli ed è fedele ai Randeran. Anche voi siete leale a Re Farsnar, non è vero?»

«Con tutta l'anima.»

«Allora non saremo nemici» Con gesto inatteso, Erlanes lo prese per mano, guardandolo intensamente negli occhi. I lunghi capelli ondulati, color del miele, sembravano argentati, sotto il chiarore lattescente di Pani. «Volete essermi amico, Tresan?»

Aveva parlato con tale slancio e candore che Tresan sorrise.

«Lo sono già» gli garantì. Si sentiva strano, con la mano in quella di Erlanes, ma pensò che sarebbe stato sgarbato a ritrarla, e non si mosse. Per qualche momento, i due ragazzi restarono seduti in silenzio, e quando tornò a guardarlo, Tresan vide che il principino era più rilassato, e la sua espressione era dolce, mentre si lasciava sfiorare il naso dal segugio Ægatoriano.

«Vi piacciono i cani da caccia?»

«Sì. Sono tanto belli e buoni... Non farebbero paura nemmeno a un ladruncolo di mele.»

«É vero» Tresan rise, osservando il musetto affettuoso del bracco. «Vi piace anche cacciare?»

«Non molto. Preferisco cavalcare sulla spiaggia, quando posso.»

«Qui non abbiamo spiagge adatte alle cavalcate, c'è troppa roccia e i cavalli rischierebbero di spezzarsi una zampa. Ma se aveste piacere a unirvi a me e a Romisan, domattina, vi porterò in collina.»

Anche gli occhi grigio-azzurri del principe sorridevano, adesso, e la sua stretta divenne più vigorosa. «Non mancherò, nobile Tresan. Vi ringrazio.»

Il mattino seguente s'incontrarono alle scuderie. Tresan aveva invitato Maribelna a seguirli, ma lei aveva preferito restare nei giardini del palazzo in compagnia delle sue cugine. Romisan, invece, dopo aver navigato per alcuni giorni era impaziente di tornare in sella e balzò senza timore su uno dei focosi purosangue di Rupens.

Erlanes osservò intimorito gli stalloni che nitrivano e scalciavano, e lo stalliere scelse per lui un destriero docile e si offrì di accompagnarli.

«Non è necessario» lo ringraziò Tresan. «Non voglio una scorta. I principi sono ospiti in casa mia, e quindi sacri. Se qualcuno osasse nuocergli, se la vedrebbe con me.»

Risalirono al tempio della Dea Melyss seguendo un sentiero che passava per i campi fioriti della collina e, dopo aver lasciato la sterrata principale, proseguirono accostando un fiumiciattolo. Per quasi tutta la cavalcata non udirono altro che il chiocciolio dell'acqua, il ronzio delle api e il canto delle cicale. Erano nel mese delle Messi Dorate, a ridosso del Solstizio d'Estate, e nell'aria si respiravano i balsami dolciastri dei frutteti.

Giunti al tempio, affidarono i cavalli a due novizi e si recarono alla tomba del re senza nome, sul picco del promontorio. Com'era sua abitudine, Tresan la ripulì con le mani dalle foglie secche e da una grossa ragnatela, e la sua premura fece sorridere Romisan.

«È solo una leggenda e tu non sei un servo» lo riprese.

«E se invece fosse un mio antenato?» obiettò Tresan, pulendosi le mani nei calzoni di pelle marrone. «A Elvaner teniamo in gran conto gli avi defunti e se quest'uomo fosse mio parente, dovrei pregarlo perché mi conceda salute e prosperità.»

«Che sciocchezza! Sai anche tu che non c'è quel re, sepolto qui sotto. Probabilmente, si tratta del corpo di un guerriero Nuramag annegato in mare un secolo fa.»

«Può darsi, ma a me piace pensare che sia quell'uomo epico di cui cantano i bardi… Dicono che sia morto sfidando il suo dio per amore.»

«Un pazzo, allora» rise Romisan. «Non è saggio, per un mortale, suscitare la collera degli Dèi. Voi cosa ne pensate, Principe Erlanes?»

Il ragazzino abbassò gli occhi, a disagio, e borbottò qualche parola incomprensibile.

«Non so nulla degli Dèi e dell'amore» riuscì a dire, e Tresan intervenne, sbrigativo: «Oh, è solo un bambino, lascialo stare. Venite, sediamoci qui.»

S'accomodarono su alcune panche di sasso, sul limitare di una terrazza affacciata sul mare e protetta sul ciglio da un parapetto di legno. Sotto di loro, la roccia si tuffava a picco nel fondale, e per un momento a Erlanes girò la testa, ma senza dire nulla sedette sulla panchina più lontana e a occhi chiusi ascoltò il mormorio delle onde che s'infrangevano contro la scogliera.

Tresan rimase affacciato alla ringhiera per qualche minuto, e osservò il mare cupo, laddove giacevano i resti della città sommersa. Con nostalgia, si accorse che non scendeva a visitarla da oltre un anno. *Il tempo dei giochi è finito.* Ma pazienza. Non aveva più trovato neppure un reperto interessante, dopo quel pezzo d'oro con lo smeraldo che riposava nel suo scrigno, sotto il letto. *Chissà se ti apparteneva davvero, Re d'Ambra, o se era solo una mia fantasia...*

Indicò il mare arricciato dal vento. «Una volta andavo spesso a nuotare laggiù» raccontò. «Adoravo scendere a esplorare il fondale, ma dovevo farlo in segreto. Se mio padre mi avesse scoperto...»

«...ti avrebbe preso a cinghiate» sogghignò Romisan. «Ne ha prese tante, sapete? Tutte meritate.» Strizzò l'occhio a Erlanes, che però rimase racchiuso nella sua timidezza e non osò neppure sorridere.

«Adesso non ho neppure tempo di mettere un piede in acqua» Tresan si lasciò cadere accanto all'amico con un sospiro. «Astrid mi costringe a studiare di tutto, come se fossi destinato a diventare il prossimo Patriarca di Ályshan! Ti ho raccontato che nell'ultimo anno ho aperto qualche libro chiuso dai vecchi incantesimi? Non è difficile.»

Romisan era sorpreso. «Avete libri magici, nella vostra biblioteca? A Za'nallorn, al massimo, abbiamo libri mangiati dai topi!»

«Credo che li abbia donati il Drangor Volèn a mio padre, molti anni fa» mentì Tresan, per allontanare qualunque sospetto da Astrid. «Si dice che un tempo sia stato un grande mago e che abbia perso i poteri durante le ultime guerre di magia. Hai idea del motivo per cui i maghi si sono combattuti e distrutti, milleseicento anni fa?»

«Per il potere, ovviamente. Per cos'altro si ammazzano, gli uomini?»

«Anche i maghi?»

«Anche i maghi erano uomini.»

Tresan sollevò lo sguardo alle fronde dell'immenso albero dei rosari che svettava sul seno del promontorio. «Temo che Damon ambisca a quel potere» sospirò. «Non ha rinunciato all'Arcipelago per diventare un semplice giocoliere.»

«Naturalmente no. Ma è davvero convinto di poter risvegliare le correnti sopite della magia, dopo quasi duemila anni?»

«Forse s'illude di poterlo fare o conosce segreti che ignoriamo. Di certo, ha fiducia nel suo maestro e lo ammira più di chiunque altro.»

Erlanes, che si era tenuto in disparte, li ascoltava con curiosità. Con le mani curate, tormentava i ricami del ricco farsetto e intanto lanciava sguardi ansiosi ai due ragazzi, incerto se interromperli oppure no. Poi, vincendo l'impaccio, ardì a chiedere:

«Avete conosciuto il Principe Damon, nobile Tresan?»

«Sì, gli ho parlato una volta, un paio d'anni fa.»

«É davvero bello come dicono? E ha sangue shelavin, nelle vene?»

Tresan sorrise. Non si era aspettato una domanda così audace, da parte del principe Valmādrian.

«È un bel giovane, credo. Ma non è un mago. Nessuno lo è, nella famiglia del re e neppure in quella degli Alti Sacerdoti di Ályshan.»

«Alcuni nobili della mia corte sostengono di averlo incontrato» raccontò Erlanes, con insolito fervore. «È vostro cugino, non è vero? Forse un poco vi assomiglia. Un sacerdote del Cerchio di Ályshan ha parlato di lui e del suo maestro ad alcuni preti della mia isola. Ha detto di essere stato... Che parola ha usato? Ah, sì, folgorato da entrambi.»

Tresan increspò la fronte, ma fu Romisan a parlare: «Un sacerdote del Cerchio... un membro dei Dodici, dite?»

«Sì.»

«Non era il Sommo Sacerdote Mesìa?» s'accertò il ragazzo, circospetto.

«No, ne sono certo. Non ricordo il suo nome, ma indossava una tunica dorata senza i paramenti porpora... Era senz'altro un membro del Cerchio.»

Romisan scambiò con Tresan un'occhiata profonda.

«Se mio nonno avesse rivisto mio cugino, lo saprei» ragionò Tresan, lentamente. «Che rapporti può mai avere un prelato del grande Dio di Rovanea con un vecchio imbroglione e con l'erede del re?»

Erlanes avvampò violentemente e abbassò lo sguardo sulle mani intrecciate, a disagio. Si era accorto d'aver parlato troppo.

«Non lo so» balbettò. «Si sono incontrati... per caso... Può capitare. Non ha detto...» deglutì. «Non ha detto nulla di male.»

Da quel momento parlò poco e badò a non dire nulla di compromettente. Anche se aveva solo tredici anni, sapeva che nessun sacerdote del Cerchio di Ályshan avrebbe dovuto avere contatti con un uomo ricercato dal re dell'Arcipelago con l'accusa d'aver adescato e rapito il principe ereditario al trono di Lanthard.

Più tardi, mentre Erlanes e Romisan rientravano a palazzo, Tresan scese al porto ad accogliere il veliero che spiegava le insegne del Tempio di Ályshan: un grosso serpente avvolto su un ramo di quercia. Li attese al molo con impazienza e quando li vide camminare sul pontile li accolse con un abbraccio.

«Nonni! Zio Tedrov, carissimo... Come state?»

Non li vedeva da quando erano sbarcati sull'isola sette anni prima, in occasione dell'investitura di Rupens, e notò che erano tutti diversi, da come li ricordava. Sua nonna Flesia, che all'epoca gli era sembrata alta, ora era di un dito più bassa di lui, e i folti capelli del Patriarca Mesìa, un tempo così simili ai suoi, erano bianchi come la criniera di un leone delle Pianure. Suo zio, invece, era diventato un uomo gioviale, d'aspetto di gran lunga più giovanile rispetto ai suoi trentasette anni. Con allegra curiosità, s'informò subito su quale domestica l'avrebbe servito, a palazzo.

«Ma sei un priore, zio!» protestò Tresan, scandalizzato.

«Sì, del comprensivo e caritatevole Dio Ályshan» Tedrov gli strizzò l'occhio con aria furba. «Non ci viene richiesta la castità, come in altri templi dell'Arcipelago.»

«Una moglie non sarebbe più dignitosa, per te?»

«Per mia sfortuna, i miei cieli non si uniscono a quelli di nessuna donna, ma non per questo devo rinunciare a conoscerne qualcuna, non credi?»

Tentare di ravvederlo era inutile. «Non cambierai mai, eh?»

«Guai a quel giorno! Ora scusami... Quella graziosa contadinella ha bisogno di me per portare un... hm... agnellino. Dolce fanciulla, lasciate che vi aiuti...»

Tresan lo guardò accostarsi alla giovinetta, sperando di trovare in lui un riflesso di sua madre, ma non lo trovò. Drusìa sarebbe stata più vecchia di Tedrov di una manciata d'anni, se fosse stata in vita, ma anche se erano entrambi corvini e con la pelle chiara, non avrebbe potuto essere più diversa dal fratello. Nei vaghi ricordi che Tresan conservava di lei, Drusìa era una dama d'altezza media, spesso pallida, e raffinata. Lui era invece alto e focoso, e sembrava tutto fuorché il successore del Patriarca di Envles'Tin. Al pensiero di sua madre, in Tresan scese il rimpianto che lei non lo potesse vedere, in quel giorno solenne, ma subito si fece forza: *anche se non è qui con il corpo, è senz'altro presente nello spirito. Gli Avi mi guardano e mi proteggono. Se mia madre è con loro, e ne ho certezza, il suo sguardo mi accompagnerà in questi giorni, come sempre.*

Si volse verso sua nonna per abbracciarla e mentre la stringeva, le sussurrò, all'orecchio: «Manda avanti i servitori, devo parlare con te e il nonno. Magari è una cosa da nulla, ma voglio che ne siate informati.»

Lei licenziò la portantina e vennero portati i cavalli. Mentre risalivano a palazzo, Tresan raccontò della breve conversazione che aveva avuto con Erlanes, e quando finì vide suo nonno aggrottare la fronte.

«C'è un apostata fra i Dodici?» mormorò. «Nessun sacerdote del Cerchio dovrebbe aver legami con quel vecchio mago, a mia insaputa.»

Anche il volto di Flesia era pensieroso, ma subito si rischiarò.

«Indagheremo, Tresan» gli assicurò lei. «Grazie per averci avvertiti. Ora, sorridi! Fra un paio di giorni non sarai più un ragazzo, bensì un uomo.»

Quel giorno giunsero navi da altre isole dell'Arcipelago e dalle numerose Isole Stato Indipendenti, recando doni che sottintendevano un augurio: che l'argento delle miniere di Elvaner circolasse sempre cospicuo nei loro porti e portasse prosperità ai loro commerci. Borr aveva apprezzato alcune spezie inviate da un'isoletta che sorgeva vicina all'impero di Myrdrassa e Tresan gliele aveva donate. «Come ringraziamento per avermi sostenuto in Consiglio nel mio diritto di diventare uomo» gli aveva detto.

Dai regni e dagli imperi lontani giunsero altre delegazioni con omaggi, e a sorpresa si presentò anche una rappresentanza dall'Impero di Myrdrassa. Tresan stava accompagnando Maribelna e Romisan alle scuderie, dove aveva alloggiato una giumenta che gli era stata donata dall'imperatore delle steppe orientali quando venne convocato nello studio del padre.

«L'Imperatore Su'Meeramjtra ti ha inviato un dono» disse Aldric, porgendogli un cofanetto di gran pregio, con intarsiato, sul coperchio, il simbolo di Myrdrassa: uno scorpione che s'arrampicava su un sole stilizzato. Non appena l'aprì, il volto di Tresan venne colpito da sfuggenti gocce di luce azzurrina.

«Un diamante!» esclamò, sbalordito «Un diamante blu! E grande quanto un uovo..! È un dono raro... inestimabile!»

Astrid, ritta dietro suo padre, era una maschera di pietra. «Non puoi rifiutarlo, sarebbe scortesia» affermò. «Devi però sapere che Su'Meeramjtra ti sta corteggiando perché desidera offrirti in sposa la sua unica figlia legittima.»

Tresan era confuso. «Credevo che Myrdràssel fosse promessa al principe Erlanes da quando aveva tre anni. Perché l'imperatore vuol darla a me? Sono solo un cadetto e lontano dal trono...»

Aldric strinse convulsamente le mani sui braccioli dello scranno, l'espressione tesa e contrariata. «Su'Meeramjtra ha rotto da poco il fidanzamento con Erlanes e adesso vuole aprire questa sottile, prudente contrattazione con te. É una mossa inaspettata, ma quello scorpione dalla pelle di farina non si muove mai senza motivo.»

«Non capisco» Tresan si sentiva la bocca arida. «Perché dovrebbe voler mandare la sua unica figlia a vivere sulla nostra umile isola?»

Aldric sforzò una risata. «Mandarla qui? Che dici, sciocco? Se accettassimo, saresti tu a doverti trasferire nell'impero come principe consorte. Sarebbe una posizione di ripiego e priva d'onore, ma utile per suggellare la pace fra Misrenea e Myrdrassa.»

Tresan tremò. Perché, mentre suo padre parlava, il pensiero gli era corso a Maribelna?

«E voi cosa vorreste che facessi?» sussurrò.

Furente, Aldric batté un pugno contro la scrivania. «Piuttosto che saperti a oziare nell'impero, preferirei che fossi morto!» tuonò.

Rassicurato, Tresan trasse un sospiro di sollievo. «Allora ringraziate l'imperatore per il suo dono, senz'accennare ad alcun contratto nuziale. Neppure io sono ansioso di lasciare Elvaner, né di sposare una sconosciuta, per quanto d'alto lignaggio come la figlia di un imperatore.»

Astrid annuì lievemente e posò la mano sulla spalla di Aldric.

«Resterà» lo rassicurò. «Ora va', caro. E taci a chiunque, anche a Romisan, di aver ricevuto quest'omaggio. Gli Dèi soli sanno se non avremo fastidi, per questo bizzarro proposito di Su'Meeramjtra, ma di questo ci occuperemo io e tuo padre, quando i tempi saranno maturi.»

Il giorno della celebrazione, solo Rovanea, cuore centrale dell'arcipelago, non aveva ancora inviato un rappresentante e, nonostante le attese, Re Farsnar III di Randeran, non venne. Tresan chiese di rimandare la cerimonia di un'ora, nella speranza che qualcuno, dal porto o dal monastero, accorresse a portare la notizia che la galea reale stava attraccando al molo. Ma quando i gong del tempio rintoccarono il mezzogiorno, Aldric diede ordine che la funzione avesse inizio.

Affranto, Tresan si avviò nella grande sala del palazzo, dove gl'invitati e i sacerdoti, scalzi e rasati secondo la regola dell'ordine della Dea Melyss, attendevano. *Perché al re non interessa ricevere il mio giuramento di fedeltà?* Non era mancato alla cerimonia di Rupens. *Tu saresti venuto, Re d'Ambra...*

La sala, colorata e profumata, era invasa dal sole estivo. Astrid aveva dato ordine ai giardinieri di addobbare la parte alta con gigli bianchi e iris blu, che s'intonavano con le sfumature azzurrine degli affreschi alle pareti e, mentre camminava fra le due ali degli invitati, seduti in attesa, Tresan respirò il profumo dei fiori. Era intenso e fresco, e non l'avrebbe mai scordato. Salì sul podio e un assistente dell'anziano maestro Valjr, l'Abate del convento, gli tagliò i capelli fino alle spalle e li bruciò nel braciere di bronzo, in sacrificio alla Dea. D'allora in poi, secondo le usanze di Elvaner, non avrebbe più dovuto portarli lunghi, in segno della raggiunta virilità. Mentre le ciocche sfrigolavano nel fuoco, venne fatto sedere su uno sgabello, con le spalle alla platea e due monaci lo spogliarono fino alla cintola. Era il momento più importante della cerimonia e nonostante la delusione per l'assenza del re, Tresan provò un brivido d'emozione, quando un frate calligrafo srotolò s'un tavolo l'involto con i pennini e le boccette dei colori. Stava per essere tatuato con il simbolo della sua casata: una grande fenice dalle ali spalancate che s'alzava in volo sulla sua schiena. Almeno, questo nessuno glielo poteva togliere, né suo padre, né il re. *Oggi diventerò un uomo della tua stirpe, Re d'Ambra!* La base era già stata tracciata qualche giorno prima; ora, bisognava rifinire e completare il disegno, colorandolo e rendendolo vivo.

I paggi iniziarono a suonare i *ghirr* e i flauti di traverso per intrattenere gli invitati. Diverso tempo più tardi, quando i primi ospiti iniziavano a sbadigliare, annoiati, l'Abate Valjr dichiarò ultimato il tatuaggio. Tresan venne fatto alzare e, fra gli applausi, cercò con lo sguardo Maribelna, pensando che era davvero carina, poi sorrise a suo padre e a Rupens, orgoglioso di non essersi lasciato sfuggire neppure un lamento. In quel momento, dalle porte spalancate della sala emersero cinque cavalieri in cotta di maglia e abiti sontuosi, e l'applauso si smorzò. Gl'invitati sprofondarono in una ossequiosa riverenza e Tresan vide Re Farsnar marciare verso il palco, scortato dalla sua guardia personale. Il cuore gl'impazzì in gola ed era così emozionato che rimase ad attendere il sovrano di tutti gli arcipelaghi, scordando d'inchinarsi. Come in un sogno, guardò Farsnar salire i gradini e raggiungerlo. Il re porse l'elmo piumato al suo attendente e gli posò le mani sulle spalle nude.

«Ti chiedo perdono per il ritardo, giovane Hardan» si scusò, e la sua voce profonda riverberò nel silenzio della sala. «Alcune circostanze mi sono state avverse, ma mai avrei rinunciato a condividere questo momento con il figlio del mio più caro amico» Sorrise ad Aldric, che lo ricambiò. «Mi consenti di restare al tuo fianco, durante le domande rituali?»

Incapace di parlare, Tresan annuì con il capo.

«Prego, Santo Maestro» Il re s'inchinò all'Abate Valjr. «Proseguite.»

A Tresan venne chiesto di rispettare le usuali promesse di onore, nobiltà e onestà verso la sua famiglia, il re e i poveri e la sua voce non vacillò, mentre rispondeva con fermezza, giurando su se stesso e sui propri avi di onorare il codice dei cavalieri. Infine, due paggi lo rivestirono con il giustacuore d'avorio che Astrid aveva cucito per lui e gli offrirono del vino benedetto: una sorta di brindisi sacro che simboleggiava il passaggio dall'età della fanciullezza a quello dell'età virile. Quando un novizio della dea riprese la coppa del vino, il re si fece avanti e gli porse la sua nuova spada, decorata sull'elsa con lo stemma della fenice.

«Che ti custodisca in ogni tuo gesto e che mai sulla sua lama si abbiano da riflettere atti scellerati, da te o contro di te compiuti» recitò.

Tresan l'accettò con mani tremanti e rimase a contemplarla con gli occhi velati dall'emozione. Si sentiva confuso, e per un momento non seppe cosa fare. Rupens gli si accostò, sollecito, e gli sottrasse la spada perché potesse ricevere il pugnale che Aldric aveva fatto forgiare per lui dal fabbro più rinomato di Va'nel.

«Che i nostri Antenati veglino su di te, figlio mio» lo benedisse Aldric.

Tresan notò che nell'elsa erano incastonati rubini e opali gialli e l'intera lama era cesellata con l'immagine della fenice in volo. Era un manufatto prezioso, e quasi faticò a trattenere le lacrime di commozione. Anche Rupens ne aveva ricevuto uno uguale, in occasione del suo Rito di Passaggio ed era fiero che suo padre avesse voluto beneficiarlo del medesimo omaggio. Ora si sentiva in colpa per aver temuto che, al momento del dono, Aldric gli avrebbe potuto destinare qualcos'altro, per sancire la differenza fra la sua posizione di cadetto e quella di Rupens, che era il suo Erede. *Sei più giusto di quanto tu non mi voglia far credere!*

Come voleva la tradizione, Tresan si portò alle labbra la lama intarsiata e la baciò. Allora Re Farsnar alzò una mano e dichiarò terminato il rito dell'Età Adulta.

«Agli Dèi è stato offerto un ragazzo e a noi è stato restituito un uomo» dichiarò, con voce stentorea e mentre parlava gli posò la mano sul capo, con tenerezza paterna. Allora, come se qualcosa si fosse spezzato in lui, Tresan cadde commosso ai suoi piedi e con fervore giurò imperitura fedeltà alla corona e al blasone della Fenice Infuocata.

8

Con un sussulto, Sheraen si riscosse dalle visioni che le avevano aggredito la mente contro la sua volontà. Era accaduto quel giorno e in quel momento, ne era certa. Il nipote degli Alti Sacerdoti era diventato uomo e lei l'aveva visto come se fosse stata seduta fra gl'invitati, nella sala azzurra del palazzo degli Hardan. Sbatté le palpebre e il sole che batteva sull'acropoli dell'antico tempio di Envles'tin le ferì gli occhi violetti, d'albina.

«É diventato uomo e me ne compiaccio» mormorò. «Ma perché me l'avete mostrato, o Dèi? Devo fare qualcosa per lui?»

Possedeva da poco quel talento, e ancora non sapeva perché, di tanto in tanto, l'immagine di Tresan le invadesse la mente. Il suo era stato il primo volto che aveva visto, quando il dono le si era manifestato, qualche mese prima, e mentre spalancava gli occhi aveva saputo che non era stato né un sogno né una fantasia. Ne era sicura, perché nel momento in cui l'aveva visto aveva anche saputo il suo nome, dove viveva e cosa stava facendo.

Provò a richiamare la sua immagine nel salone dei festeggiamenti, ma le rispose solo la calda carezza del vento. Con un brusco sospiro, s'alzò dalla colonna spezzata sistemandosi sul capo il velo che celava i lunghi capelli bianchi. Non sarebbe dovuta salire da sola alle rovine del tempio dimenticato e se qualcuno l'avesse vista non l'avrebbe dovuta riconoscere. A nessuno, ad eccezione del Patriarca e della sua famiglia, era noto che in quella zona dell'Isola Sacra sorgeva l'Accademia dei Confidenti del Regno, e non avrebbe dovuto correre il rischio di tradire i suoi compagni. Raccolse la lunga veste di lino e discese con prudenza lungo un sentiero che sembrava precipitare sugli scogli della baia. Sotto i suoi sandali, il tempio di Ályshan si distendeva in ampie stanze, scalinate e corridoi scavati su più piani che scendevano fin sotto il livello del mare. Lei era entrata poche volte nelle grandi sale di preghiera, perlopiù in occasione di festività solenni, e aveva sempre avuto l'accortezza di celare il candore dei capelli sotto fitti veli di seta o broccato. Quando i sacerdoti le parlavano, convinti che fosse una lontana nipote di Flesia, teneva gli occhi bassi, cosicché alla luce dei cristalli appesi ai soffitti sembrassero grigi, anziché rosa-violetto, un colore poco usuale, in Rovanea.

Si addentrò nell'isola e, seguendo un sentiero nascosto dagli alberi, raggiunse l'Accademia. Era un caldo pomeriggio d'estate e alcuni compagni si rinfrescavano sotto il palmeto, ma lei non aveva tempo per riposare. Aveva avuto una visione, e doveva capire perché. Entrò in biblioteca e si recò in una sala bassa e deserta, dove alcune torce erano infisse alla roccia per illuminare le librerie. Il bibliotecario, il vecchio Enìa, stava riponendo alcune pergamene nelle teche di vetro e l'accolse con un sorriso sdentato.

«In cosa posso servirti, Sheraen?» le chiese in tono affabile, ma quando lei glielo disse, il sorriso gli si raggelò, sul volto. «Quel libro è proibito ai non iniziati» dichiarò. «Non hai il consenso del Priore Tedrov, per accedervi...»

Lei lo guardò intensamente, socchiudendo appena gli occhi, e lui scosse più volte la testa, corrucciato, come a volersi liberare di una catena che gli stringeva la fronte.

«Dammi il libro» sussurrò Sheraen.

Con gesti lenti, forzati, Enìa sfilò un folto mazzo di chiavi dalla cintura, aprì una teca e le porse un vecchio tomo. Nei suoi occhi ribollivano paura e rancore.

«Non odiarmi» lo pregò lei, ma lo sguardo di Enìa rimase duro.

«Non mi lasci scelta. Liberami.»

«Solo quando avrò finito. Ora torna al tuo lavoro. Quando me ne sarò andata, la mia mente si slegherà dalla tua e sarai finalmente affrancato da me.»

«Dovrò denunciarti ai Sommi Sacerdoti» l'avvisò e la ragazza rise.

«Fa' pure. Credi che Flesia e Mesìa non sappiano? La Matriarca in persona mi ha addestrata all'uso della telepatia. Ora torna nell'altra sala e lasciami leggere.»

«Non si legge, da quel libro.»

Sheraen sorrise. «Lo so. Ora va'!»

Mentre il vecchio lasciava la sala, borbottando parole incoerenti, sedette in una nicchia, a uno scrittoio illuminato da una piccola monofora. Modulò una nota a mezza voce e, a quel lieve canto, l'oscurità fumigò altrove, lasciando un alone di luce perlata sopra il tavolo. Nessun altro, nell'Accademia, possedeva quel talento. Solo i Sacerdoti del Cerchio Interno, che apprendevano le armonie del cielo e della terra, erano istruiti sull'uso delle vibrazioni, e non tutti sapevano accendere una luce con il canto. Lei l'aveva imparato senza sforzo fin da quand'era stata condotta a Envles'Tin, all'età di otto anni, dimostrando di possedere appieno il talento mentale promesso dalla sua carta celeste.

Al tenue lucore della nicchia, Sheraen sfiorò la rosa del deserto incastonata nella sovraccoperta di cuoio e il tomo s'aprì con uno sbadiglio languido. Lo sfogliò: ogni pagina recava solo un nome scritto in rosso scuro. Lei passò oltre e si fermò sulla prima pagina libera. Allora si ferì un dito con lo stiletto che portava al fianco e con il proprio sangue scrisse il nome di Tresan.

«Mostramelo» ordinò. Fra la carta ingiallita prese forma il volto del ragazzo, gli occhi che brillavano di gioia. Sheraen s'accigliò. Il figlio cadetto di Hardan era senz'altro un giovane piacevole, aveva tratti decisi e tuttavia armoniosi, e le labbra avevano una piega sensuale, comune ai contadini di Elvaner, ma non aveva intenzione di sorvegliarlo come se fosse stata la sua balia.

«Perché?» sibilò. «Non sono una sacerdotessa e neppure una guardia del corpo. Sono stata addestrata per altri compiti, in Accademia. Perché devo prendermi cura di lui?»

Avrebbe voluto respingere le visioni e dimenticarsi di averle avute, ma gli Alti Sacerdoti sarebbero rimasti molto delusi, se si fosse rifiutata di tenere Tresan sotto la sua vigilanza. Nessun volto appariva per caso a una telepate; e se gli Dei glielo avevano mostrato, significava che un giorno o l'altro le loro strade si sarebbero incrociate. Si strattonò nervosamente una ciocca di capelli, arrotolandola su un dito. Ah, che compito ingrato! Sorvegliare un ragazzetto di cui non le importava nulla! Anche ora, guardando il suo volto sorridente dentro la pergamena, si sentiva scuotere dalla ribellione. Si soffermò a osservarlo mentre accompagnava una damigella dai capelli scuri alla sala del ricevimento. *Avrà pure lo sguardo profondo di un'aquila, ma è un imbecille,* commentò, con stizza improvvisa. *Perché, nel giorno della sua investitura, invece di ingraziarsi i nobili dei vari regni, corteggia spudoratamente quella ragazzetta dagli occhi bovini?*

Alle sue spalle riecheggiarono alcuni passi, e Sheraen spinse il tomo da parte, scacciando con una nota grave la luce che aveva evocato poco prima. La nicchia calò nella penombra.

«Sheraen Vestren» la chiamò un maestro brizzolato, in abiti da cavaliere «Che fai qui, al buio? È giunto un dispaccio da una contea dell'Impero di Myrdrassa. Si richiede che tu vada in missione.»

Le porse una pergamena arrotolata e lei la lesse al chiarore che filtrava attraverso la monofora alle sue spalle, la fronte leggermente accigliata.

«É una notizia certa?» chiese, quando finì.

«Viene dall'Eccellente Vis-Mar-Din. L'ha scritta poco prima di spirare.»

«É morto? Mi dispiace, era un buon informatore. É stato ucciso?»

«Abbiamo ragione di ritenere che si sia spento serenamente nel suo letto, come un vecchio qualunque.»

«Me ne rallegro. Ho sempre avuto simpatia per quell'uomo» Lanciò una rapida occhiata alla pergamena, che teneva ancora spiegata fra le mani. «E così, anche quest'anno le contee del sud sono state devastate dalle carestie e il popolo inizia ad agitarsi. Era prevedibile. Come intende muoversi l'imperatore?»

«Ha già incaricato i suoi ingegneri di bonificare le zone paludose, ma temiamo che la sua imperatrice stia tramando qualcosa a danno del Trattato. È probabile che stia cercando alleanze al di fuori dell'Impero, in previsione di scatenare un conflitto contro di noi.»

Sheraen gli rivolse un freddo sorriso. «Se è così, lo sapremo» gli assicurò.

«Dunque accetti l'incarico?»

«Naturalmente. Più tardi verrò da voi per stabilire ogni dettaglio.»

Mentre l'uomo si allontanava, Sheraen riprese il libro e lo illuminò con una torcia. Il sangue si stava asciugando, ma conservava ancora un blando rossore. Le bastò un sussurro per richiamare il volto di Tresan. Lo vide passeggiare con alcuni ospiti s'una terrazza, fuori dalla sala dei ricevimenti e fermarsi a parlare con il Principe Erlanes di Kulldren.

«C'è simpatia, tra voi, e spero che diventi una sincera amicizia. Se mai doveste diventare nemici, lo sarete senza odio» mormorò. «Però... Avverto una presenza nefasta, nella tua casa, e non proviene da Valmādria. Occhi rapaci ti scrutano, ti seguono, ti frugano nella mente. Quale ospite malevolo ti sei portato nel tuo caldo nido, in questo giorno di festa?»

Cercò di scorgere chi lo minacciasse, fra i numerosi invitati, e percepì una vibrazione ostile provenire dall'emissario di Myrdrassa.

«Su'meeramjtra e la sua maledetta imperatrice!» inveì. «Sta' lontano da loro, finché puoi. Ho la sensazione che Afraneida provi per te molto più odio di quanto non ne covi suo marito per Re Farsnar. Ma perché? In nome degli Spiriti, cos'hai fatto a quella donna, per aver suscitato la sua malevolenza?»

Una domanda che rimase senza risposta.

Il sangue si era ormai seccato e, tremolando, il volto di Tresan sbiadì e si dissolse. Sheraen rimase a fissare a lungo la pagina vuota, inseguendo pensieri leggeri come un volo di colombe. Alla fine si alzò e restituì il libro al custode.

«Liberami!» le ingiunse Enìa e lei mosse una mano, affrancandolo dalla sua volontà.

«Conserva il segreto» lo pregò. «Te ne sarò grata.»

Ma mentre lasciava la biblioteca ed entrava nel chiostro dell'Accademia si sentì pervadere dall'amarezza. *Ho un potere inutile. A cosa serve imbrigliare il volere di un uomo senza poterlo assoggettare del tutto? Enìa non mi tradirà, ma altri potrebbero farlo e non voglio uccidere gli amici, per proteggermi.* Un pensiero l'agghiacciò. *Gli amici, no... ma i nemici? Che gli Dèi dei Nove Cerchi Sacri e i Demoni dell'inferno gelato veglino su di me! Quanto sangue dovrà scorrere nelle mie mani per evitare che ne vengano versati interi barili, fra i giovani soldati Misreneani e i Myrdrass?*

Echi dalle Terre Sommerse

Anno 3350-3351 secondo il calendario dei Sacerdoti di Ályshan.
Isola Madre di Rovanea, Arcipelago di Misrenea. Primavera, Mese dei Cardi Fioriti.

9

L'anno successivo, nel mese dei Cardi Fioriti, Re Farsnar III di Randeran si risposò per la quinta volta, scambiando i voti nuziali con una principessa Valmādrian, imparentata per via paterna con l'Imperatore di Myrdrassa. Inizialmente, il Consiglio Reale aveva proposto una nipote di Su'meeramjtra, graziosa e in età feconda, ma poco prima di sottoscrivere l'accordo definitivo la fanciulla era caduta da cavallo, spezzandosi il collo. Senza indugiare, Farsnar aveva chiesto la mano della principessa Sabriyes, una cugina di re Adranes VI di Kulldren, vedova da tre anni e madre di un fanciullo di otto. Sebbene avesse quasi trent'anni, il re confidava che fosse ancora fertile e che gli potesse dare l'erede che desiderava. Dopotutto, aveva già partorito un maschio sano. Agli Dèi piacendo, ne avrebbe dato uno anche alla casa reale dei Randeran.

Il mese delle nozze piovve quasi senza sosta, e il fiume Qwaz straripò due volte, inondando i campi e i frutteti al limitare della città. Gran parte del primo raccolto marcì e per approntare il banchetto reale i cuochi dovettero importare di gran fretta cesti di frutta e verdura dal sud di Rovanea. Fu una primavera fredda, e nelle stanze degli ospiti i camini ardevano giorno e notte per spezzare il rigore dell'umidità. Quando giunse a palazzo, qualche giorno prima della cerimonia, Tresan udì alcuni nobili sussurrare che era di cattivo presagio che il cielo piangesse tanto a lungo, in occasione degli sponsali del re. Anche lui era inquieto. Gli Imperatori di Myrdrassa non si erano ancora presentati, e Farsnar era livido di rabbia. Corse voce che Su'meeramjtra fosse stato trattenuto da una sciagura, ma il re non sembrò soddisfatto di quella spiegazione. Il giorno delle nozze, Tresan lo sentì discutere animatamente con un suo delegato, mentre si preparava per la cerimonia. Suo padre gli aveva ordinato di restare a disposizione, per aiutare in qualunque modo gli fosse stato richiesto, ed era nello spogliatoio regio assieme a Rupens e ai sacerdoti che attendevano di scortare lo sposo nella sala principale. Attraverso la porta aperta, scorgeva Farsnar camminare in camera da letto, seguito dai valletti e dall'ambasciatore.

«Non sono gli sponsali di un qualunque principe dell'Arcipelago!» tuonò il re. «Su'meeramjtra non sarebbe dovuto mancare!»

«Condivido il vostro risentimento, mio signore, ma umilmente vi rammento che in Myrdrassa la situazione non è facile» Tresan vide il notabile passarsi un fazzoletto sulla fronte sudata, e non lo invidiò. «Nel crollo della miniera sono periti oltre cinquanta cavatori, e in circostanze così luttuose l'imperatore deve portar conforto di persona alle famiglie delle vittime, per evitare malcontenti.»

«Sempre che questa disgrazia non sia un pretesto o peggio, un'invenzione, per non condividere con me il convivio nuziale!» insinuò Farsnar, infilando nervosamente un grosso anello all'anulare destro.

Il delegato si fermò al centro della stanza, seguendo ansiosamente il re con lo sguardo. «Perché mai il vostro stimato alleato dovrebbe respingere la vostra amicizia, dopo vent'anni di tregua?»

«Forse perché si sta preparando per spezzarla?»

Tresan guardò Rupens, che ascoltava assorto.

«Cosa intend...?» iniziò, ma suo fratello lo zittì con un gesto della mano.

«Lasciami ascoltare.»

La voce del re si fece più vicina e profonda. «Andate, e accertatevi della verità, Cavaliere di Frasia.»

Tresan scorse l'ambasciatore sprofondare in un inchino.

«Partirò subito, se così comandate, mio signore.»

«Non con tanta fretta, Cavaliere. Salperete domattina, all'alba. Voglio che raccontiate scrupolosamente al mio *caro amico* Su'meeramjtra quant'era sontuoso il mio banchetto e quant'era fulgida la mia sposa, mentre Re Adranes di Kulldren posava la sua morbida mano sulla mia. Voglio che quel grasso ometto giallo capisca che ho ricchezze a sufficienza da sbaragliare il suo esercito, se necessario, e che godo del sostegno incondizionato di Valmādria... Almeno fino a quando il vecchio sovrano vivrà. Potete farlo?»

«Naturalmente, mio re. Riferirò quant'era affollata e lussuosa la corte, in questo giorno di gaudio, e descriverò minuziosamente il riflesso d'ogni diamante che riluceva fra i biondi capelli della Principessa Sabriyes, pari in luminosità solo al suo e al vostro sorriso.»

«Siate pure magniloquente, nei vostri resoconti, Cavaliere. Alla corte di Myrdrassa sono graditi, anzi esortati, l'incensamento dei potenti e la sfarzosità delle celebrazioni. Ora andate.»

Un attimo più tardi il Cavaliere di Frasia attraversò lo spogliatoio e uscì da un passaggio laterale. Mentre si chiudeva la porta alle spalle, Farsnar s'affacciò sulla soglia dello stanzino, seguito da due valletti che s'affannavano per spazzolare il farsetto e rassettare le pieghe del mantello. Ignorando i tre Arcisacerdoti che attendevano un suo cenno per aprire il corteo nuziale, passò con lo sguardo da Tresan a Rupens.

«Aldric è con voi?» chiese.

Rupens s'inchinò. «No, sire. Volete che vada a cercarlo?»

«Sì, colonnello. Ti ringrazio.»

Rupens si allontanò quasi di corsa e il re accennò a rientrare; ma, attratto dagli occhi di Tresan, fissi su di lui, tornò a voltarsi.

«Cosa vuoi chiedermi, giovane Hardan?»

Tresan si umettò le labbra, in difficoltà. Non avrebbe osato parlare, se il re non gliene avesse dato licenza. «Non mi aspettavo una simile scortesia, da parte degli Imperatori di Myrdrassa» confessò. «Mi chiedevo che cosa possa aver suscitato la loro ostilità nei confronti dell'Arcipelago e quali possano esserne le conseguenze.»

«Myrdrassa è sempre stato malevolo, nei nostri riguardi» commentò Farsnar, lasciando che un valletto gli sistemasse il colletto ricamato. «Non lasciarti ingannare dalla pace degli ultimi vent'anni. Noi e l'Impero dello Scorpione non saremo mai amici.»

«Perdonatemi, mio signore, ma... se i rapporti fra i Randeran e gli Shaar Tol Re sono così critici, perché oggi non sposate la Principessa Myrdràssel, anziché la cugina del re di Kulldren?»

Farsnar allontanò i servitori con un gesto della mano e per qualche istante i suoi occhi blu divennero gelidi, ma subito si scaldarono in una breve risata.

«Devi avere una pessima opinione di me, se pensi che avrei il coraggio di portare nel mio letto una bambina... Per gli Dèi, potrei essere suo nonno!»

Tresan abbassò lo sguardo, contrito. Perché non era stato zitto, invece di fare la figura dell'idiota? «Vi chiedo perdono, sire.»

«Saresti più adatto tu, come sposo per la principessa. Non ti piacerebbe impalmarla e diventare il genero di un imperatore dell'est?»

Tresan impallidì. Andare a vivere nell'Impero? Oh, no... Non l'aveva mai desiderato!

«Me lo comandate?» sussurrò. Le parole gli raschiarono la gola come un rasoio.

«Se tu...» iniziò il re, ma in quel momento arrivò Aldric e Farsnar si dimenticò di lui.

«Vieni» disse all'amico, prendendolo per un braccio. «Sono troppo teso, usciamo sulla terrazza e beviamo qualcosa insieme.»

Tresan avrebbe voluto trattenerlo, ma non osò parlare, e un attimo più tardi i paggi richiusero le porte che dividevano lo spogliatoio dalla camera da letto. Mentre le voci si affievolivano, in lontananza, lasciò le stanze del re. Era sconvolto. Che cosa avrebbe dovuto fare, se dal Consiglio Reale gli fosse pervenuto l'ordine di sposare la Principessa Myrdràssel? Durante la cerimonia non riuscì a pensare ad altro e fu così agitato che in un paio di occasioni Rupens gli sibilò di restare fermo. Non si rilassò neppure durante la cena. Sedeva con suo zio Tedrov e i nonni, ma niente di quello che dicevano riuscì a distrarlo. Avrebbe voluto confidarsi con Romisan, ma l'amico aveva lasciato quasi subito il banchetto per infilarsi nel letto di una bella cugina del re, e di certo non sarebbe ritornato prima di mezzanotte.

Verso metà cena, si scusò con i nonni e Tedrov, e uscì nell'atrio. Le risa e i lazzi degli invitati lo infastidivano, e il calore della stanza gli stringeva la gola. Si avvicinò a un'alta porta-finestra che dava su una terrazza frustata dalla pioggia battente. Da quel punto, il parco sembrava una macchia scura e solo poche torce alimentate a pece vincevano la furia del vento, illuminando i Davlejn che presidiavano la sala dei festeggiamenti.

«Vi proporrei di passeggiare fino al lago, Principe Tresan» disse una voce, alle sue spalle. «Ma credo che anche i cigni stiano elemosinando un riparo nelle cucine, questa sera.» Il Cavaliere di Frasia gli si accostò, sorridendogli attraverso il vetro. «I festeggiamenti vi annoiano?»

Tresan si volse, sorpreso. Non immaginava che il primo segretario del re conoscesse il suo nome.

«Sono solo stanco» mentì.

«Allora questo vi servirà» Il cavaliere gli porse un calice ricolmo di vino rosso. «Non abbiate timore, non intendo avvelenarvi. Non faccio il doppio gioco come l'Eccellente Vis-Mar-Din, e neppure lui, che Odrisio benedica la sua anima, avrebbe mai voluto la vostra morte.»

Tresan prese il calice, ma non se lo portò alle labbra. Sorridendo, il notabile sorseggiò il suo, assaporandolo lentamente. «Siete pensieroso. Cosa vi turba? La lite con Su'meeramjtra o il suggerimento del re di sposare la piccola Myrdràssel?»

A Tresan mancò il respiro. «Il re non me l'ha proposta» ansimò, e il cavaliere scoppiò in una risata divertita. «Dunque, è questo» comprese. «Infelice e sventurata principessa Myrdràssel! Non ha ancora dodici anni ed è già stata respinta da due principi dell'Arcipelago. Voi e il dolce Erlanes dai capelli di miele» precisò, indicando con il calice il principe, seduto nella sala del banchetto accanto a Re Adranes. «Non si è certo distrutto dal dolore, quando l'imperatore ha rotto il fidanzamento.»

«E non l'ha voluta nemmeno il re.»

Tresan non ne era sicuro, ma l'uomo assentì con un cenno del capo.

«L'imperatore gliel'ha proposta, in effetti, ma il nostro amato sovrano ha temporeggiato e l'imperatrice ha costretto il marito a ritirare l'offerta. Per qualche ragione che ancora non comprendo, la Fulgente e Armoniosa Afraneida desidera voi, come consorte per la sua unica figlia.»

A quelle parole, Tresan si sentì scuotere da un fremito. Anche se non l'aveva mai incontrata, il solo nome dell'imperatrice bastava a fargli contrarre lo stomaco. Che cosa voleva da lui, e perché?

Il cavaliere di Frasia sembrò divertito dal suo turbamento.

«Perché siete tanto riluttante, principe?» lo provocò. «Avete altri interessi? Oh, riconosco che i principi Erlanes e Romisan siano piuttosto affascinanti...»

Tresan arrossì con violenza. «I miei favori non sono per loro... né per altri ragazzi!» si difese e il cavaliere rise ancor più forte.

«Allora perché rifuggite con orrore la mano della principessa?» insistette. «Il Patriarca Gülhan, dell'Ordine di Odrisio, ha in animo di celebrare personalmente la vostra unione con il Gioiello dell'Impero. Sarebbe un onore immenso. E l'Imperatrice Afraneida vi farebbe dono di uno splendido palazzo sul mare. Sareste molto amato, mio signore...»

Tresan si chiese se quell'uomo lo stesse prendendo in giro, o se avesse davvero in animo di convincerlo a trattare quelle nozze con Su'meeramjtra.

«Amato?» ripeté, sarcastico. «Non ho bisogno della benedizione di un Dio che non adoro, né di quella del suo Patriarca. Quanto ai palazzi, mio padre ne ha uno, a Elvaner, e non me ne servono altri in cui vivere.»

«Alla sua morte, ogni cosa apparterrà a vostro fratello Rupens» insinuò il delegato, scrutandolo con attenzione.

«Gli apparterrò anch'io, se mi vorrà. E preferisco essere il suo scudiero, piuttosto che il consorte indolente di una Shaar Tol Re.» *Riferitelo pure al re, se è stato lui a mandarvi a indagare i miei propositi*!

«La disprezzate perché ha sangue Myrdrass?»

«Non la disprezzo. Semplicemente, non la conosco e non voglio impegnarmi con una promessa che potrebbe rendermi infelice.»

Oscurità, panico, morte... Perché avvertiva quelle inspiegabili sensazioni, al pensiero di approdare in Myrdrassa?

Il Cavaliere di Frasia sogghignò. «Sperate di sposarvi per amore, un giorno?»

Tresan spostò lo sguardo sul parco schiaffeggiato dal vento e rifletté per un momento.

«Non ho mai pensato al matrimonio» confessò. «Non so cosa aspettarmi, né se potrò preferire una sposa a un'altra. Al momento opportuno porterò nel tempio della Dea Melyss la ragazza che mio padre sceglierà per me, e fra le sue preferenze non c'è la Principessa Myrdràssel.»

Nella voce del segretario non c'era più scherno, adesso, ma una sommessa approvazione. «Siete stato diplomatico, principe, ma molto chiaro.»

Tacquero per qualche istante. Alle loro spalle, il parlottio degli ospiti si era ridotto a un brusio, e sopra l'arpeggio di un liuto s'alzò il canto lamentoso di un castrato.

«Domani salperò verso l'Impero dello Scorpione» riprese il cavaliere. «Quando mi riceveranno, gl'Illuminati Imperatori vorranno sapere se eravate presente alle nozze del nostro re e mi chiederanno se vi giudico un buon candidato per la mano della loro diletta figlia. Cosa mi suggerite di rispondere?»

«Che sono rozzo, storpio e stupido.»

Il Cavaliere di Frasia scoppiò in un'allegra risata. «L'Eccellente Vis-Mar-Din ha già decantato le vostre lodi in tutta la corte. Mi raccomandate di mentire a dispetto della vostra fama, dunque?»

Anche il sorriso di Tresan divenne malizioso. «Mentire non è la vostra mansione, cavaliere?»

«Mio signore, avete una pessima opinione dei diplomatici del re! Ma non potrei smentirvi, se non rischiando di dissimulare la verità; quindi, tacerò. Se me lo consentite, vi farò pervenire un ritratto della principessa, così che possiate stimare il suo aspetto e rivalutare il vostro rifiuto. Quanto alla curiosità degli Imperatori, rispetterò il vostro volere e cercherò di allontanare lo sguardo della Divina Afraneida dalla vostra persona.»

Tresan dondolò il calice con il vino che non aveva ancora bevuto. Nella sala, il castrato gorgheggiava una scala buffa che strideva con il turbamento dei suoi pensieri.

«Perché l'imperatrice mi vuole nella sua famiglia?» domandò, quasi sottovoce.

«Quando l'avrò scoperto, ve lo comunicherò.»

Parole che avevano il sapore di una promessa. Ma ancora non bastava. Tresan trasse un profondo respiro e dominò un nodo serrato nella gola. «Un matrimonio fra me e Myrdràssel potrebbe scongiurare una nuova guerra?»

Non voleva conoscere la risposta, ma era necessario. Se il suo destino era segnato, doveva saperlo.

«Principe, se Su'meeramjtra intende salvare il patto di non belligeranza con l'occidente, dovrà trovare un accorgimento ben più convincente che far passare la sua bella bambina per la vostra stanza da letto. Una vostra unione sarebbe auspicabile, ma non è essenziale.»

Parole che avevano l'eco della libertà.

«Vi ringrazio, cavaliere. Voi...»

«Non gioite!» Gli occhi del cavaliere, fissi nei suoi, erano duri come l'onice. «Sarebbe tutto più facile, se la crisi con l'oriente si potesse risolvere con un vostro matrimonio. Allora, state pur certo che io stesso vi trascinerei in Myrdrassa, anche drogato e legato a bordo di una zattera, se fosse necessario. Ma la Regina Afraneida è come un topo che rosicchia un sacco di grano. Presto o tardi spezzerà anche l'ultimo filo della tela e i chicchi si sparpaglieranno a valanga sul pavimento. È quello che vuole e, per tutti gli Dèi in cui non credo, scoprirò il suo gioco prima che coinvolga Misrenea in un'altra sanguinosa guerra con l'oriente.»

«Usate ogni mezzo lecito e illecito, ma fatelo, cavaliere. Se non ci riuscirete voi, nessun altro potrà.»

«Avete la mia parola che farò tutto ciò che è in mio potere, per proteggere la mia terra da un altro conflitto. Innalzare le spade adesso sarebbe folle. Anche il cielo è contro di noi.» Sollevò il calice verso il cielo nero. La pioggia che cadeva sulla terrazza era quasi assordante, e le fronde degli alberi sbattevano contro i vetri delle finestre vicine come se li avessero voluti sfondare.

«L'impero ci attaccherà, se i nostri granai si svuoteranno?» domandò Tresan, preoccupato.

«L'impero vuole quei granai, ma li vuole pieni. E se noi saremo in difficoltà, loro soffriranno dieci volte tanto. Non ci attaccheranno, se non ci sarà niente da depredare.»

In quel momento, dalla sala dei festeggiamenti riecheggiarono grida che inneggiavano al re e alla sua sposa. Accorsero i servi con grandi salsiere ricolme di confetti e alcune damigelle ne raccolsero a piene mani e se li tirarono addosso.

«Ferme, bambine!» le rimproverò una dama. «Non siete voi la sposa. Andate a lanciarli alla regina... ma con prudenza, o l'accecherete!»

Il Cavaliere di Frasia si concesse un pallido sorriso. «Vi ho rattristato sin troppo a lungo con discorsi che non si addicono a un giovane cadetto. Me ne rammarico. Questa è una sera di festa! Ubriacatevi e andate a divertirvi con qualche ragazza, come il vostro amico Romisan. Non pensate a Myrdràssel o alla guerra. Non vedrete né l'una né l'altra... per ora. Che gli Dèi vi proteggano.»

Chinò il capo, un gesto di saluto, e si diresse verso un servitore che passava con una brocca di vino, porgendogli il calice per una nuova mescita.

Tresan rimase davanti alla vetrata, turbato. Guardò un Davlejn scaldarsi le mani inguantate al calore di una torcia, nel parco, e senza accorgersene, si portò alle labbra il vino e bevve un sorso nervoso.

Gli equilibri del mondo che conosceva stavano cambiando e lui non aveva il potere di modificarli. O forse sì? Chiuse gli occhi, frastornato. Se Afraneida era tanto interessata a lui, significava che aveva più potere di quanto non immaginasse. *Tu mi vuoi, imperatrice, non per tua figlia, né per tuo marito... Mi vuoi per scopi che ancora non riesco a comprendere. Che cosa credi di conoscere di me, che io ignoro*?

10

Il Cavaliere di Frasia aveva avuto ragione. Nonostante il re avesse giurato che avrebbe perdonato l'affronto degli Imperatori solo quando i mari si fossero tinti di sangue Myrdrass, i venti di guerra furono subito spazzati via dalle tempeste che continuarono a flagellare l'Arcipelago fino all'inverno. Per qualche tempo le tensioni con l'Impero sembrarono allentate, ma quando ritornò la primavera, a due anni di distanza dalle nozze reali, la collera del re esplose più violenta che mai.

Fu Kario, un mercante myrdrass che esponeva al mercato di Va'nel, a informare Tresan di quanto stava accadendo nelle terre d'oriente, in oltraggio al suo re. Un giorno, insistette perché lui e Astrid acquistassero un vaso pregiato, suggerendo loro d'osservarlo con attenzione quando fossero giunti a palazzo. All'interno, Astrid trovò un volgare libello myrdrass in rima baciata che dileggiava Re Farsnar e la Regina Sabriyes, incapaci d'avere figli. Il medico di corte aveva dichiarato la sterilità della coppia quando anche la terza gravidanza era terminata dopo solo quattro mesi di gestazione, e nell'Impero la notizia si era diffusa fra lazzi e motteggi insolenti.

«Il re s'infurierà come un gallo, quando lo scoprirà» previde Tresan, e Astrid annuì, preoccupata. Di lì a poco, al mercato non si parlò d'altro, e ogni volta che poteva Tresan scendeva fra le bancarelle per ascoltare le chiacchiere e discuterne con i mercanti più fidati.

«Per nascita, la regina Sabriyes appartiene alla famiglia dei Kulldren. Come ha reagito Re Adranes, quando è stato informato dei libelli?» chiese a Kario un mattino d'estate, mentre fingeva di esaminare alcuni coltelli da lancio, sul retro del carro. Era mezzogiorno e nella piazza del mercato c'era poca gente. Anche i venditori che esponevano accanto al commerciante myrdrass erano entrati in una locanda per pranzare e potevano parlare indisturbati.

Kario si strinse nelle spalle. «Ha sminuito l'importanza di quelle maldicenze con la sua consueta placidità» rispose. «Non si offenderebbe neppure se i caricaturisti lo ritraessero nudo e libidinoso sopra dieci ragazzini. Ha esortato il popolo a pregare il Divino Odrisio affinché conceda alla dolce Sabriyes e a Misrenea un erede maschio, ma per la gente comune la regina non è più l'amata cugina del loro re. Da quando ha sposato un sovrano Randeran, è solo una nemica. Popolani e nobili ridono di lei e la sventurata se ne dispera.»

Tresan rigirò fra le mani un coltello di buona fattura, con la lama sottile e manico pesante. «Sono crudeli a farsi gioco delle sue disgrazie. E Farsnar...»

Kario rise, mostrando una fila di denti marci e rotti.

«Ah, quando ha letto i volantini, il vostro re è esploso in improperi furiosi. E dicono che le sue urla siano riecheggiate ancor più terribili quando il suo emissario gli ha riferito che, mentre Su'meeramjtra era costernato per quelle pubblicazioni irriverenti, la sua imperatrice rideva di lui, facendosi beffe della sua virilità.»

«Questo potrebbe incrinare l'Alleanza fra Misrenea e Myrdrassa?»

«Voi che ne pensate, mio signore?» Il tono di Kario era basso e allusivo, e Tresan si morse un labbro, turbato; poi il mercante tornò a sorridere e indicò i coltelli sparsi sul balteo aperto su una cassa.

«Quanti ne volete?»

«Due, uno da lama e uno da manico. É un prezzo equo, per le vostre informazioni.»

«Naturalmente» Il mercante prese le monete di rame con un mezzo inchino. «Portate i miei omaggi alla vostra incantevole amica dai capelli rossi. Buona giornata, Hardan.»

Tresan sperò che i delegati del re riuscissero ad appianare la situazione, e quando saliva alla tomba dell'Uomo d'Ambra gli esponeva i suoi timori, come se il morto potesse sentirlo e rassicurarlo.

«Il re non deve lasciarsi provocare. Capirà che è un gioco dell'Imperatrice Afraneida per indurlo a dichiarare guerra a Myrdrassa. Non può non comprenderlo, è un re...»

Non faticava a immaginare la strategia dell'imperatrice: in Myrdrassa molte contee erano ridotte in condizioni di estrema povertà e Su'meeramjtra non poteva entrare in guerra senza suscitare l'indignazione del popolo. Ma se fosse stato attaccato, non avrebbe potuto evitare di requisire sacchi di riso e cavalli per scendere in campo con il suo esercito. *Così, otterrebbe la guerra che vuole per espandersi e creare nuove colonie nelle fertili terre dell'occidente...*

Guardò con apprensione l'orizzonte opaco del mare, in lontananza. «Avrò paura, se ci sarà una guerra. So che non è una confessione onorevole, sulla bocca di un capitano dell'esercito di Elvaner, ma è la verità. Non temo per me, bada, ma per i contadini e i pescatori delle isole. Non potranno difendersi, se i Myrdrass sciameranno su di noi, e tu sai cosa accade a un popolo sconfitto in guerra...» L'albero dei rosari frusciò nel vento, il mormorio di un assenso. A Tresan parve d'udire un lontano clangore di catene, le catene degli schiavi, ma subito s'accorse ch'erano solo i campanacci delle capre che rientravano nel recinto dei monaci. S'alzò, si baciò le dita e le posò sul sepolcro. «Buon riposo, Re d'Ambra. Tornerò presto a trovarti e forse con notizie più confortanti, sulla politica dell'Arcipelago.»

Sul finire dell'estate, Aldric, che era stato convocato al palazzo reale, ritornò a casa annunciando che Farsnar non avrebbe ceduto alle provocazioni dell'Imperatrice Afraneida. Anche l'imperatore pareva intenzionato a cercare un accordo pacifico con Misrenea e più volte si videro i suoi grassi ministri sbarcare a Lanthard, preceduti da alfieri che innalzavano l'insegna di Myrdrassa, lo scorpione avvolto in un sole stilizzato. A Va'nel si sussurrò che il re e l'imperatore si erano incontrati su un'Isola Stato Indipendente, di nascosto dai rispettivi Consigli, e che si erano congedati con una stretta di polso e un abbraccio. Ancora una volta, la pace era salva. Ma per quanto tempo ancora?

Quell'autunno, nel mese delle Foglie d'Oro e Cinabro, a Va'nel giunse la sorella maggiore di Aldric, Agatyl Hardan. Passò come un vento di bufera, trattenendosi a palazzo per una settimana, e in quei giorni Tresan non osò lasciare la propria stanza nel terrore d'incontrarla. Quando giunse a palazzo, avvolta nei veli come una Myrdrass e scortata da valletti e fantesche affannati, ebbe raccomandazioni e critiche per tutti. Tresan fu l'ultimo a entrare nel salotto che le era stato riservato, e non appena aprì la porta ebbe l'impulso di tornare indietro, nel vedere Aldric, Rupens e Borr schierati davanti alla donna come soldati in rassegna.

«Borr!» Chiamò Agatyl e tese le braccia al figlio, ma non l'abbracciò. Lo scrutò severamente con i suoi occhi scuri e Tresan vide il cugino in difficoltà. «Che storia è mai questa? Due vedovi che vivono assieme, sotto lo stesso tetto! Ho visto settanta estati per questo? Dovresti tornare a casa con me, piuttosto!»

Borr abbassò lo sguardo, a disagio. Anche se aveva quarantotto anni, non sapeva trovare le parole adatte per difendersi dalla madre. «Io, veramente...» iniziò, ma Agatyl era già passata ad Aldric. Gli sfiorò il mento con le dita nodose e sottili, accigliata.

«Fratellino, questa tosse! Non vorrai morire di tisi come nostra madre, non è vero?»

Aldric s'irrigidì e si sfiorò con una mano il sospensorio, in un gesto scaramantico.

«E tu, Rupens... Non ti vedo da dieci anni! Lasciati guardare.» Gli batté le mani sulle spalle e lo fece girare come se fosse stato un bue in vendita. «Un bel ragazzotto, ma dovresti usare meglio queste terga» Gli diede una sculacciata, facendolo sussultare. «Mi dicono che hai sparso qualche figlio qua e là, ma dovresti sposarti e dare eredi alla tua casata. Voi maschi Hardan sembrate tutti allergici al matrimonio, di questi tempi! Dove andremo a finire? Tresan!»

Tresan sobbalzò e desiderò fuggire, ma le mani della zia gli arpionarono il viso, strattonandolo. «Ma che bell'agnellino vergine! Sei vergine, non è vero? Per la Dea, quanti anni hai? Quindici?»

«Diciannove» riuscì a mugugnare lui, fra i denti, e Agatyl lo lasciò andare, scandalizzata. «Diciannove! E ancora non hai usato lo spadino! Ah, dove andremo a finire, dove andremo a finire!»

«Io...» tentò di difendersi, ma la zia si era già voltata, in un turbine di veli trasparenti, e si era lasciata cadere su uno scanno, vicino a una grande finestra inondata di sole.

«Per i Valmādrian sarà un gioco spazzarvi via tutti quanti!» esclamò, in tono drammatico. «Uno più imbelle dell'altro! Faranno a pezzi ogni isola di Elvaner, così come hanno fatto con le mie piantagioni, in Valmādria!»

A quelle parole, gli uomini si sedettero sul sofà e sulle poltrone, preoccupati. Tresan, invece, si appoggiò a un arazzo da muro, dietro a Rupens.

«Sei tornata per questo?» le chiese Aldric. «I Valmādrian ti hanno scacciata dalle tue colonie?»

«Per la Dea, mi sono salvata per miracolo! Hanno distrutto tutto! Il mio palazzo è stato saccheggiato e le mie coltivazioni di tabacco e patate... Tutto in fumo! Sono stati i miei braccianti a tradirmi, lo so... ma le guardie sono riuscite a portarmi in salvo su una galea con i pochi beni che ho potuto portare con me, e il comandante ha subito spiegato le vele verso Va'nel.»

«Desideri fermarti a palazzo?» le propose Aldric e Tresan si sentì agghiacciare; ma con suo sollievo, la zia rifiutò.

«Ah, questo sarà il primo posto che quei pazzi smantelleranno pietra su pietra, quando saranno sciamati fin qui! No, mio caro, ritornerò a casa mia, sulla mia piccola isola mineraria nel Mar Ghiacciato. Sono solo venuta a chiederti una scorta di arcieri e cavalieri, e qualche nave per pattugliare le coste. I miei pochi soldati non basterebbero a proteggermi, in caso di assalto.»

«Borr si occuperà di ogni cosa» le assicurò Aldric. «Posso fare qualcos'altro, per te?»

«Oltre a caricarmi sul primo mercantile in rotta verso il nord di Elvaner?» Agatyl sorrise, d'un sorriso complice, e Tresan intuì che, nonostante la differenza d'età e di carattere, i due fratelli erano uniti da un legame profondo. «No, Aldric. Ti ringrazio. Resterò qui per qualche giorno, se potrò, poi tornerò a casa. Non avrei mai dovuto lasciarla, per andare in Valmādria. Ma chi l'avrebbe mai detto? Una terra così bella popolata da criminali! Dovresti inviare laggiù una guarnigione armata, per difendere gli Elvaneriani che vivono nella colonia. Quello che è successo a me è già capitato ad altri, e certamente si ripeterà ancora.»

«Non posso inviare uomini armati in Valmādria. Re Adranes lo interpreterebbe come una dichiarazione di guerra.»

«Allora richiama i tuoi sudditi in patria. Non è prudente lasciarli laggiù.»

Aldric si fece ombroso. «Li inviterò a tornare a casa» disse. «Ma dovrà sembrare una manovra di politica interna, non un'accusa contro Re Adranes. Fino a quando Valmādria sarà fedele a Misrenea, non posso muovermi come se diffidassi di un vassallo del re.»

«Saprai senz'altro agire nel modo più opportuno, fratellino. Ora via, uscite tutti, vorrei cambiarmi. Borr, tu non tornerai con me, vero? Nove mesi accucciato sotto il mio cuore e una vita trascorsa a sfuggirmi! Rupens, ricorda il mio avvertimento. Basta giocare con le donne, alla tua età. E tu, Tresan, mio tenero fiore...»

Non terminò. In quel momento Astrid entrò nel salotto, e gli uomini si alzarono, in segno di rispetto.

«Mia diletta!» la chiamò Agatyl, illuminandosi in volto. «Da quanto tempo! Uscite, voi tre! Tu no, Tresan, rimani. Ragazzo!» chiamò un valletto, che accorse con gli occhi spalancati dal terrore. «Il mio ventaglio, presto! Si soffoca, qua dentro!»

Il servetto corse nella stanza accanto, dove poco prima aveva depositato i bauli della sua padrona. Tresan provò compassione per lui. Servire sua zia doveva essere il castigo per qualche grave colpa che aveva commesso in un'altra vita.

Quando gli uomini furono usciti, Agatyl accennò ad Astrid di avvicinarsi. Era pomeriggio e il sole inondava le stanze riempiendole di luce e calore. Anche se era miope, l'anziana nobildonna si soffermò a scrutare il volto di Astrid, inginocchiata davanti a lei, e infine scosse la testa con disappunto.

«Dovresti raggrinzirti la pelle attorno agli occhi e aggiungere ai tuoi capelli qualche crine di cavallo, meglio se d'un sauro vecchio di vent'anni» le suggerì. «Ti conosco da mezza vita e sei rimasta esattamente com'eri un tempo. Questa è villania, Astrid!»

Astrid sorrise con modestia. «Sono solo fortunata, madama» si schermì. «Anche mia madre è invecchiata lentamente. La giovinezza è un dono del suo sangue.»

Agatyl le lanciò un'occhiata penetrante. «Puoi giurarci, che è così. Tutta la tua razza ha sempre avuto il privilegio d'invecchiare un giorno per ogni secolo vissuto da qualunque mortale.»

Tresan guardò Astrid, allarmato. In famiglia, solo Rupens e Aldric erano a conoscenza delle sue origini e non si era aspettato che anche sua zia ne fosse informata. Con gli occhi cercò i servi, ma nella stanza non c'era nessuno, oltre a loro.

Il sorriso di Astrid divenne più morbido. Sembrava quasi sollevata che Agatyl conoscesse il suo segreto. «É il solo beneficio che mi sia rimasto, madama» mormorò.

«E dovrai conservarlo. Non diventare come me, rugosa come una quercia e in perpetua lotta contro i ricordi della gioventù. Ragazzo!» strillò, e il valletto corse dalla stanza accanto, scivolando sulle mattonelle lucide del pavimento. Teneva fra le mani un elegante ventaglio Myrdrass, piegato nella carta di papiro e decorato con piume di pavone. «Che aspetti? Sventolalo! E scioglimi i capelli! Sono pieni di nodi. Spazzolali!»

Il servetto la fissò, confuso. «Ma come posso...» balbettò, e Agatyl gli strappò dalle mani il ventaglio e lo colpì al braccio. «Buono a nulla! Come posso farmi aria da sola, con queste braccia rachitiche? Ti burli della mia infermità, ingrato!»

Tresan colse una sincera nota di sofferenza, nella sua voce, e si affrettò ad avvicinarsi.

«Ti sventolo io, zia» si offrì. «E Astrid ti spazzolerà i capelli. Manda pure via il ragazzo.» Sarebbe stato meglio, se non fosse rimasto. Non voleva che un domestico pieno di risentimento raccontasse a tutti i segreti della casa di Hardan, rischiando di far cadere la copertura di Astrid.

«E sia» concesse Agatyl. «Astrid, vorresti essere così gentile da sistemarmi la mia sensuale chioma di cenere? Porta la spazzola con le setole di cinghiale» ordinò al servo. «Poi vattene.»

Quando il ragazzo uscì, Tresan sedette su uno sgabello e fece aria alla zia con il ventaglio. Astrid sciolse dalla retina i lunghi capelli grigi, striati da morbide ciocche bianche, e iniziò a spazzolarli. Agatyl chiuse gli occhi e si rilassò, posando la nuca contro l'alto schienale della sedia. Per qualche minuto, su di loro scese il silenzio. Tresan pregò intensamente la Dea Melyss e il Re d'Ambra perché la zia salpasse con il primo veliero in partenza dal porto, portandosi via i suoi isterismi e quell'odore pungente di salsedine e fiori appassiti che le impregnava gli abiti. Quando l'aveva salutata, l'aveva appena sentito; ma adesso che la sventolava da vicino, quel lezzo lo stomacava.

«Ho visto Marlifer, in Valmādria» disse d'un tratto Agatyl e Astrid si fermò, dilatando gli occhi. «Era lui, ne sono certa. E non era solo.»

«C'era anche Damon?»

Anche Tresan sussultò. Marlifer e Damon in Valmādria? Oh, Dèi... Non era un buon segno!

«É probabile» La donna gettò indietro la testa, scuotendola. «Continua a spazzolare, cara. Hai un tocco così delicato… Marlifer non deve sapere che sei qui. Troveresti sconveniente, se ti dessi un suggerimento?»

«No. Ditemi.»

«Indossa una parrucca, preferibilmente nera o castana, non hai un viso adatto al biondo, e cambia nome. Puoi usare il mio, te lo cedo volentieri.»

Tresan vide Astrid sorridere, mentre riprendeva a spazzolarle i capelli.

«Ci penserò. Grazie per l'offerta.»

«Non scherzare. Sai che il tuo amico informatore, quel mercante Myrdrass, è morto?»

«Kario?»

Tresan abbassò il ventaglio, sorpreso.

«Com'è successo?» mormorò.

«In mare, dice qualcuno. Ma voci più attendibili giurano che sia stato trovato accoltellato in un vicolo del porto occidentale di Myrdrassa e in mano stringeva la propria lingua. Parlava troppo… anche con voi» Si scostò da Astrid, e con le mani aprì i capelli a ventaglio, facendoli ricadere con grazia sulla schiena. «É sufficiente, grazie. Mi prometti d'essere prudente? Marlifer è interessato sia a te che al ragazzo, e la cosa non mi piace.»

Si levò in piedi, aggiustandosi lo scialle velato sulle spalle. Anche se non era alta, a Tresan parve quasi maestosa come una vecchia poiana dal piumaggio bianco. *Assomiglia a mio padre*, considerò, alzandosi dallo sgabello. In quel momento Agatyl si volse e lo afferrò per un braccio. La stretta era salda e le unghie lunghe lo ferivano, sotto la maglia di lana sottile.

«Sta' attento anche tu» gl'intimò. «Noi Hardan abbiamo una tempra dura, ma non siamo immortali. La guerra uccide e nel modo più orribile. Speravo di non veder scorrere altro sangue, prima di morire, tuttavia gli Dèi hanno deciso diversamente. Fa' che il tuo cadavere non concimi la terra anzitempo, cucciolo.»

Tresan avrebbe voluto risponderle che era un uomo da tre anni, e non un cagnolino da compagnia, ma la preoccupazione della zia era così sincera che preferì tacere.

«Sarò attento» le promise. Cercò di liberarsi della sua stretta, ma Agatyl scoppiò in una forte risata, e lo strinse con più forza. «Tu? In battaglia sarai più scalmanato di Aldric e Rupens insieme. Non è forse così?» Scoccò un'occhiata d'intesa ad Astrid, che sorrise. «Sento l'irruenza urlare in queste braccia, in questi muscoli. Avrai un musetto da cucciolo, ma la tua è un'anima guerriera!»

Lo lasciò andare, un gesto brusco e inatteso, e Tresan vacillò, indietreggiando di un passo.

«Tutti gli Hardan hanno un'anima guerriera, zia» ribatté. «Agli Dèi piacendo, io non sarò da meno di mio padre e mio fratello, sul campo di battaglia» S'inchinò per uscire. «Buona serata. Che le Tre Lune ti portino un sereno riposo, quando cavalcheranno nel cielo della notte.»

Una settimana più tardi l'accompagnò al porto assieme al suo seguito, e quella sera s'intrattenne a giocare a scacchi con Rupens, nel salone principale. L'inverno non era lontano e nell'alto camino ardeva un fuoco caldo. Distesi sul pavimento, sonnecchiavano alcuni cani della muta di caccia.

Erano soli. Aldric e Astrid si erano già ritirati nelle loro stanze, e Enis era stato congedato dopo aver servito la birra preparata con l'orzo raccolto quell'anno. *Non è saporita come la birra bionda di Zircana,* considerò Tresan, posando il calice mezzo vuoto accanto alla scacchiera, *ma non possiamo lamentarci. Nessuno morirà di fame, quest'inverno.*

«Questa mattina è arrivato un mercantile con lo stemma dei Kulldren» disse Rupens, spostando lentamente una torre. «Hai ricevuto notizie da Erlanes?»

«No. Non mi scrive più da alcuni mesi, e negli ultimi tempi sembrava che corrispondesse più per cortesia che per piacere» Mosse un pedone, incerto. «Abbiamo perso il favore di Valmādria, vero?»

«Temo di sì.»

«Ma il re...»

Suo fratello continuò a studiare le sue pedine di giada nera, un pugno serrato davanti al mento. «Re Adranes è anziano e debole. Se Erlanes fosse attratto dalla possibilità di svincolarsi dai Randeran, non dovrebbe attendere a lungo, per prendere in mano le redini del regno e rivoltarlo contro di noi.»

«In alleanza con Myrdrassa.»

«Con Myrdrassa» confermò Rupens. «Su'meeramjtra vuole espandersi, ha uomini e spade, ma non è ricco. Valmādria vuole l'indipendenza, non dispone di molti soldati, ma ha miniere d'oro, mari ricchi di perle e mantiene buoni rapporti commerciali con l'Impero delle Steppe. Non mi stupisce che si stia alleando contro di noi.»

«Allora, alla morte di re Adranes dovremo aspettarci una dichiarazione di guerra. Però non capisco... Erlanes è sempre stato un simpatizzante dei Randeran. Cosa può avergli fatto cambiare idea?»

«Non lo immagini?»

Eccome! «Damon.»

«A quanto pare, vive laggiù con Marlifer, e non può essere un caso che d'allora Erlanes stia allentando i rapporti con te e che i Valmādrian stiano insorgendo contro i coloni. Quell'intrigante sta senz'altro tramando qualcosa ai danni di Misrenea.»

Con una mossa imprevista, Rupens intrappolò due pedoni del fratello con un suo alfiere, poi gli mangiò un altro pedone, annientò un cavallo e iniziò ad avanzare verso il re nemico con la regina, la pedina più minacciosa della scacchiera. Tresan la guardò con preoccupazione. *Le donne possono essere pericolose, in guerra. Ancor più pericolose degli uomini.*

Quasi avesse seguito i suoi pensieri, Rupens disse:

«Pare che l'Imperatrice Afraneida abbia stretti legami con l'ordine di Odrisio. Non mi piace.»

Tresan non rispose subito. Scelse di sacrificare un pedone e quando Rupens spostò ancora la sua regina, invertì la posizione del re e della torre nella mossa dell'arrocco. Solo allora domandò: «Perché mai l'imperatrice dovrebbe caldeggiare una guerra colossale fra noi e l'Impero?»

Rupens scosse il capo, incerto. «Chi può sapere cosa ribolle nella testa di una donna?» borbottò. «Confidiamo che il re e l'imperatore siano abbastanza saggi da mantenere la pace.»

«L'imperatore non sembra ansioso di entrare in guerra con noi, ma Afraneida sta istigando Re Farsnar in modo quasi sfacciato» Tresan si appoggiò al basso dossale dello sgabello per studiare la scacchiera. «Dev'essere sostenuta da qualcuno che ha autorità o sull'esercito o sul popolo, e una volta il re mi ha fatto capire che l'imperatrice ha una notevole influenza sul Patriarca del Dio Odrisio.»

«Oppure, è il Sommo Gülhan a servirsi di lei per estendere il dominio della sua chiesa sulle nostre terre» rifletté Rupens, avanzando con un cavallo fra le pedine del fratello. «Sono certo che sia tutt'altro che Santo, e se appoggia i piani di guerra di Afraneida, la casa degli Shaar Tol Re potrà contare sulla fedeltà di tutti i popoli che adorano Odrisio.»

I Myrdrass, i Valmādrian e gli Zh'Ehéllendir delle Steppe, elencò Tresan fra sé, impallidendo leggermente. Una potenza spaventosa… di gran lunga superiore a quella di tutto l'Arcipelago unito. Turbato, toccò due pedine, ne scelse una quasi senza riflettere e troppo tardi s'accorse d'aver esposto il proprio re alla regina nera. «Non mi fido di Valmādria e Mydrassa, e neppure dei loro Sacerdoti» disse. «La religione può dominare la volontà di un uomo ancor più della forza dell'esercito.»

«Non è un pensiero molto religioso» sogghignò Rupens. «Ma concordo con te, fratellino. Intanto, hai perso ancora una volta» concluse, trionfante, mettendo il re bianco sotto scacco.

Anche se ormai se l'aspettava, Tresan studiò deluso il campo da gioco, dove le sue forze, ancora numerose, erano sbarrate da quelle del fratello.

«Dovrò trovare altre strategie, per batterti» decretò.

Rupens rise, alzandosi. «Non sarà facile, ma prova.»

Andò a scaldarsi davanti al fuoco, seguito pigramente da un bracco maculato, che sbadigliò guaendo. Tresan si volse sullo sgabello per guardarlo. Alto, più alto di lui, snello e scuro di capelli, Rupens era più simile ad Aldric di quanto non sarebbe mai stato lui stesso. Anche l'espressione vagamente corrucciata con cui fissava la danza delle fiamme apparteneva agli Hardan. Il suo sguardo, invece, era diverso, più ambrato e allegro, e quando s'infuriava sembrava sfaccettarsi di sfumature verdi e nessuno, in famiglia, aveva riflessi simili.

Guardò Rupens tendere le mani al fuoco, in silenzio. Nei tratti del volto sembravano scolpiti cupi pensieri.

«Quando accadrà?» gli domandò, piano. Non ebbe bisogno di specificare a cosa si stesse riferendo. Il suo tono era più esplicito di molte parole.

«Non subito, ma presto. Forse fra un anno, tre o cinque… Non di più.»

«Contro tutti i fanatici di Odrisio... É più facile che ti vinca a scacchi questa sera stessa, piuttosto che Misrenea riesca a respingere un simile schieramento!»

Rupens si scostò dal camino e il cane lo seguì dondolando, le unghie lunghe che graffiavano le mattonelle del pavimento. Gli passò accanto, abbottonandosi il colletto fin sotto il mento per proteggersi dal freddo e lanciò un'occhiata alla scacchiera. A Tresan non sfuggì un guizzo di preoccupazione passargli sul volto.

«Allora impara a giocare e in fretta. Buonanotte, fratellino.»

Anno 3352, secondo il Calendario dei Sacerdoti di Ályshan
Isola madre di Valmādria, Mese Fresche Acque, Primavera

11

Quella notte, Sheraen aveva avvertito i fremiti della terra, mentre dormiva accanto alle braci del camino spento. Li sentiva spesso, negli ultimi tempi, come se le falde sotto i mari fossero inquiete o qualcosa le stesse scuotendo per spezzarle. Anche lassù, nella capitale di Valmādria, giungevano le notizie di isole che venivano inghiottite da maremoti violenti o bruciate dalla lava eruttata per giorni e giorni da vulcani che si credevano spenti da secoli. Fino ad allora erano state colpite solo isole minori, spesso disabitate e sparse in mare aperto, ma Sheraen si svegliò con un brivido di paura.

É il segno che qualcosa sta per accadere. Ma cosa?

Non ebbe tempo di rispondersi. Un calcio la colpì con violenza alla schiena, togliendole il respiro.

«Stai ancora dormendo, idiota di una sorda?» l'apostrofò un uomo, alle sue spalle, e anche senza voltarsi Sheraen riconobbe Turo, l'aiuto cuoco del re. Aveva imparato presto a odiare il suo accento volgare almeno quanto le sue mani, grosse e callose, che la malmenavano per un nonnulla, lasciandole lividi violacei sulla pelle.

Il sole era già sorto e altri sguatteri stavano entrando nelle cucine del castello di Opalliŭm, alla corte del re di Kulldren. Sheraen si sollevò a sedere e accese il fuoco per potersi scaldare le mani senza essere picchiata. Anche i forni erano stati avviati e un lavapiatti entrò reggendo un secchio colmo d'acqua. Quando l'aria fredda la investì, Sheraen si strinse nello scialle, rabbrividendo. L'ultimo mese di primavera era ancora freddo, nel nord est di Misrenea, e gli stracci che indossava non bastavano a tenerla al caldo. Si sistemò sulla testa lo strofinaccio che usava per coprire i capelli bianchi, accertandosi con una mano che nessuna ciocca le sfuggisse sulla nuca. Prima di approdare in Valmādria, li aveva tinti con il nero di seppia importato dalle Pianure Nuramag ma, anziché scurirsi, i capelli erano diventati rossicci, di un colore così innaturale che Sheraen aveva deciso di rinnovare la tintura solo su qualche ciuffo da lasciar ricadere sulla fronte. Con questo accorgimento, tutti pensavano che avesse la chioma color delle carote stinte e il contrasto con gli occhi lilla era così sgradevole che non aveva attirato su di sé alcuno sguardo lascivo, né fra i servi né fra i nobili del palazzo.

Stava per alzarsi, quando Turo, l'aiuto cuoco, l'afferrò per un braccio, trascinandola brutalmente in piedi.

«Vuoi muovere quelle chiappe?» l'aggredì. La girò verso di sé e, affondando le dita nelle sue guance, la costrinse a guardargli le labbra e scandì: «Vai a darti una sistemata, puzzi come un maiale. Lavati quella faccia da capra e servi la colazione all'ospite del re.»

Raramente Sheraen alzava lo sguardo in quello degli altri servi. Anche se tutti la credevano sordomuta, si limitava a scrutarli timidamente di sottecchi, ad annuire e a svolgere con solerzia i servizi che le venivano imposti. Non doveva destare troppo l'attenzione, per ascoltare e spiare senza essere scoperta. Ma a quelle parole fissò sbalordita il volto grasso dell'aiuto cuoco. Non le avevano mai permesso di lasciare le stanze della servitù e ogni qualvolta s'era aggirata nel castello, l'aveva fatto di soppiatto, paludata nel mantello che teneva ben nascosto nella sua sacca da viaggio.

«Mi hai capito, piccola idiota?» ripeté Turo, scuotendola per le spalle. «Ti ho detto di sbrigarti. Va' a lavarti o ti affogo nell'abbeveratoio delle vacche!»

La spinse lontano e un'altra serva la fermò per le spalle, prima che cadesse.

«Lasciala stare!» lo rimproverò la donna. «É mezza gobba e sordomuta, e ha quegli occhi strani... É già stata maledetta a sufficienza dagli Dèi, non ha bisogno anche della tua prepotenza. Vieni con me, Tika» La serva la prese gentilmente per mano. «Ti aiuterò io a renderti presentabile» E scandendo le parole, perché Sheraen potesse leggerle sulle labbra, aggiunse: «É arrivato un gran Sacerdote da Rovanea e la governante vuole che sia tu a servire la colazione.»

Sheraen si indicò e inclinò la testa di lato, con aria interrogativa.

«Perché proprio tu?» interpretò la donna. «Perché non parli e non senti, e il sacerdote deve discutere d'affari riservati con il Principe Damon.»

Sheraen rimase impassibile, ma la sua mente s'affollò di pensieri. Per quanto ne sapeva, Damon non aveva mai ricevuto ospiti personali nel castello dei Kulldren. Chi era quel sacerdote? Un membro dei Dodici, probabilmente. E se giungeva in segreto in Valmādria, poteva essere soltanto o il Patriarca Mesìa o un apostata del suo Cerchio.

«Sta' zitta, Marièl!» Turo s'avvicinò alla donna, minaccioso in volto. «Non devi raccontarle niente. É solo una sguattera. Lavale quella faccia sporca di cenere e mandala nelle stanze dell'Arciprete con il vassoio. Muovetevi, tutte e due!»

Sheraen si lasciò condurre fuori, alla fontana, ma si scansò, quando Marièl provò a pulirle il viso con il grembiule. Turo aveva parlato di un Arciprete; dunque, non si trattava di Mesìa. Se era un membro del Cerchio dei Dodici, probabilmente l'aveva già incontrato, nel tempio. Per giustificare le sue visite a Envles'tin, la Matriarca Flesia l'aveva presentata ai sacerdoti come una sua lontana parente e qualche sacerdote era rimasto incuriosito dal colore viola trasparente dei suoi occhi e dal candore dei suoi capelli. Non doveva correre il rischio di essere riconosciuta. Si lavò accuratamente le mani e le braccia, sbatté la cenere dai vestiti e specchiandosi nell'acqua di un mastello si assicurò che lo strofinaccio fosse ben saldo, sui capelli. Marièl sorrise, compiaciuta, ma quando s'accorse che il volto era ancora chiazzato di cenere e carbone, scosse il capo.

«No, bambina, così non va. Sei ancora sporca, in questo modo offendi gli ospiti del nostro re. Copriti il viso con qualcosa...» Le porse un fazzoletto con il bordo in pizzo e Sheraen la ringraziò con un sorriso. Lo legò attorno al volto, sistemando la trina in modo che le ricadesse come un velo, e lo fissò sotto lo strofinaccio con un nodo.

«Molto bene» si complimentò Marièl. «Sembri quasi una dama... Allora non sei tanto stupida, e non saresti neppure brutta, se non fossi così goffa e sfatta...»

Sheraen abbassò gli occhi e rientrò in cucina. La governante la stava attendendo con impazienza e non appena la vide le mise in mano un vassoio con vino, uova, prosciutto e formaggio. «Va' negli Appartamenti Porpora, poi torna a prendere il resto» le ordinò e gesticolando vistosamente indicò il cuoco, che si stava affannando per preparare focacce e frittelle al miele.

Con un inchino, Sheraen lasciò la cucina. Mentre risaliva verso gli appartamenti degli ospiti d'onore, si sentiva percorsa da fremiti d'eccitazione. Stava per ascoltare una conversazione riservata fra un apostata dell'Ordine di Ályshan e il principe Damon! Non aveva mai sperato tanto, quand'era giunta in missione a Opalliŭm, solo un mese prima. Un armigero le aprì la porta, e quando entrò nel salotto vide il principe vicino a un'alta finestra assieme a un uomo non molto alto, dai capelli biondo cenere e vestito con una semplice tunica nera, anziché con i paramenti dorati dei Dodici.

«Quando Mesìa mi ha accusato d'essere un insensato, ho sciolto i lacci della tunica del Cerchio e mi sono spogliato per sempre di un simbolo che rinnego» stava dicendo il sacerdote, e Sheraen lo riconobbe all'istante. Era Ger, uno dei Massimi Iniziati dell'Ordine, non più vecchio di Tedrov e noto nel tempio per essere uno studioso colto e zelante. Si erano incontrati qualche volta, durante alcune festività del tempio e, anche se non si erano scambiati che poche parole, avrebbe dovuto essere prudente perché non si rammentasse di lei.

Senza curarsi del suo ingresso, Ger proseguì: «Non appartengo più all'Ordine di Ályshan e il mio più fervente desiderio è quello d'incontrare il Patriarca dell'Ordine di Odrisio per chiedergli sostegno e consiglio.»

«Lo incontrerete, se il mio maestro lo vorrà» gli concesse Damon, freddamente. Schioccò le dita, per richiamare l'attenzione di Sheraen, che d'istinto sollevò il volto a mezzo... ma poi ricordò che per tutti era sordomuta e si finse più attratta dal gesto che dal suono. «Tu, porta dell'altro, svelta. Mi capisci?»

Sheraen sbatté più volte le palpebre, assunse un'espressione sciocca e ciabattando si affrettò verso la porta.

«Quanto sono stupide, le serve di Erlanes!» sentì esclamare Damon, mentre lasciava la stanza. «Ma cos'altro dovrei aspettarmi, da lui?»

Il Sacerdote ridacchiò. «Potete aspirare a dame più raffinate di una sguattera mezza storpia, principe Damon. Le figlie di Re Adranes sono graziose...»

Quando Sheraen ritornò con un altro vassoio, gonfio di focacce, frittelle e altre due caraffe di vino, nel salotto c'erano anche Marlifer e il principe Erlanes. Il vecchio mago guardava in silenzio fuori da una finestra, le mani intrecciate dietro la schiena, e il suo volto millenario sembrava senza età. Mentre Sheraen disponeva le brocche sulla tavola, le si avvicinò con un fruscio della lunga tunica color ghiaccio e si riempì un calice con il vino rosso che veniva coltivato nelle isole più occidentali di Valmādria. Per un attimo, i suoi occhi d'un verde argentato incrociarono quelli di lei, e Sheraen s'affrettò ad abbassare il volto per non destare la sua curiosità. Ma il mago non le badò e porse il calice a Erlanes, che sedeva sul bracciolo di una poltrona giocando con un cane da caccia.

Il principe scosse il capo, garbatamente. «Non dovrei bere, prima di pranzo» rifiutò, con la sua cadenza lenta e dolce. «Damon dice che non sono abbastanza uomo, per farlo...»

«Secondo tuo padre sei abbastanza adulto da occupare il suo posto sul trono di Opalliŭm» obiettò Marlifer, con un mezzo sorriso. «Quindi, se vuoi, puoi bere.»

«Un'altra volta. Mio padre desidera incontrare il vostro ospite, per onorarlo secondo il suo rango. Posso dirgli che più tardi lo raggiungerete nelle sue stanze?»

«Naturalmente. Come ha riposato il re, questa notte?»

«Bene. I dolori si sono attenuati e il respiro è più pulito. Non so come ringraziarvi, mio signore. I vostri rimedi sono stati miracolosi. Potrei quasi credere che la magia scorra ancora nelle vostre mani, Drangor Marlifer, e in quelle del vostro discepolo. Qualunque cosa Damon sfiori, sembra rifiorire di vita...»

Nell'udire la dolcezza della sua voce, Sheraen provò una stretta al cuore. Quel ragazzo adorava Damon oltre qualunque ragione. Oh, ammetteva che il principe Randeran fosse piuttosto seducente... Era stato con l'eleganza del suo aspetto e il fascino della sua cultura che aveva convinto Re Adranes di Kulldren a ospitarlo nel suo castello, qualche tempo prima. Non doveva essere stato difficile, pensò Sheraen. Re Adranes era un vecchio gentile, e anche se sapeva che non avrebbe dovuto dare rifugio al nipote di Farsnar e al suo rapitore, dopo qualche serata trascorsa a discorrere di filosofia, storia e astronomia era rimasto così incantato dalla brillantezza della mente del principe che aveva acconsentito a offrirgli una stanza nel suo castello. *E adesso che si è ammalato di febbre polmonare, non può più fare a meno delle cure di Damon. Lo tratta come se fosse un figlio del suo stesso sangue e gli ha concesso i privilegi e l'autorità che accorderebbe solo al suo successore.* Alla sua morte, era ben chiaro a tutti chi avrebbe governato su Valmādria, al posto di Erlanes...

Sheraen terminò di approntare la tavola e si trasse in disparte perché i signori potessero accomodarsi. Ger sedette accanto a Marlifer ma quando Erlanes fece per prendere posto vicino allo scanno di Damon, il principe lo scacciò, spintonandolo per una spalla verso la porta.

«Cosa vuoi capirne, tu, di queste faccende? Va' a bere il latte con le tue sorelle, bambino, e porta con te il tuo cane!»

Erlanes abbassò il capo, avvilito. Senza protestare, chiamò a sé il bracco e lasciò la stanza. Sheraen provò pena per lui, ma finse indifferenza e, mentre la porta si chiudeva, andò a sedersi in un angolo, sotto una finestra, in attesa d'essere chiamata per scendere nelle cucine a prendere altre pietanze o altro vino.

Nel frattempo, ascolterò.

Chinò il capo, come si addiceva a una serva, ma voltandosi appena sullo sgabello, riusciva a scorgere il tavolo attraverso il riflesso della finestra. Sorrise, d'un sorriso gelido, quasi sinistro, celato dal pizzo del fazzoletto. Se soltanto l'avessero immaginato... se avessero immaginato chi era e che stava per rubare ogni loro segreto...

I tre uomini sedettero al tavolo e si versarono da bere nei calici d'argento.

«Ebbene, Ger, che cosa ti riporta qui, su una nave che è approdata nel porto assieme ai primi bagliori dell'aurora?» domandò Marlifer, con la sua voce bassa e piacevole, musicale. Quella di Ger, invece, era quasi stridula e sgraziata. «Ho abbandonato il Cerchio dei Dodici» rispose. «Quel bastardo di Mesìa mi ha ridicolizzato davanti ai suoi seguaci per l'ultima volta.»

«Mio nonno è convinto d'essere il depositario della Grande Verità» rise Damon, prendendo con la punta dello stiletto un pezzo di formaggio dal piatto comune. «Di cosa avete discusso, questa volta?»

Anche Ger si servì e ruppe il guscio di un uovo con il cucchiaio. «Senz'altro ricorderete che circa sei anni fa, in una notte dominata da Athera, i sigilli di alcune pergamene conservate nel tempio si sono rotti spontaneamente» raccontò. «Quest'anno si sono spalancati anche gli ultimi rotoli e dopo aver interpretato le rune assieme a Tedrov, Mesìa ha convocato in segreto i membri del Cerchio per discuterne. Raramente l'ho visto tanto pallido e tormentato.»

«Sono quasi commosso» sogghignò Marlifer, masticando rumorosamente un pezzo di focaccia. «Cosa l'ha turbato tanto?»

«Le nostre previsioni erano corrette, vecchio stregone. Da molti anni le stagioni incespicano l'una nell'altra, i venti si uniscono e si confondono, diventando tempesta, le foreste fioriscono e poi gelano o il sole cocente di un'estate precoce brucia i teneri frutti della primavera. E la terra, la terra trema... ha ripreso a tremare da diciannove anni, come se fosse infastidita da una presenza che la calpesta, ingiuriandola...»

«Falla breve» lo interruppe Damon e nel vetro Sheraen scorse il suo bel volto indurirsi, mentre fissava Ger con un'espressione alterata. «Diciannove anni fa non è accaduto nulla di prodigioso. Cosa vuoi insinuare?»

«Non insinuo nulla, mio amato principe. Racconto i fatti, come il più fedele degli scrivani. Il tuo dotto maestro non ti ha insegnato le leggende dei popoli perduti, Damon? Ebbene, quel dio che chiamiamo il Dormiente... o il Senzanome, a tua scelta... si sta risvegliando e quando si sarà destato la sua collera colpirà ogni uomo, e di tutto ciò che è stato e abbiamo conosciuto non resteranno che macerie disperse nei profondi abissi.»

«Scempiaggini!» reagì Damon. «Il Senzanome non esiste. Cosa vorreste farci credere, voi sacerdoti? Che un Dio scomparso dieci, dodicimila anni fa sta ritornando per scacciare i nostri Dèi? Non farmi ridere.»

«Non c'è nulla da ridere, infatti» Il tono di Ger era tagliente. «Il pianto del Senzanome sta squassando le nostre isole, siamo vittime di una collera lontana nei tempi e che tuttavia non si è ancora placata. Secondo il tuo saggio nonno, il Dormiente non era un Dio d'amore e, quando si desterà, la sua collera colpirà ogni uomo, e di tutto ciò che è stato e abbiamo conosciuto non resteranno che macerie disperse nei profondi abissi.»

Un dio antico… Sheraen ricordò che i Sacerdoti lo sospettavano fin da quando i primi rotoli si erano spalancati, sei anni prima, ma non erano sicuri che le leggende avessero tramandato il vero. Quindi, i terremoti che avvertiva, di tanto in tanto, erano dovuti al risveglio di un nume accecato di collera contro un uomo di cui non si sapeva nulla? Sciolse le dita che aveva stretto con troppa foga, non doveva lasciar trasparire che i loro discorsi l'avevano turbata. Finse di guardare fuori dalla finestra, ma continuò a spiarli con la coda dell'occhio. Le domande non le davano tregua. Chi era quel dio? Perché si stava svegliando proprio in quel tempo? E con quale scopo?

Marlifer spinse da parte il piatto, senza aver finito di mangiare. Sembrava preoccupato, e con una mano si strattonava la corta barba bianca sul mento.

«Tu cosa ne pensi, prete?» indagò.

Ger mangiò ancora un pezzo di prosciutto, poi bevve un sorso di vino per sciacquarsi la bocca.

«Non siamo certi che questo nuovo Dio ci distruggerà» rispose. «Forse si mostrerà magnanimo, nonostante non siamo suoi figli. Se lo servissimo con devozione, potrebbe accettare i templi che gl'innalzeremo e ci dominerebbe con giustizia e benevolenza.»

Damon scoppiò in una forte risata. «Che scemenza» commentò, acidamente, e andò a sedersi sul largo davanzale di una finestra. «Quel dio è una fola dei preti che credono ancora nel sole e nelle stelle… Non sapevo che voi sacerdoti foste così vigliacchi! Avete paura di qualche scossa di terremoto? L'Arcipelago ha più vulcani che laghi, è normale che qualcuno erutti, di tanto in tanto… »

No, l'inquietudine che serpeggia sotto la terra, negli ultimi tempi, non è normale, pensò Sheraen. *Ger ha ragione, sta per accadere qualcosa di spaventoso… Ma è davvero così pazzo da credere che un dio ignoto sarebbe disposto ad accoglierci nel suo Cielo in cambio di qualche tempio e di qualche preghiera? Se sta tornando per vendicarsi di qualcuno che non esiste più, quale sarà il suo sdegno verso i figli degli uomini?*

Ger si pulì la barba ispida con un lembo della tovaglia, un gesto lento e paziente.

«Sei uno stupido, Damon» dichiarò, la voce incolore. «Pensi che abbia dedicato la mia vita a inseguire il miraggio di qualche favola? La tua stanza trabocca di libri ma, se fossi un vero studioso, sapresti che i Sacerdoti dell'Ordine di Odrisio hanno esaminato altri rotoli dedicati al Senzanome e hanno decretato che la fine è vicina. Io stesso ho tracciato le quadre del suo cielo e sono persuaso che nessun Dio dell'Arcipelago possa confrontarsi con la sua grandezza.»

Il principe distese una gamba sul davanzale e posò spavaldamente il gomito sul ginocchio sollevato. «É per questo che vuoi incontrarti con il Sommo Gülhan?» lo schernì. «Per innalzare altari a un nuovo Dio? Se vuoi, ti cerco oggi stesso una nave diretta a Myrdrassa. Nell'Ordine di Odrisio saranno entusiasti d'accogliere un visionario come te!»

Ger lo guardò con profondo disprezzo. «Parli come tuo nonno e, come l'ho augurato a lui, spero che ti soffochi nella tua stessa arroganza.»

«Sempre che tu non mi preceda negli inferni gelati, prete!» sibilò Damon. «Non scordare che i maghi hanno il privilegio della longevità, mentre tu...»

«Oh, sta' zitto, ragazzo!» intervenne Marlifer, bruscamente. «Ger ha ragione, un po' di umiltà ti converrebbe. Parli come se fossi già un mago, ma al momento non puoi sperare di vivere più a lungo di un elefante!»

Damon abbassò lo sguardo, avvilito, e giocherellò con i lacci della camicia di velluto blu.

«Dunque, Ger» riprese Marlifer, accendendo una pipa della collezione del re. «Hai lasciato il tempio perché Mesìa non condivideva le tue teorie sul nuovo dio?»

«Oh, conosci quel vecchio borioso... Dissentiva dai miei propositi pacifici e si è rifiutato di rinnegare i nostri Dèi per accogliere il Senzanome. Idiota!» Batté un pugno sul tavolo, facendo sobbalzare le brocche con il vino, e Sheraen trasalì, spaventata. Con angoscia, si domandò se qualcuno l'avesse notato, ma i tre uomini sembravano essersi dimenticati di lei. «Per gli Spiriti dei suoi avi, rinnegherei tutti gli Dèi conosciuti, se servisse a salvarci! Cosa potrà fare il vecchio Ályshan dalla barba bianca, per proteggerci? È un granello di sabbia nel deserto, in confronto alla forza del Senzanome. Chiunque possa accedere alle mappe dei Codici Drom sa quant'è vigoroso il suo cielo... È un Dio di possanza inaudita... Ha già distrutto il mondo, più di diecimila anni fa, e quando si risveglierà dal suo sonno distruggerà anche noi. Solo con l'adorazione potremo placarlo.»

Marlifer rise, divertito. «Per il tuo Patriarca, dev'essere stata una bestemmia, un'infamia...»

«Ancor peggio. Ha detto che le mie parole insultavano gli Dèi che ci proteggono e che ero indegno della veste che indossavo e dell'onore d'appartenere al suo Cerchio.»

«E tu... »

«Ho sciolto i lacci della tunica dell'ordine, ripudiando qualunque onore appartenesse alla sua casta.»

Come un lontano mormorio d'onde, a Sheraen giunse la voce di Ger, spezzata dall'eco della fredda sala scavata nella roccia del tempio: *Non voglio questa tonaca, finché la indosserai anche tu e rifiuto la fratellanza che mi lega a compagni che condannano come folle la mia ansia di pace. Ma seguirò i tuoi primi insegnamenti, Mesìa, e lotterò perché la furia del Dormiente non mi travolga, quando esploderà.*

«I tuoi propositi di pace ti fanno onore, prete» disse Marlifer. «Ma tu conosci i miei piani. Voglio Valmādria e Myrdrassa unite contro Misrenea. Sei sempre disposto ad appoggiarmi?»

Ger sorrise, insinuante. «Se tu appoggerai me...»

«Non sputo sul sostegno dei sacerdoti. Il Sommo Gülhan approverà le nostre intenzioni?»

«Gülhan insegue i suoi scopi, assieme alla Fulgente Afraneida, e in qualche modo noi due gli serviamo. Ci supporterà fino a quando gli saremo utili.»

Damon sollevò la testa dai lacci della camicia. «E dopo?» s'agitò. «Anch'io miro a soddisfare le mie ambizioni.»

Ger si versò dell'altro vino e lo sorseggiò con un sorriso beffardo.

«Le tue ambizioni? Ma certo, hai sempre in animo di diventare uno stregone, come il tuo maestro.»

Il principe lo squadrò con ostilità. «Un mago» precisò. «Ho abbastanza talento per riuscire a risvegliare la poca magia che ancora scorre nella terra, e farla mia» Ma l'occhiata dubbiosa che lanciò a Marlifer tradì la sua insicurezza.

Ger rise, divertito. «La magia si è estinta sedici secoli fa. Come puoi sperare di ritrovarne quanto basta da meritare il titolo di mago? Dimostrami cosa sai fare. A te, fermalo in volo!» Gli lanciò contro il suo calice d'argento e d'istinto Damon alzò un braccio per ripararsi il volto. La coppa andò a sbattere contro il legno della finestra, sopra la sua testa, e ricadde a terra con un clangore stridente. Ger scoppiò in una forte risata. «Se non sai fare di meglio, il tuo maestro dovrebbe riconsiderare i suoi metodi d'insegnamento... o la scelta che fece una dozzina d'anni fa, quando ti portò via dal palazzo del tuo regale zio.»

«Cosa vuoi insinuare... ancora una volta?» La voce del principe era affannata come se avesse corso. Sheraen lo vide scendere dal davanzale, il volto pallido, pronto all'attacco. «Tu, misero, strisciante, bavoso pretucolo...»

Ger gli rivolse un sorrisetto malizioso. «Sai quante Stelle Cacciatrici gravitano nella mappa di tuo cugino Tresan?» lo provocò. «Quattro in più delle tue.»

Anche senza entrargli nella mente, Sheraen percepì sottopelle la paura e la rabbia di Damon. La paura che Marlifer avesse portato via il bambino sbagliato, una dozzina d'anni prima, e che ora volesse porre rimedio al suo errore.

«Tresan è soltanto un contadino!» gridò, furibondo. «Per lui, quelle stelle viola avranno solo significato di sventura!»

«E quale avranno, per te?» lo istigò Ger. «Sappiamo tutti che il "sangue del sacro sangue" di cui si parla nei Codici Drom non è il tuo...»

«Ma nemmeno il suo!» Damon fremeva, pazzo di collera. «O, per i nostri Avi, glielo farò versare fino all'ultima goccia!»

«É da vedersi» Il sacerdote sorrise, portandosi alle labbra il calice ancora mezzo pieno.

Damon avanzò di qualche passo e Sheraen non poté fare a meno di voltare la testa verso di lui. Anche se era lo stesso giovane che conosceva da quand'era salita a Opalliüm, in quel momento sembrava ancor più maestoso e l'aria, attorno al suo corpo, sfrigolava lievemente.

«Dubiti di me, stupido prete? Ho titoli, proprietà e potere... E un talento che quello straccione della fenice non possiederà mai!»

Ger abbassò il bicchiere senza aver bevuto. «Il tuo talento, l'abbiamo visto, ha la consistenza di una nuvola» ribatté, acidamente. «Quanto alla tua nascita... Non sei figlio del re e il Consiglio Reale potrebbe non appoggiare la tua candidatura, se tuo zio dovesse morire senza eredi diretti.»

«Non offendere le mie capacità, bastardo!» Gli era distante di almeno cinque passi, ma tese una mano ad artiglio verso di lui e strinse. Per un attimo il sacerdote dilatò gli occhi, stupefatto, portandosi una mano alla gola. «Cosa...?» ansimò.

Sheraen era strabiliata. Damon non lo stava toccando eppure la sua volontà era così potente da riuscire a togliergli il respiro. Non era un semplice dono della mente... era magia!

Marlifer s'alzò a mezzo dalla sedia, allarmato. «Non fare sciocchezze, ragazzo!» gl'ingiunse, ma Damon non lo ascoltò. Nei suoi occhi blu passò un lampo di fuoco e per un istante le iridi lingueggiarono violacee, sotto le folte ciglia nere. *Muori*, ordinò il principe, e Sheraen udì quel pensiero come se l'avesse scandito ad alta voce. Ma proprio allora qualcosa si spezzò... come se Damon avesse tirato un po' troppo una corda di spago sottile. Sheraen non avvertì più la tensione attorno al suo corpo e comprese che quel brandello di magia era svanito; forse, era ritornato fra le pieghe della terra da cui il principe l'aveva evocato.

Damon barcollò e, boccheggiando, s'aggrappò allo schienale di uno scanno per non cadere. Ger ridacchiò. «É tutto qui quello che sai fare?» Ma c'era nervosismo, nella sua voce. Anche se Damon era riuscito soltanto a fargli male, aveva pur fatto qualcosa... Forse, pensò Sheraen, aveva davvero il talento per diventare un mago, e se un giorno la magia fosse ritornata fra gli uomini, Tresan avrebbe dovuto guardarsi da lui e dalla sua ostilità...

Il sacerdote si alzò dalla sedia, massaggiandosi la gola. «Come dicevo, Damon, il tuo talento è più evanescente di un pensiero. Il tuo maestro avrebbe dovuto scegliere un altro nipote di Mesìa da addestrare alle perdute arti Shelavin... E forse è ancora in tempo per porre rimedio ai suoi errori.»

Il volto di Damon si deformò in una smorfia d'odio. «Piuttosto lo ammazzerò!» giurò e Ger rise. «Chi, il tuo adorabile cuginetto o l'Eterno Marlifer?» L'espressione confusa di Damon gli strappò un'altra aspra risata. «Vieni con me, vecchio mago, abbiamo altro di cui discutere. Lasciamo che il tuo allievo si diletti da solo con i suoi giochetti da saltimbanco.»

Prese Marlifer sottobraccio e mentre s'avviavano alla porta, il mago si volse per intimare al principe di non seguirli.

«Sei libero fino all'ora di pranzo» disse con voce così gelida che gli occhi di Damon si velarono di lacrime.

«Ma, Maestro...»

Marlifer gli voltò le spalle e uscì. Ancora immobile davanti alla finestra, Sheraen sorrise. *Se non fosse Damon, proverei quasi compassione per lui.* Lo vide lasciarsi cadere su una sedia, battendosi un pugno sulla fronte, infuriato.

«Che tu sia maledetto!» imprecò il principe. Si artigliò il volto con le mani e quando le richiuse a pugno, contro le guance, Sheraen vide che i suoi occhi tremavano di pianto. «Sono il tuo allievo prediletto!» singhiozzò. «Non puoi buttarmi via per quel rozzo mezzosangue... Dèi, non puoi farlo!»

Pestò un pugno contro il tavolo, bevve rabbiosamente del vino e alzandosi di scatto scagliò il calice d'argento contro il muro, spaccandolo in due. In quel momento, la porta s'aprì ed Erlanes entrò nella stanza. Non aveva ancora sedici anni e agli occhi di Sheraen il suo viso chiaro e amabile lo faceva sembrare ancora un ragazzino. Nel vedere Damon affannato, il calice rotto sulle mattonelle del pavimento, Erlanes gli si avvicinò, sollecito.

«Chi ha suscitato la tua collera, mio signore?» si preoccupò.

Damon si passò rabbiosamente le dita sugli occhi per asciugare il pianto. «Nessuno» mentì. «Nessuno.»

«É stato quel prete? Lo farò scacciare, se ti darà piacere.»

«A me, forse... Ma temo che il mio maestro sia affascinato dalle sue fantasie, quindi dovrò pazientare ancora un po'.»

Gli posò una mano sulla spalla e Sheraen notò con stupore che c'era dolcezza, nel suo sguardo. «Come sta tuo padre? Vuoi che venga a visitarlo?»

«Ha espresso il desiderio di scendere a passeggiare in giardino, più tardi. É un buon segno… forse si riprenderà.»

«Per qualche tempo, forse…» concesse Damon. Si scostò dal ragazzo e raccolse un mantello blu dal cassone vicino al camino e se l'avvolse attorno alle spalle.

«Accompagnalo nel parco, quando il sole sarà più alto. Io andrò a cavalcare in campagna.»

«Posso…?» iniziò Erlanes, speranzoso, ma Damon scosse il capo.

«No, voglio andare da solo. Va' dal re, fratellino. Ci vediamo più tardi.»

Erlanes indugiò un istante e Sheraen si commosse nel vedere l'adorazione del suo sguardo ancora innocente. «Scendo con te» disse e Damon sorrise. Fu allora che la vide, e quasi sobbalzò, sorpreso.

«Per gli Dèi, mi ero completamente dimenticato di te!»

Le si avvicinò e Sheraen s'affrettò ad alzarsi, a capo chino. Il principe le sollevò il mento con una mano e lei abbassò lo sguardo, perché non la fissasse negli occhi.

«Perché sei velata?» Abbassò il fazzoletto, che si sciolse e le ricadde a terra. Sheraen fu scossa da un brivido e, nella sua mente passò qualcosa… come un ricordo che non sapeva d'aver scordato e lo guardò con occhi stupefatti e feriti. Non sapeva perché, ma il principe non avrebbe dovuto strapparle il velo.

Damon sorrise. «Ah, capisco… Sei sorda, mezza storpia e terribilmente sporca… Riordina la stanza e poi torna nelle cucine. Riesci a capirmi?»

Lei annuì. Damon rimase a fissarla in volto per qualche istante e Sheraen sentì il cuore perdere qualche battito. Pregò gli Dèi che non la riconoscesse, ma non poteva… Non si erano mai incontrati, a Envles'Tin. Eppure, lui la guardava come se stesse cercando di rammentare dove l'avesse già vista, in passato.

«Che occhi straordinari» mormorò, e scese a palparle voluttuosamente il seno, i fianchi e i glutei. «Se non fossi così sgraziata, potrei…» Insinuò una mano sotto la veste e la frugò in mezzo alle gambe. D'istinto, Sheraen cercò di sottrarsi alla sua stretta, e mentre si scostava vide Erlanes abbassare gli occhi, ingoiando un nodo di pianto.

«Ma sì, vai!» Damon la spintonò via, con sgarbo. «Sei grassa e sformata, una pecora è più desiderabile di te!»

Lei chinò il capo e s'affrettò a riordinare, trattenendo a stento un moto di collera. *Se oserai avvicinarti ancora a me, ti taglierò quello che hai di più caro, Damon*! Lo sentì avviarsi alla porta e lo vide uscire con un braccio posato sulle spalle di Erlanes. Più tardi, quando fu sola, salì nella piccionaia e allacciò un rotolo di cuoio attorno alla zampa di una colomba rosa.

«Va' a Envles'Tin» le sussurrò, mostrandole nella mente il tempio scavato nella roccia. «Porta questo messaggio al Priore Tedrov. Vola!» L'uccello spiccò il volo nel cielo azzurro di Valmādria e lei scese al mare, in una piccola baia solitaria, per lavarsi. Aveva il permesso di restar lontana per mezz'ora, quel giorno, e desiderava togliersi le imbottiture che usava per abbruttirsi e sembrare più goffa. *Ora so che Ger andrà in Myrdrassa per stringere un'alleanza religiosa con il Patriarca Gülhan e gli uomini di Mesìa dovranno tener sotto controllo ogni suo passo.* Lasciò scivolare i vestiti sulla sabbia e s'immerse nell'acqua fredda, rabbrividendo. *Non si prospettano anni sereni, per il nostro Arcipelago... Conflitti religiosi, una guerra inevitabile con Myrdrassa e Valmādria, il risveglio di un Dio leggendario ancora infuriato contro un uomo morto da millenni... Cosa ne sarà di noi, in queste guerre di uomini, maghi e Dèi? Qualcosa mi dice che tutto questo non stia avvenendo insieme per caso.* Si abbandonò nell'abbraccio dell'acqua, i folti capelli sparsi a ventaglio attorno al suo viso. *Ma perché? Quale disegno si cela sotto il risveglio del Dormiente e la crisi di Misrenea con l'Impero?*

Anno 3352 secondo il calendario dei Sacerdoti di Ályshan, Arcipelago di Elvaner, in Misrenea. Mese delle Messi Dorate, estate.

12

Agli inizi dell'estate, nel mese delle Messi Dorate, Aldric invitò a Va'nel le figlie delle casate più nobili di Ægator, Rovanea e Valmādria perché Rupens potesse scegliere la sua sposa e portarla a vivere nel palazzo del padre. Il giovane principe fu ospitale e galante, ma anche se fu visto passeggiare nei giardini con le dame più belle, non fu lui a innamorarsi. Ancora una volta, Maribelna Vilkaster aveva accompagnato Romisan sull'Isola Madre e mentre l'accoglieva sulla scalinata del palazzo Tresan si sentì piacevolmente confuso. La ragazza era sbocciata, dal loro primo incontro, aveva ormai diciotto anni e la sua bellezza selvaggia lo incantava. Quando la vide galoppare durante la caccia, allegra e accaldata, i grandi occhi verdi scintillanti di vita, si sorprese a guardarla con una dolcezza che fece sorridere Romisan.

«Temo d'averti perso, amico mio» lo canzonò e, senza distogliere lo sguardo da lei, Tresan annuì. Quella notte, mentre giaceva vestito sul suo letto, con Romisan che gli russava accanto, ubriaco, cercò i giardini della Dea oltre la finestra socchiusa, e pregò che Maribelna non ritornasse a Za'nallorn, alla fine dei festeggiamenti.

«Fa' che rimanga, Dolce Signora. Re d'Ambra, mio Avo carissimo, intercedi per me...»

La sua preghiera fu esaudita. Qualche giorno prima che il vascello dei Vilkaster salpasse verso Za'nallorn, a Va'nel giunse un dispaccio con l'avviso che due Cavalierati Zircaniani erano entrati in conflitto, nelle acque vicine alla capitale. Romisan decise di rientrare subito per sedare le ostilità, e chiese ad Aldric di ospitare Maribelna fino a quando la rotta principale non fosse ritornata sicura. La ragazza protestò e pianse, non voleva restare su quell'isola assieme a cavalieri dal sangue contadino, ma Romisan era l'erede della sua terra e fu costretta a obbedire.

Per renderle più piacevole la permanenza, Tresan l'andava a trovare ogni giorno nelle sue stanze, suonandole il *ghirr*, la piccola cetra di Elvaner, o leggendole storie di miti e trattati di erbe. Nelle belle giornate uscivano a cavallo e raggiungevano al galoppo il promontorio davanti al mare e mentre Maribelna contemplava le isole sfumate in lontananza, lui non riusciva a distogliere lo sguardo dal suo viso. Un pomeriggio, dopo aver passeggiato nei giardini, rientrarono da una veranda affacciata sul mare. C'era solo Rupens, seduto in un angolo a lucidare i suoi pugnali, e decisero di restare davanti alle vetrate socchiuse a godersi il sole della sera.

«Vi piace il mio purosangue, Tresan?» gli domandò Maribelna, accomodandosi su una poltrona, nella penombra «L'ho addestrato io stessa. Anche la vostra cavalla ha un bel portamento.»

«Zelin è un dono dell'imperatore dei Nomadi delle Steppe. Mi è stata offerta in occasione del rito dell'Età Adulta.»

«Un dono prezioso! I cavalli delle Steppe sono fra i più veloci di tutto il mondo. Volete fare una gara con me, domani? Non crediate però che sia facile battermi solo perché sono una donna. Vince chi arriva per primo al grande albero sul fiume» Sospirò. «Mi manca il mio maneggio, a Za'nallorn. Quando potrò tornare a casa?»

«Verrete richiamata non appena i Cavalieri si saranno pacificati. Vi trovate tanto male, qui?»

Non riuscì a dissimulare la propria amarezza e lei, per mostrarsi gentile, gli sorrise e imbracciò un *ghirr* posato lì accanto. Anche se non aveva una bella voce, gli cantò una lunga ballata Zircaniana che parlava di mostri emersi dal mare, bellissime dame in pericolo e prodi cavalieri che vincevano meschini sortilegi con la loro spada magica. Mentre Rupens ridacchiava, Tresan, che non aveva conosciuto altro che campagnole, l'ascoltava estasiato, seguendo le movenze aggraziate delle sue mani sulle corde e guardando i lunghi capelli sciolti ondeggiare sulle braccia seminude. Notando la sua ammirazione, Maribelna si lasciò contemplare con civetteria, consapevole della propria avvenenza.

«Mi dicono che dovreste sposare la figlia dell'Imperatore di Myrdrassa» disse, quando ripose la piccola cetra. «È davvero bella come si racconta?»

«Ho visto un suo ritratto e sì, è davvero splendida» ammise Tresan. «Ma non siamo promessi.»

«Ne siete dispiaciuto?»

«No» Si sentiva la bocca arida. Sbagliava, o c'era una scintilla seducente, nello sguardo di Maribelna? «Dubito che sappia suonare il *ghirr* e ammaestrare i cavalli, come voi. Inoltre» Avvampò per la propria audacia «Preferisco i capelli neri a quelli rossi...»

Lei rise, compiaciuta del complimento. «Ma avete imparato la sua lingua» insinuò, vezzosa.

«Parlo fluentemente le lingue principali di tutte le terre conosciute e altrettante lingue morte» sorrise lui, con una venatura d'orgoglio. Neppure Rupens si destreggiava in così tante parlate, e suo padre non aveva affinità con i dialetti in uso nelle epoche passate.

Maribelna inorridì. «Sprecate così il vostro tempo, anziché dedicarvi alle vostre occupazioni di cavaliere? Perché mai?»

Il suo rimproverò lo ferì. Non era quella la reazione che si era aspettato, da lei. «La mia precettrice lo ritiene indispensabile, per la mia formazione» si giustificò, a mezza voce.

«Davvero? E cosa pretende da voi, oltre che vedervi amministrare le terre e le miniere di vostro fratello?»

Tresan strinse un pugno sul ginocchio, stizzito. Anche Maribelna, come tutti, vedeva in lui solo un figlio cadetto, inutile alla sua casata e a Elvaner, se non come ciambellano di Rupens! Distolse lo sguardo, e con sorpresa sentì la sua mano sfiorargli la propria con una rapida carezza.

«Perdonatemi, sono stata insolente» si scusò lei. «Studiare mi annoia e la polvere delle scartoffie mi irrita gli occhi e la gola, ma voi sarete il migliore attendente che un Sopracavaliere possa desiderare. Anche se non siete il primogenito, renderete ugualmente un grande onore al vostro casato.»

Sembrava sincera e in quel momento i suoi grandi occhi verdi erano più dolci che mai. Tresan le restituì il sorriso, e provò per lei un tale slancio di gratitudine da provare il desiderio di abbracciarla. Cos'altro avrebbe potuto pretendere in una donna, che Maribelna non possedesse? Era bella, allegra e onesta... e non lo disprezzava per la sua nascita svantaggiosa. *Ah, se potesse restare qui per sempre!* desiderò. Ma all'inizio del mese dei Pastori Erranti giunse l'avviso che le acque Zircaniane erano nuovamente sicure, e il Principe Alnelish inviò a Elvaner una scorta per accompagnare a casa la figlia. A quell'annuncio, Maribelna gioì come una bambina ma Tresan si sentì assalire da un malessere intollerabile.

«Lascerete un vuoto, nel mio palazzo» osò confessarle mentre camminavano assieme sul molo, verso il vascello in partenza per Za'nallorn.

Maribelna affrettò il passo, impaziente di salire a bordo.

«Lo colmerete apprendendo un'altra lingua morta» lo confortò, distrattamente. C'era una punta di acredine, nel suo tono, ma Tresan finse di non coglierla.

«Posso scrivervi?»

«Non è conveniente e mio padre non approverebbe. Addio, cavaliere. Che la Dea vi benedica e vi doni tutta la gioia che meritate.»

Lo baciò sulle guance e, scortata dalla sua cameriera, salì sulla nave.

Per giorni, Tresan si aggirò nel palazzo senza più entusiasmo. Non mangiava quasi più, e non riusciva a concentrarsi negli studi. Alla fine, dopo molte riflessioni e qualche notte trascorsa più sul balcone che nel suo letto, prese una decisione. Una sera, si recò nello studio del padre e quasi d'un fiato lo pregò di concedergli il permesso di chiedere Maribelna in sposa.

Aldric richiuse il grande registro delle spese di palazzo e lo soppesò, incerto.

«Sei convinto, Tresan? Vuoi lei e nessun'altra? L'Imperatore Su'Meeramjtra sarebbe sicuramente lieto se volessi raggiungere sua figlia e sposarla. Diverresti il genero dell'imperatore. Questo non ti attrae?»

Tresan arrossì. «Non quanto mi attrae la cugina di Romisan» confessò.

«Suo padre è un principe illegittimo. Non ha diritti di casata, e anche se Romisan non avesse figli maschi, il primogenito di Maribelna non potrebbe ambire al titolo di Sopracavaliere.»

«Non m'interessa il titolo di Maribelna, né la sua dote. Neppure io ho molto da offrirle, se non quello che voi e Rupens avrete la gentilezza di lasciarmi.»

Aldric annuì e si portò una mano al volto, pensoso.

«Sarò sincero con te» disse, e per la prima volta Tresan ebbe la sensazione che suo padre lo stesse trattando da adulto. «Sai bene che Su'Meeramjtra è stato sempre interessato a unire l'Impero con Misrenea tramite un matrimonio fra te e sua figlia Myrdràssel, e mi ha scritto più volte cercando d'indurmi ad aprire una trattativa. Non ho mai voluto intavolare una discussione, perché dubito che un matrimonio fra la nostra famiglia e quella degli Shaar Tol Re possa risolvere la crisi internazionale e ancora non comprendo quale sia il vero motivo per cui Su'meeramjtra ti voglia nelle sue terre. Non mi fido di lui e ancor meno di sua moglie, e preferirei saperti rinchiuso in un tempio sperduto su un vulcano, piuttosto che intrappolato in uno dei loro palazzi. Ora» intrecciò le mani sulla scrivania di noce, guardandolo negli occhi. «Ogni decisione spetta a te. Se vuoi sposarti, significa che sei abbastanza maturo da poter scegliere fra una donna e un'altra. Se ambisci al prestigio, puoi convolare a nozze con la Principessa Myrdràssel. Se invece vuoi la terza figlia di un nobile illegittimo...»

Tresan sorrise. «Andrò volentieri in quel tempio sul vulcano, signore» gli assicurò. «Ma preferirei andare con Maribelna.»

Anche Aldric si rilassò. «E sia!» Batté le nocche del pugno sul tavolo, soddisfatto. «Visto che Rupens non vuole saperne di accasarsi, quest'autunno celebreremo il tuo matrimonio, anziché il suo. Se davvero lo desideri, conduci qui quella ragazza e siate felici come io lo sono stato con tua madre.»

Quando Tresan ricevette l'approvazione del Principe Alnelish, Borr e Rupens si complimentarono con lui per la felice conquista e Borr gli disse, con molte allusioni imbarazzanti, che presto sarebbe diventato uomo sotto ogni aspetto. Solo Astrid aveva disapprovato quel legame, ma aveva capito che nulla avrebbe distolto Tresan dalla sua scelta.

É un matrimonio sbagliato. Maribelna gli è stata data per convenienza, ma non lo ama, pensò una sera, mentre controllava che tutto fosse pronto, nella stanza nuziale. *Spero che questa unione forzata non trasformi il suo tiepido affetto in odio.*

Prese un vaso di rose da un tavolo e una spina la punse, facendole sanguinare il dito. Il vaso le sfuggì di mano e, con gesto lesto, lo trattenne prima che s'infrangesse a terra, ma l'acqua si rovesciò, disegnando una luna piena sul pavimento e il sangue che sgocciolò la colorò di rosso cupo.

Per la prima volta, dopo molti anni, Astrid ebbe paura. Si portò il dito alle labbra e assaporò il sapore del sangue.

Ah, Dei! esclamò, fra sé. *Athera sorgerà da sola la notte delle nozze. Tresan ha dimenticato quanto la temeva, da bambino, ma oscuri presagi s'affollano su questo sponsale.* Alzò il volto al cielo, impotente. *Dimmi, Volèn, cosa posso fare per risparmiargli il dolore che inevitabilmente ne verrà?*

Sheraen non avrebbe voluto assistere a quelle nozze e il pomeriggio del matrimonio lavorò più duramente del solito nelle cucine e al lavatoio, cercando di distrarsi. Le immagini dei preparativi le balenavano nella mente come lampi durante un temporale e dopo aver strappato la tunica del cuoco, a forza di strofinarla e di batterla sulla pietra, salì sugli spalti e sedette fra due merli, le gambe abbandonate nel vuoto. Sotto di lei, il fianco roccioso della collina cadeva a strapiombo nel mare. La celebrazione stava per iniziare e la sua mente era ostinatamente invasa da immagini vivide e prepotenti. Con uno spasmo di dolore, scorse Tresan tendere la mano a Maribelna per accompagnarla nel tempio della Dea Melyss. A tratti, colse alcune scene della cerimonia. Maribelna, vestita con un sontuoso abito di broccato verde, seguiva le parole dell'Eminente Valjr senza muoversi, composta e impassibile come una regina. Al suo fianco, Tresan era raggiante e il modo in cui sorrise alla moglie, mentre l'Abate annodava il nastro nuziale attorno alle loro mani unite, le spaccò il cuore. Era lo stesso ragazzo di cui non si era voluta occupare, sei anni prima, ma dopo averlo sorvegliato tanto a lungo si era illusa che fra loro ci fosse un legame speciale. Qualche volta si era sorpresa a fantasticare sulla sua espressione pensierosa e sulla forma seducente della bocca; ma erano stati sogni insensati. Lui era un nobile e lei un'orfana che i Patriarchi avevano trovato in fin di vita su una spiaggia, all'età di otto anni, e che avevano avuto la compiacenza di allevare come spia. Non ci sarebbe mai stato niente, tra loro, all'infuori di quello che gli Dèi avevano già stabilito.

Non riuscì ad alzarsi per molto tempo; solo mentre Tresan baciava la sposa davanti al tramonto trovò la forza di raccogliere la ruvida veste da sguattera e di ritornare nello sgabuzzino in cui dormiva. Imbruniva, e gli altri servi si stavano già avviando verso le cucine per cenare. Sheraen passò dal retro per non incrociarli, e si richiuse la porta alle spalle. Si sentiva lo stomaco in subbuglio e non sarebbe riuscita a toccare cibo, tanto meno la minestra insipida e mezza fredda che era costretta a mangiare tutte le sere. S'accostò al paglericcio, illuminato da una finestrella sporca, e dalla sua sacca trasse una boccetta di latte d'oppio, valeriana e biancospino. Era colma per metà e la bevve d'un fiato. *Non voglio che le scene della vostra notte di nozze mi tormentino i sogni.* Si distese sulla paglia e rimase a fissare le ragnatele sul soffitto fino a quando non si sentì invadere da un irresistibile torpore. Allora allungò una mano, si tirò la coperta fin sopra la gola e con sollievo s'abbandonò al sonno.

Si svegliò prima dell'alba. Accese una candela e si specchiò in un vetro rotto che aveva appeso al muro, sopra le scope. Mentre finiva di sistemarsi la finta gobba sulla schiena, la porta si aprì e la serva Marièl venne a chiamarla.

«Sei pronta, bambina? Il principe Damon si sveglierà fra poco e vorrà la colazione.»

Lei rispose con una goffa riverenza. Da quando aveva servito durante l'incontro fra Marlifer e Ger, ogni tanto veniva inviata nelle stanze regali per svolgere qualche lavoro di fatica, come rigovernare il salotto di Damon dopo un festino o svuotare la comoda dei principi, e per quanto alcune mansioni le ripugnassero, erano momenti preziosi per avvicinarsi agli appartamenti reali senza destare sospetti. Essendo efficiente e discreta, Marièl la mandava sempre più spesso nell'ala signorile, e lei esultava.

«Non tardare» le disse la donna, gesticolando per farsi capire. «É inutile che tu perda tempo davanti a quel vetro. Sei tanto cara, Tika, ma non sarai mai graziosa. Ti aspetto in cucina.»

Uscì, e Sheraen indugiò per un momento a specchiarsi. I suoi tratti erano appena percepibili, al lume della candela, ma con una stretta al cuore dovette ammettere che Marièl aveva ragione. Non era brutta e in Accademia qualcuno l'aveva perfino corteggiata, ma era una creatura pallida e senza colori. Il duro lavoro e la fame le avevano scavato le guance e da qualche tempo aveva cerchi scuri sotto gli occhi. Anche se Ger fosse rimasto al castello, invece di partire per Myrdrassa, difficilmente avrebbe riconosciuto in quella servetta emaciata la presunta nipote degli Alti Sacerdoti di Ályshan. Si toccò le mani, tagliate dall'acqua gelida del lavatoio, e pensò che avrebbe dovuto prepararsi una crema all'aloe per ammorbidirle e un'altra alla calendula per cicatrizzare le piccole ferite. S'immaginò come doveva apparire a chi la vedeva per la prima volta e trasse un sospiro di sconforto. Era insignificante anche senza la finta gobba, con quegli occhi scialbi e i capelli morti! Tresan non l'avrebbe mai voluta, nemmeno se non si fosse sposato con Maribelna. Soffocando dentro di sé il dolore per le sue nozze, finì di allacciarsi l'informe camicia di cotone grigio che le cadeva fino ai piedi. Non doveva pensarci. Su, nella stanza più lussuosa nella torre, Damon l'aspettava per la colazione e, ignaro che potesse sentire, avrebbe sparlato di suo zio, di Erlanes e di tutti i Misreneani che vivevano sulle terre dei Kulldren e magari le avrebbe rivelato qualche informazione preziosa.

Si sorrise nel vetro e i suoi occhi si assottigliarono come quelli di una gatta in caccia. Era la migliore spia dell'Accademia di Rovanea e l'avrebbe dimostrato ancora una volta.

Anno 3352 secondo il calendario dei Sacerdoti di Ályshan,
Isola Madre di Valmādria, in Misrenea. Inverno

13

Neppure un mese dopo le nozze di Tresan e Maribelna, agli inizi del Mese delle Foglie d'Oro e Cinabro, i conflitti fra i Valmādrian e i coloni Misreneani che si erano stanziati nelle loro città negli ultimi settant'anni divennero sempre più violenti e incontenibili. Desideroso di mantenere la pace e di mostrare a Re Farsnar la propria fedeltà, l'anziano Re Adranes di Kulldren aveva consentito agli eserciti dell'Arcipelago di affiancare i suoi soldati per occuparsi degli esuli e aveva diramato editti in cui condannava le nefande gesta dei ribelli.

Un giorno d'inizio inverno, mentre giaceva senza forze nel suo letto e faticava a respirare, nonostante i paggi gli sventolassero i piumini sul volto, convocò Damon al suo cospetto. Il principe era nel cortile a esercitarsi alla spada con Erlanes, ma quando il camerlengo scese a chiamarlo, corse da lui senza neppure sciacquarsi il volto. Quando entrò, il re era una maschera di sofferenza, troppo pallido e magro nel grande letto a baldacchino con le insegne bordeaux del suo casato. I radi capelli bianchi, di media lunghezza, erano sparsi sul cuscino come le ali spiumate di un uccello morente. Giaceva assopito, la bocca socchiusa, e respirava a fatica. Damon mandò via i paggi e gli s'inginocchiò accanto. Con gesto leggero, gli posò una mano sul braccio, per svegliarlo senza che si spaventasse.

«Sono qui, mio re» sussurrò. «Mi avete mandato a chiamare?»

Alla tenerezza della sua voce, Adranes aprì gli occhi. Tentò d'accarezzarlo, ma le forze lo tradirono e il braccio gli ricadde sulle coperte, inerte.

«Sto male, Damon» ansimò. «Male...»

«Lo vedo, mio signore. Vi preparo un salasso.»

S'alzò, sollecito, ma il re scosse il capo. «Ci penserà il medico di corte» sussurrò. «É già andato a prendere il bisturi e un bacile. Dice che bisogna alleggerire il cuore... che ho troppo sangue nelle vene... Forse anche nei polmoni.»

«Ha ragione. Posso occuparmene io, se volete.»

«No» Gli strinse un braccio, una stretta flebile, perché gli restasse accanto. I suoi occhi grigi, quasi incolori, sembravano enormi, nel viso emaciato. «Ascoltatemi. Vi ho convocato per rivolgervi una preghiera» Damon tornò a inginocchiarsi sul tappeto, fissandolo con apprensione. «Aiutate mio figlio a placare la furia del popolo» Trasse un profondo respiro, affamato d'aria. «Io morirò presto e non voglio lasciargli in eredità un regno dilaniato dalla guerra civile. Siete il suo più caro amico, più che un fratello di sangue, e vi ascolterà. Promettete che gli sarete accanto...»

Damon gli prese dolcemente una mano ossuta nelle proprie e la sua fragilità lo smosse a pietà. Gli Dèi erano stati propizi nell'aver indebolito il cuore del re, lasciando il regno in mano a un ragazzo, ma il vecchio era sempre stato gentile con lui, e nel tempo in cui era vissuto al castello Adranes era stato come il padre che aveva perso quand'era bambino.

«Non morirete presto, ve lo giuro» gli garantì, accarezzando la mano quasi fredda. «Vi curerò giorno e notte e manderò a prendere la digitale di Myrdrassa... Non morirete!»

Adranes sorrise, grato per le sue premure. «Non potrete farmi vivere in eterno, Principe Damon, e un giorno voi e il mio adorato Erlanes depositerete queste stanche, inutili ossa nella cripta dei Kulldren. Allora, che ne sarà del mio regno e di mio figlio?»

«Gli sarò accanto come avreste fatto voi stesso.»

Adranes chiuse gli occhi, affaticato, ma subito li riaprì e li fissò in quelli azzurri del principe.

«Sposate una delle mie figlie e sostenete il mio ragazzo nel governo delle isole. Potete promettermelo?»

«Vi prometto che lo aiuterò» si limitò ad assicurargli Damon e sul volto del re passò una smorfia disperata.

«Vostro zio lo farà imprigionare e forse anche impiccare, se non riuscirà a fermare i moti dei ribelli» quasi pianse. «Crederà che li ha fomentati per pretendere l'indipendenza da Misrenea, e Valmādria non è sufficientemente potente da contrastare le forze dei Randeran!»

«Io sono un Randeran, mio signore e vi giuro, per il sangue di mio padre e di mia madre, che mio zio Farsnar non gli nuocerà.» Per suggellare il giuramento, gli baciò la giada verde che portava incastonata nel grande anello reale. Ma il re non sembrava soddisfatto, e il suo respiro divenne più affannato e penoso da sopportare.

«Parole, parole... Dovete fare qualcosa, Damon! Vi prego...»

Damon gli sfiorò la fronte madida di sudore. Quell'uomo non sarebbe vissuto a lungo... forse sarebbe morto entro una settimana o si sarebbe trascinato nella sua agonia ancora per qualche mese, se il suo cuore fosse stato abbastanza robusto e se fosse stato salassato abbastanza spesso. Ma non avrebbe visto l'estate successiva, ne era certo.

«Riposate tranquillo» sussurrò. «Né io né il vostro dolce figlio desideriamo avvelenare i rapporti con il re, mio zio. Se potrà tranquillizzarvi, partirò oggi stesso per accertarmi che nessun dissidente infanghi il nome dei Kulldren con gesti scellerati.»

Finalmente, Adranes sorrise, rasserenato. «Sì, Damon, partite. Dispensate la pace nel mio nome e in quello di mio figlio. Partite...»

«Lasciatemi il tempo di radunare alcuni cavalieri e vi obbedirò.»

Adranes respirò con affanno, per prendere fiato. «Siete stato una benedizione, per noi, principe» disse ancora, e Damon pensò che il suo sorriso assomigliava a quello di Erlanes. «Vi voglio bene e anche mio figlio... Vi ama più di quanto non possa ammettere.»

«Anch'io voglio bene a entrambi» E mentre parlava, Damon seppe d'essere sincero. «Siete la mia famiglia, adesso.» S'alzò e gli posò con delicatezza la mano sul petto. *Sono mani troppo piccole per regnare,* pensò. *E quelle di Erlanes non sono più forti, nonostante il ragazzo abbia quasi diciassette anni...*

Lo baciò sulla fronte e si avviò all'uscita. Richiamò i paggi, in attesa nell'anticamera, e lasciò l'appartamento reale. Nel corridoio, Marlifer l'attendeva inquieto. Era illuminato da una luce chiara che penetrava da una finestra ad arco, e sembrava ancora più alto e slanciato del consueto. I suoi capelli brizzolati avevano riflessi bianchi come la neve, ma gli occhi grigio-verdi sarebbero stati gelidi anche nel bagliore dorato d'un tramonto.

«Ebbene?» gli domandò, non appena richiuse la porta alle sue spalle.

«Desidera che supporti le operazioni di sfollamento degli esuli.»

Marlifer lo trasse in disparte, in una nicchia, per parlargli senza essere ascoltato dai servi o dai cortigiani. «E tu obbedirai» sussurrò. «Cavalcherai alla testa del suo esercito ma, ovviamente, infiammerai le rivolte fra il popolo, affinché tuo zio ci dichiari guerra. Abbiamo un accordo con Myrdrassa e l'imperatore non potrà non intervenire in nostra difesa, se saremo attaccati dal nostro stesso re.»

«Ger ha svolto bene il suo lavoro» riconobbe Damon, e già mentre parlava sentì svanire la compassione che aveva provato per Adranes, poco prima. Avrebbe dimostrato a suo zio che era diventato un uomo di valore, anziché un cortigiano ruffiano, ed era ansioso di vedere la sua faccia, quando gli avesse mostrato qualche gioco con la magia. Farsnar l'aveva ritenuto un pazzo ad aver abbandonato il palazzo reale per seguire Marlifer, quand'era bambino. Ebbene, gli avrebbe dimostrato che avrebbe potuto avere sia l'Arcipelago sia il dominio dello shelavin, senza compromessi. E quando avesse vinto... i suoi occhi si assottigliarono, con cruda soddisfazione... si sarebbe divertito a tagliare la gola a suo cugino Tresan, dopo averlo torturato per un po', naturalmente. Scrollò le spalle, eccitato a quell'idea. Se Marlifer era interessato a lui a causa delle sue Stelle Cacciatrici, sarebbe stato felice di dare un significato nefasto alla sua mappa. *Sempre che suo padre lo porti in battaglia... Quanti anni avrà, quel bambino? Venti?* Sorrise. *Non si è mai sentito parlare di lui, nei tornei dell'Arcipelago, e mi domando se sappia usare una spada o restare in sella a un cavallo.*

«Farò come volete, maestro. Mio zio non potrà restare a guardare mentre faremo a pezzi i suoi sudditi. Avrete la vostra guerra, come vi avevo promesso.»

«Ed io continuerò a istruirti nella magia. Sei un buon discepolo, Damon, e non mi deluderai.»

«No, maestro.»

C'era un'espressione d'esultanza, sul suo volto; e per dimostrargli che la sua fiducia era ben riposta, mosse una mano con l'eleganza di un prestigiatore, accostò un dito a una candela spenta e lo stoppino s'accese.

«Mio cugino non riuscirebbe mai a farlo» si vantò, ma il volto di Marlifer s'indurì.

«Non ne sarei così sicuro» Ancor prima che Damon potesse protestare, proseguì: «Va' a istigare le rivolte, Damon. Tanto prima avrò quel che voglio, quanto prima rafforzerò le tue doti e darò lustro al tuo talento. Avrai potere e lunga vita, ma in cambio voglio la guerra e la rivalsa che inseguo da quasi duemila anni. Sono stanco di mettere il mondo a ferro e fuoco, e di fallire. Questa volta, intendo vincere. E tu mi aiuterai.»

«Sì, signore» Damon s'inchinò. «Vado ad annunciare a Erlanes che presto partirò. Vorrà seguirmi, ma è preferibile che rimanga qui a organizzare l'esercito, mentre sarò lontano.»

«Questo significa che dovrò occuparmene io? E sia! Va', e che gli Spiriti ti assistano, ora e sempre.»

Come Damon aveva previsto, Erlanes protestò e chiese di seguirlo.

«Tornerò presto» gli assicurò, mentre il suo servo preparava il bagaglio in un baule. «Ti mancherò?»

Erlanes lo guardò con occhi lucidi di lacrime e adorazione. «Da morire» ammise.

Damon gli si avvicinò a tal punto che i loro capelli si sfiorarono. «Non morirai per così poco» sussurrò.

Erlanes poteva sentire il fiato del principe confondersi nel suo e provò un languore insopportabile nello stomaco. Abbassò gli occhi sulle sue labbra, rosse e piene, e desiderò ardentemente sentirne il sapore. Chissà com'era… Di certo, Damon aveva il sapore di un uomo fatto, non di un ragazzino. Socchiuse le labbra, involontariamente, invocando un bacio. Sarebbe stata la prima volta e lui non osava sperare che quel principe, così avvenente e brillante, lo volesse… che preferisse lui alle sue sorelle e alle dame di corte. Si ostinava a chiamarlo "fratellino" e a deriderlo per la sua età… La vertigine lo travolse, ma quell'illusione durò un attimo. Damon si limitò a passargli un dito sulla bocca e si allontanò con un sorriso ambiguo.

Cadeva la prima neve, quando Damon partì verso le città in rivolta con una compagnia di cavalieri. Era di buon umore e mentre si copriva il capo con il cappuccio del mantello di lana chiamò a sé il suo luogotenente. «Per questa sera, voglio una donna» disse. «Anzi, due! E quando avrò finito, potrai averle anche tu!»

Le cose stavano andando come le aveva pianificate. Marlifer avrebbe avuto la sua vendetta e lui il sommo potere dei maghi. Di più, avrebbe potuto chiedere solo la testa di suo cugino Tresan. Accarezzò l'elsa della spada con la mano inguantata, un gesto sensuale e minaccioso a un tempo. Un giorno l'avrebbe avuta, si promise. Sarebbe stato il dono con cui iniziare la sua nuova vita, come re e mago. E quel giorno non era lontano.

Anno 3353, secondo il calendario dei Sacerdoti di Ályshan, Isole di Valmādria, in Misrenea. Inverno-Primavera.

14

Nei mesi in cui Adranes visse, Tresan salpò più volte verso le isole di Valmādria assieme ai suoi uomini, ritornando dalla sposa solo per brevi periodi. Comandava una piccola compagnia di cavalieri nelle retrovie, e si occupava personalmente dei disagi dei profughi, dei malati e degli orfani. I civili provavano per lui simpatia e rispetto, e il suo arrivo era sempre atteso con speranza e trepidazione. Passarono d'isola in isola a raccogliere i profughi Elvanieriani, stanchi e spaventati, e li rimandarono a Elvaner sulle galee con lo stendardo della fenice.

La maggior parte delle manovre di evacuazione si svolse senza incidenti. Gli scontri con i ribelli furono occasionali e solo in alcune circostanze costrinsero l'esercito elvaneriano a una strenua difesa armata. Fu durante uno di quegli scontri che Tresan uccise il suo primo nemico. Era un contadino con una moglie incinta, ancora bambina, che lo picchiò e gli sputò addosso, quando si avvicinò per parlarle. Tormentato dal senso di colpa, quella notte Tresan pregò a lungo per l'anima del contadino e per il figlio che sarebbe nato già orfano. *Dèi, se questa è la guerra, non mi piace!* Quando si addormentò, sognò il Re d'Ambra. Era seduto sulla sua tomba e con voce gentile gli sussurrava che quel Valmādrian era stato il primo a cadere sotto la sua spada e, secondo le tradizioni del suo antico popolo, aveva il dovere di proteggere i suoi passi.

«Ti farà da guida, assieme a me e ai tuoi Avi. All'alba, svegliati senza paura. Non sei sola, piccola fenice.»

Nel mese dei Fiumi in Piena, sul finire dell'inverno, la maggior parte degli Elvaneriani era stata ricondotta in patria con tutti gli averi che le galee potevano trasportare. Calcolando a mente lo scorrere dei giorni, Tresan sperò che tutto potesse essere finito entro l'Equinozio di Primavera, per festeggiare il suo ventunesimo compleanno con Maribelna.

«É impossibile!» lo disilluse Rupens, mentre smontavano il campo per spostarsi su un'altra isola. «Dobbiamo ancora passare su diverse isolette e sull'Isola Madre. Che differenza c'è, se tornerai per il tuo compleanno o per l'inizio dell'estate? Ti mancano le notti che trascorri a farti sconfiggere a scacchi da tua moglie?»

Tresan arrossì. Non avrebbe dovuto confidare al fratello che per quasi una settimana, dopo le nozze, aveva visto sorgere l'alba giocando con Maribelna davanti a una scacchiera, anziché amoreggiando con lei nel loro letto.

«Non mi ha quasi mai vinto» ribatté, seccato. «E comunque, conosciamo svaghi ben più interessanti da fare assieme!»

Rupens rise. «Ah sì, quali? Dama? Caccia alla lepre? O siete così audaci da sfidarvi perfino a dadi?»

Tresan alzò le spalle, non aveva voglia di scherzare con il fratello. «Forse tu ami passare così il tempo, con le tue amanti. Io ho altre ambizioni. Pensi che saremo di ritorno, per la semina dei cardi?»

«Ne dubito. Se vuoi partire prima...»

«Borr mi ha già dato il cambio, una volta, e fra poco andremo a Opalliŭm... Resterò con voi.»

«Se partissi con la prossima nave, ritorneresti in tempo per dare nuovamente il cambio a Borr e accompagnarci nella capitale» ragionò Rupens «Però, potresti restare a Va'nel solo tre o quattro giorni.»

Il volto di Tresan s'accese di gioia. «Mi basteranno» gli assicurò. «Grazie.»

Ritornò dopo tre settimane, con nuovo cibo per gli sfollati e per il piccolo esercito. Smontò impartendo ordini secchi ai suoi tenenti, cupo in volto. Quando Rupens, che gli era andato incontro con i suoi uomini, gli chiese cosa fosse accaduto, non volle parlare, ma era evidente che fosse successo qualcosa, fra lui e la moglie.

Non ebbero tempo per discuterne. I ribelli avevano atteso il passaggio dei carri con i rifornimenti e, quand'erano ormai in vista del campo, li attaccarono con spade e piogge di frecce.

«Sta' lì, e non ti muovere» gl'intimò Rupens, indicando un boschetto vicino.

«Ma dovrei coprirti le spalle...»

«Non questa volta. Sono in tanti, e non scherzano. Fa' come ti ho detto!»

Spronò il cavallo e s'allontanò per raggiungere Aldric e Borr, che stavano già accorrendo con i loro cavalieri.

Tresan si ritirò fra gli alberi, imprecando fra i denti. Era stanco di far da tappo nelle battaglie e anche i suoi quindici cavalieri erano insoddisfatti. Temevano che sarebbero stati esiliati nelle retrovie anche durante una vera guerra, e questo avrebbe significato non poter raccogliere un buon bottino da portare a casa; e senza un bottino, non avrebbero potuto mantenere un purosangue da battaglia, comprare armi e un'armatura di riserva, e avrebbero dovuto vendere i loro poderi, per poter continuare a combattere; oppure, si sarebbero dovuti ritirare in campagna, mentre gli altri signori continuavano a guerreggiare, ricoprendosi d'onore.

Tresan osservò la battaglia, impaziente. I ribelli erano una sessantina, per metà a cavallo e ben equipaggiati. Non erano abituati a combattere, lo si capiva da come maneggiavano le armi e da come si muovevano sul campo, senza ordine e compattezza, sospinti solo dal coraggio cieco della rabbia. Quando iniziò lo scontro, ne giunsero altri, perlopiù contadini armati di picche e falcioni in asta, e con una manovra eroica riuscirono a sfondare la difesa di Borr e a impossessarsi di due carri delle salmerie. Tresan si innervosì. *Dannazione, così non va!* Rupens aveva sbagliato a impostare la difesa e le forze di Aldric erano impegnate dai ribelli più preparati. Nessuno aveva i mezzi per recuperare le vettovaglie. Se suo fratello avesse osato di più, avrebbe sfondato facilmente la cavalleria Valmādrian, composta in gran parte da ronzini e muli. Invece, aveva cercato di tenere a bada i ribelli appiedati, con il risultato che l'ala nemica l'aveva circondato e separato da Borr. *Sarà pure un grande stratega, agli scacchi, ma in battaglia è fin troppo prudente! Com'è possibile che nostro padre non se ne accorga?* Lanciò uno sguardo verso il punto in cui Borr si stava difendendo da una cerchia di contadini e lo vide in difficoltà. Neppure lui sarebbe riuscito a impedire ai ribelli di allontanarsi con i loro carri.

Per tutti gl'inferni! Avvolse le redini attorno ai guanti strattonando Zelin, la sua giumenta, che scalpitò sul terriccio di terra dura, ancora chiazzato dall'ultima neve dell'inverno. Suo padre e Rupens si sarebbero infuriati, ma non poteva permettere che quelle riserve andassero perdute. Ne avevano bisogno, per i soldati e per i profughi.

«Disponetevi a triangolo!» gridò ai suoi uomini, che s'affrettarono a obbedire. «Seguitemi!»

Fece irruzione contro il cuneo dei fanti nemici, costringendoli a disperdersi come pecore aggredite da un branco di lupi. Qualche picchiere tentò di mantenere la posizione attorno ai carri, ma la maggior parte fuggì, spaventata.

«Proteggete i rifornimenti! Formazione a ranghi serrati!»

Dispose i suoi uomini su due file, in modo che i carri fossero coperti senza che i cavalieri si ostacolassero l'uno con l'altro. Per un momento, provò un caldo fiotto d'orgoglio che gli risalì dal cuore alla testa. Se fosse riuscito a salvare i rifornimenti, suo padre avrebbe dovuto riconoscere il valore della sua manovra, e non l'avrebbe più fatto sentire inferiore a Rupens. Forse l'avrebbe anche promosso di grado. Doveva assolutamente farcela!

Lo scontro fu feroce. Alcuni elvaneriani caddero sotto le lance dei ribelli, e anche Tresan fu in difficoltà. Una spada gli stracciò la cotta di maglia e l'imbottitura sulla gamba, e un altro colpo lo sbalzò a terra, fra la neve sporca di sangue e terriccio. Combattendo a piedi, uccise sei ribelli e ne ferì una dozzina, poi ritrovò Zelin nella mischia e s'issò nuovamente in sella. Si guardò attorno, studiando la situazione. Rupens si era aperto uno squarcio fra i ribelli e stava liberando Aldric, intrappolato fra la strada e un dirupo che precipitava in un pascolo sottostante. Borr, invece, era pressato da contadini armati di roncole e forconi, e lo vide mentre veniva trascinato a forza giù di sella.

«Sottocavalieri di Pull e di Antaratt!» urlò, al di sopra del clangore della battaglia. «Con me!»

Non li attese e spronò Zelin verso il cugino, che mulinava fendenti con la spada rotta, cercando di tenere a bada una mezza dozzina di nemici. Ancora in corsa, Tresan si strappò il mantello dalle spalle, spezzando la fibula d'argento con il simbolo della fenice, e lo arrotolò per formare una frusta. Irruppe fra i contadini, percuotendoli sulla schiena e in faccia, e un paio, cadendo, vennero travolti dagli zoccoli della cavalla. Gli altri indietreggiarono di qualche passo, incerti. Con un movimento rapido, Tresan si sfilò la spada a due mani dal balteo agganciato sulla schiena e la lanciò a Borr.

«Ti sono debitore!» gli gridò il cugino, afferrandola al volo. «Adesso torna ai carri! Posso farcela da solo!»

Tresan fece voltare Zelin verso i quattro Sottocavalieri che l'avevano seguito.

«Restate con lui» ordinò e diede di speroni alla giumenta, tornando a comandare la difesa. Era appena rientrato fra i suoi cavalieri, quando dalle file di Borr si alzò un grido di trionfo. Voltandosi, vide il cugino risalire in sella, la spada insanguinata in una mano e la testa di un capo ribelle nell'altra. Fra i contadini, il panico si diffuse come il fuoco sulle stoppie secche e in pochi momenti la saldezza dell'attacco si sfaldò. Travolta dalla gente che scappava, anche la cavalleria Valmādrian non riuscì a ricompattarsi e poco dopo un corno suonò la ritirata.

Non appena il campo si sgomberò, Tresan corse verso i suoi uomini, che stavano smontando da cavallo per soccorrere i compagni a terra.

«State bene?» domandò, sfilandosi l'elmo e passandosi una mano fra i capelli sudati.

«Non tutti» Fu Argen, uno dei figli del Sottocavaliere di Pull, a rispondere. «Abbiamo tre caduti e due feriti gravi.»

«Portateli nella tenda del chirurgo. Vi raggiungerò subito.»

Altri uomini agli ordini di Aldric e Borr avevano bisogno di cure, e qualcuno avrebbe dovuto essere rimpatriato con la prossima nave, ma fra le loro schiere non c'erano stati morti. A terra, invece, giacevano numerosi ribelli. Il portavoce dei Valmādrian chiese il permesso di restituire i cadaveri alle famiglie e Aldric glielo accordò. Mentre l'uomo andava a parlare con le donne in attesa, il Sopracavaliere si avvicinò a Tresan, che stava lasciando il campo guidando Zelin per le redini e gli rivolse un'occhiata gelida.

«Avevi l'ordine di attendere nelle retrovie!» l'accusò. «Chi ti ha autorizzato ad agire di tua iniziativa?»

Tresan si fermò, disorientato. Non era questa la reazione che si era aspettato dal padre.

«Eravate in difficoltà» si giustificò

«Eravamo già organizzati per respingerli. O pensi che non saremmo stati in grado di ricacciare un centinaio di popolani?»

«Quei popolani si stavano impossessando delle nostre riserve» gli ricordò Tresan e l'espressione di Aldric s'indurì.

«Osi mettere in dubbio le mie capacità? Ragazzino, io e Rupens non abbiamo avuto nemmeno una perdita, mentre tu rimanderai a Elvaner tre caduti e due invalidi! Non sarebbe successo, se ci avessi obbedito. Quei soldati erano affidati a te e il peso della loro morte ricade sulla tua coscienza, *capitano.*»

Contro la sua volontà, Tresan sentì la furia montargli nelle tempie. Qualunque cosa avesse fatto, nel bene e nel male, suo padre l'avrebbe sempre trattato come un incompetente. Provò l'impulso d'insultarlo e a fatica soffocò un'imprecazione nella gola.

«Non cambierete mai, vero?» sibilò. «Ho salvato le nostre provvigioni. Che cosa mi contestate, adesso?»

«Per il sangue dei Demoni!» Molti soldati si voltarono verso il Sopracavaliere, sorpresi dalla sua rabbia, ma Tresan continuò a sostenere il suo sguardo con fermezza. «É la fanteria a dover difendere i carri, non la cavalleria! Ti stupisci che tre dei tuoi uomini siano morti e che due debbano lasciare la missione?»

«So bene che quella strategia è più efficace con i fanti stretti in una formazione serrata, scudo contro scudo, ma i miei cavalieri sono ben addestrati e non hanno abbandonato la posizione.»

«Cinque l'hanno fatto.»

Tresan non si lasciò intimidire. Era stanco d'essere trattato come un idiota.

«Non sarebbe accaduto, se comandassi un'Unità degna di questo nome, anziché un manipolo sparuto di Sottocavalieri. I miei uomini non avrebbero potuto far di più e sono fiero del loro coraggio.»

«Piccolo insolente! Ti ricordo che stai parlando con un generale del re!»

«Il migliore, certo!» Le parole gli uscirono come sputi e non aveva mai osato tanto, prima d'allora. «Voi e Rupens siete due comandanti infallibili... Il solo incapace, in famiglia, sono io!»

Rupens, che si era avvicinato, lo fissò sbalordito. Si chiese se Tresan non si fosse ubriacato, per affrontare il padre con tanta sfrontatezza. Anche Aldric era incredulo. E furioso. Avrebbe voluto afferrarlo per il collo e schiaffeggiarlo fino a fargli perdere i sensi.

«Tu *sei* un incapace!» inveì. «Se trovassi sensati i tuoi ragionamenti, avresti un grado superiore a quello che ricopri. Rupens è colonnello per talento, non solo perché è il mio erede. Tu, invece» E la sua voce divenne tagliente «Tu sei capitano solo per merito di nascita!»

Per Tresan, fu come se gli avesse sferrato un pugno nello stomaco. «Non capisco, padre. Cosa non vi piace, del mio modo di combattere?»

«Tutto! L'irruenza, la temerarietà, la tua assoluta mancanza di pensiero! Un gatto sarebbe un miglior stratega di te!»

«Signore» un sibilo «Mi dispiace che non vi soddisfi come capitano, ma vi rammento che sono stati i *vostri* maestri, e non altri, a educarmi come ufficiale di cavalleria.»

Il forte manrovescio di Aldric lo colpì così all'improvviso che si morse la lingua; ma ancora una volta, non si scompose. Al Sopracavaliere non piacque il modo in cui lo guardò. Era uno sguardo di sfida e Tresan non aveva mai avuto l'ardire di contraddirlo, fino ad allora.

«Ripetilo, ingrato, e ti rispedisco sull'Isola Madre a coltivare l'orzo!» ruggì. Urtando Borr, che gli si era accostato per calmarlo, lasciò il campo con passo pesante. Nel vederlo andar via, con il fuoco dello schiaffo che gli bruciava la guancia, Tresan sentì la rabbia sciogliersi e fu assalito dal panico. Cosa aveva fatto? Suo padre non gli avrebbe perdonato facilmente la sua ribellione. Avrebbe dovuto accettare il rimprovero e tacere. Anche se aveva protetto i carri delle salmerie, aveva comunque disobbedito a un ordine di Rupens e aveva perso tre uomini che gli erano stati affidati. Con un braccio, cinse il muso di Zelin, per trovare conforto nel suo tocco familiare, e mentre l'accarezzava, Borr gli batté una mano sulla spalla.

«É stata la tua spada a darci la vittoria» lo ringraziò, restituendogliela. «Grazie.»

L'espressione di Tresan era abbattuta. D'improvviso, aveva perso la baldanza con cui aveva fronteggiato il padre.

«É solo un ferrovecchio» mormorò, rifoderandola nella guaina sulla schiena con gesto lento, avvilito.

Borr cercò di confortarlo con un sorriso. «Senza, non avrei abbattuto quel capobranco e forse la battaglia non sarebbe ancora finita. Abbiamo salvato la testa e i carri e, qualunque cosa dica tuo padre, il merito è anche tuo.»

«Forse... Ma a che prezzo?»

«Ogni vittoria ha un prezzo, cugino. Ti abituerai» Gli strizzò l'occhio, con complicità cameratesca. «Adesso bevi, fa' l'amore con almeno tre fanciulle delle fattorie qui attorno e non pensarci. Domani combatterai ancora e altri uomini moriranno. Non affliggerti, è la guerra a volerlo, non tu.»

Gli batté ancora la grossa mano sulla spalla e s'allontanò. Era massiccio, quasi tarchiato, e i capelli neri, sfilacciati e unti di sudore, gli ricadevano scomposti sulle spalle. Non era avvenente, non secondo il giudizio delle donne, ma osservandolo Tresan deglutì un nodo di pianto. *In nome del Re d'Ambra, perché non sei tu mio padre?* Subito si pentì di quel pensiero. *Cosa dico? Tu, che sei l'antenato che amo di più, non avresti mai rinnegato il seme che ti ha dato la vita. Quanto vorrei che mi guidassi con la tua antica saggezza! Forse sbaglierei meno, se ti assomigliassi almeno un po'!*

Quella sera, Rupens lo raggiunse nella loro tenda e sedette su uno sgabello, scaldandosi le mani al tripode acceso. Fuori nevicava a piccoli fiocchi, e la campagna sarebbe stata incantevole se ovunque non fosse aleggiato lo spettro angosciante della guerra civile.

«Ti sei sfogato, oggi?» gli chiese.

Tresan non gli rispose. Sedette sul letto e con uno sforzo si sfilò gli stivali. Li gettò da parte, sul tappeto quasi logoro che usavano come pavimento, e si massaggiò i piedi congelati.

«Non mi è piaciuto come ti sei comportato in battaglia e dovrei punirti per aver disobbedito a un mio ordine. In questa missione, sono io il comandante, non tu.»

Tresan alzò le spalle con indifferenza. «Allora puniscimi.»

«Se con la tua testa calda non avessi fatto qualcosa di buono, lo farei, e nessuno potrebbe darmi torto. Ma finché resteremo qui potrò bere ancora il vino di Elvaner e mangiare il lardo dei nostri maiali, quindi non ti punirò» Lo fissò assorto, al debole lucore del braciere. «Sei teso. Cos'è accaduto con tua moglie?»

Tresan serrò le labbra e chinò lo sguardo, senza rispondere.

«Sai che puoi fidarti di me.»

«Non voglio parlarne. Io... Mi vergogno.»

«Che sarà mai successo, di tanto grave? Avete giocato a scacchi per tutte e tre le notti?»

«Magari...» Lo sguardo che Tresan alzò sul fratello era lucido di pianto. «Non capisco, perché questo matrimonio non funziona? Non è diverso da mille altri... In cosa sbaglio?»

«Avete problemi fra le lenzuola?» indagò Rupens, con prudenza, e Tresan ebbe una smorfia disperata.

«Ero così felice d'essere tornato da lei, ma Maribelna sembrava infastidita di vedermi. Abbiamo trascorso la prima notte a discutere così furiosamente che anche i servi sono accorsi con le torce, spaventati dalle nostre grida. Le due notti successive ho dormito nella tua stanza per non dover dividere il letto con lei.»

Rupens increspò la fronte. «Perché avete litigato? Non vi ho mai sentito alzare la voce, quand'ero a casa.»

«Io...» Distolse lo sguardo arrossendo con violenza, e si massaggiò i piedi con tanto vigore da farsi male. «Non me la sento di parlarne.»

«É stata colpa tua?»

Al ricordo, Tresan fremette di collera.

«É così?»

«Voglio che sia felice» giurò di slancio, tornando a guardarlo. «Lo voglio più d'ogni altra cosa al mondo, e lei sa quanto l'amo. Se mi darà tempo e fiducia, tutto si sistemerà, ne sono certo.»

«Tutto cosa?»

«Tutto» Un sospiro. «Tutto...»

Si lasciò cadere all'indietro, fra le coperte di pelliccia, coprendosi gli occhi con le braccia. Un momento più tardi sentì Rupens salire sul letto, e sedersi accanto a lui.

«Anche se ho ventotto anni, non ho molta esperienza come marito» disse. «Perché ti sei voluto sposare, mi chiedo... D'accordo, la ragazza è graziosa...»

«Più che graziosa!»

«Come vuoi, più che graziosa. Ma hai pur sempre ventun anni, e ne avevi venti, quando ti sei inguaiato con queste nozze. Io non...»

Tresan si tolse le braccia dal viso. «Sei mai stato innamorato?»

«No, credo di no.»

«Allora non mi puoi capire. Ah, Dèi, che situazione orrenda!» Si sfregò il viso con le mani, come per svegliarsi. «Sento che potrei essere felice, con lei, e invece provo solo un senso opprimente di frustrazione e rabbia!»

«Davvero un ottimo motivo per essere sposato!» commentò Rupens, sarcastico. «Se è così, resterò scapolo a vita come lo zio Tedrov.»

«Non puoi» Tresan trasse un profondo respiro e fissò il soffitto verde della tenda, sfocato dal fumo del braciere. «Hai bisogno di una moglie e di un figlio, per mantenere il titolo di Sopracavaliere.»

«Oh, non sono ancora Sopracavaliere e al momento opportuno impalmerò una ragazza docile ed estremamente attraente, e avrò una nidiata di marmocchi. Per il momento, mi voglio divertire.»

«Sei un depravato!»

«E tu uno sciocco. Hai intenzione di restare qui a frignare per tutta la campagna? Per l'anima dei nostri Avi, non intendo dividere il giaciglio con un ragazzetto che sospira sulla mogliettina lontana!»

Gli fece solletico sul fianco e Tresan lo respinse con sgarbo.

«Non adesso!» protestò, ma Rupens non cedette.

«Allora?» Lo pizzicò ancora con entrambe le mani, e Tresan si contorse su se stesso, per difendersi. «Lasciami!»

«Hai intenzione di bagnare il cuscino tutte le sere?»

«Sta' fermo, non ho voglia di...»

Ma suo fratello era più forte, con una mano gli bloccò le braccia sopra la testa e con l'altra gli fece solletico ovunque, fino a sfinirlo. Alla fine, Tresan scalciava, imprecava e rideva insieme, e quando Rupens s'alzò, dovette restare disteso, le braccia allargate, per riprendere fiato. Dentro di sé lo maledisse con tutti gl'improperi che conosceva, ma gli era anche grato per aver provato a farlo ridere, in un momento così deprimente.

«Confessa» sogghignò Rupens, indossando il tabarro nero e verde che aveva lasciato su uno scanno accanto al braciere. «Tua moglie non ti sfianca quanto me!»

«Ma va' a...»

L'invettiva venne soffocata dalla forte risata del fratello.

«Quando ti sarai ripreso, vieni nella tenda di Borr. Abbiamo del lavoro da fare, e ho bisogno di te.»

Tu, forse. Ma mia moglie, no.

Mentre Rupens usciva, il ricordo di quello che era successo con Maribelna lo trapassò come un pugnale. Serrò le palpebre per scacciare il pianto ma, ancor prima che potesse trattenerla, una lacrima gli scivolò dall'angolo di un occhio e si perse nel folto dei capelli.

Anno 3353, secondo il calendario dei Sacerdoti di Ályshan,
Isole di Valmādria, in Misrenea. Primavera.

15

Quando la neve iniziò a sciogliersi, in Valmādria ripresero le guerriglie. Ormai mancavano pochi quartieri elvaneriani da evacuare: tre nell'entroterra dell'Isola Madre e uno nella capitale, Opalliŭm. Poi, finalmente, il contingente degli Hardan sarebbe ritornato a Va'nel.

La primavera fiorì, tiepida e profumata d'aromi dolciastri, ma l'umore di Tresan non migliorava. Era nervoso e disinteressato a qualunque cosa. Ogni giorno scriveva una lettera a Maribelna e la stracciava ancor prima d'averla finita. Riuscì a spedirgliene una sola, assieme a un fiore di campo essiccato. Gettò le altre, e sperò invano che un messo gli portasse la risposta. *Non mi scriverà più,* comprese infine, sconsolato. *Mi odia perché l'ho fatta piangere, ma anche lei mi ha fatto sentire il peggiore degli uomini. Perché si ostina a punirmi con il silenzio?*

Dopo aver soccorso gli esuli nell'entroterra dell'Isola Madre di Valmādria, raggiunsero il sobborgo elvaneriano di Opalliŭm. Anche se Re Adranes aveva assicurato l'immunità agli stranieri presenti in città, c'erano stati incendi nei magazzini di un tessitore, un paio di ragazze erano sparite e alcuni follatori erano stati aggrediti mentre rientravano a casa, di sera. Come sempre, Aldric aveva incaricato Tresan di interessarsi alle procedure per l'imbarco e lui aveva provveduto, affiancato dal suo luogotenente, Argen di Pull.

«É tutto a posto?» gli chiese un pomeriggio, mentre Argen compilava la lista dei passeggeri. Erano al porto, dove i mercanti e le loro famiglie stavano finendo di caricare i bagagli sulla nave.

«Sì. Lo vuoi ispezionare?»

Tresan scosse il capo e sollevò lo sguardo al castello dei Kulldren, che svettava maestoso contro il cielo turchese. Suo padre e Rupens erano saliti a porgere omaggio all'anziano re e lui era inquieto. Non era prudente entrare in casa del nemico e in cuor suo era amareggiato per non essere stato invitato a seguirli. *Non sono anch'io un membro della famiglia?*

«Sta' tranquillo» gli sorrise Argen, per rassicurarlo. «Erlanes è un ragazzo gentile e Damon non è così stupido da offendere il più caro amico del re mentre Adranes è ancora in vita.»

Tresan era poco convinto. «Credi? Prosegui con l'inventario, per favore. Se avessi bisogno di me, sono con il comandante Glamer.»

Superò la folla che gremiva lo spiazzo del porto e raggiunse il comandante, un uomo tarchiato e brizzolato che camminava nervosamente sulla banchina, masticando una foglia di menta. Erano lontani parenti, ma Glamer, come Argen, apparteneva alla casa dei Sottocavalieri di Pull e il loro stemma era un gallo ritto s'una zampa sola, anziché un'infuocata fenice in volo.

«Il tempo sta per cambiare» disse il comandante, non appena lo vide arrivare. «Dobbiamo riprendere al più presto la rotta verso Elvaner.»

«Partirete domani o questa notte, se il mare sarà rischiarato da almeno due lune» gli garantì Tresan e Glamer si tolse la foglia dalla bocca, sorpreso.

«Voi non verrete?»

«No, salperò con la prossima nave. Borr sta ritornando con un altro vascello per prendere gli ultimi Elvaneriani rimasti ed io mi occuperò d'imbarcarli. Li attendiamo da un paio di giorni, ma stanno tardando. A ogni modo, sarebbe necessario un altro viaggio perché non c'è spazio per tutti, sulla *Tentazione*.»

Il comandante alzò lo sguardo al castello e corrugò la fronte.

«Non è bene... Niente di quello che sta accadendo è bene. Vostro padre lassù, con il suo erede, e voi qui, anziché con la vostra sposa. Tornate con noi, Tresan. Rimanete a casa il tempo sufficiente per fare un figlio, prima che scoppi la guerra.»

Tresan distolse lo sguardo, a disagio. «Non credo che Maribelna sia impaziente di avere un figlio mio» si lasciò sfuggire.

Il comandante fece per rimettere la menta in bocca, ma era troppo masticata e la gettò via. «Oh, lo sarà» gli assicurò. «Qualunque ragazza sensata vorrebbe avere un erede della fenice, oggigiorno.»

Tresan non seppe cosa rispondere e fu con sollievo che udì una voce domandare, al suo fianco: «Avete un posto libero, sulla galea?»

Ancor prima di voltarsi, respirò un profumo dolcissimo, eppure non c'erano alberi di magnolia, nel porto. Una figura femminile gli s'inchinò. Era avvolta in pesanti drappi viola e sul volto portava un velo traforato da cui era impossibile scorgere anche solo il colore degli occhi.

«Posso pagare» aggiunse la ragazza, aprendo un fazzoletto con alcune monete d'oro.

«Mostratevi» le ordinò Tresan, ma lei scosse il capo.

«Avete l'accento di Rovanea. Siete in fuga?»

«Sì.»

«Da chi?»

Ancora mentre parlava, Tresan vide due uomini in abiti da popolani aggirarsi fra la folla come se stessero cercando qualcuno, e il profumo della ragazza divenne più intenso.

«Vi prego...!» lo implorò.

«Chi sono?»

«Il cuoco e il macellaio del re. Non voglio più restare lassù. Il re morirà a breve ed io... ho paura. Vi prego!»

«Non siamo diretti a Rovanea» l'avvisò Tresan, incerto.

«Ma farete scalo all'isola di Virne. Sarà sufficiente, per me.»

Gli uomini si stavano avvicinando, fermando alcuni viaggiatori per chiedere informazioni. La ragazza mosse un passo verso di lui e anche se non poteva vederla, il modo in cui le sue mani bianche si posarono sul suo braccio gli strappò un brivido e un assenso. Chiunque fosse, non poteva abbandonarla a Opalliŭm.

«D'accordo» decise. «Comandante, depistateli. Ditegli di aver visto una ragazza dai capelli... come sono i vostri capelli, madama?»

«Chiari. Lunghi, lisci e chiari. Ma di solito li porto raccolti in uno strofinaccio.»

«Ditegli di averla vista allontanarsi verso la periferia del porto. Venite con me, signora.»

La prese per un braccio, un gesto galante, e il suo profumò lo inebriò. Con passo rapido, badando a non attirare l'attenzione dei due uomini, la condusse da Argen, ordinandogli di prenderla a bordo.

«Falla sorvegliare» gli sussurrò. «E che non scenda a Elvaner! Se fosse una spia, mio padre mi manderebbe a scavare in miniera per il resto della mia vita!»

Anche se aveva parlato a voce bassa, lei l'aveva udito e rise. «Non abbiate timore di me, capitano» Tresan era certo che lo stesse fissando negli occhi. «Quando saremo a bordo, vi permetterò di vedermi in viso, se vorrete.»

«Ne sarei lusingato, ma non tornerò con questa galea.»

Qualcosa gli disse che quella risposta la deluse. «Ah… no?»

«No. Vi auguro buon viaggio, signora.»

Le s'inchinò, sfiorandole la mano con un bacio e notò che, anche se era un po' ruvida e graffiata, non era la mano di una sguattera. Da chi fuggiva, veramente, e perché?

Mentre si allontanava, ebbe l'impulso di voltarsi a cercarla ancora fra la gente, ma subito s'impose di non fare sciocchezze. Era un uomo sposato e amava la moglie…

Proseguì il suo lavoro e inviò dal medico una donna incinta, due anziani e alcuni bambini che sembravano avere il morbillo, ma intanto i suoi occhi saettavano sempre più agitati verso il castello, sopra la città. Dopo un paio d'ore, incapace di temporeggiare ancora, chiese ad Argen e ad altri tre soldati di seguirlo sulla sterrata che risaliva la collina.

«Se mio padre e Rupens non saranno di ritorno entro il tramonto, andremo a chiedere spiegazioni al re» decise.

Ma non fu necessario. Mezz'ora più tardi, li vide discendere il sentiero assieme alla loro scorta. Erano accompagnati da due cavalieri che si fermarono a metà discesa ad osservarli. Non era ancora buio e sulla gualdrappa e sulla tunica di uno dei due Tresan riconobbe lo stemma di Valmādria, due cervi impennati contro una spada dall'elsa ingioiellata in campo bordeaux. Sopra, adagiata sulla guardia, spiccava una corona a tre punte. Solo le isole governate da un re potevano esibire una corona, nello stemma, e Valmādria era l'unica a vantare una dinastia reale, oltre a Rovanea. Tresan distingueva appena il volto del cavaliere, ma gli sembrava che avesse tratti eleganti e dolci, e lunghi capelli color del miele. Erlanes alzò una mano in segno di saluto e lui lo ricambiò. Il cavaliere che gli era accanto rise con arroganza, poi disse qualcosa al principe e insieme ritornarono al castello al piccolo trotto.

«É Damon, non è vero?» chiese Tresan a Rupens, quando il fratello gli passò accanto.

«Che fai, qui? Non dovresti essere al porto, a fare il tuo lavoro?»
«Ero preoccupato per voi.»
Aldric non si era fermato e aveva proseguito la discesa, seguito dai suoi guardaspalle. Tresan fece voltare Zelin e, passando fra Rupens e Argen, lo raggiunse.
«Come sta il re?» s'informò.
«É in fin di vita. Siamo pronti per partire?»
«Glamer non attende che un vostro ordine. Avrei voluto venire anch'io a porgere i miei saluti, assieme a voi.»
Lo sguardo di Aldric era gelido, nel tepore del tramonto.
«E perché mai? Tu non sei il mio erede.»
Se l'avesse preso a schiaffi, non gli avrebbe fatto più male.
«No» La voce di Tresan era strozzata. «Ma sono pur sempre vostro figlio.»
«Stupidi sentimentalismi. Rupens!» L'altro gli si accostò. «Se vuoi restare in attesa degli ultimi profughi, possiamo rimandare Tresan a casa con Glamer.»
«É una buona idea, padre. Non è prudente restare tutti quanti qui, dopo...»
A Tresan non sfuggì la sua esitazione. «Dopo cosa?» lo incalzò.
Aldric mosse una mano, infastidito. «Niente. Allora è deciso, salperai domani.»
«Non se ne parla!»
Suo padre lo squadrò con ira. «Ragazzo, non esagerare...»
«Per favore... Non voglio essere mandato via come un sacco della lavanderia!»
«Credi di valere molto di più?» lo canzonò Rupens, con voce troppo acida perché fosse sincera. Intendevano proteggerlo da qualcosa e Tresan intuiva da cosa.
«Gli ultimi carri sono stati fermati dagli uomini di Damon, non è vero?» sussurrò e la mascella di Aldric si contrasse.
«Questo non cambia le cose...»
«Vi supplico! Vorrei partire su quella nave...» E il pensiero gli corse alla donna velata che aveva conosciuto sul molo «Per tornare da Maribelna, naturalmente, ma... Fatemi restare, vi prego!»

«Sei imprevedibile e questa volta ti farai ammazzare. Non mi fido di te.»

«Farò tutto quello che mi comanderete. Ve lo giuro!»

Rupens aggrottò la fronte. «Non credergli, padre. Non gli piace restare nelle retrovie, lo sai.»

«Non mi muoverò, senza un vostro ordine!» giurò Tresan e qualcosa, nel suo volto ansioso, strappò un assenso ad Aldric. «Fa' come vuoi» cedette. «Bada, però. Se farai anche solo una sciocchezza, ti rimando a casa su una zattera!»

Il mattino seguente, la *Tentazione* salpò verso Elvaner e per qualche minuto Tresan passeggiò sul molo, cercando la ragazza velata fra i passeggeri in sovraccoperta. Non la vide e, quasi sollevato, tornò al campo mentre la galea usciva dal porto con il vento in poppa. Suo padre e Rupens erano già pronti per andare incontro agli ultimi esuli. Anche se non parlavano, capiva dalle loro espressioni e dai loro gesti che per quel giorno s'aspettavano uno scontro cruento.

«Forse dovremmo attendere l'arrivo di Borr» sentì sussurrare Rupens, ma Aldric era teso. «Potrebbe essere troppo tardi. Andiamo.»

Marciarono in formazione da settanta, quaranta cavalieri e trenta fanti, addentrandosi nella campagna Valmādrian. Erano scortati da una ventina di soldati del re, cinque cavalieri e quindici fanti, con il compito di proteggerli e di sorvegliarli, per accertarsi che al loro passaggio non danneggiassero la popolazione. Re Adranes aveva assicurato l'immunità all'esercito amico durante le operazioni di evacuazione dei profughi, ma Tresan non dubitava che Damon avrebbe organizzato uno scontro, prima della loro ultima partenza.

Nel pomeriggio giunsero in aperta campagna, lontani dai villaggi e dalla capitale, su un percorso che portava ad altri centri abitati. L'avanguardia, di ritorno dall'ispezione, scambiò qualche parola con Aldric, e Rupens ordinò prontamente ai soldati di predisporsi alla battaglia.

«Gli esuli sono stati imprigionati in una gola dai ribelli» disse a Tresan, passandogli accanto. «Noi scendiamo a liberarli. Tu resta sul ciglio con quindici cavalieri. Se avrò bisogno di te, ti chiamerò.»

Tresan obbedì ma, nell'osservare l'azione dall'alto della strozzatura, scalpitava inquieto. Rupens non l'avrebbe mai chiamato, nemmeno se fosse stato in pericolo. *Mi considera un inetto, utile solo a pulirgli gli stivali.*

Ma sapeva far altro, oltre a essere il suo scudiero! *Perché non si fida di me?*

«Non andare» l'ammonì Argen, al suo fianco. «Se avanzeremo, tuo padre ci farà mangiare fango fino alla fine dei nostri giorni.»

Tresan tormentò le redini, borbottando un vago assenso.

«Sta' tranquillo. Li stanno liberando, vedi?»

Era vero. Rupens stava conducendo fuori dalla gola i primi carri con i profughi, mentre i fanti di Aldric stavano respingendo facilmente l'offesa dei ribelli. Argen ridacchiò, vedendo i Valmādrian in difficoltà, ma Tresan s'incupì. Era tutto facile... troppo facile... Mentre lo pensava, una freccia gli sfiorò il viso e un'altra colpì Argen alla spalla, forando il coprispalle di bronzo. I suoi uomini alzarono gli scudi, urlando. Mentre si abbassava la celata sugli occhi, Tresan vide sotto una quercia un cavaliere con la sopratunica nera e blu, l'arco teso verso di loro. Altri arcieri erano inginocchiati nell'erba, in posizione d'attacco. Senza attendere ordini, anche i suoi soldati incoccarono le frecce, preparandosi alla difesa.

Tresan sollevò una mano per fermarli. «Non ora» ordinò. «Argen...!»

Argen si premeva la mano sulla spalla, trafitta dalla freccia. «Non fa male» dissimulò. «Ma bacerei in bocca un cerusico, se ne avessi uno. Dove vai?»

«É Damon. Vuole me.»

«Non ti fidare... Rimani!»

Tresan fece voltare la testa a Zelin e avanzò lentamente verso il cugino. Dopo qualche passo, gli arcieri deposero gli archi, e a un comando di Damon si dispersero nella boscaglia. Anche il principe abbassò il proprio arco e balzò in sella a un magnifico cavallo nero. Sotto la tunica indossava l'armatura, ma il grande elmo a forma di testa di lupo era aperto sul volto, come i copricapi da parata della corte dei Kulldren.

«É una splendida giornata per cavalcare, cugino» gli disse, quando fu a portata di voce. «Avresti voglia di galoppare nei dintorni con me?»

«Non sono qui per parlare, Damon.»

«Allora sarò breve. Seguimi, contadino... se non hai paura!»

Damon diede di speroni, precedendolo su un sentiero che tagliava la campagna, addentrandosi fra prati punteggiati da corolle turchesi, violette e gialle. Si volse una volta sola e vedendo che Tresan lo stava seguendo la sua risata si fece ancor più tonante. Dopo una breve galoppata, si fermò sulla cima di una collinetta nuda, affacciata su altri campi fioriti e sui bassi monti di Valmādria, appena sfocati all'orizzonte.

«Non è un'isola splendida?» sorrise.

Tresan sollevò la celata, scoprendo l'intero viso, e lo fissò negli occhi. «Non è certo per guardare fiori e cieli azzurri con me, che mi hai portato qui» osservò, e Damon rise ancora.

«Ah, se volessi farlo, saprei con chi venire in questo posto!»

«Con Erlanes?»

Sul volto del principe passò un lampo di collera.

«Perché mai? Oh, hai ascoltato anche tu certe chiacchiere... Ammetto che sia un bel ragazzo e dolce e amabile...»

«Cosa vuoi?» tagliò corto Tresan, infastidito. «Siamo soli. Hai ancora in serbo quel pugnale per me?»

«Quello è sempre pronto, cugino» Gli girò attorno con il suo imponente cavallo nero, più alto e possente di Zelin. «Ma oggi ho davvero voglia della tua compagnia. Mi sei mancato, ieri.»

«Che i demoni di Kajan ti prendano, Damon! Cosa vuoi?»

Gli occhi del principe divennero di un blu glaciale.

«La tua mappa del destino. Dov'è?»

Tresan lo guardò stupefatto. Non era una domanda che si sarebbe atteso, da lui.

«Non lo so» mentì. Sapeva senza alcun dubbio che era nelle mani del Drangor Volèn, sul Monte Aldemar. Ma cosa voleva Damon, dalla sua carta astrale? «Non ho mai avuto il piacere di vederla» aggiunse.

«L'hanno i nonni, a Envles'Tin?» incalzò Damon, tradendo un nervosismo che Tresan interpretò come paura.

«Forse» gli sfuggì. «No... non so. Se l'avessero, me ne avrebbero parlato. Credo... Penso che mio padre l'abbia distrutta dopo la morte della mamma. Perché vuoi saperlo?»

«Distrutta?» L'urlo di Damon divenne mostruoso. «Distrutta? Stai mentendo, piccolo campagnolo mezzosangue!» Dal fodero estrasse un grosso spadone e glielo puntò contro. «La verità! Dov'è?»

Tresan fece arretrare Zelin di un paio di passi e si costrinse a fingersi più irritato che preoccupato.

«Perché dovrei mentirti?» ribatté. «É solo una sciocchezza per superstiziosi. Mio padre non crede nelle stelle, dovresti saperlo.»

Damon abbassò la punta della spada, senza riporla nella guaina.

«In effetti, è sempre stato un idiota… un contadinotto ignorante! Dà importanza alle lune solo per i raccolti e non sa che dietro a un uomo c'è molto di più della semplice apparenza.»

«Un'anima, si suppone. Tu non hai nemmeno quella.»

Sul volto del cugino s'increspò un sorrisetto malizioso.

«Vedremo, alla fine di questa guerra, chi avrà più anima, fra me e te. Ho abbastanza Stelle Cacciatrici nel mio cielo da sapere che la mia vita non sarà facile, ma neppure sprecata fra le coltivazioni di limoni e le ceste di pesce, come la tua.»

Tresan si strinse nelle spalle, con disinteresse. «Se credi che quelle stelle ti daranno gloria, sei libero di pensarlo» gli concesse. Si guardò fuggevolmente alle spalle, quella conversazione gli sembrava poco fruttuosa e doveva ritornare sul campo di battaglia. Ma Damon si sporse verso di lui e afferrò le redini di Zelin con una mano, fissandolo con occhi ridotti ad asole ostili, di gelido blu zaffiro.

«A te non accorderanno alcun onore» gli garantì. «Sarà mia cura assicurarmi che morirai nella stessa indifferenza in cui sei nato.»

Trattenendo l'impulso di far scivolare nel palmo il pugnale che portava nella manica, Tresan riprese le redini con uno strattone e fece scalpitare la giumenta, perché fosse pronta a riprendere il galoppo.

«Se mi hai portato qui solo per insultarmi e per sapere dove si trova la mia mappa del destino, non abbiamo altro da dirci, Damon» concluse.

«Ma sì, vai, contadino» Il principe scoppiò in un'improvvisa risata. «Ti ho trattenuto a sufficienza perché tu possa desiderare d'avere un altro padre, alla fine della giornata. Sempre che tu ne abbia ancora uno.»

Tresan impallidì e gli bastò un momento per capire che Damon aveva voluto distrarlo perché non prendesse parte alla battaglia. E lui era caduto nella trappola. Da lontano, gli giunse l'eco del corno di Rupens. Stava chiamando i rinforzi, ma i suoi uomini non si sarebbero mossi, senza di lui. Quella volta, la situazione era grave. Aveva disertato il suo posto e non se la sarebbe cavata con una sfuriata e uno schiaffo. Si volse colpendo i fianchi della cavalla e la spronò giù per la collinetta e quasi non s'accorse del pugnale che gli rimbalzò contro la manopola d'acciaio fissata al braccio destro. *Dea, fa' che non arrivi troppo tardi,* pregò. Si chinò sulla criniera scompigliata di Zelin, incitandola a vincere il vento.

Alle sue spalle, Damon ansimava, fremendo di rabbia. Non badò a Erlanes che era sopraggiunto al suo fianco, accompagnato da una muta di cani da caccia. Il giovane principe smontò, riprese il pugnale caduto fra l'erba e glielo porse dalla parte dell'elsa.

«Non avresti dovuto farlo» lo rimproverò. «Il tuo maestro non lo vuole morto.»

«Ma io sì!» Gli strappò il pugnale dalle mani, ed Erlanes sussultò nel sentire la lama tagliare il guanto, bruciandogli la pelle.

«Cosa ti ha fatto di male? A me è sempre sembrato un bravo ragazzo.»

«Per te sono tutti bravi ragazzi, imbecille!» scattò Damon, squadrando con odio la sagoma di Tresan che entrava nei primi alberi della campagna.

Il giovane principe abbassò lo sguardo, avvilito. «Vuoi che vada a riprenderlo? Marlifer ha detto di...»

«So cos'ha detto» lo interruppe Damon, sgarbatamente. «E non sono sicuro che sia la cosa giusta da fare.»

Si curvò per grattare la testa a un segugio che si era appoggiato al suo stallone con le zampe anteriori, per raggiungerlo. Il cavallo scartò, innervosito, e Damon lo trattenne tirando le redini. «Come sta andando la battaglia?» volle sapere.

«I miei... i nostri uomini stanno vincendo.»

«Bene» Senza attenderlo, Damon spronò il cavallo e raggiunse al trotto un picco da cui avrebbe potuto osservare lo scontro. Sperava che nessuno nuocesse a Tresan. Il piacere di sentirlo morire doveva essere suo. Almeno, il suo maestro avrebbe smesso di parlarne continuamente con quel dannato prete rovaneano, come se fosse stato una perla che avrebbe dato lustro alle sue ambizioni. *Sarò io ed io soltanto il suo allievo, l'erede del suo sapere e delle dimenticate arti Shelavin. Studierò più duramente, diventerò un mago e tu, piccolo insulso Hardan, morirai come un qualunque bracciante fra i maiali e le galline, perché altro non sei...*

Quando tornò dove aveva lasciato i suoi uomini, Tresan vide la battaglia impazzare, sotto di lui. Rupens aveva liberato i profughi e li aveva affidati a un maggiore perché li conducesse al porto e ora stava combattendo nella gola assieme al padre. L'insistente richiamo del corno gli fece raggelare il sangue nelle vene. Senza fermarsi, chiamò i suoi cavalieri perché lo seguissero e si precipitò giù nella gola, aprendosi un varco con la spada. Nella strozzatura erano sciamati altri ribelli, a piedi ma ben equipaggiati con cotte di maglia e armi, e servivano rinforzi. A terra, fra il sangue e la polvere, giacevano numerosi cadaveri Valmādrian ed Elvaneriani, squartati e mutilati, e i cavalli, ormai senza cavaliere, s'aggiravano atterriti nella mischia.

Che la Dea mi perdoni, perché io non posso! impallidì Tresan, calpestando con gli zoccoli di Zelin alcuni corpi riversi a terra. Con orrore, s'accorse che la scorta Valmādrian si era rivoltata contro gli uomini di suo padre: era stata una trappola e loro non avevano potuto evitare di caderci dentro.

Un generale del principe Erlanes era riuscito a dividere Rupens da Aldric e la situazione era quasi disperata. Anche se erano in parte semplici abitanti dell'isola, i Valmādrian erano numerosi e gli Elvaneriani si trovavano in difficoltà, su un terreno di battaglia lungo, stretto e sconosciuto.

Nella corsa, Tresan si volse e vide due dei suoi cavalieri venir trascinati al suolo e riprendere a combattere a piedi, in un feroce corpo a corpo. Ma non aveva tempo d'occuparsi di loro. Con gli occhi cercò febbrilmente il padre e lo vide isolato con pochi uomini fra una ventina di nemici.

«Argen!» chiamò. «Va' in aiuto di Rupens con sei uomini. Voi sette, con me!»

Non seppe quanti isolani abbatté, prima di raggiungere il padre. Aldric era stanco, il suo arco era rotto e la spada grondava sangue. Lo affiancò, sollevando appena in tempo lo scudo per fermare una freccia che cozzò contro lo stemma di bronzo e rimbalzò a terra.

«Copritemi!» ansimò, prendendo due quadrelle dalla faretra che portava a tracolla. Caricò rapidamente la balestra e colpì quasi senza guardare, con estrema precisione. I primi ribelli caddero, simili a soldatini di legno e gli altri arretrarono, incerti. Il grilletto scattò ancora e quando altri due Valmādrian morirono, trafitti alla gola, il drappello iniziò a disperdersi.

«Inseguiteli!» gridò Tresan ai suoi cavalieri. «Restituiremo a Damon solo le loro teste!»

Il panico si trasformò presto in una carneficina.

Anche Argen e i suoi compagni stavano dando respiro ai soldati di Rupens, attaccando la scorta Valmādrian alle spalle e liberando i fanti e i cavalieri intrappolati contro le rocce. Ben presto, le riserve stancarono i dissidenti, già provati dalla battaglia, e per quanto i comandanti di Erlanes urlassero, bestemmiassero e minacciassero, non riuscirono a mantenere l'ordine fra le fila degli isolani, che fuggirono come formiche verso la campagna. Anche quello che rimaneva della scorta del re si disperse oltre la gola, e dopo neppure un'ora lo scontro era terminato. I Valmādrian erano stati sconfitti.

Damon aveva osservato tutto dall'altura ed Erlanes, seduto sul proprio cavallo, al suo fianco, faticava a deglutire. Erano morti almeno cinquanta uomini, e nessun Hardan era stato preso prigioniero. Attese con angoscia l'esplosione di collera di Damon; ma, a sorpresa, il principe sorrise.

«É andata *quasi* come volevo. Ho fatto bene a mandare solo venti soldati, con la scorta di tuo padre. Mi rammarica non avere fra le mani Aldric o Rupens, li avrei barattati con tanto oro quanto pesano, ma avrei tagliato la testa a chiunque avesse ucciso il mio amato cuginetto.»

«Vuoi che la mia guardia personale lo catturi prima che ritorni a Elvaner?» gli propose Erlanes, con un filo di voce.

«Mi piacerebbe, ma Marlifer lo verrebbe a sapere e non mi lascerebbe divertire come vorrei. Lo avrò più avanti, e la sua scomparsa dovrà sembrare un incidente o qualcosa di simile... sempre che suo padre non lo spedisca in miniera per il resto della sua vita, dopo quello che ha combinato oggi!» Poi, inseguendo un pensiero ch'era rimasto sospeso, aggiunse: «La sua mappa non è a Envles'tin, è inutile che invii qualcuno a cercare laggiù.»

«Sguinzaglieremo le nostre spie fra i suoi servi e la troveremo.»

«Certo che la troveremo. Le Stelle Cacciatrici si cercano sempre le une con le altre, e prima o poi avrò in mano le sue» Ruotò su di lui uno sguardo terribile. «*Io* le avrò, non Marlifer, e nemmeno Ger. Sono stato chiaro?»

Erlanes annuì, atterrito. «Certo, sarà come vuoi» Trasse un profondo respiro, per rilassarsi, ma aveva ancora i polmoni gonfi d'aria, quando Damon sogghignò, malignamente: «Continua pure a tremare, perché Marlifer incolperà te di questa disfatta, e quando tuo padre saprà di questo agguato, te ne chiederà ragione. Fatti portare una cesta di fazzoletti dalle tue care sorelle, questa sera piangerai come un bambino preso a cinghiate!» Fischiò per richiamare i cani, che gli corsero attorno uggiolando e scodinzolando. «Andiamo, piccoli. Torniamo al castello!»

Mentre gli ultimi Valmādrian scomparivano nei boschi che circondavano la gola, Tresan smontò per valutare le perdite fra i suoi uomini. Rupens lo raggiunse, furente. Gettò l'elmo ammaccato a terra, e anche se zoppicava e si premeva una mano su un gomito, gli s'avventò contro, colpendolo al mento con un pugno.

«Sei sempre in mezzo ai piedi!» ruggì, spintonandolo a terra con un calcio. «Sei peggio di un ragno nella scarpa e per una volta... una volta... che ti chiamo, non arrivi!» Lo scalciò nello stomaco e imprecò, quando urtò contro la cotta di maglia. «Che tu possa gelare all'inferno, pezzo d'idiota!»

Tresan non cercò di difendersi. Era ben consapevole di non avere giustificazioni per la sua stupidità. Alle sue spalle, riconobbe il passo pesante di suo padre.

«In piedi!»

Si affrettò a obbedire. Attorno a loro, i soldati li guardavano sconcertati. Argen li incitò a raccogliere i feriti e i caduti e a sgomberare la gola.

«Non sono faccende che vi riguardano» disse, ma lanciò un'occhiata preoccupata a Tresan, che si asciugava con la mano il sangue da un labbro spaccato.

Aldric ripose la spada nel fodero lacerato. «Dove sei stato?» La sua voce era cavernosa come se stesse traboccando dall'antro dell'inferno. «I tuoi uomini erano sullo sperone, potevamo vederli, ma non sono accorsi, quando Rupens ha suonato il corno. Perché?»

Tresan chinò gli occhi a terra. «Damon mi ha allontanato dalla battaglia» soffiò.

Rupens imprecò, ma Aldric sollevò una mano per zittirlo.

«Stai quindi dicendo» scandì, sbalordito «Che hai abbandonato il tuo posto? Rispondi!»

Tresan non osò sollevare gli occhi. Non avrebbe tollerato la delusione e la rabbia scolpite nel suo volto. Incapace di emettere un solo suono, poté solo assentire debolmente con il capo. Sapeva qual era la pena per i disertori. Come figlio del Sopracavaliere avrebbe potuto essere graziato della vita, ma non delle quindici scudisciate previste dal regolamento.

«Ti staccherò anche la pelle dalla schiena, deficiente!» gli promise Rupens, avventandosi contro di lui, ma Aldric lo trattenne per un braccio.

«Lo farai senz'altro, quando saremo a Elvaner» gli assicurò. «Per gli Dèi, in cosa ho peccato, perché il mio secondogenito avesse una badilata di carbone, al posto del cervello?»

Tresan ricacciò indietro le lacrime che gli pungevano gli occhi. Non lo avrebbero visto piangere. Facendosi forza, riuscì a sollevare lo sguardo e ad annuire. «Accetterò la punizione, signore.» E mentre parlava, sapeva che nemmeno cinquanta frustate lo avrebbero ferito di più dell'espressione disgustata con cui suo padre lo stava guardando, in quel momento.

Aldric si sfilò i guanti, scuotendo debolmente la testa. «Ti ho già perdonato un errore, una volta» mormorò, e il suo tono, apparentemente calmo ma gelido, lo fece rabbrividire di paura. «Ci è costato cinque uomini, ma scioccamente ho voluto darti fiducia. Questo non te lo perdonerò. Sei degradato. Da questo momento, non sei più capitano, ma tenente. Argen ti sostituirà a capo della compagnia.»

Tresan si sentì morire. *Dea, fa' che sia un incubo! Dimmi che sono morto e condannato all'inferno per l'eternità, ma non degradato!* Cercò Rupens con lo sguardo, ma la rabbia sul suo volto gli fece capire che non gli sarebbe stato di alcun supporto. Tenente! Alla sua età, come figlio di Aldric Hardan avrebbe potuto ambire a essere promosso al grado di maggiore, e di certo Rupens sarebbe diventato presto un ufficiale generale. I soldati si sarebbero sbellicati dalle risate, quando l'avessero saputo, e Maribelna...

«Padre, vi prego, no...»

«Taci, o alla prima battaglia ti spedisco in mare come mozzo! Adesso va', sparisci dalla mia vista! Voglio che salpi domattina con il mercantile diretto a Va'nel.»

«Con il mercantile?» La voce gli si strozzò nella gola. Solo i feriti gravi, i morti o i disertori partivano sulle navi da carico, per raggiungere l'ospedale più vicino, la città dove essere sepolti, o le segrete in cui essere imprigionati. «Vi supplico... Risparmiatemelo!»

«Imbarcati con i caduti e i feriti. Portali a Elvaner. Questa notte dormirai sulla nave. Non voglio vedere la tua faccia fino a quando non avrò fatto ritorno a palazzo. Così ho deciso.»

Insistere era inutile. Umiliato, Tresan passò in rassegna i suoi uomini e diede disposizioni per il rientro a Va'nel assieme alle salme. Si sentiva disfatto, ma quando tornò a palazzo l'attendeva una notizia ancor più amara. E mentre attraversava i cortili battuti dalla pioggia per scendere verso il pozzo orientale, dove si erano già radunate le donne del palazzo, ebbe la sensazione che le sue sofferenze fossero appena iniziate.

PARTE SECONDA

Vagate, o spiriti inquieti
Negli eoni disperdete
La vostra umana pena!
Voi, che osaste sfidare
La divina giustezza
Or siete ombre oltre
I Cerchi dei Cieli.
Piangete, o anime infelici
Nate in tempi diversi
E unite nella sventura.
Son vostri i lamenti
che l'atro vento trascina,
filandoli nelle memorie
della vita del tempo che fu.

(Tratto dalla Ballata dell'Uomo D'Ambra)

Federica Leva

Anno 3354, secondo il calendario dei Sacerdoti di Ályshan
Isola Madre di Rovanea, Arcipelago di Misrenea. Mese dei Bucaneve, Inverno.

1

Quell'inverno, la neve era caduta abbondante su Elvaner, avvolgendo i monti più alti dell'Isola Madre in un placido manto di candore e silenzio. All'orizzonte, le isole abitate dai minatori d'argento e dai pastori erano screziature scure sullo sfondo azzurrino del cielo.

Alla morte di Re Adranes Kulldren di Valmādria, nell'autunno dell'anno precedente, la tregua con Myrdrassa era stata definitivamente infranta e agli inizi del nuovo anno la flotta di Re Farsnar si era radunata nei mari centrali per contrastare l'avanzata di quella nemica. Su ordine del sovrano, Rupens era sceso nel Mare del Grifone, a oriente, per affiancarlo come esperto in tattica e strategia, e in un paio d'occasioni erano state le sue intuizioni a impedire alla linea difensiva di cadere. L'ultimo dispaccio giunto a Va'nel dal fronte annunciava la promozione di Rupens da colonnello a generale di primo grado per meriti sul campo.

Anche gli eserciti si stavano mobilitando per presidiare le isole lungo la costa orientale di Misrenea, e una notte, neppure due mesi dopo il Solstizio d'Inverno, Aldric andò a svegliare Tresan mentre ancora dormiva, ordinandogli d'essere pronto all'alba.

Tresan obbedì prontamente. Gettò da parte la camicia da notte, indossò una sottotunica di lino e si pettinò con una mano i capelli arruffati, districandoli dai nodi. Mentre li legava sulla nuca con un legaccio di cuoio, pensò che avrebbe dovuto accorciarli, prima di scendere in battaglia. Sarebbe stato imbarazzante, se i pidocchi gli avessero impedito di combattere, ma al pensiero di tagliarli alla radice inorridiva come se gli avessero imposto di spezzarsi un braccio. *Il Re d'Ambra non l'avrebbe mai fatto,* si ripeteva. Non aveva mai dimenticato la visione che aveva avuto nove anni prima, quando gli era parso di scorgere il suo volto, i capelli neri e lucidi, lunghi quasi fino alla cintura. La visione era stata così fuggevole che non avrebbe saputo disegnare nemmeno un suo tratto, ma sapeva che in vita lo schiavore era stato avvenente e forte, in un modo che lui non avrebbe mai potuto uguagliare. *Non sarò mai come te, eppure quanto vorrei assomigliarti, nell'aspetto e nell'animo!*

Mentre Enis, il suo servitore, preparava la sua borsa da viaggio, indossò la casacca verde e argentata di Elvaner. Sul petto, splendeva la fenice ad ali spalancate, un finissimo e pregiato ricamo a filo d'oro bianco, giallo e rosso che Astrid aveva intessuto in occasione delle sue nozze con Maribelna, neppure un anno e mezzo prima. Era il solo dono di nozze che non avesse gettato, dopo l'abbandono della moglie, e amava portarlo quando cavalcava nei campi e visitava i villaggi dell'isola. Come Astrid aveva previsto, la felicità coniugale era durata poco… troppo poco. A quel pensiero, negli occhi di Tresan passò un lampo di rabbia che subito si stemperò nell'amarezza. Avevano avuto un matrimonio triste, a volte turbolento, e un giorno di pioggia Maribelna era fuggita di nascosto e di lei non s'era saputo più nulla. Lui l'aveva appreso agli inizi dell'estate precedente, al ritorno dall'ultima missione nell'arcipelago di Valmādria, quando suo padre l'aveva ricacciato a casa con disonore. Accanto al pozzo orientale era stato trovato il suo velo azzurro, senz'alcuna traccia di lotta. Anche le impronte che correvano giù per la sterrata non tradivano segni di ribellione e, accanto a quelle della ragazza, nel fango erano rimaste impresse anche le orme di un uomo. Un amante… Tresan aveva inviato messi a cercarla su Elvaner e Zircana, senza esito, e infine, rassegnato, era salito al santuario per bruciare il nastro nuziale nel sacro fuoco della Dea Melyss, recitando la frase di rito: «La terra e i miei Avi tutti mi sono testimoni che il mio vincolo con quella donna è sciolto per sempre.»

La voce era ferma, ma si era affrettato a nascondere il volto nell'ombra del cappuccio; e, seguito da pochi amici, era ritornato al palazzo del padre.

Non era così che doveva andare e tanto meno che doveva finire sospirò, uscendo nel cortile illuminato dalle torce, dove suo padre e gli altri ufficiali erano già in sella ai loro destrieri, in attesa della partenza.

S'imbarcarono sulle galee da guerra quando il sole era ancora adagiato all'orizzonte e cinque giorni più tardi giunsero sulle coste del regno di Rovanea, dove sorgevano Pringel, la più vecchia roccaforte misreneana e, poco più a sud la capitale Lanthard, dimora della dinastia reale dei Randeran. Attraversarono la laguna e, percorrendo un tratto del Nura, un ramo del fiume Qwaz, passarono per le profonde paludi di Sharja e nel pomeriggio del settimo giorno, mentre il crepuscolo sfioriva nelle striature di un'oscurità perlacea, screziata d'argento e lavanda, la vedetta appostata sull'albero di Trinchetto avvistò le alte torri di Pringel. Lasciarono le navi nel porto e proseguirono sulla strada che portava al castello.

Erano scesi con trecento soldati: il resto delle forze attendeva lungo le coste, in attesa d'essere imbarcato, e una parte dei soldati addestrati per il combattimento in mare era già stata inviata nel Mare di Grifone con Rupens. Tresan passò fra i suoi uomini, per accertarsi che non avessero bisogno di nulla. Notò che erano vivaci e briosi, e i tamburini scherzavano allegramente con Astrid, in sella al suo baio nell'ombra degli stendardi di Elvaner. *Si divertono come se stessero andando a un torneo. Non sanno cosa li aspetta!* D'un tratto qualcuno fischiò e Astrid gli sfiorò la mano.

«Pringel» mormorò. «Il generale VenGill ha dispiegato i gonfaloni dei regni alleati.»

Sugli spalti delle semirocche, i vessilli dei grandi feudi di Rovanea erano gonfi di vento e spalancavano gli stemmi intessuti pazientemente dalle nobildonne dell'Arcipelago: il grifone azzurro e dorato di Re Farsnar III di Randeran, detto il Biondo, sovrano di Rovanea e Signore dell'Arcipelago Misrenea, la leonessa dai seni di donna dei Vilkaster di Zircana e il drago rosso dei clan d'occidente di Ægator. Mancavano ancora le bandiere di Elvaner e quella dei Nuramag del Puma Bianco che popolavano le praterie a sud, oltre i confini del reame.

Per qualche tempo, Tresan si perse a contemplare la magnificenza della fortezza. Era maestosa e si ergeva nella notte levando al cielo quattro cinte turrite illuminate dai primi fuochi accesi sugli spalti: vista da lontano, pareva una corona posta sul capo roccioso di un gigante languidamente adagiato su un gomito ormai eroso dai tempi. Il piccolo esercito risalì sul dorso del colle per accamparsi vicino ai padiglioni degli altri regni, mentre gli ufficiali s'inerpicarono sulla sterrata che portava al primo cancello di ferro, sovrastato da aquile e serpenti intagliati nel bronzo. Dai bastioni si sporse un maggiore biondo.

«Chi siete?» vociò. «Portate la bandiera degli Hardan, ma un vessillo si conquista facilmente, in battaglia. Mostratemi il sigillo del Sopracavaliere!»

Aldric sfilò un guanto e sollevò la mano sinistra: al mignolo, pulsava un piccolo rubino, incastonato in un anello d'oro lucente.

«Ecco il mio segno: l'anello del sangue» gridò. Poi scrollò le spalle e rise. «Suvvia, Eril di Allentar! Spalanca i cancelli e chiedi alle dame più affascinanti di offrire il vino di benvenuto ai miei uomini. Hanno respirato per il lezzo delle paludi di Shàrja e meritano di essere accolti da una bella donna!»

Anche il maggiore rise e fece cenno alle guardie di aprire l'inferriata. Il segnale passò di cancello in cancello e infine vennero spalancate le porte che fortificavano la corte interna. Un falco volava sugli spalti e Mav Aæril del Clan degli Zeln, fermo sulla scalinata principale, lo richiamò sul braccio. Accarezzandolo, osservò il drappello avvicinarsi al generale del re. Aldric smontò e andò incontro a un generale brizzolato, in attesa nel cortile assieme ai capo-clan d'occidente. Con devozione, il Sopracavaliere si portò il pugno alla spalla sinistra.

«Mio signore Meran VenGill» salutò, ma il generale l'abbracciò con amicizia.

«Benvenuto, Aldric. Ti attendevamo con impazienza. Sei l'ospite più illustre, a Pringel, da quando il Consiglio Reale ti ha nominato reggente del Principe Malcolm, nell'infausta eventualità che il nostro amato re non sopravviva a questa guerra.»

Aldric ebbe un pallido sorriso. «E cosa accadrà, quando anche Malcolm sarà morto? Da quel che ho sentito dire, è così malridotto da potersi spegnere lui stesso da un momento all'altro. E Damon non aspetterà altro per tornare a reclamare il trono.»

«Adesso Damon è un traditore e il Consiglio Reale non sarà così entusiasta di incoronarlo Signore di Misrenea» lo rassicurò Meran, battendogli un colpetto sulla spalla. «Ora vieni. Zircana e i Clan di Ægator sono a Pringel, e i generali Nuramag giungeranno a giorni. Re Farsnar mi ha pregato di restare e di scegliere guerra o resa in suo nome, tuttavia non pretenderò di comandare i tuoi uomini, Aldric.»

«Te li affiderei senza esitare, se me lo chiedessi» giurò il Sopracavaliere, ma un brillio di fierezza gl'illuminò gli occhi scuri. «Permetti che ti presenti i miei capitani... »

Quattro cavalieri smontarono e Tresan porse la mano ad Astrid per aiutarla a scendere a terra.

«Conosci già mio cugino Borr» disse Aldric. «E Andras e Argen di Pull, e

Morig di Antaratt... »

Meran li accolse con un lieve inchino del capo. Tresan si avvicinò, gettando indietro il cappuccio, e si portò il pugno al cuore. «Mio figlio Tresan, il secondogenito» lo presentò Aldric.

«È un piacere avervi con noi, tenente» lo salutò il generale «E la dama...»

Astrid sciolse il velo e la folta chioma fiammeggiante ricadde ondeggiando sulle sue spalle. Il generale si chinò galantemente sulla sua mano e la sfiorò con le labbra.

«Magistra Astrid, la guaritrice più apprezzata dal nostro re! Speravamo che, terminato il vostro incarico di istitutrice, ritornaste a insegnare all'università, e invece siete rimasta a Va'nel come medico di palazzo! Una triste perdita per i nostri occhi. Lasciatevi ammirare. Il tempo è generoso con voi: ringiovanite ogni qualvolta c'incontriamo. Quale magia vi protegge?»

«Purtroppo, il tempo scorre anche in me» sorrise lei. «Ma la sua corsa è lenta, e l'argento non ha ancora sfiorato la coltre dei miei capelli»

Una voce intervenne alle sue spalle, allegramente: «Siete così affascinante da non aver bisogno d'alcuna magia per incantare gli uomini, né per conservare i loro servigi.»

I guerrieri si volsero e un tenente colonnello dai lunghi capelli biondi discese le scale e s'inchinò galantemente ad Astrid, che lo baciò con affetto.

«Romisan Vilkaster... Sempre bellissimo e adulatore!»

«E sempre scapolo» sottolineò Tresan, facendosi avanti per salutarlo. «Tuo zio freme perché generi un piccolo Vilkaster al Principato e tu sei più selvatico di mio zio Tedrov, che rifugge il matrimonio come un castigo divino!»

«Che altro è, in nome di Ashinn?» Romisan gli tese le braccia e si strinsero fraternamente. «Tu dovresti saperlo meglio di tutti!»

I signori dei Clan tossicchiarono, a disagio. L'estate precedente, i mercanti che commerciavano con l'oriente avevano portato la notizia della fuga di Maribelna e le donne erano scese ai mercati per ascoltare i pettegolezzi d'oltremare. Per molti giorni non si era parlato d'altro e i signori dei clan erano insorti, scandalizzati: mai avrebbero permesso a una donna di gettare infamia sul loro nome e di restare impunita. Ma gli Hardan - vigliacchi! - non avevano dichiarato guerra al Principato di Zircana e avevano lasciato cadere l'affronto chiudendosi nel silenzio.

Costretti da un cenno imperioso del primo generale del re, i nobili d'occidente salutarono frettolosamente Aldric, stringendogli il polso con malcelata ripulsa e rivolsero a Tresan un breve cenno del capo.

«Pace, signori miei» li ammonì Meran, mentre gli Hardan entravano nel castello, scortati da un servitore. «Se permetteremo all'orgoglio di dividerci, i Valmādrian ci avranno vinti ancor prima di aver attraccato alle nostre coste.»

Aæril di Zeln scese nella corte. Il braccio che sorreggeva il falco era percorso da un fremito di collera. «Dovremmo condividere il consiglio con un uomo che non ha voluto vendicare l'onore del figlio?» s'irritò . «Come può il nostro Re riporre fiducia in simili imbelli? In uomini che non sanno neppure tenere le spose nel loro letto!»

I capo-clan approvarono, un fosco borbottio d'indignazione, e il sopracciglio di Meran scattò minaccioso.

«*Silenzio*!» tuonò. «Non intendo tollerare queste chiacchiere da mercato! Il re ha bisogno del sostegno di ogni suo alleato e voi siete, prima di ogni altra cosa, suoi fedeli sudditi. Dimenticate gli screzi, finché siamo chiamati a difendere le nostre isole dal nemico. Quando la guerra sarà finita, potrete litigare fra voi, se vi appaga... Se vi fa sentire *uomini*! Ma, in nome degli Dèi, siete onorevoli guerrieri e non donnicciole da cortile, per azzuffarvi come galline per un nonnulla! Più tardi, terremo consiglio nella vecchia Sala degli Stendardi. Scenderanno anche Aldric e suo figlio a parlare in nome di Elvaner, e voi li ascolterete assieme agli altri nobili dell'Alleanza e non approverò nessun intervento che non si concili con gl'interessi del regno.»

2

Dopo cena, i nobili e i Sopracavalieri si recarono nella vecchia sala del trono, dove i Re Randeran non sedevano da quando la corte si era trasferita a Lanthard, duecento anni prima. D'allora, Pringel era diventato l'Avamposto del nuovo palazzo-fortezza che sorgeva poco più a sud, protetto dal fiume Qwaz e dai rami terminali delle Paludi di Sharja. La vecchia sala del trono era una stanza ampia, con un alto soffitto a volta e addobbata, sul pavimento di pietra scura, da un suggestivo mosaico a forma di grifone rampante. Sui muri, logorati dai risvegli del Re Gigante, troneggiavano, sciabole, asce e i vessilli delle famiglie più potenti di Rovanea, e alle finestre ricadevano pesanti drappi di fattura desueta.

I nobili vennero accompagnati al tavolo ovale e Aldric e Borr sedettero accanto al generale Meran. Romisan si accomodò poco più distante, vicino al generale zircaniano Zofran e gli altri seggi furono occupati dai capo-clan d'occidente. Tresan prese posto su una panca alle spalle del padre, assieme ai cadetti e ai sottufficiali ammessi al consiglio. A un gesto del generale Meran, le porte furono chiuse e il brusio scemò.

«Signori» esordì VenGill. «È con gioia e gratitudine che accogliamo l'arrivo dei nostri amici e alleati Hardan in Rovanea. Il Sopracavaliere Aldric ha impegnato il suo esercito e la sua flotta per respingere l'offesa Valmādrian e Myrdrass al nostro fianco. Com'è senz'altro noto a voi tutti, suo figlio Rupens è al seguito del nostro Re, nel Mare del Grifone, e a lui dobbiamo la resistenza vittoriosa delle stazioni navali di Gorina e Glentria. In altri scontri abbiamo però perso l'isola di Ra'Pal, sul confine con Valmādria, e un numero considerevole di vascelli della flotta reale.»

Mentre parlava, srotolò alle sue spalle un grande arazzo in cui era stata tessuta la mappa di tutte le terre conosciute: le migliaia di isole raggruppate nell'Arcipelago, le immense terre dei Nomadi Nuramag delle Praterie del Puma Bianco, le Steppe Zh'Ehéllend e l'impero di Myrdrassa degli Shaar Tol Re.

Tresan si sporse dalla panca e con gli occhi corse sulle suggestive immagini che parevano emergere dalle acque: una superba aquila in discesa sul dorso di un leone che snudava contro di lei le immense fauci, la folta criniera smossa nell'azzurro dei mari.

Gli era sempre piaciuta la raffigurazione delle terre conosciute e anche quella sera la contemplò, affascinato. Lo sconfinato regno di Rovanea, smerlato da fiordi e composto da isole di varie dimensioni, formava il corpo della regina dei cieli. Gli artigli aperti erano disegnati da qualche isola minore al di sopra delle pianure dei Nomadi Nuramag. Le ali erano tratteggiate a ovest dalle isole dei Clan di Ægator e a est da Elvaner e dall'intero complesso di Zircana. Il capo era invece formato dalle isole più meridionali di Elvaner e da numerose isole vulcaniche su cui dimoravano solo gli uccelli marini. Davanti a Rovanea, quasi solitario nel grande Mare Centrale, sorgeva l'arcipelago di Valmādria. Anche il leone era formato da terre estese, penisole e nugoli di isole. La criniera, in apparenza scompigliata dal vento che soffiava da oriente, era formata dalle isole più orientali di Valmādria e dalle vaste steppe Zh'Ehéllend. L'enorme muso, rivolto verso l'aquila, i denti snudati in un ruggito, l'addome e una zampa sollevata ospitavano gli sconfinati territori di Myrdrassa. Nel dorso, viveva il Popolo del Puma Bianco.

Aveva fissato la mappa con tale intensità che le terre gli parvero animarsi, increspandosi nei mari di lana turchese: l'aquila agitò le ali, il leone scosse il fiero crine e ruggì selvaggiamente. Colto da un'improvvisa vertigine, Tresan sbatté gli occhi e si addossò a uno dei capitani seduti al suo fianco e Borr si volse a guardarlo con riprovazione.

«Che hai, ragazzo, ti senti male?» l'apostrofò, sottovoce.

Tresan ritornò a guardare la mappa, le isole giacevano quiete e innocue nell'ordito dell'arazzo. *Sono stanco*, pensò, passandosi lentamente una mano sugli occhi. Eppure, sotto i suoi piedi anche la terra sembrava percorsa da un brontolio ed era risaputo che la Collina del Gigante non si risvegliava da almeno mezzo secolo... Sul fondo della sala, una figura paludata di nero si alzò per uscire. D'istinto, com'era ormai abituato a fare da nove anni, Tresan accennò a seguirla, ma Aldric lo trattenne saldamente per un braccio.

«Lascia che vada. I capo-clan non approvano che una donna assista a un consiglio di guerra.»

Tresan la seguì con sguardo ansioso. Era insolito che Astrid abbandonasse una consulta sugli affari di Stato: aveva percepito anche lei l'inquietudine della terra? No, era sicuramente stremata dal viaggio e anche se era una donna forte, non aveva la tempra di un soldato.

«Sì, signore» cedette, e risedette sulla panca.

Meran impugnò una bacchetta e segnò la mappa in vari punti, dove le armate imperiali di Myrdrassa avevano assaltato e conquistato i nidi di forza dei Randeran, bruciato gli avamposti e abbattuto i fortini di controllo sul mare orientale.

«La Confederazione delle Isole Stato non parteciperà a questo conflitto, quindi non possiamo contare sul loro appoggio per gli scali delle navi, se non pagando un dazio. Quando affronterete i mari, signori, organizzate scorte sufficienti per potervi fermare sulle isole alleate.»

«Quelle piccole isole non rischiano d'essere travolte dai Myrdrass?» si preoccupò Romisan.

«Le Isole Stato vivono di commerci, non di agricoltura, e al momento i Myrdrass cercano granai pieni e fattorie da depredare. Fino a quando Su'Meeramjtra sarà occupato con noi, potranno restare tranquille.»

«Gli Spiriti non vogliano che quelle cavallette approdino sulle nostre isole» pregò Zofran, il generale di Zircana. «Qual è la loro stima numerica, tra fanti, cavalieri e marinai?»

VenGill riabbassò la bacchetta. «Uno dei nostri informatori ha parlato di contingenti importanti. L'impero è vasto e conta almeno seicento, ottocentomila soldati.»

La sala fu percorsa da un brusio di sgomento.

«Così tanti?» si stupì Aldric. «Se riusciranno a raggiungere le nostre coste, ci schiacceranno come formiche!»

Tresan ebbe un crampo allo stomaco. Le forze di Misrenea contavano circa 40.000 soldati... una briciola, in confronto alla possanza dell'Impero!

«La regina del Puma Bianco ci supporterà» sentì dire da un Mav dei Clan, seduto vicino a Romisan. «Se non lo farà, Su'meeramjtra invaderà anche le sue pianure, dopo averci soggiogato.»

«Chiedo perdono, Meran» interloquì Aldric, il consueto cipiglio arricciato sulla fronte. «Abbiamo certezza della portata delle milizie Myrdrass? Ignoravo che avessimo ancora qualche infiltrato, presso la corte imperiale. Ero convinto che l'ultima spia fosse stata trovata due mesi fa fatta a pezzi in un sacco, incastrata in una diga fuori Lanthard.»

«Il re ha le sue risorse. Questa volta, i servizi segreti si sono mossi in un modo che Su'Meeramjtra non potrebbe sospettare.»

Mentre VenGill parlava, a Tresan passò nella mente il riflesso di un volto femminile e un nome che evaporò nel momento stesso in cui lo coglieva. Aveva rubato un pensiero fuggevole del generale o l'aveva soltanto sognato? Era possibile che quella spia temeraria fosse una donna?

Borr rise, di una risata forte e piena. «Mi piace pensare che quel piccolo grasso ometto giallo abbia in casa un nostro uomo e non lo sappia.»

«Non ha nessuno, in casa sua» lo contraddisse il generale. «Per questo non può sospettare di essere spiato. Altro non posso dire. L'organizzazione dei servizi segreti è riservata a pochi, anzi, a pochissimi eletti ed io non ho il privilegio di gestirla per il re. Torniamo a discutere di quello che ci compete» Riprese a seguire con la lunga bacchetta i confini dell'arcipelago «Al momento, i Valmādrian e i Myrdrass hanno attaccato soltanto le isole più orientali nei mari di Rovanea, ma tutte le isole, anche le più piccole, devono prepararsi a difendersi. Elvaner è ancora scoperta e le truppe di Zircana non sono ancora del tutto predisposte per la difesa. Avete uomini a sufficienza per sorvegliare le vostre coste, signori?»

«Le nostre galee stanno già presidiando il Mare della Leonessa» confermò il generale Zofran.

Anche Aldric annuì. «I miei ammiragli sono pronti per pattugliare i Mari della Fenice. Solo le isole affacciate sul Mare Centrale sono in pericolo e, a meno che non siano affamati, i Valmādrian non invaderanno quelle più interne.»

«Ne siete davvero convinto?» intervenne Aæril di Zeln, sarcastico. Su una spalla aveva gettato la mantellina con i colori verdi e turchesi del suo clan e sedeva in modo scomposto, le gambe accavallate e un braccio posato con spavalderia sul bracciolo della sedia. «Nobile Aldric, il principe Damon è vostro nipote, ma non risparmierà le vostre terre in onore del vincolo di parentela. Saprete fronteggiarlo, in nome del Re, o lo grazierete com'è vostra usanza fare con i traditori?»

Aldric lo fissò fiammeggiando.

«Cosa intendete dire?» lo sfidò. «Damon non ha legami di sangue, con me. È nipote della mia defunta moglie, ma da quando ha conquistato la fortezza di Opalliŭm è soltanto il signore di Valmādria e mio nemico. Non gli avrei mai nuociuto quand'era ragazzo e l'Erede del nostro Re; ma ho giurato lealtà al mio sovrano e se lui mi chiedesse di consegnarglielo in catene, obbedirei senza esitare.»

«Senza dubbio» lo provocò Aæril «La reggenza del regno non influenza la vostra fedeltà. Forse non mostrereste tanta solerzia, se Re Farsnar non vi avesse prescelto come tutore e garante del suo erede... Voi, che non avete neppure sangue nobile nelle vene!»

Trattenendo una risposta insolente, Aldric sollevò il mento con dignità.

«Sono fiero dei miei natali» fremette. «L'investitura a Reggente di Misrenea mi ha lusingato, ma sarei disposto a cederla all'istante, se il nostro sovrano me lo chiedesse. Il mio onore me lo imporrebbe.»

Il generale Meran alzò una mano per spezzare la tensione.

«Questi non sono argomenti attinenti al Consiglio» ammonì, ma Aæril replicò, come se non l'avesse sentito:

«*Voi* parlate di onore, Sopracavaliere?» Ebbe una smorfia di disprezzo. «Se ne aveste almeno uno straccio, non avreste permesso che lo scandalo si abbattesse sulla vostra famiglia!»

Il sopracciglio di Aldric scattò. «A cosa alludete, signore?»

«Me lo chiedete? Tutti ne parlano da mesi, nell'Arcipelago...»

«Ancora questa storia?» Aldric sospirò, annoiato. «Non tutti i matrimoni hanno la ventura di essere felici, Nobile Aæril.»

«Ma dovrebbero essere almeno meditati con saggezza. All'ultimo concilio, prima delle sommosse in Valmādria, avevate paventato la possibilità di richiedere la mano della principessa Myrdràssel per il vostro secondogenito e tre mesi più tardi avete offeso Re Farsnar e l'Imperatore dei Myrdrass acconsentendo che Tresan sposasse una qualunque nobile di Zirĉana... una sgualdrina, per giunta! Avete gettato al vento un'Alleanza per soddisfare i capricci di un ragazzetto insensato!»

Tresan ebbe l'impulso di controbattere all'offesa, ma Borr lo prevenne e s'alzò, ringhiando: «Come osate, barbaro con le trecce!»

«Signori!» li richiamò il generale, aspramente.

Aldric trattenne il cugino con un gesto della mano. «Tresan aveva il diritto di scegliere la sposa che prediligeva» ribatté, con quieta fermezza. «Non è il mio erede e non ha stretti vincoli con la famiglia reale. Se il signore di Myrdrassa avesse desiderato rafforzare l'Alleanza, avrebbe potuto offrire sua figlia ad altri nobili... o al re stesso.»

«Quando? Prima che si risposasse con la Nobile Sabriyes?» Il tono di Aæril era pungente. «All'epoca, la principessa non aveva ancora dodici anni e, anche se nelle mie terre a quell'età molte ragazze sono già donne, il re si è rifiutato di prendere in considerazione quella possibilità!»

«Ora la figlia dell'imperatore è in età da marito. Perché non suggerite al re di ripudiare la sua sterile moglie Valmādrian per contrarre un sesto matrimonio con lei?»

Tresan vide il volto glaciale di Aæril diventare paonazzo di rabbia e sorrise. Lo divertiva vedere il Mav in difficoltà. Non gli era mai piaciuto, fin da quando gli aveva aizzato contro due mastini, ai funerali della quarta regina di Misrenea, otto anni prima. *Non ci perdona di essere poco più che contadini e di avere influenza nella politica dell'Arcipelago. La nomina di mio padre a Reggente non può che averlo indispettito. Forse teme che, in caso di morte del re, rivendicheremo il trono di Lanthard? Per gli Dèi, che pensiero assurdo!*

Aæril strinse furiosamente un pugno attorno al bracciolo del seggio e si trattenne a stento dal balzare in piedi per aggredire il Sopracavaliere.

«Non siate ridicolo!» sibilò. «Il re non potrebbe sposare l'unica figlia del suo nemico. I popoli delle praterie e le tribù delle steppe si armerebbero contro di noi, temendo un'invasione di tutte le terre conosciute. Non incolpate il re della vostra cecità!»

Aldric contrasse duramente la mascella e avrebbe risposto in modo mordace, se Aæril non avesse proseguito, accalorandosi: «Pertanto, Nobile Hardan, a chi altri avrebbe potuto unirsi quella ragazza? A Malcolm? A tutti è nota la sua follia. A Damon? Ha lasciato la corte quand'era bambino e ha sempre rifiutato di ritornare. Oh, certo, suo padre ha disseminato qualche bastardo, qua e là, e non mancano nipoti e cugini di seconda o terza generazione, ma il parente – per quanto acquisito! - più vicino al cuore del re siete voi ed era dunque vostro compito occuparvi della politica dell'Arcipelago e conservare i vostri figli per matrimoni assennati, non per offendere un alleato rifiutandogli un inutile cadetto... È stata una dichiarazione di guerra, Sopracavaliere!»

Tresan si sentì avvampare di rabbia. «Non dite assurdità!» gridò, ma le sue parole furono soffocate dallo stridio della spada sguainata da Borr.

«Rimangiatevi quel che avete detto, signore, o ve ne farò pentire!»

Anche Aæril s'alzò, con impeto minaccioso, e la sua sedia ricadde rumorosamente sul pavimento. «La condotta degli Hardan è stata imprudente e dannosa, oltre che indegna...» iniziò, e Borr, liberandosi con uno strattone della stretta di Aldric, gli si avvicinò di un passo. Ma prima che potesse fare qualunque altra mossa, Tresan si levò in piedi, alle spalle del padre.

«Nobile Aæril» disse, con voce ferma, e tutti si volsero a guardarlo. «Da quando sono arrivato mi avete sempre trattato con ostilità. Di cosa mi accusate, esattamente? Di non aver voluto prendere in moglie la principessa Myrdràssel?»

«Vi era stata offerta dall'imperatore in persona!»

«Mai. L'imperatore ha sempre cercato di *portarci* a formulare una richiesta di matrimonio, ma la lealtà degli Hardan è volta innanzi tutto al re, non all'impero di Myrdrassa.»

«Sposare la figlia di un nemico significa stringere alleanze politicamente assennate, non mancare di fedeltà al proprio re!» insistette Aæril, ma Tresan non cedette.

«E cosa sarebbe accaduto, se avessi acconsentito al matrimonio?» lo sfidò. «Che cosa sarebbe cambiato, fra noi e l'Impero? Credete che sia difficile eliminare uno sposo scomodo, con il veleno o l'infamia? Siete ingenuo, Mav.»

Un brusio stupito passò fra le file dei capo-clan. Il principe Rupens era famoso per essere un uomo di carattere e uno dei più acuti strateghi del re; ma di Tresan si diceva soltanto che era l'ombra del padre e del fratello, e fra i Clan si era ironizzato che non avesse neppure la lingua per parlare, tant'era docile e taciturno. Ma ora, davanti all'intera sala del consiglio, quel giovane debole e becco aveva levato la voce per difendersi.

«Per volontà di mio padre e per obblighi familiari» riprese Tresan, senza vacillare «Non sarei mai salpato verso una contea sperduta di Myrdrassa per vivere come un indolente principe consorte, inservibile tanto alla patria quanto all'Arcipelago. Se l'imperatore mi avesse offerto apertamente la sua unica figlia, anziché corteggiarmi sottilmente, il mio rifiuto sarebbe stato ancora più categorico e offensivo, e sono lieto che Su'Meeramjtra non abbia mai espresso una richiesta di matrimonio ufficiale.»

I capo-clan borbottarono qualcosa e la voce di Tresan divenne più metallica, perché sovrastasse il loro mormorio.

«Inoltre, vi prego di rammentare che non ho sposato una ragazza qualunque, ma la nipote del signore Vilkaster, e a quel tempo sia l'Impero che Zircana erano unite a Elvaner dal suggello dell'Alleanza. Pertanto, se insultate la mia scelta, offendete innanzi tutto i nostri alleati Zircaniani. Quello che poi è successo fra me e mia moglie non è affar vostro, signore.»

«Avete lasciato che vi scornasse davanti a tutto il mondo e non avete fatto nulla per vendicarvi! Non siete degno d'essere considerato un uomo, e siete un disonore per la Coalizione e per il nostro re!»

Sembrava sul punto d'aggredirlo, e Meran alzò una mano per zittirlo.

«Taci, Aæril di Zeln, o sarò costretto a scacciarti dalla sala» l'ammonì, con voce bassa e dura. «E voi, Nobili dei Clan, contenete la vostra irruenza! Accusare i signori di Hardan d'imprudenza diplomatica e di codardia è un'infamia, e non tollererò altre provocazioni che turbino questo consiglio. Da tempo si sussurrava d'un possibile matrimonio fra uno dei figli di Aldric e la Principessa Myrdràssel, che pare essere di grande bellezza e cultura. Erano tuttavia voci infondate e confermo che l'imperatore non ha mai inviato nessuna domanda formale a Elvaner. Quanto al resto, il Nobile Tresan ha ragione, non sono fatti che ci riguardano. Ora siedi, Borr, e non lasciare che questo screzio t'inquieti. Siamo tutti consapevoli della lealtà che Aldric porta al nostro sovrano e della sua integrità sia come garante di Misrenea che come signore di Elvaner.»

Borr rinfoderò la spada, scambiando con Aæril uno sguardo furente. Alle sue spalle, Tresan si morse le labbra a sangue, per costringersi a tacere. *La mia condotta pacifica sta sgretolando il sodalizio del Consiglio,* si rimproverò, tornando a sedersi, *ma cos'altro avrei dovuto fare, riacciuffare Maribelna con qualunque mezzo e chiuderla in un convento, per guadagnarmi la simpatia dei Mav?* Sollevò il volto con fierezza, sfidando gli sguardi sprezzanti dei capo-clan, ma Meran aveva ripreso a parlare e i Mav non s'interessavano più a lui. Pianificarono la difesa dell'Arcipelago e discussero ancora per un paio d'ore. Quando il consiglio si sciolse, il generale Meran richiamò a sé i nobili di più alto rango e predispose un drappello che qualche giorno più tardi avrebbe pattugliato le pianure vicine al Lago Seròn, sul versante orientale dell'Isola Madre di Rovanea. Aveva già scelto una dozzina di soldati fra gli ufficiali rovaneani, e due Mav avevano acconsentito a unirsi alla spedizione.

«Vuoi seguirmi come secondo in comando, Borr? Non resteremo lontani da Pringel per più di due notti e ti assicuro che le terre dei laghi meritano d'essere visitate, tanto sono belle e suggestive.»

«Non rifiuto mai una passeggiata fra le colline di Rovanea, amico mio» rise Borr. «Conta su di me.»

«E tu, Aldric? Sei il Sopracavaliere di Elvaner. Ti unirai a noi?»

Aldric scosse il capo, e il generale tradì un brusco cipiglio. «I Clan hanno acconsentito a venire» gli fece notare. «In quale altro momento potresti accattivarti le loro simpatie, se non dividendo con loro il vino in un bivacco sul lago? Ma se non t'importa, fa' come vuoi» Si volse verso Romisan, impegnato a parlare poco lontano con il generale Zofran. «E voi, Principe Vilkaster? Verrete con noi?»

«Nel pomeriggio sono giunti alcuni dispacci da Za'nallorn, e dobbiamo discuterne. Vi ringrazio per l'offerta, generale.»

Lasciando la panca su cui era seduto, Tresan si avvicinò al padre, in piedi accanto agli ufficiali.

«Posso accompagnarli?» gli alitò sopra la spalla. Aveva parlato piano, perché nessuno l'udisse. Sperò che anche Aldric abbassasse la voce, ma la sua risata risuonò sprezzante, e qualcuno lanciò verso di loro un'occhiata perplessa.

«Tu? E perché mai?»

«Ecco... È una spedizione militare e gli altri signori cavalcheranno con VenGill... Pensavo...» La voce gli si spezzò, come accadeva ogni qualvolta Aldric lo criticava. Lo sguardo del padre era glaciale, ma prima che cedesse vide i suoi occhi guizzare verso gli uomini del nord e comprese il motivo del suo turbamento: *Andare con i capo-clan... Non è cosa saggia.*

Scrollò le spalle con indifferenza. «Non ho paura di loro» gli assicurò. «Non preoccupatevi per me.»

«Ti derideranno. Non hai sentito Aæril? Ai loro occhi sei un imbelle, un individuo indegno d'essere chiamato uomo.»

«Vorrei andare proprio per dimostrare di non essere un codardo. E non è dei loro giudizi che mi curo...»

Anche se la frase era rimasta in sospeso, Aldric evitò il suo sguardo, a disagio. «Sei solo un ragazzo e come ufficiale hai ancora molto da imparare» borbottò rudemente. «Non mi fido di te, con tutto quello che hai sempre combinato. Se almeno Rupens fosse qui...»

«Non ho bisogno di una balia, padre!» L'espressione severa del Sopracavaliere costrinse Tresan ad abbassare gli occhi, ma fu solo un attimo. «Il generale ha invitato tutti i reggenti a seguirlo, per cementare l'alleanza fra i regni» riprese, fronteggiandolo in volto. «Volete che si pensi davvero che sono un uomo a metà?»

«Non ti ho mai rimproverato per la fine del tuo matrimonio» gli fece notare Aldric, sulla difensiva, e Tresan sorrise. «No, e di questo vi ringrazio. Ma non mi avete ancora restituito il grado di capitano.»

«Lo farò quando mi avrai dimostrato d'esserne degno.»

Il sorriso di Tresan non morì. Non si era aspettato una risposta diversa, da lui. «Sarebbe una sufficiente prova di merito, se mi accattivassi le simpatie dei Mav?» tentò.

«Naturalmente no. Potrebbe essere un inizio, ma...»

Aldric esitò, e ancora una volta il suo sguardo corse ai capo-clan, raccolti dall'altra parte della sala. Tresan abbassò la voce. «Che cosa v'impensierisce? Non sarà più di una cavalcata per i boschi, ma non mi ritirerei nemmeno se sapessi di andare a guerreggiare contro mille Valmādrian con la mia sola spada. Dovrei aver paura degli scoiattoli della foresta o del dileggio di qualche barbaro d'occidente? Non è così che mi avete cresciuto. Voi non avreste scrupolo ad accettare ed io... in questo vi rassomiglio. Lasciatemi andare, vi prego.»

Aldric lo soppesò per qualche istante; poi scosse il capo, esasperato.

«Vai, se davvero lo desideri» cedette. «Ma bada a non essere d'intralcio alla spedizione, o t'imbarco verso il Mare del Grifone in groppa alla carena, è chiaro?» Senz'attendere una risposta, si volse verso VenGill. «Porta con te il ragazzo, Meran» disse. «È addestrato all'uso della spada e della balestra e s'interessa di tattica. Sarà ai tuoi ordini e osservandoti imparerà come muoversi in una spedizione di guerra.»

Meran accolse Tresan con un gesto del capo.

«Tuo figlio sarà il benvenuto, fra noi. È deciso, dunque: partiremo fra qualche giorno, non appena ritornerà il drappello che ho inviato a pattugliare i rami meridionali delle paludi di Sharja. La notte è ormai avanzata, signori, ed è tempo di ritirarsi per riposare. Andate, il consiglio è sciolto.»

Tresan rivolse al padre un sorriso di ringraziamento, ma Aldric si stava già allontanando con Borr. In cuor suo era felice. Al ritorno dalla spedizione, Aldric avrebbe dovuto riconoscere che non era più un ragazzino, ma un uomo accettato dai capo-clan e un ufficiale degno del suo esercito. Quella notte faticò a prendere sonno. Conversò con Romisan fino al Terzo Rintocco del mattino e quando l'amico si addormentò sul suo letto, sedette sull'ampio davanzale della finestra, pensoso. Il Re Gigante era inquieto e il davanzale era scosso da un brivido gelido. *La terra è nervosa, questa sera,* osservò. Mentre lasciava vagare lo sguardo nel cielo, un'ombra oscurò Pani, la luna argentata. Un falco volava sullo sfondo tremulo delle stelle. *Il falco di Aæril... Non dovrebbe liberarlo, di notte. Potrebbe perdersi, in territori che non conosce.* Lo guardò svanire in lontananza, poi sbadigliò e si distese accanto a Romisan, coprendosi con un manto di pelle di pecora.

Mentre dormiva, una brezza lo sfiorò e verdi occhi senza volto lo fissarono dall'oscurità. Una voce mormorò parole che si sgretolarono fra le pieghe del silenzio e si persero nei suoi sogni.

E, ancora una volta, la terra tremò.

Avvolta nel manto, il cappuccio alzato per proteggersi dal vento gelido che soffiava da nord, Astrid camminava lentamente lungo i ballatoi esterni, turbata. Aveva percepito i fremiti della terra, all'inizio del Consiglio, e il sottile anello dorato che portava al dito era diventato quasi caldo. *È un prodigio che non accadeva da milleseicento anni!* Lasciò vagare lo sguardo oltre le selle dei monti illuminate dalle tre lune e dalle stelle, e un velo di nostalgia le inumidì lo sguardo. *Se puoi sentirmi, Volèn, affido i miei pensieri alla notte. Sta accadendo qualcosa, qualcosa che attendevamo da tempo, e Tresan non potrà restare a guardare. Le Stelle Cacciatrici non glielo consentiranno.*

La notte non le rispose. Coprendosi fino alla gola con il manto di pelliccia, discese nei corridoi solitari e si fermò davanti a una bifora. Tresan le aveva raccontato cos'era accaduto nella Sala del Consiglio e anche lei aveva percepito l'ostilità dei Mav, al loro arrivo. Il concilio fra gli alleati non iniziava sotto i pronostici più favorevoli.

I Mav non rispettano Tresan, né come uomo né come condottiero. Danna-

zione a quella chioccia di Aldric, sarebbe dovuto salire ad Aldemar quando aveva sei anni e diventare un Davlejn! Le sue stelle sono sempre più inquiete, e lui sta sprecando la sua vita vivendo come un comune cadetto senza futuro. A dispetto della sua posizione sociale e della sua giovane età, aveva già nemici pericolosi: Damon, Marlifer, Ger e l'Imperatrice di Myrdrassa, con il suo seguito di preti rasati e dagli occhi bicolori. E ora anche i Mav di Ægator... Se almeno avesse saputo da che cosa si sarebbe dovuto difendere! *Sarei più tranquilla se fosse con te, Volèn. Se quello che supponiamo è corretto, l'ostilità di qualche nobile non sarà che una briciola, fra tutti i turbamenti che presto dovrà affrontare. Dimmi, cosa devo fare?*

Non s'aspettava una risposta e un fremito le corse nel sangue, quando una voce arcana e incorporea le sussurrò, dalla notte: *Proteggilo, come hai sempre fatto.*

Non era la voce di Volèn.

Le si mozzò il respiro. «Chi sei?» sussurrò.

Sentì un sorriso correrle sulla pelle... il sorriso di uno spettro.

Lo sai. Io sono nella leggenda.

Sì, l'aveva sempre saputo. «Qual è il tuo nome?»

In questo tempo sono conosciuto con più nomi. Puoi chiamarmi il Maledetto o, se preferisci, il Rinnegato degli Dèi.

«Cosa vuoi?» Un ansito.

Vivi per scoprirlo.

«Sono tue le Stelle Cacciatrici che gravitano nella mappa di Tresan, vero?»

Ne dubiti? Ho vagato per millenni in attesa che la ruota del karma riprendesse a girare, e ora che il Dio Dimenticato si sta rialzando dagli oceani sono pronto per compiere la mia vendetta.

Astrid si sentì la bocca arida. Dunque, i Codici Drom dicevano il vero. Un Dio sconosciuto sarebbe ritornato e un uomo morto avrebbe camminato nuovamente sulla terra per affrontarlo.

«E Tresan...» boccheggiò.

Ho bisogno della piccola fenice come della mia stessa anima.

«Perché?»

Non ti deve interessare. Ma se sei credente, donna dal sangue antico, prega tutti i tuoi Dèi che gli rimanga ancora una lacrima, quando gli eventi si sa-

ranno compiuti...

Astrid si sentì agghiacciare.

«Non osare torcergli un capello, bastardo!» gridò alla notte e udì una risata rimbombare e svanire tutt'intorno, come un'eco dispersa nel silenzio. Per molto tempo rimase aggrappata alla finestra, il respiro affannato, lo sguardo spalancato nell'oscurità. Fu così che la trovò Aæril di Zeln, passando per il corridoio.

«Siete ancora sveglia, madama?» si sorprese, sollevando la torcia per guardarla in viso. «Una fortezza non è un luogo sicuro per una donna... nemmeno per voi. Consentitemi di accompagnarvi nella vostra stanza.»

Lei accettò il suo braccio con riluttanza. Aæril disprezzava Tresan più di chiunque altro, a Pringel. Avrebbe cercato di fargli del male? Probabilmente sì. La rassicurò sapere che Tresan si sarebbe unito alla spedizione di pattugliamento, qualche giorno più tardi. Fra i laghi di Rovanea, con Borr e il generale Meran, sarebbe stato al sicuro. Al ritorno, che Aldric l'avesse voluto oppure no, gli avrebbe parlato del Maledetto e insieme avrebbero stabilito cosa fare. Ma poco più tardi, mentre s'infilava nel suo letto, risentì la risata di scherno riecheggiare nella notte e fu colta da un brivido.

Cosa succederà, adesso?

3

Il drappello viaggiava da qualche ora, quando il Generale Meran ordinò una sosta per abbeverare i cavalli a un fiume. Non era ancora mezzogiorno, e la brezza soffiava tiepida fra le fronde dei faggi e dei noccioli. Anche se mancavano ancora due settimane all'Equinozio di Primavera, la neve si era già sciolta, in quella zona di Rovanea, e il sole era piacevole. Gli uomini scesero a riva per rinfrescarsi e colmare le borracce d'acqua, ridendo e vociando allegramente. I due Mav, entrambi di mezza età, si spruzzavano l'acqua come due ragazzini. In disparte, Borr e Meran conversavano più sommessamente, ricordando le guerriglie del passato, e la spedizione aveva il sapore di un viaggio fra amici. Tresan era seduto s'un grosso tronco spezzato e di tanto in tanto tracciava nella terra le linee di schieramenti immaginari, impegnati nella zona che stavano pattugliando.

«Chi vince, giovane generale?» gli domandò Meran, avvicinandosi ed esaminando la complessa battaglia abbozzata nel terriccio.

«Non saprei, sono indeciso da molto tempo. É un gioco infantile, signore, non dateci peso» E con il piede, cancellò le orme delle ali di difesa dei suoi uomini e del cuneo d'attacco dei nemici.

«È un passatempo intelligente, invece» ribatté VenGill, sedendosi al suo fianco. «Quand'ero ragazzo, anch'io inventavo battaglie e studiavo la strategia di vittoria più efficace. Dove avevate fermato i vostri uomini?»

«Nelle colline di Gharr, poco prima della zona dei laghi. I nemici... una compagnia Valmādrian... ci attendevano al di là degli avvallamenti più profondi e avevano circondato la regione. Se ci fossimo inoltrati nella foresta, per noi non ci sarebbe più stata salvezza. Speravo di riuscire a escogitare un modo che ci risparmiasse lo scontro, ma non sono riuscito a concepire niente che mi soddisfacesse.»

Meran lo guardò con simpatia. «In guerra, non sempre le soluzioni meno rischiose sono le più efficaci» considerò. «E non sempre un condottiero ha molto tempo per riflettere su come agire. Rispondete, senza pensare troppo: cosa fareste, se tornando verso Pringel ci imbattessimo in una unità Valmādrian?»

«Mi affiderei a voi, generale» sorrise Tresan.

«Supponete di avere il comando del drappello.»

«Se ci trovassimo prima del punto che avevo stabilito nel mio gioco, tornerei indietro e cercherei un altro passaggio. Dovrebbero essercene, fra le pozze dei laghi di più piccoli. Ma, se fossimo assaliti nel folto della foresta, sarei costretto a fronteggiarli. E allora...»

«Cosa?»

«Per noi sarebbe la fine, generale.»

Borr calzò il pesante elmo piumato e la sua ombra massiccia cadde sulla terra ancora solcata da qualche traccia dello scontro immaginario.

«I Valmādrian non sono ancora scesi sin quaggiù» obiettò. «Apprezzo il tuo intuito, cugino, ma sei pur sempre un tenente di cavalleria, e dopo quello che è accaduto in Valmādria fiuti l'intrigo ovunque. Lascia che siano altri, di grado superiore al tuo, a valutare i rischi di una missione.»

Tresan arrossì e il modo in cui Meran lo guardò gli fece desiderare d'essere sottoterra.

«Ne ho sentito parlare» rammentò il generale. «Avete davvero disertato? Eppure, non avete l'aspetto di un vigliacco… Cos'è accaduto?»

«Sono stato stupido» Per evitare di guardarlo, Tresan si chinò a prendere l'elmo, posato ai piedi del tronco. Gli aveva fatto piacere conversare con VenGill quasi da pari a pari ma adesso che cosa avrebbe pensato di lui, il generale in capo del re? «Mi sono lasciato raggirare da Damon prima di uno scontro, e ho tardato a portare i soccorsi a mio padre e Rupens.»

«Eravate capitano?»

«Sì» Sentì il dolore affiorargli allo sguardo. «Un grado che mio padre non mi restituirà nemmeno sul letto di morte.»

I cavalieri raccolsero le borracce e qualcuno rimontò in sella.

«Non attardiamoci, generale» suggerì il Maggiore Aldir. «O non giungeremo al Lago Seròn prima di domani notte.»

Meran s'alzò con un cenno d'assenso. «Raggiungiamoli, tenente. O temete, a proseguire questa spedizione?»

Tresan indossò i guanti di pelle e fissò sulla spalla il mantello con la fibbia a forma di fenice. «No, signore, mi rimetto a voi e al vostro giudizio. Però…» Le parole gli sfuggirono dalle labbra prima che le potesse trattenere «Se fossi un Valmādrian, non rinuncerei ad attaccare alcuni dei più importanti guerrieri di Misrenea mentre viaggiano così vicini alla costa.»

«Cugino, i Valmādrian non possono immaginare che stiamo pattugliando questa zona» gli ricordò Borr, affiancandolo in sella al suo destriero. «Sta' tranquillo. Fra poco raggiungeremo le famiglie dei più grandi laghi di Rovanea e ti assicuro che il loro fascino t'incanterà, distogliendoti da questi pensieri nefasti.»

Anche Meran gli lanciò un'occhiata divertita. «Rilassatevi, tenente. Vi proteggeremo noi, in caso di attacco» Gli batté una mano sulla spalla, e tutti gli ufficiali scoppiarono a ridere. Tresan si morse la lingua e risalì in sella a capo chino. Era stato uno sciocco a parlare. Chi avrebbe dato peso alle fantasie di un ufficiale degradato per defezione?

Ripresero la marcia e quella notte si accamparono in una grotta. Accesero un grande fuoco e i veterani trascorsero la serata a raccontare di guerriglie passate, mentre qualcuno intonava canzoni popolari su una piccola arpa. La sera seguente giunsero sulle rive del Lago Seròn e cercarono riparo sotto i veli dei salici piangenti aggrappati alla riva. Dopo aver cenato, Meran portò le braci del fuoco sotto gli alberi e Borr socchiuse le fronde per lasciar penetrare l'intenso chiarore delle tre lune.

«Ora puoi giocare con i tuoi libri, Edrik» disse a un cavaliere, che trasse dalla sacca da viaggio un pesante tomo richiuso da una serratura di ferro. Si avvicinò alle braci e posò una mano sul lucchetto, mormorando strane parole, mentre gli altri lo guardavano divertiti.

«Non riuscirò mai ad aprirlo, che sia dannato!» imprecò l'uomo, stizzito. Lort di Morten, un capo-clan d'occidente posò la mano sull'elsa della spada. «Se volete, potrei aiutarvi.»

«Non con il ferro, signore» lo fermò Edrik, scandalizzato. «È stata la magia a sigillare questo libro e solo la magia può dischiuderlo. Se trovassi la parola d'accesso, maledetta...!»

Tresan gli si accostò, tendendo una mano sopra il braciere per scaldarsi. «Ha un aspetto piuttosto vecchio» osservò. «Di cosa tratta? Di fatture e sortilegi?»

«No. È un trattato di piante velenose.»

«Volete avvelenarci?» rise Græven di Halsen, scambiando un'occhiata canzonatoria con Lort.

«Naturalmente no, signore. Sono un erborista!»

«Ah, capisco...»

«Posso vederlo?» chiese Tresan. «La mia istitutrice mi ha insegnato ad aprire saggi d'erboristeria, di teologia e di storia. Non ho la stessa abilità con le mappe cosmiche e i testi di magia ma, se il vostro è un trattato sulle erbe, forse potrò aiutarvi.»

Edrik glielo porse, scuotendo la testa, scettico. «Se non sei un mago, rinuncia. Sono mesi che provo a forzarlo, senza esito...»

Tresan lo studiò al bagliore delle braci, sfiorando con le dita la serratura di ferro arrugginito e il topazio che lo chiudeva come una chiave.

«Topazio... per favorire la meditazione» sussurrò. «Dev'essere un trattato scritto da un mago della II° Dinastia Myrdrass. Posso?»

«Fa' pure, ragazzo, ma non ce la farai.»

Tresan sedette in un angolo appartato e per mezz'ora si rigirò il libro fra le mani, recitando nomi di fiori e malattie, in tutte le lingue che Astrid gli aveva insegnato. Provò anche a elencare tutti i decotti che conosceva, anche quello che beveva per scacciare gli incubi portati da Athera, ma il trattato rimase ostinatamente serrato. *Peccato*, si rammaricò. *Sarebbe stata una buona occasione per catturare la stima dei Mav...* Stava per restituire il libro a Edrik quando decise di fare un ultimo tentativo e pronunciò al contrario il nome dell'autore, come se lo leggesse allo specchio. L'aveva appena sussurrato, che il topazio si spostò ruotando nella serratura con un forte clangore e il lucchetto si sollevò. Edrik lanciò un grido d'esultanza e gli altri cavalieri si zittirono, ammirati.

«Niente male l'educazione dei cadetti, a Elvaner» commentò Græven, compiaciuto. «Venite qui, giovane Hardan, e bevete con noi. Siete certo che non vi siano figli dei maghi, fra i vostri avi?»

Sedettero in cerchio attorno al fuoco e Meran servì il vino caldo dei vigneti di Rovanea. Edrik iniziò a sfogliare febbrilmente il trattato, mentre Eril di Allentar, un maggiore di Rovanea, suonava e cantava sommessamente, disteso sull'erba. Si respirava finalmente un'atmosfera serena e Borr scambiò più volte con Meran un'occhiata soddisfatta.

Il mattino era ancora fresco, quando smontarono il piccolo campo e ripartirono verso Pringel. Il primo giorno scorse tranquillo. La zona era pacifica e i contadini lavoravano come d'abitudine, in attesa dell'ultimo disgelo. Il giorno seguente, verso mezzodì, si fermarono fra le pieghe di una piccola collina e pranzarono con qualche pesce di lago e il formaggio delle provviste. Poi ripresero la marcia, ma Tresan non era tranquillo. Si stavano avvicinando al luogo in cui aveva ipotizzato un attacco Valmādrian, e nell'aria fiutava già l'odore acre dei ferri arroventati dalla battaglia e del sangue raggrumato nel sottobosco. Tutt'intorno, gravava una sorda tensione di guerra. Cogliendo la sua inquietudine, Borr accostò il cavallo al suo.

«Le colline sono deserte» lo rassicurò. «Abbandona queste fantasie e riserva le paure per gli scontri che ti attenderanno.»

Tresan non rispose ma, a mano a mano che procedevano, l'apprensione salì a pulsargli nelle tempie e in lui s'accrebbe l'opprimente sensazione che stava per accadere qualcosa di terrificante. Lentamente, snudò la spada a due mani che portava sulla schiena, guardandosi attorno con gesti vigili e nervosi. D'improvviso, oltre una boscaglia udì il fruscio di molti cavalli che avanzavano fra gli alberi e, voltandosi di scatto, vide le divise azzurre e argentate di una trentina di cavalieri e altrettanti fanti Valmādrian.

«Il giovane che porta lo stemma degli Hardan è con loro» disse il capitano ai suoi uomini. «Uccidete gli altri, ma lui dev'essere catturato vivo.»

Nell'aria s'intuiva l'odore della pioggia imminente, quando a Pringel giunse un messaggero dalle isole del Mare del Grifone.

«Hardan» boccheggiò l'uomo, spossato dalla cavalcata. «Ho una lettera del re da consegnare soltanto nelle sue mani.»

Le guardie lo scortarono nelle stanze del Sopracavaliere e il messaggero, inchinandosi profondamente, estrasse dalla cintura una pergamena arrotolata e sigillata nella ceralacca con il grifone del re; poi si ritirò. Astrid accese il braciere del salottino e vide il volto di Aldric impallidire e fremere, mentre scorreva ansiosamente la lettera. D'un tratto, il Sopracavaliere soffocò un gemito e la missiva gli sfuggì di mano. Si addossò pesantemente ai tendaggi dell'alta finestra, battendo un pugno sul vetro. «Rupens... » ansimò.

«Per gli Dèi!» Astrid gli si avvicinò, angosciata. «Non sarà...»

Aldric affondò il volto nei drappeggi di velluto.

«Colpito da una mazza ferrata!» balbettò, a stento. «Era il miglior guerriero della mia isola e ora giace paralizzato su un paglericcio da campo...»

Astrid raccolse la lettera e la lesse velocemente. Nella scrittura scattante del re, si percepiva la commozione di un uomo afflitto da un cordoglio sincero. Rupens era stato ferito fronteggiando da solo otto nemici, durante uno scontro a terra. Un'ascia aveva squarciato la gola del Davlèjn che lo stava difendendo e troppo tardi il re era sopraggiunto in suo soccorso con i rinforzi; ma nessuno, fra i Valmādrian che l'avevano assalito, era rientrato vivo fra le schiere nemiche.

«Quando Tresan ritornerà, partirò per il Mare del Grifone e mi adopererò in qualunque modo per curarlo» giurò Astrid. «I chirurghi del re gli stanno già applicando le sanguisughe per rimuovere l'emorragia. Forse posso ancora fare qualcosa per lui.»

«Nulla può salvarlo, ormai» Aldric si lasciò cadere il volto in una mano, disperato. «Se oltre alle gambe ha perduto anche la virilità, per le leggi di Misrenea dovrà rinunciare al governo della sua terra... Tutto quello per cui ha vissuto è stato vano.»

Disfatto dal dolore, pareva invecchiato all'improvviso di dieci anni e Astrid provò pena per lui. Gli s'accostò, posandogli le mani sulle spalle ricurve.

«No, niente è vano» ribatté, dolcemente. «Tuo figlio è vivo e potrai riabbracciarlo. Non ti consola, questo?»

Per un lungo momento, Aldric rimase in silenzio, accasciato contro la finestra. Quando si raddrizzò, nei suoi occhi scuri brillava un bagliore malsano.

«Chiama Ar. Voglio che prepari il mio bagaglio. Partirò subito per il Mare del Grifone, e vendicherò mio figlio.»

Tenendolo per le spalle, Astrid lo costrinse a voltarsi verso di lei.

«Non fare sciocchezze. È pericoloso avventurarsi laggiù e la linea di difesa si sarà certamente spostata, durante gli ultimi combattimenti. Non puoi rischiare d'essere catturato dai Valmādrian e devi attendere il ritorno di Tresan. Non scordare che hai un altro figlio, Aldric.»

Il Sopracavaliere chinò su di lei uno sguardo vacuo, velato di pianto.

«No, Tresan non mi è mai appartenuto davvero. Credevo di poterlo proteggere, costringendolo a vivere su Elvaner, ma sono solo un uomo e non ho diritti sul suo destino.»

Astrid affondò dolcemente le dita affusolate nei suoi folti capelli brizzolati. «Hai fatto quello che credevi giusto e, almeno, adesso hai un altro erede» mormorò.

«Non ho mai pensato a un erede che non fosse Rupens» Aldric si accorse di piangere e la scostò da sé, asciugandosi le lacrime con la manica della camicia. «Tresan non può… non potrà mai sostituirlo.»

«Non essere troppo duro, con lui» Gli posò una mano sulla sua. «Farebbe qualunque cosa per compiacerti e non vale meno di Rupens…»

Non finì. All'improvviso, lanciò un gemito strozzato e gli ricadde come corpo morto fra le braccia.

«Per la Dea... Astrid!» Per un attimo, Aldric non seppe cosa fare, poi la sollevò e l'adagiò fra i cuscini della cassapanca. «Ar! Ar, dove sei, dannazione! Dama Astrid si sente male! Astrid, che cosa succede?»

Cercò dell'acqua, corse sotto la finestra e ritornò con il bacile. Le umettò la fronte, ma Astrid lo respinse.

«Non ho nulla» ansò, terrea in volto. «No, non toccarmi. Quando ti ho stretto le mani, il tuo anello e il mio si sono sfiorati e ho visto…»

«Hai… *visto*?»

«Tresan… Mi parlavi di lui e l'ho visto, sulle colline di Gharr, circondato da cavalieri Valmādrian e cadaveri di Rovanea…»

Aldric sbiancò. «No… Perdere due figli nello stesso giorno sarebbe troppo. Perché sono stato maledetto dalla sorte? Ho sempre servito con devozione gli Dèi e il mio re… Perché nel mio sangue scorre la linfa nera della sventura?»

Astrid si raddrizzò e alzò una mano per farlo tacere.

«Tresan non è in pericolo. Tu sai, hai sempre saputo» Lo fissò negli occhi. «L'anima che lo cerca è qui, l'ho sentita la sera del consiglio. La terra ha tremato e il Gigante non si stava ridestando. Avvicinati.»

Gli prese le mani, gli anelli si toccarono e le loro menti furono invase da selvaggi frammenti della battaglia lontana. Aldric sobbalzò e cercò di svincolarsi, ma la stretta di Astrid era salda e in loro fluì la tragica visione di uno scontro mortale, uomini sbalzati di sella con teste mozzate, sanguinosi corpo a corpo, cavalieri in agonia fra le felci del sottobosco.

Sopra la morte che già richiamava i corvi in volo, gli occhi nocciola di Tresan erano spalancati e increduli. Aveva già combattuto, in passato, ma non era mai caduto in una simile imboscata. Come avvolto in sogno, fissava la terribile carneficina che stava inzuppando la terra di sangue, mentre la cavalleria Valmādrian caricava selvaggiamente contro di lui. D'improvviso, la sua spada roteò, abbatté un nemico, ne ferì un secondo e un altro si ritrasse, intimorito.

Astrid chiuse gli occhi e mormorò, piano: «Guarda, Aldric. Guarda cos'è tuo figlio e, per una volta, piangi per lui.»

4

Nove soldati del re erano caduti. Imprecando, il generale Meran VenGill si volse per valutare quanti uomini gli fossero rimasti. Non molti, quattro veterani e il giovane Tresan. Il Maggiore Aldir aveva trascinato a terra un nemico e ora combatteva in sella a un cavallo Valmādrian. Gli altri si aggiravano a piedi nella macchia degli alberi, cercando disperatamente di tenere a bada l'impeto degli assalitori che si stavano riversando nell'avvallamento a ridosso del lago. Fuggire era impossibile. Il Cavaliere Eldir di Allentar aveva cercato di nascondersi fra i canneti e gli acquitrini, ed era stato riacciuffato da tre cavalieri e decapitato senza pietà. *Dannazione*! Ruotò su se stesso, tagliando la gola a un giovane ricciuto che l'aveva attaccato alle spalle. I Valmādrian erano quasi quattro volte più numerosi di loro e sopravvivere sarebbe stato impossibile. Sopra l'intrico della foresta, il cielo lampeggiava di luce cruda e le fronde seminude degli alberi tratteggiavano gli aspri contorni di una falce tagliente.

La falce della morte.

C'erano troppa confusione, troppi colori e troppe urla, su quel campo di battaglia. Meran, stanco, e disabituato a combattere dopo molti anni di pace, inciampò nel cadavere del Valmādrian che aveva appena ammazzato e si addossò a una grossa quercia, massaggiandosi il fianco destro, scoperto e ferito. Aveva bisogno di un cavallo, il suo roano era caduto con la gola squarciata all'inizio della battaglia e da alcuni anni, ormai, le gambe lo tradivano, cedendo nella corsa e negli scontri a terra. *Non sono più giovane,* riconobbe, passandosi stancamente una mano sugli occhi, sporchi di sangue e di sudore. Alla sue spalle udì un grido d'agonia e un Valmādrian cadde a terra, trafitto alla schiena. Borr s'asciugò con un braccio la faccia viscida di sangue e si chinò per riprendere il pugnale incastrato fra le costole del nemico. Anche lui vacillava, stremato dalla fatica, e lo stemma degli Hardan, inciso sulla corazza a scaglie minute, scintillava di sudore scarlatto. Aveva le mani impregnate di sangue e dalla fronte, dalle braccia e dalle gambe ruscellavano fiotti di sangue vermiglio che si raggrumavano nelle pieghe della tunica e fra i solchi delle ferite.

«Borr...» lo chiamò Meran e il veterano sollevò una mano in un gesto rassicurante. «Sto bene» mentì.

Sulla piana, zoccoli impazienti calpestavano le foglie secche. Borr si volse in tempo per distinguere altri Valmādrian che li stavano incalzando, a piedi e a cavallo. Agli occhi gli si affacciarono lacrime di disperazione, ma ringhiò, fra i denti: «Lasciane qualcuno anche per me, generale!»

Ruotò la pesante scure di bronzo e, lanciando un urlo disumano, si slanciò contro un ragazzo ancora imberbe, che morì sorpreso, rivoltando nella polvere due occhi limpidi e increduli, appena velati dal rimprovero.

Meran fu circondato da altri due nemici. Uccise subito il fante, che stramazzò fra l'erica, ma il cavaliere che lo accompagnava non gli diede tregua finché, stanco del gioco, smontò di sella, mulinando due spade. Era la fine. Troppo tardi Meran alzò lo scudo per ripararsi e una lama gli stracciò la coscia destra con la punta. Crollò a terra con un urlo straziante. Provò a risollevarsi, invano. Puntellato su un gomito, attese d'essere finito dalla seconda spada, ma sentì un cozzo metallico sopra la testa e qualcuno che si frapponeva fra lui e il nemico. Vide Tresan balzare in avanti, costringendo l'assalitore a indietreggiare e, passando facilmente sotto la sua guardia, lo sventrò con un feroce fendente.

Tresan si volse a guardarlo. «State bene, generale?»

Meran annuì, ma indicò un gruppo di cavalieri Valmādrian lanciato contro di loro, alle sue spalle. «Attento, ne arrivano altri!»

Ignorandoli, con gesto lento, Tresan sollevò a due mani la spada ancora calda del sangue nemico e la offrì al cielo, mimando un'invocazione in uso fra gli antichi generali dell'Arcipelago e i capi tribali vissuti nell'Era della Schiavitù.

«Harana!» tuonò.

Aveva preso fiato e urlato, ma non sapeva cosa stava dicendo. D'improvviso, la mente gli si era annebbiata, come se stesse vivendo un sogno dentro se stesso. Perché aveva gridato? Non lo sapeva, ma il suo grido varcò l'intrico della selva, spaventando gli uccelli che si levarono in stormi, scosse la terra assopita. Dal suo corpo evaporò una luce verdognola e attorno a lui l'aria si tese, s'incendiò, e le fattezze trasparenti di un guerriero dalla pelle d'ambra si sovrapposero alle sue, unendosi al suo gesto. Gettando indietro la testa scura, i folti capelli neri come la notte, l'uomo sollevò la sua vecchia ascia di ferro, incrostata di sangue, e la brandì nel nulla, urlando una parola che nessun orecchio umano poté sentire, ma che sconvolse la foresta e richiamò il brontolio del tuono, oltre la vallata. Per un istante infinito rimasero immobili l'uno nell'altro. Poi, il vapore dalla forma d'uomo svanì; ma l'aria vibrava ancora del suo passaggio.

Andiamo. La mia ascia ha sete!

Una voce che era certo di dover conoscere e che pure aveva percepito solo in un angolo remoto della sua coscienza.

I Valmādrian arrestarono la carica, ammutoliti. Qualcuno buttò a terra la spada e si gettò in ginocchio invocando perdono. Da qualche parte s'alzò un'esclamazione vibrante di paura: «La leggenda del demone è vera! L'Arcipelago è maledetto! Ritiratevi, compagni, e pregate per la vostra anima!»

«Taci, prete!» intimò il capitano Valmādrian, uscendo dalle schiere disordinate dei suoi uomini. Era cinereo in volto, ma il braccio era fermo, quando lo sollevò.

«Valmādrian! Sia data morte ai Misreneani!»

I fanti avanzarono, incerti, ma Tresan si stava già avventando su di loro. Non indossava né l'armatura né la cotta di maglia, solo parabraccia e parastinchi e, così leggero, era scattante e fluido, nei movimenti. Roteò il polso sinistro e un pugnale guizzò rapido e letale nella sua mano; nell'altra, la spada falciava senza pietà. Assaliva con la grazia e la prepotenza di un leone ed era altrettanto mortale. Sentiva dentro di sé una forza che non aveva mai saputo di possedere; ma l'agilità con cui sfuggiva ai nemici era sempre stata sua. Con un solo colpo di spada tagliò le gorgiere di due frombolieri, sgozzandoli all'istante e, girandosi, trafisse all'inguine un balestriere che lo guardava tremando di terrore. L'uomo cadde a terra, urlando, e Tresan fu lesto a finirlo, trapassandogli il cuore con la spada. S'accorse che il generale VenGill lo stava fissando con sgomento, ma non gli badò. Strappò la balestra dalle mani del morto e incoccò una quadrella. Aveva un'ottima mira e trapassò la fronte di un cavaliere senza elmo che stava caricando contro di lui. Poi corse da Meran, inginocchiato sull'erba schiacciata, e gli posò la balestra fra le mani, assieme alla faretra con le quadrelle.

«Usatela per difendervi, generale.»

Non attese una risposta, e balzò via per deviare una freccia che si stava per abbattere su Borr, e nel voltarsi trattenne con una gamba Græven di Halsen, che stava per inciampare sulla mazza ferrata di un nemico morto.

Frenato, Græven rotolò a terra e subito si rialzò; ma non ebbe tempo di stupirsi, né di ringraziarlo. Un Valmādrian si avventò su di lui e Tresan lo trapassò prontamente con la spada. Sbalordito, l'uomo crollò al suolo senza aver capito cosa fosse accaduto, e quando toccò l'erba viscida di sangue era già morto.

«Se ce la fate, Mav, prendete una daga e andate a soccorrere il vostro amico» Con il pugnale, Tresan indicò Lort di Morten, circondato da quattro nemici. «Siate prudente.»

Si guardò attorno, ruotando la spada fra le mani. In campo c'era ancora una dozzina di soldati nemici, ma il loro attacco si era fatto scomposto ed esitante.

«Vigliacchi, vi farò impalare vivi!» urlò il capitano Valmādrian «Prendete il ragazzo! Ora!»

Impugnò una lunga spada da lato e spronò il cavallo contro Tresan, che l'attese con le armi ben salde in pugno. Quando il Valmādrian gli fu vicino, evitò il suo affondo, lo disarcionò con un fendente e lo gettò a terra, immobilizzandolo con un piede premuto sul petto.

«Risparmiatemi!» supplicò l'uomo, atterrito. «Non vogliamo uccidervi... Il mio signore vi vuole vivo.»

«Avete ammazzato i miei compagni come cani» ribatté Tresan, con voce insolitamente rauca e profonda. «E pagherete con la vita per la vostra infamia.»

Calò la spada e gli tagliò la gola con un colpo sicuro e, quando si rialzò, chiamò con un grido i compagni sopravvissuti al massacro.

«Rovaneani, affiancatemi!»

Assieme aprirono una breccia nello schieramento caotico dei Valmādrian, costringendoli ad arretrare verso il dirupo, al di là di un sottile nastro di querce. La danza stridente delle spade durò una decina di minuti, o forse meno. Talvolta, si sentiva un urlo disperato che si perdeva nelle profondità del precipizio o il grido di esultanza di un soldato del re. Ci fu una zuffa tra le felci e il prete Valmādrian riuscì a fuggire su un cavallo bardato d'azzurro, preso a caso in mezzo ai purosangue abbandonati nel bosco. Borr sbucò dalle foglie gettandosi al suo inseguimento, ma dopo pochi passi esitò, si guardò alle spalle e tornò dai compagni.

Ancora sferragliamenti, urla, morte. Poi, d'improvviso, cadde il silenzio.

Un silenzio funesto, impenetrabile. Il generale VenGill, inginocchiato a terra con le mani premute sulla ferita insanguinata, sollevò lo sguardo sulla piana devastata dalla battaglia. Nessun rumore, né una parola o un fruscio screziavano la fissità della morte. I cavalieri del re avevano inseguito gli ultimi Valmādrian nella boscaglia e non avevano più fatto ritorno.

«Nessuno si è salvato... nessuno!» ansimò, angosciato. Attese ancora un segno, ma il silenzio era un'eco sorda e sgretolava le speranze. Infine, abbassò gli occhi, rassegnato e serrò un pugno al petto, in omaggio al loro valore.

Ma proprio in quel momento esplose un tuono d'euforia e il grido: «Harana!» sovrastò le urla d'esultanza e dilagò come vento sulla foresta, che rispose con un fremito eccitato di foglie e fronde.

Harana! Lungo la schiena del generale corse un brivido freddo. Era un grido di guerra che sembrava risalire a tempi immemori, dissolti nella storia assieme alle Terre Sprofondate... Perché Tresan insisteva a urlarlo al cielo con la foga di una rivalsa selvaggia?

I quattro guerrieri misreneani tornarono di corsa sul sentiero. Borr zoppicava e seguiva gli altri a breve distanza. Tresan si fermò ad aspettarlo.

«Appoggiati a me, cugino» disse, sostenendolo per la vita, e insieme ritornarono sulla piana. Il maggiore Aldir, fulvo e colossale, rigirò con un piede un Valmādrian e gli sputò in faccia.

«Ci hanno teso un'imboscata, generale, non si trovavano qui per caso» ringhiò. «Qualcuno deve averli avvisati che quest'oggi avremmo pattugliato la zona. Evidentemente c'è un traditore, tra i nostri uomini. Ma chi?»

«Lo scopriremo. Come state? Borr è ferito, qualcuno vada da lui...»

Borr era seduto sotto un albero, e la corazza degli Hardan, aperta da larghi squarci, gli scopriva la tunica tagliata e impregnata di sangue. Lasciò che Tresan gli portasse alle labbra una borraccia e bevve un sorso, ma subito sputacchiò acqua e saliva striate di sangue.

«Basta, non ho sete» bofonchiò, tossendo.

Un'ombra cadde su di loro ed Edrik, l'erborista, s'avvicinò reggendo una fiasca di vino. «Andate pure, giovane Hardan» disse. «Mi occuperò io di lui.»

Tresan obbedì, ma guardò Borr con preoccupazione. Il volto era gonfio, un occhio chiuso e accecato da sangue raggrumato. Una spalla era ridotta a una poltiglia informe di carne e sangue.

«Cosa ti ha dato da bere quel ragazzo, acqua?» scherzò Edrik, armeggiando con i lacci della corazza dell'amico. «Per il Dio Ignoto, non si è accorto che sei un uomo e non un cavallo?»

Borr si limitò a sorridere e non rispose. Ma serrò una mano sulla sua, per impedirgli di spogliarlo e sussurrò, piano: «Sto bene, occupati degli altri. Dammi un po' di vino e va' via.»

Edrik rispose qualcosa che Tresan non comprese. Si era incamminato in mezzo ai caduti e gli occhi dei cadaveri lo fissavano con orrore vitreo. In quell'imboscata erano morti circa sessanta Valmādrian e una decina di Misreneani, e la piana e i sentieri vicini erano tappezzati da uniformi azzurre e argentate. Qua è là, spiccavano i colori di Rovanea, turchese e oro, e vicino al fiume c'era il cadavere di Mav Lort di Morten, ricoperto dal suo manto scarlatto. *Che spreco di vite, di anime e di pensieri...!* Raccolse un mantello abbandonato sul prato e coprì il cadavere del Cavaliere di Allentar, a cui erano state mozzate le mani e la testa. Lo aveva riconosciuto dal gufo sullo stemma, ancora visibile sulla tunica, ma si scostò bruscamente dalla faccia dilaniata, sperduta in mezzo all'erba.

Mormorò una breve preghiera e passò oltre, senza curarsi degli uomini che, alle sue spalle, si passavano bende, vino ed erbe per medicarsi. Edrik lo chiamò e gli chiese se avesse bisogno di cure, ma non lo sentì e proseguì a camminare fra i morti.

Græven, il solo capo-clan sopravvissuto alla strage, aiutò Meran a sedersi sul sentiero e gli offrì del vino per rinfrescare la gola arida. Indicando Tresan con una mossa del capo, disse, in tono reverenziale:

«Un ragazzo così pacato e taciturno... Chi avrebbe mai pensato che possedesse la *hyrin* delle Furie dell'Inferno? Ha lottato come un demone e non ha che un graffio sulla guancia e un polso gonfio. Lort invece è stato ucciso. I clan d'occidente non perdoneranno ai Valmādrian una simile offesa.»

Meran tacque. Tresan era pallido e sconvolto; non sembrava lo stesso giovane che aveva guidato i superstiti alla vittoria, pochi minuti prima. Ma era lo stesso ragazzo che aveva fiutato il pericolo e aveva cercato d'avvisarli della trappola che i Valmādrian avrebbero potuto tendere alla spedizione.

«Hardan!» lo richiamò. Tresan si riscosse, e si avvicinò. «Siamo costretti a scusarci per aver dubitato del vostro intuito, tenente. Avevate ragione. Una quindicina di ufficiali del re sono una preda ambita, per gli scagnozzi di Damon. Quanti anni avete?»

«Ne compirò ventidue il giorno dell'Equinozio di Primavera, signore.»

«Ventidue? Per ogni secolo che avete vissuto!» VenGill ridacchiò. «Per gli Dèi, sembravate posseduto dal Dio della guerra delle tribù d'oriente o dall'anima del *Maledetto!*»

Tresan fu scosso da un brivido. Anche lui aveva avuto la sensazione che qualcosa gli offuscasse la volontà, guidando la furia della sua spada.

«Quando ho visto che stavate per essere colpito, ho perso la ragione» si giustificò. «A volte, il terrore della morte scatena un istinto di sopravvivenza che non si sospetta neppure di possedere.»

Un impulso mortale.

«No, non avete combattuto sospinto dall'istinto. I vostri passi, i vostri affondi… persino il vostro volto erano quelli di un uomo che aveva combattuto molto lotte, prima d'oggi. E quel grido… »

S'interruppe con un gemito, ripiegandosi su se stesso. Edrik lo fece distendere per esaminargli le ferite. La coscia era lacerata per la lunghezza di una spanna, e sanguinava. Presto, il sangue si sarebbe raccolto sotto i muscoli e il generale avrebbe pianto di dolore come un bambino. Lo medicò con un impasto di borsa del pastore e ortica, e si rammaricò di aver perso in battaglia l'occorrente per suturarlo.

«Sei stato fortunato, il cosciale ti ha protetto, ma non abbastanza» disse, fasciandogli strettamente la coscia con i brandelli di un mantello. «Dovrai restare a riposo per qualche mese e, se gli Dèi lo vorranno, riprenderai a cavalcare per il Solstizio d'Estate» Prevenendo la protesta che già affiorava alle labbra del generale, aggiunse: «Sei libero di fare come vuoi, amico, ma il re sarà scontento di avere al suo servizio un uomo zoppo soltanto perché è stolto.»

«Cavalcare non mi azzopperà di certo! Aiutami a salire a cavallo, invece di ciarlare...»

Un violento accesso di tosse gli tolse la parola. Si coprì la bocca con la mano e quando l'attacco si spense notò sul palmo una chiazza di sangue. «Non è niente di grave, ho un dente rotto» minimizzò, ma ancora mentre parlava si aggrappò all'erborista, colto da un malore. «Affida il comando al

Maggiore Aldir» bisbigliò, contro la sua camicia. «Io... Non ce la faccio...»

«Passami un braccio intorno al collo, così... Græven, aiutami a issare in sella il generale! Sì, così, piano... Prendi le redini, Meran, riesci a stare seduto? Se siamo tutti pronti, possiamo ripartire.»

Aldir s'attardò a spogliare i nemici delle armi più preziose e prese alcuni cavalli che pascolavano in un prato vicino. Græven lo aiutò a issare i cadaveri dei compagni di traverso sulle selle e, guidando i destrieri per le redini, seguirono il generale e l'erborista che si stavano avviando sul sentiero. Borr cavalcava in coda, riverso sulla sella e si premeva il petto con un pugno, respirando affannosamente. Edrik gli si accostò, si scambiarono alcune parole, poi l'erborista spinse nuovamente il cavallo accanto a Meran. Tresan fu l'ultimo a lasciare il campo di battaglia. Con un fischio richiamò Zelin, che passeggiava indifferente fra i morti e prima di trottare verso il gruppo si volse a guardare la piana ancora una volta. Qualche uccello cantava, sui rami più alti e la brezza che spirava dal lago portava pace e una piacevole frescura. D'improvviso, sulla conca era sceso un silenzio irreale, inquietante, fatto di pieghe senza suono in cui erano stati inghiottiti i rumori dispersi della battaglia, le voci, gli sferragliamenti, le imprecazioni, le ultime fievoli preghiere sussurrate su labbra già battezzate dalla morte. Da qualche parte, tuttavia, riecheggiava ancora il grido che Meran aveva lanciato, quando i Valmādrian si erano precipitati su di loro:

«Difendetevi, ragazzo! Sono più di cinquanta, non avrò tempo di badare a voi!»

E poi, più fievole e lontana, ritornava un'altra voce, forse la sua, che innalzava al cielo un urlo sconosciuto. Cos'aveva gridato? E perché?

«Hardan! Borr!»

Vi fu un tonfo sordo e un cavallo nitrì, pestando gli zoccoli nel terriccio. Tresan si riscosse in tempo per vedere Borr stramazzare di sella, schiumando dalla bocca e fermarsi tra le felci. Edrik e Græven balzarono a terra per soccorrerlo e Tresan spronò Zelin al galoppo, smontando quand'era ancora in corsa. Lo adagiarono sull'erba umida, asciugandogli la fronte madida di sudore con un lembo del mantello. Respirava affannosamente e si premeva la ferita al petto con un pugno, lottando ancora con la mano di Edrik che esigeva di toccare e curare.

«Via, Borr, non essere ostinato. Ne va della tua vita!»

Edrik gli scostò il pugno, ormai flaccido, ma Borr quasi non se ne accorse. Guardava Tresan cercando di parlare, ma non rantolava che bisbigli stonati, nel respiro incalzante, affamato d'aria. Mosse una mano per chiamarlo, biascicò qualcosa d'incomprensibile, poi dalla bocca gli sgorgò un rivolo di sangue. Ebbe un sussulto convulso e riabbassò lentamente le palpebre. Era morto.

Tresan, chino sul suo volto, lo fissò sgomento.

«No!» L'afferrò per le braccia, scuotendolo più volte. «Borr! Per gli Dèi, no!»

Una mano gli si posò sulla spalla, scostandolo gentilmente.

«É troppo tardi. Lasciatelo a me.»

Edrik rimosse la corazza e la tunica sfilacciata dell'amico e la ferita, profonda e insanabile, luccicò vermiglia alla luce del sole. Aldir bestemmiò e Græven distolse lo sguardo, turbato. Tresan, invece, ricacciò indietro con le dita le lacrime che gli si affacciarono agli occhi e tracciò sopra la fronte del cugino una fenice stilizzata, il segno degli Hardan.

«Se gli Dèi esistono e non ci disprezzano, ora la tua anima è con loro, Borr» sussurrò.

VenGill tratteneva a stento il pianto. Lui e Borr avevano combattuto assieme, quando il Trattato con l'Impero Myrdrass non era stato ancora stipulato, e si erano scambiati il pugnale della fratellanza ancora da ragazzetti. Insieme a Borr, era morta anche una parte della sua anima.

«Hai bevuto ancora il sangue dei tuoi figli, mia bella Rovanea» mormorò. «Eppure non riesco a odiarti. Coraggio, signori» aggiunse, rivolto ai quattro soldati che l'accompagnavano... *quattro*! Ed erano partiti in quindici, per quella spedizione pacifica! «Cerchiamo un riparo per la notte. Il fato ci ha benedetti: siamo vivi e, com'è vero che siamo figli dell'Arcipelago, ritorneremo a casa!»

***

Il combattimento era finito. Borr era morto e Tresan aveva condotto i superstiti alla vittoria. Aldric si alzò dalla cassapanca, le gambe incerte. *Ho perso anche lui, in questo giorno infausto.* Dal tavolo prese un elmo di bronzo brunito e con un ampio gesto si gettò sulle spalle un mantello da viaggio. Un fremito improvviso lo squassò e soffocò nel palmo l'accesso di tosse che gli bruciava nella gola. Imprecò. Con un gesto di ribellione, cancellò le gocce di sangue stringendole nel pugno. *Il mio tempo sta volgendo al termine ed io ho sprecato la vita di mio figlio rinnegando le verità dei saggi e facendo di lui un sanguemisto senza potere né regalità.*

Romisan, che era da poco entrato nella stanza ed era stato informato dell'incidente di Rupens, gli si accostò, ma fu Astrid a parlare. «Dieci uomini sono pronti per accompagnarti» disse. «Sei dunque deciso a partire? Credi che sfuggirgli cambierà il passato... O quello che verrà?»

«Niente potrà redimermi o addolcire quello che ci aspetta. Piangerò per i miei figli, Astrid, e per me. Ma ora devo andare. Ar, precedimi nel cortile.»

Il servitore s'issò la sacca da viaggio sulle spalle e si avviò alla porta.

«Che il Dio della guerra non tradisca mai il tuo braccio e la tua spada, Romisan. E sorveglia mio figlio: sei il suo amico più caro e ascolterà il tuo consiglio.»

«Lo proteggerò con la mia stessa vita, nobile Hardan. Ve lo giuro.»

Si portò la mano alla spalla sinistra, inchinandosi.

Aldric si sfilò dal mignolo l'anello del sangue e se lo portò alle labbra. Sussurrò il proprio nome e il rubino iniziò a battere con vigore, in armonia con il suo cuore.

«Consegnalo a mio figlio, Romisan. Sarà il sigillo del suo feudo, così come per cent'anni lo è stato per i nostri padri, e unirà la mia vita alla sua, finché la morte non mi coglierà.»

Si accostò alla porta per salutare Astrid, che lo attendeva sulla soglia. «Lo affido anche alla tua saggezza» sussurrò, baciandola in fronte. «Grandi Dèi, sono stato un idiota a non aver voluto capire fin dall'inizio... Tutte quelle Stelle Cacciatrici non potevano avere che questo significato! Ed io non l'ho mai voluto credere!»

Astrid abbassò la voce a un sussurro, per non farsi udire da Romisan. «Non permetterò a quello spettro di fargli del male. Te lo giuro. Va', adesso. E che gli Dèi ti accolgano nel loro abbraccio.»

Aldric scosse tristemente il capo. «Ormai, sono al di là della benedizione degli Dèi. Addio.»

Le voltò le spalle e, reggendo l'elmo sottobraccio, uscì.

5

La sera seguente, poco dopo il crepuscolo, i cancelli di Pringel furono spalancati e un capitano si avvicinò a Meran, seguito da due soldati. Lanciò un'occhiata ai cadaveri riversi sui cavalli e domandò, laconico: «Valmādrian?»

«Oltre cinquanta, presso il lago.»

«Un'imboscata? Dannazione! Quanti ne avete lasciati ai corvi?»

Negli occhi grigi del generale lampeggiò una cruda soddisfazione.

«Tutti.»

Il portale che conduceva nel cortile interno venne aperto e le guardie sollevarono il cancello a sbarre ferrate. Le poche donne che aiutavano nella fortezza si erano raccolte attorno al grande pozzo, restando in disparte; ma gli uomini si accalcavano chiedendo notizie ai vicini e salivano sui muretti per distinguere, al bagliore danzante delle torce, i volti dei sopravvissuti da quelli dei morti. Infine, il misero drappello entrò nella corte principale, con il carico di caduti e feriti. Un giovane sergente rovaneano, Rhodis di Allentar, piangeva il padre, il maggiore mutilato, e malediceva i nemici inveendo come un pazzo. Il colonnello Mathm diede ordine che venisse allontanato e in quattro lo trascinarono nella fortezza, dove continuò a urlare e giurare vendetta.

I capo-clan scesero ad abbracciare Græven, assicurandosi che stesse bene. Aæril ardeva di collera e i suoi occhi azzurri parvero perforare le ombre della notte.

«Per gli Dèi» sibilò. «È stata una strage!» Alzò il braccio per accogliere il falco, che s'appollaiò con uno stanco battito d'ali, e l'accarezzò nervosamente.

Smontarono e gli scudieri accorsero per aiutare i loro padroni. Tresan risalì la scalinata esterna e, mentre entrava nel castello, Romisan gli corse incontro. L'abbracciò nell'atrio, sollevato di vederlo illeso. «Bentornato. Stai bene?»

Tresan sciolse la cinghia dell'elmo e si passò una mano tra i capelli sudati.

«Gli Dèi sono stati generosi con me, amico mio. Ma Borr è morto. I Valmādrian ci hanno teso un'imboscata vicino al lago Seròn e hanno ucciso dieci dei nostri uomini.»

«Ho visto i cavalli con i cadaveri» annuì Romisan. «Quei bastardi pagheranno con cento delle loro vite per ogni soldato del re che hanno abbattuto.»

«Mio padre è stato informato del nostro ritorno? Non è sceso nella corte... Mi attende nelle sue stanze? Devo dirgli di Borr, prima che venga informato da qualcun altro.»

Lo superò di corsa, risalendo con gran passo le scale che portavano alla torre. Bussò appena alla porta delle stanze del padre e la spalancò senza attendere la risposta. Quasi urtò contro Astrid, che stava uscendo con alcuni panni caldi per i feriti. Nel vederlo, lei gettò le pezze su una cassapanca e lo strinse in un abbraccio.

«Come stai? Lasciati guardare » Gli scostò i capelli dal viso e gli prese una mano fra le sue. «Hai un graffio sulla guancia e il polso è gonfio...»

«È solo una contusione» minimizzò Tresan. «Ma il generale Meran è stato ferito a una gamba e dovrebbe essere suturato. Potresti passare da lui?»

«Certamente. Tu rilassati con un bagno caldo, ti farà bene. Tornerò presto.»

Raccolse le pezze e si avviò alla porta ma, prima che uscisse, Tresan la fermò. «Non ho ancora visto mio padre. Dov'è? Borr è morto e vorrei essere io a portargli la notizia.»

Astrid si volse a mezzo. «Aldric non è alla fortezza, caro.»

«É tornato a Elvaner?» La voce gli si spezzò. «Senza di me?» *Perché*?

«No, è partito ieri sera per il Mare del Grifone.»

«Il re l'ha chiamato? Forse i Valmādrian hanno forse sfondato le nostre difese?» Ma qualcosa, sul volto di Astrid, lo fece impallidire. «Per i Nove Cieli! Rupens!»

«Una mazza ferrata l'ha colpito sopra i lombi. Il Valmādrian che l'ha ferito ora è in pasto agli squali.»

Non era possibile...! Tresan si aggrappò con le mani all'alta mensola del camino.

«Borr e Rupens, in due soli giorni!» Era un pensiero atroce. «Se mio padre sapesse anche della morte di Borr, impazzirebbe... Perché è partito da solo? Avrebbe dovuto affrontare il viaggio assieme a me!» Batté un pugno contro la mensola, furioso. «Perché non mi vuole al suo fianco?»

«Ti vuole proteggere...»
«Io voglio essere considerato, non protetto!»
Sentiva che avrebbe potuto piangere dalla rabbia, ma non avrebbe ceduto davanti a lei. Oltre la porta aperta riecheggiò un rumore di passi e Romisan entrò nella stanza. Astrid gli fece cenno d'avvicinarsi.
«Tuo padre è più cocciuto di un ronzino zoppo, Tresan, ma ti vuole bene. Romisan, l'anello...»
Tresan si scostò dal camino e fissò meravigliato l'anello del sangue sul palmo teso dell'amico.
«Che significa?» sussurrò, smarrito.
Il tono di Astrid gli parve solenne. «Aldric ha voluto donartelo come segno di stima e amore. Non conta nulla, per te?»
Era blandamente assopito, ma non appena Tresan lo infilò al mignolo, il rubino prese a palpitare con vivacità, e lui ebbe la fuggevole visione del padre a cavallo fra le foreste, con Ar e una decina d'altri soldati, e seppe che il suo cuore era forte e batteva senza cedere nella sua robusta fibra di guerriero.
«Con quest'anello, tuo padre ti sarà sempre vicino, ovunque andrai.»
L'espressione di Tresan si distese. «Custodirò quest'anello così come conserverei il suo cuore» mormorò, e si chinò sulla mano della Magistra in un bacio di commiato. «Va' dal generale, ora. Enis, porta acqua calda e felci nella mia stanza, voglio lavarmi. C'incontriamo per cena, Romisan? Vieni anche tu, Astrid, ne avrei piacere.»
Si ritirò nella sua camera, si spogliò degli abiti sporchi e laceri e li gettò in una nicchia, dov'era accolta una vecchia vasca da bagno ovale, di pietra levigata. Mentre attendeva che Enis tornasse, si guardò il viso nel vetro della finestra e increspò la fronte. C'era qualcosa di diverso, nei suoi tratti, qualcosa di familiare eppure d'estraneo che non riusciva ad afferrare. *Il combattimento mi ha cambiato. Non avevo mai ucciso con tanta ferocia.*
Quando Enis tornò, s'immerse nell'acqua calda, quasi bollente, con un brivido di piacere. Attorno a lui galleggiavano pezzi di felci nane che diffondevano nella stanza un fresco profumo di sottobosco. Mentre il servitore raccoglieva i vestiti sporchi e preparava quelli puliti, si lavò i capelli incrostati dal sangue e dal sudore, poi appoggiò la nuca al bordo della vasca, dove due grossi serpenti intagliati si mangiavano la coda a vicenda, e chiu-

se gli occhi. *Per un istante, mi è parso di essere maestoso e possente come te, Uomo d'Ambra,* pensò. *Ho combattuto come se fossi invaso dalle furie dell'Inferno... Mio padre ha sbagliato a non permettere che venissi allevato come un Davlèjn, quand'ero ragazzino! Volèn avrebbe senz'altro saputo imbrigliare la mia follia. Per gli Dèi, non avrei mai pensato di perdere il senno, sul campo di battaglia! Questa sera ne parlerò con Astrid, lei saprà consigliarmi cosa fare...*

Cullato dai vapori e dagli aromi del bagno, scivolò in un sonno senza sogni. Quando i rintocchi dell'ora settima lo ridestarono, l'acqua si era ormai raffreddata. Rabbrividendo, si avvolse in un panno e andò ad asciugarsi accanto al camino. Enis aveva già approntato la tavola per la cena, e doveva fare in fretta. Lasciò sciolti i capelli, ancora umidi, si vestì con una tunica di lana e mentre finiva di allacciarsi gli stivaletti, Astrid e Romisan bussarono alla sua porta.

Romisan si ritirò presto, dopo cena, e scese nelle cucine a corteggiare una cuoca e una sua giovane cugina. Quando uscì, Tresan rimase al tavolo con Astrid, giocherellando con il bicchiere vuoto, e le confidò le strane sensazioni che aveva avvertito sul campo di battaglia.

«Ho paura» confessò. «Che cosa devo fare?»

«Parti per Aldemar, subito! Mio zio sarà felice di aiutarti.»

Lui si fermò e la fissò sbalordito, alla luce del candelabro posato sul ripiano del fratino, sotto la finestra.

«Scherzi? Mio padre mi ucciderebbe, se lo sapesse! Non se ne parla neppure. Però sono preoccupato. Da parte di mia madre, sono un lontano parente del re e non vorrei...» Ridusse la voce a un sussurro. «Dimmi, potrei avere la stessa malattia del principe Malcolm e diventare pazzo?»

«Il principe non è uno squilibrato. É solo spastico ed epilettico, e non ci sono folli, nella tua famiglia. Quello che ti è successo è tutt'altra cosa. Sei...» Si umettò le labbra, incerta. «Sei stato visitato da uno spirito guerriero.»

Tresan scoppiò in una forte risata. Di tutte le spiegazioni che Astrid gli avrebbe potuto dare, quella era la più assurda. «Come no! I cieli sono pieni di spiriti che non aspettano altro che possedere i guerrieri, giusto per divertirsi un po'! Non so cosa mi sia successo, ma anche se mi sono sentito strano, non ho avuto la sensazione d'esser costretto a fare qualcosa che non volevo. Sapevo perfettamente quello che stavo facendo, eppure non riuscivo a fermarmi» La fissò con apprensione. «Potrei impazzire ancora, e magari lontano dal campo di battaglia?»

«Potrebbe accadere, sì. La sera del consiglio ho sentito una voce...»

«Anch'io ne ho sentite tante...»

«Non mi riferisco al litigio con i Clan, ma a una voce che mi ha sussurrato nella notte» replicò lei, con una punta d'asprezza. «Diceva che presto gli eventi della tua mappa si sarebbero messi in moto e che avresti dovuto essere preparato per affrontarli.»

«Era Aæril di Zeln?»

«É arrivato anche lui, poco dopo...»

«Era lui, e ha voluto giocarti uno scherzo» Tresan le rivolse un mezzo sorriso. «Chi ti ha parlato non mi ha forzato a far strage dei Valmādrian. L'ho voluto io. Mi sentivo rabbioso e potente come se il mio sangue fosse diventato rovente come lava. Riesci a capirmi?»

Lei si tormentò le mani, a disagio. «Tresan» scandì. «Tu conosci la leggenda del Re d'Ambra. Le ballate cantano del suo odio per un dio antico e i Codici Drom giurano che non si tratta solo di canzonette da bettola. I sacri testi dicono che ritornerà a camminare sulla terra e con lui quel dio dal nome dimenticato a cui è legato nella vita e nella morte.»

Tresan si sentì offeso e divertito nello stesso tempo. Per gli Spiriti, non era più un bambino! Che cosa gli voleva raccontare? «Sospetti che il Re d'Ambra sia sceso in me per difendermi dai Valmādrian?» ridacchiò. «É un pensiero affascinante, e credimi, nessuno più di me sarebbe felice, se fosse vero. Sai quanto lo veneri! Ma non sono stato posseduto, e adesso ho paura della mia mente più di quanta ne possa avere di un guerriero morto.»

«Invece è così!» Astrid si curvò verso di lui, abbassando la voce. «Il Maledetto ti ha scelto, per qualche motivo che ignoro, e non so se voglia aiutarti o farti del male...»

«Che sciocchezza!»

«Non scherzare sulle anime inquiete, Tresan!»

«Neppure tu. Non sono uno sciocco.»

Astrid sospirò, esasperata.

«D'accordo, allora» l'assecondò. «Se vuoi evitare che si ripeta quello che è successo, va' a Aldemar. Volèn saprà imbrigliare la tua furia e assieme potrete capire come affrontarla. La tua mappa del destino è in continuo movimento e tu...»

«Non se ne parla!»

«Perché no? L'hai sempre desiderato...»

«Avrei dovuto salire alla fortezza molti anni fa. Ora è troppo tardi.»

Lei strinse nervosamente un pugno, sopra il tavolo.

«Stai decisamente iniziando a rassomigliare un po' troppo ad Aldric, ragazzo!» si stizzì.

«Suvvia, Astrid!» Tresan allungò sotto il tavolo le gambe ancora indolenzite dalla lunga cavalcata. «Sarei ridicolo, in mezzo a tredicenni che imparano a tirar di spada! Quello che è accaduto non ha nulla a che vedere con la mia mappa del destino. O» E il suo tono divenne ironico. «Pensi che siano state le Stelle Cacciatrici ad avermi fatto perdere il controllo, sul campo?»

Il volto di lei era quasi duro. «Non prenderti gioco dei segni del cielo» l'ammonì. «Sono stati loro a condurmi da te. Pensi che sarei stata lontana dalla mia casa per nove anni, se non temessi seriamente per la tua vita?»

Lui le sfiorò una mano con una carezza. «No, certamente no» mormorò, con gratitudine. «Allora ringrazio le mie Stelle Cacciatrici per avermi dato la tua amicizia e il tuo affetto. Ma non sono responsabili della folle euforia che mi ha invaso a Gharr» Fissò la notte oltre i vetri della finestra e, più per convincere se stesso che per giustificarsi, mormorò: «Non era mai accaduto, prima d'ora. Forse non mi capiterà più» Si alzò, nascondendo uno sbadiglio dietro a un pugno, e si stiracchiò. «Che ore sono? Devo scendere.»

«Dove vai?»

S'avvolse nel mantello verde e argentato, i colori di Elvaner, e lo fissò alla gola con una fibbia a forma di fenice. «Sono sopravvissuto alla strage... Vado nel cimitero a pregare.»

Raccolse i guanti dalla cassapanca e mentre li indossava discese nel sepolcreto per la veglia funebre dei caduti. Nella corte interna, accettò la torcia che un servo gli offrì e, reggendola alta sopra la testa, attraversò il cortile deserto. Alle sue spalle, un'ombra lo seguì scivolando lesta e silenziosa sopra le mura di sasso. Inconsapevole della sua presenza, Tresan s'addentrò fra i sepolcri. Come voleva la tradizione, i corpi dei caduti erano stati disposti su pesanti sarcofagi, ai piedi di un grande arco di pietra grezza rivolto verso sud. Allo scoccare della mezzanotte del Solstizio d'Estate, l'alta volta racchiudeva con estrema precisione la costellazione del Dio Ályshan: un vecchio canuto che reggeva sul braccio destro un grosso serpente aggrovigliato. Il serpente lo fissava negli occhi e nell'immaginario popolare il Dio gli sorrideva – forse beffardo? Tresan si soffermò a cercare l'effigie stilizzata di Ályshan nello specchio dell'arco e la vide ancora alta nel cielo. *Siamo nel mese dei Fiumi in Piena, e la primavera non è ancora iniziata. Cosa accadrà, da qui all'estate?*

I cadaveri giacevano disposti su due file di cinque sarcofagi ciascuna, allineate alle colonne dell'arcata e, conficcata nella terra, ai piedi d'ogni guerriero, ardeva un'alta fiaccola rituale. I corpi erano stati lavati e rivestiti dell'armatura leggera ed erano ricoperti da un velo trasparente, così che oltre il tremolio delle fiamme si aveva l'illusione che ancora respirassero, imprigionati in un sonno profondo. Sul lato destro di ogni soldato era posata la spada di battaglia e al polso sinistro era stato legato lo scudo con il blasone della casata d'appartenenza. Tresan s'inginocchiò davanti alla salma di Borr e piantò la propria torcia nel terriccio; poi, a braccia aperte, pronunciò i nomi di tutti i caduti e iniziò a pregare.

Intonò un rito onorato dai sacerdoti di Ályshan, e le ore scorsero rapide, scandite dal rintocco delle campane del castello. Il vento soffiava a tratti, ma più spesso cadeva e lasciava posto al silenzio. D'un tratto, due stelle viola si accesero sullo sfondo della notte, simili a occhi scintillanti, e sulle labbra di Tresan il salmo si affievolì, si spense.

«Per il sangue della Dea!» gli sfuggì.

Qualcuno lo stava guardando attraverso la Costellazione dell'Aquila... Chi era? La magia si era estinta da milleseicento anni e solo i sacerdoti possedevano ancora qualche dono della mente. Che potessero spingersi fino a tanto? La parte più razionale di lui si chiuse in difesa, ma d'impulso protese i pensieri verso quel bagliore splendido e innaturale. Gli parve d'essere sfiorato da una carezza, il sorriso d'un pensiero, poi gli occhi si chiusero, svanendo nel velluto dell'oscurità. Stupefatto, si domandò cosa significasse quel prodigio. Chi lo stava cercando e per quale ragione? *Una donna... Una donna con occhi d'ametista, sorta nel cielo della notte per dar pace ai miei sogni e ai miei pensieri... Ma chi è?*

Cercò di riprendere la preghiera, ma per molto tempo continuò a scrutare il cielo alla ricerca di quegli occhi magnifici, senza ritrovarli. Verso la seconda ora della notte, qualcuno gli si avvicinò. Pensò che fosse Romisan e invece era Rhodis, il figlio del maggiore Eril, il Cavaliere di Allentar.

«La prima veglia è finita, tenente. Vengo a darvi il cambio.»

Tresan si rialzò. Aveva tracciato tre cerchi intrecciati nella terra e gli fece cenno di non oltrepassarli.

«Lo so, conosco il rito» rispose l'altro, fermandosi a pochi passi da lui. «Mio padre è... era figlio di una sacerdotessa di Envles'Tin e mi ha tramandato alcune usanze raccolte nei Codici Drom. Sarebbe felice, se custodissi la sua prima notte nel sepolcro onorando le tradizioni del Tempio.»

Tresan rimosse la torcia dal terriccio e tracciò un segno nei cerchi, per varcarli. Poi li cancellò con un gesto del piede. «Vorrai pregare davanti a tuo padre» suppose. «Che gli Spiriti ti accompagnino, Cavaliere di Allentar.»

S'inchinò ai caduti e uscì dal cimitero. Sbadigliando, attraversò il frutteto e si fermò a bere da una fontanella che gli stallieri usavano per riempire l'abbeveratoio dei cavalli. Lo spiazzo era deserto e la fioritura azzurrina della notte stellata era ritagliata dalla sagoma nera e imponente delle torri arrampicate verso il cielo. D'improvviso, un'ombra tremolò sul selciato e, raddrizzandosi, Tresan vide di fronte a sé un guerriero bronzeo, seminudo, alto e possente, meraviglioso. Portava ai polsi catene da schiavo e fra le mani stringeva una scure mozzata, sporca di sangue. Sul capo brillava un cerchietto d'oro trapuntato di smeraldi e Tresan riconobbe la corona spezzata che aveva trovato sotto il mare, quando aveva tredici anni. Lo spettro gli sorrideva, snudando i denti bianchi, di lupo. Lo sguardo aveva le sfumature dei verdi fondali degli oceani, con riflessi di una durezza spietata, irremovibile.

Il Re d'Ambra!

Tresan si paralizzò, incredulo. Sbatté gli occhi e un attimo più tardi l'apparizione si era già dissolta in uno soffio di vento.

Ho sognato. Sono stanco e le ombre mi hanno giocato uno scherzo.

Si allontanò a grandi passi. L'aria era inquieta e la brezza trascinava parole vaghe, fumose, incatenate in una cantilena che sembrava evaporare dalla terra stessa. Richiamato da quel canto oscuro, tribale, Tresan si soffermò in ascolto: percepiva, in sottofondo alla brezza che soffiava sul colle, un coro grave e lontano, simile al ritorno delle onde del mare. Non coglieva voci e parole, ma lo sentiva scorrergli sottopelle e incendiargli il sangue. Aveva già avvertito quella sensazione, sulla Piana di Gharr, e ne ebbe paura.

Mosse una mano per scacciare quella sgradevole illusione.

Nessuno sta cantando. È un inganno creato dal vento. Avvolgendosi nel manto, si affrettò a rientrare nel castello e, quando varcò il portone, la nenia si abbassò e morì. *Era il vento, niente di più.*

Raggiunse la sua stanza e mentre si spogliava ripensò agli occhi d'ametista che l'avevano cercato, oltre le selle dei monti lontani. Si erano aperti nella Costellazione che dominava la sua Casa Astronomica, segno che stavano cercando proprio lui. Quella notte si rigirò a lungo nel letto, sforzandosi d'immaginare il volto della ragazza che l'aveva guardato e si addormentò chiedendosi quale fosse il suo nome.

Da qualche parte, oltre le chiome degli alberi e ancor più giù, verso il mare, riecheggiò una risata incorporea che sembrava risalire dall'antro dei secoli. Era una risata cupa, greve di vendetta; e per un attimo ogni suono, fra terra e cielo, si zittì.

6

Sheraen, la spia Rovaneana, aveva visto ogni cosa nel momento stesso in cui Tresan veniva posseduto dallo spirito del *Maledetto* e ribaltava le sorti dello scontro. Non aveva neppure avuto bisogno di cercarlo nelle pagine incantate di un libro. La visione era stata così violenta che l'aveva travolta mentre tesseva nella sala delle donne, nel palazzo del Governatore Zancaner, signore di una ricca isola di Rovanea vicina a Valmādria. Quando si riscosse, si accorse di aver lasciato cadere a terra il fuso, e le altre concubine del Governatore la stavano fissando con diffidenza. *Pazza... Strega...* Non sapeva se stesse rubando qualche pensiero o se avesse sentito così tante volte le donne sparlare, alle sue spalle, da immaginarlo soltanto. Senza una parola, si avvolse nella stola di seta e uscì nel gineceo.

Il cielo era velato e dal mare vicino soffiava una brezza pungente che la fece rabbrividire, sotto l'abito leggero. Chinò il volto, passando accanto alla guardia degli eunuchi, in gran parte Nuramag dalla pelle scura catturati in mare dai corsari Valmādrian. Uno la squadrò severamente e si pose sul suo cammino con il corpo grosso e flaccido.

«Dove vai, donna?» l'apostrofò.

Con un sorriso amabile, Sheraen rispose che si stava recando nell'orto per raccogliere un'erba per l'emicrania. «Le donne, si sa, ne soffrono di frequente» aggiunse, e si allontanò con un inchino.

Sospirò. Quella missione non aveva avuto l'esito che lei e gli Alti Sacerdoti di Envles'Tin avevano sperato. Era stata offerta al serraglio di Zancan l'estate precedente nella speranza che il Governatore la cedesse a Su'Meeramjtra assieme ad altre ricchezze delle sue isole; tuttavia, forse perché se ne era invaghito o forse perché aveva intuito che era pericolosa, Mardun Zancaner aveva preferito trattenerla a palazzo e lei non aveva potuto entrare alla corte imperiale per sorvegliare le mosse dei Myrdrass.

Camminò fino a quando il sentiero non si biforcò; allora si guardò attorno con discrezione. Era sola. Anziché dirigersi verso l'orto, si addentrò in un aranceto e si fermò presso una polla d'acqua dolce, nascosta da una siepe. Solo qualche rana gracidava sui fiori di loto e, quando scorse la sua ombra, scomparve con un tuffo nell'acqua verde.

Sheraen sedette sull'erba e sussurrò un nome.

«Vieni a me» comandò, e un volto aquilino apparve nello specchio placido della polla.

«Illustrissima» la salutò un uomo bruno.

Lei non indugiò in preamboli. «È accaduto qualcosa, comandante» disse. «Qualcosa che non possiamo ignorare. Forse è il segno che stavamo attendendo.»

«In che modo vi posso compiacere, madonna?»

«Fra due settimane, dal porto salperà un'altra nave e voi sapete cosa fare.»

«Se il compenso non è variato...»

«Non ritiro mai la mia parola, dovreste saperlo» E, con una venatura di dolcezza, aggiunse: «Ero persuasa che fossimo amici.»

L'uomo chinò lo sguardo. «Non prendetevi gioco di me, madama. Avete incatenato la mia mente alla vostra e obbedirò a ogni vostro comando, come sempre. Ciò nonostante, non siamo amici.»

Le labbra di Sheraen si contrassero. Una spia non aveva legami d'affetto con i suoi collaboratori e non ne aveva mai cercati, durante le sue missioni, ma la dichiarazione del comandante l'aveva rattristata. Si conoscevano da abbastanza tempo d'aver avuto l'illusione che l'aiutasse più per solidarietà che per dovere. Si era sbagliata.

«Mi deludete» confessò. «Credevo d'avervi già dimostrato quanto siete prezioso, per me, e non ho bisogno di schiavi, ma di compagni...»

Tirò leggermente la corda invisibile che legava la mente dell'uomo alla sua e lo vide dilatare gli occhi, spaventato.

«Perdonatemi, mia signora. La fiducia che mi concedete mi inorgoglisce. E non fraintendete» Esitò. «Mi piacete così come siete, con le vostre stranezze e i vostri... sortilegi. Ma vi obbedirei anche se non ricorreste a queste arti, signora.»

«Allora vi lascio libero di scegliere, comandante, e vi chiedo, anziché imporvi, di organizzare i vostri marinai e di assaltare la nave. Quel carico ci sarà utile, per i nostri piani. Sono state comprate le armi che ho richiesto, con il bottino precedente?»

«Naturalmente.»

«Perfetto. Ora andate e siate prudente.»

«Vi bacio la veste, Illustrissima. Addio.»

Il volto dell'uomo si dissolse e lei rimase seduta fra l'erba a guardare il cielo, pensierosa. Avrebbe voluto richiamare a sé anche l'immagine di Tresan, ma era troppo rischioso. Sentiva gli eunuchi camminare sui sentieri del gineceo e non scordava la furia del Governatore, quando l'aveva sorpresa a cercarlo fra le increspature della piscina interna, qualche tempo prima. Si portò una mano al volto. Nessuno l'aveva mai battuta e umiliata tanto, neppure quand'era una sguattera infiltrata alla corte di Re Adranes di Kulldren, in Valmādria. Quello che il Governatore le aveva fatto... quello che l'aveva costretta a fare, dopo che l'aveva spogliata... Al solo ricordo, si sentì contorcere lo stomaco dalla ripugnanza. *Lo cercherò di notte, quando sorgerà la costellazione della sua Casa,* decise. S'alzò e s'incamminò verso il palazzo. Quando incrociò una guardia, possente, scura e seminuda, la frusta che schioccava per divertimento sul selciato, provò un moto di ribellione. *Questa missione è inutile. Voglio tornare a essere libera!* Ma perché, perché mai da Envles'Tin non le perveniva l'ordine di fuggire e di ritornare in patria?

7

Pioveva, quando i cavalieri caduti a Gharr vennero inumati, nella taciturnità della vasta campagna rovaneana. Accanto alla cripta ancora aperta, Græven e i capo-clan avevano stretto il polso a Tresan, risanando la pace screziata dai pettegolezzi.

«Avete salvato un nostro cugino di sangue» aveva dichiarato Hur di Helden, un ometto piccolo e massiccio, avvolto in un mantello nero, giallo e arancione. «I clan vi saranno sempre debitori, per questo.»

Ma Meran vigilava, simile a un falco di montagna e aveva raddoppiato le guardie sui bastioni. Il giorno che seguì i funerali, ordinò a due servi di vestirlo con una tunica decente e di alzarlo in poltrona. Mentre veniva preparato, maledisse Edrik per avergli proibito di camminare. Non avrebbe mai ammesso che la ferita alla gamba lo teneva sveglio di notte, e che aveva dovuto bere una doppia dose di latte d'oppio per riuscire a riposare qualche ora, da quand'erano rientrati nella fortezza. Dopo l'alzata, aveva mandato a chiamare Astrid e Tresan, e quando il suo luogotenente li annunciò, aveva già adagiato la gamba ferita s'un poggiapiedi alzato con tre cuscini e in mano ruotava un bicchiere di brandy. Ne aveva già bevuti due, quel mattino; era un modo piacevole per narcotizzare gli spasimi alla coscia lacerata.

«Entrate, entrate» li invitò, quando comparvero sulla soglia. «Gradite del brandy, Hardan? No? E voi, madama? Vi prego, accomodatevi...»

Astrid gli sedette accanto, su uno sgabello impagliato, mentre Tresan s'appoggiò con le spalle a una finestra. Non aveva più l'aspetto truce che l'aveva quasi deformato, in battaglia, ma la sua espressione era quella, inconfondibile, di chi aveva affondato le mani nel sangue dei nemici e aveva visto morire troppi compagni, attorno a sé.

«Come state, tenente? Malesseri, incubi...» s'informò.

«Sto bene, signore»

Anche la sua voce era più profonda, il sorriso meno allegro.

«Le vostre ferite...»

«Nulla che non possa guarire.»

Meran sorseggiò il brandy e tornò a ruotarlo nel bicchiere.

«Eccellente» approvò. «Dovete essere in forze, ora più che mai. Se quel prete che Borr ha lasciato correr via è già rientrato nei suoi ranghi, i comandanti di vostro cugino sapranno che qualcuno di noi si è salvato dalla loro sordida imboscata. State attento, quando vi aggirate da solo nella fortezza e portate sempre la spada al fianco. Potrebbe essere pericoloso.»

«Sospettate che ci sia una spia, fra noi?»

«Ne sono certo quanto lo sono di respirare.»

Tresan tacque, ma era d'accordo. Quel drappello non si trovava vicino al Lago Seròn per una fatalità. Era organizzato in una formazione quattro volte più numerosa della loro, con trenta cavalieri e altrettanti fanti, per sterminarli facilmente.

«Che cosa temete, esattamente?» domandò.

«Se qualcuno ci voleva morti, potrebbe cercare ancora di farci incontrare i nostri Dèi prima del tempo. Ed io, mio caro ragazzo, voglio vivere abbastanza da vedere vostro cugino Damon pendere da una corda, se mi permettete la franchezza.»

«Avete già esposto i vostri dubbi in consiglio?»

«No. Sarà più semplice smascherare il colpevole, se non conoscerà i miei sospetti.»

«E non dubitate di me, generale?»

C'era ansia, nella voce di Tresan. Era stato il solo ad aver ipotizzato un agguato in quella zona e le sue insistenze avrebbero potuto essere interpretate in modo sospetto. Meran terminò il brandy e si concesse un mezzo sorriso.

«Voi mi avete salvato la vita e ho visto quello che siete» rispose. «C'è in voi un coraggio che pare evocato dalle leggende, una grandezza che non posso che ammirare. Vi affiderei la mia vita e la mia anima e mai dubiterei della vostra onestà.»

Tresan si rasserenò. «La vostra fiducia mi lusinga, signore. Vi giuro sul mio nome che non dovrete mai pentirvene. Ora, se me lo concedete, dovrei scendere. Romisan mi ha invitato a vedere i cavalli in addestramento.»

«Andate pure. Madama, vi prego, restate ancora un poco, se potete» Mentre Tresan usciva, si sporse leggermente verso di lei. «Rassomiglia a suo padre. La medesima tempra, la medesima lealtà...»

«Ma non gli basterà la sua stessa forza, per affrontare i tranelli del destino.»

Il sorriso di Meran si spense. «No. Per questo lo servirò fino all'ultimo, qualunque cosa accadrà.»

Astrid non sembrò stupita della sua risposta. «Avete intuito tutto, vero?» sussurrò. «Anche voi eravate là. Avete visto e avete sentito quel grido...»

«Naturalmente. Pareva che l'anima di uno spirito selvaggio fosse discesa in lui e forse non l'ho solo immaginato... Non è così?» Le lanciò un'occhiata penetrante e a voce ancor più bassa, quasi inudibile, aggiunse: «Cosa devo pensare, Magistra? È un presagio divino o diabolico?»

«Ancora non lo sappiamo, ma la stessa terra si sta risvegliando per urlare la verità. Presto sapremo ogni cosa.»

«Non conosco molte leggende sugli spiriti guerrieri, eccetto una, che mia madre era solita raccontarmi quand'ero bambino. Mi son detto cento volte d'essere pazzo a pensarlo, ma... quello che ho visto, sulla piana, era lo spirito del Maledetto?»

«Temo che lo fosse, generale.»

Meran trasse un lungo sospiro. «Mi dispiace per Tresan, sulle sue spalle grava un pesante fardello. Non meritava anche questo impegno, oltre a quello che ha con Misrenea. Che cosa vuole quello spettro, da lui?»

Astrid scosse il capo, impotente. «Lo ignoro. Mio z... Il famoso mago Volèn» si corresse, perché nessuno doveva sapere che anche lei era stata una maga, un tempo «Ha studiato a lungo le mappe dei cieli e saprebbe aiutarlo a capire come proteggersi dallo schiavo-re, se fosse necessario. Tresan deve partire per Aldemar, e subito, ma non farà neppure un passo, sapendo che suo padre è contrario» Si alzò, inquieta. «Potreste parlargli voi? Magari vi ascolterebbe... Siete pur sempre il generale in capo del Re!»

«Aldric mi ascolterebbe?» ridacchiò Meran. «Non lo farà neppure suo figlio!»

«No, non *questo* figlio. E invece dovrebbe partire. Alla fortezza sul vulcano sarà protetto da chiunque, uomini e spiriti... Anche da se stesso!»

Meran si tormentò il pizzetto nero e grigio con due dita. «Non abbandonerà di sua scelta l'esercito di suo padre. Per quanto poco lo conosca, so che preferirebbe morire, piuttosto che disonorare se stesso e il nome della sua famiglia. Non lo convincerete mai.»

«Quant'è vero!» Astrid s'accostò alla finestra, accigliata. «Se bastasse fargli versare tutte le sue lacrime, per salvarlo, lo farei... Oh, sì che lo farei! Ma non basterebbe» Trasse un brusco sospiro, sconsolata. «Andrò da lui, e gli parlerò ancora.»

Meran sollevò il bicchiere vuoto. «Che gli Dèi vi assistano» brindò, ironico.

Lei si volse, fulminea, e con due rapidi passi gli fu vicina. Si chinò su di lui, le mani aggrappate ai braccioli della sedia, e lo fissò negli occhi. Anche se Meran non era un uomo pavido, quello sguardo freddo e lucente come l'acciaio, gli tolse il respiro.

«Conservate il segreto, generale» Un sussurro che evocava il sibilo di un serpente. «E se siete religioso, pregate. Non per i Misreneani o per il re, ma per lui... Non è che un ragazzo e gli Dèi soltanto sanno cosa l'attende!» Si rialzò e la sua espressione tornò gentile e vagamente irridente. «Ora scusatemi, ma ho promesso di passare a visitare alcuni soldati accampati fuori dal castello. Buona giornata, VenGill. Che il *vostro* spirito» indicò la bottiglia di brandy posata sul tavolo «Vi dia pace e riposo.»

Quando fu di ritorno dal giro delle visite, Astrid si recò nelle cucine per disporre con i cuochi della cena degli ufficiali. Gettò alcuni cibi ammuffiti e scese nelle cantine a prendere alcune riserve di tuberi, accompagnata da due fantesche. Mentre le ragazze risalivano con due ceste colme di patate, si trattenne a esaminare una scorta di rape e fu allora che udì una voce, in lontananza. Era cupa, sicura, dall'accento raffinato; non era la voce di un domestico. S'avvicinò a una stanza con un basso soffitto a volta, per ascoltare. Qualcuno si muoveva dietro ai barili di birra e riconobbe la parlata dei Clan d'Occidente. C'erano almeno tre uomini che discutevano in modo concitato, e bastarono poche parole perché Astrid comprendesse che stavano parlando di Tresan.

«Questa sera, a mezzanotte» propose un uomo, basso e dai capelli scuri. Un altro, di cui non vedeva il volto, approvò: «Saremo pronti. La nave sta per arrivare.»

«Che faremo del vecchio servo?» domandò un terzo uomo.

«É mezzo sordo e non vi sentirà. Se sarà necessario, uccidetelo. Non ci serve vivo, il ragazzo sì.»

Dissero ancora qualcosa, dopodiché s'avviarono verso l'uscita e Astrid si nascose dietro a uno scaffale, per osservarli passare senza essere vista. Erano in quattro e anche se lo scantinato era in penombra li riconobbe dall'aspetto e dai colori dei mantelli che indossavano. Quando passarono davanti a un lucernario, vide chiaramente il verde e turchese degli Zeln e il porpora e oro dei Marismas. Chissà perché quel tradimento non la stupiva? *Non mi sono mai fidata dei Clan…* Avrebbe dovuto parlarne con il generale per organizzare una difesa fuori della stanza di Tresan, ma mentre risaliva le scale verso la torre si fermò. No, era un'occasione preziosa, e non poteva lasciarsela sfuggire solo perché gli voleva bene. Al contrario, avrebbe dovuto farlo già da tempo... *Perdonami, Tresan. O le tue lacrime o il tuo sangue… Scelgo il tuo sangue. Ti farà meno male.*

Lasciò la torre e scese a cercare Mav Græven di Halsen e Romisan. Ancora lo ignoravano, ma anche loro avrebbero avuto parte nel suo piano.

Era sera. I corridoi erano deserti, mentre Tresan scendeva nella sala grande passando per una scala secondaria. Oltre le finestre, il vento scompigliava le cime degli alberi e la pioggia schiaffeggiava le vetrate affacciate sulla corte interna. Refoli d'aria fredda sibilavano nel corridoio, arruffando le fiamme delle torce infisse nelle pareti. Per un momento, a Tresan parve d'udire alcuni passi che lo seguivano, in lontananza, ma quando si volse non vide nessuno. Li sentì ancora, nel risalire con Romisan, dopo cena, ma fu solo un attimo e pensò d'essere stato ingannato dallo scroscio della pioggia.

Quella notte, nel dormiveglia, riavvertì la sgradevole percezione d'essere braccato e si raddrizzò a sedere nel letto, allarmato. Nell'oscurità, rotta dal rossore delle ultime braci del camino, danzavano le stelle di otto occhi che lo guardavano oltre le cortine scostate del baldacchino. I volti erano coperti da maschere nere, annodate sotto stretti cappucci che nascondevano la testa e i capelli. Non si chiese chi fossero né cosa volessero. Urlò per chiamare Enis e cercò la propria spada accanto al letto, ma una mano inguantata gli serrò con forza la bocca, mentre qualcun altro cercava di legargli le mani dietro la schiena. Si dibatté convulsamente per liberarsi, e con una testata allontanò di un passo l'uomo che gli bloccava le braccia, mentre con una ginocchiata ne colpì in faccia un altro, che si ritrasse bestemmiando. Riconobbe la parlata dei clan di Ægator e fu fulminato dallo sbalordimento. Erano alleati, sudditi fedeli del re… E qualche giorno prima gli avevano stretto il polso in segno di stima e rispettabilità. Com'era possibile che cercassero di rapirlo sotto il cielo di Rovanea, in una delle roccaforti più importanti dell'Arcipelago?

Gettò indietro le coperte per balzare giù dal letto, ma non riuscì a toccare il pavimento neppure con un piede. Un pugno lo colpì alla nuca e ricadde fra i cuscini, soffocando un gemito. Altre mani lo agguantarono per immobilizzarlo e qualcuno riuscì a imbavagliarlo. Si agitò ancora, mugolando per svincolarsi. Per un breve istante, riuscì a sciogliere una mano dalla morsa dei legacci e brancolando nel buio incontrò l'elsa di un pugnale. L'afferrò.

«Tenetelo fermo, dannazione!» imprecò un uomo, e un quarto aggressore, che si era avvicinato alla porta per ascoltare i rumori nel corridoio, venne verso di loro. «Sbrigatevi! Che problema avete? Non è che un ragazzo!»

In quel momento, la porta della stanza attigua s'aprì e sulla soglia apparve Enis, assonnato.

«Ho sentito un frastuono, signore...» iniziò, allacciandosi la cintura della vestaglia da notte, e quando vide le ombre scure addosso al suo padrone si paralizzò. I quattro assalitori si volsero, colti di sorpresa e Tresan si liberò del bavaglio quanto bastava per inghiottire una boccata d'aria. «Va' a cercare aiuto, Enis!» gridò.

Senza indugio, il vecchio servitore raggiunse la porta e si precipitò urlando nel corridoio, inseguito per un breve tratto da un aggressore, che lo lasciò perdere quasi subito e rientrò a grandi passi nella stanza di Tresan.

«Dobbiamo sbrigarci, signore. Portiamolo via e...»

S'immobilizzò.

Tresan era in piedi, davanti a una finestra, e con un pugnale fronteggiava tre assalitori.

«State indietro!» li ammonì. Si sforzò d'essere aggressivo, ma si sentiva ridicolo. Aveva poche speranze di farcela, contro quattro spade Ægatoriane, lunghe e dal taglio affilato. Pregò che Enis avesse il buon senso di correre verso le stanze di Astrid e Romisan, non molto lontane dalla sua; se Romisan fosse stato ancora sveglio, si sarebbe precipitato subito da lui. Nel frattempo, doveva cercare di sopravvivere.

L'uomo più massiccio, lo stesso che l'aveva azzittito nel momento in cui si era svegliato, mulinò la propria spada con un grugnito e lo impegnò in un breve scontro. Tresan si sentì scuotere dall'irruenza dei suoi affondi, e venne spinto contro la finestra. D'improvviso, avvertì un dolore pungente squarciargli la spalla sinistra e s'addossò al vetro con un gemito strozzato, ma trovò la forza di sollevare ancora il pugnale per ricacciare indietro il fendente già in corsa. Lo respinse debolmente, e in quel momento la grossa lama sfavillò in un bagliore accecante e Tresan vide una torcia ardere sulla soglia della stanza. L'uomo di guardia alla porta cadde lanciando un grido rauco e Græven di Halsen entrò con un balzo, gettando la torcia nel camino, che avvampò con sbuffi di cenere e scintille. Aveva la spada sguainata e non era solo. Romisan lo seguiva da vicino, con i calzoni mal allacciati in vita e una camicia larga che sembrava essere stata indossata in gran fretta. Scavalcando il corpo del morente, rintuzzò l'attacco del terzo uomo, che gli s'era avventato contro.

Il guerriero che aveva ferito Tresan si volse a fronteggiare Græven, arrossato dalla vampa del camino, e per qualche attimo nella stanza risuonò soltanto lo strepitio delle spade che si scontravano. Sentendosi perduto, uno degli Ægatoriani alzò un braccio in segno di resa.

«Lui!» gridò, con accento Marismas, indicando con la spada l'uomo alto che lottava con Græven. «É stato quel Mav diabolico a tramare ogni cosa. Noi non volevamo... Ma ci ha minacciati. Abbiate pietà!»

Con un ruggito, il nobile Ægatoriano disimpegnò Græven e, voltandosi, trapassò brutalmente la schiena al traditore, spappolandogli il cuore. Romisan guardò il Marismas crollare sul pavimento, gorgogliando sangue, e solo all'ultimo istante s'accorse che un altro nemico stava brandendo la spada per tagliargli la testa. Scattò all'indietro e, con un movimento rapido, gli squarciò la gola, uccidendolo all'istante.

Ancora addossato al muro, la mano premuta sulla spalla sanguinante, Tresan vide lo scintillio dell'argento delle spade, ma non seppe se fu la lama di Romisan o quella di Græven a lacerare la maschera nera sul volto dell'aggressore, snudando i tratti nerboruti dei clan d'occidente. Un ciuffo di capelli biondi ricadde sugli occhi azzurri dell'uomo e Græven s'irrigidì, incredulo.

«Aæril?» mormorò. «Per tutti gli inferni, cosa...?»

Non terminò. Scoperto, il nobile si disimpegnò brutalmente e, spingendo

Romisan da parte, riuscì a raggiungere la porta e a fuggire. Romisan si gettò al suo inseguimento, ma il capo-clan era veloce e senza essere visto scivolò dietro un arazzo del corridoio. Imboccando una porticina nascosta, riuscì a irrompere nelle stalle prima d'essere raggiunto. Balzò sul suo cavallo, già sellato e in attesa, e richiamando il falco con un fischio, abbandonò il castello ancor prima che l'allarme fosse diffuso fra le sentinelle.

Quando Romisan ritornò nella stanza di Tresan, Astrid era già giunta con garze ed erbe medicinali e gli stava medicando la spalla. Era stato chiamato anche Meran e dieci uomini si erano precipitati all'inseguimento di Aæril. I servitori avevano rimosso i corpi degli assalitori morti e stavano ripulendo il pavimento dal sangue. Quando finirono, raccolsero i panni sporchi e si ritirarono con un inchino.

Romisan era scarmigliato, scalzo e seminudo. Quando aveva sentito Enis strillare, si era precipitato fuori dal letto e aveva indossato una camicia e un paio di pantaloni allacciandoli mentre ancora correva nel corridoio. Solo allora si ricordò d'aver lasciato una ragazza atterrita, nella sua stanza, ma non gl'importava d'andare a rassicurarla. *Ci penseranno i servi*, pensò.

«Prendi un mantello di Tresan o ti ammalerai» gli suggerì Astrid, indicandone uno, su una cassa, e la malizia con cui gli sorrise gli svelò che sapeva perché era ancora sveglio, a quell'ora, e perché non indossasse la camicia da notte. Qualcosa passò, fra loro... l'eco di un pensiero. *Me l'avete mandata voi, quella servetta... Non volevate che dormissi!* Ma Astrid chinò lo sguardo sulla ferita di Tresan e quel filo si spezzò. Guardandola con sospetto, Romisan andò a sedersi accanto al fuoco e lo ravviò.

Græven passeggiava nervosamente nella stanza, tormentandosi le fibbie ricamate ai polsi.

«Sono costernato, Nobile Hardan» si scusò. «Mai avrei sospettato i Marismas e gli Zeln di un simile tradimento. Come vi sentite? Quella canaglia vi ha colpito alla spalla...»

«Sto bene» mentì Tresan, mordendosi a sangue un labbro per non gemere. L'impacco che Astrid gli stava applicando sulla pelle bruciava come lava, ma presto il dolore si sarebbe alleviato ed entro qualche giorno avrebbe potuto riprendere a cavalcare.

Meran era seduto su una poltrona, con la gamba ferita rialzata su uno sgabello, e fissava Græven con occhi glaciali.

«È stato un caso fortuito che vi trovaste in quest'ala del castello, Mav di Halsen» commentò. «Se Enis non vi avesse incontrato, Hardan avrebbe dovuto sostenere l'assalto di quattro uomini con un solo pugnale e una spalla ferita. Posso chiedervi perché vi aggiravate in questa torre, a mezzanotte inoltrata?»

«Sospettate della mia fedeltà, generale?» Græven era risentito. «Comprendo i vostri timori, signore, ma vi giuro che non ero a conoscenza di questo inganno» Si passò una mano nei capelli biondo-rame, a disagio. «Ero nelle vicinanze perché mi sono intrattenuto con una... signora.»

«Era con me» confermò Astrid, in tono pratico, continuando a medicare la ferita di Tresan. «Gli ho chiesto di venire nella mia stanza per discutere di alcune questioni relative al suo clan.»

Græven era color porpora, come il mantello che indossava. «É così» farfugliò. «Vi prego di non pensar male di Madama Astrid, mio signore...»

«Non penso male di alcuno, Mav di Halsen» tagliò corto VenGill. «Dunque? Eravate con la signora e poi?»

«Mentre parlavo con Madama Astrid, ho udito Enis gridare in corridoio, e uscendo ho visto il Nobile Romisan correre fuori dalla propria camera e dirigersi verso gli appartamenti degli Hardan. L'ho seguito senza esitare, per porre la mia spada al servizio di un nobile a cui devo la vita.»

Meran lo soppesò per qualche istante, lo sguardo rapace; poi annuì.

«Vi credo, Nobile di Halsen. Gli occhi di Aæril erano intorbiditi da un fosco disprezzo. I vostri sono limpidi e sinceri e vi sono grato per aver soccorso un giovane che mi è caro quanto il padre.»

Tresan indossò una tunica di lino e licenziò Enis con un gesto della mano.

«Avrete la mia gratitudine in eterno, Mav Græven» giurò. «E sono debitore anche verso di te, Romisan, per avermi salvato la vita. Generale VenGill, potrei parlarvi in privato? Astrid, trattieniti anche tu, se puoi.»

Romisan accennò a lasciare la camera, ma Tresan lo fermò.

«No, rimani. Non ho segreti, per te. Mav Græven...»

Comprendendo che la sua presenza non era desiderata, Græven s'alzò.

«Andrò a trattare l'accaduto con gli altri capo-clan» annunciò. «I miei cugini Marismas dovranno inventarsi una buona giustificazione, se vorranno evitare la forca» S'inchinò galantemente ad Astrid e rivolse a Romisan un saluto formale. «Verrò a visitarvi domattina, Hardan. Buonanotte, generale.»

Non appena la porta si richiuse, Meran chiamò un soldato e lo incaricò di seguire il Mav per spiare ogni suo gesto.

«Non vi fidate di lui, generale?» domandò Tresan. «Eppure, l'avete elogiato per la limpidezza dei suoi occhi e la sincerità del suo animo. L'avete ingannato?»

«No, ma non comanderei l'esercito di Rovanea, se mi affidassi avventatamente a ogni suddito che mi giura fedeltà. Ebbene, siamo qui, tenente. Di cosa desiderate discutere?»

Tresan sedette sulla cassapanca accanto al camino e bevve il decotto che Astrid aveva preparato per lenire il dolore alla spalla. Vestito della semplice tunica disadorna, sembrava un semplice cadetto della cavalleria del re, anziché lo spietato guerriero che qualche giorno prima aveva tappezzato le foreste di Rovanea di divise azzurre e argentate. Gettò un tronchetto sulle braci del focolare e rimase a fissarle per qualche istante.

«Aæril non aveva in animo di uccidermi, questa sera» disse. «Ha solo cercato di rapirmi e non sarebbe il suo primo tentativo. La sera del mio arrivo a Pringel ho scorto il suo falco volare verso nord-est, e d'allora non ho più badato se fosse alla fortezza oppure no; ma ora credo che l'avesse inviato da un luogotenente di mio cugino Damon per avvisarlo della spedizione verso il Lago Seròn. Romisan, tu sei rimasto a Pringel mentre ero in pattugliamento. Hai mai visto il falco, in quei giorni?»

Romisan rifletté per qualche istante. «No. Ma era al braccio di Aæril, quando il drappello è ritornato.»

«È vero, l'ho visto anch'io» ricordò il generale. «Era insolitamente stanco... Come se avesse volato a lungo» Aggrottò la fronte, imprecando sottovoce. Il sospetto che lo aveva tormentato senza sosta, in quei giorni, stava trovando un'amara conferma. «Quel bastardo non ha preso parte alla spedizione e ha lasciato che altri due capo-clan, suoi cugini e compagni, andassero al macello!» inveì. «Che lurido, infido traditore! E tutto solo per catturarvi, tenente?»

Tresan si strinse nelle spalle. «Non ne sono certo, ma per quale altro motivo i Valmādrian avrebbero dovuto scendere in un drappello di sessanta uomini fin nell'entroterra di Rovanea? Se avessero voluto soltanto spiarci, sarebbe stato più astuto inviare un manipolo di non oltre cinque, sei uomini, non uno dieci volte più numeroso» Il generale assentì con un lieve cenno del capo. «Inoltre, alla Piana è accaduto qualcosa a cui scioccamente non ho dato importanza: prima che lo sgozzassi, il capitano Valmādrian ha giurato che il suo signore mi voleva vivo... Damon, suppongo. Se non ha parlato per aver salva la vita, significa che mio cugino ha ordinato che venissi catturato e portato nel nord. Ma perché?»

Meran si massaggiò la gamba ferita, pensoso. Gli occhi socchiusi erano asole di fuoco nella penombra arrossata della camera.

«Aæril potrebbe aver informato i Valmādrian della spedizione di pattugliamento» convenne. «E questo giustificherebbe la loro presenza alla piana. Ma il principe non ha motivo d'ordinare ai suoi uomini di rapirvi. Potrebbe chiedervi un confronto fra pari, in terra neutrale, e discutere pacificamente secondo gli accordi internazionali.»

«E per quale ragione dovrebbe esigere che trattassi con lui? Mio fratello è stato ferito da poco e il Consiglio Reale non lo ha ancora sollevato dall'ereditare il titolo di Sopracavaliere. Se Damon mi vuole, non è per ragioni politiche. Forse ha obbedito a un ordine di qualcun altro... Del suo maestro, presumo, anche se non capisco cosa possa volere da me. Cosa ne pensi, Astrid?»

In piedi davanti alla finestra, Astrid fissava la distesa ventosa delle foreste, immersa nell'oscurità. Avvolta nell'elegante mantello bordato di pelo, il riflesso delle candele che s'infrangeva negli occhi grigi, pareva una statua scolpita nel marmo più candido delle montagne di Zircana. Le cose erano andate come aveva sperato. Tresan era stato assalito e lei aveva fatto in modo che Græven e Romisan fossero nelle vicinanze e lo salvassero. Ora confidava che si rendesse conto del pericolo che stava correndo e che accettasse di partire per Aldemar. In fondo, lo aveva sempre desiderato e se Aldric non era mai stato d'accordo... Ebbene, Aldric non era alla fortezza, per costringerlo a restare nel suo esercito. Quando Tresan la chiamò, si volse e sul suo volto scorsero pensieri e immagini che svanirono nelle ombre come la marea sulla spiaggia.

«Sono anch'io dell'opinione che l'imboscata sia stata organizzata per catturarti» concordò. «Essendo fallita, Aæril ha pensato di agire personalmente. Sembrerebbe più fedele ai Randeran che al suo stesso Clan e sarebbe disposto a qualunque bassezza, pur d'impedire agli Hardan di avvicinarsi al trono di Lanthard. Quanto al maestro del principe... Ebbene, non è un ciarlatano, come si chiacchiera, ma è un mago sopravvissuto a stento a una dura lotta con gli Shelavin, sedici secoli or sono. Nell'Arcipelago si nascondono ancora vecchi maghi e stregoni, e Marlifer farebbe qualunque cosa per stanarli. Ne ha già uccisi molti e venderebbe anche l'anima ai demoni, se in cambio potesse avere Volèn e quel che resta della sua famiglia. Ma rapire te...» S'interruppe. Nella mente le sfolgorarono le immagini della lotta, sulla Piana di Gharr, e fu scossa da un tremito. *Anche Marlifer sa*!

«Forse ci ha sorvegliati e sospetta che sei una sopravvis...» iniziò Tresan, ma s'interruppe di colpo e passò rapidamente lo sguardo da Romisan a Meran, allarmato. Romisan sorrise e abbassò gli occhi, mentre Meran sobbalzò, impallidendo. Fissò Astrid a bocca socchiusa e quando ritrovò la voce, scandì, sbalordito:

«Mia signora, cosa intende dire il Nobile Hardan?»

Astrid sospirò e si erse in tutta la sua nobile statura. «Voi cosa avete intuito, generale?»

Meran la guardò al riverbero del camino e delle lampade accese. La pelle d'avorio, i folti riccioli di fiamma, il portamento regale... Quel viso squisito, costantemente grave eppure soffuso di una grazia antica, impalpabile... La conosceva da vent'anni e non era mai cambiata.

«Il tempo in voi scorre lentamente...» mormorò, ripetendo le parole con cui l'aveva accolta al castello, due settimane prima. «Ma in passato non è scorso affatto. È giusto?»

«Non sbagliate, mio signore.»

«Qual è il vostro vero nome?»

«Quello che vi ho dato è il mio nome. Uno dei tanti, perlomeno. Ma è mio e mi appartiene come la mia stessa anima.»

Meran non celò l'emozione. «Essere al cospetto di una superstite di quelle terribili guerre leggendarie» mormorò, con voce rotta. «Guerre di grandi maghi, combattute con incredibili poteri... Ne sono più che onorato, mia signora.» Chinò il capo, perché altro non poteva fare, in un inchino così profondo che lo si sarebbe tributato alla Grande Regina dell'Arcipelago. Ma Astrid tese la mano per fermarlo.

«Vi prego, generale, non fatelo. Vi considero un amico e non mi dovete tanta deferenza. Non voi.»

«Avete la mia parola, madama: il vostro segreto mi seguirà nella tomba che gli Dèi hanno scelto per me. Chi altri è a conoscenza del vostro segreto?»

Tresan la prevenne. «La mia famiglia e il re. Ma non solo.»

Posò lo sguardo su Romisan, seduto sul pavimento davanti al fuoco, e l'amico annuì, incrociando gli occhi di Astrid.

«Non siate in collera con Tresan, signora» la pregò. «Vi giuro che non ne ha mai fatto parola con me. Io...L'ho sempre sospettato. Dovreste invecchiarvi un po', se volete mantenere la copertura, madama. Dovreste, ma sarebbe lo spreco di una rara bellezza!»

Sotto quello sguardo seduttore, Astrid si sentì arrossire come una fanciulla. «Per gli Dei, Romisan Vilkaster!» s'indispettì. «Dovrò davvero tingermi i capelli di grigio, per evitare che gl'impertinenti come te mi osservino più del dovuto! Ma ora basta con queste sciocchezze!» Puntò su Tresan uno sguardo d'acciaio. «Prima che tu svelassi a tutti il mio rango» l'accusò, e lui si sentì terribilmente colpevole «Stavamo parlando di te e Marlifer, e del tuo rapimento.»

«Pensi davvero che Marlifer possa aver capito chi sei, sorvegliando me? Eppure, siamo stati cauti.»

«Non lo penso, infatti. Credo che questa volta Marlifer voglia proprio te» Sedette su un cassone sotto la finestra, avvolgendosi nel pesante mantello di lana. «Se è in combutta con Ger, l'Apostata dei Dodici, sei in serio pericolo. Ger conosce i codici Drom e ha sicuramente letto la tua mappa del destino, pertanto sa che avrai una parte importante, nelle guerre dell'Arcipelago. Lo sapeva Volèn, lo so io... lo sapeva perfino tuo padre! Lo saprà senz'altro anche lui.»

«Non capisco» Tresan increspò la fronte, perplesso. «Che cosa potrebbero temere, da me? Sono solo il cadetto di un feudo e neppure vicino al trono...»

«Sono tutti incuriositi dalle tue Stelle Cacciatrici. Non è normale contarne più di una dozzina, in una mappa, e almeno una costellazione che fronteggia la tua è formata unicamente da stelle viola.»

Tresan accennò a ribattere, ma Romisan intervenne, con fermezza:

«Madama Astrid ha ragione. Dodici Stelle Cacciatrici, o più, sono foriere di grandi pericoli. Devi capire a chi appartengano e perché ruotano in opposizione alle tue.»

Tresan si strinse nelle spalle. «Sarà Damon» suppose, ma Romisan era poco convinto.

«E se non fosse lui? Come vedi, hai altri nemici.»

«Aæril?»

«Aæril non è davvero temibile. Non è altro che un fantoccio nelle mani di Marlifer e Ger, ed è contro di te solo perché sei un Hardan e teme che il re preferisca un membro della tua casa ai suoi cugini di sangue. Ma quei due ti vogliono per altri motivi. Devi scoprire quali sono e difenderti.»

Tresan rifletté per qualche istante, smarrito. «Forse è così» ammise. «Cosa mi consigliate di fare?»

Era la domanda che Astrid attendeva da tutta la sera... No, si corresse, da nove anni. Tornò ad alzarsi, inquieta, e nel chiarore rossastro del fuoco, paludata nel lungo manto, gli occhi d'argento brillante, pareva ancor più alta e maestosa.

«Hai perso fin troppi anni nella casa di tuo padre, vivendo come un qualunque cadetto senza terra né eredità. É tempo che affronti il tuo destino da uomo. Va' ad Aldemar» Passò davanti alla vampa del fuoco e i suoi folti capelli parvero ardere, attorno al viso di madreperla. «Volèn è stato un potente Drangor e saprà sciogliere i misteri legati alla tua mappa. Non potrai scoprire gl'intrighi dei Valmādrian restando qui, a rischio di essere rapito o ucciso a ogni tuo passo.»

Se non partirai, questa sera avrò rischiato la tua vita inutilmente!

Tresan ebbe una smorfia di disappunto. «Non parlerai seriamente, Astrid!» si ribellò. «Non ho più l'età per diventare un Davlèjn. Cosa penserebbe mio padre, se scoprisse che ho disertato il suo esercito per rifugiarmi su un vulcano spento? Come minimo, frantumerebbe la mia spada sulla roccia più alta di Va'nel!»

«E a te serve integra per difenderti, vero?»

«Naturalmente!»

Astrid gli sedette accanto sulla cassapanca e allungò le mani verso la fiamma del camino, per scaldarsi.

«La tua spada» obiettò, a bassa voce «Non ti ha salvato, questa sera, né potrà farlo in futuro, se avrai contro un sacerdote d'alta casta e un vecchio mago... senza poteri, magari, ma pur sempre astuto e determinato ad averti. La prossima volta, i seguaci di Marlifer non sbaglieranno e allora cosa ne sarà di te?»

Tresan avrebbe voluto ribattere che aveva un esercito, a sua protezione, ma seppe che non era vero nel momento in cui socchiuse le labbra per rispondere. Quell'esercito apparteneva al padre ed era votato alla causa di Elvaner e del re, non alla sua.

«Non andrò» ribadì, caparbio. «Se non mi darai un valido motivo per scappare come un vigliacco, resterò a Pringel o raggiungerò mio padre nel Mar del Grifone, secondo i suoi ordini.»

Fu Meran a intervenire: «Perché esitate, tenente? Il vostro ritiro non durerà a lungo.»

«Non desidero fuggire perché qualcuno mi reclama con la forza delle armi, mio signore. Sono un ufficiale del re e...»

«Il vostro valore non è in discussione» Il tono di VenGill era risoluto. «Ma non potete rifiutarvi di partire: se rimarrete in Rovanea, altri uomini moriranno a causa vostra e voi dovrete sopravvivere con il rimorso della loro morte sull'anima. É questo che volete?»

Tresan deglutì a fatica. Alla mente gli tornarono i cadaveri che avevano ricoperto la Piana di Gharr, al termine dello scontro, e i corpi martoriati che avevano ricondotto a Pringel. Erano tutti morti a causa sua.

«Non morirà più nessuno...» sussurrò, ma la voce del generale era rigida come una distesa di ghiaccio: «Solo perché questa sera Mav Græven e il nobile Romisan non sono morti, non significa che in avvenire non dovrete piangere altri amici. Avete già perso vostro cugino Borr. Quanti altri dovranno perire, per soddisfare la vostra caparbietà?»

Tresan fu scosso da un fremito. «Non è leale appellarsi alla mia coscienza, generale» protestò. E più debolmente, aggiunse: «Chi proteggerà Elvaner, se anch'io l'abbandonerò?»

«Io» E mentre parlava, il generale sfiorò l'elsa del pugnale che portava alla cintura e si passò una mano sul cuore. Era un giuramento sacro e Astrid approvò con un cenno del capo.

«Non mi lasciate altra scelta, dunque.» Sentiva, sempre più a ogni istante, il suo passato scivolar via dalla sua vita, come un'onda che ritornava spumeggiando verso il mare. «Quando volete che parta?» si arrese.

«Fra qualche giorno, caro. Quando ti sarai ristabilito.»
«Verrai con me?»
«No. Mi recherò nel Mare del Grifone per prestar soccorso a Rupens e agli altri feriti. Sono una guaritrice e tu non hai più bisogno di me, ormai.»
La voce gli tremò. «Non potrei in nessun caso fare a meno della tua saggezza. Mi lascerai, dunque? Perderò la mia maestra, la mia guida, la mia amica?»
«Mai!» Astrid gli strinse con forza una mano nelle sue, commossa. «E Volèn sarà tutto questo per te e anche di più» Nella stretta, lui percepì un brivido – un singhiozzo represso – scivolarle sottopelle. «Partirai solo, e senza servitori. Sarebbe pericoloso, se qualcuno ti accompagnasse. Le spie cercheranno un nobile scortato da un servitore e non s'insospettiranno, se vedranno un cavaliere in abiti dimessi risalire verso nord.»
«Io e il generale Zofran potremmo accompagnarti per un tratto» si offrì Romisan. «Dobbiamo ritornare nel Mare della Leonessa, ti scorteremo fuori delle paludi con la galea.»
«Ma dovrete risalire il fiume e poi ritornare alla laguna» obiettò Tresan, e Romisan fece spallucce.
«Non è un problema, e almeno non dovrai attraversare le paludi di Sharja o aggirarle per la strada lunga. Ti lasceremo lungo il delta del fiume, e da lì potrai proseguire a cavallo verso il porto di Kel.»
In quel momento, qualcuno bussò e il confidente di Meran entrò, riferendo che Græven aveva convocato i nobili di Ægator per fomentare una rivolta contro il clan di Aæril e quello dei Marismas.
«Alcuni signori temporeggiano, incerti, ma altri hanno prestato giuramento a Græven e vendicheranno la morte di Lort bruciando le terre e le case dei traditori.»
«Buon lavoro, Serall» si complimentò Meran. «Sorveglia i nobili che non si sono uniti alla sommossa e riferiscimi qualunque decisione possa nuocere al re e al Nobile Hardan.»
«Sì, signore.»
Ma prima che il soldato si ritirasse, Meran si puntellò sui braccioli della poltrona, annunciando che era stanco e desiderava riposare. Sollecito, Serall s'avvicinò per aiutarlo a sollevarsi in piedi.
Anche Astrid si alzò. «Mi ritiro anch'io. Romisan, rimani qui questa notte,

se non ti è di troppo disturbo. Mi fido più della tua spada che di quella di dieci soldati» Si chinò a baciare Tresan su una guancia. «A domani, caro.»

Non appena uscirono, Romisan chiuse la porta con il catenaccio e tornò accanto al fuoco, mentre Tresan si lasciò cadere sul letto disfatto, sbadigliando.

«Non dovresti restar qui come un servo» protestò. «Chiamerò Enis, se avrò bisogno di qualcosa.»

Romisan distese sul pavimento una pelle d'orso, per proteggere i piedi scalzi dalle mattonelle fredde del pavimento, e impugnò la spada.

«Quel vecchio non ha neppure la forza di sollevare una candela» ribatté. «Come puoi sperare che ti difenda? Dormi, amico mio. Nessuno ti farà del male, finché monterò la guardia per te.»

«Non ho sonno...» Ma ora che la tensione lo stava abbandonando, Tresan sentiva i sensi offuscati dalla tisana che aveva bevuto. «Devi riposare anche tu...» biascicò, poi si gettò sulle spalle una coperta, borbottò ancora qualcosa e infine la voce gli si spense in un sussurro.

Romisan rimase a guardarlo per qualche tempo nell'alone sanguigno della fiamma bassa del focolare, poi posò la testa contro le mattonelle del camino e chiuse gli occhi. Ma prima che si assopisse, la fiamma s'impennò sulle braci con una brusca vampata e due occhi verdi si spalancarono fra le lingue del fuoco. Romisan trasalì, spaventato.

«Chi diavolo sei?» ansimò, incredulo. Se non stava sognando, era pazzia o... magia!

Sono un amico.

Strinse con forza la spada nel pugno. «Quale amico?»

Il più caro, il più sincero... Al pari suo. Gli occhi si posarono su Tresan, abbandonato fra le coltri, e lo percorsero con malinconica tenerezza.

«Che cosa vuoi, da lui?»

Tutto. È legato a me, da sempre. Anche tu lo sei.

«Lascialo stare!» un sibilo rabbioso. «Non esisti, sei solo un sogno... Sparisci!»

I sogni possono essere dolci, figlio del Leone. Io no.

«Esci dalla mia mente, Maledetto!»

Trapassò il fuoco con la spada, fra gli occhi dello spettro. Ridendo sommessamente, lo spirito svanì in uno sbuffo di scintille e fumo. La fiamma si riabbassò e le braci pulsarono come cuori agitati fra i ceppi riarsi.

Romisan tremava come un puledro appena nato. Non appena lo spirito gli aveva parlato, aveva saputo chi era e cosa voleva. *No, non può essere vero...!* Scivolò in ginocchio davanti al camino, posando la spada a terra. Doveva restar calmo e riflettere. Il Maledetto non era tornato per lui, ma per Tresan. E Romisan sapeva perché.

«Non avrai la sua vita! Dovrai passare dieci volte sul mio cadavere, prima di averla!»

Disperato, rimase a lungo in ginocchio sulla pelle d'orso. Poi aprì le mani, un gesto di preghiera, e a mezza voce intonò un salmo che aveva imparato molti anni prima e che credeva d'aver dimenticato. *Che gli Dèi, passati e presenti, ci proteggano! O per noi sarà la fine.*

8

Il veliero regale di Zircana veleggiava risalendo la foce del fiume Nura, lasciandosi la Laguna alle spalle. Sul ponte e sugli alberi, gli uomini dell'equipaggio urlavano ordini, manovrando le vele, e i mozzi correvano sopraccoperta con secchi colmi d'acqua di mare per pulire i ponti di passeggiata degli ufficiali. Appoggiato alla murata, Tresan osservava i falchi di palude volteggiare sopra i villaggi dei pescatori e comprese che presto sarebbero approdati ai primi centri commerciali.

«Il contrammiraglio mi ha assicurato che domani raggiungeremo i pontili di Ashia» gli annunciò Romisan, addossandosi al parapetto, al suo fianco. «Da lì, potrai risalire a cavallo fino al Porto di Kel. Non sarà pericoloso, se resterai nella foresta, ma dopo...» Sollevò lo sguardo verso un airone cinerino che spiccava il volo dall'Albero Maestro. «Dopo rischierai la vita a ogni passo, e non sarei tranquillo, se ti lasciassi solo. Scenderò con te.»

Tresan lo fissò sbalordito. «Non puoi! La guerra, i tuoi doveri verso la tua famiglia...»

«Che vadano pure all'inferno! Non posso lasciare che affoghi nello stretto dei Mari Tempestosi. Astrid è stata una pazza a consigliarti quella via. Se ti avesse suggerito la strada che costeggia la catena di Ammarth, non avresti difficoltà a raggiungere Aldemar entro qualche giorno. Viaggeresti per terra, eccetto al montare della marea, e saliresti alla fortezza di Volèn senza molti rischi.»

Per un momento, Tresan fu tentato d'accettare l'offerta. Se fosse risalito ad Aldemar in compagnia di Romisan, di giorno non sarebbe stato solo e di notte avrebbe dormito tranquillo, ovunque fosse stato. Ma non poteva permettere che qualche strano mistero, che riguardava solo la sua vita, lo distogliesse dai suoi obblighi di principe ed erede del Principato.

«Se tu mi fossi accanto, non avrei paura neppure se scendessi negli Inferni degli Dèi dimenticati» gli assicurò. «Ma hai un vincolo con la tua terra, ed io devo fare quello che mio padre ha cercato di risparmiarmi per tutta la vita. Volèn aveva ragione: i mortali non possono opporsi al volere degli Dèi.»

«O a quello dei morti» borbottò Romisan, cupamente. Tresan lo guardò senza capire, ma l'amico strinse i pugni sul parapetto.

«Chiamami, se sarai in pericolo» Sembrava più un ordine che una preghiera. «Io ti sentirò, ovunque sarai. E anche se Za'nallorn ardesse nei roghi attizzati dai Valmādrian, seguirei il tuo richiamo senza esitare.»

Il giorno successivo, nel primo pomeriggio, il veliero attraccò a un porto abbandonato e Tresan scese a terra con Zelin. Romisan lo aiutò a legare alla sella una sacca con coperte e provviste, e gli fece dono di un *ghirr* e della sua borraccia decorata con rune d'oro.

«Sii prudente» gli raccomandò, mentre l'abbracciava. «Guardati dagli uomini e dalle ombre. La spada del destino è tesa sopra le nostre teste, e noi siamo come steli di grano pronti per essere mietuti.»

«Che fai, parli come un prete?» sdrammatizzò Tresan, battendogli le mani sulle spalle. « Le guerre portano sempre dolore, ma noi ci rivedremo, te lo prometto.»

«Puoi giurarci, che ci rivedremo» C'era una strana luce, negli occhi di Romisan. «Che gli Dèi guidino ogni tuoi passo. Addio.»

Non appena la nave si staccò dal vecchio molo, Tresan incitò Zelin al passo e avanzò sul sentiero fra gli alberi d'un fitto bosco. Quella notte dormì fra le radici nodose di una grande quercia e prima dell'alba riprese il viaggio verso nord-ovest. Sorgeva il Solstizio di Primavera, e quel giorno compiva ventidue anni, ma non avrebbe festeggiato. Non aveva molto di cui rallegrarsi, solo e infreddolito in boschi sconosciuti; ma subito si corresse: *Sono vivo e libero, e sto cavalcando verso Aldemar, anziché essere in viaggio per Valmādria o per gl'Inferni Gelati di Kajan. Ho molto di cui essere felice, invece.*

Verso sera, si fermò in una radura per cenare e riposare. Legò il cavallo a un tronco robusto e accese un fuoco fra quelli che sembravano i ruderi di un tempio antico. Dopo cena, impugnò il *ghirr* che gli aveva donato Romisan e spezzò la quiete dei boschi con una ballata mesta e dolce che talvolta aveva cantato per Maribelna, quand'erano sposati. Celebrava la passione che aveva legato infelicemente il Re d'Ambra a una donna bellissima, e nel ritornello si raccontava di come gli amanti vagassero ancora abbracciati fra le pieghe del tempo, incapaci di separarsi persino nella morte.

Era una ballata struggente e ricordava che Maribelna si era commossa, quando glieľaveva dedicata, la prima notte di nozze e, asciugandosi gli occhi, lei aveva commentato, con voce roca: «Chissà se esiste davvero un amore più tenace della morte!»

Quelle parole era riaffiorate alle memoria di Tresan, quando lei aveva abbandonato Elvaner, prendendo il mare su un mercantile diretto a Zircana. *Perché la gente se n'è stupita? Eravamo infelici, insieme.* Maribelna era libera e selvaggia come i cavalli che amava addestrare assieme a Romisan. Non aveva mai accettato quel matrimonio forzato e le poche volte che aveva ceduto ai suoi abbracci, nel talamo nuziale, l'aveva sopportato in silenzio, con dignitosa rassegnazione. *Dèi, che umiliazione! Non era così che avrei voluto vivere la prima volta con una donna... In silenzio, con pochi baci senza amore e la sgradevole sensazione di averle rubato un prezioso momento di poesia, anziché avergliene donato uno...*La loro vita coniugale non era durata a lungo. Un mese e mezzo dopo le nozze, Tresan era partito per Valmādria e durante la missione era ritornato a casa solo due volte. Con un senso di malessere, ricordò il loro ultimo incontro. Era stato così felice, e così stupidamente ingenuo, quando l'aveva stretta fra le braccia, nel cortile... ma Maribelna si era svincolata con fastidio, dicendo che non era conveniente abbracciarsi davanti ai servi. Nonostante fremesse di desiderio, lui aveva atteso che venisse sera, e mentre erano soli, nella loro stanza... *Non ricordare!* S'impose, ma le immagini gli scorsero senza freni, nella mente... Lei era così seducente, nella veste da notte trasparente, ma l'aveva scacciato dal letto perché non la toccasse. Avvilito dalla sua sprezzante indifferenza, lui si era ubriacato davanti al camino, e quando si era alzato aveva sbattuto la fronte contro la mensola di legno... E lei aveva riso. In quel momento, la sua prostrazione si era trasformata in rabbia. Le aveva risposto urlando, senza controllo... Non poteva permetterle di ridurlo in quello stato e di prendersi gioco di lui!

«Sei pazzo, come il figlio del re!» l'aveva insultato Maribelna, e Tresan aveva scaraventato il bicchiere contro una finestra, mandandola in frantumi. I servi erano accorsi con le lampade, impalliditi, e lui li aveva scacciati urlando. Era una faccenda che non li riguardava, che se ne andassero! In piedi accanto al letto, appena coperta dalla tunica che non nascondeva il suo corpo nudo, Maribelna l'aveva fronteggiato tremando di stizza, con l'irremovibile caparbietà della stirpe dei Vilkaster. Cos'era accaduto, dopo? Si passò un braccio sugli occhi per asciugare una lacrima. Si era avviato alla porta per uscire, ma ancor prima d'averla raggiunta era ritornato indietro, e l'aveva gettata sul letto, gridando:

«Non puoi respingermi ogni volta! Sono pur sempre tuo marito, per gli Dèi!»

Lei aveva provato a graffiarlo e lui l'aveva immobilizzata sotto di sé, ma non era riuscito a dar sfogo alla sua disperazione. Mentre cercava di baciarla, sciogliendo i lacci della veste, Maribelna aveva singhiozzato, il volto affondato fra i cuscini, e la vergogna di quel che stava facendo l'aveva pietrificato. Lentamente, le si era disteso accanto, accarezzandola sui capelli e sulle braccia nude.

«Perché non mi ami?» aveva sussurrato, disfatto, e per la prima volta lei aveva ammesso, senza guardarlo: «Non posso».

E allora anche lui aveva pianto in silenzio e le sue lacrime si erano perse nei riccioli neri di lei e gli erano ricadute sulle mani, richiuse sulle sue, una muta supplica senza speranza...

Con uno sforzo, Tresan si riscosse dai pensieri. *Tutto questo è passato.* Posò il *ghirr* sulla custodia. Rimescolò il vino che stava scaldando sul fuoco e prese una coppa per assaggiarlo, quando un ringhio alle sue spalle lo fece sussultare. Si volse lentamente: la notte era punteggiata dagli occhi affamati dei lupi e il capo branco stava avanzando, con passo cauto, mostrando le lunghe zanne bianche. Accovacciato accanto al fuoco, Tresan posò a terra la coppa e fece scivolare la mano verso un tizzone ardente, badando a non spaventarli. Era circondato da una decina di lupi magri, spinti dalla fame ad avvicinarsi al piccolo campo, nella speranza di trovar qualcosa da mangiare. *Devono aver fiutato la pernice che ho cucinato per cena, non se ne andranno facilmente. Che fare? Vorrei scacciarli senza ferirli e se almeno il capo arretrasse...*

Ringhiando, il lupo più grosso rinculò per assalirlo. Ancor prima che scattasse, Tresan afferrò il ramo infuocato e glielo sventagliò vicino al muso. L'animale indietreggiò, ma fu soltanto una finta. Irritato, l'aggirò per un momento, poi l'aggredì con un salto, cercando di azzannargli il braccio. Lo mancò per poco e Tresan imprecò. Sentì gli altri lupi ringhiare e uggiolare, e fu costretto a sfoderare la spada, preparandosi a fronteggiare l'assalto del branco. In lontananza, su una collinetta vicina, scorse un cavaliere sfocato dall'ultimo chiarore della sera, ma era troppo distante perché potesse giungere in tempo per soccorrerlo. Forse anche l'altro l'aveva visto, perché, dopo un attimo di esitazione, aveva spronato il cavallo giù per un irto sentiero, ma i lupi stringevano il campo in una morsa e Tresan doveva difendersi, se voleva sopravvivere. D'improvviso, così com'era accaduto sulla Piana di Gharr, una forza irresistibile gli scorse nelle membra e gli parve che il suo corpo s'accrescesse e si gonfiasse. Quando parlò, la voce che udì era la sua eppure, nel contempo, non lo era.

«Amici lupi» mormorò, in tono basso e profondo. «Osate attaccare me, che sono il vostro signore? Ho salvato una vostra antenata, quand'era cucciola e smarrita, e voi mi ricompensate con il tradimento? Vieni» si chinò, porgendo una mano aperta al capo branco, che si accostò per leccargliela. «Non aver paura, non ti farò del male. Ti darò gli avanzi del mio pasto, perché vedo che sei affamato, e ne mangerete tutti. Ma tu mostra ai tuoi sudditi un altro luogo in cui cacciare e non violare più il mio giaciglio» Gli gettò quel che restava della pernice e il lupo l'afferrò in corsa. «Ora obbedisci al mio volere e va'!»

Il capo guaì umilmente e si allontanò con passo veloce, seguito fedelmente dal branco. Tresan sentì una voce mormorare, nella sua mente: *Non temere, nessuno ti farà del male,* dopodiché il suo corpo si sciolse e ricadde, spossato, accanto al fuoco. Lo spirito che l'aveva invaso si era dissolto, ma lui sentiva ancora la sua linfa scorrergli nelle vene e si domandò chi fosse e perché l'avesse aiutato.

«Per le ossa del Rinnegato!» sussurrò, attonito. «Non sarai davvero... *Lui*?»

Ma lo spettro era fumigato altrove e non gli rispose. Mentre Tresan si rialzava, le foglie secche del sentiero si sollevarono in uno sbuffo, e un cavaliere balzò a terra e gli corse incontro.

«State bene, signore?»

Ancora tramortito, Tresan limitò ad annuire con un gesto del capo.

«Ho visto un branco di lupi insidiare il vostro bivacco e sono accorso per soccorrervi. Come avete fatto a scacciarlo da solo?»

Tresan gettò il tizzone nel falò e, mentre riponeva la spada nel fodero, cercò una risposta che fosse convincente anche per lui.

«Il capo branco ha compreso che ero più forte e ha deciso di cacciare altrove» mormorò.

Il cavaliere increspò la fronte e si guardò attorno, dubbioso. Non c'erano tracce di lotta e quel giovane era stranamente illeso.

«Siete un signore dei lupi?»

Tresan si arrestò, colpito dalla domanda. «No, ma lui ha detto...»

«Lui?» ripeté l'altro, smarrito. «Credevo che foste solo... Avete un compagno?»

«No... Perdonate, cavaliere, sono confuso. Gradite una coppa di sidro caldo?»

«Sarebbe un piacere, in una sera tanto fredda. Siete certo di star bene?»

Tresan cercò di sorridere e si chinò a raccogliere la coppa per il vino. «Sì... Quel branco non ritornerà. Vi prego, sedetevi accanto al fuoco. Avete un aspetto stanco.»

«È così. Viaggio senza sosta da dieci giorni e non bevo una buona coppa di vino da più tempo ancora. Attendete solo un istante...»

Afferrò le redini del suo morello e lo impastoiò a una robusta quercia, parlandogli sommessamente. Tresan versò il sidro in due coppe di bronzo e osservò lo sconosciuto. Era alto e snello, forse di due o tre anni più vecchio di lui. Aveva lunghi capelli corvini, animati da un lungo ciuffo che gli ricadeva sulla fronte e vivaci occhi neri. Quando si volse e il bagliore del fuoco lo investì, notò che la fibbia del suo mantello era forgiata con l'immagine di un unicorno impennato su una mezzaluna di cinque stelle azzurre, il simbolo dell'accademia militare del Drangor Volèn.

«Siete allievo alla scuola di Aldemar?» domandò, affascinato, offrendogli la coppa fumante.

Il cavaliere si accomodò su un tronco caduto, accanto al fuoco. «Lo sono stato» rispose, scaldandosi le mani attorno alla coppa calda. «Ormai, sono un Davlèjn da oltre cinque anni. Ma perdonate, non mi sono presentato. Mi chiamo Helgar Ven Mrinall, dell'isola Is'lenderr.»

«Tresan Hardan, di Elvaner» disse Tresan, distrattamente, e quando si accorse della propria avventatezza era ormai troppo tardi. Aveva parlato sospinto dalla piacevole sensazione di calma e fiducia che gl'infondeva la vicinanza di quel giovane bruno. Da quando gli sedeva accanto provava una calda familiarità che fino ad allora aveva ravvisato soltanto in compagnia di Romisan.

Helgar bevve un sorso di vino e sorrise. «Hardan? Siete dunque figlio del Sopracavaliere Aldric. Perché viaggiate senza scorta e vestito come un cavaliere povero?» Si allarmò. «Pringel o Lanthard sono forse state vinte dal nemico?»

«No, Pringel è un presidio inespugnabile e i nemici non si sono ancora spinti fino a Lanthard, che io sappia.»

«E voi...? Dev'essere accaduto qualcosa di grave, se attraversate da solo queste lande desolate.»

Tresan si morse le labbra, e Helgar si scusò, contrito. «Forse sono inopportuno, tuttavia devo avvisarvi che il nord di Rovanea non è sicuro per un cavaliere solitario. Anche se indossate abiti poveri, chiunque capirebbe, vedendovi o parlandovi, che siete un nobile. Dove siete diretto? Il porto di Kel è ancora aperto ai commerci, ma ho notato alcune spie Valmādrian aggirarsi fra le navi e dubito di averle uccise tutte. O forse state scendendo verso Pringel? Se è così, potremo proseguire assieme. Devo portare dispacci da occidente al generale VenGill, e sarei lieto di cavalcare con voi.»

Tresan ruotò la propria coppa fra le mani, fissando la spuma del vino ondeggiare sino al bordo e poi ritrarsi. Era imprudente fidarsi di uno sconosciuto, eppure quella certezza di conoscerlo, come se fosse un amico d'infanzia o un fratello dimenticato, era insolita e delicata, e spazzò via i suoi timori.

«Non sono diretto a Pringel» gli confidò. «Devo risalire lo Stretto di Palus e raggiungere Aldemar.»

«Siete stato convocato dal Drangor Volèn?» Helgar lo guardò con deferenza. «Stupefacente! Volèn non chiama più nessuno da qualche anno e voi non siete un ragazzino da addestrare alla guerra. Perdonatemi se ve lo chiedo, perché volete risalire allo stretto? Potreste raggiungere l'isola per la via bassa, che è più sicura. Non è saggio affrontare le insidie dei Mari Tempestosi, in questa stagione.»

«Siete più curioso di un mercante, Cavaliere di Is'lenderr» commentò Tresan, ironicamente, e Helgar si strinse nelle spalle con un sorriso di scuse.

«Avete ragione, ma confesso di non capire. Io sono stato portato ad Aldemar quand'ero un bambino e sono stato allevato per diventare un guerriero e servire il re. Ma voi siete un ufficiale e non avete motivo di recarvi lassù, a meno che non stiate sfuggendo a qualche minaccia tanto grave da strapparvi dal campo di battaglia. È così? Qualcuno attenta alla vostra vita, come i lupi che avete messo in fuga poco fa?»

Tresan si sentì in difficoltà, ma mentire era ormai inutile. «Sì» ammise. «E non ne conosco la ragione.»

«Volèn saprà sciogliere i vostri enigmi» lo rassicurò Helgar, allungando le lunghe gambe al calore del fuoco. «Abbiate fiducia in lui.»

«Ne ho, difatti» Gli versò altro vino e colmò anche la sua coppa. «In questo momento siete al servizio di qualche nobile per ordine del re?»

«No. Servo solo Farsnar, come guardia del corpo ma a volte, quando sono in missione, fingo di essere un bardo e mi guadagno una cena calda imbracciando una cetra. Non è un sotterfugio troppo disonorevole e sovente mi diverto a cantare le vecchie ballate di Myrdrassa...»

«Siete un Myrdrass?» Sul volto di Tresan guizzò l'ombra di un sospetto. «Il vostro aspetto sembrerebbe appartenere più ai popoli delle Steppe Zh'Ehéllend che non ai Myrdrass.»

«È probabile che i nonni dei miei nonni fossero nati in quelle terre» ammise Helgar «In realtà, la mia isola appartiene a Valmādria e sorge vicino alle Steppe. Un tempo, il mio popolo e quello dei Nomadi Zh'Ehéllendir erano amici e fratelli. Abbiamo qualche dialetto in comune e nel corpo siamo più simili a loro, piuttosto che ai figli dell'Impero: abbiamo la pelle chiara e siamo alti e bruni, mentre l'imperatore è basso, pallido e grassottello.»

Tresan lo osservò più accuratamente alla vampa del fuoco e notò che gli occhi, disturbati dai capelli ribelli, accennavano una foggia allungata, un tratto tipico dei popoli d'oriente.

«Non avete un nome Valmādrian» osservò. «Si direbbe Zircaniano... o di qualche Isola Stato Indipendente.»

«Helgar è il diminutivo di Helgarslan» spiegò il giovane Davlejn, alimentando il fuoco con un rametto nodoso. «Un nome piuttosto diffuso sulla costa orientale dell'isola di Is'lenderr. Il cognome di mio padre è Mrinall, che nella nostra lingua significa: *custode del ferro*. Presumo che qualche nostro avo sia stato un fabbro o lo scudiero di qualche signorotto delle isole.»

«E il Ven...» iniziò Tresan, ma conosceva già la risposta.

«Volèn aggiunge al cognome di tutti i suoi Davlèjn quel *Ven* che identifica il loro legame con il cavallo cornuto. Viene assegnato all'uscita dall'Accademia e riceverlo è un grande onore.»

Avrei potuto averlo anch'io, davanti al cognome di mio padre, si rammaricò Tresan, ma era inutile rimpiangere il passato. «Da quanto tempo vivete in Rovanea, Nobile Mrinall?»

Helgar allontanò la coppa dalle labbra e rise. «Non sono un nobile. Mio padre è un pescatore e mia madre custodisce un gregge di pecore, su un poggio vicino alla nostra casa. Non avrei mai potuto pagare la retta dell'accademia, se Volèn non mi avesse offerto un posto nel dormitorio degli allievi in cambio di qualche lavoro nelle stalle o nell'armeria. Non l'ho mai ringraziato a sufficienza per avermi permesso di crescere come guerriero, anziché come pastore» Sulle labbra sottili gli passò un'ombra amara. «Ho visto molti villaggi ardere sotto le vampe dei roghi appiccati dai briganti, mentre la gente fuggiva, incapace di difendersi, e ho sempre desiderato proteggere le mie terre dai razziatori, da qualunque mare provenissero.»

«Ora potete farlo.»

«No. Da quando l'Alleanza è stata spezzata, sono diventato un nemico dei miei padri e degli amici d'infanzia, il mio nome è stato calpestato e ingiuriato, e vicino alla mia casa è stata eretta una tomba, la tomba dei traditori, a simboleggiare che la mia anima e il mio nome sono morti per sempre.»

«Non vi hanno perdonato d'aver giurato fedeltà a Re Farsnar, anziché a Erlanes di Kulldren» comprese Tresan. «Ma sono certo che la vostra famiglia non vi odi...»

Helgar fissò il fuoco, accigliato, e un pensiero sfiorò la mente di Tresan: *Mia madre si struggeva nel pianto, mentre gli uomini del villaggio e i miei fratelli mi scacciavano a sassate dalla casa in cui sono cresciuto*... Non sapeva se fosse un'eco dei pensieri di Helgar o una sua fantasia.

Helgar scosse le spalle, per scacciare la malinconia, e gli chiese il permesso di suonare il *ghirr*. Sfiorò le corde con mani agili, rifletté un momento, e dalla sua sacca trasse una piccola cetra di foggia più semplice e dal timbro più squillante.

«Ad Aldemar, i ragazzi vengono addestrati al canto e alla musica» disse. «Suonate con me, Tresan. Avete una voce armoniosa e senza dubbio le vostre mani hanno maestria sulle corde. Suonate la ballata del vecchio marinaio che pesca le stelle fra le onde, nelle notti di luna piena...»

Accennò un accordo e Tresan lo accompagnò con il *ghirr* in un basso controcanto. Affascinato, ascoltò la bella voce di Helgar diffondersi nel bosco, incantando il silenzio con la deliziosa favola del marinaio che raccoglieva fra le mani le stelle riflesse nell'acqua per spargerle sulla tomba della donna che aveva amato per tutta la vita. Quando Helgar cantò delle stelle appese a grappoli nel cielo, a Tresan ritornarono alla mente gli occhi viola che l'avevano accarezzato, la notte della veglia ai caduti e si sentì invaso da una dolcezza e da un calore che non provava da tempo. *Anche se rischio di bruciarmi, voglio ritrovare quegli occhi, se mai esiste una donna tanto bella da possederli*, decise e subito sorrise, perché era il pensiero di uno sciocco. Non era sensato pensare alle donne, mentre era braccato dai sicari e la guerra imperversava nei confini orientali di Rovanea...

Per molto tempo, intonarono le madrigali più popolari delle Isole e quando Helgar si stancò, Tresan proseguì da solo, mentre il Davlejn ascoltava bevendo vino nel lucore del fuoco morente.

«Hai una bella voce e mani agili» commentò, alla fine dell'ultimo pezzo. «Se fossi cresciuto nel tempio di Samishka, ad Aldemar, saresti diventato senza dubbio un grande cantore.»

Avevano iniziato a parlarsi in modo più confidenziale mentre suonavano e fra loro si era insinuata un'istintiva venatura d'amicizia, amareggiata dalla consapevolezza che il giorno seguente si sarebbero dovuti separare, forse per sempre.

«Mio padre non me l'avrebbe permesso, ma mia madre era figlia del Patriarca Mesìa Klastor e di sua moglie Flesia, e forse avrebbe approvato che studiassi in un tempio.»

«So che è morta quand'eri bambino...»

«Avevo cinque anni» ricordò Tresan. «Di lei rammento la voce e il profumo, e le sue carezze. Forse ho qualche suo tratto, perché non assomiglio a mio padre quanto mio fratello Rupens.»

Helgar abbassò la voce. «Ti manca?»

«Come a te manca la tua.»

Ripose il *ghirr* nella sacca da viaggio e si adagiò sul proprio giaciglio. Anche Helgar distese una coperta sull'erba e si coprì con il mantello. Parlarono ancora per un po', poi Tresan cedette al sonno e Helgar rimase a osservarlo, oltre le braci morenti del fuoco, chiedendosi dove avesse già udito la sua voce melodiosa e incrociato i suoi occhi, vigili e rapaci come quelli di un'aquila. *A Lanthard, forse, se seguiva Rupens nei giochi di strategia*. Sbadigliò, sistemando la propria sacca sotto la testa, come se fosse un guanciale. Era insolito che si fidasse a riposare accanto a uno sconosciuto, ma l'erede di Elvaner non gli avrebbe fatto del male... Ne era certo. Quando si destò, il mattino seguente, Tresan si era già svegliato e aveva portato dell'acqua da un fiumiciattolo vicino per riscaldarla sul fuoco. Helgar, abituato a immergersi nei gelidi laghi sui picchi più alti di Aldemar, si lavò con piacere con l'acqua calda, e bevve due coppe del tè bollente che Tresan aveva insaporito con le foglie di menta raccolte sul ciglio del sentiero.

«Saresti un perfetto compagno di viaggio» si complimentò, quando rimontarono in sella per partire. «Forse un giorno ci rincontreremo e allora viaggeremo insieme. Buona fortuna, Hardan» Gli tese la mano e gli strinse il polso. «Quando arriverai a Kel, cerca una piccola barca per superare lo Stretto di Palus senza svelare ad alcuno dove sei diretto. Gli uomini del principe Damon sono ovunque e un nobile vicino al re è un ostaggio appetibile per qualunque predatore. Addio. Che gli Dèi ti preservino da ogni male.»

«E che sorveglino il tuo cammino, Helgar. Addio.»

9

Bordeggiando un rigagnolo che solcava il sottobosco, Tresan si addentrò in una macchia di noccioli. Quando il ruscelletto scomparve sotto terra, lui risalì lungo una sterrata abbandonata, dove il vento soffiava pungente e nessuna casa si ergeva fra le alture dei colli. Cavalcò da solo per due giorni e giunse in vista di Kel in una giornata fredda e umida, punteggiata da pioggia mista a un rado nevischio. A mano a mano che si avvicinava al porto, lo scroscio, sempre più violento, l'aggredì fin sotto il mantello, e quando giunse alla locanda "Il Pescatore di Stelle", era più inzuppato di un cucciolo caduto nel mare. Portò il cavallo nella stalla ed entrò nella taverna. Nella sala da pranzo ardeva un grande camino ed ebbe la tentazione d'appendere il mantello vicino alla vampa del fuoco, ma ricordò di dover nascondere la spada e, grondando pioggia e fango, sedette a un tavolo libero.

«State bagnando il pavimento, signore» l'accusò l'oste, avvicinandosi con l'andatura di una papera grassa. «Toglietevi il mantello e appendetelo vicino al fuoco. Nessuno ve lo ruberà.»

Tresan gettò indietro il cappuccio e posò sul tavolo una moneta d'argento.

«Vi pagherò anche per bagnarvi il pavimento» rispose. «Vi basta?»

Sul tavolaccio di legno brillò un Evoro coniato alla zecca di Lanthard; ma l'argento era quello, purissimo, di Elvaner. L'oste l'afferrò, dilatando gli occhi bovini, lo morse per testarlo e inchinandosi profondamente gli assicurò che avrebbe potuto infangare tutto il locale, se l'avesse desiderato.

«Non vi chiederò tanto. Portatemi un boccale di birra e un piatto caldo.»

«Ho carne di cervo arrosto e un pasticcio di carote e cipolle» elencò l'oste. «E la miglior birra chiara del regno, naturalmente. Vi servo subito, signore» S'inchinò fin quasi a sbattere la fronte sul tavolo. «Servo vostro.»

Ritornò poco più tardi con un vassoio fumante. Tresan mangiò lentamente, cercando, fra gli altri avventori, qualche volto da avvicinare o da rifuggire. Non conosceva nessuno e si chiese come avrebbe potuto convincere un comandante a traghettarlo sino ad Aldemar. Ricordando l'avvertimento di Helgar, pensò che sarebbe stato più prudente noleggiare una barca e avventurarsi da solo nello Stretto di Palus. Dopotutto, se Volèn lo desiderava nella sua isola, avrebbe placato i mari e i venti, al suo passaggio. Ma Volèn poteva ancora dominare le forze della natura? Trasse un sospiro e pensò che non sarebbe stato semplice affrontare i Mari Tempestosi, senza una nave solida o l'aiuto di uno Shelavin. Ma chi, fra i marinai seduti ai tavoli, avrebbe rischiato di perdere il proprio veliero per accompagnarlo su un'isola che soltanto gli eletti potevano trovare, oltre lo Stretto Maledetto? Chiamò l'oste e gli chiese se sapesse dov'erano diretti i mercantili ormeggiati nel porto.

«Due scenderanno nel sud di Rovanea con un carico di tessuti e spezie, e un altro salperà questa sera per Valmādria. Ne attendiamo un altro da Zircana, ma la nebbia deve averlo rallentato e non arriverà prima di domattina. Perché me lo chiedete, signore? Dove dovete andare?»

«Non vi riguarda. Ho bisogno di una barca per risalire i Mari Tempestosi. Dove potrei noleggiarne una?»

«Nessuno vi affitterebbe una barca per sfidare lo Stretto di Palus» dichiarò l'oste, allibito. «È follia provocare la sorte navigando fra quei faraglioni... Potreste comprarne una, ma non saprei dove. Il cantiere navale più vicino si trova a sud e impieghereste almeno due giorni a cavallo per raggiungerlo.»

Tresan imprecò sottovoce. «Non ho tempo da perdere in altri viaggi. Chiedete ai mercanti se possono vendermi una barca, anche piccola. Ho bisogno di spazio per me e il mio cavallo. Andate.»

L'oste s'aggirò fra i tavoli e poco più tardi ritornò accompagnato da un uomo piccolo, con il naso lungo e aguzzo, il volto affilato, che lo guardò con ansiosa sollecitudine.

«Mi chiamo Gawen e sono un mercante» si presentò, inchinandosi. «L'oste mi ha detto che siete diretto a Palus. Intendete salire a nord o raggiungere l'Isola delle Nebbie? Se seguirete la via al di sotto degli scogli, non avrete difficoltà a trovare un passaggio, su una nave. La mia, ad esempio...»

«Non intendo seguire quella strada» lo interruppe Tresan, sbrigativo. «Avete una barca da vendermi?»

«Sì. La deposito nel cantiere della locanda, durante l'inverno, perché la utilizzo dopo il disgelo, quando risalgo le coste e mi trattengo qui qualche giorno, per riposare. È una barca da pesca, ma grande a sufficienza per voi e il vostro cavallo.»

«Vorrei vederla.»

Uscirono. Il diluvio si era ridotto a una pioggerella, ma il cortile era ridotto a fanghiglia, e in alcuni punti si affondava fino a mezza gamba. Si diressero verso il mare, e l'oste aprì una piccola rimessa, dove, fra le acque basse, caracollavano alcune barche da svago. Gawen gli mostrò la sua, vecchia e scolorita, e Tresan salì a bordo per esaminare la solidità del legno, dei remi e della vela e s'accertò che non imbarcasse acqua.

«Perché sareste disposto a vendermela?» volle sapere e il mercante si strinse nelle spalle. «È vecchia» si giustificò. «E voi siete un acquirente generoso...»

«Ne siete certo?»

«Lo confido.»

«Due Evori d'oro, non una moneta di rame di più» contrattò Tresan, balzando a terra.

«Il signore deve sapere che è la mia unica barca...»

«Due monete d'oro per queste assi mal inchiodate è un prezzo sin troppo magnanimo, mercante.»

«Ma a voi servono, signore...» alluse l'uomo.

«Due Evori d'oro e tre d'argento. È la mia ultima offerta.»

Gawen soppesò le sue parole e guardò la barca, poi Tresan... e poi ancora la barca. Infine sospirò, simulando un profondo dolore, e disse: «Se volete spezzarmi il cuore, signore, acconsento. Ma questa barca è stata la mia vita per molti anni...»

«E ora sarà la mia. Prenderò il cavallo e vi pagherò, Gawen. Grazie, oste. Ho trovato quel che cercavo e a un prezzo ragionevole.»

«Oh, ma...» balbettò Gawen e, sorridendo fra sé, Tresan s'avviò alle stalle per riprendere il cavallo. Mentre scioglieva le redini, s'accorse che un'ombra l'aveva seguito e nel ritornare alla rimessa scorse un uomo paludato in un mantello impegnato a parlottare con Gawen, dietro la porta aperta. Notò l'espressione astuta del mercante e, quando s'accostò, l'uomo ammantato corse lontano per non essere visto.

Gawen si rifugiò nella rimessa, ma Tresan l'afferrò per un braccio, furente.

«Chi era?» gridò.

Il mercante non seppe nascondere un rossore imbarazzato. «Non saprei, signore...»

«Mi hai venduto a lui, maledetto? Che cosa voleva? Parla o, com'è vero che respiro, non avrò pietà di te.» Impugnò la spada e Gawen deglutì, impallidendo all'improvviso.

«Voleva sapere chi siete e dove siete diretto» balbettò, terrorizzato. «Ma io non conosco il vostro nome e...»

«Gli hai detto che voglio affrontare lo Stretto di Palus? Parla!»

«Sì... Sì!» Cadde in ginocchio, piagnucolando. «Non pensavo di nuocervi... Non uccidetemi, vi prego...» Stringeva al petto le mani nodose e un Evoro d'oro ricadde tintinnando sulla passerella del piccolo molo. Trasalì, sentendosi perduto, e singhiozzò, disperato. Tresan lo agguantò per il bavero della camicia, con morsa feroce, e altre tre monete d'oro ricaddero a terra, infilandosi negli anfratti logori delle assi.

«Sei uno sporco trafficante d'anime, Gawen» sibilò, viso contro viso. «Quanto t'ha pagato quell'uomo, per strapparti due semplici informazioni? Quattro miseri Evori d'oro? Mi deludi, Gawen, non sai fare affari. Il mio nome vale molto di più! Dovrei trafiggerti, ma non ho tempo né voglia di sporcarmi con il tuo sangue. Aiutami a spingere la barca in mare.»

Fece salire il cavallo e sciolse rapidamente gli ormeggi. Il mercante si tuffò nell'acqua torbida e fredda, affondando fino alla vita; piangendo spinse la barca verso l'uscita della rimessa. Quando la piroga iniziò a staccarsi dal molo, Tresan balzò a bordo. Allora si volse e gettò a Gawen cinque monete d'argento.

«A te, vecchio imbroglione» disse. «L'oro l'hai guadagnato vendendo una merce che non t'apparteneva... la mia vita. Addio.»

Le monete ricaddero nell'acqua e, lanciando un gemito, il mercante s'affannò a cercarle sul fondale melmoso della rimessa.

«Che gli Dèi ti perdonino» mormorò Tresan, sedendosi ai remi. «E sorreggano me. Il mare è mosso e io non ho né stelle né sole per orientarmi, in questa distesa di nebbia. Che Volèn m'assista, se può vedermi...»

Per molto tempo remò nella direzione che gli parve corretta e quando raggiunse i primi scogli dello stretto si soffermò a riflettere sul percorso più adatto d'affrontare. Sopra di lui, la nebbia diveniva sempre più fitta e il mare si stava agitando. In lontananza, una screziatura scura gli rivelava che qualcuno lo stava inseguendo.

«Dannazione!» imprecò. Portò la barca fra i frangenti, per confondersi con la roccia, ma l'inseguitore non si lasciava ingannare e s'avvicinava sempre di più. Tresan accarezzò il muso di Zelin per rasserenarla, ma non era tranquillo. Si stava alzando un forte vento e a un colpo più violento degli altri perse le corde della vela, che s'attorcigliarono sotto il sedile. La barca iniziò a dondolare sulle onde, sempre più alte e furiose. Tresan recuperò la scotta e iniziò a risalire verso nord-est. Non sapeva dove fosse Aldemar, ma Astrid gli aveva assicurato che emergeva dal mare oltre le nebbie e soltanto gli audaci potevano raggiungerla.

«Se mi hai prescelto Volèn, placa il mare e aiutami!» pregò.

Ma anziché acquietarsi, il mare l'aggredì con marosi impetuosi e la piroga imbarcò acqua e vacillò paurosamente. Un fulmine tagliò le nubi basse e sulle acque tormentate esplose un violento temporale. La pioggia cadde così fitta che sembrò confondersi con l'aria stessa. Faticando a tenere gli occhi aperti, Tresan legò Zelin all'albero della vela perché non cadesse in mare. Si volse a scrutare le nebbie. L'ombra che lo seguiva non cedeva all'imperversare della pioggia, e gli si stava facendo sempre più vicina.

Imprecò.

Non ho tempo per pensare anche ai servi di Damon! La scogliera sarà un nemico peggiore della spada di un Valmādrian, se frantumerà la barca di Gawen...

Gettando indietro i capelli fradici che gli ricadevano sugli occhi, maneggiò furiosamente la drizza ed evitò per due volte d'impattare contro i frangenti. D'un tratto, udì uno schianto e l'eco di un urlo, alle sue spalle, e non scorse più l'ombra nera dell'inseguitore. Non ebbe tempo di rallegrarsi, perché un cavallone grigio e melmoso s'impennò dal mare e gli s'abbatté addosso, scaraventandolo in ginocchio. Gattonando sulle assi scivolose, raggiunse i piedi dell'albero, dov'era legata Zelin, e gli s'aggrappò prima che un'altra ondata lo travolgesse. Altri cavalloni l'assalirono e la barca s'inclinò paurosamente. Il vento strappò la vela con un largo squarcio e con orrore Tresan s'accorse d'aver perso il controllo della rotta.

«Volèn!» gridò, disperato. «Perché non mi aiuti?»

La barca s'inclinò ancora e la sacca da viaggio, pressata sotto il sedile, rotolò sulle assi e affondò nei flutti. Mentre allungava un braccio per salvarla, si sentì sollevare e si trovò a cavalcare un violento maroso. Poi l'onda s'abbassò, infrangendosi nel mare. Lo schianto fu agghiacciante. Appigliato all'albero, credette che la barca si sarebbe sfasciata sotto l'urto delle onde. Sentì Zelin nitrire, terrorizzata, e gli si strinse il cuore al pensiero di averla trascinata in una morte tanto orribile. Ma quando si ripulì il viso dalla melma e riaprì gli occhi, scoprì d'aver attraversato le nebbie e d'essere approdato in una baia azzurra e scintillante, abbracciata da lingue di sabbia fine, inverdite da alberi e cespugli fioriti.

Aveva superato i Mari Tempestosi e la muraglia delle nebbie, ed era giunto ad Aldemar.

10

La piroga avanzò dolcemente sul mare calmo e s'incagliò nella rena vicina alla riva. Inginocchiato sul fondo della barca, Tresan sbatté gli occhi, incredulo. Alle sue spalle, i cancelli di nebbia cancellavano l'azzurro terso del cielo, ma sopra l'isola splendeva un sole caldo e la brezza soffiava tiepida fra i tigli e i boccioli di melissa. Dalle terrazze selvagge, scavate nelle colline poco oltre la spiaggia, scendevano gli aromi dei meli in fiore. I vigneti, invece, erano ancora acerbi, ma qualcuno aveva tirato i filari e in autunno la vendemmia sarebbe stata abbondante.

Dopo essersi assicurato che Zelin non si fosse rotta una zampa, la fece scendere dalla barca. La condusse sui prati che fiancheggiavano le spiagge e lasciò che pascolasse e si abbeverasse all'acqua di un rigagnolo. Spossato dalla traversata, bevve anche lui a grandi sorsate, e si lavò la faccia e i capelli per liberarsi dal sapore della salsedine. Per qualche minuto rimase disteso al sole, esausto. Osservò le dolci curve delle colline e il complesso montuoso che inanellava l'isola come una corona. La Catena di Ammarth! Sul Gwire, il monte più alto, sorgeva la scuola militare di Volèn. Si sollevò a sedere. Avrebbe impiegato almeno un giorno per risalire alla fortezza e non poteva perdere tempo sonnecchiando al sole. Con un fischio richiamò la giumenta, che giunse al piccolo trotto, fissò i ganci della sella sotto la pancia e fu pronto per partire. Aveva perduto il bagaglio durante la lotta con il mare e, ancor più che per le vivande e i vestiti, gli dispiacque di non aver più la borraccia con l'acqua e il *ghirr* di Romisan. Aveva però conservato il pugnale e la spada con il segno del suo casato. Con la mente andò ai vessilli che sventolavano sulle torri di Pringel, e si chiese se Helgar stesse scendendo verso la roccaforte sano e salvo. *Ne sono quasi certo. Io mi rallegro di essere approdato incolume alle coste della tua isola, ma chissà quante volte hai affrontato anche tu la rabbia dei Mari Tempestosi, in passato!*

S'avviò su un largo sentiero, diretto verso le pendici di Gwire. Nell'aria si respiravano odori dolciastri e nei campi, srotolati sui fianchi delle colline, nugoli di api e farfalle arancioni volavano ronzando di fiore in fiore. L'Equinozio di primavera era trascorso solo da qualche giorno, ma su quell'isola la bella stagione era già sbocciata. *Non è normale,* pensò. *Altrove cade ancora la neve e i venti sono gelidi. Che sia un privilegio di questo luogo, che un tempo è stato la culla della magia, o è un effetto dello stravolgimento delle stagioni?*

Quella sera, cenò con more e lamponi raccolti lungo la strada e dormì al riparo di un muretto in sasso. Il mattino seguente iniziò a risalire verso il vulcano. Vide qualche villaggio sparso nel verde, ma la mulattiera bianca lo portava lontano dai campi coltivati dai contadini e, pur senza aver certezza di dove andasse, non abbandonò il percorso che Astrid gli aveva indicato. Superò l'ultimo villaggio, abitato da pastori, e allora percepì una vibrazione di richiamo, come un lieve tocco nella mente. La seguì docilmente attraverso boschi e campi incolti, finché non giunse davanti a una parete rocciosa, senza uscita. Si arrestò, sorpreso. Le pulsazioni continuavano a riecheggiargli nella testa, simili ai palpiti di un cuore. Non poteva essere lontano dalla dimora di Volèn. Ma quale via avrebbe dovuto prendere? La mulattiera moriva contro la roccia e non c'erano altri passaggi, sui pendii vicini. Esaminò attentamente la parete e oltre alcuni arbusti scoprì una gola che, dopo un ingresso ridotto, s'allargava fino a divenire un sentiero nella montagna. Smontò, afferrò Zelin per le redini e la costrinse a seguirlo nella fenditura. Per il primo tratto si mosse cautamente. Il terriccio era umido e solcato di sassi, e la cavalla era inquieta. Ma l'eco di Volèn era una voce assordante che rimbalzava fra le rupi e i ghiacci perenni e lo richiamava come un comando irresistibile.

Per qualche tempo, camminò in uno spazio angusto, avvolto dalla roccia, ma poco oltre la montagna si aprì, mostrandogli un cappuccio di nubi biancastre che sembrava celare un segreto... La dimora di Volèn. Rimontò in sella e riprese ad avanzare al passo, mentre, sopra la sua testa, la cappa di nubi si stava dissolvendo, cedendo il posto a uno strappo azzurro del cielo.

L'ascesa fu lunga. Solo verso sera, mentre le prime stelle scintillavano nel cielo blu cobalto, raggiunse una fortezza che lo ammutolì per la sua bellezza: sembrava sorgere dal cuore nero del vulcano, tanto era fiera e solida, e nelle pietre di lava fusa si rincorreva lo sfavillio di fuggevoli bagliori adamantini. Volèn l'aveva incastonata fra dirupi scoscesi e foreste di abeti, e sulle mura turrite correvano tappeti di edera verde e bianca, e grappoli di fiori viola. In apparenza, non era vasta; ma, risalendo, s'indovinavano molte altre torri, oltre alle principali, e quando varcò il portale aperto, Tresan scoprì di trovarsi nel più grande maniero che avesse mai visitato. Un ragazzetto bruno gli si avvicinò e, senza chiedergli chi fosse, s'inchinò e si offrì di accompagnarlo alla torre del mago.

«Il Maestro vi attende nel giardino» annunciò. «Venite, la sua casa è la più distante, oltre tutti i cortili e le torri della fortezza.»

Attraversarono corti lastricate con sassi di montagna, e gli allievi Davlèjn, seduti sulle fontane o sotto le arcate dei porticati, si voltarono a guardarlo, scambiandosi gomitate e sussurri.

Dopo aver superato un'alta torre e un orto, giunsero alla dimora del vecchio mago: era una torre bassa ed elegante, avvolta da fasci d'edera smeraldina, costruita a ridosso del monte. Sulla porta d'ingresso era intagliato un unicorno che si impennava s'un fascio di stelle, cesellato con cura e maestria. Notando lo sguardo ammirato di Tresan, il ragazzino disse, con aria importante:

«Il Maestro ha molti talenti, e spatole e scalpelli sono balocchi, per il suo ingegno. Non so quando abbia scolpito la porta, ma risale a molti anni fa... secoli, credo. Affidatemi il cavallo e seguitemi. Siamo arrivati.»

Lo condusse in un giardino sul retro, dove Volèn, seduto su una panca di sasso, leggeva una pergamena ai tenui raggi del sole morente. Quando li vide entrare, ringraziò il ragazzo e lo congedò, pregandolo di portare il cavallo nella stalla. Poi si concesse qualche istante per osservare Tresan e negli occhi ardesia gli balenò un lampo di soddisfazione .

«Tresan Hardan, sei il benvenuto nella mia casa» l'accolse. «Il viaggio è stato insidioso? I Mari Tempestosi sono turbolenti, in questa stagione.»

Tresan accennò un inchino. «Ho rischiato più volte di essere inghiottito dai marosi» confermò. «E se non fossi morto fra le onde, probabilmente sarei stato assalito e ucciso da un sicario prezzolato che inseguiva la mia barca.»

«Ma non sei morto» Volèn gli rivolse un sorriso arguto. «E quell'uomo è naufragato contro gli scogli dello Stretto.»

«Come lo sapete? Credevo che aveste perduto il potere di sorvegliare gli avvenimenti del mondo.»

«È così, ma Aldemar è una culla di magia e ho percepito il tuo arrivo fin da quando sei penetrato nello Stretto di Palus, due giorni fa. Confesso che ormai non t'attendevo più, anche se non ho mai disperato di accoglierti fra i miei allievi. É stato necessario il risveglio del Dormiente per vincere la ritrosia di tuo padre, ma finalmente sei qui e la mia opera si compirà.»

«Il risveglio del Dormiente?» Tresan era confuso. «No, vi sbagliate. Sono qui perché mio cugino Damon ha cercato di rapirmi e ne ignoro il motivo...»

Il Drangor lo fissò a occhi socchiusi, divertito.

«Ah sì?» rise sommessamente. «Damon è un ragazzo bizzarro. Scopriremo insieme cosa vuole da te. Ora va' a rinfrescarti. Il mio Derian ti preparerà il bagno e ti mostrerà la tua stanza.»

Chiamò il ragazzino, che stava ritornando di corsa, e gli ordinò di servire l'ospite e di occuparsi della cena.

«A più tardi» li congedò.

Tresan seguì Derian in una piccola anticamera tappezzata di arazzi e oltre un'arcata di mattoni scorse un soggiorno riscaldato dal riflesso dorato di un camino acceso. Il ragazzo lo precedette su una scala in legno e gli mostrò la sua camera, una stanzetta confortevole che si affacciava sui faggi del giardino.

«Vi preparerò subito un bagno caldo, signore» disse, mostrandogli una tinozza vicina al letto, riempita a metà con acqua calda. «L'ultimo pentolone dovrebbe bollire, ormai. Venite e toglietevi quegli abiti sporchi. Da quanto tempo non vi lavate? Puzzate come un pescatore caduto nella rete dei pesci morti.»

«Come? Bada a come parli, ragazzino...!»

Ridacchiando, Derian scese in cucina a prendere il calderone che ribolliva sul fuoco. Era calata la sera e dai nevai scendevano refoli di gelo che filtravano con soffi umidi attraverso gli spifferi della torre. Tresan scostò i tendaggi della finestra e contemplò gli alberi smossi dal vento, nelle ombre blu del crepuscolo. *Dev'essere bello salire sui ghiacciai,* fantasticò. Si soffregò le mani per scaldarle e, senza attendere Derian, prese la pietra focaia posata sulla cesta della legna e accese i ceppi d'abete preparati nel camino; poi, con un rametto infuocato, fece sfavillare le candele infisse nei candelabri.

Sulla soglia ci fu un trepestio e Derian entrò trascinando una pentola di rame colma a metà d'acqua fumante. «Avete acceso il camino?» Era rosso, in viso, e sbuffava per lo sforzo. «Avete fatto bene, l'aria è fredda, questa sera.» Rovesciò l'acqua nella tinozza e la rinfrescò con altra, più fredda, che prese da un secchio lì vicino, coperto dagli asciugamani.

«È neve sciolta» spiegò con orgoglio, mentre Tresan si spogliava. «L'ho raccolta per voi nel pomeriggio, arrampicandomi sui pascoli alti. Volèn si è molto adirato per la mia imprudenza, non c'è acqua più pura della neve e volevo offrivi un bagno decoroso, per onorare il vostro arrivo. Il Maestro mi ha rivelato che siete un Sopracavaliere. Da quale isola provenite?»

«Da Elvaner. Ma non sono il signore delle isole» Tresan entrò nel mastello e ripensò con nostalgia alla quiete di Va'nel, al silenzio del monastero sulla cima del colle, alla dolce risacca del mare che moriva contro gli scogli. Gli sfuggì un sospiro e Derian gli chiese, insaponandogli energicamente i capelli incrostati dal sale:

«A cosa pensate, signore? Non siete felice d'essere qui? Mio padre è il Sottocavaliere di Lariken ed io vivevo in un castello con altri sette fratelli, quand'ero un bimbetto, ma non rinuncerei a questa piccola dimora nemmeno se mi minacciassero di morte. Talvolta Volèn è burbero, ma è saggio e colto, e mi ha insegnato meraviglie che non avrei mai appreso, se fossi cresciuto in Zircana.»

«Zircana? Anche un mio caro amico è nato lassù... È Romisan Vilkaster, l'Erede del Sopracavaliere Aserich.»

«Non ho mai conosciuto i governanti delle Isole, ma mio padre si recava spesso a Za'nallorn per acquistare viveri e stoffe per le mie sorelle. Diceva che era una grande città, rumorosa e sporca. Non sarei stato felice di vivere lassù, mentre non potrei immaginare un luogo più sereno e splendido di questo.»

«È vero. La catena di Ammarth è tanto suggestiva da spezzare il fiato. E questa fortezza costruita fra le rocce e gli abeti è vasta quanto nessun altro castello dell'arcipelago.»

«È molto antica e si mormora che sia stato il rifugio d'amore del maestro e della sua sposa, molti secoli fa...»

«Sposa?» Tresan ne fu sorpreso. «È strano, non ho mai pensato che Volèn potesse avere una moglie. È morta anche lei dopo la disfatta dei maghi?»

«Sì, signore. Non so chi fosse, ma ho visto un suo ritratto, un giorno, mentre spolveravo la sua stanza e sono rimasto affascinato dalla sua pelle di luna, dagli occhi dolci e dal calore del suo sorriso. Alzatevi, signore, così posso asciugarvi. Non arrossite, sono un uomo quanto voi...Va bene, fate da solo, non vi toccherò. I ragazzi della scuola non hanno simili sciocchi pudori...»

Prese uno straccio, asciugò il pavimento di legno e preparò alcuni abiti puliti sul letto. Era poco più che un bambino, eppure efficiente e instancabile, e nella sua voce, pur squillante e infantile, vibrava una profonda saggezza.

«Quanti anni hai, Derian?» volle sapere Tresan, avvolgendosi in un panno e uscendo dal mastello.

«Quasi quattordici, signore.»

«Avevo all'incirca la tua età, quando incontrai Volèn per la prima volta. Era giunto a casa mia nella speranza di convincere mio padre a lasciarmi entrare nell'accademia, ma lui lo scacciò e io dovetti restare a Elvaner.»

«Ne siete amareggiato?»

«Un po'. Sarei stato felice di diventare una guardia scelta del re, ma non rimpiango gli anni che ho trascorso sulla mia isola. Mi dispiace soltanto d'averli perduti. I giorni della spensieratezza non ritorneranno mai più.»

«Mostratemi un uomo sempre giovane, Nobile Hardan, e anche allora contemplerete un essere infelice» dichiarò Derian, con serietà, e Tresan rise. Sedette davanti al camino, scuotendo i capelli con una mano perché s'asciugassero alla vivida fiamma degli abeti. «Sei un ragazzino assennato, Derian. Non mi sorprende che Volèn ti abbia scelto per servirlo nella sua casa.»

Se Volèn avesse avuto un figlio, di certo l'avrebbe voluto come lui.

Derian raccolse il secchio e la pentola vuota, e s'avviò alla porta. «Finite d'asciugarvi e scendete. Fra poco servirò la cena.»

Il soggiorno era caldo e accogliente, quando Tresan entrò. Il soffitto, abbassato da una pesante travatura di legno, creava un'atmosfera intima, e il focolare, forgiato a bocca di leone ruggente, evocava la grandezza dei tempi antichi. La tavola era già stata imbandita e Derian servì minestra calda e selvaggina con verdure cotte.

«Siedi, Hardan» lo invitò Volèn, indicando una sedia intarsiata, e Tresan s'accomodò. «Hai perduto le provviste durante la traversata e sarai affamato. Ah, vedo che hai indossato gli abiti che ho preparato per te... Sono di tuo gradimento? Erano di tuo padre, quando viveva qui. Non avevo mai notato quanto gli rassomigli, fino a ora. Mi sembra di riavere Aldric, con me.»

Tresan aveva afferrato la brocca con il vino, ma non la sollevò. «Mio padre è stato vostro allievo?» si stupì. «Non lo sapevo.»

Ora, però, comprendeva la sua maestria con le armi e la confidenza che aveva con Volèn. Con gesto lento, si accarezzò i vestiti. L'ampia camicia era troppo grande, ma i calzoni erano della sua misura. Ed erano stati di suo padre, quand'era ragazzo...

«È stato il migliore guerriero che ho allevato, trent'anni fa» confermò il mago, sedendosi di fronte a lui. «Tuo nonno era insoddisfatto dei suoi maestri d'arme e l'aveva mandato da me perché fosse in grado di mantenere il titolo nobiliare conquistato da suo padre, mezzo secolo prima. A quel tempo, Aldric era un ragazzo sereno, non ancora indurito dalla vita. Trent'anni...» Rise. «Sembrano trascorsi soltanto tre giorni, d'allora, e nel contempo più di tre secoli. Serviti pure. La cena non è ricca, ma ti sazierà.»

Derian servì nelle ciotole la zuppa di semi di canapa, e per qualche minuto Tresan e Volèn mangiarono in silenzio. Quando finì, Tresan spinse di lato la tazza e si asciugò la bocca con il lungo lembo della tovaglia.

«Non ho visto bene il sicario che mi ha inseguito, nello Stretto di Palus» disse. «Ma era senz'altro un uomo di Marlifer e Damon. Secondo Astrid, quei due sono interessati alle mie Stelle Cacciatrici. Perché tutti mi volete, in nome di quelle Stelle?»

Volèn si volse a mezzo e accennò a Derian, in piedi dietro la sua sedia, di lasciare la stanza. Non appena rimasero soli, si servì un pezzo di pollo all'arancia dal piatto di portata. «Pur con un nome diverso dal tuo, vieni menzionato nei Codici Drom» riprese. «Non ne siamo ancora certi, ma io e Mesìa riteniamo che tu sia il "sangue del sacro sangue" citato in un antico poema myrdrass conservato nei Rotoli degli Enigmi.»

Tresan infilzò un uovo ripieno con lo stiletto, ma non se lo portò alla bocca. «Io compaio in una raccolta di rivelazioni divine?» mormorò.

«Rivelazioni divine?» Volèn ebbe una smorfia di disappunto. «Ma niente affatto! I Codici Drom sono cronache d'importanti eventi del passato e analizzano l'interpretazione teologica dei misteri religiosi. La profezia implica l'accettazione di qualcosa d'immutabile, di predestinato, ed io ho il sospetto che spesso nemmeno gli Dèi sappiano cosa stia per accadere... Come potrebbe saperlo un uomo?»

Tresan spolpò un cosciotto di carne, riflettendo sulle sue parole, e posò i resti nel piatto.

«Cosa svelano i Codici Drom, che mi riguarda?» Si sciacquò le mani nell'acqua di rose del bacile al suo fianco e le asciugò nella tovaglia. «Qualcosa che *sarà* o solo quello che *potrebbe* essere?»

«In verità, non svelano molto sul tuo avvenire, ma dicono che presto, molto presto, un'antica costellazione e una nuova si affronteranno nei cieli. Io presumo che la costellazione di vecchia origine risalga ai tempi della distruzione delle terre estese e che quella nuova sia la tua.»

«La mia... Intendete dire la Casa dell'Aquila?»

«Esatto. Nella tua mappa, la Casa dell'Aquila si raffronta perfettamente con quella che un tempo veniva chiamata la Costellazione del Lupo Predatore e non può essere un caso. Dodicimila anni fa, la costellazione del Lupo Predatore raggiungeva lo zenith nella notte dell'Equinozio di Primavera, proprio come accade adesso alla Casa dell'Aquila.»

«Io sono nato la notte dell'Equinozio» osservò Tresan, con cautela. *Non può essere una coincidenza.*

Volèn annuì e intinse un pezzo di pane scuro nel sugo della carne. «In passato, l'Equinozio aveva altri nomi e il suo significato era sacro» Si portò il pane alla bocca e lo masticò lentamente. «Se Astrid ti ha insegnato l'astronomia, dovresti sapere che una volta ogni trecento anni l'Equinozio coincide con il passaggio solitario di Athera. Per noi maghi è un momento inquietante, di grande magia. In quella notte, potrebbe accadere qualunque cosa, e qualche anno fa sei nato tu.»

Tresan si sentiva la bocca arida. «Ed è stato un evento rilevante?» sussurrò. Era possibile che la sua nascita fosse stata influenzata dalla posizione delle lune e delle costellazioni, in quella notte lontana?

«Forse. In ogni caso, nascere in una Notte di Luna Rossa getta un fosco presagio sul proprio destino. Quando hai lanciato il tuo primo vagito, i fiori del tuo giardino sembravano colorati nel sangue.»

«E voi come lo sapete?»

Volèn sorrise. «Io c'ero. Ti ha fatto nascere Astrid.»

«Non mi sorprende che mia madre abbia voluto lei, come levatrice, dopo aver perso altri neonati» Cercò con lo sguardo quello del mago, oltre lo sfavillio delle candele. «Tutto questo ha a che vedere con le Stelle Cacciatrici che infestano la mia mappa astrale?»

«Naturalmente sì» Volèn si succhiò il pollice, sporco di salsa, e lo sciacquò nel suo bacile. «Quelle stelle hanno un significato occulto e testimoniano che sei coinvolto in qualcosa di prodigioso e terribile, che va oltre la comprensione dei mortali.»

A Tresan mancò il respiro. «I Codici Drom svelano di cosa si tratta?» mormorò.

Alla mente gli era tornata la visione che aveva avuto fuori dal cimitero di Pringel. Il *Maledetto*! Stava ritornando per lui?

Volèn scosse il capo. «No, ma da molti anni la terra si comporta in modo insolito. É come se qualcuno...»

«...Si stesse alzando dal fondale degli oceani, togliendosi di dosso una coperta di mare e isole» concluse Tresan, e il mago annuì.

«Proprio così. E temo di sapere che cosa... anzi, *chi* sia.»

Le ombre parvero abbassarsi, nella stanza, come se la vampa del camino si fosse ridotta a una fiammella, sopra i tronchi riarsi e le braci bollenti. Un brivido gelido percorse Tresan dalla nuca fino ai piedi.

«Chi?»

Il Re d'Ambra?

«Un dio d'antica razza, colui che viene chiamato il Senzanome o il Dormiente... O ancora, il Dio Ignoto. I Sacerdoti sono convinti che si stia risvegliando da un lungo sonno per portare distruzione e angoscia nel nostro mondo.»

«É possibile che una divinità antica stia risorgendo dall'oblio dei tempi per scacciare i nuovi Dèi?»

Si sentiva confuso. Non si era mai interrogato sulle divinità, le aveva pregate durante le festività solenni ma non era mai stato un fervente praticante. Di solito, preferiva rivolgere le sue preghiere agli antenati della sua casa che non alla Dea Melyss. *Ho sempre pregato te, Uomo d'Ambra, e se la leggenda racconta il vero, proprio la tua memoria è avversa a quel Dio che sta cercando di occupare nuovamente un Cerchio, nei Cieli Divini...*

Volèn si versò del vino rosso nel calice e lo dondolò per un momento, prima di sorseggiarlo.

«Sembra assurdo, e forse lo è, ma è quello che sta accadendo» confermò. «E non è un buon segno. Ho letto le mappe raccolte nei Codici Drom e le stelle del Senzanome sono nella posizione delle lacrime e del sangue, dell'odio e della distruzione.»

«Nella posizione dell'odio e della distruzione rispetto a chi?» *A me?*

«Ger, l'Apostata, è convinto che il Senzanome verrà per spazzare via i nuovi Dèi e per annientare gli uomini. Conosci le vecchie leggende e la tomba dello schiavo-re giace sulla tua isola. Si dice che nei tempi delle Grandi Terre un mortale abbia osato sfidare e maledire il suo dio, legandosi a lui nella morte e nella rinascita.»

«Il Maledetto» sussurrò Tresan.

«Nove anni fa, in una notte di Luna Sanguigna, una pergamena del tempio si è srotolata spontaneamente e tuo nonno mi ha chiamato per interpretarla. Diceva...» Il suo tono si fece più profondo e ispirato. «*"Un dio dal nome dimenticato verrà a invocare vendetta e il sangue del sacro sangue gli camminerà incontro. Le terre tremeranno come nei tempi perduti, le costellazioni si sfalderanno e gli oceani si solleveranno, e per il mondo sarà o leggenda o eterno oblio."*»

"Il sangue del sacro sangue". Tresan sbiancò. *Non posso essere io! Non sarò tanto pazzo da mettermi contro un Immortale!*

«Ma il Rinnegato è morto da migliaia di anni» farfugliò. «Cosa vuole quel dio, da noi?»

Cosa vuole, da me?

«Io e i Sacerdoti di Ályshan abbiamo ragione di ritenere che si stia risvegliando da un lungo sonno per vendicarsi dei figli viventi del Rinnegato.»

Lungo la schiena di Tresan corse un brivido gelido. «Gli abitanti di Elvaner?» intuì, con un filo di voce.

«E la tua famiglia, in particolar modo. Voi Hardan avete numerose Stelle Cacciatrici, nelle vostre mappe, e tu più d'ogni altro. Per motivi che ancora ignoro, quel dio avrà in odio te, sopra tutti.»

Per la Dea, Astrid aveva ragione! Si alzò, turbato, e si accostò al camino. «Io temo di saperlo. Il Senzanome odia il Maledetto, e negli ultimi tempi, un uomo dalla pelle ambrata mi ha salvato la vita due volte. Quando l'ho scorto, a Pringel, era splendido come un re, ma ai polsi portava pesanti catene di bronzo » Abbassò lo sguardo sul fuoco e anche la sua voce divenne un sussurro. «Era lui, vero? Il Rinnegato... É tornato per scontrarsi con il suo dio?»

«Così è, temo.»

Era quello che sospettava. *Sono stato un idiota a non aver voluto ascoltare Astrid, quando me ne ha parlato, dopo l'agguato a Gharr*!

«Perché quello spettro è riemerso dagli abissi dei secoli e ha scelto di proteggere proprio il mio cammino?» chiese. «Se è un antenato della mia famiglia, non avrebbe dovuto sottrarre Rupens dall'infermità, così come ha salvato me dall'imboscata?»

Ma già mentre parlava, in lui scese un'agghiacciante, mortale consapevolezza. *Non mi vuoi solo perché ho il tuo stesso sangue. Cos'altro ti aspetti, da me?*

Anche Volèn era incerto. «Purtroppo non conosco la sua storia e non riesco a interpretare le sue intenzioni» confessò. Sedette su una poltrona, vicino al camino, e accese una pipa di radica rossa. «Non so se sia un tuo avo o se ti voglia solo perché ha bisogno della tua mente e del tuo corpo per affrontare ancora una volta il Senzanome» Soffiò dalla bocca un anello di fumo. «Di una cosa sono però sicuro: la maggior parte delle Stelle Cacciatrici che infestano la tua mappa gli appartengono. Almeno dodici provengono dall'antica Casa del Lupo Predatore e una leggenda, antica anche per noi maghi, racconta che l'Uomo d'Ambra fosse un signore dei lupi.»

Un signore dei lupi... Certo, i lupi si erano allontanati dal suo bivacco, quando il Maledetto aveva parlato... Gli tornò alla mente la luce ferina nei suoi occhi di smeraldo, fuori dal cimitero di Pringel, e con dolore comprese che lo spettro l'aveva voluto proteggere perché gli serviva illeso. Non per affetto, ma per necessità... per usarlo contro quel Dio che odiava e che voleva distruggere, una volta per sempre. Era dunque questo il re mitologico che aveva tanto venerato nei suoi sogni? Un guerriero barbaro e glaciale, che aveva in animo di sfruttarlo in una vendetta che non lo riguardava? Ripensò a tutte le volte che era risalito al promontorio per spazzare la sua tomba e alle intime confessioni che gli aveva sussurrato, nella frescura dell'albero dei rosari, e si sentì ferito... e tradito.

«Bastardo» sibilò. Colpì la mensola del camino con il palmo aperto, livido in volto. Volèn lo guardò, sorpreso. «Bastardo! Ha fatto in modo che fossi sedotto dal suo fascino, per indebolirmi e possedermi a suo piacimento! Ed io, idiota, mi sono lasciato incantare dalla sua leggenda!»

«Ma a Gharr ti ha salvato la vita» gli fece osservare il mago. «Ha dimostrato di esserti amico.»

«Perché gli servo vivo.»

«É possibile» Volèn aspirò una boccata di fumo dal bocchino. «Se ha deciso che sarai il suo compagno, nessuno ti deve fare del male.»

Tresan si accorse di respirare con affanno. *Potrei accettare d'essere imbrogliato da tutti i nove Dèi del mondo conosciuto... ma non da te!*

«No!» si ribellò. «Non asseconderò i suoi intrighi! Se lo aiutassi, il Dio Ignoto non mi perdonerebbe mai e dai confini della mia mappa migrerebbero altre Stelle Cacciatrici, le costellazioni si confonderebbero e alla fine impazzirei...» Si passò una mano sulla faccia, esasperato. «Potete insegnarmi a difendermi dalla sua intrusione, nella mia mente?»

Volèn soffiò nel fornello della pipa, per rianimare il tabacco che si stava spegnendo. «Posso insegnarti qualcosa, sì... Ma se il Maledetto ti vuole, temo di non potergli impedire di averti.»

«Voi no, forse, ma io non gli renderò le cose facili» Nella voce di Tresan vibrò la caparbietà dei contadini della sua isola. «Che cerchi qualcun altro da mandare al macello... Io non voglio saperne!»

Volèn si tese verso di lui, fissandolo intensamente. «Sta' attento a non provocarlo, ragazzo. Finora è stato benevolo, nei tuoi confronti, ma non possiamo prevedere cosa potrebbe farti, se lo irriterai» Tresan gli ricambiò l'occhiata senza parlare, ma la sua espressione era determinata. «Prima di scacciarlo da te, prova a capire cosa vuole. Se è avverso al Dio Ignoto, potrebbe essere un buon alleato, per noi.»

«Può essere, ma se vuole essermi amico, deve smettere di offuscare la mia volontà. Allora, forse, potremo ridiscuterne»

Aveva parlato al mago, ma aveva sperato che lo spettro lo udisse. Se quell'anima dannata s'illudeva che sarebbe stato umile e servile, si sarebbe pentito d'aver approfittato della sua venerazione per possederlo come un burattino.

Quella notte, lo sognò. Era su un'altura davanti al mare e per un momento credette d'essere sul promontorio di Va'nel. Ma quel luogo era diverso, più arido e roccioso, e dal tempio alle sue spalle scendevano odori acri e sgradevoli, come di sangue e carne bruciata. Mentre guardava l'orizzonte, sentì una presenza, al suo fianco, e si volse di scatto. L'Uomo d'Ambra gli era accanto, bronzeo e statuario come nella visione che aveva avuto a Pringel, e gli occhi verdi ridevano nel bel volto virile.

«Anche tu ami il mare?» gli domandò, con voce profonda. «Una volta lo volevo, era il mio sogno, la mia ambizione. L'ho perso per colpa di un traditore e ora voglio te.»

«Perché?»

«Sono qui per dirtelo. Sei disposto ad ascoltarmi?»

Gli tese la mano, grande e forte, e Tresan si vide nell'atto di cedere, di porgergli la propria. Ma mentre l'altro scoppiava a ridere, una risata di trionfo, la ritrasse inorridito.

«Sta' lontano da me!» gridò, e iniziò a correre giù per la collina. In quel momento, i mari si scurirono e si agitarono, la terra tremò e si spaccò sotto i suoi piedi e lui precipitò nell'abisso, urlando.

Si svegliò di soprassalto, angosciato, e ancora udiva le ultime parole del re che lo seguivano nella caduta: «É inutile che cerchi di sfuggirmi. Che tu lo voglia o no, sarai mio!»

«Mai!» Chiuse gli occhi e si addossò ai cuscini per placare il galoppo del cuore. «Mai.»

Allora ebbe la sensazione che lo spettro s'indispettisse e s'allontanasse da lui, imprecando senza parole. Mentre il Rinnegato l'abbandonava, Tresan fu assalito da un improvviso senso di vuoto che lo fece sentire stranamente smarrito e solo.

Si passò una mano sugli occhi e si accorse che l'alba stava nascendo, oltre la finestra, tingendo di rosa le cime innevate dei monti di Aldemar.

Gettò indietro le coperte per alzarsi.

Era tempo di andare a correre.

11

Sugli aghi degli abeti, la rugiada intrappolava i riflessi dell'arcobaleno e lungo i pascoli i fiori schiudevano le corolle vivaci. Fra i picchi disabitati, i falchi volavano alti, lanciando acuti stridii di caccia. Tresan rallentò la corsa per contemplare la magnificenza dell'isola: le vette della catena erano spennellate di neve dalle ombre rosate e le vallate lussureggiavano delle tinte accese della primavera. Tappeti gialli, azzurri e viola si distendevano sugli alpeggi come mari smossi dalla brezza, e da qualche parte risuonavano i campanacci delle capre che s'arrampicavano s'una scarpata erbosa. Il vento portava il profumo pungente dei ghiacciai perenni, incontaminato dalle fosche guerre degli uomini.

É un posto incantato.

In lontananza tremolava il nastro turchino del mare. La marea si stava ritirando, sulla costa meridionale dell'isola, e Aldemar stava ritornando a essere unita all'Isola Madre di Rovanea da una strada di pietra e sabbia. Era la strada che Romisan gli aveva consigliato di percorrere, prima di lasciarlo al porto di Ashia, qualche giorno prima. *Se avessi cercato di salire al vulcano da quella via, avrei evitato i sicari di Damon o sarei finito dritto in un'altra imboscata? si domandò.* Non ebbe dubbi. Se Damon aveva inviato le sue spie nei porti, ne aveva sicuramente inviate altre sulla terraferma.

Correndo, discese verso la roccaforte. Superò i cancelli aperti e i cortili affollati di allievi, e mentre svoltava in una sterrata urtò un ragazzo esile, che sbucava da un viottolo vicino, spingendolo pesantemente a terra.

«Per la Dea, mi dispiace, non ti avevo visto» si scusò, e gli tese la mano. Sobbalzando, si accorse che era una donna.

«L'ho notato» rispose lei, alzandosi e massaggiandosi un braccio. «Che ti prende? Perché correvi in quel modo? Sei inseguito dai demoni delle isole sommerse?»

«Corro spesso, al mattino» si giustificò Tresan, imbarazzato. «Ti sei fatta male? Sono costernato...»

«Non importa.»

Gli sorrise e Tresan s'accorse che era graziosa. D'incarnato olivastro, aveva grandi occhi castani e vaporosi capelli scuri intrecciati a ciocche di riccioli ramati. Sulle gote erano state incastonate due piccole perle opalescenti e una più grande luceva sulla fronte, fra gli occhi, com'era usanza nei popoli del sud. Lo sovrastava di almeno una spanna e gli abiti maschili, che le fasciavano la vita e le lunghe gambe, esaltavano la sua magrezza. Non era una serva, ma un'allieva della scuola. Una donna...

«Mi chiamo Allaràssyran, ma tutti mi chiamano Allaras» si presentò la ragazza. Si sfiorò la perla sulla fronte con tre dita e Tresan riconobbe il saluto dei Popoli Nomadi dei Nuramag.

«Io sono Tresan Hardan» rispose. «Sei una figlia dei popoli del sud?»

«Mia madre è Malibran S'shyrial, Regina delle tribù Nuramag del Puma Bianco» confermò lei, con orgoglio. «Sono la primogenita delle figlie femmine e la sua Erede.»

«Allora è vero... Nelle tue terre, la linea regale si succede per parte di madre.»

La ragazza si erse sulla sua notevole statura e lo squadrò con fierezza.

«Naturalmente. È la linea più pura, perché il sangue della madre è sempre certo. Il padre può essere chiunque la regina scelga come compagno. E tu? Da dove vieni? Con quel nome direi da Misrenea...»

«Dall'Isola Madre di Elvaner» confermò Tresan.

«Ah! Sei il nuovo discepolo di Volèn. Buffo... Anche se fra gli allievi si sussurra che sei vecchio, credevo che non avessi più di vent'anni...»

Tresan rise. «Vecchio? Ho ventidue anni e non sono affatto vecchio!»

«Io non ho ancora diciotto anni e terminerò l'addestramento il prossimo inverno. Perché Volèn ti ha chiamato nella sua casa? Quassù non troverai altro che bambini. Se non sai usare una spada, potrei insegnarti io. Quando vivevo nelle Pianure, non avevo difficoltà a disarmare mio fratello e le mie sorelle. O forse devi nasconderti da qualcuno?»

Lui celò a stento un sussulto. «Né l'uno, né l'altro motivo» mentì. «Sono venuto per sciogliere un mistero...»

«Un mistero?» Il volto di lei s'accese di curiosità. «E quale?»

«Se lo conoscessi, non sarei qui.»

«Ma certo» Allaras rise, di una risata limpida e gradevole, scuotendo i morbidi capelli castani. «Va', allora, cacciatore di enigmi. Ci rivedremo al ritorno delle tue passeggiate mattutine o in piazza d'armi. Buona giornata.»

Gli rivolse il saluto Nuramag e si allontanò nell'ombra delle torri. Tresan scavalcò una staccionata e ritornò alla casa di Volèn attraversando un orto. Non appena entrò nel giardino, il mago gli si affrettò incontro, irritato.

«Dove sei stato?» l'apostrofò.

«Volevo correre e cercare una cascata in cui tuffarmi» Si asciugò la fronte sudata con un braccio. «Mi cercavate?»

Con suo sbalordimento, il vecchio proruppe in un'esplosione di collera.

«Non devi mai, mai, allontanarti dalla fortezza senza il mio consenso!» tuonò. «Non sono il padrone della catena di Ammarth e le montagne celano più insidie di quante ne possa escogitare la mente di uno stratega. Se vuoi uscire, avvisami e ti farò scortare da qualche ragazzo del posto.»

Tresan s'irrigidì. «Non ho bisogno di una scorta» reagì. «Devo considerarmi vostro prigioniero?»

«Sì, se ti piace crederlo! Che cosa racconterei a tuo padre, se ti spaccassi il collo cadendo da un alpeggio o venissi rapito dagli emissari di Marlifer?»

Oh, Dèi! Corrugò la fronte, stizzito. Perché tutti quanti si ostinavano a volerlo proteggere come se fosse stato un bimbetto malaticcio? Il risentimento gl'ispessì la voce.

«Vi ringrazio per le vostre premure, ma vi prego di ricordare che ho superato l'età virile da sei anni e non sono un paggio incauto come i vostri allievi più piccoli.»

Il cipiglio di Volèn non si smosse. «Ti senti tanto saggio, ragazzo? Ebbene, sappi che per me la tua età è più vana di un battito di ciglio.»

«Però qualcosa deve pur contare, se vi affannate tanto per custodirmi.»

Nella sua voce era sceso un velo d'amarezza e sul volto di Volèn passò un'espressione d'incertezza. Ma ancor prima che parlasse, Tresan s'inchinò e soggiunse, con umiltà. «A ogni modo, sono vostro ospite e vi obbedirò. Ho il permesso d'andare a cambiarmi?»

Il mago agitò la mano, un gesto d'assenso. «Va' pure» lo licenziò, e mentre Tresan si voltava lo seguì con sguardo improvvisamente triste.

«Hai ancora molto da imparare, ragazzo mio» sussurrò. «Quanto meno, sei accorto a non metterti anche contro di me» Poi chiamò Derian, che giunse di corsa dal giardino. «Accompagna il nobile Hardan nella sala d'armi» gli ordinò. «Potrà esercitarsi con i Davlèjn più anziani o con i maestri, come preferirà. Non è bene che un soldato del re rimanga in ozio. Quando torni, porta del formaggio. Voglio provare a stanare quei maledetti topi che hanno banchettato con le mie pergamene, questa notte!»

Quella sera, mentre risaliva nella sua stanza, Tresan lo vide nella biblioteca della torre, impegnato a riordinare grossi libri sparsi sul tavolo tarlato e sulle mattonelle del pavimento, la tunica e la barba imbrattate di polvere e muffa verde. Aveva acceso una grande lampada a olio, sul tavolo, e ogni cosa era accarezzata da una luce morbida e aranciata. A terra, e davanti ad alcuni buchi nel muro di sasso grosso, erano posati alcuni pezzi di formaggio di capra.

«Che fate?» chiese, entrando. «Sperate di catturare qualche topo?»

Volèn gli lanciò un'occhiata di sufficienza. «No. Mi piace mangiare il formaggio direttamente dal pavimento» Imbracciò un manuale consunto e ingiallito dal tempo e lo ripose in una libreria. «É ovvio che è lì per i ratti! Usciranno questa notte, quando me ne sarò andato. Quelle orrende, fameliche creature si sono ingozzate con i miei trattati sulle erbe estinte! E hanno sbrindellato un manuale di anatomia scritto da mio fratello, che possano imputridire tutte!»

In una scatola, Tresan notò alcuni libri rovinati, con le copertine rosicchiate e le pagine ridotte a mucchietti di polvere. Su uno sgabello erano ammassate alcune pergamene sgualcite, ormai illeggibili.

«Lasciate che vi aiuti» si offrì, posando il mantello su un cassone aperto, pieno di libri. Era la prima volta che entrava in biblioteca. Come tutte le stanze della torre, aveva una forma a spicchio, e le sue finestre si affacciavano sia sul giardinetto sul retro che sul Tempio di Samishka. Era stipata di librerie e al centro c'era un lungo fratino di castagno carico di tomi e rotoli di pelle di pecora. Qualcuno era tanto sciupato che si sarebbe sbriciolato al soffio della brezza più pacata. Tresan si avvicinò a un atlante aperto sul tavolo e notò che spiegando più volte le pagine centrali si otteneva una grande carta geografica del mondo conosciuto. Era molto approssimativa, e i nomi delle terre e dei mari erano segnati in un'antica lingua orientale che non conosceva. Ma in calce al foglio, in basso e a destra, era riportata la data, vergata con i numeri e le sigle in uso anche nell'arcipelago, e con meraviglia Tresan sillabò, a fior di labbra: «Anno 2014 della Quarta Era Imperiale. Queste mappe sono state tracciate prima dell'avvento dell'ultimo calendario!»

«Ti sorprendi? Ho libri ancora più vecchi, nella mia collezione» bofonchiò Volèn. S'accostò al tavolo, soffocato dai libri, ne scelse uno e con estrema cura iniziò a scollare alcune pagine appiccicate le une alle altre. «Non mi aspettavo di vederti così presto. Credevo che fossi ancora in sala d'armi con Avarch.»

«Il maestro aveva lezione con i bambini del primo anno» Si avvicinò per aiutarlo. «É un eccellente spadaccino e mi ha impegnato in un duello interessante, oggi. Mi ha sconfitto, ma prima che parta lo batterò... o quanto meno, ci proverò» Prese un vecchio manuale e la polvere lo fece starnutire. «L'avete già controllato?»

«Sì. Mettilo là» Volèn indicò una libreria d'abete, alle sue spalle. «Sistema anche gli altri. Riponi per ultimi quelli con le serrature di pietra dura, voglio tenerli in vista.»

Tresan s'accostò a un libro chiuso sotto la lampada accesa. «E questo?» Si chinò per osservarlo. Era estremamente vecchio e consunto, e così grande da essere retto a fatica, con due sole braccia. Sulla copertina, di cuoio chiaro, erano arricciati due rotoli di papiro serrati l'uno contro l'altro e fasciati da listelli d'oro brunito.

«Oh, lascialo lì. Avevo quasi scordato di averlo» Volèn si soffiò sulle mani per ripulirle dalla polvere. «Se quei figli di una pantegana non avessero trovato gustose le erbe estinte e gli scarabocchi di anatomia di mio fratello, giacerebbe ancora dimenticato in terza fila. E forse sarebbe stato meglio così.»

«Che libro è?»

Provò a sfogliarlo, ma la copertina sembrava piombata alle pagine, e i rotoli erano serrati con forza l'uno contro l'altro. Era un libro chiuso dalla magia.

«E chi lo sa?» Volèn si strinse nelle spalle. «Sto provando a far saltare quei rotoli da migliaia di anni, senza esito. A volte, gli Shelavin si divertivano a sigillare operette di scarso valore per il piacere di vedere altri maghi affaccendarsi per schiuderli. Quand'ero ragazzo l'ho fatto anch'io» sorrise, con aria furba. «É stato mio fratello a insegnarmelo.»

Con un barlume di chiaroveggenza – o era solo immaginazione? – Tresan scorse un uomo fulvo, dal volto allegro, così diverso da quello autorevole di Volèn, ma gli occhi d'argento erano gli stessi e lui sapeva d'averli già visti altrove... Era il padre di Astrid. Stava per chiedergli qualcosa sulla sua famiglia e sulle città degli Shelavin, quando Volèn posò lo strofinaccio sul tavolo e nascose uno sbadiglio dietro a un pugno.

«Sono esausto. Scendo a riposare al camino, prima di cena. Tu rimani pure, se vuoi.»

«No, salgo a cambiarmi. Vi raggiungo fra poco.»

Si accostò alla sedia per riprendere il mantello e, mentre lo prendeva, lo sguardo gli scivolò sul tomo chiuso dalla magia. Nella stanza non si udiva altro che lo stormire del vento fra gli alberi, ma lui ebbe la sensazione che qualcosa lo chiamasse, attirandolo inesorabilmente verso quel libro; e subito seppe di cosa si trattava: era lo stesso canto che aveva percepito la notte della veglia ai caduti di Gharr. S'accorse che si stava avvicinando ai rotoli, la mano protesa per toccarli, e si riscosse prima di sfiorare le rune incise nel cuoio. Turbato, s'affrettò a spegnere la fiamma nella lampada e a uscire.

Nei giorni seguenti, ogni qualvolta passava davanti alla biblioteca provò l'impulso di entrare per toccare quello strano libro. *Vieni, aprimi, leggimi...* sembravano sussurrare i rotoli chiusi. Anche Volèn ne era ossessionato e trascorreva giorni interi, e spesso anche notti, seduto al tavolo, nel tentativo di aprirlo. A volte non scendeva neppure per desinare e Derian gli serviva in biblioteca una tisana corretta con brandy e miele, che sorseggiava appena e lasciava raffreddare accanto alla candela consumata.

«Ora capisci perché avrei preferito non ritrovare quel libro, giovane Hardan?» sospirò una sera, passandosi le mani fra i capelli bianchi e spettinati, il viso scavato da occhiaie profonde. «Ha un potere nefasto, su di me. Ma non preoccuparti, mi farà digiunare ancora per qualche giorno, e poi starò meglio. Mi dispiace solo di trascurarti. Non è per questo che sei salito fin quassù.»

«Non temete, Avarch mi tiene abbastanza occupato, in palestra» lo rassicurò Tresan, sedendosi su uno sgabello dall'altra parte del tavolo. «Mi piace studiare con i vostri maestri e spero di infilzare Allaras, un giorno. Al momento, quella ragazzina dalla faccia di scoiattolo è più agile di me.»

«Un giorno la infilzerai ... forse.»

Volèn posò le mani sulla copertina di cuoio e chiuse gli occhi per concentrarsi. Anche se era stanco, Tresan rimase con lui fino a mezzanotte, ascoltandolo pronunciare parole in gran parte sconosciute. A volte, cullato da quel mantra di suoni senza senso, aveva la sensazione di afferrare la parola-chiave, ma ogni volta che socchiudeva le labbra per assaporarla, si accorgeva d'averla già dimenticata. Si trascinò a letto quando il grande orologio ad acqua della biblioteca mostrò l'intero arco della volta celeste, con Pani in posizione calante e Lævec in ascesa fra le costellazioni della primavera. Lasciò Volèn ancora assorto nel suo lavoro, e lo sentì rientrare nella propria camera solo all'alba, quando s'alzò per andare a correre con Allaras. Mentre scendeva le scale, lo scorse chiudere la porta dietro di sé, stanco e incurvato, e gli fece pena. Non era così che doveva apparire un mago della gloriosa razza Shelavin, ed era ben diverso quand'era salito a Elvaner per affrontare suo padre, nove anni prima! Avrebbe voluto provare ad aiutarlo, ma cosa avrebbe potuto fare che Volèn non avesse già tentato?

Mentre risalivano dal Lago Porneva alla fortezza, confidò ad Allaras che avrebbe voluto provare a rompere i sigilli di quel libro, e la risata di lei riecheggiò acuta e beffarda nella vallata. Per un istante, Tresan provò la tentazione di buttarla nel torrente che scorreva sotto di loro.

«Credi d'essere migliore di lui?» lo schernì la principessa, saltando sui sassi del sentiero. «Non sei un mago e neppure uno studioso. E anche se sei vecchio, non hai la sua saggezza.»

Tresan sbuffò, sollevando gli occhi al cielo. Perché era stato così sciocco da parlarle?

«Non sono vecchio» protestò. «Comunque, quel libro lo sta consumando. Non mangia, non dorme... Sembra diabolico. Anch'io ho avuto la sensazione che mi parlasse, per attirarmi a sé.»

«Sicuro! La Torre di Volèn è piena di libri parlanti! Ecco cosa sono quelle voci che sento di notte...»

«Sei proprio una bimbetta!»

Con uno scarto improvviso, Tresan lasciò il sentiero e s'inerpicò su un prato, allungando il passo per distanziarla, ma lei lo raggiunse con un ampie falcate, simile a una gazzella delle sue praterie. «E tu sei un illuso» lo rimbeccò, affiancandolo. «Credi davvero di poter aprire un libro magico, se neppure Volèn non sa come fare?»

No, non pensava di poterlo fare, ma ora ch'era stato pungolato decise che ci avrebbe provato. Dopotutto, Astrid gli aveva insegnato ad aprire vari tipi libri; chissà, con un po' di fortuna, avrebbe anche potuto farcela. Allaras volle assistere al suo tentativo e al rientro dalla corsa salirono insieme in biblioteca. Volèn stava ancora dormendo e non si sarebbe accorto di nulla.

«É questo, il libro stregato?» domandò la principessa, sfiorando i rotoli laminati d'oro. «A me sembra un libro comune. Digli qualcosa, Tresan. Costringilo ad aprirsi.»

Lui provò a dire qualche parola in alcune lingue morte, ma i rotoli rimasero ostinatamente serrati.

Allaras ridacchiò. «Tutto qui? Proviamo con la mia lingua, allora» Gli suggerì qualche parola in Nuramag antico e inizialmente non accadde nulla. Poi, d'un tratto, i rotoli tremarono leggermente, come se avessero percepito una somiglianza con le vibrazioni della parola-chiave. Tresan sussultò. «Cos'hai detto? Ripetilo!»

«Ho detto "kalara", che in Nuramag significa "Stella".» Ancora una volta, i rotoli ebbero un lieve movimento. «Forse è un trattato di astrologia o di astronomia» suppose Allaras. «Se gli piace la mia lingua, potrebbe essere stato scritto da qualche astronomo delle pianure.»

Provarono a elencare vecchi nomi di stelle e costellazioni, senza esito. Alla fine, sconsolato, Tresan le chiese come si dicesse "Stella Cacciatrice" nell'antica lingua del Puma Bianco.

«*Nereina kalara*» scandì Allaras, ma neppure quel suono fece dischiudere i rotoli. Annoiata, la principessa riprese il mantello che aveva posato sul tavolo, e lo indossò.

«Prosegui da solo, dotto Tresan» lo prese in giro, mentre fissava il bavero con una spilla a forma di puma in caccia, tempestata dei diamanti delle Pianure. «Non sono svaghi per me.»

«Neppure per me, temo.»

Si vergognava di aver avuto la presunzione di superare la saggezza di

Volèn, ed era stato stupido averlo fatto davanti a lei. Ora, Allaras l'avrebbe raccontato a tutti e nella fortezza si sarebbe detto che l'allievo del Maestro era un vanaglorioso e un incapace.

Il giorno seguente, Volèn scese a pranzo e mentre finivano la macedonia di frutta gli chiese, in tono pungente, se avesse fatto progressi, nel tentativo di forzare il chiavistello magico del libro.

Tresan aggrottò la fronte. «Ho solo voluto provare» si difese. «E Allaras avrebbe dovuto tacere. Neppure lei ha avuto successo. Però» depose il cucchiaio nella coppa, e il suo tono divenne serio. «Ha detto una parola nuramag... significava "stella"... e i rotoli hanno avuto un fremito. Potrebbe trattarsi di un saggio sul cielo?»

Volèn rifletté un momento, dondolando un calice d'argento ricolmo a metà di vino rosso come un rubino liquefatto. «Sul cielo?» dubitò. «Pensavo piuttosto a una raccolta di storie del passato. Secondo mio fratello, è stato scritto da nostra madre e lei non studiava le costellazioni, ma i popoli dell'antichità.»

«Vostra... madre?»

Era ovvio, Volèn aveva avuto un padre e una madre, come tutti. Eppure, Tresan faticava a immaginare quel vecchio ancora bambino, cullato fra le braccia di una maga che l'aveva portato in grembo e partorito.

«Mia madre, certo. Come credi che sia nato, dentro un uovo?»

«Si potrebbe anche pensarlo» rise Tresan. «Voi maghi siete ancora un mistero, per i mortali. Vostra madre era una ricercatrice?»

«Un'archeologa, sì. Una delle migliori. É morta mentre esplorava una grotta nelle pianure Nuramag. Ero solo un ragazzo, allora, e speravo di ritrovare qualcosa di lei, leggendo i suoi scritti.»

La sua voce scivolò in una velata malinconia, tuttavia, prima che cedesse ai ricordi, i tratti del suo volto tornarono a indurirsi. «Quindi hai provato a rompere i sigilli con nomi di stelle e pianeti?»

«E lune, costellazioni e nebulose» confermò Tresan, pulendosi la bocca con la lunga tovaglia. «Avete provato a usare tutte le parole preferite di vostra madre, anche lette allo specchio o anagrammate?»

«Ho provato di tutto, ma sospetto che non sia stata mia madre a chiudere quel libro. Deve averlo fatto qualcuno dei suoi apprendisti, dopo averlo concluso. Se mio fratello aveva ragione, quella raccolta è stata scritta da molte mani, fra storiografi, archeologi e antropologi.»

«Allora dev'essere interessante. Mi sono sempre piaciuti i libri di storia. Proverete ancora ad aprirlo?»

«Sì, ma non oggi. Devo ispezionare le palestre e i dormitori dei ragazzi. Tu che farai?»

Tresan guardò oltre la finestrella a mezzaluna. Fuori, la pioggia batteva rumorosamente sugli alberi e sul pozzo di sassi del cortiletto interno. Il Maestro Avarch era sceso a uno dei villaggi con Allaras e alcuni degli allievi più grandi, e si sentiva in imbarazzo ad allenarsi con i compagni di Derian.

«Andrò a riposare» decise. «Il colonnello Avarch mi ha allenato fino allo sfinimento, nei giorni scorsi, e ho le ossa indolenzite» Soffiò sul candelabro, spegnendo in un solo colpo le quattro candele accese. «A più tardi.»

Risalì verso la sua camera e mentre passava davanti alla porta della biblioteca sentì il coro tribale tornare a brulicare, in sottofondo ai suoi pensieri. Rallentò il passo e, quasi contro la sua volontà, socchiuse la porta ed entrò nella stanza. Il libro era sul tavolo, in quieta attesa. Non avrebbe voluto, ma accese la lampada e per la prima volta sfiorò le rune incise nei rotoli. Il canto montò come una marea, troppo vivo per essere un'illusione. Alla memoria gli ritornò la voce del Maledetto: *Sarai mio!* e si ritrasse inorridito, serrando le mani a pugno. Quel libro, quel canto e quella seduzione irresistibile erano una trappola tesa dallo spettro del Rinnegato, ne era certo. *Che cosa vuoi?* Nel sogno, il Re d'Ambra gli aveva detto di volergli parlare. *Ma io non ti voglio ascoltare! Ti sei fatto beffe della mia devozione e non lo meritavo. Che i demoni dell'inferno gelato ti rinchiudano nei loro Cerchi per l'eternità!*

Si costrinse ad arretrare e lasciò la biblioteca senza spegnere la lampada. Con passi pesanti risalì i pochi gradini che portavano alla sua camera e si gettò sul letto coprendosi con una coltre di pelliccia. Provò a riposare, gli occhi serrati con forza, ma oltre la porta il coro saliva e scendeva come un'onda insistente. Innervosito, si turò le orecchie con le braccia, rivoltandosi nella coperta.

«Vattene!» gridò alla fine, esasperato, e in quel momento la porta si aprì. Sobbalzò con il cuore impazzito, sedendosi a metà sul letto.

«É quello che sto facendo» disse Volèn, glaciale. «Vado in armeria con

Derian.»

«Questa sera dovete restare con me» Tresan ansimava, e si accorse d'essere coperto da sudore freddo. «Mi dovete aiutare!»

Volèn lo scrutò, accigliato. «Puoi attendere fino al mio ritorno?»

«Sì... Sì.»

«D'accordo, allora. Buon riposo.»

Uscì richiudendo la porta e Tresan udì i passi dissolversi, lungo le scale. Quando fu certo d'essere solo, ricadde sul cuscino e cercò di concentrarsi sul martellio dell'acquazzone sulle tegole del tetto, per non permettere al canto tribale di assordargli le orecchie.

«Sento solo la pioggia, solo la pioggia...» mormorò, concitato, ma tanto più se lo ripeteva quanto più il coro risuonava forte e prepotente, invadendogli la mente. Resistette per un'ora, poi buttò indietro la coperta e scese dal letto con un balzo. «Vuoi parlarmi?» gridò. «E parlami! Ma bada, non cederò alla tua volontà!»

Con passo deciso, entrò in biblioteca. Il coro montò in un festoso assenso.

«Sono qui! Che cosa vuoi che faccia?»

Al lucore della lampada, che era rimasta accesa, il libro sembrò tremolare e il suo richiamo divenne dolorosamente irresistibile.

Vieni...

Tresan gli si accostò, rabbioso.

«Cosa sei?» l'apostrofò. «L'araldo in cartapecora del Rinnegato?»

Ricordò che Volèn gli aveva detto d'averlo dimenticato in terza fila per molto tempo, prima che i topi lo costringessero a riordinare la biblioteca, e un dubbio gli attraversò la mente. «É curioso che Volèn ti abbia riesumato dalla libreria proprio dopo il mio arrivo» mormorò. «Davvero curioso. Non è stata una coincidenza.»

Sei stato tu, Re d'Ambra, a mandare quei ratti a mangiare i vecchi rotoli di Volèn? Per i Guardiani degli Inferni Gelati...! L'hai fatto per costringerlo a riportare alla luce questo libro!

Non poteva essere che così. Da quanto tempo lo schiavo-re stava cercando di parlargli? Forse da sempre. Non era un caso che la sua presunta tomba sorgesse proprio sulla sua isola, e i sogni, le apparizioni, e quella sensazione di averlo dentro di sé, quand'era in pericolo... Erano un suo segno, ne era certo. Se avesse respinto quella tentazione, il Maledetto avrebbe cercato altre vie per raggiungerlo, e forse sarebbero state meno innocue di una raccolta di maleodoranti pergamene ingiallite.

«E sia» cedette, sedendosi al tavolo. «Sono qui. Se vuoi dirmi qualcosa, ti ascolto.»

Trasse il libro verso di sé. Non riportava il nome dello scrivano e se un tempo era stato impresso un titolo, nel cuoio della copertina, era ormai illeggibile. Solo i decori in azzurro e verde, disegnati sui rotoli di papiro, sembravano rincorrersi in una scritta: "*Cronache perdute*", vergata con eleganza in un'antica lingua del sud di Misrenea. Astrid gliene aveva insegnata una simile, quand'era ragazzo, e anche se alcuni svolazzi non gli erano familiari, riusciva a comprenderla con discreta facilità. Provò ad aprirlo scandendo in varie lingue i soprannomi dell'Uomo d'Ambra, del suo Dio e quelli delle terre in cui erano vissuti, ma non accadde nulla.

«Se vuoi che ti legga, dimmi qual è la chiave per aprirti» si accigliò. «Quale parola devo pronunciare?»

Si era aspettato di udire una voce, dentro o fuori di sé, o di scorgere l'Uomo d'Ambra al suo fianco; invece, anche il coro si era zittito. Oltre la finestrella a monofora, si udiva solo il battito incessante della pioggia sul davanzale di marmo.

«Certo che sei strano...» borbottò. «Sono qui, come volevi. Perché non mi parli?»

Ancora una volta, gli rispose il silenzio. Per qualche minuto, rimase a fissare le pagine sprangate dalla magia, poi trasse un sospiro e tirò il pesante libro verso di sé. Lo esaminò accuratamente, aveva un dorso molto alto, e anche la copertina era piuttosto spessa. Quanti anni avrà avuto? Qualche migliaio, almeno. Odorava di cuoio e secoli, ma anche di sofferenza... e amore... Passò le dita sulle fasce d'oro lucente dei rotoli e nella mente gli scivolarono volti sbiaditi e nomi che nessun uomo ricordava da millenni. Non li aveva mai sentiti, eppure gli sembrava di conoscerli tutti e, quando incrociò gli occhi di smeraldo dell'antico re, il suo nome gli scivolò sulle labbra in un lieve mormorio, come se stesse chiamando un vecchio amico. Il re sorrise, soddisfatto, e i rotoli si separarono con un secco clangore.

Quasi non si accorse del prodigio. La sua mente si era improvvisamente assopita, persa in quella del Maledetto e, prima che si riscuotesse, il grosso libro si spalancò senza preavviso, rischiando di schiacciargli la mano contro il tavolo.

«Per tutti i demoni!» imprecò, sobbalzando per lo spavento. Con il cuore che ancora gli batteva in gola, osò curvarsi sulle pagine logorate dal tempo, e ne sfogliò qualcuna, stupefatto. *Volèn impazzirà di gioia, quando lo saprà*.... I fogli olezzavano di tannino e succo d'uva, e sulle antiche rune erano state sparse polveri d'argento, per conservarle, facendole luccicare come il riflesso della luna su uno stagno immerso nella notte. Aprì la mano sui fogli imbrattati dalla muffa e la pergamena si agitò come se fosse stata scompigliata dal vento.

«Svelami i tuoi segreti» disse, tenendo la mano aperta sopra le pagine e in lui scorsero immagini e sensazioni di momenti perduti nel tempo, oltre diecimila anni prima. «La storia delle terre affondate! E i rituali degli antichi popoli! Nessuno li conosce, a eccezione di qualche accenno conservato nei libri di Lanthard... E la storia di Kasara, il re guerriero Harana, schiavo di un Dio di cui si è scordato il nome, nei nostri giorni...»

Kasara... Quando aveva già udito quel nome? Non riuscì a rammentarlo eppure sapeva che era un nome marchiato come fuoco vivo nella storia dell'arcipelago. *Perché?* Poi comprese.

«Per gli Immortali...! Kasara, lo schiavo-re... Il Rinnegato!»

Il libro fremette e un alito tiepido soffiò nella stanza. Qualcuno, o qualcosa, cercava di forzare gentilmente i cancelli della sua mente... Una preghiera appena sussurrata tra la filigrana di una brezza impalpabile. Tresan chiuse gli occhi, e un calore informe gli scorse lungo il corpo e la sua mente venne sfiorata da un saluto cortese... Il saluto del Maledetto. Obbedendo a una loro volontà, le sue mani si aprirono e sulle dita sentì un tocco lieve. Tremò, scosso da un'emozione profonda e accennò ad accoglierlo, ma il Maledetto sembrò mormorare: *Non ancora,* e si ritirò laddove nessun pensiero poteva raggiungerlo. Il tocco si dissolse e Tresan riaprì gli occhi, guardandosi le mani con meraviglia.

«Sei stato gentile, questa volta. Rimani, e ti ascolterò.» Ma Kasara si era già dissolto nel nulla e gli risposero soltanto lo scoscio della pioggia e il mugolio del vento nel sottotetto.

Sedette al tavolo. Il libro era stato scritto in epoche differenti, con lingue diverse. I testi più antichi dovevano avere almeno settemila anni ed erano stati vergati con pittogrammi, in parte sbiaditi, che non conosceva. Più avanti, il linguaggio cambiava e diventava sempre più comprensibile, anche se lo stile era costantemente ridondante e la calligrafia non sempre chiara. Sperò di aggirare lo scoglio delle lingue assorbendo il libro con il pensiero, e riaprì la mano sopra la prima pagina, ma il libro rimase immobile e muto. Riprovò, inutilmente.

«Dannazione!»

Non capiva... Poco prima, aveva *visto* alcune scene del libro. Perché adesso non riusciva più a cogliere la sua voce silenziosa? Con un brusco sospiro, alzò la fiamma della lampada a olio e appoggiò la testa contro la mano aperta, iniziando a leggere le parti che riusciva a interpretare. Nonostante il suo disappunto, riga dopo riga, pagina dopo pagina, si sentì invadere da immagini ed echi di suoni e odori, e scoprì la storia delle tribù che popolavano le terre sommerse, prima che l'arcipelago prendesse forma dai frammenti dei territori affondati nell'antichità. In alcuni passaggi gli parve di cavalcare a pelo su vaste praterie governate da tribù dimenticate e sentì sulle labbra il sapore di rituali sconosciuti. Scivolò nelle stanze di palazzi signorili e nelle capanne fangose dei guerrieri, e conobbe gli avi di Kasara e la loro storia. Aveva letto senza sosta e il giorno imbruniva oltre la catena di Ammarth, quando Volèn entrò nella stanza, ridestandolo dalle sue visioni.

«Ah, sei qui!» esclamò. «Temevo che fossi uscito nuovamente dalla fortezza senza il mio consenso. Non sapevo che fossi uno studioso. Se Astrid me ne avesse parlato, avrei approntato uno scrittoio nella tua stanza. Cosa leggi?»

Si chinò sul libro e, riconoscendolo, sbiancò mortalmente.

«Per il sangue del Rinnegato! Quale parola hai pronunciato, per vincere l'incantesimo che lo chiudeva?»

«Ho detto qualcosa» balbettò Tresan, smarrito «Non ricordo cosa. È stato come sulla Piana di Gharr e con i lupi, in Rovanea...» E guardando il libro con reverenza, sussurrò: «È stato *lui* a suggerirmi d'aprirlo. Kasara...» La terra rabbrividì, sotto i loro piedi. «Il Maledetto.»

«Kasara» ripeté Volèn, piano. «Il Maledetto ha finalmente un nome. Mi permetti di guardarlo?»

«Naturalmente. Vi lascio la sedia» Tresan fece per alzarsi, ma Volèn lo trattenne posandogli una mano sulla spalla.

«Preferisco restare in piedi. É un libro troppo grosso per essere consultato da seduto.»

Sganciò un paio di cerniere che sporgevano dal piano della scrivania e sollevò un ampio leggio lavorato con un decoro di rose e stelle. Sistemò il tomo sul rialzo e lo sfogliò con cura. Riconobbe la scrittura scattante e armoniosa di sua madre, e il viso gli tremò di commozione.

«É straordinario! Mia madre e i suoi apprendisti conoscevano bene gli antichi Dèi e i popoli perduti. Ascolta! Questa preghiera risale alla Prima Era Imperiale.»

Iniziò a leggere un salmo e, rotolando su quelle antiche parole dagli accenti ormai dimenticati, la voce di Volèn intonò un canto lento e dolce, simile al mormorio sommesso della risacca sulla spiaggia. A occhi chiusi, Tresan lo sentì scivolare dentro di sé, e anche se non comprendeva una parola di quanto stava ascoltando, in lui qualcosa si ruppe e gli occhi gli si velarono d'emozione.

«Incredibile!» Il volto di Volèn risplendeva di gioia. «A tutt'oggi, non esiste un libro più antico di questo. Mi ha fatto impazzire per secoli, rifiutandosi di schiudersi, e invece a te, giovane Hardan, sono bastati pochi giorni per far saltare i suoi lucchetti invisibili. Prenderei a calci tuo padre dal palazzo di Va'nel fino al mare, per avermi impedito di portarti qui, quand'eri un ragazzino!»

«Io... credo d'aver avuto fortuna» minimizzò Tresan. «Se fossi stato più perspicace, avrei provato a storpiare la parola Nuramag che significa "stella" fino a pronunciare il nome del Re d'Ambra, invece di cercare la chiave nei nomi delle costellazioni.»

«Quel che importa è che tu l'abbia aperto. Se la parola ti è stata suggerita da Kasara, significa che il suo spirito ha ferma intenzione di parlarti. L'ascolterai?»

«Sì. Questa volta, sì. Forse non avrei dovuto oppor...»

«Silenzio!»

Tresan trasalì. Cos'aveva detto, per farlo infuriare in quel modo? Ma non appena lo vide tendersi, come una belva che avesse fiutato l'odore della preda nella foresta, obbedì senza discutere.

«Non parlare e non ti muovere!»

Una mente stava sorvolando Aldemar... E non era lo spettro del Maledetto. Sebbene riuscisse a stento a percepirlo, Tresan comprese chi era dall'espressione furibonda di Volèn. «Ger... E Marlifer! Che il vostro occhio sia dannato!»

Con gli ultimi brandelli di potere rubati all'ancestrale magia di Aldemar, il mago gettò su di loro un sudario di tenebra, celandosi agli incantesimi che dardeggiavano per braccarli e spiarli. Anche Tresan cercò di farsi scudo con il pensiero, una debole eco dell'antico potere Shelavin, ed era pallido per lo sforzo. Volèn rimase fermo, pietrificato in difesa, fino a quando la minaccia non si fu allontanata. Allora si volse e anche il suo volto era contratto dalla tensione.

«Ti darò un'ossidiana per proteggerti dall'intrusione di Marlifer nella tua mente. Aldemar è una sorgente di potere e talvolta, cavalcando su venti fortuiti, quel bastardo riesce a protendere i suoi sensi sin qui.»

«Cerca me?»

«Ne dubito. Non sa che sei qui. Ogni tanto viene a insidiarmi ma, se ti scoprisse, per te sarebbe la fine. Se avessi ancora i miei talenti, ti farei scudo con un incantesimo, ma quel poco che riesco ad attingere dall'isola non servirebbe nemmeno a nascondere un pesciolino da un gabbiano.»

«Volete che lasci Aldemar? Non intendo mettere in pericolo voi e i vostri allievi.»

Volèn lo fissò inorridito. «Per nulla al mondo ti lascerei andare, ragazzo! Tanto meno per Marlifer. Conosco bene quel farabutto... Lo conosco fin da quando eravamo studenti alla scuola di Isidöl, seimila anni fa. Saprò proteggerti da lui.»

«Allora vuole voi... Così come vuole Astrid?»

Volèn lo fissò sorpreso. «Astrid te ne ha parlato?»

«Sì, prima che lasciassi Pringel. Cos'è accaduto, fra voi maghi?»

«Oh è una storia lunga... Un giorno te la racconterò. Non è una guerra che ti riguardi, Tresan.»

«Davvero?» Tresan non ne era convinto. «Ger mi vuole perché è consapevole che il mio Cielo ha legami con quello di Kasara, mentre Marlifer sa che voi cercherete di proteggermi in qualunque modo dalle minacce di Damon. Non sono certo che i conflitti fra voi maghi non abbiano nulla a che vedere con me.»

«Saprò proteggerti sia da Ger che da Marlifer, ragazzo mio» ribadì Volèn, con fermezza. «Fidati» Poi il suo volto si contrasse in una smorfia di collera e la sua voce si stemperò in una maledizione. «Che quei due ficcanaso siano entrambi dannati in eterno! Se soltanto oseranno nuocerti, assaggeranno la mia collera e non vivranno a lungo per pentirsene!»

La piccola stanza sembrò riecheggiare di quell'appassionata condanna, come se Volèn fosse ritornato il Mago di un tempo e i suoi incantesimi avessero davvero potuto varcare la soglia del tempo e del destino. La lunga tunica lo adornava di un'età infinita. Avrebbe potuto essere nato con i primi vulcani, pensò Tresan, affascinato; di certo, ne possedeva la vigoria e l'irruenza.

Quando l'eco si spense, l'illusione si sciolse e il tono del mago si fece più mite.

«Basta parlare, ora. Derian ci attende e se si irrita diventa più insopportabile di un montone fra le capre. Scendiamo.»

Tresan spense il lume da tavolo e seguì il mago, che si era già avviato sulle scale. Prima di uscire, si voltò e guardò la sagoma, appena percepibile, del libro aperto sulla scrivania.

«A più tardi, Kasara» gli promise.

Quando richiuse la porta, alle sue spalle, un'ombra parve fumigare dal libro e una bassa risata fece scuotere impercettibilmente le pietre massicce della torre.

PARTE TERZA

Scuri gli uomini offesero
lo Ignoto Dio d'azzurra folgore
e nell'ira divamparono,
accesi da fulmini rosso sangue.
Fumigando la terra si sgretolò,
le pianure divennero isole
e vulcani emersero dagli oceani lontani.
E il ferrigno mare ingoiò
le carni ardenti,
gelida e crudele fauce
che sepolcro perenne diventò.
Allora, l'uomo che questo volle
il nome perse e divenne un rinnegato in terra,
Uno spirito maledetto e inquieto
Che pace mai potrà trovare
Fra le eterne pieghe del tempo.

(Tratto dalla Ballata dell'Uomo D'Ambra)

Echi dalle Terre Sommerse

Anno 3354, secondo il calendario dei Sacerdoti di Ályshan
Mese delle Verdi Gemme, Primavera

1

Il sole era una grande bolla dorata sospesa nell'incendio d'occidente, quando Helgar Ven Mrinall di Is'lenderr si avvicinò alla roccaforte di Pringel. Aveva il capo scoperto e il ricamo del cavallo cornuto campeggiava, azzurro e argentato, sul mantello blu mezzanotte. Non era distante dai primi cancelli del labirinto, quando si guardò i guanti e i calzoni impolverati e ricordò che era trascorso quasi un mese dall'ultima volta che si era concesso un bagno completo. Come soldato era abituato a non dare molta importanza al suo aspetto, ma Volèn era cresciuto in un'epoca in cui la pulizia era considerata una virtù, e aveva educato i suoi Davlèjn a prendersi cura del loro corpo, per mantenerlo sano e vigoroso.

Era già stato a Pringel, in passato e sapeva dove andare. Lasciò la sterrata principale e guidò il cavallo lungo un sentiero che scendeva sulle rive del fiume Qwaz. Laggiù, il letto si allargava in una polla calma e verdeggiante, cullata dalle fronde dei salici piangenti e dalle macchie bianche e nere di un boschetto di betulle. Smontò e legò il cavallo a un albero, quando udì alcune voci femminili, oltre le frasche più basse.

«Malibran, esci dall'acqua, adesso» stava dicendo una donna, in tono suadente. «Ti ho assegnato la stanza di Tresan e disponi di una vasca da bagno personale, dove puoi rilassarti con lavande calde ogni volta che lo desideri. Perché non la usi?»

«Nelle pianure non siamo avvezzi a simili comodità, mia cara amica» rispose un'altra donna, con voce calda e vibrante. «Abbiamo una tempra forte e ci laviamo nei laghi e nei fiumi che la terra ci ha donato. Perché non ti spogli e non mi raggiungi? L'acqua è gradevole.»

L'altra rise. «Senza dubbio. Non sono pezzi di ghiaccio, quelli che ti galleggiano attorno? Esci, o ti ammalerai e i Nuramag dovranno scendere in campo senza la loro sovrana, quando Su'meeramjtra invaderà le tue pianure a caccia di nuove terre da coltivare.»

Nell'udire quelle parole, Helgar increspò lievemente la fronte. Una delle due donne doveva essere la regina del popolo del Puma Bianco, mentre l'altra... riconosceva quella voce. Quand'era bambino l'aveva udita per oltre tre anni, alla fortezza di Aldemar, e fra le poche donne che vivevano lassù, una soltanto aveva quella cadenza musicale e l'accento vagamente antico. Non poteva sbagliarsi, era la Governante della Torre di Volèn. Se Madama Astrid fosse stata sola, sarebbe uscito dagli alberi per porle i suoi ossequi; ma non poteva mostrarsi, mentre la regina dei Nuramag si bagnava nel fiume. Stava per indietreggiare, quando le frasche si mossero con un rapido, violento fruscio e la fredda lama di un coltello gli sfiorò la gola.

«Siete morto, signore» sibilò Malibran e Helgar accennò un lieve sorriso.

«No, mia signora. Se lo volessi, *voi* sareste già uno spirito» E abbassò leggermente gli occhi sulla spada, la punta che accarezzava il seno nudo di lei.

Malibran non arretrò. «Chi siete?» rincarò. «Perché spiavate il mio bagno?»

Gentilmente, Helgar allontanò con la mano inguantata il coltello dalla gola e s'inchinò.

«Mia signora, permettete che mi presenti...» iniziò, ma fu un'altra voce a scandire il suo nome:

«Helgar Ven Mrinall!»

Astrid s'avvicinò, gettando un mantello sulle spalle della regina, perché si coprisse. Malibran abbassò il coltello, ma continuò a fissare Helgar con sospetto.

«Lo conosci, Astrid?»

«Naturalmente. É il miglior Davlejn che il Drangor Volèn abbia mai addestrato.»

Gli porse la mano perché gliela baciasse e lui la sfiorò per omaggiarla.

«Madama» la salutò. «Sono lieto di rivedervi. È da molti anni che mancate da Aldemar e abbiamo avuto nostalgia di voi, dopo la vostra partenza. Ci confortavano i vostri sorrisi, quando eravamo stanchi e scoraggiati.»

«E voi siete mancati a me, Helgar» rispose lei, affabilmente. «Hai notizie di Volèn?»

«Il Maestro sta bene, ma...» *Quando vivevate con lui, il suo cuore era più amabile e sereno*, concluse fra sé.

«Prego perché lo possa rivedere presto» mormorò Astrid, poi si volse e indicò l'altra donna, che si stava rivestendo.

«Helgar, hai già senz'altro riconosciuto Malibran, la sovrana dei Nuramag del Puma Bianco. Attendevamo soltanto i suoi generali e invece ha affrontato il viaggio di persona per approntare una linea di difesa comune con il generale VinGill.»

Helgar sbatté gli occhi, affascinato. Non si era permesso di guardarla, quand'era senza vestiti, ma ora che poteva ammirarla notò che era splendida.

«Abbagliato, mia signora» soffiò. «I bardi dovrebbero essere frustati: i loro canti non celebrano neppure un'eco della vostra squisita grazia.»

Malibran sorrise e i suoi occhi si colmarono dei riflessi dorati del tramonto. Era alta e formosa, con capelli folti e occhi simili a nocciole mature. Anche la pelle aveva un colorito bronzeo, selvaggio e regale a un tempo. Si stava allacciando un corpetto intrecciato che esaltava la sensualità dei seni e la lunga gonna di pelli acconciate scopriva con uno spacco ardito una gamba elegante. Una serva le porse anelli da braccia adornati con i diamanti delle Pianure e orecchini a forma di serpenti dagli occhi di rubino. Helgar si domandò se quelle braccia, forti eppure femminili, fossero tanto salde in battaglia quanto nell'amplesso amoroso; e per la prima volta, da quand'era un guerriero Davlèjn, scoprì di guardare con desiderio una nobile che aveva il dovere di onorare e servire.

Si accorse che la stava fissando sfacciatamente e, schiarendosi la voce, disse, per camuffare l'imbarazzo:

«Ho conosciuto vostra figlia, ad Aldemar. È la sola fanciulla a essere stata ammessa nella scuola dei guerrieri e i compagni la rispettano per il nome che porta e per l'abilità della sua spada. Dovete essere orgogliosa di lei, mia signora.»

«E lo sono» convenne lei, finendo d'abbigliarsi. «Allaràssyran è la mia erede e per diventare regina dovrà imparare a essere uno scudo per il suo popolo e nel suo cuore dovranno dimorare fermezza e compassione. Per questo l'ho inviata da Volèn. Conosco bene quel vecchio e sono certa che la istruirà meglio di qualunque saggio delle Praterie.»

In quel momento, dagli alberi emersero tre cavalieri Nuramag, due nerboruti e dalla pelle nera come la notte e uno più chiaro, alto, lo sguardo ambrato ma più duro del ghiaccio. I lunghi capelli neri, cosparsi di oli profumati, erano raccolti in una coda di cavallo e rilucevano come il giaietto più puro. Tutti e tre vestivano di pelli di montone aperte sul petto ed erano ingioiellati con collane di pietre colorate. Alle dita portavano vistosi anelli d'oro.

«Hai qualche noia, madre?» domandò il giovane alto, fissando Helgar con ostilità; ma lei scosse il capo, slegando il proprio baio da un tronco, e balzò in sella con agilità.

«No, El'madran. Riponi la spada e frena la sete di sangue per i campi di battaglia. Hai venticinque anni e ancora non sai distinguere i nemici dagli amici?»

Il figlio arrossì, ma i suoi occhi s'incresparono di rabbia.

«É mio dovere proteggerti» dichiarò con caparbietà, senza distogliere lo sguardo da Helgar, e la regina ebbe una breve, aspra risata.

«Oh, certo!» lo derise. «Se questo cavaliere fosse stato un nemico, sarei morta dissanguata, in attesa della vostra protezione!»

Il volto del principe avvampò come se fosse stato vicino a un fuoco acceso.

«Siamo stati lontani com'era tuo volere» protestò, con voce quasi stridula, ma Malibran mosse il cavallo e gli voltò le spalle con indifferenza.

«Posso chiedervi di scortarci, Ven Mrinall?» domandò a Helgar, ancora a terra. Lui s'inchinò, compiaciuto dell'invito. «Onorato, mia signora. Non che siate indifesa» aggiunse, con un sorriso che lei gli restituì con malizia.

Anche Astrid ebbe un sorrisetto, nel vedere il Davlèjn accostare il proprio cavallo a quello della regina, in un gesto apparentemente deferente eppure complice... quasi intimo.

El'madran sbuffò e precedette il gruppo assieme alle sue guardie, ma sulla strada per Pringel, mentre Malibran conversava con Astrid, si lasciò sfilare e per qualche momento cavalcò accanto a Helgar.

«Siete un soldato di Volèn?» gli chiese, con malcelato disprezzo. «Ho riconosciuto il suo stemma, sulla vostra logora casacca. A un primo sguardo non sembrereste un nobile, ma un pastore Valmādrian...» Helgar lo guardò negli occhi senza parlare e l'altro sogghignò. «É così, dunque. Quel vecchio è tanto disperato da dover cercare i propri allievi fra i figli del popolo?» E poi, a voce più bassa, quasi un fruscio di lama, aggiunse: «State lontano da mia madre, Ven. Non siete degno di lei.»

«Neppure voi, temo.»

Helgar aveva parlato in tono pacato, ma El'madran serrò la mandibola con forza e lo fissò con odio. «Se vi piace crearvi nemici, pastorello, ne avete appena trovato uno.»

Spronò il cavallo al piccolo trotto e tornò in testa al gruppetto.

Quando entrarono a Pringel, un servitore li scortò nella sala piccola, dove fino a qualche secolo prima i sovrani avevano amato riunirsi di sera con la famiglia per conversare o ascoltare i canti dei menestrelli. Ora la sala ospitava abitualmente i servitori e i cadetti più giovani, quando desideravano giocare a dadi e bere il mosto rovaneano. Mentre El'madran si ritirava con le due guardie, Astrid mandò a chiamare il generale Meran e allontanò i soldati a riposo. Malibran si distese davanti al camino acceso, su un tappeto di pelle d'orso e si versò del sidro rovaneano in una coppa. I suoi occhi di cerva erano asole di luce, nel volto immerso della penombra. Pareva indomita e arrendevole a un tempo, e Helgar dovette distogliere lo sguardo dalla sella armoniosa dei suoi fianchi per scacciare un improvviso rossore. Un momento più tardi, nella sala ci fu un trepestio e il generale Meran entrò zoppicando, sorretto da Mav Græven ed Edrik, l'erborista. Helgar s'alzò, gli rivolse il saluto di Aldemar, sfiorandosi la fronte, le labbra e il petto con due dita della sinistra.

«Onore a te, Ven» rispose Meran, portandosi il pugno destro al cuore. «Prego, riaccomodati. Hai cavalcato a lungo e sarai stanco. È da un anno che non t'incontro, Helgar, e sei ancora più robusto di quando servivi il re fra le mie guardie, a Lanthard. Ragazza» chiamò una servetta. «Del vino anche per me» Quando la fantesca gli ebbe riempito il bicchiere, bevve e tossì, ancora provato dalla battaglia sulla piana e allungò con uno sforzo la gamba ferita. «Sei di ritorno dall'occidente, Helgar? Come va il pattugliamento del Mare del Drago?»

«Non come speravamo, generale.»

Aprì la sacca da viaggio e gli porse un rotolo di rame. VenGill svolse una pergamena, che lesse rapidamente alla luce delle fiaccole, alle sue spalle.

«È una missiva vergata dal capo clan degli Zaillæn» riferì, posandola sul tavolo. «Implora il nostro soccorso, con l'invio tempestivo di navi e uomini.»

«Gael Zaillæn è mio cognato» disse Græven, allarmato. «Cos'è accaduto?»

«Le isole degli Zaillæn sono state assaltate e conquistate» spiegò Helgar. «Sembra che qualcuno abbia favorito il passaggio dei vascelli Shaar Tol Re presso il Mar d'Ægator, giacché nessuna nave dei clan presidiava la zona, quando il nemico si è infiltrato fra le isole.»

«Aæril!» sibilò Meran, e Græven batté un pugno sul tavolo, imprecando. «Che quel bastardo sia dannato! Fin dove si sono spinti gli uomini di Su'Meeramjtra?»

«Non saprei dirlo con sicurezza, ma hanno assaltato le isole più estreme di Ægator e il Signore di Zaillæn ha cercato rifugio presso un vostro cugino, Mav Græven. Io ero con lui e sono riuscito a metterlo in salvo assieme alla sua famiglia, ma il castello e le terre sono state razziate e distrutte.»

Raccontò dell'incendio della fortezza di Zaillæn, della devastazione delle campagne e della fuga dei contadini e una serva trasalì, portandosi le mani al viso.

«Ah, perché gli Dèi non ci proteggono?» singhiozzò, e Malibran intervenne, rudemente: «Forse questo mondo deve finire. Se così è scritto, non saranno né le invocazioni né le maledizioni, a salvarci.»

«Non parlate così, signora» la supplicò la donna, piangendo.

«Non credo nella benevolenza degli Dèi... Sempre che esistano» rincarò la regina e i gemiti della serva divennero incontrollabili. Græven le fece cenno d'uscire. «Non ascoltate queste storie dolorose, signora» disse, e la donna lasciò la sala singhiozzando.

Astrid tornò a rivolgersi a Helgar. «C'è altro che dovremmo sapere?»

«No. Piuttosto, vorrei chiedervi... I Clan di Ægator sono famosi per la solidità della loro flotta navale e per l'assoluta fedeltà al re, eppure hanno permesso ai nemici d'avventurarsi liberamente nei loro territori. Cosa sta accadendo, Mav Græven? L'Occidente si sta alleando con Su'Meeramjtra?»

«Mav Aæril di Zeln e suo cugino, il Mav dei Marismas, hanno tradito i suoi compagni e il re» rispose Meran, in tono tagliente e, brevemente, gli raccontò dell'agguato a Gharr e del tentativo fallito di rapire il figlio cadetto di Aldric Hardan.

«È questa la ragione per cui Tresan ha lasciato Pringel ed è risalito da solo verso Aldemar?»

Helgar aveva parlato con semplicità, ma i presenti trasalirono.

«Come lo sai?» sussurrò Astrid, scambiando uno sguardo allibito con Meran.

«L'ho incontrato mentre scendevo verso Pringel, e abbiamo condiviso il bivacco per una notte. Per i Valmādrian non dev'essere stato facile affrontarlo in battaglia» Scoppiò in una risata. «È il Signore dei Lupi e la sua volontà domina le loro menti. Ha un potere che piacerebbe al Drangor Volèn!»

Astrid sbiancò. «Cos'hai detto?» ansimò.

Helgar parve turbato dalla sua reazione. «Ha allontanato un branco di lupi che l'aveva assalito senza macchiare il suolo di una sola goccia del loro sangue. Che cosa può essere stato, se non shelavin?»

«Tresan non possiede che un goccio di Shelavin, ma il Mal...» Astrid lanciò a Meran un'occhiata intensa e Græven s'irrigidì. Rammentava il coraggio con cui Tresan aveva guidato i compagni superstiti alla vittoria, sulla Piana di Gharr, e aveva udito le storie che già si narravano su di lui, nella fortezza, ma gli erano parse leggende infervorate dalla fantasia dei soldati e non vi aveva badato. Tuttavia, Helgar non era un guerriero esaltato dalla battaglia e Madama Astrid pareva sconcertata... Perché?

«Forse li ha allontanati con il fuoco» suppose Edrik, ma Helgar scosse la testa, risoluto.

«No, signore. Quando l'ho avvicinato, ho avvertito una strana sensazione e vi assicuro che dalla sua pelle ribolliva una forza arcana... E Tresan ha parlato di qualcuno che era con lui, lo ricordo bene.»

Græven ed Edrik si scambiarono un'occhiata perplessa.

«Volete dire che era… posseduto?» balbettò l'erborista. «Come quel giorno, sulla Piana… Per gli Dèi, sembrava un'aquila che si abbattesse su conigli tremanti di paura ed era soltanto un ragazzo!»

«E quell'urlo bestiale!» aggiunse Græven «Ha slegato i venti e terrorizzato i Valmādrian. Il loro prete è fuggito strillando come un gallo sgozzato.»

«Un urlo bestiale?» Helgar era impressionato.

«Una parola che non conosco» confermò Græven. «Karana, forse… No, era Harana… Il prete Valmādrian era sconvolto e ha farfugliato che la leggenda del demone era vera. In quel momento non me ne sono curato, ma ora che rifletto, penso che… Per gli inferni! Un'aquila, come la forma dell'Arcipelago… E quel grido diabolico…!»

Sbarrò gli occhi, mentre la consapevolezza gli feriva la mente. Fissò Meran e Astrid a bocca aperta, sgomento. Edrik dapprima non comprese, poi barbugliò qualcosa, impallidendo, e lanciò un gemito di terrore. Malibran non capiva, ma seguiva la discussione con trepidanza. S'alzò e si avvicinò ad Astrid, la notte bruna che sfiorava il fiorir dell'alba. «Parlate di un demone?» chiese.

«Di uno spirito» precisò l'amica. «Uno spirito dannato e inquieto, incapace di trovar pace e riposo perfino nella morte. Ne avrai senz'altro sentito parlare anche tu, nelle Pianure.»

Malibran scosse il capo. «No. Di che si tratta?»

«Di un uomo che ha sfidato il suo Dio, agli albori del mondo, e l'ha maledetto per l'eternità. Più tardi, chiederò a un bardo di cantarti qualche ballata che narra di questa vicenda.»

«E il cadetto di Hardan…»

«È stato visitato dalla sua anima.»

«Dall'anima del Maledetto?» Helgar posò di scatto il calice che si stava portando alle labbra. «Allora le leggende sono vere?»

«Taci!» Astrid s'affacciò sul corridoio e allontanò con un gesto le due ragazze che si stavano avvicinando con la biancheria pulita fra le braccia. Chiuse le porte tirando il catenaccio perché nessuno potesse entrare. «Helgar, se avessi saputo che avevi incontrato Tresan, ti avrei ospitato in una stanza più riservata! I servi avranno udito qualcosa?»

«Non c'era nessuno nella sala, a parte noi» osservò Edrik, ma Astrid non era tranquilla.

«Le porte erano socchiuse e i servitori sono pettegoli» Si riavvicinò al tavolo e sedette sulla panca, accanto al generale VenGill. «Helgar, tu sai cosa significa tutto questo, conosci le leggende e talvolta nel piccolo tempio di Aldemar si leggono estratti dei Codici Drom…»

«Certamente, signora. Il Maledetto è stato crudele a tendere la mano sul capo di Tresan, ma non poteva fare scelta migliore. Se riuscirà a vincere la sua fedeltà, Tresan sarà la sua coscienza e la sua salvezza.»

Meran tamburellò con le dita sul tavolo.

«Siamo tutti nelle mani di quel ragazzo, allora. Al risveglio, il Dormiente distruggerà l'Arcipelago, e Tresan e il Re Rinnegato sono la sola speranza che abbiamo di sopravvivere, se prima non saremo stati spazzati via dalla guerra contro l'Impero.»

«Che Damon sia dannato in eterno!» imprecò Edrik, fra i denti. «Non poteva scegliere un momento peggiore per attaccarci. Forse, se sapesse del pericolo a cui tutti siamo esposti, potrebbe…»

«Ritirare i suoi uomini?» Il generale scoppiò in una risata senza allegria. «È più probabile che abbia scelto questo momento *proprio* perché siamo fragili. Quell'incosciente non teme nessuno, nemmeno il flagello dei demoni!» Si passò una mano sulla faccia, un gesto stanco. «Siamo mosche in trappola fra il miele e le rane affamate. Qualunque via di fuga sceglieremo, qualcosa dell'arcipelago che tanto amiamo morirà per sempre.»

«Cosa possiamo fare?» mormorò Græven. Qualcuno propose di rivolgersi agli Alti Sacerdoti di Ályshan, qualcun altro di cercare nell'università di Lanthard uno scritto che spiegasse chi era il Maledetto e perché fosse ritornato alla vita.

Mentre gli ufficiali parlavano, Astrid sedeva con lo sguardo perso nel vuoto, assorta nei suoi pensieri. Era pallida e Malibran stava per chiederle se si sentisse male, quando un servitore tentò d'entrare nella sala, forzando rumorosamente la porta. A un cenno del generale, Græven tirò il chiavistello e spalancò i battenti. Il servo trasalì, scusandosi con un balbettio. Si guardò attorno, perplesso, le caraffe di vino erano ancora ricolme a metà e gli ufficiali apparivano impensieriti.

«Non andava bene?» domandò, indicando il vino.

Astrid si alzò con un sorriso rassicurante. «Non abbiamo più sete» mentì. «Conservalo per cena.» E mentre l'uomo raccoglieva le brocche aggiunse, con simulata allegria: «Malibran, cara, questa sera daremo un ballo per augurarti un sereno ritorno nelle Pianure. Non potrai mancare, sarai l'ospite da onorare e corteggiare. Ti unirai a noi, Helgar? La regina danzerà con te, se lo vorrai.»

«Ne sarei lusingato, ma...» *Non ho abiti adatti e non ho mai ballato con una regina...* «Sono stanco, mia signora. Chiedo soltanto una cena semplice e un letto per dormire.»

«Mi dispiace che non vi uniate a noi, Ven Mrinall» disse Malibran, con la sua voce palpitante e sensuale. «Vi auguro un dolce riposo.»

Un servitore scortò Helgar in una stanzetta, dov'erano già stati alloggiati altri tre Cavalieri, e quella sera, mentre i giovani partecipavano alla festa, si gettò un mantello sulla tunica da notte e uscì sul piccolo davanzale. Attraverso le finestre della sala grande, intravide Malibran muovere alcuni passi di danza fra due ufficiali e si addossò al muretto per contemplarla, pensando che era troppo bella per un guerriero di povere origini come lui. Rimase a lungo sotto le stelle, inseguendo vaghi pensieri, poi, mentre rintoccava la mezzanotte, scorse un servitore del generale VenGill accorrere verso il pozzo, dove uno stalliere stava attingendo l'acqua. I due parlottarono concitatamente e per qualche momento parvero litigare, poi il servo sollevò il volto alle lune e Helgar lo vide sorridere con festosa esultanza. Diede una pacca vigorosa sulla spalla dello stalliere e s'allontanò di corsa verso le scuderie. Helgar quasi non vi badò, si trattava senz'altro di qualche affare fra domestici, e per qualche tempo, i suoi pensieri si persero altrove, soffermandosi sul corpo sensuale di Malibran e a quello che le avrebbe fatto, se avesse potuto entrare nel suo letto. Poi, su un balcone scorse il generale VenGill assieme a Edrik e a Mav Græven, e alla mente gli ritornò la conversazione di quella sera. Il fuoco che aveva provato fantasticando su Malibran si trasformò in un brivido, al pensiero della sorte che stava per colpire il figlio cadetto di Aldric Hardan. Aveva sempre creduto che la storia del Maledetto fosse una fola e invece il suo spettro era ritornato dalle spire del tempo per esigere la vita di Tresan. Che cosa voleva, quel guerriero morto, dal rampollo di un vassallo del re? Mentre lo pensava, una ventata improvvisa gli sfiorò il volto, ma gli alberi erano immoti e nessuna brezza agitava i vessilli, sui bastioni della fortezza. Ebbe la sensazione di non essere solo e udì il clangore d'alcune catene e la risata profonda, quasi affabile, di un uomo confuso nel mantello nella notte. Si volse di scatto, guardingo. Il venticello smosse i tendaggi della stanza e, anche se non lo vedeva, seppe che l'uomo gli era accanto. Sentiva il suo odore spargersi nell'aria, un odore intenso di muschio, sudore e incensi di loto.

«Chi sei?» bisbigliò, la bocca riarsa dal terrore.

Un amico sussurrò una voce bassa e gentile. Poi la brezza cadde, simile a un sogno che muore nell'inconsistenza della notte, e disparve.

Lontano, sul fondo degli oceani, un vulcano eruttò, le acque si agitarono e travolsero alcune isole abitate, e uno scoglio s'infranse con fragore in un pulviscolo di cenere.

Sto tornando... Una minaccia che galoppò ruggendo sulla spuma dei marosi.

Ti sto aspettando, Hal'Bitshni. E non sono solo.

Il mattino seguente, un valletto non si presentò al cospetto del generale VenGill e si scoprì che quella notte era stato rubato un cavallo dalle scuderie degli ufficiali. Interrogato nella torre da quattro ufficiali, lo stalliere che Helgar aveva visto accanto al pozzo confessò fra le lacrime che il fuggiasco gli aveva chiesto in prestito un purosangue, quella notte, ma era convinto che intendesse recarsi in un bordello vicino, non che avesse in animo di disertare.

«Quel dannato sguattero ci ha sentiti, ieri sera, e Tresan è in pericolo» imprecò Meran, scostando nervosamente il vassoio con la colazione che aveva appena assaggiato. Un paggio sgomberò e ripulì il tavolo dalle briciole, e gli sistemò la coperta di lana sulle gambe. Il generale lo scacciò con un ringhio infuriato: «Non sono un vecchio!»

Astrid gli sedette accanto, fra i cuscini di una cassapanca, e chiuse gli occhi. L'anello che portava all'anulare era quasi caldo.

«Ha già raggiunto la torre di mio zio» sentì. «Non vi è un altro posto in cui potrebbe essere più sicuro, tuttavia sarebbe opportuno inviare una pattuglia che controlli costantemente le vie d'accesso all'isola.»

«Me ne occuperò personalmente» le assicurò Meran. «A meno che non vogliate recarvi lassù di persona, con uomini scelti da voi.»

«Lo vorrei... Gli Dèi soli sanno cosa darei, per tornare a casa, ma raggiungerò la flotta reale nel Mare del Grifone per prendermi cura di Rupens. Helgar ha accettato di accompagnarmi, con il vostro consenso.»

Meran non nascose un velato dispiacere. «Partite anche voi, signora? La regina Malibran è ripartita questa mattina per predisporre la difesa delle sue pianure e domani Mav Græven salirà in Ægator per difendere i possedimenti di suo cognato. Mi lasciate dunque solo?»

«Se non vi basta la compagnia dei vostri eserciti...» scherzò Astrid, e Meran le posò gentilmente la mano sulla sua, stringendola con forza. «Una compagnia inutile, signora. Ascoltatemi, una volta l'avete chiesto a me e ora vi raccomando la medesima cosa: se credete negli Dèi, pregate... Pregate per me, per il re, per il vostro Tresan... Per il nostro mondo. Come ho già detto, siamo tutti nelle mani di quel ragazzo. Che gli Immortali ci sostengano!»

Negli occhi di Astrid passò un brillio argentato. «Anche se gli Dèi scegliessero di restare a guardare, Tresan non lo farà. Conosco il suo cuore come se fosse figlio mio e so che farà quant'è giusto, per sventare la distruzione di ogni terra conosciuta. Abbiate fiducia in lui, Meran, e se è scritto nel nostro destino che moriremo, torneremo alla polvere con dignità. Addio.»

2

«Maestro, posso vedere la mia mappa del destino?»

Era sera. Derian aveva già rassettato la sala da pranzo e ora fischiettava in cucina, mentre lavava i piatti nel mastello. Seduto accanto al camino, Volèn leggeva un trattato sui cavalli delle Steppe, ma non appena Tresan entrò nel salotto, lo chiuse e lo accantonò sulla mensola del camino.

«Mi aspettavo che me lo chiedessi già da tempo. Iniziavo a temere che non t'importasse, o peggio, che non ci credessi, come tuo padre. Attendi un istante.»

Uscì dalla stanza e poco dopo rientrò, sfilando da un lungo tubo di bronzo una carta di pelle di vitello, miniata con eleganti disegni in seppia e oro. Chiese a Tresan di spostare il canestro con la frutta e la srotolò su tutto il tavolo, fissandola agli angoli con libri e candelabri.

«Bada a non sciuparla» l'ammonì. «É la sola esistente, non ne ho mai fatto una copia.»

Non appena la distese, nuvole di costellazioni iridescenti emersero a galleggiare sopra la pergamena, muovendosi adagio fra i pulviscoli colorati, come sospinte da un refolo leggero. Seguivano con fedeltà le complicate guide tracciate sulla carta con la china seppiata, spingendosi l'una dentro l'altra o allontanandosi verso i confini della mappa. Affascinato, Tresan le contemplò girando lentamente attorno al tavolo. Sperava di identificare a chi appartenessero e si curvò sugli strani simboli vergati un po' ovunque, cercando somiglianze con le lingue che Astrid gli aveva insegnato, ma alla fine si arrese.

«Non riesco a leggerla. Potete spiegarmela?»

«È piuttosto complicata» riconobbe Volèn, con un sorrisetto indulgente. «A volte, io stesso mi perdo nei segni che ho tracciato tanti anni fa. Questo gruppo di stelle rappresenta te, la tua posizione nel cosmo e il tuo rapporto con gli altri cieli.» Con una bacchetta di bambù indicò una costellazione color dell'ambra scura, con stelle sfaccettate e lucenti come diamanti. Erano grandi e si muovevano placidamente nel centro della mappa, accostandosi e distanziandosi pigramente dagli altri cieli che le circondavano.

«Le stelle dal bagliore violaceo sono Stelle Cacciatrici. Ne hai molte, solitarie o organizzate in gruppi e provengono da cieli diversi. Significa che avrai molti nemici, Tresan.»

«Lo so» Negli ultimi tempi, non sentiva parlar d'altro. «Chi sono?»

«Non riesco a decifrare tutti i loro nomi, ma in gran parte si tratta di personaggi influenti. Senza dubbio, due sono sacerdoti d'alto rango... Uno sembrerebbe un Patriarca, come tuo nonno, ma non è Mesìa. Hai mai avuto legami con Gülhan, il Sommo Sacerdote del Dio Odrisio?»

«No, mai.»

«Parrebbe essere in combutta con Ger da alcuni anni. Guardati da lui, a dispetto del suo santo ufficio.»

«Sarò prudente. E Kasara? Qual è il suo cielo?»

«Questo» Volèn indicò un raggruppamento di stelle vive, di un verde sfumato, che s'intrecciava nel suo cielo. «Le sue sono tutte Stelle Cacciatrici.»

«Non sono viola. Hanno le sfumature degli smeraldi, come i suoi occhi.»

«Ho visto molte Stelle Cacciatrici, in oltre seimila anni, e le saprei riconoscere anche se fossero bianche come il latte di capra» gli assicurò Volèn e affondò la bacchetta fra il pulviscolo verde che le avvolgeva. «Lo si capisce da come si muovono, da come barbagliano, dall'energia che emanano. Fidati di me. Non sono stelle comuni e provengono da una costellazione antica. Te ne ho già parlato, ricordi?»

Andò verso la libreria, prese un grande atlante astronomico e lo sfogliò. Poi tornò verso di lui, mostrandogli un cielo miniato su due pagine a fronte.

«Guarda. Questa è la costellazione del Lupo Predatore, così come si suppone che fosse dodicimila anni fa.»

Glielo porse, e Tresan lo prese fra le braccia. Il testo era antico, ma il turchese del cielo era ancora vivido e sulle dita gli rimase un'ombra di pulviscolo azzurro. Contemplò la grande costellazione al centro: le stelle erano state create con lucenti frammenti di cristallo ed erano state unite da linee immaginarie per creare la figura stilizzata di un lupo nell'atto di ululare. Attorno, erano state disegnate altre costellazioni dai nomi stravaganti che Tresan non conosceva. *Strano*, pensò. Astrid gli aveva insegnato la mappa celeste, quand'era ragazzino, e avrebbe saputo tratteggiare a memoria alcuni fra i gruppi di stelle più importanti, ma quel cielo gli era completamente sconosciuto.

«La costellazione del Lupo Predatore non mi è familiare» disse, posando il libro sul tavolo, accanto alla mappa. «In verità, non conosco nessun gruppo di stelle disegnato su questa carta.»

«Questo cielo non esiste più da quando le prime terre abitate sono state distrutte» gli spiegò Volèn. «D'allora, le stelle del Lupo Predatore si sono mosse, migrando per millenni nei cieli, fino a ricomporsi nella costellazione dell'Aquila.»

Tresan sollevò di scatto lo sguardo nel suo, intuendo quello che intendeva dire. Lui era nato sotto il segno dell'Aquila e non era sicuramente un caso che un tempo fosse stato lo stesso che aveva dominato il cielo di Kasara. Non solo le due costellazioni si affrontavano, sulla sua carta astrale, ma un tempo erano state una cosa sola.

«Ci unisce un legame che scavalca i vincoli del tempo» mormorò. «Kasara mi ha scelto per questo? Non per il sangue che mi scorre nelle vene, ma per la somiglianza dei nostri cieli?»

«Può darsi.»

Tresan si sporse sul tavolo per osservare le nuvole colorate che galleggiavano nella mappa.

«Abbiamo molte stelle in comune» osservò.

Era vero: dodici soli formavano le loro costellazioni e ben otto ondeggiavano gli uni sopra gli altri. I soli di Kasara erano più grandi e cupi dei suoi, e parevano tenerlo avvinghiato nel loro spazio astrale con una morsa premurosa e tuttavia prepotente. Senza pensare, Tresan tese la mano sopra la costellazione del Lupo Predatore e il tepore degli astri lo sfiorò come una carezza. Gli parve che da qualche parte del cielo lo schiavo-re gli sorridesse per restituirgli il saluto.

Badando a non avvicinarsi troppo alle stelle, consapevole dello sguardo fosco e apprensivo di Volèn, si spostò su una nebulosa vicina, che riluceva come acquamarina rosata, e notò che non era libera, ma unita ad altri corpi celesti in un intrico invischiato, all'apparenza caotico e indissolubile. Con meraviglia, si accorse che tutti i cieli erano avvinti gli uni agli altri, segno che il passato di un'intera epoca, e non di un uomo solo, stava ritornando per rinnovarsi nel tempo presente. *La cosa non mi sorprende. Se l'odio fra Kasara e il Dormiente sta distruggendo il nostro mondo, significa che alle catene del tempo dev'essere sopravvissuto qualcosa di più che l'impulso primitivo di uno schiavo furioso. E ancora una volta mi chiedo quale sarà il mio ruolo, in questa contesa fra uomini e Dèi...* Fece scivolare la mano su altre costellazioni e nella mente scorse fuggevolmente alcuni volti noti - familiari, amici - e altri sconosciuti. Infine, ritornò sulle sue stelle e mormorò:

«Siamo così vicini... Abbracciati come fratelli. Eppure conosco a stento il suo volto.»

«Una tale somiglianza, in tempi così lontani, è quasi miracolosa» convenne Volèn. «Ma non è casuale. Da quando sei nato, le vostre stelle si sono avvicinate pian piano le une alle altre, creando uno spazio siderale che è solo vostro. Solo i gemelli, alla nascita, hanno cieli tanto imbrigliati e intimi. È come se ogni tuo pensiero influenzasse il suo e viceversa.»

Tresan rifletté un momento, poi annuì. «A volte, quando studio le cronache dei primi popoli o combatto con gli altri ragazzi, ho la sensazione che l'Uomo d'Ambra mi sia accanto. Mi vuol preparare, a suo modo, ad affrontare il Dormiente... Ma come posso fermare il pianto devastante di un Dio con una spada d'acciaio?»

Il vecchio si avvicinò a una credenza e colmò un calice di acquavite.

«Non so risponderti, purtroppo» confessò, sedendosi in poltrona. «Speravo che Kasara tornasse a parlarti, svelandoti le sue intenzioni... Non hai ancora scoperto che cos'è successo, fra lui e il suo Dio?»

«No. Ormai sto finendo di leggere il libro scritto da vostra madre, e qui e là non ho trovato che qualche accenno alla sua storia... Oltre a quello che recitano le ballate, so solo come si chiamava il suo popolo e la città in cui viveva.»

«Strano» Volèn guardò il fuoco, pensoso. «Ha aizzato i topi contro le mie pergamene per costringerci a ritrovare quel libro, e non voleva farti conoscere altro che il suo nome? Non ha senso.»

Anche Tresan era perplesso. Se Kasara avesse voluto soffiargli nella mente il suo nome, senza raccontargli altro di sé, avrebbe potuto farlo in sogno o in qualunque altro momento a suo piacere.

«Forse scoprirò qualcos'altro nelle ultime pagine. Le leggerò domani.»

Tornò a contemplare la mappa, ammaliato dai bagliori inquieti delle costellazioni e per qualche tempo Volèn rimase seduto a sorseggiare il brandy, osservando il suo volto soffuso di vari colori. Con stizza, si sentì impotente di fronte al mistero che lo univa a Kasara degli Harana. Aveva letto tutti i libri compilati da maghi e umani, argomentato con i saggi delle epoche passate... Eppure, non riusciva a capire perché lo spirito di un morto stesse cercando aiuto nel figlio secondogenito di un nobile dal sangue contadino. Con un brusco sospiro, posò il calice sul tavolino degli scacchi.

«Sgualcirai quella povera mappa, a forza di studiarla!» lo riprese. «O speri che Kasara torni a parlarti, dopo aver accarezzato il suo cielo?»

Tresan si strinse leggermente nelle spalle. «Mi pento d'averlo scacciato dai miei sogni, la notte in cui sono arrivato qui, ma è stato gentile, quando ho rotto i sigilli del libro di vostra madre. Anche se non mi parla, sento che segue ogni mio passo. Lo fa da quando sono nato, suppongo. Forse vuole accertarsi che sia degno della sua fiducia e della sua protezione.»

Volèn sorrise. «Hai sempre dimostrato d'esserlo.»

«No» Si raddrizzò, stirandosi la schiena. «Se non mi avesse salvato, a Gharr, ora giacerei anch'io sottoterra, assieme agli altri ufficiali del re. Sono sfuggito ad Aæril e alla furia del mare, è vero, ma non sono prove di grande valore. Anche qui, lo devo riconoscere...A volte mi vergogno della mia inettitudine. Ieri Allaras mi ha sfidato e poco mancava che riuscisse a battermi con la spada. Ha usato una tecnica con due ferri che non conoscevo e, se non fosse inciampata, mi avrebbe trapassato la fronte, in mezzo agli occhi.»

«Ah!» Il mago sorrise. «Quella mossa! Avarch la insegna soltanto ai ragazzi più meritevoli. L'ha mostrata anche a te?»

«Non ancora. Di cosa si tratta?»

Il volto di Volèn si distese, divenne quasi estatico.

«La sognai molti anni fa, prima di fondare questa scuola per guerrieri. Un tempo la maneggiavo con grande maestria, ma allora ero più giovane, portavo i capelli lunghi fino alla cintura e la brina non li aveva ancora intaccati, scolorendoli... Ero più nero dell'ala di un corvo e credevo che non sarei invecchiato mai.»

Un'immagine sfiorò la mente di Tresan... un ragazzo slanciato e scattante, dagli occhi tanto chiari da catturare i riflessi del cielo, sinuoso come un serpente e possente come un destriero... ma non seppe se l'avesse rubata ai ricordi del mago o soltanto inventata.

Volèn cercò qualcosa nel ripostiglio accanto al camino e ne trasse una lunga spada avvolta in un fodero consunto e impolverato. La sfilò lentamente e la fiamma barbagliò sul taglio affilato come la vampa accecante del sole. Era bellissima: l'elsa era lavorata con eccellenza e il bassorilievo sulla guardia, scurito dal tempo, raffigurava il muso di un superbo cavallo, con occhi lucenti d'agata nera. La lama si levava dall'impugnatura come un grande corno dalla fronte dell'animale.

Tresan la contemplò affascinato. «Pietra di agata, per rafforzare il coraggio e infondere armonia» disse. Il mago sorrise e con la punta della spada gl'indicò la sua, posata vicino al camino.

«Cos'aspetti, ragazzo?» lo incalzò. «Dimostrami cosa sai fare!»

«Non vorrete affrontarmi qui!» Tresan indietreggiò di un passo. «Dovremmo uscire sulla piazza d'armi ed è notte, ormai. E non potrei mai alzare la mia spada su di voi!»

«Non sarà diverso da quando combattevi con il tuo maestro d'armi» ribatté il Drangor, lasciando cadere a terra la vestaglia ricamata e rimanendo vestito solo della tunica e delle scarpette leggere. «E comunque, non avrò bisogno di molto spazio per insegnarti la mossa della Grandine e del Vento.»

Tresan sorrise. «Ha un nome bizzarro.»

«Grandine, come il tocco che ti ferisce il braccio. Vento, come il sibilo che ti investe, prima di morire» spiegò Volèn, scostando una panca per creare spazio nella stanza. «Ritengo che un buon guerriero debba saper attaccare senza muovere più di un solo passo, ma questa mossa esige qualche comodità e ti concederò di muoverti, se ne avrai bisogno. Derian! Dammi la tua spada e porta a Tresan quella che fu di suo padre. L'abbandonò qui quando lasciò Aldemar per andare a chiedere tua madre in sposa.»

Tresan sorrise. «L'ha dimenticata per la troppa fretta di partire?» insinuò, divertito.

«Ma no, Aldric era un sentimentale! Diceva che la sua spada da addestramento non era degna della figlia del Patriarca di Ályshan e se ne costruì una più robusta ed elegante da offrirle in omaggio. Come se una spada di Elvaner fosse da buttare! Ma, mio caro Tresan, queste sono le sciocchezze che l'amore fa fare agli uomini. Derian! Allora?»

«Deve averla amata molto» commentò Tresan, a mezza voce. Aveva pochi ricordi dei genitori assieme, ma non aveva scordato le sensazione di affetto e calore che aveva vissuto quando erano stati una famiglia.

«L'ama ancora e l'amerà per sempre» confermò Volèn. «Il vero amore non tramonta, allo sfiorire della vita, ma sopravvive in eterno.»

Aveva parlato con profonda nostalgia e Tresan ricordò che Derian gli aveva accennato a una sposa che aveva perduto, prima di fondare Aldemar. Avrebbe voluto chiedergli chi fosse, ma dalle scale ci fu un rumore di passi e Derian portò le due spade. Volèn si dispose in posizione d'attacco.

«Difenditi» gli ordinò e, senza attendere, gli si avventò contro. Colto alla sprovvista, Tresan approntò una goffa e vana difesa, agitò caoticamente le spade, perse l'equilibrio, inciampò nel tappeto e cadde.

«In piedi!» gl'ingiunse il vecchio. «Cos'hai imparato, quand'eri al palazzo di tuo padre? A ricamare farfalle e gufi come una donna o a usare una spada?»

Lo assalì ancora e Tresan si difese, ma nel respingerlo cadde all'indietro sulla poltrona e una spada gli sfuggì di mano, scivolando sotto il tavolo. Rosso di vergogna, udì Derian reprimere una risata e vide Volèn scuotere la testa, scontento.

«Ma che modo è questo di difendersi?» borbottò il mago. «Mi deludi, ragazzo!»

Tresan riprese la spada e si rialzò. «Usate tecniche che non conosco» si giustificò. «Quando paro un vostro affondo, mi sbaragliate con un altro e non so cosa fare per difendermi.»

«Tuo padre dovrebbe conoscere molte strategie Davlèjn» s'accigliò Volèn. «Non ti ha mai insegnato nulla, quand'eri ragazzino?»

«Mio padre ha addestrato Rupens, e mio fratello mi ha mostrato qualcosa, nulla di più.»

A quelle parole amare, il tono di Volèn si addolcì. «Aldric è sempre stato molto affezionato a tuo fratello» riconobbe. «Ma vuol bene anche a te.»

Tresan guardò l'anello del sangue, che pulsava sul mignolo sinistro, e strinse i pugni fino a far sbiancare le nocche.

«Io sono soltanto un cadetto. Così mi è sempre stato ripetuto fin da quando sono nato» alitò. *Quando Rupens è stato ferito, non mi ha atteso a Pringel, per riconoscermi come suo erede, e non si è neppure sforzato di restituirmi il grado di capitano, nonostante a Gharr mi sia battuto con onore. Non è un segno di disprezzo, questo?* A quel pensiero, fu invaso da una rabbia selvaggia. Impugnò saldamente le due spade e, senza preavviso, attaccò con animosità. Volèn fu costretto a difendersi, arretrando contro il muro, ma fu soltanto un momento. La risposta del mago divenne subito sicura, parò agilmente ogni affondo e rintuzzò ogni attacco. Derian, immobile sulla porta, seguiva con occhi sbarrati quell'inusuale duello, incapace di predire chi avrebbe vinto. Tresan sembrava un leone e i suoi gesti, per quanto prevedibili, erano vigorosi e possenti. Volèn, invece, aveva la grazia un po' invecchiata di un unicorno, i capelli bianchi simili a una criniera e la sua risposta era meno dispersiva e più scrupolosa.

Per qualche minuto, le quattro spade volteggiarono e rimbalzarono nella penombra della sala. Poi, con un colpo secco, Volèn riuscì a disarmare Tresan, che persistette a difendersi con una spada soltanto.

«Arrenditi!» gli intimò il mago.

«Mai!»

Ma faceva fatica muoversi nella sala, badando a non infilzare la frutta nei canestri o gli arazzi appesi alle pareti e alla fine perse anche la seconda spada, che volò sul cesto della legna da ardere, incastrandosi fra due rami secchi. Ansimando, Tresan crollò a terra e Volèn s'addossò al muro con una mano, boccheggiando. «Che cosa ti è preso, ragazzo?» domandò. «Non ho mai visto nessuno combattere con tanta malagrazia, eppure non è stato facile vincerti.»

«Non siete più giovane» scherzò Tresan. «E non ho combattuto molto peggio di voi.»

Inaspettatamente, Volèn sorrise. «È vero, non ho più l'età per certi divertimenti» ammise e si lasciò cadere pesantemente sulla poltrona. «Ma tu duelli come un selvaggio. Ho visto soltanto un uomo usare la spada come te ed era...»

«Mio padre?»

«Aldric era un buon spadaccino ed è vergognoso che non si sia occupato di te, quand'eri un ragazzetto! Se vuoi, nel tempo che trascorrerai quassù apprenderai a unire il tuo intuito a qualche segreto Davlèjn.»

Gli occhi di Tresan brillarono di gioia. «Ne sarei onorato. Mi affiderete ad Avarch, o a un altro maestro?»

«No, mi occuperò personalmente di te. Saresti stato un eccellente Davlèjn, se tuo padre, da quel caprone testardo che è, non mi avesse impedito di portarti quassù» La piega delle sue labbra divenne dura, al ricordo. «Avrei dovuto strapparti dalla culla e trascinarti qui quand'eri ancora un lattante, senza curarmi delle sue proteste. Ma a quel tempo non sapevo ancora come interpretare le stelle del tuo cielo e non ho voluto addolorare inutilmente tua madre con assurde farneticazioni...»

Accaldato, Tresan slacciò i lacci della camicia bianca che era stata di suo padre. Era ancora sul pavimento e raccolse le gambe nelle braccia, fissando la fiamma ipnotica che ardeva sui ceppi. Dopo qualche tempo, alzò lo sguardo su Volèn, assorto a fumare la sua pipa.

«Chi avete visto combattere come me?» domandò.

Il vecchio guerriero inspirò una lunga boccata e disegnò volute di fumo che s'inanellarono verso la travatura di legno sul soffitto.

«Ma il solo che ti assomigli, naturalmente» rispose. «Non tuo padre e neppure tuo fratello, o qualunque altro condottiero della tua famiglia. Lo vidi in sogno e sebbene a quel tempo mi fossi da poco interessato alle leggende dei mortali, al risveglio sapevo cos'avevo visto: una battaglia spietata, dove rivoli di sangue si mescolavano alla polvere delle strade e bruciavano nell'incendio di una grande città. Soldati, schiavi e uomini liberi combattevano gli uni contro gli altri e i ribelli erano capeggiati con grande coraggio da un uomo dalla pelle di bronzo, che lottava come una belva... Kasara, quello stesso Guerriero d'Ambra che ti ha salvato sulla Piana di Gharr e dai lupi e che, in cambio, ti chiederà qualcosa che per te è ancor più prezioso della vita stessa: il tuo nome e la tua anima.»

3

Da quella sera, s'incontrarono ogni mattina sui pascoli alti, dove le brezze frizzanti scendevano dai ghiacciai, solleticando i pensieri e aprendo la mente alle sconfinate immensità del cielo. Volèn si era levato la tunica color ghiaccio e aveva ripreso gli abiti di pelle nera che aveva indossato nove anni prima, durante la sua ultima visita a Va'nel. Sul petto, ricamato con gocce che parevano lacrime di diamante, spiccava lo stemma del cavallo cornuto. Sembrava ringiovanito a un'età indefinita e i suoi gesti, usualmente misurati e lenti, erano diventati scattanti e pericolosi come il guizzo di un serpente. Era un maestro severo ed esigente, e nei giorni che seguirono, Tresan imparò gran parte degli esercizi avanzati di riscaldamento e le principali tecniche di combattimento dei Davlèjn. I suoi precedenti maestri d'arme erano stati ottimi insegnanti, ma Volèn sapeva smascherare e correggere ogni suo difetto, e giorno dopo giorno si sentiva sempre più sicuro e sciolto e con sempre maggior frequenza gli capitava di riuscire a sconfiggere gli allievi anziani in allenamento. Quando il maestro Avarch gli assicurò che sarebbe diventato una perfetta Guardia Scelta Reale, se fosse giunto ad Aldemar quand'era ragazzino, provò una fitta di rimpianto al pensiero di tutti gli anni che aveva sprecato a Elvaner. Per la prima volta, avvertì un guizzo di rancore nei confronti del padre e della sua assurda, cieca ostinazione nel volerlo a servizio di Rupens. *Quanto sono stato stupido, a sperare che mi avrebbe guardato con orgoglio, se fossi rimasto a palazzo come ombra di mio fratello!*

Stava diventando abile nella lotta con due spade e una sera sbatté Volèn con le spalle contro il muro del giardinetto, disarmato e sconfitto.

«É il Maledetto a guidarti, ragazzo?» si complimentò il mago, e lui rise, ritirando la spada puntata fra i suoi occhi.

«Siete sorpreso?»

«Impari in fretta. Stasera, avresti messo in ginocchio anche *lui.*»

«È quello che voglio» Il sorrisetto di Tresan era indefinibile. «Se pretenderà la mia lealtà, dovrà conquistarsela... Sempre che gliela voglia concedere. Non gli farò promesse, se prima non saprò cosa vuole da me.»

Quella sera, mentre fumava da solo la pipa accanto al camino quasi spento, Volèn era pensieroso. Dopo cena aveva riesaminato la mappa del destino di Tresan e non l'aveva ancora ritirata dal tavolo. Anche adesso la scrutò nella penombra. Alcune stelle erano più luminose del solito e ruotavano come trottole fra le nebulose variopinte.

«Il suo cielo è ancora una volta inquieto» sussurrò. «Quando suo padre lo richiamerà, Tresan non resterà qui nemmeno se lo legassi con cento incantesimi alla roccia dell'intera montagna. Oh, Astrid... Cosa posso fare? Se almeno tu fossi qui! Mi sei mancata tanto, in questi nove lunghi anni...»

Chiuse gli occhi e appoggiò la testa indietro, contro i cuscini della poltrona. Rimase così a lungo, fumando a lunghe sorsate, finché un bussare improvviso alla porta non lo destò di soprassalto. Non appena lo udì, Derian si precipitò fuori dalla sua stanzetta e corse ad aprire. Entrò un sacerdote di Envles' Tin, paludato in un mantello scuro, da viaggio. S'inchinò a Volèn e gli porse un bussolotto di bronzo.

«Da parte degli Alti Sacerdoti di Ályshan» disse.

Derian si fece consegnare il mantello dal visitatore e gli offrì una coppa di vino caldo, poi ravvivò il fuoco e accese un candelabro a sette braccia. Intanto, Volèn aprì la missiva alla luce delle candele e lesse in silenzio.

«Posso fare altro per voi, maestro?» domandò il ragazzo, gettando il cerino usato nel fuoco.

«No. Torna pure a dormire. Sei stato gentile ad alzarti per ricevere il nostro ospite.»

«Dovere, signore. Volete che salga a vedere dov'è il principe? Mi pare di scorgere una luce, dalla biblioteca, ma di solito non si trattiene mai alzato fino a tarda ora.»

«Ti ringrazio» annuì Volèn. «Non vorrei che si fosse addormentato e che mi bruciasse tutti i libri, maldestro com'è.»

Il sacerdote s'inginocchiò davanti al camino per scaldarsi le mani intirizzite dal viaggio. «Avete un ospite, Illustrissimo?» domandò. «Un principe delle isole?»

«Hm, sì... Lo conoscete, Priore. È vostro nipote Tresan.»

Tedrov si volse a fissarlo, perplesso. «È qui?»

«Non lo sapete?» Volèn posò la pergamena sul tavolo degli scacchi e tornò sulla sua poltrona, davanti al fuoco. «L'altro vostro delizioso nipote, Damon, ha cercato di spedirlo per due volte all'Inferno Gelato di Kajan o, nel migliore dei casi, nelle prigioni di Opalliŭm, e il ragazzo è venuto a cercar rifugio quassù.»

Tedrov sedette sul bracciolo dell'altra poltrona, gli occhi che luccicavano come opali neri contro il fuoco del camino. «Lo ignoravo. E suo padre lo ha lasciato finalmente venire nella vostra fortezza?» Accennò un sorrisetto ironico. «Ci voleva Damon per convincerlo a fargli seguire la sua strada.»

«In verità, Aldric lo crede a Pringel. Rupens è stato ferito in battaglia e Hardan è sceso nel Mare del Grifone per dargli conforto» Cogliendo l'espressione smarrita dell'altro, comprese: «Non sapevate neppure questo?»

«No, signore. Viaggio con poche soste da diversi giorni e non mi sono trattenuto ad ascoltare le notizie del regno. Rupens è grave?»

«Temo che la sua sola speranza sia di restare paralizzato a vita, Nobile Tedrov.»

Il sacerdote trattenne a stento un moto di stizza e imprecò fra i denti, sibilando qualcosa che Volèn non capì, ma che gli parve sconveniente sulle labbra di un uomo al servizio degli Dèi.

«Povero ragazzo... Non ha neppure trent'anni! É una notizia certa?»

«Così hanno dichiarato i medici del re.»

«Potrà ancora generare un figlio?»

«È più probabile che abbia bisogno di essere fasciato negli stracci come un bambino, piuttosto. Se volete sapere come la penso, Rupens ha perso ogni opportunità di succedere ad Aldric» D'improvviso, la voce di Volèn divenne aspra. «É una scempiaggine, ma sono le leggi degli uomini a rifiutare un feudatario solo perché impotente. Fra i maghi sarebbe stato ugualmente accettato, purché adatto al governo della propria terra. E Rupens sarebbe stato un ottimo Sopracavaliere.»

«Ne convengo» mormorò Tedrov, addolorato. «Non ha mai avuto figli dalle donne che si è portato nel suo letto, in tutti questi anni?»

«Qualcuno, sì, ma un bastardo non può succedere al feudo, lo sapete.»

«Nemmeno se Rupens sposasse la madre? La legge di Elvaner non lo consente, ma se Rupens si appellasse al re...»

«Rupens si è sempre divertito con donne del popolo. Il re non autorizzerà mai l'unione di un feudatario con una pastorella, nemmeno se fosse la fanciulla più incantevole di tutto l'Arcipelago. No, Nobile Tedrov. Aldric ha già consegnato a Tresan l'anello del sangue ed è stato il suo modo di nominarlo nuovo erede di Elvaner.»

Tedrov annuì, lentamente.

«La decisione di mio cognato è stata saggia» approvò. «Tresan è maggiorenne e potrà risposarsi di nuovo, quando lo vorrà. In ogni caso, chiederò a mia madre d'inviare nel Mare del Grifone i monaci più esperti perché si prendano cura di Rupens.»

Volèn strinse le labbra, scettico. «Se i suoi lombi sono stati squarciati da una mazza ferrata, rassegnatevi: vostro nipote ha perso le sue terre. Ora è solo un principe e Tresan diverrà il suo Sopracavaliere.»

Tedrov s'alzò dal bracciolo, una sagoma di velluto nero contro il riverbero sanguigno del camino.

«È una storia incresciosa, Eccellentissimo» sospirò. «Vedremo come la risolveranno il re e i suoi dotti archiatri. Ora potrei vedere mio nipote?»

«Sono qui» intervenne Tresan, scendendo le scale. «Derian è venuto a chiamarmi. Non stavo dormendo» precisò, rivolto a Volèn. «Stavo leggendo un trattato d'armi.»

Si avvicinò a suo zio, che gli andò incontro allargando le braccia.

«È un piacere rivederti, ragazzo mio» lo salutò Tedrov. «Lasciati guardare...»

Anche Tresan lo scrutò con attenzione. Suo zio sembrava più giovane dei suoi quarantatré anni, e conservava ancora una certa leggiadria nei gesti e nel portamento. Ma la sottile rete di rughe attorno agli occhi gli suggerì che forse di notte restava sveglio più per le preoccupazioni dovute al suo ufficio che per divertirsi con qualche donna di passaggio.

«Anche per me è una gioia vederti, zio. Come stanno i nonni?»

Tedrov lo abbracciò. «Indaffarati come al solito. Mio padre parla continuamente con il Dio Ályshan e mia madre si affanna per avere qualche visione, ma la sua mente non è più agile come un tempo e a volte le immagini le giungono in ritardo o con l'aiuto di qualche effusione di loto d'oriente, e lei, ovviamente, se ne dispera. A parte questo, sta bene.»

«E tu? Sempre scapolo?»

«Sempre! La mia vita mi piace troppo per intrappolarmi in un legame eterno... L'eternità è un periodo troppo lungo, per il mio umore instabile...»

Tresan si sciolse dall'abbraccio. «In questo assomigli più a Rupens che non a me» Sorrise, ma subito la voce gli s'incrinò. «Hai saputo quello che gli è successo in battaglia?»

«Ne sono stato informato proprio adesso. Insisto per inviare i guaritori del tempio nel Mare del Grifone, Drangor» ribadì, rivolto a Volèn.

Volèn agitò una mano con noncuranza. «Fate quel che volete, Nobile Tedrov, e che gli Dèi vi siano propizi.»

«Non ascoltarlo, zio, è sempre burbero e scettico» Tresan lanciò al mago un'occhiata di biasimo. «Fa' tutto quello che ritieni appropriato per aiutare Rupens. Se guarirà, sarò felice di restituirgli il titolo e la terra di nostro padre. Vieni, siedi accanto al fuoco...»

Si distese su due cuscini gettati sul tappeto davanti al camino, mentre Tedrov prese posto su una poltrona.

«Che cosa ti conduce quassù di notte, zio? Qualche dispaccio urgente?»

«Una preghiera dei tuoi nonni per il Drangor Volèn. Cosa ne pensate, signore? Potreste organizzare una spedizione pacifica verso la corte del Governatore?»

«Un viaggio ai confini di Misrenea, e solo per riprendere la ragazza?» borbottò Volèn, accigliato. «Siete stati *voi* eccelsi sacerdoti ad averla inviata a Zancan. Perché mai i *miei* Davlèjn dovrebbero preoccuparsi di riportarla qui?»

«I miei genitori non pretendono, ma vi supplicano, signore» precisò Tedrov, in tono umile; ma Tresan percepì una nota di collera, in sottofondo alle sue parole.

«Non ne dubito» replicò il mago, freddamente. «Ma con quale titolo vengono a chiedermi una simile grazia? Alteri nella loro autorità di Adepti di Ályshan o come generali del servizio segreto di Rovanea?»

Tresan trasecolò, e per un momento pensò d'aver frainteso le parole di Volèn. Non aveva mai saputo che nel tempio di Ályshan si celasse un'accademia di spionaggio... Forse era la stessa di cui aveva parlato il generale VenGill, durante il consiglio di guerra, a Pringel. E i suoi nonni ne erano a capo?

«Come?» balbettò, passando rapidamente dal volto del mago a quello di suo zio. «Siete voi a coordinare la rete di spionaggio dell'Arcipelago?»

Per un momento, Tedrov cercò un modo per mentire; ma subito scrollò le spalle e rispose con franchezza: «Sì, nipote, è così. Ma a capo dei Confidenti del Regno non ci sono i tuoi nonni... Ci sono io» puntualizzò, lanciando un'occhiata sbieca al vecchio druido.

A quella rivelazione, Volèn non si scompose ma Tresan ebbe un sussulto. Si sollevò a sedere fra i cuscini, stupefatto. «*Tu*? Un priore di Ályshan? Perché non me ne hai mai parlato?»

«Non è cosa da raccontare a chiunque. Solo il re ne è informato... e tuo padre, naturalmente.»

«E Rupens?» Tresan increspò la fronte. «Oh, certo, lo sa anche lui. Solo io ne ero all'oscuro. Non dovrei stupirmi: un secondogenito non merita di essere informato di quel che accade in famiglia!»

Anche la voce di Tedrov s'indurì. «Non è una questione di parentela, ma di politica. Il segreto deve essere conservato a qualunque prezzo. Neppure i Dodici, che pure hanno accesso ai più alti misteri, ne sono a conoscenza.»

Tresan stava per ribattere, ma Volèn intervenne: «La segretezza dei sacerdoti non è soggetta alle tue polemiche, ragazzo. Comunque, ora hai appreso la verità e che questo ti basti.»

Ma Tedrov si sporse verso il nipote, con aria conciliante. Non voleva litigare con lui e, se Tresan fosse stato riconosciuto l'Erede di Elvaner, era giusto che conoscesse qualcosa in più, sui Servizi Segreti di Rovanea.

«Non posso dirti molto, se non che l'accademia sorge in una zona occulta del tempio, dove non vengono ammessi neppure i sacerdoti di più alto rango. Là, addestriamo gli uomini e le donne che entreranno a far parte della rete delle spie del re. Un anno fa ne abbiamo inviata una alla corte del Governatore Mardun Zancaner, che sospettiamo essere in combutta con Myrdrassa, e ora vorremmo riprenderla. È una buona spia e non vogliamo perderla» Sollevò lo sguardo su Volèn, ma il volto del vecchio mago era impassibile. Malcelando un sospiro, Tedrov ritornò a Tresan. «Ho chiesto l'aiuto dei Davlejn perché il Governatore potrebbe nascondere la ragazza, o tentare di ucciderla, e i sacerdoti non sarebbero in grado di liberarla con la forza. Come sai, a Envles'tin non veniamo educati nelle armi... Con qualche eccezione, naturalmente» sorrise, posando la mano sull'elsa della spada che portava al fianco. «Ma fino a quando il Governatore non avrà dichiarato apertamente di essersi alleato con l'Impero, dovrà accogliere con rispetto un gruppo di Guardie Scelte del suo re e se la fanciulla non venisse restituita onorevolmente...» Si rivolse apertamente a Volèn. «I vostri cavalieri saprebbero riportarla ugualmente a casa, signore.»

Volèn si accigliò. Stava per versarsi del vino caldo dalla caraffa che Derian aveva lasciato sul tavolo, ma si fermò e la ripose con un gesto secco.

«E così, ora dovrei sacrificare i miei ragazzi per porre rimedio agli errori di alcuni sciocchi pretucoli?» scattò. «A cos'è servito inviarla laggiù, Tedrov? A ben poco! Ve lo dissi, quando mi informaste che volevate intrufolarvi alla corte del Governatore, ma non mi avete voluto ascoltare. Quella donna è stata molto più utile alla fortezza di Opalliŭm, a spiare il principe Damon e Marlifer, neppure due anni fa. È stata lei ad avvisarci delle prime insurrezioni Valmădrian e ci ha permesso di organizzarci per tempo. Ma a Zancan...!» Scosse il capo con rabbia. «Mandarla nel palazzo di quel traditore non è stato il solo errore commesso dagli Alti Sacerdoti, con lei.»

Tedrov s'irrigidì. «Cosa volete dire? Non scordate che le hanno salvato la vita!» gli rammentò, sulla difensiva, alludendo a qualcosa che Tresan non riusciva capire del tutto.

«Sì, per farne una...!»

«Non ditelo! L'hanno amata come una figlia, lo sapete.»

«Amata?» La risata del mago aveva un suono stridente. «I vostri genitori avevano altri figli, non avevano bisogno di raccogliere un'orfana mezza morta sulla spiaggia, per sentirsi appagati. Sapete bene quanto me perché l'hanno voluta, Priore.»

«Questo significa che rifiutate?» Nella voce di Tedrov si mescolò un guizzo di stanchezza e di apprensione. Tresan comprese che non si era aspettato un rifiuto, alla sua supplica.

Volèn riprese la pipa che aveva lasciato sulla mensola del camino, all'arrivo di Tedrov, e se la portò alla bocca per accenderla. «Non ha saputo adempiere al compito che le avevate affidato. Perché la rivolete?»

«Perché, qualunque cosa pensiate, i miei genitori desiderano fare ammenda delle loro colpe. Hanno agito nella convinzione di fare del bene, ma spesso dalle migliori intenzioni nascono i più atroci rimpianti.»

Volèn posò lo sguardo sulla mappa di Tresan. Nella penombra della stanza, stelle di vari colori, rosa, bianco adamantino, azzurro, verde e violetto rutilavano gettando tutt'intorno sporadici sprazzi di colore. Si accostò al tavolo con un fruscio della tunica azzurra e passò la mano aperta in alcune nebulose che, dalla sua posizione, Tresan non seppe identificare.

«Anch'io sono colpevole della sorte di Sheraen, perché ho male interpretato la sua mappa dei cieli» mormorò. «La vedo da molto tempo, anche su altre mappe dei destini e ho creduto che avesse potuto aiutarci, in qualche modo. Ma avrei dovuto impedire che partisse... Aveva già sofferto abbastanza e pare che i matrimoni non siano più molto fortunati, negli ultimi tempi» Lanciò un'occhiata fuggevole a Tresan, che abbassò gli occhi, imbarazzato.

Nella voce di Tedrov passò un guizzo di speranza. «Allora invierete una spedizione a Zancan, per liberarla?»

Volèn tornò verso di loro, con un'espressione indecifrabile sul volto duro.

«Domani ne parlerò con i miei maestri d'arme e sceglieremo alcuni fra i Davlèjn più anziani da mandare in missione alla corte di quel farabutto» promise, seccamente. «Riavrete la ragazza, ma vi proibisco di farne uso senza averne discusso prima con me. Quattro stelle della sua costellazione s'intrecciano con quelle di Tresan e sono sempre più in movimento. Forse ci potrà servire in qualche altro modo.»

Ancora disteso fra i cuscini, Tresan l'ascoltò indignato. Parlava di una donna come se fosse stata una spada o una giumenta! «Ma chi è?» gli domandò.

«Non ti riguarda.»

«Sì, invece, se il suo cielo è congiunto con il mio!»

«Anche quello di tua moglie volteggia su quella mappa» ritorse il mago, additando la carta dei cieli. «Ma il vostro incontro non ti è stato di alcun beneficio.»

«State sicuro che non intendo impalmare né questa ragazza né altre, signore, ma non mi piace che parliate di lei come di un oggetto.»

Volèn lo fissò con ostilità.

«Siete voi *uomini*» E sottolineò quella parola con disprezzo «A usare le donne come oggetti, per cementare o rompere alleanze» Nella sua voce serpeggiava un'ira repressa . «Tu non sei stato molto diverso, quando hai preteso una moglie senza averle neppure chiesto se ti avesse voluto, oppure no.»

Tresan tremò di una collera improvvisa e chiuse gli occhi per contenersi.

«Non pensatelo neppure» scandì. «Ho sbagliato, certo, ma non l'ho mai denigrata e svilita, come se valesse meno dei miei vestiti vecchi. Voi avete amato, in passato e dovreste capire...»

«Capire? Mai! Mia moglie mi voleva più d'ogni altra cosa al mondo e non l'avrei portata nella mia casa, se avessi sospettato di farle torto. Ma le cose sono cambiate, d'allora, e le donne dell'Arcipelago non sono più altrettanto libere di scegliere con chi trascorrere la loro vita. Tua madre è stata fortunata, ma altre...»

Gettò nel camino il vino ormai tiepido, disgustato; e con quel gesto chiuse quella discussione. «Avrete la vostra spedizione, Nobile Tedrov, e anche la spia. Spero che i vostri genitori ne siano soddisfatti.»

Il Priore s'inchinò in segno di ringraziamento. «Avete la mia più sincera gratitudine per la vostra comprensione, signore.»

Anche Tresan si sollevò da terra, soddisfatto. Nonostante non conoscesse la ragazza, l'apprensione di suo zio gli suggeriva che sarebbe stata una buona cosa, se fosse ritornata all'accademia.

Tedrov si passò una mano sugli occhi. Nemmeno l'esultanza per aver strappato quella promessa a Volèn riusciva a mascherare l'improvvisa stanchezza che gli era caduta sul volto.

«Se adesso foste così cortese da indicarmi dove trascorrere la notte,

Drangor Volènanthiel» disse. «Non m'intratterrei più a lungo nella vostra dimora.»

«Puoi dormire nella mia camera, zio» gli offrì Tresan. «Il mio letto è abbastanza grande, per due» «Può fermarsi, Maestro?»

Volèn rispose con un'alzata di spalle. «Purché non chiacchieriate per tutta la notte...» borbottò.

«Siete sempre delicato come una corteccia ruvida» Ma a dispetto delle sue parole, Tresan sorrise. «Vieni, zio, da questa parte.»

Gli fece strada verso la scala ma, mentre passava davanti al tavolo, dalla sua pergamena scaturì un improvviso fulgore e ancor prima che capisse quale costellazione si fosse accesa, udì nella testa un terribile fragore, simile allo spaccarsi di un tuono in cielo. Le nebbie delle costellazioni lo avvolsero, gli invasero il naso e la bocca, strozzandogli il respiro. *É lui!* esultò qualcuno, una voce remota e sconosciuta. *Quel servo ha detto il vero!* Fu colto dalla vertigine e ricadde contro il tavolino degli scacchi, travolgendo le pedine. Mentre cercava di rimettersi in piedi, urtò la brocca sul tavolo e vide il vino cadere con innaturale lentezza, spargendosi sul pavimento e sul tappeto.

«Soffoco!» riuscì ad ansimare e in lontananza udì l'eco di una risata maligna. Afferrò il candelabro che gli ardeva accanto e lo trascinò a terra.

Tedrov urlò, mentre il tappeto prendeva fuoco. Attraverso un velo appannato e distorto, Tresan vide suo zio cercare di spegnere le fiamme con i piedi, mentre Derian accorreva con uno dei suoi secchi di neve disciolta. Boccheggiò, ma non riusciva neppure a rantolare. Si sforzò di rialzarsi, ansimando rumorosamente, ma ricadde pesantemente a terra e, gattonando, tentò di trascinarsi verso la porta. Due forti braccia lo trattennero e lui si ribellò, dibattendosi.

«Non fatelo uscire, Tedrov!» sentì urlare Volèn e venne riafferrato da sotto le braccia, mentre altre due mani, più piccole, gli slacciavano il colletto alto per dargli agio. Ma a lui sembrava di morire, aveva bisogno di aria e voleva solo uscire dalla torre e correre fuori, nelle foreste, fino al lago e ancora più giù... Cercò di divincolarsi, falciò l'aria con gli stivali e udì un gemito, ma non gl'importava di aver colpito qualcuno. Doveva andare dove poteva respirare, lontano dalla fortezza, lontano da Volèn... *Sì, Tresan, vieni,* sibilava una voce suadente, oltre i confini della sua mente... *Vieni da me!*

«Tenetelo fermo!» tuonò ancora Volèn. Due mani lo strattonarono per i capelli e il mago gli aprì con forza la bocca, costringendolo a bere una pozione dal gusto orribile. Tresan cercò di sputarla, ma gli tenevano la testa reclinata all'indietro e fu costretto a inghiottire.

«No» riuscì ad articolare, poi le sue parole furono più chiare: «Soffoco, aria... Lasciatemi!»

«Non allentate la presa, Priore» comandò Volèn e la morsa delle braccia attorno alle sue divenne più salda.

Tresan si agitò e scalciò ancora, poi la vertigine si calmò e le figure ritornarono nitide, davanti ai suoi occhi. S'accasciò esausto fra le braccia di Tedrov, sudato e affannato alle sue spalle. Anche Derian era stremato e aveva un segno rosso sul viso. Volèn era chino su di lui e il suo volto tradiva preoccupazione.

«Come ti senti, ragazzo?» gli chiese.

Tresan si rialzò, sorretto da suo zio. «Cos'è accaduto?» balbettò. «Credevo di morire.»

«Hai imbrattato il pavimento con il vino, bruciato il mio tappeto e preso a calci Tedrov e Derian» rispose Volèn e il suo tono era tornato a essere pratico. «Hai cercato di tirar calci anche a me, quando ti ho fatto prendere la pozione.»

Richiuse la boccetta e la consegnò a Derian perché la riponesse in cucina, mentre Tresan si sedeva su uno sgabello. Era ancora scosso, e cercava di fermare il tremito alle mani aperte sulle ginocchia.

«Qualcuno mi è entrato nella mente e non era il Maledetto» ansimò. «Marlifer è riuscito a raggiungermi, questa volta?»

Guardò verso la mappa, che era tornata a essere quieta; l'espressione di Volèn, invece, era tesa.

«Temo di sì. Questo significa che sei in pericolo ancor più di prima, ragazzo mio. Quel cane rabbioso e il suo sacerdote non ti daranno tregua fino a quando non saranno riusciti a prenderti. Marlifer deve aver saputo che sei sull'isola e, non osando raggiungerti di persona, sta cercando di indurti ad andare da lui. Nemmeno questo posto è più sicuro per te e questa sera ti sei salvato solo perché c'erano Derian e tuo zio, a trattenerti. Quando me l'hai proposto, qualche settimana fa, non ero d'accordo, ma ora ritengo che sarebbe bene che ti allontanassi da Aldemar, almeno per un po'.»

«Potrebbe accompagnarci a Zancan» suggerì Tedrov e, dopo una breve esitazione, Volèn annuì.

«Con voi sarebbe senz'altro al sicuro, Priore. Tresan, te la senti di andare in missione nel Governatorato?»

Tresan esitò. Gli dispiaceva allontanarsi da Aldemar proprio adesso che stava vivendo il sogno che suo padre gli aveva negato, da ragazzo; ma Volèn aveva ragione, e se Marlifer e Ger non l'avessero più trovato, almeno per qualche tempo, forse avrebbero rinunciato a cercarlo sull'isola, e nessuno sarebbe stato in pericolo, a causa sua.

«Ti accompagnerò con piacere, zio» acconsentì.

«Allora siamo d'accordo» concluse Volèn, in tono stanco. «Ora va' a letto, Tresan, e proteggiti con l'ossidiana che ti ho dato quando Marlifer ha cercato d'intrufolarsi nei tuoi pensieri. Io stenderò una coltre protettiva su di te e per questa notte nessuno potrà farti del male. Derian, accompagna il nostro ospite sul retro della foresteria e riservagli la nostra stanza migliore e acqua, vino e cibo, se ne desidera. E sii gentile, occupati anche del suo cavallo. Buonanotte, Nobile Tedrov, e grazie per il vostro aiuto.»

Derian e Tedrov uscirono, e Tresan risalì verso la sua camera.

Rimasto solo, Volèn s'accostò alla mappa. Le costellazioni di Ger e Marlifer emanavano una sinistra luce violacea, con contenuto furore. Una stella, che poco prima si era avvicinata a quelle di Tresan, aveva nuovamente indietreggiato, segno che il piano di impossessarsi della mente del giovane era fallito. La mano di Volèn calò in quel polverio luminoso e cercò di stringerlo nel pugno, ma le stelle erano inconsistenti e non poté stritolarle come avrebbe voluto.

«State lontani da lui, maledetti!» sibilò. Poi raccolse i brandelli di potere dell'isola per proteggere il sonno di Tresan e si predispose a trascorrere la notte in veglia.

Oltre la fortezza, i venti si unirono, s'intrecciarono come i fili di un arazzo e formarono una cupola contro qualunque pensiero avesse cercato di penetrare in quello degli abitanti dell'isola. Ma quel fragile incantesimo non respinse soltanto l'intrusione di Ger e Marlifer. Scacciato dai confini mentali della roccaforte, un lupo salì su un picco e ululò a lungo alle tre lune, alte nel cielo. Il suo lamento corse fin nelle valli, passò fra le fronde degli alberi e scivolò sulla pelle calda e rossa del Lago Porneva. Mentre l'eco scuoteva i monti della catena, una mano inconsistente scese ad accarezzarlo fra le orecchie e l'ululato si placò.

Questo ritarderà i miei piani, un pensiero che corse sotto i mari. *Ma al tuo ritorno accadrà quel che ho stabilito. E tutto avrà finalmente inizio.*

4

Due giorni più tardi, all'alba, Tresan si avvolse in un mantello nero, simile a una goccia di notte, e si recò nella piazza d'armi della fortezza per attendere il gruppo che sarebbe disceso in missione al Governatorato di Zancaner. Non indossava abiti con lo stemma della fenice, ma calzoni e una corta sopratunica dal taglio semplice, come un qualunque membro dell'accademia. Allaras attendeva in sella a un castrato chiaro, assieme al maestro d'armi Avarch e a tre Davlèjn, scelti fra i più anziani e i più esperti sul terreno delle lizze. Poco più tardi giunsero anche Volèn e Tedrov, parlando fra di loro.

«Tresan» chiamò Volèn. Tenendo Zelin per le briglie, Tresan si diresse verso il maestro.

«Quando arriverai a Zancaner, Tedrov ti condurrà da una sapiente che ti potrebbe aiutare a difenderti dagli assalti di Marlifer. È istruita nelle arti antiche e nell'uso dei cristalli. Tuo zio ti spiegherà tutto lungo la strada. Non posso proteggerti per sempre con quello che resta della magia e le mie pozioni.»

«No, hanno un sapore troppo disgustoso» convenne Tresan, sarcastico. «Se non mi ucciderà Marlifer, lo faranno le vostre brodaglie.»

Ma Volèn non era in animo di scherzare. «Marlifer ti vuole vivo, ragazzo» gli ricordò. «E se non s'accontenta d'avere il tuo cadavere, significa che ha in mente una sorte ben peggiore per te. Sii prudente e obbedisci a tuo zio e al colonnello Avarch. Che la vostra missione sia benedetta dal favore degli Dèi.»

Tresan gli rivolse il triplice saluto dell'accademia e raggiunse Tedrov e i Davlèjn in attesa. Gli piaceva il gruppo che Avarch aveva formato, non appena Volèn l'aveva avvisato della spedizione. Uno degli allievi era il terzo figlio di un cavaliere di Elvaner e qualche volta avevano giocato assieme, quand'erano bambini. Gli altri due, fratelli gemelli, provenivano da una delle numerose Isole Indipendenti che sorgevano nel mare di Misrenea, vicino a Rovanea. Erano due ragazzi tranquilli e taciturni, con un raro talento come Osservatori e abili sia con la sciabola che con l'arco.

Partirono. Per tutta la mattinata, i gemelli e il giovane elvaneriano si tennero in testa al gruppo, mentre Avarch e Tedrov, impegnati a discutere sommessamente fra di loro, restarono in coda. Allaras cavalcava accanto a Tresan, orgogliosa di essere stata scelta per partecipare a una missione diplomatica alla corte di Zancan. A mano a mano che discendevano lungo una mulattiera, decantò a voce alta le bellezze dell'isola: la catena ad anello dei Monti Ammarth, i laghi incastonati come turchesi fra il verde dei pascoli, i fiori di montagna, i falchi e gli stambecchi che popolavano i colletti rocciosi più alti. Spiegò a Tresan che la strada più sicura da percorrere, per scendere al tempio di Samishka, bordeggiava il Fiume Azzhyrr; e aggiunse che, poco discosto dal tempio, la sua foce si gettava nel lago Porneva.

«Le acque del lago sono riscaldate dal vulcano» gli raccontò. «E cambiano colore a ogni stagione, per via di una specie di alga che passa dal verde scuro all'azzurro turchese, al viola e al rosso. É un luogo incantevole e un giorno ti porterò, così potrai lavarti decentemente, per una volta.»

«Io mi lavo decentemente» protestò Tresan. «Derian mi prepara il bagno quasi ogni sera.»

Lei sbuffò, alzando le spalle. «Pulirsi in un catino! Nelle pianure ci si bagna solo nei laghi e nei grandi fiumi. Un vero guerriero si riconosce anche da questo.»

Tresan decise di non ribattere, per evitare di discutere fino a valle, e lei tornò a parlare senza sosta, descrivendo i monti e i villaggi che punteggiavano i poggi lontani.

In serata giunsero al porto, dove trovarono una nave che li avrebbe portati su un'isola vicina a Zancan. Il vento fu favorevole, e impiegarono meno di una settimana per raggiungere l'Isola Stato di Pren, dove sbarcarono e presero un mercantile diretto verso il Governatorato. Giunsero in vista del porto di Zancan dopo un giorno di navigazione, e prima che sbarcassero Tedrov chiamò Tresan sul ponte della nave.

«Vedi quel palazzo, laggiù?» Gl'indicò una reggia con cupole rotondeggianti, che si stagliava sulla sommità della collina che dominava il porto. «È la dimora del Governatore Mardun Zancaner. È bene che non ti riconosca e ti presenteremo come un Davlèjn di Aldemar. Ecco, prendi» gli porse un mantello blu mezzanotte su cui era stato ricamato un unicorno impennato. «Indossalo e da questo momento tu sarai Cemal di Ryzsar, figlio di un mercante delle Isole Stato dei Mare Centrale.»

Tresan se l'avvolse attorno alle spalle e non appena l'ebbe fermato sulla spalla con la semplice fibbia d'ottone, suo zio glielo strappò sul fianco, tagliando con il pugnale anche la casacca e la sottotunica.

«Ma cosa fai?» protestò, sbalordito.

Tedrov trasse una fiasca dalla cintura e gliela rovesciò addosso, laddove aveva stracciato mantello e abito. Un liquido simile a sangue gl'imbrattò i vestiti e la pelle.

«Quando arriveremo a palazzo» spiegò il sacerdote, con calma. «Dovrai mostrarti sofferente e allora chiederò al Governatore di lasciarti visitare da una guaritrice rovaneana che dimora presso di lui. La conosco da molti anni ed è assolutamente fidata. Quando sarai solo con lei, le chiederai una tormalina nera o un'agata semplice. Ti servirà come scudo per respingere gli attacchi di Marlifer.»

«È necessaria questa messinscena, per ottenere la pietra?»

«Non mi fido di Mardun» rispose Tedrov, chiudendo la fiaschetta. «Se intuisse che devi salvaguardarti dall'intrusione di un mago nella tua mente, potrebbe sospettare che non sei un anonimo soldato di Volèn e ti consegnerebbe a Damon e Marlifer in una cassa ferrata, pur di assicurarsi la loro eterna riconoscenza. Nascondi anche l'anello del sangue e dissimula il tuo accento Elvaneriano, se puoi.»

«Fidati di me» Guardò con repulsione le tracce rosso scuro che si allargavano sul mantello azzurro. «Che cosa mi hai rovesciato addosso?»

«Sangue di pollo.»

L'espressione di Tresan divenne una chiara smorfia di ribrezzo. «È disgustoso.»

«Preferivi che fosse tuo? Possiamo rimediare, se vuoi.»

Sfilò il pugnale dalla custodia e Tresan mosse una mano, indispettito. «Divertente! Il sangue del pollo andrà bene.»

Poco più tardi sbarcarono e s'inoltrarono in città passando per il mercato, affollato come un alveare, e risalirono a cavallo la strada di terra battuta che portava alla corte del Governatore. I Davlèjn si strinsero i mantelli addosso e proseguirono evitando di guardarsi attorno, ma

Tedrov ogni tanto seguiva con sguardo affamato alcune vezzose portantine celate da vaporosi cortinaggi, da cui sfuggiva, di tanto in tanto, una folta chioma ingioiellata o una graziosa mano femminile.

«Zio!» protestò Tresan, sottovoce. «Sei un uomo di dio!»

«Anche loro sono creature di dio... di un dio molto generoso» Tedrov allungò il collo per seguire gli ondeggi di una elegante portantina, trasportata sulle spalle da quattro eunuchi neri, grossi e robusti come guerrieri Nuramag.

«Ma quelle sono...» boccheggiò Tresan, sconvolto.

Tedrov gli strizzò un occhio, divertito. «Creature che sanno rendere un uomo felice» disse. «O almeno, così dicono... Come hai giustamente osservato tu, sono un uomo di dio e non ho mai provato l'ebbrezza della loro compagnia.»

«Dovresti vergognarti! Un uomo della tua età, figlio degli Alti Sacerdoti...!»

Tedrov scrollò le spalle. «Non tutti sono irreprensibili come te, nipote» ribatté. «Ma neppure io ho molto di cui vergognarmi. Come ti ho detto, non sono mai stato introdotto ai piaceri carnali dei postriboli. Sono solo curioso di vedere in volto certe donne, per capire come mai facciano tanto impazzire gli uomini.»

«Oh, sono avvenenti, se è questo che vuoi sapere. Ma alcune hanno una bellezza volgare, che respinge, anziché attrarre.»

Tedrov gli scoccò un'occhiata stupita. «E tu come lo sai? Ah, certo...!»

«Non fraintendere» Tresan arrossì violentemente. «Ne ho viste alcune, a Zircana. Erano... come dire... conoscenti di un mio amico... Cortigiane molto colte, perlopiù. Ti sembrerà strano, ma spesso lui le preferiva più per la conversazione, che non per...» Il suo rossore divenne fuoco.

«Il tuo amico era un intenditore e sapeva apprezzare l'essenza di una donna. Anch'io ne ammiro alcune solo per la conversazione. Donne non particolarmente belle, forse, ma affascinanti. Alcune sono ottime spie.»

«Come la fanciulla che dobbiamo riportare in Rovanea? É anche lei una prostituta del tempio?»

Tedrov proruppe in una risata così forte che Allaras e Avarch, in sella davanti a loro, si volsero a guardarlo. «Per gli Dèi, no...» esclamò. «Sheraen è una spia e ha accettato incarichi sgradevoli, ma rimane una donna assolutamente rispettabile!»

«E non particolarmente bella, suppongo» dedusse Tresan, sorridendo.

«Cosa te lo fa pensare?»

«Il fatto che tu non l'abbia subito sottolineato. Deve essere un informatore efficiente, se sei disposto a riprenderla con la forza delle armi, ma non seducente.»

Il sacerdote tacque per qualche istante, in assorta riflessione. «In effetti, la sua bellezza è insolita… glaciale, forse. Non l'ho mai guardata sotto questo aspetto. Per me è sempre stata la Confidente Sheraen, niente di più.»

Proseguirono a risalire la sterrata che conduceva al palazzo. I richiami alle usanze dell'Impero s'indovinavano sin nell'architettura, con gli alti soffitti a cupola e le inferriate alle finestre lavorate in arabeschi. Anche i giardini erano diversi dai parchi nobiliari di Elvaner o Rovanea. Tresan non aveva mai visto certi tipi di palme o di rampicanti, né alcuni cespugli fioriti che inondavano la salita di piacevoli aromi. Anche le persone avevano un aspetto insolito: avevano tutti i capelli scuri e la pelle olivastra. Gli uomini vestivano larghe tuniche colorate, mentre le poche donne che incontrarono indossavano abiti così leggeri che sarebbero stati considerati indecenti, nelle principali isole dell'Arcipelago. Probabilmente erano schiave o comunque donne che non avevano più necessità di difendere la loro reputazione in alcun modo.

Anche Allaras aveva cambiato aspetto, per accedere alla corte del Governatore. Prima di scendere dalla nave, aveva consegnato la propria spada a Tedrov, arrotolato i capelli in una grossa treccia sulla testa e indossato un abito femminile, da cameriera.

Quando il palazzo era ormai vicino, si volse sulla sella e squadrò severamente i suoi compagni «Anche se per tutti sarò la fantesca del Priore» dichiarò. «Non osate darmi ordini! O saprò come usare il pugnale che ho tenuto con me. Chiaro?»

Ai cancelli furono fermati dalle guardie del Governatore. Tedrov dichiarò il proprio rango e mostrò l'anello di topazio giallo all'anulare, simbolo del priorato di Ályshan, e Avarch esibì lo stemma dell'unicorno impennato. Vennero ammessi alla presenza del Signore di Zancan e condotti nella sala dei ricevimenti.

Sedettero su ampi cuscini sparpagliati sul lucido pavimento di marmo verde, e i servi portarono bacili con acqua di rose per lavarsi e latte di palma per rinfrescarsi. Alcuni bambini entrarono giocando nella stanza, ma il capo della servitù li allontanò con parole di rimprovero.

«Alcuni figli del Governatore» spiegò Tedrov a Tresan, a bassa voce. «Ne ha avuti ventuno, dalle sue mogli e amanti, ma nove sono morti in età infantile. Probabilmente ne moriranno altri prima che possano raggiungere l'età adulta.»

«Come mai? Sono deceduti anche loro per le febbri che hanno devastato l'Arcipelago, quand'ero ragazzino?»

«Alcuni sì» Mentre parlava, Tedrov salutò con un gesto del capo un eunuco che li stava osservando da lontano. «Ma il Governatore sa essere un padre severo e si racconta che in passato abbia affogato due bimbetti di neppure cinque anni perché non gli avevano obbedito.»

Tresan rimase a bocca aperta. «Non sarà vero!» sperò.

Tedrov continuò a guardarsi attorno, sorridendo come se stesse ammirando l'opulenza della sala. «Credilo, se vuoi...»

Poco più tardi, Mardun venne a riceverli, vestito in seta bianca e sorridendo con affettazione. Era alto e robusto, quasi grasso, e il suo volto abbronzato, dai lineamenti orientaleggianti, tradiva un'odiosa ambiguità. Tresan provò per lui un'istintiva antipatia. Gli sembrava che dietro la sua espressione gioviale celasse pensieri di fastidio e disprezzo per quella visita inattesa.

«Miei cari amici e ospiti!» esclamò il Governatore, abbracciando Tedrov. «A cosa devo il piacere della vostra visita?»

«Siamo di ritorno dall'Isola Stato di Pren e ne abbiamo approfittato per fermarci a far visita a un buon alleato, quale voi siete» mentì abilmente Tedrov. Tresan sapeva che l'isola di Pren si trovava fra Zancan e Valmādria e, non essendo in guerra né con Misrenea né con Myrdrassa, era un territorio neutro che avrebbero potuto visitare senza destare sospetti. «Ci auguriamo di non crearvi scompiglio. Un po' di riposo ci sarà di giovamento, se ci concederete di fermarci un giorno o due presso la vostra corte.»

«La mia casa è a vostra disposizione» offrì generosamente il Governatore. «I valletti vi condurranno nelle stanze che riservo agli emissari del re, dove potrete riposare e cibarvi a sazietà.»

Batté le mani e cinque servi accorsero, la testa china, in attesa di ordini.

«Avete un palazzo più grande e più ricco, rispetto all'ultima volta che sono stato a Zancan» constatò Tedrov, con aria complice e compiaciuta. «Siete stato dichiarato Sopracavaliere e non ne sono stato informato?»

Mardun arrossì e la fronte gli s'imperlò di sudore. «Hu, no... Ho avuto fortuna negli affari» si giustificò, balbettando.

«Sono felice che i vostri commerci siano fiorenti, amico mio» rise Tedrov, battendogli confidenzialmente una mano sulla spalla. «L'oro ha sempre valore, sia in pace che in guerra. Ma parleremo della vostra fortuna più tardi. Ora ho una preghiera da rivolgervi. Uno dei ragazzi è caduto dalla nave, mentre sbarcavamo, e si è ferito. Mi permettete di affidarlo alle cure della guaritrice che ho accompagnato da voi lo scorso anno, perché lo possa curare?»

«Abbiamo altri guaritori, a palazzo, e ben più valenti di quella strana ragazza» obiettò Mardun e Tedrov si atteggiò a stupore e rammarico: «La vostra sposa vi ha dunque insoddisfatto, mio signore? La rimprovererò aspramente per averci disonorati!»

Il Governatore parve a disagio. «Non è necessario, Nobile Tedrov» biascicò. «È solo una ragazza.»

«Vi prego, signore» intervenne Tresan, avanzando di un passo e fingendosi dolorante al fianco. «Mi chiamo Cemal di Ryzsar e sono un soldato del re» Parlava simulando l'accento delle Isole Stato a sud di Elvaner, e sarebbe stato impossibile indovinare, in quel ritmo duro e tagliente, la melodica cantilena della parlata di Va'nel. «Lasciate che la guaritrice rovaneana mi visiti. Se sarà incapace, tradendo la fiducia del Priore Tedrov, sarò lieto di sottopormi all'attenzione dei vostri taumaturghi. Ma vi prego, ho perso molto sangue e mi sento debole» Gli mostrò il mantello stracciato e sporco del sangue di pollo, e aggiunse, in un mormorio disperato: «Non umiliatemi, costringendomi a perdere i sensi davanti a tutti.»

Mardun scrollò le spalle, infastidito. «Ebbene, se preferite le sue cure alla competenza dei miei cerusici, fate pure» si arrese, ma aveva parlato con riluttanza, come se non avesse voluto concedergli un incontro con la guaritrice.

Tresan s'inchinò goffamente, e con passo zoppicante seguì un'ancella lungo i corridoi del sontuoso palazzo. Si guardò attorno con curiosità. La corte di Zancan non assomigliava a nessun'altra reggia dell'Arcipelago, e i richiami alla cultura di Myrdrassa erano evidenti nella scelta dei tappeti appesi alle pareti, decorati con disegni esotici e talvolta erotici, nei balsami che bruciavano sui tripodi, e nell'abbigliamento succinto delle dame che scorgeva giocare in un giardino fiorito, oltre una lunga vetrata.

La ragazza aprì una porta traforata e condusse Tresan in una stanza che pareva un giardino d'inverno. Ovunque c'erano piante e fiori, e panche per sedersi. Al centro c'era una piscina a forma di foglia di loto, dove l'acqua zampillava morbidamente, risalendo dal fondo. Sull'acqua, accolte in un'isoletta, sorgevano palme e grandi orchidee bianche, screziate di lillà.

«Attendete qui, signore» disse la serva, in dialetto Zancaneriano e accennò a una guardia di restare con lui, dopodiché s'inchinò e ritornò nella sala dei ricevimenti. Il guardiano, un omaccione grosso e flaccido dalla pelle bronzea, gli si avvicinò e srotolò dal braccio tatuato una frusta, stirandola con le mani per fargli capire che l'avrebbe usata, se ne avesse avuto l'occasione.

Prima che Tresan potesse chiedere dove fosse la curatrice, una porta si aprì e nella sala entrò una dama.

«Un giovane che pare un'aquila richiede le tue cure, donna» annunciò la guardia, in tono sprezzante.

«Sono a vostra disposizione, signore» rispose lei, dolcemente, e avanzò con grazia verso di loro. Con un tuffo al cuore, Tresan riconobbe nei suoi occhi le stelle viola che l'avevano guardato nel cielo sopra Pringel, la notte in cui aveva vegliato la salma di Borr; e, come aveva immaginato, il fascino della ragazza era in armonia con quella del suo sguardo. *Una bellezza antica*, si sorprese a pensare. *Oggigiorno, non nascono più molte bambine albine...* Era poco più bassa di lui, e aveva raccolto i capelli color della neve in un'acconciatura intrecciata con fili di ametiste.

Sarebbe bastato questo a togliergli il respiro, ma la ragazza indossava un abito bianco e dorato, tipico delle nobildonne di quella corte, che lasciava scoperta la gola, parte dei seni, delle braccia e delle spalle, e lui si sentì percorrere da un fremito d'eccitazione. Mentre gli si avvicinava notò che al collo portava un Occhio di Petalite incastonato in un quarzo rutilato, in apparenza solo per decoro, ma sospettò che era stata addestrata all'uso della telepatia. In sottofondo ai suoi pensieri emerse un rituale che aveva appreso nel libro degli Antichi Popoli. Non ne conosceva le parole, ma sembrava che un alone d'armonia avvolgesse la ragazza, rendendola ancor più bella a vedersi.

«Benvenuto» lo salutò lei, chinando lievemente il capo. «In cosa posso servirvi, cavaliere?»

Tresan si costrinse a non lasciarsi sedurre dalla delicatezza della sua voce. «Mi sono ferito cadendo dalla nave» rispose, lanciando uno sguardo infastidito al sorvegliante, immobile alle sue spalle.

«Allora vi dovrò visitare. Luto, potrai restare, se così comanda il mio signore, ma ti devo chiedere discrezione. Volgi altrove il tuo sguardo di eunuco.»

Luto ebbe una smorfia di disappunto, ma obbedì e andò a sedersi sotto una tettoia di salice, evitando di guardarli.

«Sedetevi su questa panca, signore, e toglietevi il mantello. Badate a non avvicinarvi troppo alla piscina.»

A quelle parole, Tresan sollevò lo sguardo verso la vasca e rabbrividì nel vedere un grosso serpente nero che snodava le spire fra le acque calme.

«Un dono del Governatore» gli spiegò lei, sottovoce. «Per impedire che mi avvicini troppo all'acqua. Sai, è acqua di sorgente, purissima» aggiunse, come se Tresan avesse dovuto capire qualcosa, e a voce più alta, per ingannare l'eunuco, disse: «Ecco, voltatevi da questa parte, dove c'è più luce.»

Lo fece girare in modo tale che, se si fosse voltato, Ludo non avrebbe notato che il fianco di Tresan era illeso. «Sono felice d'incontrarti» sussurrò la guaritrice. «Tu e tuo zio siete venuti per portarmi un messaggio?»

«Voi... tu...» Tresan smise di simulare l'accento delle Isole Stato. «Mi conosci?»

«Da molto tempo. Posso vedere ciò che accade nel mondo, nelle acque sorgive o in altri catalizzatori del pensiero; e io ti vedo da alcuni anni, Tresan.»

«Sei una sacerdotessa?»

«No. Sono una concubina del Governatore.»

Lui lasciò che fingesse di esaminargli la ferita; poi riprese: «Sei Sheraen?»

«Sì, ma qui sono conosciuta come Lalehan. Alzate le braccia, cavaliere, così...» disse a voce più alta, per farsi sentire dalla guardia. Anche se Ludo non aveva l'espressione molto intelligente, era chiaro che troppi bisbigli l'avrebbero insospettito.

«Allora sei la ragazza che i Sacerdoti di Envles'Tin vogliono riavere» comprese Tresan. «E sei anche la sapiente a cui Volèn mi ha chiesto di rivolgermi, una volta giunto qui.»

Gli occhi le brillarono d'orgoglio. «Il Nobilissimo Volèn ha un incarico per me?»

«Ti prega di farmi dono di una pietra per sfuggire all'invadenza di Marlifer nella mia mente.»

«Posso senz'altro procurarti una tormalina nera. Dove desideri portarla? Al collo o incastonata in un bracciale?» E, per farsi udire dalla guardia esclamò: «Cavaliere, non muovetevi, se potete, devo pulire la ferita. Può darsi che vi faccia male.»

«Un Davlèjn soffre in silenzio, signora» recitò Tresan, poi bisbigliò: «Non mi sono mai ornato di gioielli, a eccezione dell'anello di mio padre, e sarei a disagio a portarla sia al collo che al polso.»

«Potresti nasconderla sotto i capelli, allora. Un orecchino non t'impaccerà e nessuno lo noterà.»

Batté le mani e accorse una servetta. «Incastona una tormalina nera in un ovale d'oro per il nostro ospite» ordinò. «Voglio un orecchino piccolo e semplice, ma efficace. Favorirà la cicatrizzazione della ferita.» E mentre la ragazzina si allontanava, disse, con tono pratico e distaccato:

«Tenete questo impacco sul fianco. Non è nulla di grave, cavaliere, ma avrete bisogno di riposo. Purtroppo non posso ospitarvi nel dormitorio degli infermi, perché è riservato alle donne del palazzo, ma domani verrò a portarvi la pietra e a controllare la ferita.»

«Donna» iniziò l'eunuco, in tono di richiamo, e Sheraen si affrettò a precisare, in tono amabile: «La mia domestica mi accompagnerà. Ora, se il mio signore e padrone me ne darà licenza, sarei felice di riabbracciare il Nobile Tedrov, colui al quale devo la mia attuale felicità.»

Tresan s'alzò, fingendosi incerto sulle gambe. «Non so come ringraziarvi, dama Lalehan» riprendendo la parlata secca delle isole indipendenti del sud. Accennò un inchino scomposto e le baciò la mano.

«É consentito, dalle leggi di palazzo?» titubò, temendo di aver commesso un errore. Era palese che la sapiente era trattata come una prigioniera e che le era proibito accostarsi a un uomo, se non sotto la scorta di un eunuco.

Il tono di Sheraen era volutamente gelido: «Non proprio, cavaliere. Ma vi perdono, poiché non siete avvezzo alle nostre usanze. Luto, accompagna il nostro ospite nelle stanze che gli sono state riservate. Buon riposo, cavaliere.»

Il grosso eunuco gli fece strada, ma prima d'uscire Tresan non riuscì a resistere alla tentazione di voltarsi a guardare Sheraen, ancora una volta. Lei gli sorrise e il suo cuore ebbe un sobbalzo. *A domani*, passò nella mente di Tresan e l'Occhio di Petalite s'illuminò fuggevolmente fra i seni della ragazza. Poi Sheraen si volse, e con passo aggraziato scomparve oltre la porta da cui era arrivata.

5

Più tardi, Tedrov gli annunciò che il giorno seguente il Governatore li avrebbe condotti a caccia nel grande parco del palazzo.

«Porterò con me i Davlèjn, nel caso fosse una trappola. Tu va' da Sheraen e raccomandale di tenersi pronta. Domani o dopodomani lasceremo Zancan, con o senza l'approvazione del Governatore. Nel caso non tornassimo» La sua voce s'abbassò «Riportala tu a Envles'Tin. Prenderà il mio posto come capo dei servizi segreti.»

Il giorno seguente, nel primo pomeriggio, Tresan lasciò furtivamente la camera in cui era stato alloggiato e si recò nel giardino d'inverno. La porta era aperta a mezzo ed entrò con prudenza: non c'era nessuno. S'avviò con decisione verso l'uscio da cui Sheraen era entrata il giorno precedente e lo trovò socchiuso. Lo spinse con un debole calcio e sbirciò nella stanza.

«Entra, Tresan.»

Sheraen gli andò incontro, pulendosi le mani in uno straccio azzurro.

«Dov'è l'eunuco di guardia?» domandò Tresan, richiudendosi la porta alle spalle.

«Ha bevuto qualcosa che gli ha provocato un violento mal di testa» rise lei, in tono malizioso. «Ora sta dormendo sotto le palme del laghetto. Non si sveglierà prima di un'ora o due. Vieni.»

Tirò il catenaccio alla serratura e chiamò la sua servetta, che portò una coppa ingioiellata con linfa di palma. Tresan la ringraziò e la sorseggiò. Era deliziosa, esotica e rinfrescante.

«Puoi fidarti di Genie» disse Sheraen, accarezzando la testa della ragazzina, mal vestita e pallida, con grandi e tristi occhi scuri. «È una brava bambina. Torna pure nell'altra stanza, cara, e finisci le tue faccende. Ti chiamerò, se avrò bisogno di te.»

Mentre la ragazzina usciva, si accostò a un tavolo su cui erano disposti eleganti bauletti aperti: in ciascuno, deposto su un fondo di seta cangiante, riluceva un cristallo di diverso colore. Ne prese uno e lo esaminò controluce.

Tresan le si accostò. «Cosa stai preparando?» s'incuriosì.

«Pozioni» Sheraen ammiccò, divertita. «Come una strega d'altri tempi. Il Governatore non capisce nulla di pietre e crede che siano sciroppi d'erbe e semi di piante rare. Impazzirebbe, se sapesse che sono opera di scienze dimenticate. Ha il terrore di tutto quello che non può controllare e ha proibito la stregoneria nelle sue terre. Tuttavia, non esita a ricorrere alle mie conoscenze, di tanto in tanto... Questi intrugli sono per lui. Gli servono per... hm, per trarre piacere dalle notti con le sue mogli.»

«E funzionano?»

Lei sorrise con malizia. «Così pare.»

«Dovresti saperlo... Anche tu sei sua moglie» C'era una venatura d'irritazione nella sua voce, e Sheraen evitò di guardarlo. «Sono solo una consorte secondaria. Mardun non mi ha sposata davanti al suo Dio, mi ha semplicemente comprata dal Tempio di Ályshan e, di fatto, non sono altro che una donna del serraglio.»

Tresan intrecciò le braccia sul giustacuore con il simbolo di Volèn, accigliato. *Una donna del serraglio*... Cos'aveva accettato di subire, quella ragazza, per svolgere una missione in nome del suo re?

«Com'è accaduto, che tu sia finita qui?»

«Tedrov non te l'ha detto?» Mentre parlava, Sheraen frantumò un cristallo blu e lo pestò in un mortaio dalla testa rivestita d'acciaio e schegge di diamante. «Sono stata educata a Envles'tin, ma ho seguito una via diversa da quella del sacerdozio. Per tutti, sono una lontana parente dei tuoi nonni, ma in realtà faccio parte degli agenti di tuo zio...» Abbassò la voce a un sussurro quasi inudibile. «Sono una spia.»

Tresan annuì con il capo. «Mio zio me l'ha accennato. Ma ha anche detto che non eri bella... Senz'altro, non stava parlando di te!»

Lei gli sorrise, amabilmente. «Ti ringrazio per considerarmi bella, ma so di non esserlo. Sono una creatura senza colori.»

«Non dirlo. I tuoi capelli, la tua pelle candida...» La percorse con sguardo affascinato. «I tuoi occhi color dei glicini... Sono incantevoli quanto il tuo viso. Solo un pazzo potrebbe considerarti brutta. E mio zio è pazzo.»

Sheraen rise, gettando indietro una ciocca di capelli che era sfuggita alla crocchia fissata sulla nuca. Anche lui sorrise, un po' vergognoso d'essersi lasciato sfuggire un complimento tanto sfacciato. «Non hai risposto alla mia domanda» insistette. «Perché sei qui?»

«Per spiare il Governatore. Dopo aver letto i miei cieli, il Drangor Volèn disse che ero destinata a sposare un uomo di ragguardevole influenza politica e gli Alti Sacerdoti lo hanno interpretato come un segno e sono stata condotta qui.»

«Quell'uomo era il Governatore?»

«In verità, Flesia e Mesìa avevano mire più ambiziose.»

Sheraen finì di pestare il cristallo, ormai ridotto a polvere finissima, simile a farina azzurra, e lo rovesciò in un liquido che sembrava sciroppo di genziana. La polvere scivolò lentamente verso il fondo con mille luccichii.

«Speravano che diventassi un dono per l'Imperatore Su'Meeramjtra, ma all'ultimo momento Mardun ha deciso di regalare altre donne all'harem imperiale. Così» La sua voce si sfumò di malcontento. «Sono stata trattenuta qui a occuparmi delle dame di palazzo, come loro guaritrice.»

«Mardun avrebbe dovuto regalarti all'imperatore?» Tresan era sbalordito. «E perché mai?» Se lui avesse avuto nel suo palazzo una donna bella e colta come Sheraen, non l'avrebbe ceduta neppure alle pretese di un Dio.

Lei ripulì il tavolo con uno straccio, raccogliendo il pulviscolo dei cristalli in una mano. «Per conquistare la sua amicizia» gli spiegò. «Mardun, fingendo di volere un'altra sposa minore, aveva chiesto al tempio una donna d'aspetto desiderabile e saggia, perché di sciocche ne aveva già a sufficienza, ma un nostro informatore ci aveva riferito che aveva in animo di tributarla in dono all'harem di Su'Meeramjtra. Una concubina rovaneana, educata nel tempio del potente dio Ályshan, ma libera dai voti sacri... Sarebbe stato un segno di spregio nei confronti del re che non voleva più servire» Si lavò la mano in un bacile di rame e la asciugò con una stola di seta. «Al tempio avrebbe raccontato che la sventurata era morta o che era stata rapita, e avrebbe inviato oro alla famiglia, come risarcimento.»

«Quindi» riassunse Tresan «I miei nonni e Tedrov hanno pensato d'inviare te, al posto di una accolita, sperando che avessi accesso alla corte imperiale di Myrdrass. Per gl'Immortali! Era un piano azzardato! Se Su'Meeramjtra ti avesse scoperta...»

«Non avevo paura. So difendermi, all'occorrenza. Son giunta qui poco più di un anno fa, fingendomi devota e sottomessa, e pronta ad attraversare il mare orientale su una nave, assieme a tigri, scimmie ammaestrate e gioielli. Ma, a dispetto dei nostri piani, Mardun non ha voluto darmi all'imperatore.»

«Tanto meglio!» Tresan non riuscì a dissimulare la sua soddisfazione, al pensiero che Su'meeramjtra non avesse messo le mani su di lei. «E adesso è tutto finito. Mio zio chiederà al Governatore di lasciarti ripartire con noi, in nome del Dio Ályshan e del re. Se rifiuterà, ti condurremo via con la forza.»

«Zancaner non mi restituirà pacificamente al tempio. Mi teme, perché conosco arti che ignora, e nel contempo nutre una certa passione per me... Non mi permetterà di partire.»

Ancora una volta, Tresan venne trafitto da una fitta di gelosia. Quella creatura di luce era legata a quell'untuoso, infido traditore, grasso e flaccido come i suoi eunuchi...! Era un insulto al buonsenso e alla decenza. Non poteva accettarlo.

«Ti porteremo via da qui» giurò, quasi più a se stesso che a lei.

«Non ne dubito» Sheraen sorrise, riponendo in un cofanetto i cristalli che non aveva utilizzato. «Tedrov non sarebbe venuto di persona con cinque Davlèjn, se non fosse determinato a riportarmi in Rovanea.» Sciolse i capelli che aveva raccolto per lavorare alle pozioni, li pettinò all'indietro con le dita e si sistemò una coroncina d'argento e ametista sulla fronte. «Le sue attenzioni mi lusingano. Non sono che una Confidente che si sforza di servire al meglio la rete di spionaggio di Rovanea.»

Sedettero insieme su un'ottomana e Tresan notò che la lunga veste di Sheraen era diafana e mostrava la curva seducente delle gambe, languidamente accavallate l'una sull'altra. Aveva una pelle perfetta, di madreperla, e profumata dagli unguenti usati dalle donne di corte per essere attraenti nel talamo dei loro consorti. A pensiero di Sheraen nuda fra le braccia di Zancaner, Tresan contrasse involontariamente un pugno, ma si riscosse, perché che la ragazza stava parlando:

«... alla corte di Opalliŭm. È stato più facile lasciare il castello, quando Tedrov mi ha richiamata in sede. Lassù ero solo una serva e nessuno bada alle sguattere goffe, malvestite e con i capelli sporchi di cenere.»

«Sei stata a Opalliŭm a sorvegliare Damon?» Il tono di Tresan era sinceramente ammirato. Quella ragazza aveva più coraggio di molti soldati! «Dicono che anche Ger l'Apostata sia in Valmādria. Non vi siete mai incontrati?»

«Sì, qualche volta, ma di me non ha visto altro che uno straccio avvolto attorno alla testa e le mani rovinate dal lavoro al lavatoio. Per fortuna, i padroni non badano molto alle serve mute e sgraziate e non si è mai accorto d'avermi già incontrata nel tempio, quand'ero una ragazzina.»

Io ti avrei riconosciuta subito. Mi sarebbe bastato incrociare i tuoi occhi, come ieri, per sapere il tuo nome. Le prese una mano, con gesto audace. «Non hai mani da serva» osservò.

«Le schiave dell'harem sanno come prendersi cura di una concubina, e qui non devo lavare le pentole con l'acqua gelida e occuparmi del fuoco. Ad ogni modo, sono rimasta alla fortezza solo un anno, poi sono ritornata a Envles' Tin. Sei stato tu a riportarmi a casa.»

«Io?» Tresan la fissò smarrito, e in quel momento il profumo di lei lo avvolse e lui seppe d'averlo già sentito, in passato... ma quando? Le teneva ancora la mano e ricordò d'averla già vista... E allora alla memoria gli ritornò l'immagine della ragazza paludata in veli viola che gli aveva chiesto di poter essere imbarcata sulla nave con i profughi, a Opalliŭm. Il panno traforato che le copriva il volto era così fitto da celare anche il colore dei suoi occhi, ma ora Tresan capiva perché la fanciulla avesse scelto d'indossare un drappo viola... Perché i suoi occhi insoliti non risaltassero, dietro a comuni stoffe bianche o nere...

«Eri tu!» esclamò, con voce soffocata. «Perché non mi hai detto chi sei?»

«L'avrei fatto, se fossi salpato con noi, ma hai preferito restare per liberare i profughi. Mi dispiace per come si è conclusa la tua missione, Tresan. Damon è stato un bastardo a ingannarti, ma prendersi gioco delle persone è la cosa che sa fare meglio.»

Lui distolse lo sguardo, a disagio. Per quanto a lungo fosse vissuto, non avrebbe mai dimenticato la delusione sui volti di suo padre e di Rupens per non aver risposto tempestivamente al richiamo del corno. Ne era certo, suo padre si era maledetto per averlo generato, quando l'aveva declassato a tenente... La fuga di Maribelna gli aveva evitato d'essere svergognato davanti alla moglie, ma al pensiero che Sheraen fosse a conoscenza di quell'episodio gli provocò una violenta contrazione allo stomaco.

«Non ci pensare, è storia vecchia» lo distrasse Sheraen, con un sorriso gentile. «Piuttosto... Sono felice che siate venuti a prendermi. So far di meglio che la farmacista o la filatrice e ora, se piacerà agli Dèi, potrò ritornare a casa.»

«Oh, lo vorranno» Lui le rivolse un'espressione decisa. «Hai calzoni e un pugnale, per un'eventuale fuga?»

«Ho calzoni e camicie per cavalcare, certo. E un ottimo pugnale.»

«Un pugnale da combattimento o un gioiello intarsiato che si piega con due dita? Se te ne servisse uno, posso dartene uno dei miei.» Mosse il polso e nel palmo gli comparve il pugnale che suo padre gli aveva donato in occasione del Rito dell'Età Adulta. Negli occhi di lei scintillò una strana luce. S'alzò, allontanandosi di qualche passo.

«Scagliamelo addosso» gli ordinò, e Tresan la fissò sbalordito. «Cosa?»

«Fallo.»

«Ma Sheraen...»

«Fidati di me. Fallo.»

«Non ho mai lanciato una lama contro una donna e per di più indifesa» Fece saltellare il pugnale sul palmo, pensoso. «Se proprio vuoi, lo scaglierò piano.»

«No. Fingi che sia il Governatore o un tuo nemico. Prova a uccidermi.»

«Non capisco, ma se è quello che vuoi...» Fece piroettare il pugnale ancora due o tre volte e quando lo riprese glielo scagliò contro con un gesto piuttosto lento. Lei ebbe il tempo di ridere, ma Tresan non riuscì a vedere altro. Ci fu un movimento lesto, un folgorante scintillio di lame accompagnato da un clangore stridente e, quando Sheraen abbassò il braccio, Tresan vide il pugnale conficcato fra le spire di un serpente di legno appeso al muro.

Lei lo guardò con soddisfazione e gli mostrò un magnifico *kriss* damascato a doppia lama che aveva estratto fulmineamente dalle pieghe della veste.

«Tu mi fai paura, ragazza» si complimentò Tresan, a bocca aperta.

«No» si schermì lei, estraendo dal serpente il pugnale con la fenice. «Hai tirato piano» Nel porgerglielo, lo fissò negli occhi. «Non ti sei fidato di me.»

Prima che lui potesse rispondere, dal corridoio accanto giunsero i passetti leggeri e veloci di Génie, e la porta s'aprì.

«Ho portato quello che mi avete chiesto, mia signora» disse la ragazzina, porgendole un orecchino d'oro in cui era stata incastonata una tormalina nera.

«É splendido, cara» la ringraziò Sheraen. «Tresan, avvicinati.» Aprì il gancetto dorato e glielo fissò al lobo sinistro. «Come lo senti?»

Lui scosse vigorosamente la testa. «É pesante. Non cadrà?» domandò, dubbioso.

«In effetti, potresti perderlo, in battaglia. Forse è più prudente che ti buchi l'orecchio.»

Tresan arretrò, inorridito, protestando ch'era già tanto grave che lui, un ufficiale dell'esercito del re, si ornasse di un orecchino come i guerrieri Nuramag. Non poteva anche accettare di portare per sempre il marchio di quell'umiliazione!

«Preferisci smarrirlo ed esporti a Marlifer?» ribatté Sheraen. «Siediti e non muoverti: prometto di non farti male. Sono esperta in medicina e mi occupo delle concubine del Governatore, quando si ammalano e degli animali, quando partoriscono, e nessuno si è mai lamentato di me.»

«Specialmente gli animali» puntualizzò Tresan, e lei gli lanciò un'occhiata spazientita. «Génie, sostituisci il gancio con uno a forma d'amo, poi portami la spilla d'oro e arroventala sul fuoco di quella lampada... Questa volta, fidati di me, Tresan.»

Tresan sobbalzò una sola volta, quando Sheraen gli forò il lobo e, poco dopo, contemplò con malcelato piacere la pietra nera e lucente riflessa in un piccolo specchio d'argento. Mentre si guardava, fu attraversato da uno strano sentore... preveggenza o reminiscenza?... e gli parve d'aver già vissuto quel momento. Ma non era possibile, non aveva mai portato un orecchino, prima d'allora. Sheraen sorrise e gli accarezzò i capelli, coprendo il gioiello con una ciocca.

«Non si nota, guerriero, e nessuno ti deriderà. Ora puoi esser certo che niente e nessuno ti farà del male. Va', adesso, e fingi di stare male ancora per un po'. Io rimarrò in attesa di un vostro segnale per la fuga.»

Non appena tornò nella sua stanza, Tresan si lasciò cadere sul letto, rigirando con le dita la tormalina nascosta sotto i capelli. Sheraen... ripeté, fra sé. Sheraen... Chiuse gli occhi, sognandola, e mentre indugiava sulla forma piena del suo seno venne trafitto da un grido di bambina e balzò a sedere sul letto. D'istinto, fece per scattare verso la porta, ma subito comprese di non averlo sentito con le orecchie. L'orecchino era caldo e mentre lo sfiorava con la mano la stanza svanì, e vide ...

...Sheraen, con un abito provocante, sostenuto da una sola spalla e che le lasciava la schiena nuda, in piedi davanti al Governatore, mentre Luto le strattonava sadicamente i capelli.

«Cosa stavi facendo, donna?» la insultò Mardun Zancaner, indicando la piscina illuminata dal sole, attraverso il lucernario, e Luto la costrinse a sporgersi oltre il bordo, per specchiarsi nell'acqua. «Guarda la tua faccia di sgualdrina, figlia delle vacche» grugnì, con disprezzo.

«Rispondi!» insistette Zancaner, offendendola con una parola così terribile che fece ribollire il sangue di Tresan.

Sheraen tacque. Rincantucciata sotto una panca, Génie piangeva a corti singhiozzi, spaventata.

«Schifosa sgualdrina» tuonò il Governatore, strappandole la collana di perle che portava al collo. «Cosa stavi facendo? Questa piscina serve per il diletto delle mie mogli, non per i tuoi intrighi. Chi stavi cercando, nell'acqua? Conosco i tuoi poteri di strega! Stai tramando contro di me! Contro tuo marito!»

«Perché lo pensate, mio signore?» Sheraen lo guardò da sotto le lunghe ciglia candide, simulando un'accorata costernazione. Era una spia perfetta, l'ammirò Tresan. Un'attrice capace di dominare le sue emozioni più profonde.

«Ti ho trovata inginocchiata in modo indecente, a parlare con qualcuno e così vestita... come la più squallida delle prostitute delle mie terre!»

«Ho indossato un abito di cui il mio signore mi ha fatto dono, quando sono giunta nella sua dimora» mormorò lei, con aria innocente. «L'ho scelto per onorare gli ospiti che siedono alla sua tavola, in questo giorno di festa. È un proposito peccaminoso?»

«Dovevi indossarlo per *me*, non per le tue sporche stregonerie» ritorse il Governatore, livido di collera. «A chi ti stavi mostrando?»

Sheraen sorrise, un sorriso dolce e ammaliante.

«Il mio signore mi onora, se è convinto che possa mostrarmi a qualcuno attraverso l'acqua di una piscina.»

Lo schiaffo di Zancaner fu così violento da farla cadere sul pavimento. Tresan non sapeva se quella scena si stesse svolgendo in quel momento oppure no, ma ebbe l'impulso di lasciare la camera per andare a chiedere soddisfazione al Governatore a fil di spada. Come osava, quel grasso traditore, schiaffeggiare e insultare una figlia di Envles'Tin?

A quel ceffone, Génie lasciò il suo rifugio e corse verso di lei.

«Lasciatela stare, lasciatela stare!» li implorò. Ma Luto l'afferrò con una sola mano e ridacchiando la scaraventò nella vasca. La piccola affondò con un urlo da lacerare il cuore.

«Non fatele male!» si ribellò Sheraen, alzandosi in piedi. Cercò di sottrarsi alla stretta di Luto, ma l'eunuco le strattonò ancor più ferocemente i capelli bianchi. «Avete coraggio, a prendervela con lei! È solo una bambina!»

Génie emerse dall'acqua sputando e piangendo, e con un nuoto scomposto raggiunse il bordo della piscina. Rimase aggrappata al pavimento senza osare uscire.

«Una bambina, certo, e tu la stai educando a diventare una strega, come te» l'accusò il Governatore. «Dovrò far portare qualcosa che ti faccia desistere dall'accostarti a queste acque... Un serpente delle foreste Nuramag, ad esempio.»

«Ma così, punireste anche le altre consorti» cercò di dissuaderlo Sheraen e l'altro rise, sprezzante.

«E che me ne importa? Sono solo donne. Se lo meriteranno, potrei anche decidere che ogni tanto qualcuna vada a fargli compagnia» Le si fece più vicino e la sua mano corse sulla spalla e sulla schiena nuda. «In quanto alla serva, te la porterò via, Lalehan.»

Questa volta, Tresan vide la paura e il dolore, negli occhi di Sheraen.
«Non fatelo» supplicò. «Non fatelo.»
«Sta' a te convincermi, dolcezza»
La mano di Zancaner s'insinuò sotto la veste chiara, e lei sussultò.
«Vattene, Luto» ordinò il Governatore, guardando lascivamente Sheraen in volto. «E porta via la mocciosa. Vediamo se questa mia concubina sarà capace di farsi perdonare. La stregoneria è un reato grave, alla mia corte.»
Luto afferrò Génie per il bavero e la trasse fuori dall'acqua come se fosse stata un sacco. Non le permise di correre fra le braccia di Sheraen, come avrebbe voluto fare, e la spintonò sgarbatamente verso la porta. «Andiamo» le ordinò. Génie si volse a guardare la sua padrona con paura e pietà, ma Sheraen fissava il Governatore con odio e impotenza.
Zancaner le gettò i capelli dietro le spalle e le fece scivolare sul braccio l'unica spallina dell'abito. Con le mani scese ad afferrare i seni rotondi, senza riuscire a contenerli del tutto. Con un lento sospiro, la veste cadde a terra lasciandola completamente nuda.
Tresan si strappò l'orecchino, ansimando. Cos'era stata, quella visione? *Un ricordo,* intuì... Ma di chi? Di Sheraen? O del Governatore? O, ancora, di quell'odioso, flaccido eunuco? No, di Génie, comprese. Era stata la ragazzina a preparare la tormalina e mentre lo faceva la sua mente doveva essere corsa a quel momento d'angoscia. Forse non sapeva che i suoi pensieri si sarebbero racchiusi nella pietra per rilasciarsi quando lui l'avesse indossata.
Si accorse di tremare di rabbia. Come aveva osato, il Governatore, molestare con tanta crudeltà Sheraen e Génie? Inveì, sibilando i peggiori improperi che conosceva. Avrebbe voluto correre ad attenderlo al ritorno dalla battuta di caccia per trapassarlo con la spada. Picchiare una donna e una bambina! Quell'uomo era una bestia!
Poco dopo, la porta si aprì e Tedrov entrò a grandi passi nella stanza. Tresan non attese che parlasse e, sollevandosi a sedere sul letto, lo precedette: «Dobbiamo liberare Sheraen. Subito!»
Suo zio gli si fermò accanto, teso in volto. «Il Governatore non intende restituirla al tempio. Teme di offendere gli Alti Sacerdoti, suoi amici e alleati, con un ripudio.»

«Quel bastardo mente! Sheraen viene trattata come una prigioniera. Non possiamo lasciarla qui.»

«Non lo faremo. Le sue doti servono all'accademia.»

Tresan finse di non aver udito quelle parole, che oltraggiavano la ragazza tanto quanto gl'insulti del Governatore. «Quando agiremo?» si limitò a chiedere.

«Questa notte. Dirai alle sentinelle di star male e Allaras, che è una donna, l'andrà a chiamare senza insospettire gli eunuchi. Noi saremo pronti nel cortile, con i cavalli.»

«Come faremo a uscire dal palazzo?»

«Brandendo la spada. Conosci un modo più efficace?»

Tresan strinse una coperta nel pugno. «Ma siamo in pochi e avremo contro tutte le guardie di palazzo» obiettò, perplesso.

Tedrov rise. «Pochi? Cinque Davlèjn, il capo dei servizi segreti di Envles'Tin e un uomo che ha spazzato via un drappello Valmādrian quasi da solo? Commisero le ronde che si metteranno sulla nostra strada, piuttosto! Ora, fatti servire la cena e verso mezzanotte manda a chiamare Allaras. Sa già come muoversi. Non appena saremo fuggiti, salperemo sulla nave che ci ha condotti qui e torneremo sulle nostre isole.»

Tresan non trattenne lo stupore. «La nave ci attende per la fuga? Al porto di Zancan?»

Suo zio sogghignò. «L'oro compra tutto. E Mardun non è il solo a possederne. Fa' come abbiamo concordato.»

Poco prima di mezzanotte, Tresan s'affacciò alla porta della propria camera e con voce impastata chiese a una guardia di svegliare la serva del Priore, perché si sentiva poco bene.

«Forse ho la febbre» aggiunse. Udì qualcuno bussare alla stanza di Allaras e la ragazza si affacciò alla sua porta. «Vado a chiamare un guaritore» lo rassicurò e corse via, verso l'ala del palazzo in cui Sheraen dormiva assieme ad altre tre concubine.

Era troppo presto perché fosse già di ritorno, quando un altro passo, ben più possente, risuonò nel corridoio silenzioso e le guardie scattarono sull'attenti. Tresan, che si stava vestendo per la fuga, scagliò lontano gli stivali e s'infilò sotto le coperte, coprendosi il viso con un braccio.

«Mi dicono che il mio ospite sia ancora sofferente» esordì il Governatore, entrando nella stanza. «Posso fare qualcosa per voi?»

«Mio signore» balbettò Tresan, mimando ancora una volta la parlata ruvida delle Isole Stato a sud di Elvaner. Sbatté più volte le palpebre, come se fosse stato infastidito dal bagliore delle torce. «Vi siete disturbato a venire da me, nel cuore della notte? Non dovevate. La fantesca del Priore è già andata a chiamare qualcuno, perché mi soccorra.»

«Una ragazza solerte e tempestiva... la figlia della regina dei Nuramag.»

Questa volta, Tresan non dovette fingere, per lasciar trasparire la sorpresa. «Chi, signore?»

Il Governatore sogghignò e nella sua voce corse un pungente sarcasmo.

«Lo ignorate? Oh, vi hanno ingannato, dunque... Vi assicuro che non è una serva. Credetemi, è Allaràssyran, l'erede di Malibran del Puma Bianco, la sola ragazza ammessa all'Accademia del Drangor Volèn. É un grande onore, per me, ospitarla nella mia umile dimora.»

Tresan non rispose, ma pensò che quell'uomo gli era fastidiosamente vicino; e che sapeva troppo. Con la mano ancora nascosta dalle coperte, strinse l'elsa della spada che aveva portato con sé nel letto, quando l'aveva sentito avvicinarsi.

Zancaner gli s'accostò d'un altro passo. «Ho inoltre motivo di credere» aggiunse, con un sorriso untuoso «Che la vostra piccola spedizione nasconda più perle di quanto non mi abbiate voluto svelare.»

Tresan mantenne un gelido autocontrollo. «Cosa intendete dire?»

Aveva parlato con aria innocente, ma nelle vene gli scorse un formicolio di tensione e impazienza. Lentamente, con una mano afferrò il lembo delle coperte per buttarle indietro non appena Mardun si fosse scoperto.

«Non avete l'età per essere un allievo Davlèjn, Camar di Ryzsar» rispose il Governatore. «Dimostrate almeno ventuno, ventidue anni e assomigliate un po' troppo al Nobile Tedrov per essere nato su una qualunque Isola Indipendente.»

Tresan si finse offeso: «Cosa volete insinuare?» l'affrontò. «Sono un Davlèjn da tre anni e non ho mai notato alcuna somiglianza fra me e il Nobile Tedrov. Mio padre non apprezzerà le vostre illazioni, signore!»

«Vostro padre è troppo occupato nel Mare del Grifone con vostro fratello Rupens per preoccuparsi delle mie allusioni, Nobile Hardan» ribatté Mardun, con voce pacata, e Tresan si sentì gelare. Come avevano fatto a smascherarlo?

«Cosa vi induce a credere che sia un Hardan, signore?» quasi sibilò.

Alcune guardie armate circondarono il letto. «Come vi ho già detto, ho subito notato la somiglianza con vostro zio Tedrov e voi non avete né l'aspetto né la condotta di un soldato di Aldemar. Sembrate piuttosto un nobile occidentale, anche se non avete la protervia di certi cavalieri delle vostre isole. Inoltre, l'eunuco che vi ha scortato da Lalehan mi ha riferito che spesso parlavate a sussurri e anche se quella testa dura non ha capito una parola, ho sospettato che stavate architettando qualcosa di disonesto, nei miei confronti. Volete riprendervi la ragazza...»

Mantenere la copertura era ormai inutile.

«Mi dispiace che non sembri un vero Davlèjn, perché è sempre stato mio desiderio diventarlo» sorrise Tresan, riappropriandosi dell'abituale cadenza di Elvaner. «Ma mi complimento per la vostra perspicacia, Zancaner. Quali sono le vostre intenzioni, adesso?»

«Rendervi mio gradito ospite fino a quando gli emissari di vostro cugino Damon non saranno venuti a prendervi.»

A Tresan sfuggì una lieve risata. «Questo è da vedersi.»

Con un gesto brusco, trasse indietro le coperte e sollevò la spada nel pugno. Balzò giù dal letto e, d'istinto, il Governatore indietreggiò. I soldati accennarono ad avventarsi su di lui, ma la punta della sua spada, troppo vicina alla gola di Mardun, li fece desistere, incerti.

«Fermi, o lo squarcio dal naso alla sua notevole pancia» minacciò Tresan. «Governatore, arretrate fino al muro, così...»

Tenendo gli occhi e la spada puntati contro Mardun, s'infilò rapidamente gli stivali. Una guardia tentò d'approfittare di quel momento per colpirlo e si mosse per attaccare, ma la lama di Tresan saettò e un rivolo di sangue scorse sulla gola sudata del Governatore.

«Non osate! O ne farò carne da macello.»

Si gettò il mantello sulle spalle e intimò a Mardun di arretrare, uscendo dalla stanza.

«Ordinate alle vostre guardie di non muoversi.»

Zancaner obbedì. Uscirono insieme e, una volta fuori, Tresan rinchiuse dentro la scorta armata che si addossò ai battenti, urlando a gran voce. Le guardie nel corridoio puntarono su di loro lance e daghe, ma nessuno osò colpire.

«Fermi, idioti!» tuonò il Governatore, mentre Tresan gli passava il braccio armato attorno al collo. «State indietro!»

Passi veloci riecheggiarono sui pavimenti di marmo e un capitano urlò dal fondo del corridoio che i Davlèjn stavano lasciando il palazzo assieme a una delle concubine dell'harem. Non appena vide che il suo signore era stato preso in ostaggio, s'immobilizzò.

«Lasciateli andare, capitano» gl'ingiunse Tresan. «E fate passare anche me. Avete la mia parola che, se non ci nuocerete, al vostro padrone non verrà torto nemmeno un capello.»

«Della parola di chi dovrei fidarmi, signore?»

«Di Tresan Hardan di Elvaner.»

Il volto dell'ufficiale divenne ancor più pallido. «Il tenente che ha seminato terrore alla piana di Gharr» mormorò, con deferenza.

Tresan accennò un sorriso. «La mia fama è già giunta sin qui?»

«Vi precede di molti giorni. Un'impresa quasi sovrannaturale, signore.»

Mardun si agitò, a disagio. «Se avete terminato di scambiarvi convenevoli» intervenne, aspramente. «Vi chiederei la cortesia di lasciare il mio palazzo, Hardan.»

«Non chiedo altro, Governatore. Andiamo.»

Lo spinse lungo il corridoio fino al cortile principale, illuminato da molte lampade a olio, dove i suoi compagni stavano impegnando i soldati in una battaglia.

«Richiamateli» comandò Tresan e Mardun, dopo aver deglutito rumorosamente, gridò che tutti si fermassero. I capitani ripeterono l'ordine e le guardie abbassarono le spade, perplesse.

«Che i cancelli vengano aperti e che le sentinelle si allontanino» sibilò Tresan e, a denti stretti, il Governatore impartì il comando, che venne ribadito con voce tonante da un capitano. I soldati spalancarono le inferriate e lasciarono la loro postazione. La via per la fuga era aperta.

Allaras, vestita nuovamente come un Davlèjn, arrivò in sella al suo castrato, conducendo Zelin per le briglie e si fermò davanti a Tresan. Lui si guardò attorno per accertarsi che non mancasse nessuno. I compagni erano tutti in sella ai loro destrieri e Sheraen aveva preso un cavallo morello dalle scuderie personali di Zancaner.

«Ragazza!» la chiamò Mardun, indignato. «Quel cavallo mi appartiene!»

«E ora è mio» rispose lei, con altero disprezzo, tirando le redini per trattenere gli scalpiccii inquieti del destriero. «Non chiedo altro, come ricompensa per avervi servito per un anno, *mio signore*.»

«Anche se fuggi, sei una mia proprietà, maledetta sgualdrina!»

Tresan lo colpì alla schiena, gettandolo in ginocchio sul selciato.

«Scusatevi immediatamente per la vostra impertinenza!» gl'intimò, puntandogli la spada fra gli occhi.

«Mai!» Zancaner era rosso di stizza. «È stata ceduta a me e si comporta come una donnaccia libera!»

«Forse, perché non l'hai mai trattata con la dignità che di solito si riserva alle proprie spose!»

Sentì una rabbia cieca montargli dentro, come quando si trovava nella Piana di Gharr, e fu certo che avrebbe perso ancora una volta il controllo, se Tedrov non l'avesse richiamato.

«Nipote! Saluta il nostro ospite e partiamo.»

Tresan abbassò la spada già sollevata a metà. «Sei fortunato, Mardun» mormorò. «Ma prima che vada, permettimi di omaggiarti come meriti.»

Con un movimento fulmineo, sollevò una gamba e lo scalciò sul mento, scaraventandolo a terra quasi tramortito. Afferrò le briglie di Zelin e balzò in sella. Zancaner si raggomitolò piagnucolando su se stesso, il volto fra le mani, implorando che non lo calpestasse.

«Non sporcherò la mia cavalla con il tuo lurido sangue» lo rassicurò Tresan, e imbracciò lo scudo appeso al pomo, pronto per difendersi.

Ora che il loro signore era libero, i soldati Zancaniani risollevarono immediatamente le armi.

I tre giovani Davlèjn e Tedrov lanciarono i cavalli verso i cancelli spalancati e Tresan affiancò Sheraen per galoppare con lei, quando una vocina vinse le grida dei soldati e i due si volsero. Tresan vide Génie correre verso Sheraen, proprio mentre Zancaner risaliva la scalinata del pa-

lazzo, sorretto da due uomini, e urlava ai propri uomini di fermarli.
«Abbatteteli! Chiudete i cancelli!»
Gli arcieri puntarono su Sheraen e Tresan, e le frecce li sfiorarono nella notte aranciata dalle lampade a olio.
«Dannazione!»
Era la voce di Avarch, che si stava dirigendo all'uscita ma aveva subito voltato il cavallo per correre in loro difesa. Tresan allungò una mano per issare la piccola in sella e con l'altra sollevò lo scudo per difendersi dagli assalti dei nemici.
Génie cercò di balzare sulle staffe, ma perse la presa e ricadde a terra.
«Va' via» gridò Tresan a Sheraen. «Copritemi, colonnello Avarch. Prendo la bambina.»
«Attento!»
Ancora mentre parlava, Sheraen scagliò il proprio pugnale contro la gola di un soldato che stava tendendo l'arco per colpirli. L'uomo crollò a terra con un grido soffocato. Era stato un lancio perfetto, ma ora lei era disarmata. Incurante del pericolo, Sheraen fece roteare il cavallo e si abbassò per prendere Genie fra le braccia. Troppo tardi Tresan vide un'altra guardia prendere la mira dall'ombra del palmeto.
«Rimani giù!» le gridò, ma un attimo più tardi la vide sussultare e accasciarsi sul suo cavallo, trafitta alla spalla destra. Génie ricadde fra la polvere, disperata.
«Lasciate a me la serva, Tresan» urlò Avarch. «Portate via la ragazza, o l'ammazzeranno!»
Tresan obbedì. Afferrò le redini del morello di Sheraen e si gettò al galoppo verso i cancelli, dove i Davlèjn e Tedrov lottavano con le guardie perché non venissero richiusi. Non si volse fino a quando non li ebbe superati e allora si accorse che i suoi compagni lo seguivano spronando i cavalli a perdifiato. Avarch aveva raccolto Génie e la teneva davanti a sé, e la ragazzina gli si era accucciata contro come un gattino fiducioso. Allaras li aveva preceduti e aveva avvisato il comandante della nave del loro arrivo. I marinai erano pronti a sciogliere gli ormeggi non appena l'ultimo cavallo avesse varcato la passerella. Li attendevano fremendo alla luce delle torce che si riflettevano nell'acqua scura del porto. Li videro giungere al galoppo, Tresan in testa e Sheraen china sulla criniera

del cavallo, con una freccia conficcata nella spalla. Dietro c'erano i tre giovani Davlèjn, Tedrov e il maestro d'armi Avarch con una ragazzina.

Il gruppo irruppe rumorosamente sulla nave e i marinai si affrettarono a rimuovere la passerella. Quando i cavalieri di Zancaner giunsero al porto, la nave si stava già staccando dal pontile, puntando verso l'Isola Madre di Rovanea.

«Chi può occuparsi di Sheraen?» domandò Tresan, quasi senza fiato. La ragazza, china sul cavallo, respirava con fatica ed era pallida anche sotto la fiamma rossastra delle torce.

«Io» rispose Tedrov, affidando il proprio destriero a un mozzo. «Portala nella mia cabina, nipote. Non la perderemo, dopo aver rischiato tanto per salvarla» S'accostò al morello e sfiorò il viso di Sheraen con una mano. «Dovrò estrarre la freccia dalla spalla, Sherry. Hai erbe medicinali, nella sacca che hai assicurato alla sella?»

«Non viaggio mai senza» biascicò lei, a fatica. «Ho estratti di melissa, calendula, tè di datura e altro ancora. Génie... Dov'era? Non riuscivo a trovarla.»

La voce di Tedrov divenne quasi carezzevole. «Ora è con noi, cara. Non sforzarti di parlare, è andato tutto bene. Tu!» chiamò un servo. «Ho bisogno di acqua calda e panni puliti. Subito.»

Sheraen cercò di smontare dal cavallo, ma la vertigine la colse e non cadde solo perché le braccia di Tresan la presero, facendola scivolare dolcemente giù di sella. «Non muoverti, ti aiuto io» le disse e, reggendola in braccio, la condusse sottocoperta.

Avarch li seguì con lo sguardo, ma si riscosse non appena si accorse che la piccola Génie, ferma accanto a lui, lo stava guardando, adorante.

«Grazie per averci salvate, signore» lo ringraziò. «Eravamo stanche di essere punite e battute a ogni capriccio del Governatore e degli Eunuchi.»

Avarch si chinò su di lei e vide che era minuta e pallida, e vestita di stracci. Sicuramente, aveva sofferto la fame e il freddo, nella lussuosa corte di Zancaner. D'impulso, la trasse in un forte abbraccio, come se l'avesse voluta proteggere dal suo passato ancor più che dal futuro che l'attendeva. E mentre i capelli arruffati di Génie gli solleticavano il viso, pensò: *quali altre miserie si abbatteranno su queste popolazioni deboli e sottomesse, ora che Zancaner ha dichiarato apertamente la propria ribellione a Re Farsnar e ha reso palese la propria alleanza con l'imperatore Su'Meeramjtra?*

Il vento che soffiava sopra coperta lo schiaffeggiò con violenza e la bambina fu scossa da brividi di freddo. Tenendo Génie per mano, il colonnello s'avviò verso la scala per scendere sottocoperta e mentre posava il piede sul primo gradino lo raggiunse l'atroce urlo di dolore di Sheraen.

«Sta' tranquilla» sussurrò a Génie, che era sobbalzata per la paura. «Sopravvivrà.»

Quella notte, Avarch dormì nel suo giaciglio con Génie abbracciata contro il suo petto. La ragazzina sorrideva nel sonno. Per la prima volta, da quand'era nata, dormì serenamente, ringraziando il Dio Odrisio e tutti gli Dèi delle terre conosciute per averla liberata dalla schiavitù.

6

I primi fuochi delle retrovie rovaneane erano già stati accesi, quando il drappello con l'insegna del grifone dorato in campo azzurro, emblema di Re Farsnar, raggiunse le colline affacciate sullo Stretto del Mare del Grifone. L'aria era pungente, nonostante fosse quasi estate, ma il tramonto, oltre le fronde ricurve delle palme era limpido e magnifico.

Cinque soldati capitanati da Argen di Pull li avevano raggiunti al porto di Costa del Fuoco, dov'erano attraccati con la galea dei rifornimenti e, mentre li scortavano all'accampamento, un tamburino era corso al padiglione del re per annunciare l'arrivo di Madama Astrid e del Davlèjn Helgar Ven Mrinall di Is'lenderr. Farsnar e Aldric li attendevano nella penombra del cortinaggio sull'ingresso e quando il drappello s'avvicinò, un sottufficiale si avvicinò per aiutare Astrid a smontare di sella.

«Benvenuta fra noi, Illustrissima» la salutò il re, abbracciandola. «La vostra grazia porta un raggio di speranza sui nostri animi piagati dalla guerra.»

Lei si tolse il velo e lo baciò sulle guance. «Sono più impolverata di una mendicante» sorrise. «Il viaggio è stato arduo, ma non esiterei a ripercorrerlo, passo dopo passo, per raggiungervi. Aldric, carissimo...» Gli prese le mani e lo baciò sulle guance. «Dopo l'imboscata, Tresan è tornato a Pringel, e ha giurato di servire Elvaner e l'Arcipelago secondo il tuo precetto. Puoi essere fiero di lui.»

«Lo sono, Astrid. Gli hai consegnato l'anello?»

«Sì. É pronto per diventare il tuo legittimo erede, se così vorrai.»

Il volto di Aldric si contrasse in uno spasimo di sofferenza. «Il re si rimette al tuo giudizio per dichiararlo ufficialmente al Consiglio Reale. Ci sono speranze di salvare la virilità di Rupens?»

«Lascia che riposi e poi lo visiterò. Puoi far rinfrescare anche i soldati che mi hanno scortata fin qui?»

«Naturalmente. Chi sono? Riconosco il ragazzo biondo e i coscritti del generale Meran, ma non il giovane che si sta inchinando al re.»

«Permettimi di presentarti Helgar Ven Mrinall di Is'lenderr, il miglior Davlèjn che mio zio Volèn abbia mai addestrato... dopo di te.»

«Suvvia, Astrid, non mi deridere» si schermì Aldric. «Ero un buon guerriero, ma la fama di Ven Mrinall è di gran lunga superiore alla mia. Onorato di conoscervi, cavaliere.»

Gli rivolse il saluto Davlèjn, sfiorandosi la fronte, le labbra e il cuore, e Helgar glielo restituì con un inchino.

«Ho l'onore di conoscere vostro figlio Tresan, Sopracavaliere. Gli Dèi hanno teso la mano su di lui.»

A quelle parole, Aldric rabbrividì. Cogliendo il suo turbamento, Farsnar invitò gli ospiti nel suo padiglione e a un suo cenno gl'inservienti versarono vino nei calici d'argento e servirono un vassoio con focacce al miele. Aldric arrotolò le mappe dispiegate sul tavolo e fece accomodare Astrid su un elegante sgabello, accanto al faldistorio del re. Helgar e Rhodis le sedettero davanti, ma gli uomini della scorta preferirono abbeverarsi con i soldati e chiesero al sovrano licenza d'allontanarsi.

«Preferite il vino annacquato dei miei uomini al prezioso sidro di Rovanea?» rise Farsnar. «Andate, ma non scordate di erigere una tenda per Madama Astrid, vicino alla mia. Se avete bisogno di coperte, signora, il mio letto ne ha più di quante me ne servano e la vostra ancella potrà prenderne quante ne desiderate.»

«Siete troppo generoso, signore» lo ringraziò lei. «Ma non dovete disturbarvi per me. Abbiamo portato coperte per tutti e una piccola tenda per me. Helgar si è offerto di dormire con gli altri soldati e Rhodis l'accompagnerà.»

Entrarono altri valletti, il vino spumeggiò nei calici e l'acqua fresca ravvivò le gole riarse dalla polvere e dal freddo secco della costa. Il padiglione del re era tiepido ed elegante: era difficile credere che a breve distanza, sulle isole conquistate, sorgesse l'accampamento nemico, ma un sinistro silenzio incombeva sui campi d'arbusti e, mentre risalivano fra le tende, Astrid aveva notato un fazzoletto di terra smossa e aveva intuito che fosse il cimitero da campo dei soldati del re. Non udiva canti, fra le tende, ma soltanto il clangore dell'incudine che batteva sul ferro di una spada. Nell'aria si respirava una tensione di guerra; nemmeno i gabbiani osavano alzarsi in volo e gridare nel cielo.

«I Valmādrian erano accampati più a sud, secondo gli ultimi dispacci» disse Astrid, rivolta al re. «Si stanno spostando nella speranza di trovare un varco fra le isole sentinella per scendere in Rovanea?»

«Sì, madama. Combattiamo da quasi due mesi per difendere uno scoglio che poi perdiamo allo scontro successivo. Presto o tardi dovrà accadere qualcosa di decisivo, o trascorreremo l'estate a giocare a battaglia navale come i ragazzini... E né noi né i Valmādrian possiamo permetterci un simile spreco di risorse economiche.»

Astrid annuì. Aveva visto centinaia di battaglie, durante la sua lunga vita e non aveva dubbi che quella tregua non sarebbe durata a lungo.

«Potete resistere ancora, su questo fronte o, per ritardare la discesa dei nemici è necessario imporre un eroico sacrificio agli uomini e alle donne di Rovanea?»

Il re fissò il fondo del vino e fece dondolare il calice, pensoso.

«Gli uomini sono stanchi, ma determinati» rispose. «Gli informatori ci hanno riferito che i Valmādrian non hanno più provvigioni di noi e forse neppure più soldati di quanti ne siano raccolti in questo campo. Dobbiamo combattere e vincere, o morire. Se ci ritirassimo ora, spalancheremmo al nemico i cancelli di Rovanea e le spose piangerebbero sulle tombe dei loro uomini e le madri vedrebbero i figli più indifesi trafitti dal ferro nemico.»

Qualcosa nella sua voce s'increspò, e a lei parve di seguire il suo pensiero, giù, verso la città di Druill, dove suo figlio, Malcolm il Pazzo, viveva assieme alle guardie e a una governante. Se i Valmādrian avessero sfondato la resistenza reale, non avrebbero avuto problemi a sciamare lungo le coste di Rovanea e a raggiungere il palazzo in cui dimorava lo sventurato principe. Represse a stento un brivido, al pensiero di quello che gli avrebbero potuto fare, prima di ucciderlo... Malcolm aveva più di trent'anni, ma era nato spastico, deforme ed epilettico. Nell'aspetto assomigliava a un bambino, non camminava e non parlava, e non avrebbe potuto difendersi in alcun modo dalla brutalità dei soldati. Alla mente le corsero immagini di lotta e vide gli occhi azzurri del principe spalancarsi con terrore su alcuni cadaveri Valmādrian, riversi sul pavimento della sua stanza. Una ragazza dai capelli castani intrecciati assieme a ciocche ramate apparve sulla porta, con la spada in pugno e un'espressione terribile sul volto. Poi la visione disparve. Ad Astrid mancò il respiro. *É solo paura,* cercò di calmarsi e si accorse di respirare con affanno. *Farsnar fermerà i ribelli, i Valmādrian non si addentreranno così in profondità, nelle nostre terre... O ci riusciranno?*

Scacciò quei pensieri con fastidio. Erano i vaneggiamenti di un animo che aveva visto fin troppi orrori, nel suo passato; ma non era detto che si sarebbero ripetuti, questa volta.

«Vogliano gli Spiriti risparmiarci il martirio di tante giovani vite» pregò, in risposta alle parole di Farsnar, e Aldric commentò, sottovoce:

«Esistono sorti peggiori della morte.»

In quel momento, i lembi della tenda si scostarono e un soldato nerboruto entrò portando in braccio un uomo che sembrava il riflesso ringiovanito del Sopracavaliere di Hardan. Astrid soffocò a stento un gemito di pietà, riconoscendo il decaduto erede di Elvaner e l'orgoglio degli Hardan. Rupens era smagrito, da quando aveva lasciato l'isola per affiancare il sovrano nel Mare del Grifone, e i suoi tratti squadrati erano induriti dalle privazioni e dalla sofferenza; ma gli occhi, scuri e luminosi, conservavano la vivacità e l'intelligenza di un tempo.

Il soldato fece distendere Rupens su un giaciglio, vicino al tavolo e gli offrì del vino, ma il giovane generale rifiutò e tese la mano verso Astrid, lieto di rivederla.

«Venite qui, madama, e salutatemi» la chiamò. «O vi siete già scordata di me?»

Lei lo baciò sulla fronte e gli accarezzò i capelli con affetto. «Scordarmi di te? Mai! Come ti senti?»

«Ho perduto la sensibilità di gran parte del corpo» rispose lui, con tono rassegnato, ma fermo. «Il mio solo sollievo è quello di non soffrire. Almeno, gli Dèi non sono stati del tutto spietati, con me.»

«Più tardi ti visiterò, se me lo consentirai.»

Rupens ebbe un fuggevole sorriso... il riflesso di una speranza.

«Benedirei anche gli Spiriti degli Inferi, se le vostre mani potessero guarirmi, signora... Ma vedo che avete portato degli amici, con voi, un cavaliere biondo e un Davlèjn.»

Helgar gli s'inginocchiò accanto e gli strinse il polso.

«Mi chiamo Helgar Ven Mrinall di Is'lenderr, servo del re. La mia spada e il mio braccio sono al vostro servizio, Nobile Hardan.»

«Sono lusingato della vostra offerta e temo che dovrò accettarla. Ma sarebbe stato dovere di mio fratello porgermi l'elsa della sua spada per proteggermi dal nemico. Dov'è Tresan, madama?»

Astrid chiese a Rhodis di uscire e il ragazzo s'alzò, sospirando.

«Ma perché?» protestò. «Lo sanno tutti che è partito con Romisan Vilkaster per Zircana...»

«L'hai mandato in Zircana, Astrid?» domandò Aldric, sorpreso, e la dama contrasse le labbra, irritata. «Rhodis, non dire sciocchezze, per favore!»

«Non sono sciocchezze» s'impuntò il ragazzo. «Aæril di Zeln ha tentato d'assassinarlo e voi l'avete mandato lontano per proteggerlo. Che male c'è?»

«I Clan d'occidente hanno cercato d'assassinarlo?» Rupens spalancò gli occhi, incredulo. «E non mi hai detto nulla, padre?»

«Lo ignoravo anch'io» Aldric era confuso. «Astrid, per amore degli Dèi, cos'è accaduto ancora? Rhodis, rimani pure, ma conserva il segreto, se non vuoi che ti tagli la lingua con la mia stessa spada!»

Il re accavallò le gambe sul pesante scranno intarsiato, intrecciando le mani sulla cintura.

«Aldric mi ha raccontato dell'imboscata tesa dai Valmādrian alla Piana di Gharr, ma speravamo che dopo quella strage gli attentati si fossero acquietati. Invece, voi ci svelate che fra i Clan d'occidente si celano dei traditori, madama.»

Astrid narrò dell'aggressione in cui Aæril aveva tentato di rapire Tresan e della sua decisione d'inviarlo ad Aldemar. «L'isola di mio zio è protetta da venti incantati. Nessuno potrà nuocere a Tresan, fino a quando resterà lassù.»

«Aæril deve solo sperare che il ragazzo torni vivo da suo padre, altrimenti del suo nome non resterà neppure un ricordo nei libri di storia!» giurò il re, furente.

Ma Aldric fissava Astrid con cipiglio. «Non è solo per questo che l'hai allontanato dalle Isole, vero?»

«No. Tu sai perché.»

Il Sopracavaliere strinse un pugno sopra il tavolo, tremando. «Perché un fardello tanto gravoso si è abbattuto proprio sulle sue spalle?» gemette. «È soltanto un ragazzo...»

In quel momento i servitori del re entrarono con la cena, un pasto frugale: poche verdure e un po' di formaggio con qualche fetta di pane. Soltanto la tovaglia ricamata e il servizio decorato con polvere d'oro suggerivano che era il banchetto del sovrano e non la mensa dei soldati semplici.

«Questa sera sarete miei ospiti, signori» disse il re. «Anche tu, Rhodis di Allentar. Ho saputo che tuo padre è stato barbaramente ucciso dai Valmādrian durante l'imboscata di Gharr, e ne sono addolorato. Posso fare qualcosa per te?»

«Sì, sire. Annientateli e restituite la pace a Misrenea.»

«La tua è una richiesta degna di un guerriero» approvò Farsnar, compiaciuto. «Ma neppure io, che sono il sovrano di tanti regni, posso assicurarti la pace. Tuttavia ti prometto questo: se Misrenea cadrà, io sarò con lei e mai infangherò la memoria degli eroi che hanno ceduto la loro vita per la salvezza del nostro popolo.»

Dopo cena, i soldati si radunarono attorno al fuoco e cantarono scollacciate canzoni di campagna, passandosi la birra appena spillata in alte caraffe di terracotta. Helgar sedeva su una roccia, sotto le palme affacciate sulle acque placide del Mare del Grifone, e li osservava sorridendo, mentre il re, in piedi fuori della sua tenda, ascoltava a occhi chiusi.

«Una donna affascinante tempra l'animo dei guerrieri ancor più di una vittoria» disse ad Astrid, che era uscita assieme a lui. «Non cantavano così da molti giorni, sapete? La vostra visita ha restituito loro la speranza e la bramosia di ritornare alle loro case, alle mogli e ai figli abbandonati.»

Ma, nella tenda, Aldric pensava, e le sue meditazioni erano affollate da pensieri di guerra e vendetta. Chino su una mappa fermata ai bordi da quattro candelieri di bronzo, seguiva con un dito una battaglia immaginaria sulla costa.

«Potremmo attaccarli anche domani, Farsnar» propose. «Se gli uomini sono rinvigoriti dalla visita di Madama Astrid, dobbiamo approfittarne. Ma di' al cuoco di richiudere i barili di birra, se non vuoi scendere in campo con squadroni di fanti e marinai ubriachi!»

«Un po' di birra li corroborerà» obiettò il re, rientrando nel padiglione, seguito da Astrid. «E questa notte i Valmādrian non ci attaccheranno. Le sentinelle non hanno segnalato nessun movimento sospetto, sul mare, e Pani è troppo chiara per favorire un attacco a sorpresa. Arrotola la mappa e va' a riposare. Che questa notte ti porti un sereno riposo, amico mio.»

Aldric digrignò i denti come un lupo. «Le mie notti non saranno serene se non quando avrò ricacciato quei dannati Valmādrian sulle loro isole» ribatté. «Non attendiamo il loro attacco e sorprendiamoli scendendo lungo questo canale» Mostrò una striscia azzurra sulla cartografia, laddove le isole formavano un piccolo stretto. «Di solito non è consigliabile passare quaggiù, con navi da guerra, ma...»

«Da qui, dici?» Il re si avvicinò al tavolo, osservando la mappa. «É un azzardo, e avevamo già deciso di passare per quest'altra via...»

Iniziarono a discutere di tattica e Astrid chiese licenza d'allontanarsi. Passando sotto un filare di pini marittimi si recò nella tenda che Aldric divideva con il figlio. Rupens giaceva sveglio nel suo giaciglio e l'accolse con un grande sorriso. Si lasciò spogliare e visitare senza timore ma, com'era già accaduto durante le visite degli altri medici, non riuscì a sentire il tocco delle sue mani, dai lombi in giù. Anche quando la visita divenne intima non avvertì nulla. Chiuse gli occhi, cercando di rievocare le sensazioni che aveva condiviso con le sue donne, ma era come se lei fosse stata dall'altra parte della tenda. *Forse devo solo essere paziente e con il tempo tutto tornerà come prima,* cercò di rassicurarsi. Confidò fino all'ultimo che Astrid gli restituisse la speranza di guarire, ma l'ascoltò senza scomporsi, quando lei riconobbe che il danno era troppo esteso e intrattabile perfino per le sue esperte capacità di guaritrice.

«Quindi non potrò aver figli?» mormorò.

«Quella parte di te è come se fosse morta» Astrid scosse il capo, rammaricata. «Mi dispiace... mi dispiace immensamente.»

Con un gesto lento, Rupens si sistemò una coperta sulle gambe inerti.

«Allora presumo d'aver perso il diritto di diventare Sopracavaliere» Si appoggiò contro i cuscini sollevati e anche se era pallido, il suo volto era fermo e risoluto. «Sono stato un idiota a non prender moglie quando mio padre me l'ha proposto, ma chi avrebbe mai pensato che avrei potuto ridurmi in queste condizioni? Darei tutti gli anni che mi restano da vivere per potermi alzare anche un momento soltanto e correre sulle mie gambe assaporando il vento di Va'nel sul volto...»

Non pianse, sebbene gli occhi fremessero allo sfavillio della candela accesa. Astrid gli passò una mano fra i capelli scuri, come se fosse ritornato il bambino che talvolta aveva tenuto sulle gambe, prima della nascita di Tresan, e lui accettò quella carezza con affetto.

«Ditemi la verità, signora» disse poi, quando lei si scostò, sedendo fra i cuscini sul tappeto. «Vostro zio voleva mio fratello fin da quand'era piccolo e ora è riuscito ad averlo fra i suoi seguaci. È forse responsabile del tradimento di Aæril e dell'imboscata a Gharr?»

«Per i tuoi Avi, no! Come puoi pensarlo? Da quando sono nata, sono stati commessi molti misfatti, nel nome di Misrenea, ma ti assicuro che Volèn non ha mai nuociuto a Tresan né mai lo farà.»

«Mio padre mi ha detto che Aæril di Zeln ha cercato di sollevare i Clan contro Elvaner diffamando Maribelna.... É vero?»

«Sì. É stato un pretesto vile e comunque vano. Molti Mav hanno giurato amicizia a tuo fratello, dopo lo scontro a Gharr, e hanno rinnovato la loro lealtà, quando Aæril ha cercato di rapirlo per la seconda volta.»

Rupens chiuse gli occhi, pensoso. «Tresan non avrebbe dovuto permettere a quella donna di fuggire. Ora più che mai ha bisogno di una moglie che gli dia un erede e rafforzi il suo dominio su Elvaner. Io l'aiuterò a governare, se me lo chiederà, ma non potrò essere il suo successore... Soltanto il suo cancelliere.»

«E questo ti addolora? Ambivi al titolo di Sopracavaliere?»

I tratti di Rupens erano tesi dalla sofferenza. «Sono stato educato per governare, alla morte di mio padre» disse, a labbra contratte. «Sarei stato un buon signore per il mio popolo e un vassallo devoto al re. Non odio mio fratello per aver preso il mio posto» precisò, e i suoi occhi scuri divennero di brace, nella penombra della tenda. «Difenderò Tresan da chiunque lo insidierà e lo sventurato che oserà alzare le armi su di lui rimpiangerà il giorno in cui è nato. Però...» E la sua voce s'impastò di malinconia «È penoso svegliarsi al mattino e sapere che non scenderò più dal letto con le mie gambe e che quando sarò vecchio non servirò a niente... Quassù, il re mi chiama al suo cospetto perché sono uno dei migliori strateghi del suo esercito. Ma cosa accadrà, quando la guerra sarà finita ed io ritornerò, infermo e inutile, nel palazzo di mio padre?»

Astrid gli sfiorò una mano con dolcezza. «Tresan avrà bisogno di te allora più che mai» lo rassicurò. «Sei stato il suo idolo per molti anni e ti venera sopra ogni altra cosa. Forse non avrai un figlio che porti il tuo nome, ma potrai trovare una donna disposta a condividere la sua vita con te e non morirai circondato da servi sdentati, senza il conforto di un parente che ti stringa la mano...»

Rupens serrò le palpebre e la mascella gli tremò nello sforzo di frenare il pianto. Sentì una lacrima solcargli il volto e, vergognandosi della propria debolezza, chinò il capo, pregando la dama di lasciarlo solo.

Astrid gli strinse la mano, un silenzioso saluto, e raggiunse il re, ancora chino con Aldric sulle mappe srotolate sul tavolo. Con poche, semplici parole, confermò la diagnosi dei chirurghi reali, e Farsnar la fissò angosciato. «Ne siete sicura, signora? Non c'è speranza che si riprenda, con il passare del tempo? A volte, accade...»

«Mio re, in tremila anni di vita non ho visto avverarsi molti miracoli... Non accadrà neppure questa volta.»

«Se è la vostra ultima parola, domani la trasmetterò al Consiglio Reale» Il re cercò un segno d'approvazione sul volto di Aldric, all'apparenza impassibile, lo sguardo fermo davanti a sé. Gli posò una mano sulla spalla, affranto. «Mi dispiace, amico mio. Se la situazione è questa, non ho altra scelta...»

Il Sopracavaliere tacque, ma spostò la sua attenzione su Astrid. La fissò a lungo, poi accennò un triste sorriso. «É buffo, sai, scoprire che il destino dei miei figli non è mai stato davvero nelle mie mani, ma solo nelle tue» Lei ebbe un lieve sussulto, non si era aspettata quell'osservazione. «Nonostante i miei divieti, sei riuscita a mandare Tresan su quel vulcano spento e ora una tua parola ha spodestato definitivamente Rupens dalla successione.»

«Aldric...»

Ma prima che anche Farsnar intervenisse, Aldric aggiunse, mentre una lacrima gli bruciava il volto duro: «Non volermene, Astrid, come io non odio te. La mia è solo l'amara constatazione di un padre che si sente inutile e impotente. Con permesso, mio signore.»

S'inchinò rigidamente al re e lasciò la tenda. Farsnar invitò Astrid a sedersi per discuterne, ma lei chiese licenza di congedarsi. Uscì avvolgendosi nel mantello, turbata dalla reazione di Aldric; poi si disse che era solo un padre disperato, e non le avrebbe portato rancore. Evitando il cerchio allegro dei soldati, si ritirò nella propria tenda. Si era appena assopita, quando venne visitata dalla vampa di un presagio: l'accampamento ardeva in un vasto incendio e Rupens gridava, indicando qualcosa, ma non riuscì a distinguere che cosa fosse. Si ridestò affannata, chiedendosi se avesse soltanto sognato o se avesse previsto un evento che non si era ancora avverato. *Stolta,* si accusò*, non hai più il dono della preveggenza. Era solo un sogno...* Il mattino seguente il campo era vivace, e le sentinelle non riferirono nessun movimento sospetto sulle sponde nemiche.

Nei giorni successivi, iniziarono le prime scaramucce in mare. I Valmādrian attaccarono più volte sottocosta, senza esito, e quando l'ammiraglio di Farsnar tentò un assalto alle isole occupate dal nemico, le sue galee vennero ricacciate indietro. Una nave venne speronata così da vicino che s'aprì una falla nella chiglia e non naufragò in mare aperto solo perché il comandante riuscì a riportarla nelle vicinanze della terraferma, dove s'incagliò fra gli scogli bassi. Il re diede l'ordine di recuperarla, ma ormai non c'era più nulla da fare e preferì darle fuoco, piuttosto che abbandonarla in balia dei nemici.

Seguirono giorni di calma surreale, che accrebbe la tensione fra i soldati e i comandanti. Aldric era sempre più inquieto e disegnava arditi piani d'attacco per costringere i vascelli Valmādrian a passare attraverso gli stretti fra le isole, nella speranza che si arenassero tra gli faraglioni.

«É rischioso, ma un buon comandante saprebbe guidare anche la più imponente delle tue galee senza scalfirla nemmeno con un graffio» ripeteva a Farsnar, con enfasi. «Li assaliremo per mare e non potranno fuggire se non gettandosi in acqua, e le acque gelide del Mare del Grifone ucciderebbero anche gli Ægatoriani più robusti. Li stermineremo come formiche, e Damon e Su'Meeramjtra comprenderanno che non è facile piegare la marina rovaneana!»

La risposta del re, tuttavia, non cambiava: «No, Aldric, è troppo pericoloso e non intendo esporre nessun uomo a un simile rischio. Gli uomini ti adorano e ti seguirebbero anche fra i ghiacci dell'inferno di Kajan, se glielo chiedessi. Ma sei il mio amico più caro e il reggente di Malcolm, e devo proteggerti a qualunque costo.»

Anche Rupens era in disaccordo con il padre e ogni tanto osservava, in tono sarcastico, che ora comprendeva perché Tresan avesse idee tanto stravaganti, in battaglia. «Ha preso da te» sogghignava, ma la strana luce che brillava negli occhi di Aldric gli faceva morire rapidamente ogni sorriso.

«Sente che le forze lo stanno abbandonando, non è vero?» domandò una sera ad Astrid, mentre si lasciava medicare la schiena lacerata. Erano soli. Il principe giaceva prono fra i cuscini del giaciglio e su di loro tremolava soltanto la luce dorata di una lampada.

«Anche se non ne parla, temo di sì» Con mano leggera, Astrid spalmò un unguento a base d'argento nella piaga, dove i muscoli erano stati artigliati e strappati dalla mazza ferrata. «Ogni tanto lo sento tossire in un modo che mi strazia. Non ti capita mai di sentirlo respirare male, nel sonno?»

«A volte, sì. Non potete fare nulla per aiutarlo?»

«Gli somministro da tempo una medicina, senza che se ne accorga, ma non sta facendo molto effetto. I suoi polmoni sono troppo compromessi.»

«Morirà presto, allora?» La voce di Rupens era incrinata. «Per questo ha voluto definire al più presto la successione del Sopracavalierato... Ormai, a Lanthard sapranno che ha scelto Tresan come erede, al posto mio.»

. «Solo agli Dèi è dato di sapere quando un uomo morirà» osservò Astrid, richiudendo la boccetta con l'unguento. «E se conosco abbastanza bene tuo padre, so che farà di tutto per beffarsi anche delle loro previsioni. Ora puntellati sui gomiti, così che ti possa bendare.»

Due giorni più tardi, i Valmādrian orchestrarono un'altra schermaglia in mare, ritirandosi dopo un paio d'ore di battaglia, e per Aldric era sempre più evidente che i ribelli li stessero soppesando nella prospettiva di organizzare un attacco massiccio a Costa del Fuoco. Era sempre più teso, mangiava poco e tossiva con violenti accessi, macchiando il palmo della mano di sangue vermiglio.

«Attacchiamoli» insistette un mattino, al tavolo della colazione. Rupens annuì, ma ancor prima che parlasse, il re sospirò cupamente: «Gli uomini sono ancora stremati dagli ultimi scontri. Imporre un attacco significherebbe inviarli tutti al macello.»

Aldric arrossì di collera. «Attendere che i nemici grandinino su di noi come la tempesta in estate non è una strategia più prudente, Farsnar!» scattò.

Cogliendo l'occhiata severa del re, Rupens intervenne, in tono conciliante: «Un attacco a sorpresa potrebbe disorientarli, sire» ma Farsnar sbottò, spazientito: «Per le ossa di tutti i demoni, vi siete alleati contro di me, voi Hardan? Aldric, non provocherò una strage fra i soldati e i marinai che mi hanno giurato fedeltà soltanto perché non sai tenere a bada la tua impazienza! Prega gli Dèi che i Valmādrian siano sfiancati quanto noi e non abbiano forze per affrontarci. Se oggi dovessero attraccare sottocosta e sciamassero su di noi, sarebbe la fine.»

La fine. Quel pomeriggio, mentre il sole era una vampa accecante sulle distese rocciose, i Valmādrian si spalmarono due dita di grasso nero sotto gli occhi e si avvicinarono silenziosamente all'avamposto rovaneano. Con inatteso ardimento, risalirono i faraglioni e sterminarono le sentinelle di veglia. Ancor prima che venisse suonato l'allarme, le uniformi azzurre e argentate si abbatterono sull'accampamento nemico come un'onda mortale. Altre squadre Valmādrian aggirarono il campo e le distese fiorite e i torrenti s'arrossarono di sangue. I soldati misreneani, spossati da lunghi giorni di battaglia ma più fedeli al re che alla loro stessa vita, risposero all'attacco con coraggio e determinazione. Le poche donne che servivano nel campo – curatrici e qualche prostituta - cercarono rifugio nelle lande, dove vennero catturate e violentate dai nemici.

Obbedendo agli ordini di Aldric, Rodhis scortò Astrid nei boschi, ma quando fu certo che fosse al sicuro, il ragazzo impugnò la spada e ritornò di corsa all'accampamento, per combattere al fianco del re. Era la prima volta che partecipava a una battaglia e il cuore gli galoppava selvaggiamente per la paura e la concitazione. Nel correre lungo il sentiero verso il ciglio dei faraglioni, vide con sgomento due galee nemiche bruciare sotto la costa e quando irruppe nel campo fu investito dal fumo scuro e maleodorante degli incendi. Coprendosi la bocca con una mano, cercò di guardare oltre la cortina di fuliggine e scoprì che il padiglione del re era stato abbattuto. *Dannazione!* Tutt'attorno, c'erano confusione, urla, sangue e morte. Ridendo, i Valmādrian entravano nelle tende, trascinavano fuori i feriti e si divertivano a macellarli come animali. Agghiacciato, Rhodis pensò a Rupens, paralizzato nel suo letto, e aprendosi un varco fra i nemici corse verso la tenda degli Hardan. Era ancora eretta. Re Farsnar, in armatura leggera e in sella al suo destriero, la difendeva tenacemente assieme ad Aldric e ad altri sottoufficiali rovaneani. Ai loro piedi giacevano senza vita il servo Ar e due Davlèjn della guardia reale. Nell'impazzare della battaglia, Rodhis vide Argen di Pull incrociare la spada con un Valmādrian e cadere a terra, ferito a un braccio. Se la guardia avesse ceduto, pensò allarmato, per Rupens sarebbe stata la fine. D'impulso, cercò un modo per aggirare la tenda e liberare il principe. Con un ruggito, trapassò un nemico che gli era balzato addosso e lo gettò in disparte.

«Dannati barbari!» sputò.

Tagliò a fil di spada un lembo della tenda e nell'entrare schivò all'ultimo momento un pugnale con il marchio della fenice. Rupens, puntellato su un gomito nel suo giaciglio, abbassò il secondo coltello che stringeva fra le mani.

«Tu?» balbettò, incredulo.

«Sono venuto a portarvi in salvo, mio signore» Rhodis corse a inginocchiarsi al suo fianco. «Riuscite a reggervi con le braccia attorno al mio collo? Sì, così...»

Rosso in volto per lo sforzo, se lo issò sulla schiena e s'affacciò sul campo: attorno a loro la battaglia infuriava. Fuggire era impossibile.

«Lasciami andare, ragazzo, e salvati» protestò Rupens, cercando di sciogliersi dalla sua stretta. «La mia vita non è tanto dolce da meritare d'essere custodita. Deponimi qui e vattene...»

«Mai!» Si costrinse a muovere alcuni passi, ma Rupens era ancora massiccio e faticava a sostenerlo. Gli sembrava che il cuore gli scoppiasse nel petto e osò compiere solo pochi altri passi, barcollando; poi si fermò, scoraggiato. Fu allora che vide Helgar danzare nella battaglia. Non avrebbe saputo definirlo in un altro modo: il Davlèjn non lottava, danzava. Affascinato, s'impietrì a osservarlo. Era elegante e agile come una pantera, e la sua spada da lato, lunga e sottile, apriva varchi fra i guerrieri Valmādrian con apparente semplicità. Trapassò un avversario, s'impossessò della sua daga e affrontò un altro nemico brandendo due lame. Rhodis si sforzò di seguire i loro volteggi, ma i disegni erano troppo complessi e rapidi, e s'accorse dell'affondo soltanto quando il nemico stramazzò a terra, immerso nel proprio sangue. Mentre si rialzava, Helgar lo vide, sbaragliò altri due Valmādrian e gli si avvicinò correndo.

«Consegnami il principe e coprimi» gli ordinò, sollevando Rupens senza alcuno sforzo. Se lo caricò sulle spalle come un sacco di salmeria e insieme si allontanarono nella mischia. Ma ancor prima che avessero lasciato il campo, Rupens lanciò un grido rauco e batté un pugno contro il pettorale di Helgar, che s'arrestò.

«Per gli Dèi!» ansimò il principe, guardando verso il mare. «Padre, no!»

Aldric era rimasto isolato sulle falesie, ed era inginocchiato a terra, assediato da una decina di uniformi azzurre e argentate. Con orrore, Rupens vide una sciabola abbattersi su di lui, squarciandogli la cotta di maglia dalla spalla alla cintura. Urlò, ma il suo grido venne ingoiato dagli zoccoli del destriero di Farsnar, che si stava avventando sui nemici con dieci uomini per proteggere il Sopracavaliere.

Aldric non ebbe neppure il tempo d'accorgersi dell'arrivo dei soccorsi. Stremato dal combattimento, con l'armatura sventrata e le mani viscide di sangue e di sudore, alzò lo scudo per ripararsi dalle spade Valmādrian, ma subito lo lasciò ricadere a terra, senza forze.

«Oh, Dea...» invocò. «È la fine.»

Con gli occhi appannati dal sudore, guardò la buganvillea fucsia stracciata sotto i suoi piedi. *Quanto spreco di bellezza e di vita*! fu il suo unico pensiero.

Non vide la spada che gli trapassò la schiena, ma il dolore gli squarciò la mente come una folgore. Urlando, cadde fra l'erba, e attese che altre spade calassero su di lui. Ma nessuno lo colpì. Qualcuno stava disperdendo i Valmādrian che lo accerchiavano, e un attimo più tardi si sentì sollevare fra le braccia del re. Sforzò un sorriso, ma riuscì solo a tossire un fiotto di sangue.

Cercò Rupens, oltre il volto insanguinato di Farsnar, e lo vide apparire contro le nuvole cinabro del cielo, sorretto da Helgar. Con gesto lento, ma infinitamente dolce, accarezzò i capelli del figlio, mormorando parole incomprensibili e che tuttavia avevano il sapore di una benedizione. Non c'era stupore, nei suoi occhi, soltanto una soave serenità. Aveva bramato da sempre quella morte onorevole ed era grato agli Dèi di poter lasciare la vita fra le braccia del suo signore e del suo primogenito. Ormai cieco, fissava il tramonto sopra di sé, senza vederlo; poi lanciò un gemito e la mano che accarezzava Rupens si raggelò.

«Drusìa...» invocò. «Tresan...»

La voce gli si spense in un sussurro, la mano ricadde fra le corolle schiacciate della buganvillea.

Era morto.

La difesa rovaneana divenne ancor più agguerrita. Senza più viveri e un riparo, i soldati respinsero i Valmādrian giù dagli scogli con la forza dell'odio e della disperazione. Al crepuscolo, le galee nemiche sopravvissute agli incendi erano già ripartite verso Valmādria con pochi guerrieri e molti cadaveri. I morti rimasti sulla costa vennero spogliati delle armi e gettati dalle falesie in pasto ai pesci e ai gabbiani.

Al calar della notte, i soldati più forti scavarono la terra argillosa del cimitero da campo e vi deposero le spoglie degli amici avvolte nei loro mantelli. Ma Aldric, profumato con preziosi unguenti Nuramag, venne coperto da un velo funebre per essere ricondotto a Elvaner e inumato accanto a Drusìa.

Più tardi, il re si appartò su uno scoglio e Astrid lo raggiunse. Gli sedette accanto, avvolgendosi nel manto di lana per ripararsi dai venti freddi che scendevano da nord. Sopra di loro, il cielo era limpido, e Lævec e Pani rischiaravano d'oro e argento la distesa oleosa del mare; ma a ovest erano addensati nembi grevi di pioggia. I Rovaneani erano rimasti senza riparo e i carri delle salmerie erano stati depredati e dati alle fiamme. Negli incendi, giù alla spiaggia, avevano perso anche tre galee.

Per molto tempo, il re e la Magistra sedettero vicini senza parlare; poi, Farsnar si passò le mani sulla faccia ancora sporca di sangue e sudore, e

gettò indietro i lunghi capelli chiari.
«Rupens riposa?» volle sapere.
«No, sta vegliando la salma di suo padre assieme a Rhodis e al Sottocavaliere Argen di Pull.»
«E Helgar?»
«É sceso nei boschi a cercare dell'acqua pulita per i soldati.»
«A quest'ora? È un soldato instancabile e ha un'eccellente maestria, con le armi. L'avete visto combattere? È la guardia più affidabile che abbia mai avuto nel mio seguito e se sono ancora vivo lo devo anche a lui. Mi ha salvato la vita almeno cinque o sei volte, oggi e in cambio non ha chiesto che di servirmi ancora. Vostro zio l'ha addestrato bene... Se anche Tresan gli rassomiglierà, Elvaner sarà governata con capacità e saggezza.»
Prima l'Arcipelago dovrà sopravvivere alle guerre e al risveglio del Dormiente, rabbrividì Astrid. Si alzò, con il pretesto di dover badare alle donne violate dai Valmādrian, raccolte fra gli stracci di una tenda al limitare del bosco. Mentre passava attraverso i fuochi silenziosi dei soldati, rotti da qualche singhiozzo e dai gemiti dei feriti, il cuore le si strinse di dolore. *Se questa devastazione è opera tua, Marlifer, ti giuro che conoscerai la mia vendetta. Aldric è morto e Tresan possiede l'anello del sangue. A quest'ora saprà della sorte del padre... Ed io non gli sono accanto per consolarlo di questo immenso dolore!*

7

Seduto in sella a Zelin, Tresan si strappò il guanto dalla mano sinistra e fissò attonito l'anello che portava al mignolo. Il rubino era caldo e agonizzava come una stella morente e, in uno squarcio accecante, gli fece rivivere la morte del padre. Per un istante, la mente di Tresan si fuse con quella di Aldric, e lui sentì la vita scivolargli via, vide il tramonto diventare notte cieca e sentì la sua voce... la voce del padre... sussurrare le ultime parole. La visione fu così intensa da sfuggirgli dalla mente come un lampo di fuoco, frustando i pensieri dei compagni con cui stava risalendo alla fortezza di Volèn.

«Mio signore» lo chiamò Avarch, preoccupato. Anche Tedrov fece indietreggiare il cavallo e gli si avvicinò. «Cosa succede, nipote?»

«Mio padre» farfugliò Tresan, ancora incredulo. «È stato massacrato dai Valmādrian.»

Tedrov impallidì. «Per Ályshan, no...»

«L'ho visto... L'anello del sangue me lo ha mostrato.»

Le mani gli tremavano dall'angoscia. Sheraen spinse il morello accanto a Zelin e i suoi occhi violetti erano colmi di compassione.

«Lo abbiamo visto anche noi» sussurrò. «Mi dispiace immensamente.»

Génie non parlava, ma tratteneva il fiato, frastornata. Anche lei era stata schiaffeggiata da quelle immagini di sangue e morte, e ancora non capiva se fossero nate dall'immaginazione di Tresan o se fossero i brandelli di una vera battaglia.

«Mi rammarico per la vostra perdita» si dolse Avarch. «Non conoscevo vostro padre, ma ne ho sempre sentito parlare con stima e rispetto. Ora, se vostro fratello è stato ferito e ha perso il titolo, siete voi il signore di Elvaner... Sopracavaliere.»

S'inchinò a Tresan e gli altri Davlèjn lo imitarono.

Sopracavaliere! Tresan fu percorso da un brivido di rabbia e dolore. In un solo momento, era diventato il signore delle sue terre e il Generale Capo di Stato del suo esercito... e suo padre non l'aveva mai riabilitato del titolo di capitano che gli aveva rimosso, dopo la diserzione in

Valmādria! Agli occhi di Aldric, in qualunque cielo fosse stato, sarebbe stato sempre un condottiero senza merito, né onore.

Tedrov gli posò una mano sul braccio. «Il tuo legame con Aldric doveva essere molto forte, se la tua visione ci ha percossi con tanta irruenza» osservò.

Ignorandolo, Tresan ordinò alla sua giumenta di avanzare. Tedrov lo richiamò, ma lui proseguì senza ascoltare, e suo zio gli s'affiancò al piccolo trotto. Tresan mantenne lo sguardo fisso davanti a sé.

«Dobbiamo andare » disse, dominando a stento il pianto che gli bruciava nella gola.

«Non vuoi parlarne?»

«Di cosa? Non gli ero accanto, quando è morto» La voce gli scivolò su una nota acuta, di pianto represso. «Rupens ha avuto questo privilegio e anche Astrid e il re... Persino Helgar ha respirato i suoi ultimi gemiti... Soltanto io ero lontano.»

Perché, Dèi? Perché?

«Tu sei su un terreno altrettanto insidioso del fronte di guerra» gli fece notare Tedrov, gentilmente. «E tuo padre lo sapeva. Sei stato il suo ultimo erede e ti ha amato anche per questo...»

«Ma non per l'uomo che sono, vero?» Si morse le labbra, inghiottendo un singhiozzo e sentì in bocca il sapore acre del sangue. «In tutti questi anni ho cercato di essere un figlio rispettoso e un buon ufficiale nella speranza di strappargli un assenso... uno soltanto. E adesso quei bastardi l'hanno ammazzato! Che siano maledetti, in nome della Dea!»

Tutto quello che ho fatto è stato vano. Mio padre non mi guarderà mai con lo stesso affetto con cui guardava mio fratello. Si asciugò una lacrima che gli era scivolata sulla guancia, un gesto quasi feroce. «Odio i Valmādrian come mai, prima d'ora! Quei figli di una buona donna hanno sterminato la mia famiglia. Prima Borr, adesso mio padre... e Rupens... Che gli Dèi mi perdonino, a volte lo detestavo per essere il migliore, fra noi, ma non avrei mai voluto che finisse così!»

Tedrov sollevò una mano per calmarlo. «Non lasciare che la collera ti offuschi la mente» l'ammonì ma Tresan strinse i denti, e la sua voce divenne più grave, com'era già accaduto sulla Piana di Gharr.

«Se in questo momento fossi nel Mare del Grifone» sibilò «Affogherei i superstiti Valmādrian nelle gelide acque del mare con le mie stesse mani... Non si salverebbe nessuno. Nessuno!» E senza dargli tempo di ribattere, proseguì: «Domani tornerò indietro con te. È mio dovere di Sopracavaliere ricongiungermi con Rupens e i nostri generali nel Mare del Grifone, o dove il re vorrà.»

Tedrov impallidì leggermente. «Volèn mi butterebbe in un dirupo, piuttosto che permettermi di portarti via e Aldric non me lo perdonerebbe neppure nella morte! Se anche tu morissi, legherebbe il mio nome al suo in una maledizione eterna.»

Tresan si volse a mezzo sulla sella, costringendo Zelin a scartare.

«Non m'importa niente di Volèn o delle maledizioni dei morti!» inveì, e la sua voce riecheggiò aspra nella vallata. Si accorse che i compagni li seguivano a distanza, guardandoli con apprensione. «Che il Rinnegato, gli Dèi e tutti i demoni vadano all'inferno, se così deve essere...!»

«Non imprecare contro gli Dèi» lo rimproverò Tedrov, in un sibilo. «Potrebbero accogliere le tue parole e rivoltartele contro.»

Tresan si strinse nelle spalle con indifferenza. «Che facciano come preferiscono. Io ho deciso. Domattina tornerò nell'Arcipelago e né tu né Volèn potrete fermarmi.»

«Ah, no?» Il volto di suo zio era terribile, adesso. «Mettimi alla prova, ragazzo! Anche se non sono un mago, so ancora impedire alle teste baldanzose come la tua di mettersi nei guai.» L'afferrò per un braccio, costringendolo a fermarsi. Tresan lo fissò con ostilità, ma Tedrov non si lasciò intimorire. «Se hai una coscienza, non farai un passo oltre quest'isola prima del tempo. A Gharr e a Pringel è stato versato del sangue in tuo nome e ora che potresti scoprirne la ragione vuoi andartene, illudendoti che gettarti nella battaglia ti restituirà tuo padre o ti darà onore? È questo che hai imparato, in tutti gli anni che hai vissuto?»

Tresan si liberò dalla presa con uno strattone. «Non chiedermi di restare. Non sono abituato a nascondermi!»

«Ma sei abituato a fare sciocchezze. É così che intendi omaggiare tuo padre? Comportandoti da stupido?»

Nell'espressione di Tresan passò un'ondata d'odio. Trattenendo un "Va' all'inferno!" che gli si era affacciato alle labbra, ribadì: «Ho detto che lascerò Aldemar e così farò. Se non ti sta bene, mi dispiace, è un problema tuo, non mio.»

Con un colpo di stivali, incitò Zelin al piccolo trotto, proseguendo a cavalcare in solitudine in testa al gruppo. Un'ora più tardi giunsero in vista del tempio di Samishka, dedicato ad Ashivad, il mite dio delle montagne rovaneane, e deviarono per lasciare Sheraen e Génie alla cura delle sacerdotesse. La ragazza era pallida e per giorni aveva sopportato il mare mosso senza lamentarsi, ma Tresan, che l'aveva vegliata a lungo, aveva udito i suoi gemiti e sapeva che non avrebbe potuto cavalcare un giorno di più, debole com'era.

Si avvicinò per aiutarla a smontare, ma Tedrov lo precedette. La prese fra le braccia con fare affettuoso e la baciò sulla fronte, prima di affidarla a un grosso sacerdote che era accorso a riceverli, assieme alla badessa. Tresan non si mosse, sentendosi inopportuno, ma non appena il sacerdote la prese in braccio, Sheraen si volse per cercarlo, gli occhi socchiusi nelle ombre argentate della sera.

«Vieni, quando puoi» gli sussurrò. «Ti aspetto.»

Poi venne portata via.

Génie faticò a lasciare Avarch e piangendo gli gettò le braccine esili al collo. «Non andate! Mi mancherete» lo supplicò.

«Tornerò presto a trovarti» le promise il Davlèjn e la strinse in un forte abbraccio. Due novizie la presero per mano, mentre ancora piangeva, e la condussero oltre il portone. Quando il catenaccio venne tirato, il gruppo fece ritorno alla fortezza.

Volèn lo attendeva in salotto, quando entrò.

«Vuoi parlarne, figliolo?» gli chiese, posando la pipa sul tavolino degli scacchi. Doveva essere stato colpito anche lui dalla sua breve visione, e sapeva della morte di Aldric. Tresan fu commosso dalla sua inattesa dolcezza, ma scosse il capo.

«Domani, forse» mormorò, e senza aggiungere altro salì nella sua stanza.

Quando fu solo, sedette sul tappeto di pelliccia ai piedi del letto e fissò, senza vederli, i ceppi chiazzati dai licheni che scoppiettavano nel camino. Pianse un po', di rabbia e dolore e... rimpianto. Anche se aveva vissuto a lungo nel palazzo di Va'nel, conosceva poco suo padre. Raramente Aldric lo aveva chiamato al proprio cospetto e preferiva seguirlo da lontano, con lo sguardo attento e rapace di un nibbio reale. Non gli aveva mai rivolto una parola d'affetto e non l'aveva mai apprezzato quanto Rupens, ma anche se spesso era stato severo, a suo modo era stato un buon padre. Gli aveva permesso di sposare la ragazza che aveva scelto, anziché una sconosciuta, e non l'aveva biasimato, quando Maribelna era fuggita disonorando il loro nome; e di questo gli sarebbe stato sempre riconoscente. Sottovoce, imprecò contro gli Dèi per quella morte ingiusta.

«Anche se non sono mai stato un fervente praticante, vi ho sempre rispettato, negli atti e nelle parole» li accusò. «E nonostante tutto, mi avete ricompensato soltanto con sofferenze!»

Mentre il cielo iniziava a incresparsi delle ombre della sera, si portò alle labbra l'anello del sangue e sussurrò il nome di suo fratello. Il rubino riprese a pulsare al ritmo del cuore di Rupens. «Ora ci lega come se fossimo la stessa persona» disse. «Che i nostri Avi lo preservino… È tutto quello che mi è rimasto, ormai.»

Si appoggiò ai piedi del letto e posò la testa all'indietro, contro il legno della pediera, e sentì una lacrima scivolargli giù, lungo il collo. Chiuse gli occhi e fu allora che lo risentì. *Per quante volte possa accadere, non è mai una morte facile da accettare* mormorò una voce profonda, che ben conosceva. Spaventato, spalancò gli occhi, ma sapeva che quella voce era nella sua mente.

«Cosa intendi dire?» sussurrò e anche se non poteva vederlo, fu certo che Kasara gli sorridesse. *Capirai. Vuoi davvero lasciare l'isola?*

«Devo. Sono un Sopracavaliere, adesso. »

Devi o è quello che vuoi?

Tresan abbassò lo sguardo. Stava finalmente facendo quello che suo padre gli aveva negato per tutta la vita e non avrebbe voluto lasciare la casa di Volèn; ma i suoi desideri non contavano più. Era il signore della sua terra e doveva guidare i suoi uomini in guerra, come avrebbero fatto Aldric e Rupens, se avessero potuto cavalcare in testa all'esercito di Elvaner.

«Devo» ammise. «Appartengo alle mie isole e al mio re. Non posso restare.»

Hai già scordato che hai nemici da cui difenderti?

«Tutti hanno nemici. Anche tu.»

I miei saranno i tuoi. Niente sta accadendo per caso. Gli uomini, i maghi e gli Dèi non si muovono mai senza uno scopo.

«Qual è il tuo, Uomo d'Ambra?»

Rimani, e lo saprai. Sei qui per questo. Non per tuo cugino o per il suo maestro, ma per me.

«Perché ho il tuo stesso sangue?»

Per te conta solo questo? Il legame del sangue?

«Per te non ha importanza? Oltre a Rupens, mi rimani solo tu, della mia famiglia.»

Kasara sembrò accarezzarlo con un sorriso. *Se non mi abbandonerai, ti darò una conoscenza che nessun altro possiede, negli arcipelaghi e nelle terre estese. Resterai?*

Senza attendere una risposta, lo spirito si dissolse in una brezza tiepida, e Tresan rimase solo. *Tu non mi offri mai riposte, Schiavo-Re, soltanto enigmi. Ma sei stato gentile a cercare di confortarmi.* Gettò un ceppo nel focolare e rimase a fissare la fiamma alzarsi e abbassarsi, divorando il legno e sbriciolandolo sopra le braci bollenti. Si chiese cosa avrebbe dovuto fare. Tornare nelle isole o assecondare la volontà del suo avo più antico? Le minacce di Damon e Marlifer erano altrettanto pericolose quanto il ritorno di un dio infuriato, ma lui cosa c'entrava, in quelle faccende da preti? Rifletté a lungo e, quando s'alzò, solo un mucchietto di cenere fumava nella bocca del camino. Allora, sapeva quale strada avrebbe dovuto seguire.

Il mattino seguente, mentre l'alba tinteggiava di rosa le vette innevate della catena di Ammarth, Tresan uscì nel cortile della fortezza per salutare Tedrov. Derian era andato a prendere il suo cavallo, ed erano soli.

«Nipote carissimo!» Tedrov aprì le braccia, felice di vederlo. «Sono lieto che tu abbia scelto di restare.»

«Chi ti ha detto che resterò?» lo provocò Tresan, indispettito. «Ho solo deciso che non lascerò Aldemar con i tuoi brontolii nelle orecchie.»

Tedrov sorrise, accondiscendente e lo strinse in un abbraccio affettuoso. «Prenditi cura di Sheraen. Resterà al tempio di Samishka fino a quando non si sarà del tutto ripresa. Posso affidartela?» Tresan strinse le labbra, incapace di rifiutare. «Ti ringrazio, nipote. La vita è ingiusta, ma una nostra scelta può scombinare i capricci del karma. Ne basta una sola, quel che importa è che sia la più appropriata, per te e per chi ami» Gli batté le mani sulle spalle, un gesto di commiato, e balzò in sella al destriero che Derian gli aveva portato. «Che gli Dei veglino sul tuo cielo, ora e sempre, nipote. Addio.»

Pochi giorni dopo il suo ritorno, gli allievi Davlèjn si riunirono nel cortile principale della fortezza per pregare in suffragio dei compagni e dei soldati caduti in battaglia. Nel centro dello spiazzo sorgeva un totem di legno in cui erano intagliati i simboli dei nove Dèi di tutte le terre conosciute e, in risposta ai salmi del colonnello Avarch, ogni ragazzo rivolgeva il pensiero al dio che aveva adorato sin dall'infanzia. Tresan si rifiutò di partecipare alla funzione ma, appoggiato al muro di una torre, ascoltò una parte del discorso del colonnello in elogio al coraggio e al sacrificio dei soldati del re. Condivise ogni parola ma, quando il maestro affidò le anime dei defunti alla misericordia dei Nove, fu percorso da un fremito di collera e si allontanò. Con grandi passi superò un cane che girovagava annoiato in uno dei cortili secondari, attraversò l'orto di Volèn e, scavalcando una staccionata, raggiunse il muretto sbrecciato di un frutteto. Non sapeva neppure lui cosa volesse fare ma, in preda a una furia crescente, afferrò con le mani nude il sasso sgretolato e, inveendo a gran voce contro gli Dèi, lo scagliò nel prato e addosso agli alberi. Per spaccare altra pietra, laddove crescevano ciuffi d'erba, si ferì le mani a sangue e, non riuscendo a prendere altre schegge, raccolse le mele da terra e le spaccò contro il muretto.

«Tutto, mi avete preso tutto! Maledetti!» ansimò. «Mia madre, mio padre, mio cugino, mia moglie...! Avete fatto di me un orfano e un imbelle davanti ai feudi dell'Arcipelago! Perché?»

Aveva gli occhi offuscati dal pianto, il respiro corto. D'un tratto, una mano gli fermò il braccio alzato e si volse furente, certo di trovare Volèn o uno dei maestri, ma accanto a lui non c'era nessuno. Si passò la mano libera sugli occhi per asciugarsi le lacrime e, quando tornò a vedere, la stretta si era dissolta. Poteva sentirla ancora sulla pelle e subito intuì chi era venuto a fermarlo.

«Perché?» gli chiese. «Anche tu odi gli Dèi.»

No... Non li odio e neppure tu.

Una voce che si confondeva nel fruscio degli alberi, sui pendii del vulcano.

«Oh, sì, invece!» Lasciò cadere a terra la mela, che rotolò di qualche passo nell'erba. «Sì, che li odio» mormorò. Kasara non gli rispose, si era già dissolto nello sbuffo del vento, e lui fu trafitto da un acuto, opprimente senso di solitudine.

Verso sera, mentre ripuliva la spada su una panca di pietra nel giardinetto di Volèn, il mago lo raggiunse sotto i faggi. Indossava una corta tunica di velluto scuro con ricami dorati, e con i capelli e la barba accorciati sembrava più un antico guerriero che un vecchio druido delle leggende. Tresan lo vide dilatare le narici, come a fiutare la brezza della sera, e i muscoli del suo volto s'indurirono. Nell'aria c'era una strana tensione, come di una mente che cercasse d'insinuarsi nelle pieghe di potere che avvolgevano il vulcano; e lui sapeva di chi si trattava.

«La concubina del Governatore non ti ha dato nessuna pietra, per difenderti dall'intrusione di Marlifer nei tuoi pensieri?» gli domandò Volèn.

Tresan sollevò appena lo sguardo sulla sua ombra, scorgendolo oltre il lungo ciuffo che gli ricadeva sugli occhi. «Sì. Un orecchino di tormalina» rispose, e ritornò a passare sulla lama un robusto panno intriso di cera d'api.

«E perché diamine non lo porti?»

«Non appena l'ho indossato, la tormalina ha rilasciato i pensieri della servetta di Sheraen e non ho resistito alla sua sofferenza» Alzò la lama per specchiarsi nel filo lucente e rimosse con lo straccio un alone vicino all'elsa. «Ho dovuto toglierlo» confessò.

Volèn gli sedette accanto, nell'ampia ombra dei faggi. «Erano ricordi dolorosi?»

«Brutali. So che quella pietra potrebbe proteggermi da Marlifer, ma non oso metterla. Non voglio più essere costretto a vedere come Zancaner maltrattava quella bambina e Sheraen.»

«Anche se non vuoi, dovrai farlo. Non posso procurarti facilmente un'altra tormalina, quassù, e tu devi assolutamente schermarti. Marlifer ti sta cercando anche adesso. Non ti ha trovato per quasi un mese, ma non si è arreso.»

Tresan abbassò la lama, fissando i tentacoli sfilacciati delle nubi grigie, sopra le fronde fruscianti degli alberi.

«Signore» scandì, con voce tesa. «Non sono nato per avere visioni. Ogni volta che *vedo* qualcosa, provo una risonanza insostenibile con le vittime. Astrid ha fermato i sogni che mi porta Athera, ma come posso fare con le visioni che non riesco a tenere a bada? Ho visto mio padre morire... no, l'ho *sentito* morire e una parte di me è morta con lui. Ho visto Génie picchiata da Zancaner e dal suo crudele eunuco e Sheraen» s'irrigidì di collera, al pensiero di quanto aveva visto «Molestata da quel porco a cui l'avete data per un intero anno...» C'era una vena di accusa, nelle ultime parole. Non dimenticava che Volèn aveva riconosciuto le proprie colpe per aver caldeggiato le missioni di Sheraen, nella speranza che potesse spiare il nemico dalla sua camera da letto. Per un fugace istante lo odiò, e provò odio anche per Tedrov e i suoi nonni, che l'avevano ceduta al Governatore senza curarsi di quello che avrebbe dovuto subire, alla sua corte. Chiuse gli occhi, per dominare il disappunto. «Quello che ho visto è più di quanto possa sopportare.»

«Hai con te la tormalina?»

«Certamente» Aprì un sacchetto appeso alla cintura e gli porse l'orecchino. «Non intendo indossarlo» ribadì. Il mago lo prese in mano e lo strinse nel pugno, chiudendo gli occhi. Un turbinio di espressioni gli solcò il viso senza età e Tresan immaginò che stesse rivivendo la medesima visione che l'aveva assalito, a Zancan, ma Volèn rimase assorto a lungo, troppo a lungo perché stesse assistendo solo a quella scena. Quando si ridestò, era pallido e indignato.

«Sventurate ragazze» le commiserò, sottovoce. «Quell'animale pagherà anche per questo.»

La voce di Tresan tradiva apprensione: «Cosa avete visto?» volle sapere.

«Non hai voluto portarlo per tutto questo tempo e ora sei curioso di sapere che cosa mi ha mostrato? Prendilo. Puoi indossarlo senza timore. I ricordi di Génie non verranno più a molestarti.»

Mentre lo riprendeva, Tresan si pentì di non aver avuto il coraggio di affrontare le memorie della ragazzina. Se la piccola aveva *vissuto* quelle violenze, allora lui avrebbe dovuto aver la forza di *sapere.* Non se l'aspettava, ma si sentì improvvisamente un vile.

«Coraggio, indossalo» lo incalzò Volèn. «Non potrò tenere a bada Marlifer ancora a lungo e quell'impiccione continua a volteggiarci sopra la testa! Gli avvoltoi sono una compagnia più gradevole della sua!»

Tresan obbedì, e mentre fissava l'orecchino al lobo gli parve che una corrente insidiosa gli fremesse sopra la pelle, lambendolo senza sfiorarlo, come se la tormalina la respingesse per lui. Volèn si rilassò e sorrise, soddisfatto.

«Funziona» esultò. «Che quel pazzo sorvegli pure l'isola, se l'aggrada. Non troverà che le menti dei Davlèjn e a quelle non potrà nuocere: sono legate a me e io sono in simbiosi con i poteri arcani dell'isola. Nessuno, neppure Marlifer potrà penetrare nei pensieri di uno di miei ragazzi e scoprire che sei tornato a dimorare con me.»

Per il poco tempo in cui mi fermerò, rimuginò Tresan, cupamente. Anche se lassù era ancora freddo, a valle la bella stagione era già iniziata e, secondo il calendario di Ályshan, l'estate sarebbe esplosa entro mezzo ciclo delle Tre Lune. *E presto la guerra impazzerà, sulle isole e sui mari. Devo tornare dal mio esercito!*

Guardò Volèn di sottecchi, sperando che non avesse colto i suoi pensieri, ma subito si ribellò: che gl'importava? Era il Sopracavaliere della sua terra e né suo zio né quel vecchio mago potevano imprigionarlo su quel vulcano morto.

S'alzò, impugnando la spada incerata e fissò i monti all'orizzonte con caparbietà. *É deciso, allora. Lascerò Aldemar. Cosa mi trattiene qui, ora che anche mio padre è morto?*

In quel momento, lungo un percorso rituale, nei giardini fioriti del tempio di Samishka vennero accesi i fuochi della sera e mentre li scorgeva punteggiare il crepuscolo, nella sua mente riecheggiò un nome con la fiammeggiante irruenza di una risposta: Sheraen.

8

Il giorno seguente, Tresan scese al tempio scortato da Allaras. Era assorto nei suoi pensieri e la principessa lo sbirciava di sottecchi, senza parlare. Solo dopo un lungo tratto osò affiancarlo, e in un sussurro gli chiese come si sentisse.

«Arrabbiato» rispose lui. «Ferito e arrabbiato. Vorrei incontrare un Valmādrian solo per il piacere di sgozzarlo ed è un pensiero indegno di me.»

«Però è comprensibile. E non è detto che lo sgozzeresti davvero, se l'incontrassi» azzardò la ragazza e lui sorrise, d'un sorriso tetro. «Non giurarci. Ho provato più rabbia negli ultimi tempi che in vent'anni della mia vita. E la guerra è appena iniziata!»

«Forse» osò la principessa, abbassando il volto da scoiattolo «Queste sofferenze ti sono state date per temprarti e aiutarti a vincere le battaglie che ti attendono.»

Il tono di Tresan era scettico. «Tu credi che gli Dèi agiscano così?»

Lei si schiarì la voce, a disagio. «Non so come agiscano gli Dèi, non sono molto religiosa, ma gli spiriti potrebbero farlo.»

«Spiriti? Quali spiriti?» *Come può sapere di Kasara? Non gliene ho mai parlato!*

Lei indicò la tormalina che portava all'orecchio. «Ti stai difendendo da qualcuno» spiegò. «Dagli avi ostili di qualche nemico, forse.»

Tresan si portò la mano all'orecchino e lo sentì tiepido. *Marlifer non si arrende... maledetto!* «No, è un'altra cosa. Conosci i poteri delle pietre?»

«Tutti i Davlèjn sanno distinguere un'ematite da un'agata muschiata» si vantò Allaras, ergendosi sulla sella in tutta la sua altezza. «Alcuni portano al polso un'amazzonite per vincere la paura in combattimento. La tua è una... lasciami vedere... una tormalina nera, giusto?»

«Sì. Serve per proteggermi dalle frecce mentali di uno stregone Shelavin.»

«Uno stregone Shelavin?» Lei s'accigliò. «Ne esistono ancora? Ero convinta che fossero scomparsi tutti dopo la caduta di Isidöl, migliaia di anni fa.»

«Milleseicento.»

Lei annuì, lentamente. «Ti devi proteggere da Marlifer, non è vero? Ogni tanto sento sussurrare il suo nome, fra gli allievi. Dicono che sia stato un mago potente, nell'era della magia, e che odi il Maestro… Pensavo che fosse una leggenda.»

Tresan esitò un momento; ma Allaras non l'avrebbe tradito, rischiando la furia di Volèn. «Mi sta dando la caccia da diverso tempo, e non si arrende» le confidò. «Non so perché mi voglia, forse per costringere il Maestro a uscire allo scoperto e ucciderlo.»

«Potrebbe farlo, senza magia?»

«Beh, gli Shelavin sono vulnerabili, come tutti gli uomini. Hanno una vita lunga e forse potrebbero perfino vivere in eterno, ma ben pochi sono sopravvissuti alle battaglie per il dominio del potere.»

«É impressionante» Allaras spalancò gli occhi, sconcertata. «Non riuscirei a immaginare una vita senza fine! Come hanno fatto i maghi ad acquisire i poteri?»

«Forse li hanno ereditati dagli antichi popoli che vivevano nelle grandi terre senza isole.»

«Sono un dono degli Dèi?»

«É possibile o magari sono stati generati dall'enorme energia che si è scatenata dalla frattura della terra e delle acque, prima della nascita dell'arcipelago.»

Allaras giocherellò con le redini del cavallo, dubbiosa. «Pensi che sia andata così?»

Tresan si strinse nelle spalle. «Non lo so. Volèn potrà senz'altro rispondere alle tue domande. Perché non lo chiedi direttamente a lui?»

La principessa si morse un labbro. «Non oso» confessò. «Quando ho provato a chiedergli qualcosa, ha mostrato di voler evitare l'argomento.»

«Temo che abbia ricordi spiacevoli delle guerre fra i maghi. E ora che Marlifer mi vuole, non è molto tranquillo.»

Trottarono su un sentiero che costeggiava il fiume Azzhyrr, attraverso una pineta verdeggiante. Durante la loro assenza, gli ultimi resti di neve si erano sciolti, nelle zone più in ombra del sottobosco, e piccoli fiori colorati spuntavano qua e là, come occhi accesi nell'erba chiara.

Era una bella giornata. Il sole spargeva cristalli di luce sul fogliame basso e i falchi e le aquile stridevano sui picchi, sopra le loro teste.

Quando la pineta si aprì, Allaras indicò un punto al di là di un filare di aceri di monte. «Guarda, siamo arrivati. Il tempio è laggiù, oltre i recinti delle pecore.»

Avanzarono sulla mulattiera che conduceva ai cancelli d'ingresso. Sui campi distesi sul retro del santuario, i novizi si addestravano alla guerra con i monaci più anziani. Non indossavano le tuniche usuali di Envles'tin o i sai di stoffa grezza diffusi nel tempio della Dea Melyss, e agli occhi di Tresan sembravano più cadetti in addestramento che non novizi del Dio Ashivad. Anche le ragazze combattevano, su un terreno lontano, con esercizi semplici ed eleganti, simili ai passi di una danza mortale.

«La difesa personale è un'arte che si apprende abitualmente nei templi più solitari» gli spiegò Allaras, notando la sua sorpresa. «I sacerdoti della tua dea non si difendono, se vengono attaccati da razziatori e briganti?»

«No, e neppure gli adepti di mio nonno. La violenza è proibita, all'interno del tempio.»

«E al di fuori?» Lei rise. «Se uno dei vostri monaci venisse aggredito dai malviventi, si difenderebbe, eccome, mordendo o scalciando! La dea delle mie terre incita le ragazze a imparare a proteggersi, ma il mio è un popolo di guerrieri e tutti, uomini e donne, sono abili nella lotta.»

Quando raggiunsero la scalinata principale, un uomo prese i cavalli e li portò ad abbeverarsi nella stalla; poi mandò un ragazzino ad avvisare i sacerdoti dell'arrivo dei due visitatori.

Entrarono sotto il fresco e lungo colonnato del tempio e poco più tardi la Sacerdotessa Madre avanzò nella penombra del porticato. Tresan la osservò avanzare. Era più alta di lui e indossava un lungo abito di pelle, di foggia quasi provocante. I capelli raccolti sulla nuca svelavano un viso troppo duro per essere bello, eppure la sua dignità statuaria le conferiva una certa avvenenza.

«Benvenuti» li salutò, chinando lievemente il capo. Baciò Allaras sulla fronte e rivolse a Tresan un sorriso cordiale. «Era da molto tempo che attendevo la vostra visita, Sopracavaliere» disse «Io sono la Madre Badessa Griselide. In cosa posso servirvi?»

«Siamo venuti a prendere notizie di Sheraen. Come sta?»

«Ha avuto la febbre ed è ancora debole. Non avrebbe dovuto cavalcare sopportando una ferita infetta alla spalla, ma guarirà. Ha chiesto di voi, nei giorni scorsi, e sarà lieta di vedervi. Seguitemi.»

Attraversarono il chiostro e, passando per un cortiletto, raggiunsero il retro della foresteria. Griselide bussò a una porta e li precedette in una stanzetta luminosa, dove Sheraen era seduta in un letto rustico, tenendo fra le mani un *ghirr*, senza suonarlo. Era appoggiata ai cuscini rialzati e guardava annoiata fuori della finestra, ma non appena li riconobbe, il suo pallore s'illuminò di vita.

«Allaras» esclamò, tendendo le braccia alla principessa. «Tresan... Sono felice di vedervi.»

Nel tempio risuonarono i gong che segnavano mezzogiorno e i novizi lasciarono i campi degli allenamenti per far ritorno al tempio, ridendo e spintonandosi fra di loro.

«Gradireste d'unirvi a noi per il pranzo, signori?» domandò la Badessa

Tresan rifiutò, ma Allaras indicò un ragazzotto oltre un recinto, al di là della finestra socchiusa.

«Quel porcaro laggiù sta mangiando prosciutto e formaggio» disse. «Potrei averne un po'?»

«Farò imbandire una tavola nella sala degli ospiti» propose la sacerdotessa, ma Allaras rispose che non era necessario. Baciò Sheraen e lasciò la stanza. Attraverso la finestra, Tresan la vide scavalcare lo steccato e chiedere al pastorello una parte del suo pranzo.

«Sono costernato» balbettò, imbarazzato. Allaras era pur sempre una Davlèjn e la figlia di una regina, ma a volte sembrava scordarlo e si comportava come una comune ragazzetta cresciuta sui pascoli. «Vi darò una moneta d'argento, signora, per ricompensare il porcaro della sua pazienza e del pranzo che le ha ceduto.»

Madre Griselide sorrise. «Siete generoso, Nobile Hardan, ma non arrossite. Conosco Allaras da quando è arrivata ad Aldemar, sei anni fa, e ha sempre preferito pranzare con i pastori, piuttosto che con noi. I Nuramag hanno un orgoglio solido, quasi primitivo, e sono abituati a vivere con i popolani e gli animali. Ora, se volete scusarmi, devo scendere in refettorio. Genie sta aiutando a servire in tavola. Più tardi, le permetterò di venire a salutarvi.»

Chinò leggermente il capo e uscì. Tresan rimase solo con Sheraen e per qualche istante su di loro calò il silenzio. Nella stanza si respirava l'essenza resinosa dei rami di pino che bruciavano nel caminetto con alte fiammate.

«Tresan» lo chiamò lei, con voce vellutata, tendendogli una mano. Lui gliela prese e sedette su uno sgabello vicino al letto.

«Come ti senti?» le chiese.

«Meglio» Ma il suo sorriso, per quanto luminoso, era stanco. Anche il suo naturale profumo di magnolia era appena accennato. «La ferita si è infettata e ho avuto la febbre per giorni, ma presto potrò rialzarmi dal letto.»

Lui osservò con preoccupazione il bel volto pallido, quasi affilato, le labbra esangui. «Non avremmo dovuto condurti qui» si scusò. «Forse sarebbe stato meglio se avessi deviato con mio zio per recarti a Envles'tin, quando abbiamo lasciato il Governatorato.»

«Non avrei avuto la forza di scendere fin laggiù e comunque non volevo tornare al tempio. Non ancora, quanto meno. Ma dimmi di te. Tuo padre...»

Tresan non riuscì a dissimulare una smorfia di dolore.

«Non ho ancora accettato la sua morte» confessò. «Non *voglio* accettarla.»

«Lo so, non ci si rassegna facilmente alla perdita di chi si ama. Sappi però che una parte di lui vivrà per sempre, se lo vorrai. L'uomo può diventare eterno attraverso le memorie di chi lo ha amato davvero.»

«Questo non cambia il fatto che non lo rivedrò più» Le lacrime ritornarono ad affacciarsi ai suoi occhi. «Ora, di lui mi rimangono soltanto l'anello del sangue» lo alzò, e il rubino lampeggiò sanguigno nel lucore del giorno. «E gli abiti che indosso. Avrei voluto essere al suo fianco, quand'è spirato, e dirgli...» S'interruppe, scosso da un singhiozzo. «Non so cosa gli avrei detto, ma avrei voluto che mi sussurrasse, almeno una volta, prima di morire, che era fiero di me.»

La stretta di Sheraen si fece più affettuosa. «Sono certa che lo fosse» lo rassicurò. «Ti ha sempre concesso tutto quello che desideravi, la carriera nell'esercito, la sposa che amavi, il suo sigillo… Non è forse un segno d'affetto, questo?»

«Desideravo soltanto una parola.» insistette Tresan. La voce gli si spezzò e d'un tratto sentì sulle labbra il sapore amaro di una lacrima.

Sheraen chiuse gli occhi, posando la testa contro i cuscini rialzati. Sul volto le passò una fitta di sofferenza e, se fosse stato più attento, Tresan si sarebbe accorto che non era per il dolore alla spalla ferita.

«Almeno» sussurrò. «Puoi sempre *sperare* che ti avrebbe concesso quella parola. Non è stato peggiore di altri padri, che non lasciano ai figli neppure il conforto di un'illusione…»

Lui si asciugò il volto umido con la mano. «Cosa intendi dire?» chiese.

«Niente» Per un momento, Sheraen evitò di guardarlo. «Hai celebrato la sua morte con i canti funebri?»

«No. Perché avrei dovuto pregare?»

«Non per te, ma per lui.»

«Che supplichino i preti, se vogliono!» scattò Tresan. «Non so se odio più gli Dèi o quei bastardi dei Valmādrian per avermelo portato via…!»

Anche le labbra di Sheraen tremarono. «Se esiste una giustizia, gli Dèi risponderanno a qualche entità superiore, per le loro iniquità. Non sempre sono giusti o forse siamo noi a non saper cogliere i loro disegni…»

«Non sono mai giusti!»

«A volte no, ma non spetta a noi giudicare.»

«Perché no? Se non sono migliori di noi, allora non meritano la nostra comprensione, né la nostra devozione… Sempre che esistano e non siano un'invenzione dei sacerdoti per dominare l'anima della gente comune e dei re!»

Lei sorrise. «Parli come un Valmādrian» scherzò. «I loro preti non sono molto più devoti di te.»

Ma a quel paragone, l'espressione di Tresan divenne rabbiosa.

«Non mettermi sullo stesso livello di quei cani!» sibilò. «Non farlo mai!»

Sbalordita dalla sua reazione, Sheraen divenne ancor più pallida. «Mi dispiace» si scusò, addolorata. «Non volevo…»

Ma ormai era troppo tardi. Tresan s'alzò bruscamente, liberandosi della sua stretta e, imprecando sottovoce, iniziò a camminare nervosamente nella stanza.

«Non sono come loro» riprese. «Posso essere peggiore, mille volte peggiore, ma non come loro!» Sentiva nelle mani un formicolio ansioso e alla testa gli salì un'incontrollabile sete di sangue, com'era successo a Gharr. Ma questa volta non era il Maledetto a guidare la sua volontà: aveva *voglia* di uccidere e sapeva che neppure una distesa di divise azzurre e argentate avrebbe potuto placare la sua collera. *Cosa mi sta succedendo*? si spaventò. *Io non sono così. O lo sono sempre stato e non l'ho mai saputo*?

Sheraen lo richiamò, preoccupata «Tresan...»

«Taci!»

Perso nei suoi pensieri, non si era quasi accorto d'essere stato aspro, ma si pentì subito del suo tono. *Calmati!* Si aggrappò con le mani al davanzale della finestra che s'affacciava sulla foresta. Non voleva litigare con lei. Sheraen non era responsabile dell'uccisione di suo padre e dell'infermità di Rupens. Era una spia e aveva avuto una giovinezza privilegiata, crescendo nella zona più segreta del tempio di Envles'Tin. Anche se era tenace e coraggiosa, e l'aveva dimostrato, cosa poteva saperne delle pene della gente comune?

Non aveva parlato, ma l'Occhio di Petalite si era acceso, sopra la camicia da notte di Sheraen, e lei fremette.

«Non sono una gran nobile» scandì e Tresan si voltò a guardarla, confuso. Gli aveva letto i pensieri nella mente? «Sono figlia di un povero Sottocavaliere di Rovanea e a Envles'Tin sono stata abituata ad avere ben pochi servitori. Mi sono sempre cucita gli abiti che indossavo, quando non usavo quelli smessi da altre ragazze, e ho imparato a prepararmi da sola l'inchiostro con cui scrivevo. Sì, sono stata cresciuta nell'accademia di tuo zio, ma solo perché ho perso i miei genitori quando avevo otto anni. Dici che non conosco la sofferenza...» La voce le s'incrinò. «Credi che non abbia mai urlato contro gli Dèi, per quella desolazione che ancora porto in me? I tuoi nonni mi sono stati cari, ma non hanno potuto sostituire l'affetto di una madre... e la mia mi voleva bene, nonostante i capelli bianchi e gli occhi segnati dai demoni...!»

Gli occhi le si colmarono di pianto e lui si pentì d'averle parlato con asprezza. Le si riavvicinò e sedette sul letto, prendendola fra le braccia. La sentì tremare e gli sembrava un po' calda.

«Come avrebbe potuto non amarti?» sussurrò, facendole posare il volto sulla sua spalla. «Sei così dolce e bella...»

Si diede dell'idiota, e quando a Sheraen sfuggì un singhiozzo, la strinse un po' di più, senza neppure rendersi conto che quel gesto non era conveniente, fra due semplici amici.

«Cos'è accaduto?» osò chiederle.

Non fu necessario che Sheraen parlasse. Le sfiorava la guancia con la tormalina e a quel contatto i ricordi della ragazza gli esplosero nella mente come se fossero stati suoi. Ebbe la percezione d'essere ritornato bambino, intento a sbirciare da una porta semichiusa. Scostando leggermente l'uscio, vide un Sottocavaliere, lo s'intuiva dall'abbigliamento più borghese che nobiliare, parlare con un vecchio che gli assomigliava, nei tratti del volto... Il nonno di Sheraen, suppose. Alle loro spalle, appeso a un muro di sasso, troneggiava un arazzo con un alce impennato, il simbolo della sottocasata dei Vestren di Rovanea.

«La bambina è segnata dai demoni!» tuonò il Sottocavaliere. «I mercanti di grano ne hanno paura e sempre meno navi approdano al mio molo. Anche le sacerdotesse di Ályshan, qui, sull'isola, ne hanno timore e si son rifiutate di accettarla come novizia. Non ho altra scelta. Se vogliamo sopravvivere, Sheraen dovrà morire.»

«Sua madre ne soffrirà» si dolse il vecchio e il Sottocavaliere bevve d'un fiato una coppa di vino rosso. «Ha altri sei figli di cui occuparsi» replicò, con indifferenza. «Si dimenticherà in fretta di quella piccola creatura senza colori.»

«Cosa intendi fare?»

«Seppellirla sull'isola di Pru. I pescatori non porranno troppe domande.»

Il vecchio chinò il capo, rassegnato. «Se questa è la tua ultima parola, figlio mio, sia fatto il tuo volere. Ma la tua decisione mi colma d'amarezza. Sheraen assomiglia tanto alla tua povera madre... Quando la ucciderai, io piangerò per entrambe.»

Poi, le immagini mutarono e calò la notte. Con un violento squarcio sul passato, Tresan rivisse l'incubo che tante volte l'aveva svegliato di soprassalto nelle notti dominate da Athera: una nave che naufragava nella tempesta, marinai, uomini e animali che morivano fra i flutti... Il grido disperato di una donna e il pianto di una bambina... Sheraen! In sogno, lui aveva cercato ogni volta di raggiungerla a nuoto, ma si era sempre svegliato prima che le loro mani riuscissero a toccarsi.

«Un naufragio...» mormorò. «In una notte di luna sanguigna.»

Sheraen si scostò da lui, stupefatta.

«Come lo sai?» ansimò.

Anche la voce di Tresan era incerta. «Ti ho rubato qualche ricordo, senza volere...» si scusò

«Lo so» Gli mostrò l'Occhio di Petalite, quasi abbagliante nel palmo della mano. «Ma come fai a sapere che la notte del naufragio Athera è risalita da sola, oltre il cielo in tempesta?»

Tresan fu scosso da un fremito. «Lo so da sempre. L'incubo di quel naufragio mi perseguita da quand'ero bambino. Ti ho sentita piangere a ogni passaggio solitario della luna rossa, e ogni volta ho provato a salvarti, ma inutilmente... Com'è stato possibile?»

«Non saprei» Era la prima volta che Tresan la vedeva confusa. «I tuoi nonni mi hanno trovata svenuta sulla spiaggia, all'alba. Forse, la loro vicinanza ha legato la tua mente alla mia.»

No, un sussurro nella coscienza di Tresan, ma era così flebile che lui non riuscì neppure a coglierlo, se non come una vaga percezione senza sostanza. Le accarezzò un braccio, un gesto audace, e osò sorriderle.

«Sono uno stupido e ti chiedo perdono per averti offesa. Credevo di essere infelice perché mio padre non mi amava come avrei voluto, ma tu conosci un disprezzo ben peggiore e senza colpa.»

«Tuo padre ti ha amato molto, invece. So che ha lottato come un leone contro Volèn, per tenerti nella sua casa, e ha fatto di tutto per evitare che andassi a Myrdrassa, cadendo in chissà quale trappola tesa dagli Shaar Tol Re. Non so di cosa avesse paura, ma tu gli devi qualcosa di più della rabbia e della smania di vendetta» Tresan abbassò gli occhi, colpevole. «Come figlio ed erede, hai il dovere di invocare misericordia per il suo spirito. Vuoi che reciti i salmi con te?»

«Io... Ho offeso sia te che gli Dèi. Non so se...»

«Se gli Dèi non vorranno ascoltare le tue preghiere, lo faranno i tuoi Avi. Vuoi che a tuo padre siano sbarrati i cancelli del suo Cielo per l'eternità?»

«La Dea Melyss lo avrà già accolto nel suo Cerchio, ormai.»

Si sentiva a disagio. Non odiava gli Dèi, ma era troppo presto perché tornasse a inginocchiarsi ai loro piedi; se l'avesse fatto, sarebbe stato solo per ipocrisia, e le sue suppliche sarebbero state vane.

«Tu prega gli Dèi, se lo desideri» le disse. «Io reciterò i salmi invocando la protezione degli Spiriti. Ti accompagno nel santuario?»

«No. Andiamo sulle rive del Porneva.»

«Ma non stai bene, non dovresti uscire dal tempio.»

Lei gli tese le braccia e Tresan non poté far altro che accontentarla. L'avvolse in un manto di pelliccia e, passando per un sentiero sul retro, la portò in braccio fino alle sponde del lago. L'acqua era rossa, calda e fumigava lievemente; il vapore si disperdeva fra le chiome rigogliose dei salici piangenti e i pennacchi chiari del canneto.

Sheraen tracciò nella terra alcuni simboli arcani, che Tresan non riconobbe, e imbracciò il *ghirr* che aveva portato con sé.

«Dalle terre da cui provengono le mie antenate, i defunti venivano onorati con preci, litanie e alti lamenti» spiegò. «Ma più che le grida, sono i canti a raggiungere le anime, anche quelle disperse nei secoli, e tuo padre può essere ovunque, in questo momento. Accendi un fuoco, fra questi segni.»

Tresan obbedì e quando la fiamma fu alta Sheraen si chinò sul falò, mormorando alcune parole in una lingua ormai dimenticata, e accennò alcuni accordi di *ghirr*. Intonò un lamento e Tresan chiuse gli occhi, ascoltandola rapito. La voce di Sheraen era scura e armoniosa, il tocco sulle corde simile a una lieve brezza di mare. Sembrava che anche gli alberi, con il loro mesto fruscio, si unissero al suo canto e la pelle del lago si era increspata in rughe di tristezza. *Ogni nota ha la morbidezza del velluto.* Il silenzio si colmò di musica e a Tresan parve che anche le nuvole piangessero polveri argentate in onore di suo padre. Quando Sheraen tacque, le prese il *ghirr* dalle mani e quasi senza accorgersene salmodiò un rituale che aveva appreso nelle cronache scritte dalla madre di Volèn. Lo aveva sentito più volte in sottofondo, mentre leggeva, e sapeva che era un inno funebre dedicato ai re e ai grandi condottieri della storia antica. Non lo offrì né ai nuovi Dèi né ai suoi Avi, ma all'Uno Immortale adorato oltre dieci, dodicimila anni prima assieme ad altre divinità di cui si era disperso il nome. *Se sei stato un Dio potente e se davvero sei esistito, Uno Immortale, allora devi vivere ancora da qualche parte, magari con un altro nome e sotto altre sembianze. Ascolterai la mia preghiera?*

Cantarono per molto tempo, sfumando il dolore in sussurri di pace, poi la litania si spense e l'incanto si spezzò. Tresan ripose il *ghirr* sull'erba e si stiracchiò come un gatto al risveglio.

«Grazie, Sheraen. Se non avessi discusso con te, avrei continuato a commiserare la triste sorte di mio padre e la mia. Non perdono i Valmādrian e desidero la vendetta più d'ogni altra cosa al mondo, ma ora la mia mente è più serena perché ho la certezza che l'anima di mio padre riposa nelle Stanze dei Cieli ed è finalmente felice.»

Il fuoco si era quasi spento e durante la preghiera il manto di pelliccia era scivolato dalle spalle di Sheraen, afflosciandosi a terra. Lei lo raccolse tremando. Aveva le guance arrossate e gli occhi lucidi; forse la febbre si era rialzata. Tresan l'aiutò a ricoprirsi e la ricondusse in braccio nella sua stanza. L'adagiò sul letto e ordinò a una novizia di portare un infuso di Veronica. Ravvivò il camino e tornò a sedersi sulla panca accanto al letto, scaldandole con vigore le mani nelle sue.

«Non avresti dovuto sforzarti» la rimproverò. «L'aria è fredda, quassù, e sei gelata come un sorbetto!»

Sheraen accennò un sorriso stanco, ma gli occhi le scintillavano di soddisfazione. «Tu hai rischiato molto di più, per portarmi via da Zancaner» osservò. Senza lasciargli la mano, s'addossò ai cuscini sollevati contro la testiera. «Non era necessario che i tuoi nonni organizzassero una spedizione paramilitare per liberarmi dal Governatore. Sono già fuggita da altri palazzi o castelli, in passato. Anche se Mardun mi teneva rinchiusa nel serraglio, sarei riuscita a tornare in Rovanea, al loro comando.»

Tresan si portò le sue mani alle labbra e le sfiorò con un bacio, respirando il dolce balsamo di magnolia della sua pelle.

«Senza dubbio, ma forse gli Dèi hanno voluto che c'incontrassimo»

Le rivolse un sorriso malizioso. «E non sarebbe stato possibile, se mio zio non avesse deciso di scendere per riprenderti di persona. Tiene molto a te, sai? Ti stima più di qualunque altra spia e mi ha confidato di considerarti la sua vicaria, nella gerarchia dell'Accademia.»

Il sorriso di Sheraen divenne luminoso. «Te lo ha detto lui? Non sono la più anziana... Ha davvero scelto me?»

«Prima che lasciassimo Zancaner, ha dichiarato che se gli fosse accaduto qualcosa, il posto a capo dei Servizi Segreti sarebbe stato tuo.»

Sheraen s'imporporò d'orgoglio e, con una fitta di gelosia, Tresan si chiese se fra lei e Tedrov ci fosse un'intesa che andasse oltre la complicità legata alle missioni e l'amicizia. Anche se suo zio non sembrava affascinato da lei, non aveva esitato a snudare la spada contro le guardie del Governatore, pur di riportarla in Rovanea. E Sheraen? Cosa provava per lui? Non sarebbe stata la prima allieva a provare un insolito batticuore per il proprio maestro...

D'improvviso, si sentì sciocco a corteggiarla e le lasciò la mano. Poco più tardi, la novizia portò la tisana di Veronica e quando uscì Génie venne a salutarlo, accompagnata da Allaras. Rimasero tutti insieme per un'ora, a conversare di cose di poco conto, dopodiché Tresan e Allaras presero congedo e ritornarono alla fortezza.

Quella sera, dalle pagine consunte delle *Cronache Perdute* si diffondeva una luce fioca, sovrannaturale, e Tresan la scorse oltre la porta aperta mentre saliva gli ultimi gradini della scala a chiocciola. Si avvicinò alle pagine aperte sul leggio e, così com'era già accaduto la notte in cui aveva vegliato la salma di Borr, sentì una litania funebre a più voci risalire dalla terra e brulicare nella notte. Aprì la mano sulla pergamena. I canti degli antichi popoli gli penetrarono nella pelle e gli scorsero nelle vene, e il tempo parve confondersi e avvolgersi su se stesso per trasportarlo in epoche lontane... Era nel suo corpo eppure non lo era... Vedeva l'antro oscuro di una grotta e il fuoco di poche torce linguggiare nell'oscurità... Dove si trovava?

Kasara... Sfiorò l'orecchino di tormalina e sentì ch'era caldo. *Mi sei vicino, non è vero? Sei venuto a celebrare la morte di mio padre, così come hai reso onore a Borr, o cerchi di tendermi una trappola? Se sei qui e mi sei amico, ascolta la mia preghiera: se incontrassi mio padre, nei Cerchi degli Immortali, tendigli la mano e guidalo nella sua nuova vita. Non ti chiederà soccorso, tanto è orgoglioso, ma tu sorreggilo senza che se ne accorga, fedele come un'ombra. Se lo farai, ti prometto che, qualunque sia il tuo peccato, io ti offrirò la mia spada e la mia vita, e mille e mille volte benedirò il tuo nome nei Cieli o negli Inferni in cui sprofonderò dopo la mia morte. Te lo giuro.*

9

Da quel giorno, Tresan cavalcò quasi ogni pomeriggio fino al tempio di Samishka per andare a trovare Sheraen. Inizialmente si era imposto di non farlo, turbato al pensiero che la ragazza avesse un'infatuazione per suo zio, ma scrollando le spalle si era detto che erano amici e che non c'era nulla di sconveniente, se desiderava la compagnia di qualcuno che avesse la sua età, in quel posto fuori dal mondo.

Con il trascorrere dei giorni, Sheraen diede segno di riprendersi. A poco a poco, il pallore sfumò in un colorito più roseo e sano e le sue mani tornarono a scaldarsi. Quando la febbre scomparve, Génie le lavò i capelli con oli lucenti e glieli intrecciò con eleganza, impreziosendoli con spille tempestate di perle di lago. Le sacerdotesse le avevano prestato le loro tuniche di pelle e pelliccia, e quando Tresan la vide alzata per la prima volta fece fatica a balbettare un saluto senza apparire ebete. Per quanto le vesti le coprissero le gambe fino ai piedi, i seni e le braccia erano scoperti a sufficienza da scatenare in lui le fantasie più ardite.

Un pomeriggio, Sheraen lo condusse nei cortili del tempio e gli mostrò un grande calendario affrescato su un muro in elaborati cerchi concentrici blu, porpora e oro. Aveva almeno quattrocento anni ed era stato decorato dai sacerdoti con magistrali miniature delle tredici stagioni, del sole e delle tre lune.

«Non è splendido? Neppure a Envles'Tin abbiamo un calendario così raffinato» disse. «Io sono nata sotto il Segno dell'Aquila, nell'anno degli Universi Incrociati, in questo giorno... Il giorno che è lungo quanto la notte» Indicò un complesso intreccio di simboli colorati su cui troneggiava un'aquila ad ali spalancate. Tresan sorrise, stranamente senza alcuno stupore: «L'Equinozio di Primavera. Siamo nati nello stesso giorno e nello stesso anno, dunque...»

«Sì... Un bambino dagli occhi di aquila e una bambina dagli occhi violetti. Athera dominava lo Zenith e la terra ha tremato dopo tanti anni. È stata una notte magica!»

Lui s'accigliò. «Non credo alle coincidenze. Anche tu sei coinvolta nel risveglio del Dio Ignoto e del Re d'Ambra?»

Sheraen non comprese. «Nel risveglio di chi?»

«Cosa sai della leggenda del Re d'Ambra?»

«Conosco qualche canto e so cosa si sussurra nel tempio di Envles'Tin. Ma perché dovrei essere coinvolta nel risveglio di un Dio antico e di uno schiavo morto?»

«Passeggiamo nel parco» La prese gentilmente per un braccio, e ripresero a camminare sul viale di pietrischetto rosa. «Nessuno deve sentirci.»

Le parlò di Kasara, delle sue apparizioni, dei suoi mormorii nel vento e nella sua mente, e Sheraen l'ascoltò in silenzio. Alla fine, si appoggiò al tronco di una quercia e disse:

«Dev'essere accaduto qualcosa di tremendo, prima che il vecchio mondo morisse... Qualcosa che ha costretto la ruota del *karma* a non fermarsi e a riportare quell'uomo e il suo dio nel mondo dei mortali, per fronteggiarsi un'ultima volta nell'odio, nel sangue e nella morte.»

«Scoprirò di cosa si tratta e allora capirò perché Kasara ha scelto di unire il suo cielo al mio. Ci sono cose che ancora non capisco. Perché è apparso proprio a me, che sono un semplice tenente mezzosangue, senza alcuna predisposizione al potere dei maghi o dei sacerdoti?»

«Affrontare un dio furioso senza Shelavin è una pretesa ardita» convenne Sheraen, pensierosa. «Non so come potrai aiutare Kasara a frenare la collera del Senzanome, se mai dovrai farlo, ma sappi che se avrai bisogno di me sarò al tuo fianco» Gli rivolse un'occhiata intensa. «Ora e sempre.»

Lui le sorrise, riconoscente e, ammaliato alla brillantezza dei suoi occhi, salì con la mano ad accarezzarle i capelli serici. Un fruscio alle sue spalle lo fece sobbalzare. Voltandosi, vide due novizi incamminarsi sul sentiero. Leggevano un breviario a fior di labbra e soltanto quando furono vicini li salutarono con un gesto del capo, proseguendo lentamente verso il tempio.

Sheraen raccolse la veste con le mani e salì alcuni scalini, avviandosi sul viale. «Seguimi. Voglio mostrarti una cosa.»

Superati i giardini interni, lo condusse in una sala di pietra grezza, dove si ergeva la statua del dio Ashivad. Il dio era raffigurato come un uomo seduto a gambe incrociate, magro e seminudo, la grande testa sbozzata nelle sembianze di un falco. Le mani, aperte sulle ginocchia, erano artigli di rapace. Fra le gambe racchiudeva una vasca costruita attorno a una sorgente d'acqua pura.

«Le acque più pure possono mostrare agli iniziati alla telepatia quello che accade nelle Isole dell'Arcipelago» gli spiegò Sheraen, sedendosi con grazia sul bordo della vasca. «Vieni. Chiedi ad Ashivad di mostrarti quel che accadde fra Kasara e il suo dio.»

«Potrebbe farlo?» si sbalordì Tresan, inginocchiandosi al suo fianco.

«Non lo so. Di solito, io vedo quel che avviene nel presente, ma puoi tentare di chiedere di vedere nel passato.»

Lui si sporse e guardò il proprio viso riflesso nell'acqua.

«Insegnami» la pregò.

«Non si può imparare. Si può solo *fare*. Io ho scoperto di poter vedere oltre me stessa quando avevo sedici anni, ma non ho fatto nulla per diventare una telepate. Tu sei stato una delle prime persone che ho scorto.»

«Io?» La voce gli si spezzò nella gola. «E cos'hai visto, di me?»

«Oh, qualcosa...»

Tresan divenne di brace. Distolse lo sguardo, imbarazzato, augurandosi che Sheraen non lo avesse osservato in momenti poco convenienti. *Oh, Dea... che vergogna!*

«Perché mi hai cercato?».

«Sono stati gli Dèi a metterti sulla mia strada e a volere che ti sorvegliassi. Davvero non ti sei mai accorto di me?»

Occhi aperti nella notte, una preghiera che gli si affievoliva sulle labbra...

«Sì, una volta. Mi hai cercato attraverso la costellazione dell'Aquila.»

«Ero io. Sono felice che tu mi abbia notata.»

«Come avrebbe potuto essere altrimenti?» La voce di Tresan divenne un sussurro soffocato. «Eri così splendente che ti avrei vista anche in pieno giorno» Abbassò lo sguardo sulle sue labbra, fresche e carnose, e desiderò prenderle fra le proprie. *Cosa pensi, pazzo?* si riscosse. *Sheraen è una tua amica!* Si costrinse a distogliere gli occhi da lei. «Il tuo potere è notevole, se puoi vedere attraverso le stelle» riprese, sfiorando l'acqua della polla con un dito. «Io non possiedo lo Shelavin e non ho neppure ricevuto l'addestramento dei sacerdoti di Ályshan. Credi che potrei tornare indietro nel tempo e vedere quello che accadde una dozzina di millenni fa, fra Kasara e il Dio Ignoto?»

«É ardito, ma possiamo tentare. Pensa allo schiavo-re e porgimi la mano.»

Gettò indietro i lunghi capelli bianchi e sciolse un laccio del corpetto perché l'Occhio di Petalite s'adagiasse sulla sua pelle, fra le colline dei seni. Si chinò sull'acqua e soffiò sulla superficie, mormorando un breve rituale, poi gli prese la mano e la posò sulla Petalite. Tresan fu scosso da un violento brivido d'eccitazione e faticò a concentrarsi sull'immagine del Re d'Ambra. Pensava solo alla pelle di Sheraen, morbida sotto il palmo aperto, al suo corpo sensuale e perfetto, e non desiderò altro che sciogliere ogni laccio delle loro vesti per unirsi anche lì, sul pavimento di sasso, davanti alla statua del Dio Ashivad. Non gl'importava nemmeno se l'intero convento fosse entrato per guardarli. *Ah, taci! Se ti sentisse?* La sbirciò, e vide che aveva gli occhi chiusi, il volto composto. Non gli aveva rubato dalla mente le bollenti immagini che gli avevano acceso i sensi. Con uno sforzo, si costrinse di pensare a Kasara, ai suoi occhi di cacciatore e alla sua voce, grave e irridente. L'immagine dello schiavo-re si aprì nei suoi pensieri e finalmente la Petalite s'illuminò. Tresan si sporse sulla vasca e oltre il suo viso scorse qualcosa, come se le fattezze del Re d'Ambra fossero sovrapposte alle sue. Provò ad andare oltre ed ebbe la fugace visione di un lupo che correva su una montagna innevata, ma subito dopo tornarono gli occhi di smeraldo e una forte risata riecheggiò nella sala. Anche Sheraen la udì, e si guardò attorno, stupefatta.

«É lui? Cos'hai visto?» volle sapere.

«Solo il suo volto, ma lo conoscevo già.»

«Vuoi riprovare?»

Tresan scosse il capo. Provò risentimento al pensiero che lo spettro l'avesse sbeffeggiato davanti a lei. «Credo che quell'ingrato si stia divertendo a prendersi gioco di me!»

Anche Sheraen rise. «Chissà che uomo era» s'incuriosì. «Ha un bel nome e una risata piacevole. Non imbronciarti, Tresan. Vuoi vedere qualcos'altro, nella polla? Parenti, amici...»

«Vorrei sapere come sta mio fratello.»

Quella volta il suo viso scomparve e nell'acqua vide Rupens, disteso su un pagliericcio, intento a seguire con lo sguardo la camminata nervosa di Rodhis di Allentar all'interno di una tenda stracciata su cui s'indovinava lo stemma del grifone dorato... la tenda del re... Quanto assomigliava a suo padre! Gli stessi tratti decisi, lo stesso sguardo fisso e impenetrabile, di rapace. Lo vide dire qualcosa a una figura sfocata, e un attimo dopo Helgar Ven Mrinall di Is'lenderr gli s'inginocchiò accanto per sollevarlo più comodamente sul giaciglio. Tresan provò una fitta di pietà, nel vedere le gambe del fratello muoversi inerti sulla paglia. In quel momento, Rupens alzò lo sguardo e parve incrociare il suo, e allora l'immagine s'increspò e si dissolse.

«Non doveva finire così, per lui» mormorò Tresan, ritirandosi dallo specchio dell'acqua. «Anche se qualche volta siamo stati in disaccordo, mi fa male vederlo in quelle condizioni. Non c'è speranza che si riprenda?»

«Il re ha molta fiducia nelle capacità della tua istitutrice, Madama Astrid. Non è stata una Magistra all'Università di Lanthard? Ma se Rupens non ti ha ancora richiesto l'anello del sangue, forse significa che...»

S'interruppe e Tresan si morsicò le labbra, nervosamente. «Lo temo anch'io. Ma chissà, forse, con il passare del tempo... Posso vedere anche Astrid?»

«Naturalmente. Posa ancora la mano sulla pietra...»

Mosse il palmo aperto sull'acqua, un morbido arpeggiare d'onde, e Astrid apparve sullo sfondo dell'acqua. Camminava lungo una spiaggia sottobraccio a Re Farsnar, i lunghi riccioli rossi scomposti dal vento, la veste verde che si agitava imitando i voli bassi dei gabbiani. Conversavano a bassa voce, lo si capiva dall'intimità con cui tenevano le teste vicine, il volto rischiarato da una rara serenità. *Non mi dispiacerebbe se Astrid diventasse la nuova regina dell'Arcipelago,* pensò Tresan. *Forse lei, che è diversa da ogni altra donna mortale, potrebbe dare al re l'erede che il popolo attende da trent'anni.* Poi ritirò la mano dall'Occhio di Petalite e la visione si dissolse.

Quella sera, mentre giaceva sveglio nel suo letto, l'immagine di Sheraen gli colmò i pensieri di tenerezza e ardore. S'abbandonò a fantasie proibite, immaginandola fra le sue braccia, sopra e sotto di lui, in amplessi così passionali che, sfiorandosi appena con le mani, esplose in un orgasmo improvviso e travolgente. Per qualche minuto giacque senza forze, sconcertato ma felice, molto più di quanto non ricordasse d'essere stato dal giorno in cui si era sposato, quasi due anni prima. Ascoltò il respiro e il battito del cuore tornare a farsi regolari, poi un caldo languore gli corse nel sangue, rilassandogli ogni muscolo. Stava per sprofondare nel sonno, quando venne attraversato da una fulminea considerazione: fino a poco tempo prima avrebbe venduto il suo nome, pur di avere di notizie di Maribelna; ma quando Sheraen gli aveva offerto di guardare nella polla di Ashivad aveva chiesto di vedere il fratello e Astrid e mai, nemmeno per un istante, aveva ripensato alla sposa perduta.

10

Due sere più tardi, tornò nella biblioteca. Aprì la mano sulle pagine spalancate, sperando che gli rivelassero qualche segreto del Rinnegato, ma ancora una volta il libro rimase immoto sul leggio.

«Sei un libraccio inutile!» lo insultò Tresan, passandosi le mani sulla faccia, esasperato. L'aveva letto più volte, e aveva studiato a fondo anche le parti che Volèn aveva tradotto dalle lingue più antiche, ma in nessun passaggio era riuscito a cogliere una traccia per raggiungere Kasara e lo spettro dello schiavo-re non era più tornato a parlargli, né in quella stanza né nei suoi sogni. «Sei adirato con me, Re d'Ambra? Cos'ho fatto per meritare il tuo silenzio?»

Lentamente, richiuse la pesante copertina di cuoio e riavvicinò i rotoli avvolti nelle fasce dorate.

«É tempo di ritornare fra i tuoi fratelli, vecchio mio» disse al libro, imbracciandolo. Kasara stava giocando a rimpiattino, con lui, e quella raccolta di cronistorie, per quanto affascinante, non gli era più d'alcuna utilità. «Peccato» mormorò, mentre si voltava verso la libreria. «Volevo davvero che le nostre stelle danzassero insieme, sulla mia carta del destino.»

A quelle parole, il libro prese a vibrare fra le sue braccia. Colto alla sprovvista e sbilanciato dal suo peso, Tresan lo lasciò ricadere sul tavolo con un tonfo rumoroso. Dalla sua stanza, Volèn protestò, gridandogli d'aver più cura dei suoi libri, ma lui quasi non se ne accorse. Il libro continuò a fremere, le pagine frusciarono e dalla notte si rialzò il coro che aveva udito il giorno in cui l'aveva aperto.

«Vuoi dirmi qualcosa?»

Aprì il palmo sopra la copertina di cuoio, ma ancora una volta non riuscì a rubare nessuna storia con il pensiero. «Ah, che i demoni ti congelino nel girone più ghiacciato dell'inferno, Kasara! Non sei che aria e vane parole, e queste pergamene ingiallite non servono ad altro che a ravvivare il fuoco del camino...!»

In un impeto di collera, afferrò alcune pagine e le strinse nel pugno, strappandole dalla cucitura che le legava al grosso dorso. Quando si accorse di quello che aveva fatto, si paralizzò. Volèn l'avrebbe scaraventato nel cratere del vulcano, se avesse visto come aveva rovinato l'ultimo libro di sua madre! Ridistese le pagine con una mano aperta e sotto il palmo percepì un cordone ruvido, simile a una grossa cicatrice sporgente. Con prudenza, scostò di nuovo i fogli strappati, e sollevò la lampada sopra il libro. La faccia interna del dorso era stata lacerata da una lama e ricucita con una cordicella sottile. Incuriosito, sfiorò la cucitura e subito nella mente gli esplose un'immagine... Kasara, più giovane di quanto fosse lui in quel momento, si chinava ad accarezzare un lupo grigio, davanti a un laghetto. La toccò ancora e vide il re prendere per mano una donna dalla pelle scura e portarla sotto un pergolato di gelsomini mentre tutt'attorno la corte esultava. Sentì il cordone pulsare come un cuore e, senza perdersi in pensieri, si sfilò lo stiletto che portava al fianco e tagliò il laccio della cucitura. Alzando la lampada sopra il piccolo squarcio, notò che conteneva un'altra pergamena, conficcata nella spessa copertina di cuoio rigido. Questo spiegava sia perché non l'avesse mai notata, prima d'allora, sia perché ogni tanto il libro sembrasse percorso dalla magia. Era quella pergamena a liberare emozioni e ricordi, quando lui le passava accidentalmente sopra una mano. Cercò di sfilarla dalla fessura che aveva aperto, ma era troppo grande, e per evitare di stracciarla dovette rompere altre cordicelle che legavano le pagine al dorso. *Dea, fa' che Volèn dorma! Se entrasse in questo momento, mi appenderebbe alla torre a testa in giù*! Sciolse la rilegatura per metà ed estrasse la pergamena. Non era una pagina sola. Era formata da numerosi documenti ripiegati gli uni dentro gli altri, in apparenza risalenti a epoche diverse. Uno, in origine una sottile tavoletta di cuoio, era corroso dal tempo e non appena lo prese gli si frantumò fra le mani, e un altro, di fragile papiro, era così vecchio da essere illeggibile. Un altro ancora sembrava una mappa astrale, ma i tratti erano così sbiaditi da confondersi con le venature della cartapecora. Sfiorandoli, Tresan venne trafitto da rapide immagini, Kasara messo alla tortura sui pali anneriti dal fuoco e subito dopo disteso su una schiava, in un intimo atto d'amore, e ancora, incredulo, mentre strappava il velo dal volto di una donna dai capelli di luna.

«Per i Nove Dèi!» esclamò, sopraffatto dall'emozione. «Alcuni di questi scritti devono essere più vecchi dell'arcipelago stesso!»

Erano testimonianze dirette, o quasi, di quello che era accaduto prima della fine del vecchio mondo. Almeno dieci o dodicimila anni prima. *Dodicimila!*

Esitò a toccarli ancora, nel timore che si sfaldassero sotto le sue mani, e ne prese altri che sembravano più robusti. Erano una decina, vergati su entrambe le facciate con simboli e disegni stilizzati, anziché con rune, e riconobbe una lingua usata fra i seimila e i tremila anni prima dagli storiografi nomadi dei deserti Nuramag. Dal momento che era ancora utilizzata dagli uomini-medicina del Puma Bianco, Astrid gliel'aveva insegnata per cinque anni, poco dopo il suo arrivo a Va'Nel. A differenza delle lingue dell'Arcipelago, era scritta in colonne dall'alto verso il basso, come le incisioni di una stele. A dispetto dell'apparenza, era meno complessa d'altre lingue antiche, e gli bastò interpretare qualche ideogramma qua e là per capire che era una trasposizione per intero della storia di Kasara. Il Re d'Ambra era raffigurato con la testa di un lupo, e i suoi occhi di belva sembrarono ammiccare, quando incrociarono i suoi.

Le pergamene non erano numerate, ma miniate in alto con un intreccio di rovi e di lune crescenti e decrescenti che proseguiva nei fogli successivi. Dispose le pagine sul libro sventrato nell'ordine in cui le aveva trovate. Fu facile trovare la prima e, mentre Kasara sorrideva soddisfatto, oltre le pieghe della notte, iniziò a leggere.

Tratto dalle testimonianze delle donne Harana e dei Ra'muss scampati alla furia del Dio Sanguinario, e basato sugli scritti di Makòl, il Custode degli Schiavi.

"Kasara degli Harana nacque da nobile stirpe, nelle pianure di Lon'ylan, dove i cavalli galoppavano selvaggi e grandi fiumi scintillanti solcavano le praterie per gettarsi nell'abbraccio dei mari lontani. Il padre di suo padre, Kasargo dalla pelle di bronzo, aveva assoggettato i villaggi sperduti fra le erbe alte e i monti popolati dai lupi, riunendoli in una grande tribù, e un giorno aveva risalito un colle che dominava le pianure e sulla roccia più alta aveva piantato il suo bastone.

«Quassù sorgerà la mia dimora» aveva dichiarato e dal mare erano venuti uomini con pietre bianche e ocra, vetri colorati, picconi e argani, e i servi eressero il palazzo più maestoso che un re avesse mai abitato. Tutt'attorno sbocciarono cortili e giardini, e oltre le arcate delle mura sorsero le abitazioni dei sudditi.

Sorse così, sulle rive del lago Ise, Arga la bella.

Nel fertile territorio crescevano alberi grevi di frutta e la selvaggina era abbondante. Gli uomini acclamavano festanti il loro signore, per lui domarono i cavalli delle praterie e gliene fecero dono.

Alla morte del re, suo figlio Gjano sedette sul trono d'avorio del palazzo e cinque cicli di stagione più tardi, un atteso evento venne a rallegrare i guerrieri Harana. Alto il sole sfolgorava sopra il colle e la stanza della principessa Majallira era sfumata di porpora e oro quando il suo grembo benedetto dagli Dèi si sgravò. Un profondo silenzio era sceso sul palazzo e il re pregava il Totem dell'Uno Immortale e quello della sua consorte, la Dea delle Tre Lune, di preservare la donna e la creatura che aveva seminato in lei nella stagione del gran maturo. Fu mentre la meridiana sulle mura segnava lo zenith che il vagito di un bambino ruppe la quiete e, già schiavi del vigore della sua voce, il re e il popolo esultarono di gioia. Gonfio d'orgoglio, Re Gjano uscì sulle terrazze e mostrò il figlio alla corte radunata nei cortili e lo riconobbe come sangue del suo sangue. Lo sciamano del re lo condusse sotto il Totem del dio e lo unse con l'olio sacro, a sigillare il suo divino diritto al trono. Allora, secondo l'usanza delle sue genti, Re Gjano prese per mano la madre del suo erede e quella notte la impalmò nel tempio di roccia e stelle, presso il lago, facendo di lei la sua sposa.

Kasara crebbe forte, addestrato sin da infante all'arte della guerra e della caccia. La sua mano era sicura, il suo cavallo docile e obbediente. Ancor prima di celebrare il sedicesimo ciclo di vita era divenuto il guerriero più alto e possente della sua tribù Si aggirava per il palazzo e le vie della città a torso nudo, i capelli raccolti in una lunga coda corvina. All'orecchio, portava un lungo orecchino d'oro e smeraldo. A volte partiva, in compagnia dei suoi amici più cari, Zamaka e Gresutu, per battute di caccia sui monti vicini e rientrava in città con selvaggina per gli affamati e pellicce per i più poveri. Un giorno varcò i cancelli della città seguito da una lupa dagli occhi azzurri e il popolo lo vide offrirle il cibo dal palmo delle mani e abbeverarla dal suo otre di pelle scura.

«Ho adottato questa lupa nelle foreste e il popolo dovrà rispettare il suo passo e quello dei suoi figli» comandò il principe. Si spogliò, mostrando il tatuaggio del muso del lupo sul petto d'ambra e guerrieri lo incoronarono Signore dei Lupi. D'allora, per molti cicli, la lupa seguì Kasara in battaglia e nelle cacce più ardite e lo riscaldò nelle notti più fredde. Alla sua morte, suo figlio Zario la sostituì in caccia e in battaglia, fino a quando una crudele morte non lo colse sotto la lama nemica.

Frattanto, Kasara era ormai divenuto un guerriero. Gli uomini lo temevano, le donne lo veneravano. Ma la sola che egli davvero amasse era sua madre, Majallira la Bianca, figlia dei Re di paesi lontani, oltre tutte le terre e tutti i mari conosciuti. Aveva capelli e occhi neri, ma la pelle più candida del latte e per Kasara non esisteva donna più bella. La regina lo riceveva sovente sul terrazzo ombreggiato delle sue stanze; e là, nella soave ombra dell'edera verde, usava parlargli e così diceva:

«La tua avvenenza non ha rivali, figlio mio e neppure la tua forza. Eppure ho letto i presagi nella terra e ho visto le catene ai tuoi polsi e una ancor più tenace sul tuo cuore. Se hai nemici, riappacificati con loro. Se hai offeso qualcuno, anche il più misero dei nostri schiavi, inginocchiati e invoca il suo perdono. Sconfiggi il destino, Kasara e tramuta questa triste profezia nei vaneggiamenti di una madre troppo vecchia e stolta...»

Ma Kasara non aveva nemici e non comprendeva le parole della regina. Dopo un intero ciclo di stagioni, Majallira morì e Re Gjano, stremato dal grande dolore, la seguì sulla pira ardente qualche luna più tardi. Kasara non aveva ancora diciotto primavere, quando sedette sul trono d'avorio del padre; e già il suo primo figlio cresceva nel ventre della schiava Verlana, rapita alla tribù dei mori Zulandru quand'era una bambina. Secondo il rituale Harana, Kasara la sposò alla nascita del primo figlio, ma il parto fu difficoltoso e il bambino morì dopo una stagione. Il secondo e il terzo figlio nacquero già morti e la schiava si disperò, quando scoprì di non poter dare eredi al suo re. Temette il ripudio, ma Kasara trasgredì le usanze e la trattenne ugualmente al suo fianco, trattandola con affetto. A lei si rivolgeva per discutere degli affari del regno e per chiederle consiglio sulla gestione della casa, ma il suo desiderio si rivolgeva alle floride fanciulle della corte e nel tempo che seguì ebbe altre mogli e altri figli. Si racconta che si concesse molte amanti, senza tuttavia che il suo istinto passionale venisse mai appagato. Verlana, ormai allontanata dal talamo del consorte, soffrì in silenzio per quell'uomo che amava e che non poteva più avere e una notte lo pianse nel cerchio di pietre della Dea Madre con parole che risuonarono aspre nei cieli:

«Che tu possa struggerti per una donna, un giorno e morirne!»

L'ascoltò Zeltana, sciamano del villaggio e moglie di Zamaka, e per suo tramite la maledizione raggiunse gli Dèi.

«Non pronunciare parole avventate» l'ammonì la sacerdotessa. «Kasara è pur sempre tuo marito. Intonerò per te i canti del perdono, affinché la tua anima possa ritrovare la pace.»

Alcuni cantori dell'epoca, che tramandarono ai posteri le cronache del tempo, narrano anche che Verlana cercò la morte gettandosi in mare da una rupe, ma che Kasara la salvò. Forse i due si riconciliarono, ma non condivisero mai più i doni nuziali, nella stanza del re. E le pene di Verlana non ebbero fine che con il compimento della sua vita terrena

Sotto il governo di Kasara, il regno degli Harana proliferò e altre tribù vennero annesse ad Arga e mentre percorreva a cavallo i suoi vasti territori, il re desiderò poter giungere sino al mare.

«Gresutu, Zamaka» diceva agli amici del suo cuore. «Mio padre era figlio di un uomo venuto dalle acque e io sento il richiamo prepotente di quel lago immenso. Non ci sono altri popoli, fra noi e il mare: conquistare sassi ed erba non sarà arduo per un popolo di guerrieri.»

Ma gli sciamani predissero grandi sventure e, quando Kasara aveva compiuto da poco ventinove primavere, il popolo dei Ra'muss, guidato da Re Ra' Mussondor Rossa Chioma, invase Arga, mettendola a ferro e fuoco. Il palazzo reale venne saccheggiato, le donne violentate e molti bambini furono gettati dalle mura o trucidati lungo le strade della città. Il lupo di Kasara venne ferito a morte e bruciato sulla pira che era divenuta la bella città sconfitta, e il cerchio di pietre e rose della Dea delle Tre Lune fu efferatamente distrutto. Il Totem dell'Uno Immortale venne abbattuto e depredato della giada e delle gemme che lo decoravano. Kasara, ferito e ridotto in catene, venne trascinato nella sala delle udienze del palazzo e, mentre Ra'Mussondor banchettava sul suo trono d'avorio, fu costretto a guardare i vincitori sollazzarsi con le sue mogli e i figli. I maschi vennero sgozzati dopo essere stati orribilmente torturati e la figlia più grande, di neppure otto anni, venne violata brutalmente da dodici uomini. Disperata, si tolse la vita con un pugnale d'argento.

«Fermati, pazzo!» gridò Kasara a Ra'Mussondor, sconvolto da tanto scempio. «La città è tua e io ti appartengo. Perché ti accanisci contro questi innocenti?»

«Perché mi piace» rispose il vincitore. «Se avessi saputo che mi sarei divertito tanto, sarei venuto molto prima!»

Le mogli di Kasara non versarono una lacrima, né chiesero pietà, mentre gli irsuti vincitori le oltraggiavano nel sangue dei figli morti. Neppure la giovane Lunaverna, che attendeva il suo primo figlio, venne risparmiata. Quando fu stanco di sangue e violenze, Ra'Mussondor lanciò sul pavimento gli occhi strappati ai figlioletti di Kasara e s'alzò dal trono con uno sbadiglio.

«Tu» indicò la seconda moglie del signore dei lupi. «Con quei capelli biondi sei quasi graziosa. Sarai mia. La vecchia...Sembra forte, potrà lavorare. Voi due» si fermò davanti ad altre due consorti, scompigliate e insanguinate. «Non possedete né grazia né bellezza. Uomini, fatene quello che volete.»

Kasara urlò e cercò di liberarsi delle catene fino a farsi sanguinare le braccia, ma le due donne vennero sventrate sotto i suoi occhi e i loro cadaveri gettati dalle mura dalla città.

Nell'assistere alla ferocia dei vincitori, il cuore di Kasara si colmò di odio e vendetta, e d'allora il suo volto divenne di pietra. Pregò l'Uno Immortale e la Dea delle Tre Lune che Gresutu e Zamaka fossero ancora in vita: Zamaka aveva il suo stesso sangue ed era stato allevato come guerriero e Gresutu conosceva anche i più primitivi rituali Harana. Con il loro sostegno avrebbe potuto vendicarsi degli assassini della sua famiglia e del suo regno."

Stordito, Tresan scostò la mano dalla pergamena miniata. Aveva letto molte vicende sanguinose, nelle pagine che avevano narrato la storia degli avi di Kasara, ma nessuna l'aveva turbato tanto quanto la spietata distruzione di Arga la Bella. Per quanto la cronaca si fosse limitata a esporre i fatti, aveva vissuto quegli eventi con Kasara, come se gli fosse stato accanto. Anche adesso, aveva l'illusione di catturare l'odore acre del suo sudore e del suo sangue, vedeva la collera sprizzare dai suoi occhi di smeraldo, fuochi verdi sotto i capelli ingarbugliati, mentre i nemici ingiuriavano le mogli e i figli. Sentiva l'odio del re pulsargli nel sangue come se fosse stato suo. Anche se aveva ritratto la mano dalle pergamene, nelle orecchie gli risuonavano ancora le grida delle donne violentate e il gemito dei morenti sulle scalinate esterne del palazzo. La narrazione non s'era dispersa nei dettagli della dimora del re eppure Tresan sapeva che le mura avevano le sfumature delle terre bruciate dal tramonto e che nelle grandi sale i pavimenti erano decorati con mosaici e le finestre erano alte, incurvate a volta e con vetri variopinti, senza alcun tendaggio. Nei corridoi troneggiavano pelli d'animali uccisi durante la caccia e nei tripodi di bronzo bruciavano incensi inebrianti. *In tempo di pace, dalle cucine lontane avrei udito i canti delle serve che infornavano il pane e i giochi dei bambini nel cortile.* Sapeva che in primavera Kasara aveva amato tuffarsi in un lago placido, come lui aveva adorato nuotare nel mare di Va'nel, e nell'acqua poteva scorgere il suo volto abbronzato rispecchiarsi nel riflesso degli abeti. Chiuse gli occhi e lo vide giocare fra l'erba con le mogli e le amanti e poi lottare per gioco con Gresutu e Zamaka, nel cortile del palazzo.

«Quando avevi la mia età, o poco più, eri felice» sussurrò, e Kasara rispose con un sorriso... poté sentirlo dentro di sé. Ma Verlana l'aveva maledetto e un giorno era venuta la guerra a distruggere la sua gloria.

Ma nemmeno la sconfitta dura in eterno...

Prese un'altra pergamena, e la storia proseguì.

11

"Per dieci giorni, i prigionieri marciarono nelle praterie, incatenati ai carri dei vincitori. Kasara seguiva l'opulento corteo di Re Ra'Mussondor il Rosso, legato a un cavallo come un ariete. Alle sue spalle si trascinavano, stanchi sulle gambe possenti, Gresutu e Zamaka, catturati assieme ad altri guerrieri mentre la città ardeva fra le fiamme. Oltre i carriaggi, venivano le donne, qualche bambino e gli Harana sopravvissuti al massacro. Kasara si volse una sola volta, all'alba della partenza, mentre il sole sorgeva dal mare lontano e vide le fiamme nere oscurare il chiarore del cielo. Lacrime pungenti gli s'affacciarono agli occhi; ma le risate dei Ra'muss gl'infusero la vigoria di non cedere all'amarezza e, gettando indietro la lunga coda corvina, affrontò Ra' Mussondor, che lo fiancheggiava su un cavallo possente:

«Avevamo un accordo di pace, io e te!» tuonò. «E un accordo fra re è sacro agli occhi degli Dèi. Perché l'hai violato?»

Ra'Mussondor lo sferzò sulle spalle con uno scudiscio a tre code.

«Come osi rivolgermi la parola, schiavo?» ruggì. «Abbassa gli occhi! Ti ho vinto e mi devi obbedienza.»

«Io devo obbedienza a mio padre e a mia madre e alla terra che mi ha dato i natali» ribatté Kasara, con fierezza. «Tu sei soltanto un uomo... Non m'inchinerò mai a te e ai predatori che hanno razziato il mio regno. Trema, tu che hai offeso il sacro tempio della Dea delle Tre Lune! La sua vendetta cadrà su di te e sui tuoi figli, fino a quando il sole forerà il manto azzurro del cielo!»

Il re dalla chioma fulva rise, beffardo. «Hai coraggio a parlare con tanta protervia, schiavo. Ma quando arriveremo a Kail'Mass le tue membra imploreranno riposo e giacerai prostrato nella polvere, mentre io siederò sul trono, nell'ombra dei cipressi. E se ancora non avrai piegato il tuo cuore, più della mia volontà potrà l'autorità del divino Hal'Bitshni. Chi è la tua Dea, al suo cospetto? Soltanto un cumulo di pietre grezze e un laghetto non più vasto di una latrina! Laggiù, i miei uomini hanno orinato e preso le donne della tua città!»

«Possiate imputridire all'inferno, dannati sacrileghi!» urlò Kasara,

sconvolto, e con le mani legate e martoriate cercò di tracciare nell'aria una runa di protezione, ma non riuscì a muoversi e s'accontentò di mormorare una preghiera a fior di labbra.

Entrarono a Kail'Mass di pomeriggio, i vincitori accolti dal popolo plaudente, i vinti offuscati dalla polvere e storditi dagli stenti e dalla fame. Si narra che Kasara vacillasse sulle gambe ferree, quando varcò le alte porte d'arenaria rossa della città, ma non crollò. Quando Ra'Mussondor lo chiamò a sé, credette che sarebbe stato sacrificato per dare l'avvio ai festeggiamenti. Invece, il sovrano volle che l'accompagnasse in corteo, perché il popolo lo vedesse in catene e glorificasse il suo nome.

Il giorno seguente, i prigionieri vennero condotti in una sassaia e per due anni Kasara lavorò come spaccapietre. Durante quel tempo, la sua pelle bronzea divenne ancor più scura, i muscoli si gonfiarono, sulle braccia e sulle gambe. Al compimento del secondo anno, i capelli gli ricadevano fino alle natiche in un groviglio stopposo, ma gli occhi conservavano la pura lucentezza degli smeraldi. Un giorno, le guardie gli portarono la giovane Lunaverna, perché si unisse a lei.

«Sei un premio?» le domandò, appoggiandosi con le braccia sudate al piccone posato a terra.

«Forse. Ho perso il figlio che hai seminato in me, due inverni or sono. Mi dispiace.»

«Ra'Mussondor ti ha mandata qui perché te ne dia un altro?»

«Lo ignoro. Ma se non mi farai tua, quelle guardie mi batteranno e mi prenderanno con la forza. Mi rifiuti?»

«Una moglie è sacra e tu mi sei sempre stata cara, mia dolce Lunaverna. Vieni.»

La condusse dietro le rocce e l'amò come quand'era re. Lunaverna tornò altre volte, fino a quando non attese un figlio. Allora non fu più condotta alla sassaia e qualche ciclo di lune più tardi Kasara venne riportato in città.

Entrò a Kail'Mass quando per la trentaduesima volta il sole benedisse la ricorrenza della sua nascita. In quel giorno, la città salutava con grandi festeggiamenti la seconda figlia di Re Ra'Mussondor, Kil la Bruna, in partenza per sposare un nobile straniero, e in suo onore gli schiavi guerrieri vennero portati nell'arena per intrattenere la corte con duelli e danze. Ol-

tre le inferriate dei cancelli, Kasara vide alcuni suoi sudditi inchinarsi alla fanciulla e alzare le armi contro i fratelli per compiacerla.

«Siamo ridotti a scannarci per il favore di una sgualdrina?» ringhiò Kasara ai suoi compagni. «Possono mettermi un anello di bronzo attorno al collo e sferzarmi fino a farmi gemere, ma non calpesteranno mai la mia dignità!»

«Dobbiamo ribellarci e fuggire» sussurrò Gresutu, che gli era al fianco. «Kasara, tu che sei stato per me più che un fratello, guidaci nella vittoria!»

«E le donne?» intervenne Zamaka, guardandosi attorno per accertarsi che nessuno li udisse. «Mia moglie è nelle mani della regina e le tue consorti sono schiave, mio re. Non possiamo lasciare la città senza di loro. Qualcuno dovrà andare a prenderle.»

«Andrò io» si offrì Gresutu. «Questa sera, dopo aver ammazzato i guardiani, ci libereremo di queste catene. Io scenderò in città con alcuni uomini, voi prenderete i cavalli e le armi.»

«Sì» Gli occhi di Kasara brillarono di verdi bagliori. «Questa sera saremo uomini liberi.»

Un Ra'muss, abbigliato con un folto elmo piumato e un gonnellino variopinto, si avvicinò e costrinse Kasara ad alzarsi in piedi. «Reggiti su quelle gambe, cane Harana!» lo insultò, strattonandolo. «Avvicinati. La regina e le sue figlie vogliono conoscerti.»

Lo afferrò per le catene di bronzo che portava al collo e, attraversando l'arena, lo condusse sotto il palco reale. Con una morsa al cuore, lo sventurato re riconobbe, dietro alla sovrana, la figura pallida e affilata di Zeltana, la sposa di Zamaka. La donna gli rivolse un'occhiata sfuggente, ma greve di desolazione. Era stata la sacerdotessa più rispettata, ad Arga, ma ora i lunghi capelli neri erano stati tagliati quasi fino alla radice e la tunica che indossava era strappata e dimessa. Sul volto aveva segni violacei, come se avesse dovuto lottare contro qualcuno per difendersi. Forse la regina Kalìan l'aveva battuta o un uomo aveva cercato di possederla con la forza. Faticò a mascherare la collera che gl'incendiò il sangue. Poi, a un cenno della regina, si portò sotto il palco.

Kalìan dei Ra'muss era minuta e graziosa, e indossava un'elegante veste azzurro-lavanda decorata con ricami dorati. Anche se era bruna, anziché fulva, assomigliava molto al re e portava il nome della sua casata, non solo come consorte, ma anche come sorella. Era figlia del padre di Ra'Mussondor e, come voleva la tradizione, i due fratellastri si erano sposati per mantenere puro il sangue della loro discendenza. Gli Harana non praticavano l'incesto, ma non lo condannavano neppure e Kasara rimase impassibile dinanzi a lei, in attesa che parlasse. Con un gesto della mano, la regina gli mostrò le sue numerose figlie e lui le salutò con un gesto del capo.

«Sei silenzioso, ma cortese, straniero» disse Kalìan. «Mi è stato riferito che sei stato re, un tempo e che la tua forza è poderosa.»

«Sono re, mia signora» la corresse Kasara, con accento di sfida. «Le mie terre si estendono oltre i fiumi che scendono dalle montagne e il mio palazzo sorge su un verde e fresco colle, a dieci giorni di cammino da qui.»

Kalìan rise, sprezzante. «La tua città è un cumulo di macerie» lo schernì. «E tu sei uno schiavo. O i sovrani, nelle tue terre, s'aggirano incatenati e sporchi di sterco?»

«Liberami, o regina» Kasara sollevò le braccia appesantite dalle catene. «Ti dimostrerò che son degno d'essere re quanto lo è tuo marito. Ra'Mussondor ti ha dato soltanto figlie femmine: io saprò darti tutti i maschi che riuscirai ad allattare... e altri ancora, se li vorrai.»

La donna strinse le labbra, sdegnata, e fra il popolo corse un brusio di disapprovazione. Il re s'alzò dal sofà su cui era adagiato e si avvicinò alla moglie. Era abbigliato con una lunga tunica bianca e indossava paramenti dorati. Sul capo, portava una corona d'argento e turchesi.

«Come osi, vile schiavo, insultare la mia sposa diletta e gettare un'ombra sui festeggiamenti per mia figlia?» latrò. «La tua città è perita nelle fiamme e il palazzo è stato depredato dai miei uomini e le sue ricchezze ora giacciono nelle case dei nobili Ra'muss. Non sei altro che uno sfrontato. Danza per noi.»

Kasara esplose in una risata divertita. «Danzare, io? Sono un guerriero e la sola danza che conosco è quella delle armi e per accontentarvi dovrei avere un degno compagno... Porgimi una scure, regina, e se tuo marito non è un vile scenderà a volteggiare con me!»

«Screanzato!» gridò Kalìan. «Come osi parlarmi così? Guardie!»

Due soldati Ra'muss lo frustarono sulle gambe, ma Kasara non si mosse. All'improvviso, alzò la mano e afferrò le code degli scudisci e attrasse a sé le guardie. Ancor prima che quelle comprendessero cosa stava accadendo, Kasara le aveva prese per la nuca e le aveva spinte con violenza l'una contro l'altra. Tramortiti, i due uomini ricaddero nella polvere dell'arena e, ruggendo come una tigre, Kasara abbrancò le loro armi e i suoi occhi lampeggiarono di furore.

«Sono Kasara degli Harana, donna, e non danzerò né per te, né per le tue figlie. Avanti, Ra'Mussondor, scendi ad affrontarmi, se ne hai il coraggio!»

«Sei audace, schiavo» constatò il re, placidamente. «Ma non m'indurrai a guerreggiare con te, in questo giorno di gaudio» Alzò una coppa ingioiellata, bevve il vino e sorrise. «Riponi quelle fruste e perdonerò la tua irruenza. Ti ho ospitato quassù, anziché lasciarti marcire nelle celle, per magnanimità e indulgenza. Non sgualcire la mia generosità con impeti sciocchi e vani.»

«Nulla è vano, quando si ha la vita e si è assetati di libertà... Harana!» urlò e gli schiavi, inginocchiati alle sue spalle, si levarono come un sol corpo. «Per la nostra vita, spezziamo le catene e riprendiamoci quel che c'è stato rubato dai cani Ra'muss...!»

Esultando, gli Harana si lanciarono sul sagrato, aggredendo le guardie e rubando le armi che stringevano in pugno. Alcuni si precipitarono verso le inferriate dell'arena, liberando Gresutu e Zamaka. Il suolo polveroso si tinse di sangue vermiglio. Gresutu afferrò una scure e spezzò le catene ai polsi del suo re. Finalmente libero, Kasara accecò un soldato con gli scudisci e quasi ne uccise un altro, strangolandolo come un serpente. Le ancelle cercarono di ricondurre le principesse nelle loro stanze, ma la folla che occupava il piazzale era fitta e le ragazze si strinsero sul fondo del palco, piangendo e invocando pietà. Con un balzo, Kasara raggiunse il re e gli strappò di mano la coppa ingioiellata con un colpo di frusta. Sogghignando, vide il pallore mascherargli il volto arrogante.

«Hai commesso un'imprudenza, a portar fuori gli schiavi per le celebrazioni di tua figlia» disse. «Ora ci riprenderemo la libertà che ci hai sottratto, viscido traditore.»

«Cosa credete di fare contro i miei uomini?» La voce di Ra'Mussondor era tesa. «Non avete armi e siete affamati...»

«Abbiamo fame, ma siamo rinvigoriti dalla brama di vendetta» Kasara

si avvicinò di un passo facendo schioccare le fruste sul palco. «Non sfuggirmi, Ra'Mussondor... Sapessi quanto ho atteso questo momento...»

Sollevò il braccio, le fruste scoccarono e si chiusero attorno al braccio e al collo del re. Con uno strattone, lo trascinò a sé, e Ra'Mussondor cadde goffamente a terra, ma mentre si chinava per afferrarlo alla gola, un urlo inarticolato lo fermò.

«No!» Era Kalìan. «Se lo colpirai, ammazzerò la schiava!»

La regina avanzò, puntando un pugnale intarsiato alla gola di Zeltana. Era disperata e sarebbe stata capace di ucciderla a sangue freddo, pur di salvarsi da quella strage. Gli Harana erano un popolo di guerrieri e le guardie stavano faticando a dominare la rivolta. Gresutu e Zamaka combattevano eroicamente, tenendo a bada i soldati che accerchiavano il soppalco reale. La mano di Kasara ebbe un fremito, nel vedere che nei chiari occhi di Zeltana dardeggiava il terrore.

«Lasciala, donna, e io preserverò la vita di tuo marito» mercanteggiò Kasara, tirando leggermente la testa della frusta attorno al suo collo. Ra'Mussondor spalancò gli occhi e gemette, ma la regina affondò la punta del pugnale nella carne di Zeltana, facendola sanguinare. Sul legno del palco riecheggiarono alcuni passi ferrati e un'ala di soldati si portò alle spalle di Kasara, puntando lance e spade contro la sua schiena. Ma Ra'Mussondor si alzò in piedi e fece un cenno con una mano, imponendo che si fermassero.

«Rinsavisci, schiavo» annaspò, cercando di allentare la coda della frusta che minacciava di soffocarlo. «Se mi colpirai, Kalìan ucciderà la donna e le guardie ti sopraffaranno. E cosa farà il tuo popolo, senza la guida del suo re?»

Kasara indugiò, accigliato. «I miei guerrieri possono vincere anche senza un sovrano» dichiarò, ma se avesse ucciso il re, Zeltana sarebbe morta per sua colpa. Vagò con lo sguardo sulla guerriglia e fra i tumulti Zamaka alzò gli occhi e gli sorrise. Non poteva lasciar morire la compagna di un amico così caro. Per un lungo momento non seppe cosa fare; quindi trasse un profondo respiro e annuì.

«E sia» cedette. «Lascia la schiava, regina, e tuo marito vivrà. Io mi riconsegnerò a te, Ra'Mussondor, e sarò uno schiavo sottomesso. Ma voglio un dono, in cambio del mio sacrificio.»

«Osi chiedere un dono al tuo re, prigioniero?» lo burlò Ra'Mussondor, ma Kasara strattonò gli scudisci, che si strinsero ancor di più attorno al braccio e il re sussultò di dolore.

«Parla, schiavo» ansimò. «Il tuo re è un uomo molto generoso.»

«Regalami la schiava di tua moglie e giura che io, e io soltanto, potrò decidere della sua vita e della sua morte.»

«Una schiava?» rise il re. «Tu, feccia Harana, vuoi una schiava? Una donna esile e fragile come un fiorellino di fiume...» Soppesò Zeltana con un'occhiata sdegnosa. «Non ha alcun valore, nemmeno come puttana... Prendila, se vuoi.»

Accennò alla moglie di abbassare il pugnale e Kalìan obbedì con riluttanza.

«Voglio che le sia dato un cavallo e che le sia concesso di uscire incolume dalla città» disse ancora Kasara. «Prometti o, com'è vero che il mio sangue è più nobile del tuo, ci rivedremo presto nella Sala degli Spettri, oltre i cieli, e là ti strangolerò con le mie stesse mani.»

«Hai la mia parola.»

Kasara gettò a terra gli scudisci e il re se ne liberò prontamente. «Prendetelo» ordinò, massaggiandosi il collo e le guardie sul avventarono sul re Harana, immobilizzandolo.

«Non scordare il tuo giuramento» gli rammentò Kasara, mentre forti mani legavano le sue, dietro la schiena. «La donna è mia. Liberala.»

«Il tuo desiderio sarà soddisfatto» gli assicurò Ra'Mussondor raccogliendo i nerbi e facendoli schioccare come aspidi del deserto. «Ma tu non sopravvivrai fino a domani per rallegrartene, figlio di buona donna!»

La frusta calò, flagellandolo in pieno volto e urlando...

... e urlando, Tresan si portò le mani al viso, come a parare la sferza dello staffile. Sentì la pelle sobbalzare e bruciare, e fra le dita gli scorse un fiotto di sangue. Ma era solo una visione e le sue mani erano terse.

Cosa ti hanno fatto, Kasara? Esitando, aprì il palmo sulla fragile cartapecora e questa volta la storia si lasciò vivere. Come in una visione, Tresan vide il Re Harana torturato nell'arena, mentre il suo popolo assisteva in catene, gemendo fra le lacrime. Le guardie Ra'muss non avevano faticato a domare la rivolta, quando il sovrano era stato catturato e trascinato verso i pali delle torture. Zamaka e Gresutu si erano ribellati e avevano cercato di liberare il loro signore, ma erano stati ridotti in catene e straziati dai boia, in onore della principessa Kil. Anche i sacerdoti del tempio e le sapienti della Casa di Mirti assistettero alla flagellazione e alcuni applaudivano, infervorati; ma le novizie si coprivano il volto con i veli, atterrite, e alcune piangevano alle grida degli uomini seviziati.

Tresan si ritrasse inorridendo, ma anche lontano da quei fogli sciolti il suo corpo urlava di dolore, condividendo le sofferenze del guerriero Harana. Era come se i Ra'muss l'avessero legato al palo annerito dal sangue e dalle fiamme per suppliziarlo con i ferri roventi. I suoi occhi spalancati non fissavano i libri disordinati nella biblioteca di Volèn, ma la folla degli Harana, inginocchiata e percossa dalle guardie sul sagrato dei Ra'muss. Anche se le sue mani erano libere, sentiva la ruvida corda stringergli i polsi e oltre la finestra non soffiava più il vento della notte rovaneana ma riecheggiava il pianto delle sue mogli... No, si corresse, erano le mogli di Kasara. Subì sul suo corpo ogni tortura e ogni volta gli sembrò di morire. Soffrì con lo schiavo-re, quando venne lacerato dai ferri del boia e messo alla ruota. Soffrì tanto che il respiro gli si mozzò nella gola e gli sfuggì qualche gemito, fra i denti serrati. Resistette con lui a ogni supplizio, ma quando tre energumeni lo gettarono su un tavolaccio e lo violentarono fra i lazzi e gli scherni del pubblico, non riuscì a trattenere le lacrime. Il dolore e la vergogna gli strapparono un singhiozzo disperato. Anche Kasara pianse. Aveva sopportato tutto, ma non quella umiliazione.

Riverso sulle pagine scritte, Tresan vide le lacrime sbiadire i geroglifici, ma non gl'importava. Quello che stava vivendo andava oltre la sua sopportazione. Vicino a lui, Zamaka e Gresutu caddero sotto le bastonate dei carnefici e qualche attimo più tardi vennero trascinati via come leoni vinti. Sentì qualcuno afferrarlo per i capelli e gettarlo nuovamente nell'arena per essere frustato. *Basta*! supplicò, ma il boia venne fermato soltanto quando era ormai ricoperto da una coltre di sangue e sudore. No, non lui... Kasara. Allora i Ra'muss esultarono e Ra'Mussondor ordinò che venisse rinchiuso nei recinti degli schiavi, assieme ai ladri e agli assassini. Annientato dalle sofferenze, Tresan sentì le braccia del boia sollevarlo, ormai inerme, per issarselo sulle spalle. Tutt'attorno, la plebaglia acclamò, applaudendo. Stava per perdere i sensi quando udì un grido riecheggiare dagli spalti.

«Assassini! Assassini!» Era una voce di donna, tremula di rabbia e pianto. «Come osate fargli questo, voi che dovreste dispensare giustizia e tolleranza? Quell'uomo è più nobile di te, Ra'Mussondor! Che gli Dèi ti maledicano per la tua ignominia!»

L'aspra voce di Ra'Mussondor ordinò che la ragazza venisse messa a tacere e i Custodi l'allontanarono a forza.

Nella mente di Tresan passò l'ultimo pensiero di Kasara: «Dolce fanciulla che hai pianto per me... Grazie.» Poi scese il silenzio.

Lentamente, Tresan si risollevò dal libro. Sconvolto, si asciugò il viso bagnato di pianto. *Per gli Dèi! Questa volta sono stato io a entrare in te, Re d'Ambra...!*

Si alzò, sorseggiando una tazza di tè ormai quasi freddo, e guardò oltre i vetri colorati della finestra rivolta verso il tempio. Era tardi, e a Samishka solo Madre Griselide si aggirava ancora per le sale, verificando che ogni cosa fosse predisposta per la notte. Probabilmente, anche Sheraen dormiva già, cullata dallo stormire dei grandi alberi della foresta. Era una notte cieca, le lune erano celate dalle nuvole e sulle foreste cadeva una pioggerellina che aveva zittito anche gli uccelli notturni. *Questa oscurità sembra l'antro del tuo cuore, Kasara,* pensò Tresan. Un refolo di vento smosse la fiammella della lampada, ma le finestre erano serrate e lui volse lo sguardo nella stanza.

«Sei qui?» sussurrò.

L'aria tremolò, sfocandosi nell'immagine appena accennata del re guerriero. Kasara gli tese le mani, accarezzandogli il volto, un tocco impalpabile, tiepido.

Soffri per me? A Tresan sembrava che la commozione gli incrinasse la voce. *I miei strazi non sono ancora finiti e la mia sventura è appena incominciata. Mi amerai così intensamente anche dopo, piccola fenice?*

«Dopo? Dopo... cosa?»

Lo scoprirai presto. Ti farò male e molto, ma non come pensi tu. Puoi fidarti di me?

Senza attendere una risposta, ondeggiò come una fiamma nella tempesta e svanì.

Tresan sbatté gli occhi e fissò il pulviscolo in cui, soltanto un istante prima, Kasara aveva parlato.

Chi non avrebbe timore di te? Mi stai usando per i tuoi fini, Re d'Ambra. Perché dovrei fidarmi della tua parola?

Tuttavia, alimentò la lampada a olio e riordinò i fogli scritti. Non aveva più sonno e ormai non mancavano molte pagine alla conclusione. Entro un'ora, avrebbe finito la lettura e avrebbe finalmente scoperto in quale modo Kasara intendeva unire il proprio destino dal suo, e perché.

12

Anche Gresutu e Zamaka erano stati condotti nei recinti degli schiavi; ma, memore del fatale errore commesso nell'arena, Re Ra'Mussondor volle che fossero rinchiusi in prigioni lontane da quella del loro signore e fratello d'armi.

Per tre giorni Kasara giacque incosciente su un umido paglericcio in un'infima cella. Poiché Ra'Mussondor temeva complotti e ribellioni, aveva avuto il privilegio di dormire da solo. Quando si riprese, maledisse i suoi padri per avergli concesso di conservare la vita, dopo i supplizi che aveva subito nell'arena. Le fibre del suo corpo erano percorse da atroci fitte di dolore, e nel rammentare la violenza subita, giurò che Ra'Mussondor avrebbe pagato per averlo svergognato davanti alla sua gente. Qualche giorno più tardi riuscì a sollevarsi in piedi e a compiere i primi passi nella cella. Mentre camminava, ricurvo e incerto, un'ombra cadde su di lui e un guardiano avanzò nella luce fioca che spioveva dal soffitto, alle sue spalle.

«Ti senti meglio, Harana?» Il suo tono era gentile, quasi premuroso. «Il mio re se ne rallegrerà. Gli sarebbe dispiaciuto perdere uno schiavo possente come te.»

«Non sono uno schiavo, cane Ra'muss!» Kasara s'addossò alle sbarre della cella e gli sputò in volto. «I miei padri erano condottieri giunti dal mare e mia madre era di stirpe regale ed era la donna più bella che mai abbia respirato sulla terra… Mia madre...» La voce gli si ruppe, greve di pianto. «Mia madre aveva predetto la mia sventura e io non sono riuscito a salvarmi…»

Il custode si asciugò il volto con una mano. «Sei stato troppo superbo per ascoltarla, sciocco Harana» commentò, con freddezza. «Le frustate che hai preso dovrebbero averti insegnato a inchinarti dinanzi al destino e al tuo nuovo signore. Ma gli Dèi ti amano e la fortuna ti sorride ancora» Gettò nella cella un involto dal profumo di rosa selvaggia. «È per te, da parte di una fanciulla della Casa dei Mirti.».

Sorpreso, Kasara aprì il fagotto e ne trasse un pezzo di pane bianco e una rosa essiccata. «Una fanciulla?» si stupì. «Non conosco nessuna donna, in questa funesta città.»

Prese il fiore fra le mani, ne aspirò l'olezzo delicato. «Hai detto che viene dalla casa dei sapienti? Allora deve trattarsi della ragazza che ha alzato la voce in mia difesa, mentre soccombevo sotto le torture.»

«In cambio del mio silenzio, mi ha donato un bracciale di lapislazzuli. Le sapienti non possono accostarsi agli uomini, pena la morte nel fuoco. Deve essere rimasta colpita dalla tua forza, per aver osato venir fin qui... E ancor di più, per aver scagliato una maledizione contro il re, davanti a mezza città!»

Kasara respirò il profumo del pane, ma aveva lo stomaco sottosopra e lo riavvolse nell'involto, posandolo sul pagliericcio. «Cosa le hanno fatto? È stata punita, per aver avuto l'ardire di difendermi?»

«Naturalmente. L'Eccelsa Sapiente l'ha condannata alla frusta e al digiuno, e ha dovuto vegliare e pregare per tre giorni e tre notti per purificarsi. Alla fine è crollata per la fame e la stanchezza, ma è stata forte. Uomini temprati avrebbero ceduto prima di lei.»

«Che quella vecchia schifosa sia dannata!» tuonò Kasara, furente. «La fanciulla non ha detto altro che la verità. E con quale coraggio!» soggiunse, quasi commosso.

Il custode ebbe un mezzo sorriso. «Questo è il tuo punto di vista. Credo che il mio signore non l'approverebbe. Su, muoviti! Lascia sul pagliericcio anche il fiore e seguimi.» Aprì la cella con uno stridore metallico. «Esci. Se riesci a reggerti sulle gambe, devi lavorare.»

Stringendogli il braccio, lo condusse al tempio del Dio Hal'Bitshni, Lo Splendente, dove lavoravano altri cinquemila schiavi: prigionieri di guerra, ladri, assassini, ribelli politici, fanciulli esposti e donne vendute dai padri per un sacchetto d'oro o un appezzamento di terra da coltivare. Kasara vide che la città era affacciata sul mare e il tempio era eretto su un'alta scogliera bagnata dai frangenti. Era maestoso, ma un'ala doveva essere ancora terminata. Dalle miniere d'alabastro giungevano i carri con le pietre; i mercanti portavano invece i lapislazzuli, gli smeraldi, le giade, i coralli e i rubini per adornarlo. Il re si soffermò ad ammirarlo. Gli Harana non usavano erigere templi per adorare gli Dèi, ma costruivano totem sotto il cielo o attorno a pozze d'acqua limpida e mai aveva veduto tanta ricchezza e magnificenza nella dimora di una divinità. Decine d'architetti e ingegneri avevano progettato quell'imponente costruzione, abbellendo-

la con arcate, stanze rotondeggianti e cupole immense ricoperte da robuste patine d'oro. Il porticato era grande quanto i campi d'addestramento Harana ed era sorretto da innumerevoli colonne di granito rosa. I portali d'ingresso erano stati decorati con bassorilievi che raffiguravano scene d'offerte e sacrifici e l'abside era scolpito con i volti degli ultimi sovrani Ra'muss. Uno scultore ritraeva a memoria la famiglia reale e in quel momento stava soffiando della polvere scura sui capelli della regina Kalìan, stretta fra le braccia del marito-fratello. Kasara fu scosso da un fremito d'ira e il custode comprese.

«Non avresti dovuto ribellarti al mio signore» lo rimproverò. «Re Ra'Mussondor non concede perdono a chi attenta alla sua vita, e chi minaccia il re offende il nostro Dio. Se la tua fibra fosse stata meno robusta, i boia ti avrebbero ucciso, nell'arena. Perché hai sfidato il re in un giorno di gaudio per sua figlia?»

Kasara scosse le spalle con disprezzo. «Il tuo re è un vile. Domina il popolo con la violenza e nessuno sarebbe disposto a cedere la propria vita in cambio della sua salvezza. Io sono invece sicuro che almeno due uomini morirebbero per me, se questo significasse darmi anche solo un giorno di respiro in più...»

«I tuoi amici, presumo. E le tue mogli? Hai un aspetto così brutale... Sei riuscito a farti amare anche da loro?»

«Da qualcuna, sì, ma non da tutte. Non è un mistero che Gijlanira non mi abbia mai voluto come consorte. Suo padre me l'ha ceduta come parte dell'accordo di pace, dopo che l'avevo vinto in battaglia, ma lei mi ha sempre considerato un barbaro, indegno di lei.»

Il custode si scandalizzò. «Hai sposato una preda di guerra... una schiava?»

«La figlia di un re» precisò Kasara. «Verlana era una schiava Zulandru, ma Gijlanira ha sangue reale. Oltre a lei ho sposato le figlie di altri due capo-tribù piegati in guerra e le ho onorate come mio padre aveva onorato mia madre. Ra'Mussondor le ha fatte sventrare quando ha messo al sacco la mia città. Forse hai ragione, custode, il mio aspetto è brutale ma, a differenza di quel maiale che chiami re, so inchinarmi all'uomo onesto e a rispettare il giusto e il debole.»

«Il mio sovrano è stato eccessivamente rude, con te e i tuoi compagni»

ammise il guardiano. «Ma non ha mai mostrato pietà neppure per il suo popolo. Perché mai avrebbe dovuto concedere privilegi a un selvaggio asservito in battaglia?»

Kasara si svincolò rabbiosamente dalla sua stretta e lo fissò con furia: «Ti ripeto, Ra'muss, che non sono uno schiavo» ribadì, e l'altro sorrise.

«Hai la tempra di un re, invero» concesse. «Ma ostenta obbedienza, se vuoi sopravvivere. Le guardie non hanno compassione per nessuno e il Ra'Mussondor non si adirerebbe troppo se ti ammazzassero a frustate. Per il mio signore non sei altro che un animale da soma, e non si punisce un sorvegliante per aver abbattuto un mulo ribelle. Vieni con me.»

Aggirarono la facciata ornata del tempio e raggiunsero le squadre che lavoravano alle navate laterali. Un sorvegliante, scuro e nerboruto, si avvicinò colpendo sulla schiena un uomo canuto e gracile.

«Più svelto!» lo incalzò. «Quelle pietre devono essere erette prima di notte! Cosa credi, che il mio signore ti regali il pane che mangi, vecchio imbranato?»

Kasara tramortì l'impulso di colpirlo con un pugno e osservò il vecchietto sollevare a fatica un blocco di granito e depositarlo su una carriola. Nei suoi occhi tristi aleggiava la bramosia della morte.

Il guardiano li raggiunse, fischiettando allegramente.

«Chi mi hai portato, Makòl?» domandò e i suoi occhi scintillarono, quando riconobbe Kasara, incatenato al collo, alle mani e ai piedi. I lunghi capelli corvini gli ricadevano sul volto in un groviglio nodoso e lo straccio attorno ai fianchi era lacero. La schiena e le gambe erano seviziate da ferite color sangue e dai nastri rosati delle prime, tenere cicatrici.

«Sei ancora vivo, feccia Harana?» rise. «Il mio re avrebbe dovuto straziarti e lasciarti in pasto ai corvi. Ma hai un aspetto forte: servirai per celebrare le glorie di Hal'Bitshni, fino a quando il boia non ti strangolerà nella tua cella.»

«L'ospitalità è un'usanza sacra, nel vostro paese» ironizzò Kasara e il guardiano lo colpì su un braccio con lo scudiscio.

«Taci, animale!» gl'intimò, ma Makòl lo frenò: «Trattieni la tua furia, Gatama. Quest'uomo appartiene al re. Puoi insultarlo, ma bada a non sfigurarlo, se non vuoi incorrere nella collera del nostro signore.»

«Gli strapperò anche l'ultima goccia di sudore, ma non gli nuocerò»

promise Gatama. «Hai la mia parola, nobile guardiano. Ora va', e lascia a me il tuo protetto. Il tempio del divino Hal'Bitshni deve essere completato entro il solstizio l'inverno.»

Makòl strinse il braccio di Kasara, un muto incoraggiamento, e si allontanò. Gatama accennò allo schiavo di seguirlo esortandolo a non ribellarsi, né a fuggire. «Le guardie ti riprenderebbero ancor prima che varcassi i cancelli dei recinti» lo avvisò. «E le tue mogli e i tuoi figli verrebbero suppliziati in piazza per placare lo sdegno del re e del nostro Dio.»

«Figli?» ripeté Kasara, senza capire. «Non ho più figli, in questa vita.»

«La notte della tua ribellione, la più giovane delle tue mogli ha partorito due gemelli, scuri e brutti come te. Non lo sapevi?»

Ignorando il sarcasmo di Gatama, Kasara s'illuminò. «Che la Dea delle Tre Lune sia ringraziata! Ha benedetto il mio seme e il grembo di Lunaverna con la vita! E non una sola volta, ma due!»

«Il mio re ne è stato felice, invero» annuì Gatama. «Non aveva molta fiducia nel tuo arnese, dopo due anni trascorsi nella sassaia» Rise sguaiatamente, mostrando i denti marci. «Invece, le levatrici gli hanno portato due maschi in salute...Ben fatto, Harana!»

Kasara s'irrigidì. «Glieli hanno... portati? Cosa vuol fare, quel cane rosso, dei miei figli?»

Il guardiano scrollò le spalle con indifferenza. «Schiavi come te e le tue mogli, presumo.»

«Le donne... Sono vive? Tutte? E sono ben trattate?»

Gatama proruppe in una sonora risata. «Oh, certo! La tua consorte più vecchia è stata comprata da una ricca vedova e la più giovane lavora nei campi. I loro abiti sono logori e usano i loro bei capelli per lavare i pavimenti dei loro padroni. Quell'altra, la bionda... Gijlanira... è il passatempo preferito del re, ma viene mandata a soddisfare anche gli ospiti del mio signore. Ormai, tutte e tre maledicono il tuo nome e la tua immonda razza!»

Aveva parlato con spregio, ma Kasara esultò: le mogli erano vive e abitavano nella città sotto il tempio. Forse un giorno sarebbe riuscito a liberarle, assieme ai figli, e a condurle lontano, verso la libertà... Se decine di soldati Ra'muss erano caduti sotto le nude mani dei guerrieri Harana, durante la ribellione nell'arena, forse il suo popolo avrebbe potuto affran-

carsi da quell'ingrata schiavitù, per far ritorno alle terre perdute e ricostruire le città sulle ceneri disperse dal vento...

13

Tresan si torturò gli occhi, imponendosi di restare sveglio. Nel silenzio della casa, sentiva Volèn russare nella sua stanza. Al piano inferiore, Derian dormiva profondamente da oltre un'ora. Stanco, il ragazzino si era addormentato ancor prima di aver ripreso la tazza del tè che gli aveva servito. L'orologio ad acqua della biblioteca mostrava l'intero arco delle stelle, segno che era notte inoltrata. Fuori, la pioggia aveva preso a battere più forte, e sempre più spesso veniva a schiaffeggiare i vetri della stanza. *Dovrei andare a letto,* pensò Tresan, ma dall'oscurità emerse il clangore del ferro delle catene e un secco: «No!»

Sbatté gli occhi e per un attimo scorse alcuni guerrieri Harana...Gresutu e Zamaka... che si voltavano per fermarlo: «Non adesso! Abbiamo atteso troppo a lungo per pazientare ancora!»

Non era più solo Kasara a invocare il suo aiuto. Ormai le cortine del tempo si erano squarciate, strappate dall'imminente risveglio del Dormiente e dal ritorno del Rinnegato e le anime di quell'epoca dimenticata si stavano ridestando per riprendere a vivere, lottare, sperare. *Non posso indugiare ancora...* Una mano bianca, la mano di una donna, gli sfiorò gli occhi, rallentando la corsa del sonno e Tresan alzò la fiamma della lampada. *Qualche pagina ancora* si disse. *Soltanto qualche pagina ancora...*

Quel mattino, Kasara venne condotto al cantiere del tempio e lavorò alla navata occidentale dell'edificio principale. Attorno a lui s'affaccendavano schiavi di varie città, li riconosceva dai tratti diversi del volto, dal colore della pelle e dalla parlata a volte sconosciuta. Alcuni erano alti e biondi, altri tarchiati, scuri e villosi. Gli uomini svolgevano i lavori più pesanti, mentre le donne trasportavano i carichi più leggeri e selezionavano le pietre più lucenti per comporre i mosaici sulla facciata esterna del tempio. Kasara fu messo a scavare assieme a nobili e popolani delle sue terre, ma nessuno osò incrociare lo sguardo con il suo. Alcuni commiseravano lo stato in cui era decaduto, ma altri lo disprezzavano per non essere stato capace di difendere le proprie genti dai Ra'muss.

Malana, la vedova di un suo fratellastro, lo maledisse a gran voce: «Che l'Uno Immortale possa farti soffrire per altri mille anni, disgraziato!»

Kasara fremette di collera, ma tacque. Aveva barattato la vita di Zeltana con quella del popolo, una follia, solo adesso lo riconosceva. Ma l'odio di Malana non gli faceva più male delle catene che portava addosso. Era un re senza corona, né terre né sudditi. Aveva perso il rispetto della sua gente quando aveva dimostrato di non saper respingere l'invasione dei Ra'muss e ancor più quando aveva fallito nel guidare una rivolta vittoriosa contro le guardie del re.

Qualche giorno più tardi Gatama lo portò vicino alle fucine, e là vide Gresutu e Zamaka colare l'oro fuso sulle cupole di una nicchia minore. Il suo cuore si colmò di gioia. I suoi fratelli d'arme erano sopravvissuti alle torture ed erano stati deportati nei recinti, assieme a lui. Cercò di chiamarli, ma Gatama li osservava come uno sparviero e finse d'ignorarli. Tuttavia, qualche giorno più tardi, mentre giaceva esausto nella sua cella, Makòl gli portò un messaggio da parte di Zamaka:

«L'uomo dagli occhi di mare ti benedice per aver protetto la vita di sua moglie con la tua e ti rinnova il giuramento di fedeltà che ti fece quando sedesti per la prima volta sul trono d'avorio dei sovrani Harana.»

Kasara sorrise e i suoi denti bianchi, di lupo, dardeggiarono candidi nell'oscurità della cella. Si allungò sul pagliericcio, stiracchiando le membra intorpidite dalla spossatezza.

«Non ho mai dubitato della sua lealtà e non mi pento di aver mercanteggiato la mia vita con quella della sua donna. Mi rammarica soltanto che alla mia caduta sia seguita la fine della rivolta. Che ne è stato di Zeltana?»

«La schiava ha lasciato la città a cavallo e, se è astuta, riuscirà a sfuggire ai predoni e a trovare un altro marito, in un'altra città.»

Ma Kasara scosse la testa e la voce gli si patinò di malinconia:

«Zeltana non si risposerà. Le donne Harana sono fedeli e non cercano consolazione fino a quando non hanno certezza che il loro consorte riposa fra le braccia della madre terra.»

«La madre terra?» Negli occhi di Makòl passò un luccichio d'interesse. «È la vostra dea? Il Dio a cui eleviamo canti e preghiere, qui, è il potente

Hal'Bitshni. Hai già avuto licenza d'entrare nel tempio?»

«No. Sto costruendo i rivestimenti esterni con calcestruzzo, ghiaia e pietra pomice. È un grande onore, per uno schiavo reietto qual sono io» Socchiuse gli occhi, due asole di luce verdeggiante nel bronzo della sera, e il tono era tagliente, quando proseguì: «Il tuo adorabile dio non mi ha ancora fatto la grazia di chiamarmi a sé, nella sua illustre dimora abitata da sacerdoti paludati in nero e sgualdrine senza volto.»

Makòl fu scosso da un brivido. «Taci! Non sfidare la collera del Dio con parole empie!»

«Non credo nel tuo Dio e non temo né lui né la sua folgore.»

«Lo temerai, quando l'avrai conosciuto. Hal'Bithsni è un Dio vendicativo… Non scatenare la sua ira per capriccio. Lo chiamano lo Splendente e molti pensano che sia il Sole, ma appare sempre sottoforma di lampi e tempesta e a volte, nel tempio, si scorgono i suoi occhi, simili a fuochi roventi... Sono stati i suoi profeti a suggerire al re d'invadere la tua città, e di trascinar qui il tuo popolo: esige che il tempio sia costruito entro il prossimo solstizio d'inverno e Ra'Mussondor aveva bisogno d'altri schiavi e di nuove ricchezze.»

«È così, dunque?» sibilò Kasara e una collera feroce lo scosse. «Siamo stati rastrellati in questa dannata città solo per soddisfare la sua vanità? Ra'Mussondor ha insultato i miei Dèi e la mia patria e io l'ammazzerò, per questo. Ma anche Hal'Bitshni pagherà, per aver preteso la schiavitù del mio popolo!»

«Calmo, Kasara!» Era la prima volta che Makòl lo chiamava per nome e nel suo tono s'intuiva una nota reverenziale. «Hal'Bitshni è un Dio e tu sei soltanto un uomo! Cosa puoi fare, che altri non hanno ancora osato, contro la sua crudeltà?»

«Non ho paura di lui. Forse la mia spada non può ferirlo, ma il mio cuore, sì.»

«Sta' calmo» insistette Makòl. «Sei ancora vivo e la tua famiglia non ti maledice come Gatama vuol farti credere. Sì, so che la vedova di tuo fratello ti caverebbe gli occhi con le unghie, se potesse, ma le tue mogli chiedono di te e la più graziosa, Lunaverna, già racconta le tue gesta ai suoi neonati.»

A quelle parole, gli occhi di Kasara luccicarono, commossi. «Hai visto i piccoli?» sussurrò. «Come stanno?»

«Qualcuno dalla Casa dei Mirti si occupa di loro e delle tue donne. Credo che sia la stessa sapiente che si è invaghita di te. Quasi ogni giorno manda cibo per le schiave e latte di capra per i piccoli. Ai Guardiani dice di obbedire al volere dal re, ma penso che lo faccia di sua iniziativa.»

«Non è pericoloso? Quella dolce fanciulla non deve rischiare ancora.»

«Non crucciarti. Una sapiente del re non è una sciocca.»

Kasara lo guardò senza capire. «Cos'è una sapiente? Non ne abbiamo mai avute, ad Arga.»

«Ra'Mussondor non te ne ha parlato, quando eravate alleati? É stato saggio... Ebbene, avrai modo di scoprirlo, se vivrai fino all'inverno. Ma non cercare d'avvicinarne qualcuna. Appartengono al re e al Dio e sono più protette delle sacerdotesse del tempio.»

Prese uno sgabello, al di fuori della cella, e versò del vino in una coppa di legno. Lo porse al re, che lo fissò con stupore. «Vuoi avvelenarmi?» domandò.

«Tutt'altro. Voglio parlare con te. Sei un uomo capace di forti sentimenti e voglio conoscerti meglio. Raccontami la storia del tuo popolo e la tua.» Prese una pergamena e un bastoncino con la punta carbonizzata e lo incoraggiò a proseguire. «Ti dispiace se appunto le tue memorie? La storia viene scritta sempre dai vincitori, ma vorrei che i figli dei nostri figli conoscessero anche te, attraverso i miei occhi. Raccontami ogni cosa, di te e del tuo popolo. Voglio sapere quali Dèi adori e i nomi dei sovrani che t'hanno preceduto. Voglio sapere com'era il palazzo in cui vivevi e com'era far l'amore fra i lupi delle montagne e nei sacri cerchi di pietre...»

Kasara parlò e nelle notti che seguirono Makòl conobbe il passato del prigioniero e il re Harana scoprì ogni segreto del suo guardiano. Seppe ch'era nato da nobile famiglia e che custodiva le vergini sapienti del re, pur avendo conservato la propria virilità.

«Sono un lontano parente di Ra'Mussondor, e mi è stato concesso di occuparmi di loro senza dover rinunciare ad avere degli eredi.» Era cresciuto con Gatama, uno schiavo che suo padre gli aveva regalato quando aveva compiuto dieci inverni. «Lo destinai al recinto degli schiavi cinque estati fa» spiegò. «Ormai eravamo amici e non potevo farmi servire da un uomo che consideravo mio pari.»

«E vorresti che io ti servissi, Makòl?» volle sapere Kasara, insinuante, e il Custode scosse il capo. «Tu sei un re e un re non serve un uomo di corte, ma pretende obbedienza.»

Un giorno, Gatama condusse Kasara sul retro del tempio, dove sorgeva la Casa dei Mirti, per raccogliere alcune lastre di marmo depositate in alcuni fienili in disuso. Mentre era chino su una fontana per abbeverarsi, il Re d'Ambra scorse un chiarore immacolato ondeggiare oltre la siepe del giardino e si sporse fra le foglie per guardare.

E fu la sua benedizione.

E la sua rovina.

Un canto sommesso gli sfiorò le orecchie e, incuriosito, si addossò alla cinta per guardare. Attraverso le foglie e le bacche mature vide una donna velata passeggiare nel boschetto. La voce era soave, la mano candida come se mai il sole l'avesse baciata, intimidito da tanta immacolata bellezza. I fluenti capelli erano trine di seta nivea, il passo rievocava il palpito di una farfalla. Portava il volto coperto da veli e pendenti di perle, com'era usanza fra le sapienti di Kail'Mass, ma gli occhi viola rilucevano come ametiste e Kasara avrebbe potuto giurare che era più bella di ogni altra fanciulla nata dal grembo di una donna mortale. Ignara della sua presenza, lei gli si avvicinò. A ogni passo, i veli e le perle che la ricoprivano si smuovevano svelando più di quanto un uomo vivo avrebbe potuto tollerare. Davanti al suo corpo seminudo, Kasara si sentì infiammare di desiderio, ma ebbe l'accortezza di non muoversi.

La ragazza si soffermò a cogliere un rametto di mirto, a pochi passi dalla siepe di cinta e Kasara respirò il suo profumo. Le donne degli Harana non avevano unguenti tanto delicati. Pareva l'essenza di una magnolia in fiore, la promessa di un amore casto e puro, eppure scuoteva la virilità del re con grande prepotenza. Mentre le era così vicino, la udì parlare sottovoce in una lingua sconosciuta. Non capì quel che stava dicendo, ma fra quelle parole riconobbe il suo nome, scandito con grande dolcezza.

«Kasara... Kasara...»

Allora comprese: era la stessa donna che l'aveva difeso sugli spalti e che ora si occupava delle mogli e dei figli. Stava per mostrarsi, quando qualcuno accorse fra gli alberi di mirto, e lui si ritrasse, imprecando.

«Mia dolce sorella di luna, Kryses ti sta cercando» cinguettò una sapien-

te dalla pelle nera come l'ebano. «Porta ordini del re per i riti del raccolto e della vendemmia. Non è bene farla attendere e tu sai perché.»

La prese allegramente sottobraccio e ridendo fra di loro, in modo complice, le due amiche entrarono nel convitto delle sacerdotesse. Quando scomparvero, Kasara s'affrettò a ritornare da Gatama. Il cuore gli batteva selvaggiamente nel petto, lo sguardo duro si era fatto sognante. Per molti giorni e molte notti i suoi sogni traboccarono di luna e ametista, e una sera implorò Makòl di ricondurlo nel gineceo per rivedere la donna che gli aveva strappato il sonno e il senno.

«Che mi prendano e mi ammazzino, se così dovrà essere!» esclamò, disperato. «Ma devo rivederla!»

«Non conosci neppure il suo volto» protestò Makòl. «Come posso aiutarti? Nella Casa vivono trenta sapienti. Come posso sapere quale fanciulla ti ha sedotto?»

«Ma è ovvio! É la più bella, la più soave e la più colta...»

«Le hai parlato, dunque?»

«No. Ma so che la sua parola è come miele, il suo canto è fatato e il sole non viola la purezza della sua pelle... Conducimi da lei, Makòl, se la mia vita ti è cara...»

«Almeno dieci fanciulle provengono dalle terre lontane e colei che ha barattato il suo bracciale, in cambio dei doni per te, era avvolta nei veli e ha parlato a mormorii perché non la denunciassi all'Eccelsa Sapiente. Non l'ho riconosciuta, purtroppo.»

«Hai detto che è la stessa donna che invia cibo alle mie moglie e ai miei figli...»

«Lo suppongo. Farò qualche ricerca, ma avrà timore che voglia smascherarla e si nasconderà.»

«Chiedi chi mi ha difeso, il giorno della rivolta. Sono certo che sia lei. L'ho sentita invocare il mio nome...»

«Sei pazzo, se credi che l'Eccelsa Sapiente me lo svelerà. Sono solo un sorvegliante, non il Sommo Sacerdote!»

«Ti supplico, Makòl...»

Per dargli pace, il guardiano gli parlò di un sentiero poco battuto che portava ai fienili, oltre il parco della Casa dei Mirti e ogni giorno Kasara si nascose dietro le bacche della siepe, bramando di rivedere la fanciulla.

Per giorni la cercò invano; ma un pomeriggio fu lei ad andare a cercarlo. Passò fra gli operai assieme a un'altra ragazza dai capelli bianchi, anche lei a volto coperto. Nel sentirle parlare Kasara seppe che l'accompagnatrice era Kryses e che le due erano cugine. Si allontanarono dopo poco tempo, ma nel lasciare il cantiere la sua amata si voltò a cercarlo ancora una volta, come se non riuscisse a distogliere lo sguardo da lui. Nei giorni che vennero tornò ancora e una volta ch'era sola gli sussurrò, fra i veli: «I tuoi figli stanno bene, o re. Sono forti e ti somigliano.»

Lui finse di lavarsi le mani a una fontana e bisbigliò, con labbra così chiuse da sembrare immote: «Che tu sia benedetta, mia amabile signora. Agli Dèi piacendo, ne vorrei uno con i tuoi occhi e il tuo cuore...»

Lei finse di contemplare la cupola dorata nella navata centrale del tempio e il suo sguardo si colmò di commozione. «Giura che è vero, perché non desidero altro, da quando ti ho visto nell'arena...»

«Il tuo nome!» la supplicò lui. «Se mi vuoi, farò di tutto per portarti via con me!»

Ma Gatama si stava avvicinando, facendo schioccare la frusta sulle schiene degli schiavi, e lei s'allontanò. Nel passargli accanto, gli sfiorò un braccio con la mano, e Kasara si sentì infiammare da un desiderio incontenibile e soffrì, soffrì fin nella carne, nell'impedirsi di prenderla fra le braccia e di farla sua. Quella notte, intrappolato nella sua stessa passione, si agitò sul pagliericcio invocando il soccorso di Makòl, che accorse preoccupato.

«Dimmi chi è, devo saperlo!» lo implorò.

L'amico si torse le mani, lo pregò di tacere, ma infine sospirò, rassegnato:

«Ebbene, se è cugina di Kryses, deve trattarsi di Krysalide. Per i tuoi Dèi, Kasara... Kryses è la preferita del re, ma Krysalide ha attirato su di sé lo sguardo del Dio. Se le sapienti sono proibite agli uomini, lei lo è ancor di più!»

«Sono trattate peggio delle sacerdotesse, dunque? Rinchiuse in un'assurda castità per tutta la vita?»

«Non proprio. Possono sposarsi e diventare madri, con il consenso dell'Eccelsa Sapiente e del re. Ma Ra'Mussondor non le permetterebbe mai di unirsi a te!»

«Ra'Mussondor non è il mio padrone e nemmeno il suo. La fanciulla mi vuole e, com'è vero che l'Uno Immortale esiste, mi avrà.»

Gli occhi di Makòl erano velati di lacrime disperate. «Non sai cos'è, Kasara. Tu vedi in lei la grazia, ma non la forza, non il potere. Rinsavisci, finché puoi!»

Ma poiché Kasara non desisteva e anzi, minacciava d'andare subito alla casa dei Mirti, sfidando qualunque rischio, il custode curvò le spalle e s'arrese:

«E sia. Quando la luna sanguigna s'oscurerà, ti porterò da lei.»

Finalmente, il re si calmò e sorrise. Il suo amore presto avrebbe avuto un volto, così come ora aveva un nome, un nome esotico e dolcissimo.

Lo assaporò sulle labbra: Krysalide...

Gli occhi di Tresan si erano fatti pesanti e a poco a poco ricadde addormentato sulle pergamene sparse e un riverbero sulfureo, simile a polvere di stelle, salì a illuminargli il volto e i capelli. Forse fu quel prodigio ad turbargli i sogni, o forse fu Kasara, una nube oscura sopra la sua testa, a soffiargli nel cuore quello che le pagine ancora celavano. Tresan non vide solo quello che gli scribi avevano appuntato, ma rivisse quei giorni lontani così come li aveva vissuti Kasara. E il suo sonno non fu tranquillo.

Anche Sheraen si agitava nel suo letto e in sogno scorgeva volti che non conosceva e che pure le erano familiari fin dall'inizio dei tempi. Vedeva uno schiavo armato dalla pelle color dell'ambra, una donna velata e altre persone che aveva la sensazione di conoscere e di cui aveva scordato il nome. L'uomo dagli occhi di smeraldo le sorrise e lei tremò: *ha il sorriso di Tresan*, pensò.

«Che vuoi da me?» gli chiese e nel sogno si sentiva vulnerabile, come se fosse caduta nella mente di un'altra persona.

«Che ti desti» rispose l'uomo. «Non dal sonno, ma dall'oblio.»

Lei sbatté gli occhi, senza capire. Prepotenti, le visioni le rapirono i pensieri e Sheraen risprofondò nel suo sonno tormentato.

E sul tempio calò il silenzio della notte.

14

Pochi giorni più tardi, Gatama gli tolse con un colpo di frusta un sasso che aveva fra le mani e lo condusse nell'ampia corte del palazzo del re. I sacerdoti e le sapienti erano raccolti a semicerchio dietro il palco reale, dove Ra'Mussondor e la sua famiglia assistevano a riti e giochi nell'ombra di un ricco baldacchino. Schiavi d'ogni colore, catturati in varie scorrerie e battaglie, passavano fra i nobili, offrendo vino e frutta d'autunno. Kasara non sapeva quale festività venisse celebrata, ma venne sbattuto in ginocchio davanti al re per allietarlo lottando contro i compagni e le belve importate dai paesi del sud.

«Combattere per te?» ringhiò, gettando indietro i lunghi capelli nodosi. «Mai!»

Gatama lo strattonò per il collare di bronzo, strappandogli una smorfia di dolore, ma Ra'Mussondor, che s'era aspettato la sua impertinenza, rise e ordinò che venisse lasciato andare.

«Come vuoi» concesse, accarezzandosi la folta barba ramata. «Allora mi servirai fino alla fine della giornata. Se non lo farai, torturerò e ucciderò una delle tue mogli. Quale scegli?»

Con la coppa ingioiellata indicò Gjilanira, ritta dietro al suo scranno, poi Verlana e Lunaverna, in piedi sulle tribune d'onore, fra i nobili che erano costrette a servire. Nel vederle, il cuore di Kasara tremò d'angoscia. Le tre donne erano solo l'ombra di quello che erano state fino a tre anni prima. I luminosi capelli di Gjilanira erano sfilacciati e opachi, e i suoi gelidi occhi azzurri lo fissavano con odio. Non l'aveva mai amato, ma non sembrava felice neppure nel talamo di Ra'Mussondor né in quello dei nobili a cui veniva ceduta, durante le orge di sesso. Al contrario del suo, il volto scuro di Verlana, tagliato in due dal sole, sembrava scolpito nel dolore. Poco distante, Lunaverna reggeva in braccio i neonati e fingeva di cullarli, per non guardarlo; ma quando osò lanciargli un'occhiata, la sua espressione tradì un'immensa compassione. Verlana gli fece cenno di scegliere lei, ma lui scosse impercettibilmente il capo. Nessun altro avrebbe dovuto morire a causa sua.

«Cosa devo fare?» cedette, e fino al tramonto fu costretto ai servizi più

umili, attorno e sul palco del re. Lei, la sapiente albina, lo stava guardando, ne era certo. Cosa avrebbe pensato, nel vederlo piegato ai capricci di Ra'Mussondor?

Mentre il sole infuocava i monti lontani, a un ordine del ciambellano di corte alcune donne della città avanzarono nel cortile, portando i loro figli appena nati e i sacerdoti vennero a esaminarli. Poi alcune sapienti, avvolte in perle e veli bianchi, passarono in mezzo a loro, accettando qualche bambino e rifiutandone altri.

«Ne servono dieci, per il Solstizio d'Inverno» disse una sapiente a Ra'Mussondor, e Kasara riconobbe Kryses. «Ne mancano due, mio signore e re.»

Ra'Mussondor fece un gesto e Krysalide accompagnò davanti al palco Lunaverna con i gemelli. «Non sono adatti per il rito» disse, dopo averli spogliati e guardati. «Non sono puri.»

Il re mosse una mano con noncuranza. «Per l'inaugurazione del tempio, voglio solo bambini di nobile schiatta. Per quanto nati in catene, questi sono pur sempre figli di re. Segnali, Kryses.»

«Ma vanificheranno il rituale» insistette Krysalide e Ra'Mussondor ebbe un gesto infastidito.

«Vaneggiamenti! Ritirati, signora.»

Lei chinò devotamente il capo e ritornò fra le compagne. Senza alcuna esitazione, Kryses passò una mano sui volti dei bambini e sulla loro fronte comparve un marchio scuro, simile a un sole stilizzato. Lunaverna la fissava con occhi sbarrati dall'orrore; e ritto dietro al trono del re, Kasara fremette di collera e sdegno.

«Che vuoi fare dei miei figli, maledetto?» tuonò, e Ra'Mussondor rise.

«Sacrificarli al più potente dio delle terre conosciute, naturalmente» rispose, con sprezzo. Prima che le guardie potessero trattenerlo, Kasara gli balzò addosso, l'afferrò per le vesti sontuose e lo sbatté contro un grosso palo del baldacchino.

«No!» Lo colpì in pieno volto con un pugno, scagliandolo a terra, tramortito. I soldati Ra'muss gli furono sopra, gettandolo in ginocchio, e lo immobilizzarono. «Non ucciderai i miei figli in onore di quel cane che chiami dio!»

Come in risposta alla sua imprecazione, un tuono spaccò il cielo azzur-

ro e Ra'Mussondor sorrise, divertito.

«Hal'Bitshni ha deciso» disse, asciugandosi con la mano un rivoletto di sangue che gli scivolava dal labbro al mento. «La notte del Solstizio avrà i tuoi figli e quel che resta della stirpe degli Harana annegherà per sempre nel suo stesso sangue.» Si risollevò, aiutato da una paio di schiave dal volto tempestato di lentiggini e lasciò che un paggetto gli riassestasse le vesti scompigliate dalla caduta. «Non crucciarti, amico mio» lo beffò. «Ti permetterò di assistere al rito, così potrai vederli per l'ultima volta. Ovviamente, sarai adeguatamente legato e imbavagliato. Non tollererò altre bestemmie, nella casa del mio dio.»

Le guardie lo trascinarono via e lo pestarono selvaggiamente per aver aggredito il re. Ma più che per i pugni e i calci, Kasara soffrì per l'impotenza di salvare la sua gente e quel che restava della sua dinastia. Makòl venne a prenderlo prima che le percosse potessero piegarlo e mentre cadeva esausto sul pagliericcio, lo schiavo-re ebbe due pensieri: distruggere il perverso demone dei Ra'muss e tagliare la gola a Ra'Mussondor.

Il re e il suo dio erano suoi nemici.

Non poteva accettare ancora quel degrado, per sé e per il suo popolo.

«Il dio che adoro è più forte di te, Hal'Bitshni» sibilò, nell'ombra cupa della notte. «Con il suo aiuto ti sfiderò e ti rimanderò nell'inferno che ti ha vomitato sulla terra e gli schiavi dei Ra'muss, le donne e i bambini e anche la mia Krysalide saranno finalmente liberi!»

La città riposava, quando Makòl fece cenno a Kasara di seguirlo oltre una porticina del tempio. Era la prima volta che il Re d'Ambra entrava nella casa di Hal'Bitshni e un brivido lo colse, non appena i suoi occhi si posarono sulle immagini affrescate alle pareti delle navate: erano tutte immagini di sacrifici umani. Sullo sfondo della navata principale, dietro l'altare, un enorme trittico raffigurava alcune vittime distese sul freddo marmo, mentre un arcisacerdote le squartava per cavarne il cuore. Per un giorno e una notte, il cuore avrebbe pulsato nel centro dell'ara, fino a quando non si fosse spento. In quel momento, il sacrificio sarebbe stato dichiarato compiuto.

Kasara fu trafitto da un fremito di collera.

«Hal'Bitshni non è un Dio, ma un demone!» sibilò. E squadrando gli affreschi con odio, aggiunse: «Qualunque cosa abbia in mente quel cane rosso, non avrai mai i miei figli!»

Makòl lo precedette lungo la navata e s'inchinò profondamente all'altare. «Il nostro signore esige sacrifici all'oscurarsi delle lune e in qualche occasione speciale» gli spiegò, sottovoce. «Da qualche tempo predilige i bambini, ovvero anime innocenti, che non deturpino la sua purità con i riprovevoli peccati dell'età matura.»

«Ma che sensibilità delicata!» esclamò Kasara, sprezzante.

«Non essere duro, amico mio. Morire giovani può essere una benedizione...»

«Anche non morire affatto! Noi Harana ringraziamo ogni giorno gli Dèi per la vita che ci hanno donato. Tu moriresti volentieri su quell'ara insanguinata, per amore del tuo Dio?»

«Io...» Makòl vacillò, incerto. «Amo la vita, certo, ma se venissi chiamato, accetterei. Mio figlio è morto qui, cinque primavere or sono. Nacque da una donna con cui dormii qualche notte... I sacerdoti lo prescelsero per il sacrificio e venne sventrato su quest'altare nella Notte dell'Equinozio d'Autunno.»

«E il tuo cuore non trema di sdegno?» Kasara ardeva di furore. «Quel bambino ti apparteneva. Come hanno osato mozzargli il respiro anzitempo, per abbeverare un Dio perverso?»

«Il re volle il sacrificio e non potei rifiutarlo» rispose Makòl; ma i pugni erano serrati, sotto il mantello azzurro. «Ora seguimi in silenzio» gli ordinò, in tono secco, per troncare quell'argomento. «Stiamo per accedere al parco dei Mirti. Sei ancora deciso a incontrare Krysalide?»

«Me lo chiedi?» Kasara fu scosso da un tremito d'emozione. «Precedimi, io camminerò nella tua ombra.»

Entrarono in un basso e stretto corridoio ed emersero nel cortile delle sacerdotesse. Kasara, avvolto in un mantello azzurro, rassomigliava ai guardiani delle vergini, ma fremeva d'impazienza e Makòl dovette ammonirlo più volte per evitare che venissero scoperti.

«Bada a non spaventarla» gli ricordò. «Se griderà, per noi sarà la fine. Laggiù, nei dormitori dei custodi, c'è una stanza che uso di tanto in tanto,

durante alcuni riti particolari. È la terza, oltre la vasca dei pesci d'acqua dolce, e ha una porta di legno e bronzo. T'affido le mie chiavi. Rifugiati laggiù, se dovessi essere inseguito da qualcuno e non uscire finché non verrò a liberarti.»

L'abbracciò e Kasara lo guardò negli occhi. «Perché fai questo per me?» sussurrò.

«Per donarti quella felicità che a me è stata negata. Va', ora e non tardare. Ho detto a Gatama che quest'oggi sarai occupato con me, ma rientra nei recinti prima di sera o mi condannerai all'atroce supplizio riservato ai traditori: la morte nella fossa dei serpenti velenosi.»

«Non mancherò» giurò Kasara; poi s'alzò il cappuccio sul capo e s'incamminò sui sentieri bianchi e rosati del parco. Si lasciò il tempio alle spalle, dirigendosi verso la casa dei sapienti. Vide alcune sapienti passeggiare insieme e un gruppo di sacerdotesse ritornare da una grotta dove l'acqua era calda e gli uomini non era ammessi. Poco dopo, vicino a un laghetto, scorse l'Eccelsa Sapiente schiaffeggiare una ragazza, colpevole d'essersi aggirata nel parco senza il velo, e si arrestò.

«Se non avessi una certa abilità nell'estrarre i minerali più profondi dalle miniere, chiederei al Dio di sottrarti i tuoi talenti, sgualdrina!» la minacciò.

Kasara rimase nascosto dietro alcuni ulivi fino a quando le due donne non si furono allontanate e solo allora riprese a camminare; ma il suo passo era incerto. Avrebbe dovuto vedere la sua amata senza che lei se ne accorgesse, se non voleva esporla alla collera della vecchia maestra. La trovò più tardi, vicino a un pozzo, quando ormai disperava di rivederla. Non indossava la tunica a veli, ma un lungo abito di fini perle chiare. Teneva il capo chino, immersa nella preghiera e un'ombra aleggiava sopra di lei... il Dio Hal'Bitshni.

«Il mio cuore t'appartiene, mio potente signore» mormorava la fanciulla e il Dio rispose con una risata sommessa. «Ti ho donato fiori e preci, per ringraziarti d'avermi soccorsa nella malattia. Sono ancora debole, ma la febbre è scomparsa. Chi, all'infuori di te, che sei il mio signore e padrone, avrebbe potuto scacciare l'infausta mano della morte dal mio capo mortale?» La tenebra l'avvolse per qualche istante, con possesso voluttuoso e Kasara ribollì di gelosia. Poi l'ombra si dissolse e la ragazza s'alzò. «Un

dolce riposo scenda nel tuo cuore» gli augurò lei. «E rammentati di me, mentre sarai immerso nel sonno divino.»

Un corno risuonò tre volte dalla torre del tempio, un lamento lungo e lugubre, e Kasara comprese che Hal'Bitshni si era ritirato dal mondo dei mortali. Quella notte, la luna sanguigna si sarebbe oscurata ed era un buon momento per avvicinare la ragazza. Makòl non avrebbe potuto mostrare più assennatezza. Il Dio non li avrebbe disturbati e i sacerdoti sarebbero stati impegnati a celebrare qualche rito, nel tempio. Nessuno si sarebbe accorto dell'assenza della fanciulla... o almeno, lo sperava.

Krysalide s'aggiustò sul volto il velo ricamato con perle e fili d'argento e s'incamminò verso Kasara. Al suo passo, le perle dell'abito si aprivano svelando il candore della sua pelle e il re notò ch'era nuda. Il sangue gli si accese nelle vene e quando lei gli s'inchinò leggermente, per passare oltre, il forte braccio dell'uomo afferrò il suo. Spaventata, la fanciulla si volse a fissarlo, ma l'ombra lo celava e lei fu colta da gelo e paura.

«Che fai, mio signore? Perché t'adiri con me?» gli domandò.

Per un momento, Kasara pensò di rivelarsi. Ma qualcuno avrebbe potuto ascoltare e preferì mentire: «Dolce fanciulla» cantilenò. «Il tuo braccio è caldo, i tuoi occhi velati di febbre. È stata dunque la malattia a rubarti alla mia vista, in questi giorni? Ero preoccupato per te. Non tremare, è mio dovere occuparmi della tua salute.»

Lei si rasserenò e gli sorrise. «Il tuo accento è strano, mio custode e non ti riconosco. Forse sei nuovo, ma le tue parole sono assennate e ti ringrazio per le premure che mi riservi. Ora lasciami, ti prego, o tarderò alle sacre funzioni della sera.»

La mano di Kasara esitò, ma allentò la stretta. Lei non l'aveva riconosciuto e, con il cuore distrutto, il re la guardò allontanarsi sul sentiero. Una compagna le andò incontro, affannata.

«Che fai ancora qui, Krysalide? I sacerdoti sono pronti per entrare nel tempio e Kryses vuole che l'affianchi durante la cerimonia.»

Krysalide mormorò un assenso. «Precedimi, Rishal» disse all'amica. «Sarò presto da te.»

Incapace di perderla, Kasara la seguì con il passo di un lupo in caccia e d'un tratto la vide vacillare e addossarsi a una statua, premendosi la mano sulla fronte. La raggiunse correndo e la sollevò fra le braccia. La fan-

ciulla gemette e svenne.

«Oh, mia amata!» esclamò Kasara, disperato. Si guardò attorno, nessuno l'aveva visto soccorrere la giovane. «Che fare, con te?»

Afferrando le chiavi delle stanze di Makòl, prese una rapida decisione: si avviò verso i dormitori dei custodi, nella Casa dei Mirti, impazzendo dal terrore d'incrociarne qualcuno, sulla sua strada. Ma la Casa era deserta, i viali silenziosi. Con un calcio spalancò la porta dell'alloggio di Makòl, adagiò Krysalide sul morbido letto di piume e la sventagliò con alcune code di pavone per farla respirare. Accennò a sciogliere il velo tempestato di perle che copriva il volto, ma quel gesto gli parve un oltraggio e si trattenne. Cercò un bacile con acqua fresca e gliela spruzzò sugli occhi, sulle braccia nude, sui capelli di lino bianco. Aveva la febbre alta ed era sprofondata in un sonno insano.

«Il tuo Dio non ti soccorrerà, se riposa dietro la luna rossa» mormorò Kasara, chinandosi su di lei e rubando il flebile soffio del suo respiro. «Ma io saprei come aiutarti. Ah, se Makòl tornasse, lo pregherei di recarsi dal Custode Erborista per procurarmi le erbe che i guerrieri usano per curarsi, in guerra!»

Pazzo d'angoscia, attese a lungo il ritorno del custode; e quando la porta si aprì, era notte inoltrata.

«Folle!» gridò Makòl, vedendo il corpo esanime di Krysalide disteso sul letto. «Ti avevo raccomandato di non parlarle e tu l'hai violata nella mia stanza?»

«Non è accaduto nulla di quel che pensi, amico mio» lo calmò Kasara, gli occhi accesi dall'ansia. «È svenuta nel gineceo e l'ho portata qui per soccorrerla. Cos'altro avrei potuto fare?»

Makòl lasciò cadere il volto fra le mani, disperato.

«La passione ti ha reso folle, povero Kasara!» lo compatì. «Nei recinti si accorgeranno della tua assenza ed io verrò punito per tua colpa. E credi che i sapienti e i sacerdoti non cercheranno Krysalide in tutto il tempio? È la più bella e la più devota fra le sapienti del Cerchio. Siamo entrambi perduti.»

Kasara sorrise. «Ah, riconosci, dunque, che avevo ragione?» lo canzonò. «È la più amabile e preziosa fanciulla che abbia mai camminato sulla terra. Ma ora sta male e dobbiamo aiutarla. Se vuoi, posso rientrare nei re-

cinti e tu la porterai dall'erborista del tempio.»

Makòl annuì. «Va' tranquillo: ti giuro che farò il possibile per salvarla.»

Guidò il re sulle stradicciole secondarie, ma mentre discendevano ai recinti incontrarono una pattuglia di ronda e il capitano ordinò che si fermassero.

«Il prigioniero è con te, Custode Makòl?» domandò. «Credevamo che fosse fuggito e già tremavamo al pensiero della collera del re.»

«Rasserenatevi, dunque. Lo schiavo mi ha servito nella Casa dei Sapienti e ora sta ritornando nei...»

Kasara gli lanciò una supplica disperata con lo sguardo e per un istante Makòl vacillò. Ma comprendeva il suo ardore e, con fermezza, proseguì: «Questa notte resterà con me: ho molti lavori d'affidargli e poco importa se non dormirà. Gli animali sono avvezzi al lavoro e lo è anche quest'uomo. Avvisate i guardiani dei recinti perché non s'impensieriscano.»

«Certamente, Custode. E fa' fare un bagno allo schiavo, puzza come un lebbroso!» Un soldato sputò in faccia a Kasara, che fremette di collera.

«Lo farò, capitano» promise Makòl, con un piccolo inchino. E mentre la ronda s'allontanava, il re e il Guardiano rientrarono nel tempio.

Il bagliore che fumigava dalle pagine sparse sul tavolo era divenuto più intenso. Tresan sbatté gli occhi e si ridestò. L'orologio ad acqua sgocciolava lentamente, alle sue spalle, e rintoccò la prima ora della notte. Fuori dalla finestra batteva una pioggia violenta e gli alberi si piegavano sotto la sferza del vento. Un'imposta sbatacchiò contro le mura della torre, nella stanzetta di Derian, e il ragazzino s'alzò per affrancarla; poi ritornò a letto. Tresan sbadigliò. Aveva dormito eppure le sue mani avevano assorbito intere pagine della storia di Kasara. *La tua vita è stata molto diversa dalla mia, tuttavia i tuoi pensieri si fondono con i miei, i tuoi gesti sono gli stessi che anch'io compirei, se fossi folle d'amore e di dolore. Siamo molto simili, io e te.*

Ormai mancavano pochi brani alla fine della lettura e la curiosità aveva scacciato il sonno. Riordinò le pergamene per tornare a leggere e d'improvviso i fogli s'illuminarono e iniziarono a fremere, come se fossero stati frustati da impetuosi colpi di vento. Le parole tremolarono e svanirono, e attorno a lui la biblioteca scomparve. Gli sembrò d'essere nei ricordi di Kasara, nei suoi occhi, nel suo cuore. Era allo stesso tempo fuori e dentro di lui e poteva *vedere* e *sentire* quello che il re aveva vissuto con un'intensità che nessun cronista, per quanto fedele, avrebbe mai potuto riversare in una raccolta di memorie.

La storia riprese a scorrergli dentro in un torrente spumeggiante di suoni, colori, odori ed emozioni.

Finalmente, dopo averlo tanto desiderato, stava leggendo con la mente.

15

Il mattino seguente, Krysalide si ridestò e accettò un brodo che Kasara le offrì. Smarrita, gli chiese chi fosse e dove si trovasse.

«Sei nel tempio, signora, ed io sono...non mi riconosci?»

«No. Dovrei?»

Quella risposta deluse il re, che abbassò la mano pronta a gettare indietro il cappuccio. Con voce neutra, mentì: «Sono il tuo custode. Ci siamo incontrati prima che svenissi nel gineceo, ieri. Bevi del brodo, ora, o non potrai recuperare le forze e ritornare fra le tue compagne.» S'alzò per lasciarla sola, come voleva l'usanza. «Tornerò fra pochi minuti.»

Le compagne... I Gran Sacerdoti e l'Eccelsa Sapiente avevano notato la sua assenza, agli uffici della sera, ma Makòl aveva corrotto una serva e si era presto diffusa la notizia che Krysalide aveva una malattia infettiva e soltanto lui, che l'aveva raccolta svenuta nel tempio, poteva restarle vicino.

Makòl s'intratteneva poco nel dormitorio e preferiva ritirarsi in una celletta a pensare. Crudi ricordi gli si agitavano nell'animo turbato, e la sua mente era un grido di collera, ora che l'amore era ritornato nella sua vita nelle sembianze di un amico sincero.

«Cos'ho fatto, in tutte queste stagioni di devozione?» si tormentava. «Ho servito un re disumano e un Dio ancor più crudele! Ma posso tacere, ora che ho riscoperto la vita nel nome di un amico leale e che stimo più di me stesso?»

Così pregava; intanto Kasara, inginocchiato ai piedi del letto di piume, contemplava Krysalide protetto dall'oscurità del cappuccio alzato.

«Rassomigli un po' a mia madre» le disse. «I suoi occhi erano scuri e così pure i capelli, ma avete la stessa pelle di madreperla. Anche tu sei vissuta fra i popoli d'oriente, prima di giungere in questo tempio?»

«Sì. Mio padre è il Primo Notabile di Delleruna e mi ha ceduta ai sapienti quand'ero bambina, assieme a trenta cavalli da guerra, per assicurarsi l'alleanza di Ra'Mussondor.»

«Una dote degna di una Dea! Dunque, appartieni più al re che al Dio?»

«Al re appartengono i miei servigi; al Dio, la mia anima.»

«E il tuo corpo?»

Le sfiorò un braccio, una carezza audace. Lei si ritrasse, rimpiattandosi nelle perle e nei veli di ghiaccio scintillante. «Non toccarmi!» protestò. «Non macchiarti invano di empietà.»

«Ma la tua bellezza è divina, mia signora» insistette Kasara e lei tese una mano per allontanarlo. «Resta lontano, mi è proibito toccarti!»

«E perché mai?» Kasara cercò di abbracciarla e lei si raggomitolò sul cuscino, tremando. «No!» si difese. «Il tuo odore mi affascina... Dove l'ho già sentito? Sta' indietro!»

Allora il re si erse in tutta la sua magnificenza e lasciò cadere a terra il mantello azzurro, rivelando le spalle forti, le gambe robuste e gli occhi di rilucente smeraldo. Krysalide lanciò un ansito e fremé.

«Tu...!» esclamò, incredula. «Sei il prigioniero del re! Come hai fatto a entrare? Non dovresti essere qui!»

«Ti avevo promesso che sarei venuto» Kasara le sorrise, dolcemente, ma lei sgranò gli occhi, terrorizzata. «Sei un pazzo! Non sai cosa ti farebbero, se ti vedessero qui... Va' via... No, andrò io!»

Fece per slanciarsi verso la porta, ma Kasara la riafferrò e la sollevò senza sforzo, tant'era leggera, e la gettò sul letto.

«No!» la implorò. «Perché fuggi da me? Non ho fatto nulla per cui tu debba rimproverarmi. Credevo... pensavo che mi volessi quanto io voglio te. Mi avevi detto...»

Lei si strinse le mani al petto, supplichevole. «Quel che voglio non ha importanza. Abbi pietà di me!»

«E tu abbi pietà della passione che mi scorre nelle vene, amor mio. Lascia che ti scopra il volto, per un istante soltanto, lascia che contempli la tua bellezza e poi morirò con gioia sul patibolo». Allungò la mano, ma lei si ritrasse, gridando:

«È proibito mostrare il viso agli uomini! Vattene, vattene, perché attenti con tanta ferocia alla mia castità?»

Kasara si arrestò, sorpreso: «Sei dunque felice di servire un Dio che scanna i bambini per suo diletto? Tu, che sei più bella della luna, non puoi avere il cuore di un serpente... Guardami.». Le sollevò il volto con le dita e la fissò negli occhi. Lacrime perlate abbellivano il suo sguardo d'ametista e lui si addolcì.

«Piangi, mia signora? Ho già udito il tuo pianto, mentre cadevo sotto le sferzate del boia. Hai sofferto per me. Perché?»

Lei cercò di chinare il volto, ma lui lo tenne saldamente fra le dita e ripeté, in un sussurro: «Perché?»

E Krysalide rispose: «Perché hai destato in me la pietà. È facile battere un leone incatenato e sapevo che avresti potuto uccidere tutte le guardie a mani nude, se non avessi voluto proteggere la sposa del tuo amico. Oh, avrei voluto che ti liberassi delle catene e uccidessi Ra'Mussondor! Come osavano fare questo a te, che sei re e nobile di cuore? Nessun sapiente o sacerdote di Kail'Mass subirebbe simili strazi per difendere un amico e la tua generosità mi ha turbata». Gli sfiorò le cicatrici sul volto e la sua voce tremò: «Sentivo le tue ferite bruciarmi sul corpo, come se mi fossero state inflitte dai boia. Avrei voluto scendere nell'arena a salvarti e non capivo perché...»

«É amore, Krysalide, e il tuo coraggio e il tuo fascino hanno risvegliato il mio. Morirei per un tuo bacio e non temo nessun re e nessun nume, neppure il tuo, che ti reclama come se fossi cosa sua e che pure non ti ama.»

«No! Taci!» Gli coprì le labbra con le dita e lui gliele afferrò e le baciò avidamente. Krysalide non si ribellò alla voluttà di quei baci proibiti, rivoli di febbre le scorrevano nel sangue e, se era malattia, avrebbe voluto non guarirne mai.

«Le tue parole sono poesia e m'incantano, straniero» ansimò. «Eppure non devo ascoltarti, non devo.»

Kasara l'abbracciò e le baciò le spalle nude e lei si abbandonò languidamente a quell'amplesso. Forti erano le braccia che la sostenevano, violenta e appassionata la bocca che cercava la sua pelle di seta. Quanto l'aveva sognato, nel suo delirio febbrile e quanto si era punita, per i suoi pensieri peccaminosi; ma tanto più cercava di scordare la sua forza e il suo coraggio, quanto più si era scoperta incatenata a lui. Con quale sforzo aveva celato il suo nome ad Hal'Bitshni e alla governante delle sapienti! La passione e il sacrificio dei suoi sentimenti l'avevano prostrata, gettandola nella malattia, e soltanto a fatica ne era guarita; e quando aveva creduto d'essersi salvata dalla dannazione e di averlo scacciato dal proprio cuore, lui era venuto a cercarla, quasi avesse seguito il richiamo del suo ardore.

«Oh, mio amato...» le sfuggì. Ma non doveva, non doveva...

L'uomo dischiuse le catene di perle, le accarezzò le gambe morbide e la baciò sui seni turgidi. Pazzo di desiderio, risalì al volto e con le labbra scostò il velo di perle per cercare le sue. Allora, riemergendo dal languore in cui era sprofondata, Krysalide lo colpì in viso con uno schiaffo e lo scacciò da sé.

«Come osi, uomo blasfemo, attentare alla mia virtù? Come osi rubarmi il cuore? Io appartengo al Dio e al Dio soltanto. Esci da questa porta, se vuoi avere salva la vita!»

«E come osi tu, donna, cedere al mio abbraccio per poi rifiutarmi come se fossi feccia?» ruggì Kasara, furente. «Io ti ho salvata e per le leggi del mio popolo mi appartieni. Vieni qui!»

L'agguantò per un braccio e la trascinò verso di sé.

Lei si dibatté e cercò d'urlare, ma lui le strappò il velo di perle con tanta irruenza da lasciarla senza parole. Sgomenta, la fanciulla fissò il solo uomo che l'avesse mai vista in volto. Forse credette che Kasara avrebbe cercato di possederla con la forza. Ma il guerriero, abbagliato dalla sua bellezza, cadde in ginocchio, tremando.

«Mia signora, mia Dea...» fremé.

***

Tresan trasalì. Gli occhi di Kasara, sovrapposti ai suoi, stavano contemplando il volto di Krysalide... ma era anche quello di Sheraen: i medesimi tratti squisiti, gli stessi occhi d'ametista cristallina incastonati nel candore niveo dell'incarnato del volto... Oh, comprendeva la follia dell'Uomo d'Ambra: anche lui aveva ceduto facilmente al fascino di Sheraen, fin da quando aveva visto i suoi occhi brillare nel cielo della sera.

Distesa nel suo letto, nella stanzetta affacciata sul lago rosso, anche la ragazza spalancò gli occhi, ridestata dall'impeto di quella visione. Nel silenzio della notte, irretito dallo scroscio della pioggia sui tetti e nei cortili, riecheggiava soltanto lo sfrenato galoppo del suo cuore. Aveva visto tutto quello che Tresan aveva letto e sognato, quella notte. E d'improvviso comprese fino in fondo le profezie che per anni aveva udito nel tempio di Envles'Tin. L'alito inconsistente del Maledetto la sfiorò,

le scosse il cuore.
«Sei venuto per portarmi via con te?» sussurrò, attonita.
Sì...

16

Krysalide si ricoprì il corpo con i veli e le collane di perle e pianse. Ma non nascose il viso: ormai, il sacrilegio era stato compiuto.

«Che ne sarà di me, adesso?» singhiozzò. «Ho ceduto alle lusinghe di un uomo, e sono impura!»

«Non violare il tuo splendore con le lacrime, amor mio» cercò di consolarla il re. «Il mio ferro ti difenderà e per te sfiderò Ra'Mussondor e perfino Hal'Bitshni, se sarà necessario» Krysalide lo guardò e ancora una volta lui si sentì travolgere da un folle amore.

«Non comprendi, sciocco uomo?» singhiozzò. «Con il tuo gesto hai condannato me alla rovina e te stesso alla morte. Credi che non ti voglia sopra ogni cosa? Ma anche se fuggissi con te, il Dio ci ritroverebbe e la tua sorte sarebbe atroce. Ascoltami! Lasciami andare, te ne supplico. L'Eccelsa Sapiente capirà ogni cosa, ma tacerò il tuo nome, te lo prometto. Tu fuggi, va' lontano, non ritornare al recinto degli schiavi. Se ti tradissi, me sventurata, le tue membra verrebbero squarciate da quattro cavalli e io non potrei sopportarlo. Prendi.»

Afferrò il pugnale che portava alla cintura e prima che Kasara potesse fermarla recise una ciocca di capelli candidi e gliela offrì in dono.

«Conservala in mio ricordo. Addio.» Lo baciò sulle labbra e corse fuori della porta.

Kasara non cercò di trattenerla; e quando rimase solo, seppe con certezza che cosa avrebbe dovuto fare. Attese il ritorno di Makòl progettando ogni dettaglio della rivolta; e quando l'amico rientrò, aveva già indossato un elmo piumato, a cui aveva fissato i capelli di Krysalide, e parastinchi di bronzo raccolti da una vecchia cassa, in una nicchia del ripostiglio.

«Non approverai, Custode» dichiarò, glaciale. «Ma voglio attaccare il tuo re e il suo Dio. Domani sera Krysalide potrebbe morire per mia colpa e non posso accettarlo.»

«Dov'è la ragazza?» volle sapere Makòl e Kasara gli narrò ogni cosa.

«Non l'ho posseduta, ma i sapienti la puniranno per aver accettato le mie carezze. Ieri la vecchia megera ha schiaffeggiato una novizia per aver scordato d'indossare il velo, nel parco. Tremo al pensiero di quel che po-

trebbe accadere a Krysalide, se ammettesse d'avermi baciato per suo piacere.»

«L'Eccelsa Sapiente ha molti poteri e scoprirà senz'altro quant'è accaduto. Krysalide è già condannata» gli assicurò Makòl. «Posso già sentire le nenie cantate dalle sue compagne e il puzzo della carne bruciata sul rogo, nella piazza della città.»

«Non c'è speranza alcuna che si salvi?»

«Nessuna. Tuttavia, se vuoi attaccare il tempio e liberarla, io ti aiuterò. Ho lasciato che mio figlio morisse e che la madre impazzisse di dolore. Non permetterò a Ra'Mussondor e Hal'Bitshni di spezzare anche il tuo cuore, pascendosi del tuo sangue e di quello della tua amata.»

«Allora va' da lei, e dille di tacere quel che è accaduto e di fare in modo che i cancelli del gineceo rimangano aperti, questa notte. Assicurale che la porterò via con me e la onorerò come merita. Ho altre mogli e le rispetterò finché avrò vita; ma a lei sola andrà il mio amore eterno.»

Quella notte Makòl e Kasara s'introdussero di nascosto nell'armeria del re e presero elmi, spade e armature e le distribuirono agli schiavi dei recinti e agli Harana che vivevano in città. Le guardie vennero uccise a fil di spada. Nelle segrete si diffuse un mormorio di tripudio.

«All'alba» giurò Kasara ai suoi sudditi «Saremo liberi.»

Le donne sarebbero state radunate da Gresutu nei casolari di periferia, non appena i ribelli avessero invaso la città, e sarebbero partite con alcuni carri verso le città vicine. Sul finire della notte, Kasara scese a salutare le mogli e a benedire i figli, dopodiché risalì al tempio. Quando albeggiò, la città si destò nel terrore: i palazzi e le case degli abitanti di Kail'Mass ardevano come un sol rogo, gli animali fuggivano nelle strade e i moribondi si trascinavano nelle strade soffocate dal fumo, invocando pietà. La corte venne invasa da uomini e donne inferociti dagli stenti: tutti gli schiavi, qualunque fosse la loro origine, si unirono alla rivolta e uccisero i nobili che li avevano umiliati e affamati; con gioia spogliarono le principesse e la regina dei loro gioielli e degli abiti eleganti e le portarono nude sulla piazza, dove vennero uccise. Makòl guidò una dozzina di servi nelle stanze del re e trovò il suo signore nascosto ai piedi del letto, scosso dai tremiti come un bambino. L'abbrancò per le vesti dorate e gli sputò in faccia. Il re cercò di arretrare, ma il custode e lo trattenne a sé.

«Non fuggire, maledetto, e guarda in faccia la morte! Questo è per il figlio che mi hai ucciso in nome dei tuo Dio!»

Con un colpo sicuro, gli tagliò la gola. Il sovrano cadde riverso nel proprio sangue, gorgogliando; e, a occhi aperti, morì.

«E ora tutti al tempio!» gridò il Custode, sollevando la spada insanguinata. «Un altro criminale dev'essere annientato, se vogliamo essere liberi!»

Due giorni durava il riposo del Dio, quando la luna era oscurata; poi, grandi festeggiamenti e sacrifici accoglievano il suo ritorno nella sacra dimora. Ma quel giorno, non appena aprì gli occhi di fuoco, Hal'Bitshni udì clangori di spade e urla di donne e uomini riecheggiare nel tempio. L'altare era asciutto, ma rigagnoli di sangue scorrevano sui mosaici del pavimento e molti cadaveri giacevano sui tappeti ricamati. Fuori, e nelle sale secondarie, una cinquantina di schiavi stava distruggendo con picconi e scalpelli le sue immagini e i cartigli che riportavano il suo nome, nella speranza di gettare la sua essenza nell'oblio.

Il Dio discese nella Camera dei Fedeli come vento nero, gli occhi di fuoco che baluginavano di bagliori malvagi. Davanti a lui, Kasara lo fronteggiava con una spada in pugno. A suoi piedi giacevano i pezzi della statua che aveva abbattuto e gli affreschi nelle navate erano graffiati con rabbia.

«Che succede, uomo?» tuonò Hal'Bitshni. «Come osi, tu che sei mortale, violare la quiete della mia casa?»

Kasara era pallido. Aveva sperato che rimuovendo il suo nome e la sua effigie dai muri, Hal'Bitshni si sarebbe dissolto nel nulla. Invece era ritornato e il suo sguardo di sangue era terribile, nel cupo grigiore del mattino. Strinse con forza le mani attorno all'elsa della spada, per farsi coraggio.

«Sta' indietro!» l'affrontò. «Tu, che sei un demone assetato di dolore e ti sfami con il sangue degli innocenti e il pianto delle loro madri! Il tuo popolo è ridotto in schiavitù e te ne compiaci. Ma la gente è stanca dei tuoi soprusi ed esige vendetta!»

Il Dio rise, di una risata roboante. «Vorresti aggredirmi con quella piccola spada di ferro, miserabile?» Agitò una mano di vento nero e il brando si sgretolò in un pulviscolo argenteo. Il cuore di Kasara sobbalzò.

«I miei Dèi non mi abbandoneranno» mormorò, ma Hal'Bitshni avanzò e un'ombra più cupa della notte si distese sul tempio. «I tuoi piccoli, scioc-

chi Dèi non possono nulla, contro di me.»

Kasara arretrò. «Che tu sia maledetto...» imprecò, fra i denti.

«E che il tuo nome possa disperdersi nell'oblio, rinnegato fra gli uomini!»

Hal'Bitshni alzò un braccio - una raffica scura - per colpire, ma in quel momento Krysalide entrò nella Camera dei Fedeli, seguita da Gresutu, e lo fermò: «No, mio signore! Abbi pietà di lui!»

Il Dio era smarrito «Tu, Krysalide? In compagnia di un uomo e senza velo! Dov'è la tua signora?»

«Gresutu l'ha uccisa per liberarmi dalla prigionia che mi aveva imposto.»

«L'Eccelsa ti aveva imprigionata? E per quale ragione?»

Lei lo guardò con immensa dolcezza e anche se era scarmigliata e arrossata dalla stanchezza era fulgida e splendida. «Perché il mio cuore ha sobbalzato e ha scoperto l'amore.»

«Per quell'uomo?» Il Dio indicò Gresutu, furente, e il guerriero indietreggiò di un passo, spaventato.

«No, mio signore, no. È solo un amico. Il nome dell'uomo che amo non ha importanza alcuna.»

«Tu mi hai tradito, piccola sgualdrina!»

Le vetrate del tempio esplosero, colpendo Makòl e Zamaka che giungevano di corsa, seguiti da un gruppo di uomini armati.

«Io ti ho dato il tuo immenso potere... Ti ho resa la più potente fra i sapienti, la più rispettata, la più temuta!»

«Ti restituisco il tuo dono, se così mi comandi.»

Ma il Dio proseguì, con furia crescente: «Ti ho dato la mia protezione e il mio favore e tu, invece di preservarti pura per me, ti sei concessa a un mortale!»

«Abbi compassione di me, mio signore, e concedimi la tua benedizione» implorò lei, inginocchiandosi nel cerchio d'ambra e rubini, ma il Dio urlò e i suoi fulmini colpirono le colonne di granito, spezzandole. Una nicchia crollò, la terra brontolò e si smosse: mai l'ira del grande dio era stata tanto funesta, mai la sua figura era stata tanto maestosa e terribile.

«Benedirti, ripugnante ingrata? Mai! Ti ucciderò, così come ucciderò il cane che ti ha sedotta! Il suo nome! Ti ordino di darmelo!»

Le si avvicinò, scompigliandole la chioma e le vesti, e i suoi occhi rossi parvero volerla uccidere. Krysalide impallidì.

«Mio signore...» iniziò, ma il Dio la colpì con uno schiaffo così violento che ricadde indietro, tramortita.

«Mai! Mai!» si ribellò lei. «La morte, piuttosto!»

«Se la invochi, l'avrai!»

Si apprestò a paludarla in un abbraccio mortale quando Kasara si frappose fra lui e l'amata e gridò:

«Me, colpisci me, e risparmia lei! Io solo sono colpevole del suo tradimento!»

«Non è vero, quest'uomo è innocente e parla per discolparmi!» lo difese Krysalide. «Uccidimi, se questo potrà placare la tua collera, ma non fargli del male.»

Il Dio li soppesò entrambi per un istante eterno e alla sua furia l'aria sfrigolava come se fosse stata percossa da un fulmine.

«Scellerati!» esplose. «Tu l'ami, donna! Non mentire! Ma se non vorrai essere mia, non apparterrai neppure a lui!»

Sollevò una mano di nera tempesta e con rabbia scagliò addosso a Krysalide un fulmine accecante, che incendiò l'aria. Stupefatta, senza aver neppure il tempo d'urlare, la sapiente sobbalzò e s'accasciò lentamente fra le braccia di Kasara, che la fissava sconvolto. Il cuore le ardeva nel petto squarciato, strappandole spasimi di dolore.

«Muoio serena, dopo aver conosciuto il tuo amore» sussurrò, guardando il re negli occhi verdi. «Ma tu fuggi, torna dalle tue mogli, salvale dalla rovina... Per me... è la... fine.»

L'ultimo respiro le morì fra le labbra socchiuse. Ululando come un lupo ferito, Kasara la strinse a sé, ma non pianse. Alzò invece il volto a fronteggiare il Dio, immoto e sgomento dinanzi al cadavere della sua sapiente prediletta.

«E ora ammazza anche me, bastardo, o svanisci per sempre negli Inferi che ti hanno vomitato sulla terra degli uomini!» lo sfidò. «Tu, che sei dolore e sofferenza, hai ucciso per l'ultima volta! Dovessi perseguitarti fin oltre la morte, sconterai la morte di Krysalide con la tua!»

Vi fu un attimo di silenzio e il grido del guerriero riecheggiò minaccioso fra le mura massicce del tempio. Ma d'improvviso, Hal'Bitshni scoppiò in un pianto inumano e strappò il corpo senza vita della sapiente dalle forti braccia del re, sollevandolo in spirali di vento. Il suo dolore spaccò il colle sotto di loro, le case della città crollarono e il fuoco corse sulle macerie, avido di distruzione. Il cielo si fece cupo, i mari si agitarono. Il tempio rombò e le volte s'infransero sui pavimenti intarsiati. La nuova navata si sgretolò e la cupola d'oro che Gresutu e Zamaka avevano tanto faticato a costruire venne inghiottita da uno squarcio della terra. Il pavimento tremava e la polvere pioveva dal soffitto lacerato. Gresutu prese Kasara per un braccio e lo trascinò verso l'uscita.

«Fuggiamo! È pericoloso restar qui»

Ma l'amico si ribellò e cercò di correre da Krysalide, adagiata a mezz'aria fra le mani inconsistenti del Dio nero.

«Lasciami! Amor mio, amor mio!»

Altre braccia l'afferrarono – Zamaka e Makòl – e venne trascinato fuori prima che una pesante colonna si schiantasse al suolo.

In lontananza, la terra era sconvolta da un impetuoso maremoto e profonde fenditure s'aprivano sotto i passi dei guerrieri. Il grande Dio stava distruggendo il mondo dei mortali, facendo del tempio la propria tomba. La città si stava frantumando e per le strade la gente urlava, correva fra gli animali terrorizzati e ovunque stavano dilagando incendi.

Giunto sul sagrato, Kasara venne sbalzato a terra da una violenta scossa. Ma subito s'inginocchiò e tornò a voltarsi verso il tempio; e portandosi la mano al cuore pronunciò un solenne giuramento:

«Ascoltami, Hal'Bitshni, Dio degli Schiavi! Anche se sono solo un uomo maledetto dalla sorte, ti giuro che a prezzo di patteggiare la mia anima con i demoni, tornerò per vendicare il mio popolo, sottomesso dai tuoi servi e gli schiavi che hai ingiustamente tormentato per tuo vanto. Io ti maledico e da te son maledetto. Rinnego la tua divinità, come tu hai rinnegato il re che è in me. Ti giuro che per mia mano gli Dèi di mio padre e di madre ti calpesteranno, così come tu li hai offesi nei loro templi con gli atti e le parole. Per questo, dovessi vagare nei secoli fino alla fine dei millenni, ti strapperò dalla quiete dei Cieli per punire la morte di Krysalide e quella dei miei compagni. Così ho detto.»

Un fulmine si ruppe nel cielo fuligginoso, sigillando il giuramento, e una pioggia, mista a grandine violenta, s'abbatté sulla città sconvolta, sulle praterie oltre le mura e sul mare. Mentre la terra ruggiva, sotto i loro piedi, Kasara abbracciò Gresutu e Zamaka e disse: «Amici miei, la morte è vicina. Potrete ricordarmi con amore, nella tomba in cui sprofonderemo?»

«Mai ti dimenticheremo e se gli Dèi vorranno, ti offriremo ancora il nostro pugno, quando tornerai per esigere vendetta.»

Li baciò sulle guance e infine abbracciò Makòl. «Cos'ho mai fatto, amico mio? Sei parente del re e potevi vivere felice... La mia lascivia ha distrutto un mondo e oso persino bramar la rivalsa...»

«La mia mano ha gioito, quando ho sgozzato Ra'Mussondor» gli assicurò il custode «Il tempo degli schiavi deve finire. Nessun altro bambino dovrà più essere sventrato vivo sull'altare di quel demone tenebroso!»

Kasara lo salutò stringendogli le spalle nel consueto saluto dei guerrieri Harana.

«Sei mio fratello, ormai» dichiarò. Attorno a loro, il mondo moriva. Folli di paura, molti si gettavano dalle scogliere nel mare gonfio, invocando salvezza. Ma davanti alle macerie del tempio, centinaia di uomini attendevano con fierezza la morte. D'un tratto, uno di loro lanciò in cielo l'elmo piumato e gridò: «Kasara!».

Gli altri su unirono nel suo gesto ed esultarono come un solo uomo. Commosso, il re li abbracciò con lo sguardo e li benedisse. Poi sollevò la spada e lanciò l'urlo di guerra della sua gente: «Harana!»

La sua voce risuonò nel pianto del Dio e il cielo s'abbatté sulle terre abitate dagli uomini, sbriciolandole come zolle di terra secca, i mari insorsero, avidi di cadaveri e gli immensi territori si frantumarono e si inabissarono nei freddi oceani, trascinando con sé molti sventurati, e laggiù giacquero fino a quando, secoli più tardi, non riemersero per creare un nuovo, vasto mondo, fatto di isole e terre sconfinate.

Qui termina la nostra narrazione. Le nostre mani di cronisti fedeli hanno vergato con accuratezza i fatti allora accaduti e ora implorano riposo. Nulla alla storia è stato aggiunto; nulla alla storia è stato rubato. Abbiamo raccolto scrupolosamente le testimonianze del Guardiano Makòl, sopravvissuto alla distruzione delle terre, e quelle di coloro che sono scam-

pati allo scempio delle Terre Antiche. Benedici il nostro impegno, tu che leggi, Kasara, figlio degli Harana gloriosi, e rievoca dal tuo passato le grandi sofferenze che patisti in terra nemica e l'appassionato amore che ti spinse a vagare nei secoli per completare la tua vendetta. I tuoi Dèi t'hanno offerto un riscatto. Sollevati e ritrova il tuo nome, e ricongiungiti con le anime che tanto hai amato, nella vita e nella morte. Kasara, Signore dei Lupi, destati, se stai dormendo; giubila, se sei sveglio. Quest'oggi hai ricevuto di nuovo l'antico battesimo. Che il tuo ultimo nome mortale decada. Benvenuto nel regno dell'Aquila e del Leone, Kasara!»

Ci fu un sordo clangore e sulla mappa di Tresan, aperta nel soggiorno di Volèn, tutte le stelle della costellazione dell'Aquila si sovrapposero a quelle della Casa del Lupo Predatore.

Il passato si era finalmente ridestato.

E ancora una volta, la terra tremò.

17

Kasara! Quel nome parve tuonare e riecheggiare nella biblioteca e la terra rispose con un fremito di trionfo. Tresan lo sentì esplodere in sé come l'eruzione di un vulcano. Tramortito, ritrasse le mani dalla pergamena e si sfiorò il volto. Lentamente, si volse verso la finestra più vicina per specchiarsi e gli parve che nulla fosse mutato; ma gli occhi d'aquila erano animati da un cupo bagliore color delle selve e nel suo corpo scorreva un fremito selvaggio. Cercò Kasara nella stanza, ma lo trovò dentro di sé. I ricordi del guerriero Harana si confusero con i suoi, s'impossessarono d'ogni sua fibra, d'ogni sua emozione e allora non ebbe più alcun dubbio. *Non sono mai stato posseduto! Quando sentivo vibrare sottopelle la forza dell'Uomo d'Ambra, stavo solo cercando di riprendere il posto che mi spettava, dentro di me.* Ora capiva molte cose... Perché avesse sempre avuto ammirazione per quel re leggendario e perché il suo spirito l'avesse protetto dai nemici, quand'era stato minacciato da un pericolo mortale; comprendeva perché amasse guerreggiare seminudo, con sprezzo del pericolo e perché le sue tattiche sembrassero eccentriche, a suo padre e a Rupens... *Capisco anche perché ho visto i nostri volti sovrapposti, nella Polla di Ashivad. Non avrei potuto vedere altro che me stesso...*

Si toccò il viso e le braccia. Era cambiato, non aveva più la possanza degli Harana né la bellezza selvaggia che l'aveva reso celebre, fra le donne delle praterie. Al quel ricordo, si sorrise nel riflesso della finestra. *Sono stato felice, quand'ero un re. Cercherò d'esserlo ancora, ma non con tutte... Ne desidero una sola e se anche lei mi amasse, in questa vita, io...*

Sapeva chi era. L'aveva riconosciuta nello stesso momento in cui si era rivisto nell'atto di strapparle il velo dal volto; e quella rivelazione non lo stupiva. Era una notte di risvegli, una notte stregata, e la magia di Aldemar gli portò la visione di Sheraen... Krysalide... che usciva scalza dal Tempio di Samishka per corrergli incontro. Pioveva a grandi scrosci e la veste da notte della fanciulla era inzuppata d'acqua. Non sapeva se stesse accadendo davvero o se fosse una sua fantasia, ma senza indugiare, Tresan... Kasara... si avvolse nel mantello cerato e spronò il cavallo verso il Porneva. Laggiù, sotto gli alti alberi piegati dal vento, la vide bianca e splendente nel bagliore dei fulmini, e l'amò come mai aveva amato una donna, prima d'allora. Trovarono rifugio in una grotta vicina al lago, dove i pastori portavano le pecore, nelle giornate di maltempo, e con la paglia e i rami sparsi a terra accesero un fuoco da campo. In una nicchia trovarono ammassati alcuni ceppi secchi, e ne gettarono qualcuno sui ramoscelli. Quando la fiamma s'alzò, crepitando, si spogliarono l'un l'altra, baciandosi con impazienza. Lei gli sfilò la cintura e gli slacciò i bottoni del giustacuore e lui le sfilò dalla testa la camicia da notte. Gettarono i vestiti su una roccia che i pastori usavano come panca e caddero in ginocchio, abbracciati, persi in baci voraci.

«Sei meravigliosa» ansimò Tresan, con il sangue acceso dal desiderio. «Non potrei immaginare niente di più incantevole ed eccitante di te.»

«Bugiardo. Ho visto tua moglie, era una vera signora e aveva colori decisi...»

«Tu mi piaci di più» le giurò lui, mordicchiandole avidamente il collo. «Se fossi venuta a Va'nel per impedire le nozze, non ti avrei lasciato andare neppure per dieci ragazze come lei» La rovesciò a terra e mentre la sovrastava le scostò i lunghi capelli dal viso. «Non essere gelosa di Maribelna, amor mio. Quel che c'è stato fra noi vale meno di una goccia di questo temporale. Ma io e te siamo ogni scroscio della tempesta... e molto di più.»

La baciò con passione e Sheraen ricambiò il bacio fino a restare senza fiato. Le dita che le artigliavano il seno rotondo, graffiandolo dolcemente, la fecero gemere di voluttà.

«Oh, se tu fossi arrivato prima» gemette, gli occhi dilatati dalla passione. «Ti ho pensato ogni giorno, mentre ero a Zancan... Eri la sola cosa bella che avevo, in quella corte di vipere ed eunuchi...»

Zancan! Alla mente di Tresan espose la visione che aveva rubato alla tormalina nera e la sua espressione cambiò, divenne feroce. Non aveva dimenticato quello che quel porco del Governatore le aveva fatto passare e ricordò che quel grasso, untuoso traditore aveva avuto il diritto di possederla, nell'anno in cui era stata sua. La gelosia gli montò nelle tempie. «Mardun ti ha avuta, quando vivevi nel serraglio?»

Sheraen abbassò gli occhi, colpevole. «Era suo diritto.»

Sentì Tresan muoversi e per un momento temette che si sarebbe alzato, indignato, e che non l'avrebbe più voluta. Un fiotto di pianto le invase gli occhi. Era una donna usata, non valeva nulla nemmeno nei mercati degli schiavi, nelle terre dell'est. Forse Kasara l'avrebbe amata ugualmente, ma Tresan era cresciuto in un mondo d'onore, dove la purezza era un valore sacro…

Lui le salì sopra, e i suoi occhi scuri brillavano al bagliore accecante delle fiamme. «Allora rimpiangerà d'averti perduta» dichiarò, aprendole le gambe con le sue. «Ora sei mia. Per sempre.»

Si persero l'uno nell'altra, dimenticandosi d'ogni cosa. Al tepore del fuoco, Sheraen sfiorava il corpo abbronzato di Tresan e sentiva guizzare i muscoli ferrei che erano stati di Kasara. Smanioso, ancora incredulo e pazzo di gioia, lui si abbandonò all'estasi del corpo di lei fino a perdere le forze. Infine, verso l'alba, si coprirono con un mantello ancora umido e si addormentarono esausti, stretti nell'intreccio di un abbraccio.

Quando il sole brillò sulle placide e calde acque del Porneva, Sheraen riaprì gli occhi e scoprì d'essere sola e infreddolita. Uscì dalla grotta vestita soltanto dell'Occhio di Petalite e vide Tresan nuotare nel lago, fra il loto giallo e le felci rosse. L'acqua, increspata dalla brezza e dai vapori, sembrava animata di vita propria e la fenice tatuata sul dorso dell'amante pareva guizzare e improvvisare una danza fra vampe di fuoco. Voltandosi, lui la scorse e la raggiunse, ma prima d'uscire le tese la mano e la trascinò nell'acqua calda. Si amarono un'altra volta, addossati alle rocce della riva, poi giacquero all'ombra, fra le gemme dei fiori, accarezzandosi e sognando del passato; ma quando dal Tempio giunsero undici rintocchi di gong, Tresan s'alzò a sedere e scrutò la corsa del sole fra le fronde delle querce.

«È già tanto tardi?» si meravigliò. «Devo ritornare alla fortezza. Volèn mi ha atteso invano per la lezione del mattino e certamente sarà in collera con me.»

«No» sussurrò lei, abbracciandolo con languida avidità. «Sa che sei con me, non temere. È il Signore dei Sogni e certamente ha visto ogni cosa, questa notte… No» rise, divertita della buffa espressione di lui. «Non *quello*. Ma le nostre visioni sono state esuberanti ed è impossibile che non l'abbiano destato dal sonno» Respirò il profumo dell'erba bagnata e aggiunse, in tono sognante: «Ah, se il mondo avesse i confini di quest'isola meravigliosa, di questo lago... di te! Anche se questa notte ha sconvolto le nostre esistenze, non sono mai stata tanto felice come ora, amore mio...»

«Neppure io» mormorò Tresan, innamorato. La contemplò, ammaliato dalla sua bellezza insolita e desiderò che il tempo si cristallizzasse in quell'attimo d'estasi e divenisse eterno. Ma gli Dèi erano già stati generosi con lui: la sua invocazione era stata ascoltata e gli era stato fatto dono di una seconda vita, della rivalsa... e dell'amore.

Si persero in baci e coccole per molto tempo ancora. A mezzogiorno mangiarono le mele che crescevano su un albero selvatico, poi, stretti in un abbraccio, risero fino a quando non si unirono un'altra volta. Ma quando Tresan giacque sopra di lei, stremato, le felci vicine furono smosse da un fruscio e tre uomini armati emersero dal bosco. Indossavano abiti di pelle nera, di taglio semplice, ma i tratti del volto, pallidi e con occhi leggermente a mandorla, tradivano un'origine Valmādrian. Più svelto di un serpente, Tresan balzò in piedi e afferrò un bastone per difendersi. I sicari attaccarono e lui ne impegnò due; il terzo si avventò su Sheraen, che cercò salvezza nel lago. L'assassino lasciò cadere a terra il cinturone con la spada e con un coltello tagliò i lacci degli stivali per precipitarsi a inseguirla fra i riflessi infuocati dell'acqua.

Tresan aveva appreso bene gl'insegnamenti dell'Accademia Militare e quand'era Kasara era stato abile nella lotta a mani nude. Ora conservava quella maestria in un corpo meno robusto, ma altrettanto agile. Con un calcio, disimpegnò un avversario e s'impossessò della sua spada. Un sibilo e la lama s'irrorò di sangue vermiglio, mentre l'uomo cadeva riverso nell'erba chiara. Il compagno esitò, poi attaccò. Il bastone in una mano e la spada nell'altra, Tresan lo obbligò ad arretrare e a eseguire affondi vani, confondendolo con complicate mosse Davlèjn. Lottarono a lungo, mentre Sheraen cercava di difendersi dall'uomo che l'aveva raggiunta nel Porneva. Mentre nuotavano fra gli occhi dorati dei fiori di loto, lui l'agguantò per i capelli, strattonandola bruscamente.

«Vieni qui, puttanella!»

Lei si volse, guizzando fuori dall'acqua come un pesce argenteo e inghiottì una generosa sorsata d'aria. Lo afferrò per le spalle e lo spinse sott'acqua. Appesantito dai vestiti fradici, l'uomo ricadde goffamente fra i lunghi filamenti delle alghe. Agitandosi, affamato d'aria, cercò di riemergere, ma Sheraen si aggrappò ai suoi abiti e lo trattenne sul fondale fino a quando non cessò di dibattersi. Allora lo liberò dalla stretta mortale e quando riaffiorarono il volto dell'uomo era gonfio e congestionato, gli occhi sbarrati e ciechi. Era morto. Sheraen si scostò dal cadavere rabbrividendo. Era la prima volta che uccideva qualcuno, ma non provava alcun rimorso. Si passò una mano sugli occhi per liberarli dall'acqua e cercò affannosamente Tresan. Lo vide impegnare il sicario sulla spiaggia, sotto un'alta famiglia d'abeti. Il bastone e la spada volteggiavano rapidi nelle sue mani e lei riconobbe la mossa della Grandine e del Vento dei cavalieri Davlèjn: era ancora grezza, ma sicura – dopotutto era la *sua* mossa - e il Valmādrian non se l'aspettava. Il ferro lo ferì dapprima al braccio, poi alla spalla e infine lo trapassò in fronte, fra gli occhi. Gorgogliando sangue, l'uomo arrovesciò gli occhi all'indietro, incredulo, e stramazzò a terra.

Sheraen uscì dal lago correndo e Tresan l'abbracciò con ansia e paura.

«Sono uomini inviati da Damon» disse, squadrando i cadaveri riversi sulla riva. «Sapevo che presto o tardi sarebbero venuti a cercami anche quassù. Devo andarmene e al più presto. Sherry, mia adorata...» La baciò sui capelli, tremando. «Forse non dovrei chiedertelo, ma... verresti via con me?»

«Ovunque vorrai, cuore mio.»

Qualche giorno più tardi, scortati dal Drangor Volèn, dal colonnello Avarch e da dieci Davlèjn anziani, discesero fino alle pendici del vulcano Gwire. Quando giunsero sulle sponde del mare, la marea era bassa e il fondale solido e sicuro. Allaras tratteneva a stento lacrime di rabbia, mentre abbracciava Tresan. Non sapeva perché abbandonasse Aldemar tanto frettolosamente, ma sospettava che fosse successo qualcosa di grave, il giorno dopo l'uragano, quando lui e Sheraen erano entrati al galoppo nella fortezza e avevano discorso a lungo con Volèn. Una ferita gli marchiava il braccio scoperto ed era certa che fosse stata inferta da una lama affilata. *E dubito che sia successo in allenamento!* Aggrottò la fronte, ma non pose domande. Sapeva che né Tresan né Volèn avrebbero parlato. Baciò Sheraen sulle guance e le porse le redini del suo morello, che nell'ultimo tratto aveva guidato a mano lungo un irto sentiero.

Erano pronti per partire. Sheraen salì in sella e abbracciò Allaras, mentre Tresan controllava che il lungo cilindro di bronzo con la sua mappa astrale fosse ben fissato all'arcione di Zelin. Stava tirando una cinghia quando scorse a terra l'ombra di Volèn.

«Grazie per tutto quello che avete fatto per me, Maestro» Si volse a guardarlo. «Sarò per Avarch un buon allievo, come spero d'esserlo stato per voi.»

Anche se l'espressione del Drangor era tesa, il suo sorriso era sincero.

«Lo sei stato, ragazzo mio. Vogliano gli Dèi preservare il tuo cammino e la tua anima dalla morte e dalle sofferenze.»

«Ma merito la loro grazia?» Per un momento, Tresan abbassò lo sguardo, a disagio. «Ho dannato l'intero Arcipelago con un'invocazione blasfema e il Dormiente non si risveglierebbe, se non fossi tornato per esigere vendetta. Forse non avrei dovuto...»

«Zitto! Nessuno deve sentirti! E non dire sciocchezze. Sei soltanto un uomo e gli Dèi, non tu, hanno deciso che le tue sofferenze e quelle di tutti gli altri schiavi meritavano una rivalsa. Avresti preferito servire ciecamente Hal'Bitshni e Ra'Mussondor per vedere i tuoi figli smembrati sull'ara, al Solstizio d'Inverno?»

«No, però...»

«Sopracavaliere, dobbiamo andare» intervenne il colonnello Avarch, spingendo il cavallo verso di lui. I primi rivoli d'acqua iniziavano a scorrere sul fondale scoperto e presto Aldemar sarebbe tornata a essere un'isola circondata dal mare.

«Mettetevi in viaggio, o la marea v'impedirà di passare» Volèn l'abbracciò un po' ruvidamente ed esitò nel lasciarlo andare. «Sii prudente e accorto. So che è chiederti molto... Ma provaci.»

Tresan montò in sella con un balzo e si sporse verso di lui.

«Siatelo anche voi» gli raccomandò. «Gli uomini di Damon sono venuti a cercarmi una volta. Ritorneranno.»

«Che vengano! Troveranno un'accoglienza che non scorderanno, puoi giurarci. Addio.»

Si mossero sul selciato di sassi con la scorta di cinque Davlejn che li avrebbero accompagnati fino alla terraferma. Alle loro spalle, lo sguardo di Volèn era cupo e, mentre la marea montava e s'accresceva, il mago catturò un brivido scorrere sotto le falde del vulcano. *Un presagio? Il Gwire non si desta da secoli! Cos'altro devo attendermi, dal risveglio della terra?*

Ma in cuor suo preferiva non sapere e comunque presto ogni domanda avrebbe avuto una risposta; e Volèn non era certo d'essere ansioso di conoscere quello che l'attendeva.

18

Bianca, la Città Sacra si ergeva su una vasta isola incastonata nel cuore di Rovanea e le sue sponde, alte e rocciose, impedivano l'attracco delle navi, al di fuori del porto principale. I fuochi per la segnalazione dei vascelli ardevano anche di giorno ed erano alimentati da pece nera, cosicché neppure la pioggia potesse smorzarli. Le vedette nelle torri di sasso erano vigili e sicure: nessuna nave avrebbe potuto approdare all'isola senza il consenso dei sacerdoti guardiani.

Avarch scese per primo dal mercantile che li aveva condotti sin laggiù, e aiutò Sheraen a montare sul suo morello.

«Accodiamoci a fedeli» propose a Tresan, in sella a Zelin. «Nessun sicario ci attaccherà, fino a quando saremo fra i popolani.»

Risalirono alla Città Sacra assieme a un folto gruppo di pellegrini e seguendo un sentiero di terra battuta si addentrarono nell'intrico della foresta, dove il sole faticava a sfiorare il manto umido del sottobosco. Fra alberi dai tronchi ampi e nodosi, rivestiti di morbida lanugine, cinguettavano uccelli color turchese e corallo. Quando la macchia si dischiuse, simile a un cortinaggio di ricami verdi e ambrati, videro un fiume gettarsi in un lago dal fondale smeraldino, dove luci e colori si rincorrevano in un'orchestra d'arcobaleni e aloni cangianti. Sopra le acque del lago planavano uccelli di vario colore e il loro stridio riecheggiava fra le pareti rocciose della valle.

«È meraviglioso» mormorò Tresan, affascinato. «È così diverso da Elvaner… Mi dispiace non essere mai venuto in visita dai miei nonni, prima d'ora.»

Poco più tardi, mentre il tramonto si spegneva alle loro spalle, entrarono a Envles'Tin. Eretta sui fianchi e nelle viscere di un colle scavato ad ampie terrazze, la Città Sacra era una folgore vivida fra le macchie vivaci dei grandi giardini e gli zampilli delle fontane. Il cielo blu cobalto era adornato con poche stelle, ma Pani occhieggiava bassa fra i palmizi, diffondendo sulla città un vapore argenteo e irreale. I palazzi degli artigiani e le locande in cui soggiornavano i fedeli in visita erano più chiari della neve, ma le grotte sulla sommità della collina erano alonate da un etereo alone ceruleo.

Si presentarono ai sacerdoti di guardia sulle gradinate del tempio e subito vennero chiamati alcuni novizi che si occuparono dei cavalli e del bagaglio. Un giovane monaco li accompagnò nelle stanze riservate agli ospiti dei Patriarchi.

Tresan non era mai stato nel cuore di una montagna, e si guardò attorno con curiosità. Al riverbero delle torce, i disegni adamantini del quarzo si stemperavano in un firmamento di placidi chiarori sulfurei. *Come se il giorno scacciasse perennemente la notte*, pensò affascinato. Il pavimento era di sasso levigato, le pareti alte e accoglienti. Oltre alcune arcate aperte sulle terrazze, si scorgevano serre e giardini fioriti, dove qualcuno cantava e suonava il *ghirr*.

Discesero fino agli appartamenti degli ospiti regali e si ritirarono nelle loro camere. La stanza di Tresan era grande e sfavillante. I pavimenti erano ricoperti da tappeti sfrangiati e alle fredde pareti di pietra troneggiavano pesanti drappeggi. Dal soffitto ricadevano ampi grappoli di Rubino, Occhio di Tigre e Cristalli di Rocca, a protezione dai pensieri avversi e dalle maledizioni.

Vicino allo spogliatoio, una scalinata di sasso scendeva fino alle piscine termali. Le rocce, laggiù, avevano una gradevole sfumatura turchese e il riverbero dell'acqua, scontrandosi con il marmo bianco del pavimento, assumeva un'impalpabile trasparenza smeraldina.

Sorridendo, Tresan pensò a cosa avrebbe potuto fare laggiù con Sheraen, ma in quel momento un novizio lo venne a chiamare, e risalì verso le grotte aperte sulle serre per unirsi ai nonni per la cena.

Le stanze degli Alti Sacerdoti erano ampie e confortevoli, e pervase da un piacevole tepore. Il camino era acceso anche d'estate per riscaldare le fredde sale scavate nel cuore della montagna e la tavola era illuminata da eleganti candelabri che evocavano le sinuose forme dei rampicanti. Tresan osservò che il fumo veniva assorbito dalle rocce e sfiorandole con le dita notò che erano porose e leggere. *Ma il sostegno è di granito, ben solido e sicuro*, pensò. *Il tuo tempio è robusto, Potente Ályshan. Saprà reggere anche la furia che i miei voti hanno scatenato sull'Arcipelago?*

La Matriarca Flesia lo chiamò e lui sbatté le palpebre per scacciare quei pensieri. Non vedeva i nonni dal giorno delle sue nozze, due anni prima, e con una stretta al cuore notò che in quel breve tempo erano invecchiati più di quanto non avesse immaginato. Erano sempre eleganti, nelle loro vesti dorate, ma suo nonno, di solito alto e slanciato, era leggermente ricurvo e i capelli di sua nonna erano meno folti e in gran parte striati di bianco.

«Purtroppo, non ho il sangue dei maghi» scherzò Flesia, cogliendo la sua occhiata. «Mi trovi tanto brutta?»

«Per me, non sarai brutta nemmeno quando avrai cent'anni» rise lui. «Assomigli troppo a mia madre per essere meno che incantevole, ai miei occhi.»

«Adulatore!» Si alzò in punta di piedi per baciarlo in fronte, poi vide Sheraen, sulla soglia, e le tese le braccia.

«Come stai, bambina mia?» La strinse in un abbraccio affettuoso. «Non dev'essere stato facile sopportare la vita a Zancan» Le baciò i capelli, affranta. «Quanto ho pensato a te, nelle grinfie di quel traditore! Mi dispiace terribilmente, non era a questo che eri destinata.»

«No, le mie stelle mi hanno destinata a ben altro.»

Sheraen sorrise a Tresan, da sopra la spalla di Flesia, ed era così bella che il pensiero di lui corse ancora una volta alle piscine sotto la sua stanza. Immaginò il riverbero dell'acqua sulla sua pelle di luna, imperlata di gocce da bere, una ad una, dalle labbra, dai seni e da... Soffocando un fiotto di desiderio, si affrettò a presentare Avarch a suo nonno. Un attimo più tardi li raggiunse anche Tedrov, alto e austero nei consueti abiti di velluto nero del priorato. Si soffermò a scambiare qualche battuta scherzosa con Sheraen e Tresan li guardò con un sorriso forzato. *Non devo essere geloso. Anche se fra loro c'è stato qualcosa, in passato, lei vuole me, adesso.*

Sedettero attorno a una tavola di granito scavato nella roccia e i novizi servirono la cena. Alcuni scribi di dieci anni sedettero davanti alle aperture che portavano ai vivai di orchidee, e li intrattennero con canti soavi, suonando cetre e piccole arpe. Quando la tavola fu sgombrata, i bambini si ritirarono e Tresan mandò un servitore nella sua stanza a prendere un baule. Aiutato da Avarch, posò sul tavolo il libro che aveva letto nella torre di Volèn.

«Da quando sei diventato uno studioso?» si stupì Tedrov. «Non ti ho mai visto leggere niente, durante il viaggio a Zancan.»

«É vero, e forse avrei dovuto parlartene allora, ma non ero ancora del tutto sicuro di voler far mio un passato sepolto dall'oblio della storia.»

Tedrov si sporse a sfiorare i rotoli con una mano e si soffermò sui listelli dorati, pensoso. «C'è magia, qui dentro. Era un libro chiuso da un incantesimo?»

«Sì.»

«Come hai fatto ad aprirlo?»

«É stato facile. Mi è bastato pronunciare una parola in lingua harana.»

Tedrov lo guardò senza capire. «Harana? Che lingua è?»

«Una lingua parlata da un popolo dell'antichità. La chiave per schiudere questa raccolta di cronache era il nome del loro ultimo re. Kasara.»

Anche se l'aveva solo sussurrato, quel nome parve riecheggiare e rimbalzare fra le rocce scintillanti delle grotte. La terra brontolò, sotto i loro piedi, e le fiamme delle candele appese ai muri ondeggiarono, inquiete.

Flesia fu scossa da un brivido. «Agli Dèi non piace, questo nome» disse. «Tu come lo conoscevi, Tresan? Forse è... si dice che tu sia stato posseduto da uno spettro, a Gharr... È vero?»

Tresan gettò all'indietro il ciuffo che gli ricadeva sulla fronte, cercando le parole più efficaci per rispondere.

«Può il mare possedere se stesso? No. E da qualunque sponda lo si guardi, rimane sempre un mare. Kasara non è entrato in me per dominarmi, ma per svegliarmi. È venuto per restituirmi quei ricordi che ho perduto morendo a Kail'Mass, dodicimila anni fa.»

Flesia era pallida. «Che vuoi dire?» ansimò.

Tresan si morse le labbra. Era così difficile da dire, senza passare per pazzo!

«Qualcuno vive più vite, se così vuole il Karma, e io non sono nato per la prima volta, ventitré anni fa.» Li fissò negli occhi, uno a uno, risoluto. «Dodicimila anni fa, Re Gjano mi diede il nome di Kasara, e con quel nome sono stato conosciuto per trentadue anni. Ora, come Sopracavaliere di Elvaner e in un altro corpo, incarno il tempo che non mi è stato concesso di vivere, nella mia prima vita.» Il loro stupore gli strappò un sorriso. «Che c'è? Vi sembra tanto strano che sia la reincarnazione del

Maledetto?»

Per qualche momento, nessuno parlò. Flesia lanciò un'occhiata perplessa a Mesìa e anche Tedrov parve senza parole. «Tu saresti... *cosa*?» domandò, scettico. Seduto un po' in disparte, Avarch accennò un assenso con il capo.

«Quando l'ho scoperto, nella mia carta astrale tutte le stelle della costellazione dell'Aquila si sono sovrapposte a quelle della Casa del Lupo Predatore. Ho portato la mappa con me e te la mostrerò, zio.»

«Anch'io ho vissuto in quell'epoca lontana» intervenne Sheraen, prendendogli una mano, sopra il tavolo. «Per questo ho fallito così miseramente con il Governatore...»

«... E lo stesso è accaduto a me, con il mio patetico matrimonio» La guardò con dolcezza. «Non potevo ritornare in questa vita, legato indissolubilmente a te e giurare eterno amore a un'altra.»

Mesìa si tormentò la corta barba bianca con diffidenza. Era evidente che non credeva a un simile prodigio.

«E avresti scoperto d'essere un re morto leggendo quel libro?» dubitò.

«Non proprio. Cucite nel dorso ho trovato altre cronistorie che raccontano più nel dettaglio cos'è accaduto fra Kasara, Ra'Mussondor e il Dio Sanguinario» Mentre parlava, estrasse dalle prime pagine del libro alcuni fogli vergati in geroglifici Nuramag. «Sono state loro a rivelarmi che ogni parola era stata scritta per me.»

Mesìa non sembrava ancora convinto. «Spiriti reincarnati, rivelazioni... Nipote, parli con convinzione, ma mi chiedo se tu non sia suggestionato da qualcosa che ha colpito profondamente la tua immaginazione. Posso vederli?»

«Certamente» Tresan gli porse il libro e le pergamene. «Leggili pure, se vuoi.»

Suo nonno tese una mano, nell'atto della lettura con il pensiero, e sotto il suo palmo il libro tremò e i fogli ingialliti frusciarono come se stessero cercando di sfogliarsi da soli. In pochi attimi, sul volto di Mesìa passarono diverse espressioni, di ammirazione, gioia e terrore. Poi lanciò un grido e, prima che potesse ritirarsi, venne sbalzato violentemente all'indietro, sul pavimento. Avarch s'alzò di scatto per sostenerlo, ma il Patriarca si stava già rialzando, e la sua espressione era incredula. In quello sbuffo di verità, aveva visto gli stralci delle prime cronache e il volto di Kasara che si voltava irridente verso di lui. Gli occhi erano due smeraldi lucenti, ma il suo sorriso, sensuale e selvaggio, era il sorriso di Tresan.

Guardò il nipote e lo vide cambiato, più maturo e un po' meno simile ad Aldric e Drusìa di quanto era sempre stato, da ragazzo. Ora assomigliava in modo impercettibile a un re…

Ritornò a sedersi al tavolo, tra Flesia e Tedrov. «Raccontatemi tutto, ragazzi» ordinò, intrecciando le dita sul tavolo rotondo. «Ogni cosa, sin dal principio.»

Quand'ebbero terminato, per un attimo nessuno parlò.

«Ora come dovrò chiamarti, nipote?» volle sapere Tedrov, smarrito. «Tresan o Kasara?»

«Sono sempre tuo nipote, zio» lo rassicurò Tresan. «E anche se ho due passati, ho un solo futuro da vivere. Non rinnego il sangue che ci unisce e per voi sarò sempre, e innanzi tutto, il figlio di Aldric e di Drusìa.»

Flesia gli passò una mano fra i capelli, con tenerezza, e sorrise.

«Sei e resterai sempre il mio bambino» gli garantì. «Dei miei tre nipoti, tu sei sempre stato il mio prediletto. Damon ha scelto una strada che non condivido e Rupens non ha mai avuto troppo bisogno di me. Tuo padre gli bastava anche quand'era piccolo» Gli strinse una mano nella sua. «Abbiamo saputo della morte di Aldric. Ne siamo immensamente dispiaciuti. Astrid ci ha scritto che le sue spoglie sono state sepolte nella cripta del palazzo, accanto a quelle di tua madre.»

Tresan s'accigliò. «Almeno, a entrambi verrà risparmiato quel che ci attende» mormorò con voce cupa.

«Alludi alla guerra, nipote?» Mesìa lo fissò circospetto. «Tuo padre era preparato per affrontarla. Tutti lo siamo.»

Tresan scrollò le spalle con indolenza. «Suvvia, nonno» lo incalzò. «Sei uno studioso dei testi sacri e sai leggere le mappe del cielo. Quello che ho appreso ad Aldemar mi ha sconvolto la mente e sono stato così felice di aver ritrovato la vita e Krysalide da non aver riflettuto sulla terribile catena d'eventi che ho sbrigliato, quando ho maledetto il Dormiente» Lo fissò negli occhi. «Ma voi sacerdoti sapete... Tutto questo non può portare che ad altre lotte e sofferenze.»

Suo nonno annuì, lentamente. «Anche Ger conosce i Codici Drom, e senz'altro avrà saputo quello che è successo a Gharr» mormorò. «Temi che Damon scenda sin qui per rapirti o ucciderti?»

«Damon non mi ucciderà. Non ne avrebbe motivo e incorrerebbe nelle ire di Marlifer e Ger. Non è difficile comprendere la ragione che li ha spinti a cercare di rapirmi... Rapirmi, capite, non ammazzarmi» E con rabbia malferma, scandì: «Ger vuole immolarmi sull'altare di Hal'Bitshni, patteggiando la mia vita con la pace per l'Arcipelago, e non mi nuocerà fino a quando quel demonio non si sarà ridestato.»

I suoi nonni si scambiarono uno sguardo colmo d'apprensione.

«È possibile» ammise Mesìa e Flesia soggiunse: «Ger è un pazzo e rivolterà l'intero arcipelago per trovarti, se sarà necessario. Per questo dovremo proteggerti con maggior attenzione, rispetto a prima.»

«E se Ger non fosse pazzo?» Il tono di Tresan era amaro. «Sono stato io a scatenare la collera di Hal'Bitshni e a legarlo a me in un patto scellerato. Cos'altro potrebbe placarlo, se non il sacrificio di Kasara su un altare votato alla sua gloria?»

«Che stupidaggini!» borbottò Tedrov, ma d'un tratto era impallidito. Avarch si rabbuiò, preoccupato. Aveva udito le ultime parole che Tresan aveva rivolto a Volèn, prima di lasciare Aldemar, e fu percosso da un sospetto atroce.

«Ebbene» intervenne Mesìa, con forzata disinvoltura. «Ger potrà cercarti ovunque per strapparti il cuore e offrirlo al suo Dio, ma la preghiera dei Sacerdoti ti proteggerà. Non devi temere alcun male, da quell'indegno ribelle!»

Tresan avrebbe dato qualunque cosa per avere la sua certezza, ma sapeva che non sarebbe stato così facile sfuggire al proprio destino, né evitare che la vendetta dell'antico dio si abbattesse su Misrenea.

«Non temo per me, ma per voi tutti. Non lo capite? Il pianto di Hal'Bitshni sconquassa l'Arcipelago e la colpa è mia» Per gli Dèi, era così! «Mia e del folle furore che ha animato la rivolta degli schiavi» Serrò gli occhi, disperato e anche i pugni erano tesi, sopra il tavolo di granito. «Se solo avessi immaginato... Ma a quel tempo volevo solo liberare il mio popolo dai Ra'muss e dal loro Dio.» Si morse le labbra con tanta forza da farsi male. «Se Myrdassa si sta inaridendo e Su'meeramjtra ha dichiarato guerra all'occidente e ai Nuramag, lo dobbiamo al risveglio di Hal'Bitshni e non saremmo giunti a questo punto, se non l'avessi maledetto. Quando lo scoprirà, il popolo di Misrenea mi odierà, calpesterà il mio nome e massacrerà la mia famiglia!»

Flesia socchiuse le labbra per parlare, ma fu Sheraen a prendere la parola.

«No, Kasara» ribatté e tutti si volsero a guardarla. Era sempre l'orfana albina che Tedrov aveva educato nell'accademia di spionaggio fin da quando aveva otto anni, eppure nella sua voce scorreva la regalità di Krysalide. «Anch'io ho colpa, in tutto questo, e come noi, tutti gli schiavi torturati dal Dio-Demone. Ma se tu non l'avessi sfidato, Hal'Bitshni governerebbe ancora le vite degli uomini e bambini innocenti morirebbero a ogni stagione sui suoi altari incrostati di sangue. Credi che i mortali sarebbero felici di servirlo? Tu sei un dono degli Dèi, non una dannazione.»

Negli occhi disperati di Tresan balenò la speranza. «Lo pensi davvero?»

«Sheraen ha ragione, caro» Flesia gli sorrise, ma lui non riuscì a ricambiarla. «Da quanto ci hai raccontato, il Dormiente è stato un Dio crudele. La tua ribellione ha cambiato il mondo e Dèi più miti sono giunti a governare gli uomini, rendendo le nostre vite più serene e giuste.»

«Non so più cosa pensare» Tresan si passò le mani nei capelli, confuso. «Se non che le terre sono sconvolte da un dolore che io stesso ho inferto, migliaia d'anni fa. Ho riflettuto a lungo, mentre scendevamo a Envles'Tin e penso che...» Deglutì, a disagio. «Non so come dovrò combattere, né se ne avrò la forza. Forse esiste un solo modo per domare la furia di Hal'Bitshni e Ger non è lontano dal vero...»

Sheraen lo fissò sconvolta. «Taci! È questa la riconoscenza che mostri verso gli Dèi? » lo rimproverò. «Hai maledetto un loro fratello e invece d'essere stato polverizzato sulla strada del tempio sei ritornato per vendicare la mia morte e quella dei tuoi compagni. La mia anima ha viaggiato attraverso i secoli per rinascere al tuo fianco e, secondo le leggi del *karma,* il tuo destino è legato anche agli amici e ai nemici che sono morti per te e con te. Come puoi pensare d'abbandonarci e di sacrificarti ad Hal'Bitshni nell'assurda speranza di placare la sua collera?»

Tedrov trasalì.

«Tresan! Pensavi dunque a questo? Per gli Dèi, nipote, rinsavisci! Morire per salvare l'Arcipelago è follia!»

Tresan era quasi accasciato sulla panca, il volto tormentato. «Secondo te è più saggio radunare un esercito di mortali e affrontare un Dio furibondo?» ribatté. «Suggeritemi un modo per sfidarlo e vi ascolterò. Ma se anche voi non sapete che fare... Forse significa che non avrei mai dovuto ritornare a vivere, e con me né Hal'Bitshni né i miei sfortunati compagni.»

Li fissò negli occhi, a uno a uno. I loro visi erano cupi, pervasi dal dubbio e dall'incertezza. Attese che qualcuno parlasse, ma sulla stanza era calato un cupo silenzio. Dunque aveva ragione. Nonostante cercassero di dissuaderlo, non esisteva alcun modo per liberarsi di Hal'Bitshni, se non concedendogli la vendetta che agognava. S'alzò, e con passi risoluti lasciò la sala.

Non lo trovarono per molto tempo. Poi, verso mezzanotte, mentre passeggiava nei giardini fumando pensosamente la pipa, Avarch notò un debole alone oltre i portali spalancati della Sala di Pellegrini ed entrò. Non aveva mai visitato la sala del tempio fu colpito dalla sua magnificenza: la navata era ampia, con alti soffitti a volta, e i pavimenti erano decorati con magnifici mosaici. Come gran parte della Città Sacra, era scavato nella roccia e sembrava tempestato da un firmamento di zaffiri e diamanti... e invece era la roccia stessa a sfavillare alla luce di un centinaio di candele accese. Ma c'era qualcosa di insolito, in quel tempio... Avanzò di qualche passo, attratto dal fruscio di una cascata, e sul fondo della sala vide un getto d'acqua emergere dalla parete e aprirsi in una polla rotondeggiante scavata nel pavimento. Al di sopra della cascata si stagliava l'effigie del Dio, così come gli uomini osavano raffigurarlo: un grosso serpente verde che si arrotolava su un ramo di quercia, simbolo della fecondità generata della acque sacre. E lì davanti, inginocchiato sui tappeti, Tresan pregava fervidamente, la testa china e i palmi delle mani volti verso l'alto. La sua preghiera era un vago mormorio, frantumato dal ruscellare della cascata; ma il suo volto era una maschera di angoscia.

«Potente Ályshan, inviami un tuo segno» implorava, a fior di labbra. «Ho maledetto un tuo fratello, legandolo a me con il vincolo più tenace della ruota del Karma. Puoi perdonarmi per la mia arroganza? Ti prego, parlami...» Ma soltanto lo sfrigolio delle candele irretiva le pieghe del silenzio.

Sebbene l'eco si sbriciolasse, fra le pietre azzurre, ad Avarch pareva di seguire la sua supplica e ne provò compassione. Il Dio taceva, crudelmente. Forse, pensò il colonnello, quella missione nasceva con lo sfavore degli Dèi e non doveva avere seguito. Eppure, Hal'Bitshni era un dio senza cuore. Era stato davvero blasfemo averlo affrontato per sciogliere gl'innocenti dalla morsa delle sue torture? Potevano gli Dèi di Misrenea amarlo tanto da osteggiare la lotta di Tresan, dopo avergli permesso di ritornare per invocare giustizia? Scosse la testa, risoluto. No, le divinità dei Nove Cerchi erano esigenti e severe, ma giuste. Soffiò su una candela spenta, che subito si rianimò, segno che il Dio era disposto ad ascoltare le sue suppliche. Si coprì il volto con le mani e mosse appena le labbra, un bisbiglio quasi impercettibile nel chioccolio della cascata:

«Restituiscigli i suoi compagni, o Dio. Se sono ritornati per affiancarlo nella rinascita, fa' che incrocino presto il suo cammino. Con la tua benedizione, possa anche il mio braccio essergli sempre di sostegno, nel tempo che verrà. Se questa è anche la tua volontà, potente Ályshan, che si compia nel modo che più ti piacerà» S'inchinò al serpente, un gesto di commiato «Nel tuo nome, così sia.»

Aveva sentito un passo uscire dal tempio, ma non si voltò per controllare chi fosse entrato. In piedi davanti alla cascata di Ályshan, Tresan stringeva i pugni fino a sbiancarli. Per molto tempo, fronteggiò in silenzio l'affresco che ritraeva il Dio, in attesa di un segno. Ma Ályshan era chiuso in un ostinato silenzio. *Perché*? Sentiva le lacrime pungergli gli occhi e offuscargli la vista. Come poteva, quel grande Dio, non cogliere la sua disperazione? La rabbia gli pulsò nella testa come il crescendo impetuoso e inarrestabile della marea.

«Perché non parli?» tuonò.

L'eco si spezzò contro le rocce acuminate e rimbalzò sulle alte volte con la veemenza di una bestemmia. Ma in quel momento una brezza gli scompigliò i capelli... e nessun vento poteva penetrare nel Tempio... e quando l'ultima eco disparve, una voce, che pure non era voce, gli sussurrò nella mente:

Kasara... Gli occhi di Tresan s'asciugarono e la cascata parve divenire più impetuosa, nello scintillio della roccia. *T'affido la pace delle mie terre e dei miei figli, amico mio.*

FINE PRIMO LIBRO

ELENCHI

Nomi dei personaggi attivi o soltanto citati nel primo romanzo de *La Saga del Rinnegato.*

PROLOGO

1. Gjilanira: seconda moglie di Kasara.
2. Gresutu: guerriero Harana, amico fraterno di Kasara.
3. Hal'Bithsni: Dio dei Ra'muss
4. Kasara degli Harana: re degli Harana, tradito e preso come schiavo di guerra dai Ra'Muss, guidati da Re Ra'Mussondor, detto il Fulvo.
5. Krysalide: sapiente dei Ra'Muss, amata da Kasara.
6. Lunaverna: terza moglie di Kasara.
7. Verlana: prima moglie di Kasara, originaria del popolo moro degli Zulandru.
8. Zamaka: guerriero Harana, amico fraterno di Kasara.

ROMANZO

1. Aæril di Zeln: capo-clan di Ægator.
2. Adamor Klastor: sorella maggiore di Drusìa e Tedrov, e sposa del fratello del re. È madre di Damon Randeran.
3. Adranes VI di Kull: anziano sovrano regnante sulle isole di Valmādria.
4. Agatyl Hardan, sorella maggiore di Aldric e zia di Tresan e Rupens.
5. Aldir: maggiore di Rovanea, fulvo e colossale.

6. Aldric Hardan: Sopracavaliere delle isole di Elvaner e padre di Rupens e Tresan.
7. Allaràssyran S'shyrial: chiamata più semplicemente Allaras, è figlia dell'Imperatrice Malibran ed Erede della Tribù Nuramag del Puma Bianco.
8. Alnelish Vilkaster: principe di Zircana, fratello minore del Sopracavaliere Aserish e della principessa Eareven, e padre di Maribelna.
9. Ar: servitore di Aldric.
10. Argen di Pull: lontano cugino di Tresan. Il simbolo della sua casa è un gallo retto su una zampa sola.
11. Aserish Vilkaster: Sopracavaliere di Zircana. Non ha figli, pertanto il suo erede è Romisan, figlio di sua sorella Eareven.
12. Astrid: assieme a suo zio Volèn è una delle poche maghe sopravvissute alla strage dei Maghi. Anche lei ha perduto il dono della magia, ma come gli altri superstiti ha conservato il privilegio di una vita longeva. Sebbene abbia quattromila anni, conserva le fattezze di una donna di circa trent'anni. È tutrice e amica di Tresan.
13. Avarch: colonnello di Rovanea e maestro Davlèjn ad Aldemar.
14. Borr Hardan: cugino di Aldric Hardan.
15. Cavaliere di Frasia: delegato di Re Farsnar in oriente.
16. Damon Randeran: cugino di Tresan e nipote del Re. È figlio del fratello minore del Re, Syrinal, e di Adamor Klastor, sorella maggiore di Drusìa, la madre di Tresan.
17. Derian: figlio del Sottocavaliere di Lariken di Zircana e giovane allievo Davlèjn. Serve Volèn nella sua torre, a Valdemar.
18. Drusìa Klastor: madre di Tresan e Rupens, e moglie del Sopracavaliere Aldric Hardan. È figlia secondogenita degli Alti Sacerdoti del Dio Ályshan e sorella di Adamor, madre di Damon, e del Priore Tedrov Klastor. È una lontana cugina di Re Farsnar III. Muore quando Tresan ha cinque anni.
19. Eareven Vilkaster di Zircana: sorella del Sopracavaliere di Zircana e madre di Romisan.
20. Eccellente Vis-Mar-Din: Arciprete dell'ordine di Odrisio. Come tutti i preti del suo ordine, ha un occhio nero e l'altro blu.
21. Edrik: erborista rovaneano
22. El'madran: figlio maggiore dell'Imperatrice Malibran dei Nuramag.

23. Enis: servitore di Tresan.
24. Eril di Allentar: Cavaliere per rango e maggiore di Rovanea.
25. Erlanes di Kull: principe reale e unico figlio maschio di Re Adranes di Kull.
26. Flesia: Matriarca del Dio Ályshan nel tempio di Envles'Tin. È madre di Drusìa e nonna di Tresan.
27. Gatama: guardiano dei recinti degli schiavi.
28. Gawen: mercante rovaneano.
29. Génie: piccola serva di Sheraen alla corte del Governatore Zancaner.
30. Ger: Sacerdote del Cerchio dei Dodici. Colpevole di apostasia, ha abbandonato il Tempio di Ályshan per affiliarsi al Patriarca del dio Odrisio, nelle Steppe Zh'Ellend.
31. Gjilanira: seconda moglie di Kasara
32. Glamer di Pull: sottocavaliere elvaneriano. Parente della casa degli Hardan, il suo stemma è un gallo ritto s'una zampa sola.
33. Gresutu: guerriero Harana, amico fraterno di Kasara
34. Griselide: Sacerdotessa Madre del tempio di Samishka, ad Aldemar.
35. Gülhan: Patriarca del Dio Odrisio. È a conoscenza di antichi segreti che riguardano Hal'Bithsni.
36. Hal'Bithsni: Dio del popolo dei Ra'muss
37. Helgar *Ven* Mrinall dell'isola Is'lenderr: rinomato Davlèjn di Aldemar, amico di Tresan.
38. Kalìan: regina dell'antico popolo dei Ra'muss e moglie di Re Ra'mussondor.
39. Kasara degli Harana: re del dimenticato popolo degli Harana, reso schiavo in guerra dall'esercito dei Ra'Muss, guidati da Re Ra'Mussondor il Rosso.
40. Kil: figlia primogenita di Re Ra'mussondor e della regina Kalìan.
41. Krysalide: sacerdotessa del Dio Hal'Bithsni, amata da Kasara.
42. Kryses: sacerdotessa del tempio.
43. Ludo: eunuco alla corte del Governatore Zancaner.
44. Lunaverna: terza moglie di Kasara e madre di due gemelli.
45. Madara Klastor: padre di Mesìa Klastor e Patriarca del Dio Ályshan.
46. Mahair: novizio nel tempio della Dea Melyss, in Elvaner.
47. Majallira: Regina degli Harana e madre di Kasara.
48. Makòl: guardiano del tempio di Hal'Bithsni

49. Malana: vedova di un fratellastro di Kasara morto durante la rivolta degli schiavi.
50. Malcolm Randeran: figlio di Re Farsnar III e della prima regina, Arwanel. È spastico ed epilettico.
51. Malibran Ajsha S'shyrial: Imperatrice delle tribù del Puma Bianco Nuramag, alleata di Re Farsnar III di Randeran.
52. Mardun Zancaner: Governatore dell'isola di Zancan, nell'estremità orientale di Rovanea, e traditore. Per qualche tempo Sheraen vive nel suo palazzo come spia e concubina.
53. Maribelna Vilkaster: figlia del principe Alnelish di Zircana e moglie di Tresan.
54. Marièl serva nel castello dei Kulldren, in Valmādria. È moglie di Turo.
55. Marlifer: un tempo potentissimo *Drangor,* è ostile a Volèn e Astrid. È maestro di Damon.
56. Mathm: colonnello di Rovanea.
57. Mav Græven di Halsen: Capo clan d'occidente amico di Tresan.
58. Mav Hur di Helden: capo clan di Ægator.
59. Mav Lort di Morten: capo clan d'occidente.
60. Meran VenGill: generale di Re Farsnar III. Amico di Aldric e Tresan.
61. Mesìa Klastor: Patriarca del Dio Ályshan nel tempio di Envles'Tin. È padre di Drusìa e nonno di Tresan.
62. Myrdràssel: unica figlia legittima di Su'Meeramjtra Aldejron.
63. Ra'mussondor, detto il Rosso: fulvo re del popolo dei Ra'muss. Ha sconfitto Kasara in guerra, assoggettandolo alla schiavitù.
64. Re Farsnar III di Randeran, detto il Biondo: sovrano assoluto di tutte le isole che compongono l'Arcipelago di Misrenea.
65. Re Gjano: Re degli Harana e padre di Kasara
66. Rodhis di Allentar: figlio del Cavaliere Eril di Allentar. Diventerà scudiero di Rupens.
67. Romisan Vilkaster: il più caro amico di Tresan. Unico figlio maschio della principessa Eareven, sorella del Sopracavaliere Aserish di Zircana ed erede del Sopracavalierato
68. Rupens Hardan: figlio primogenito del Sopracavaliere Hardan di Elvaner, è di sette anni più vecchio di Tresan. È un eccellente stratega dell'esercito del Re.

69. Sabriyes: cugina di re Adranes VI di Kulldren, vedova e madre di un fanciullo di otto anni. Diventerà la quinta regina di Misrenea.
70. Serall: attendente del generale Meran VenGill di Rovanea.
71. Sheraen Vestren: figlia di un Sottocavaliere e spia rovaneana dotata del dono della telepatia. È albina e il suo aspetto discende dalle antiche sapienti di Hal'Bithsni.
72. Su'Meeramjtra Aldejron: Imperatore dell'immenso impero di Myrdrassa, a Oriente. Nemico dell'Arcipelago di Misrenea.
73. Syrinal Randeran: fratello del Re e principe reale. Marito di Adamor Klastor e padre di Damon.
74. Tedrov Randeran: figlio terzogenito di Mesìa e Flesia, è Priore nel Tempio di Envles'Tin e capo dei Confidenti di Rovanea.
75. Tresan Hardan: principe di Elvaner, figlio cadetto del Sopracavaliere Aldric Hardan e di Drusìa Klastor. Porta tatuata sulla schiena un'infuocata fenice in volo, simbolo della sua casata.
76. Turo: aiuto cuoco nel castello dei Kulldren, in Valmādria. È marito di Marièl.
77. Valjr, Abate dell'ordine della Dea Melyss, in Elvaner.
78. Verlana: prima moglie di Kasara, originaria del popolo moro degli Zulandru
79. Volèn: il nome completo è Volènanthiel. *Drangor* (Mago Eccellente) di seimila anni, ha perso i poteri in seguito alle terribili guerre fra maghi. Ha fondato una scuola militare sul Gwire, un vulcano spento dell'isola di Aldemar. È maestro e custode di Tresan.
80. Zamaka: guerriero Harana, amico fraterno di Kasara.
81. Zeltana: sciamano Harana e moglie di Zamaka.

Zelin: la giumenta Zh'Ellendir di Tresan

Kasara degli Harana non è conosciuto con il suo nome, negli arcipelaghi, e viene soprannominato *Re d'Ambra, Uomo d'Ambra, il Rinnegato* o *il Maledetto*.

TITOLI

Mav*:* titolo di rispetto riservato ai capi clan d'occidente. Simbolo di Ægator: un drago rosso.
Drangor*:* titolo di rispetto paragonabile a *Eccellente* riservato agli eredi degli *Shelavin.*
Shelavin: propriamente riferito all'antico potere magico, si può riferire anche agli stessi maghi.
Davlejn: titolo concesso alle Guardie Scelte del Re istruite nella scuola militare di Aldemar. Il loro stemma è un unicorno impennato su una mezzaluna di stelle.
Ven*:* titolo assegnato da Volèn ai Davlejn che hanno completato la loro formazione all'accademia di Aldemar.
Sopracavaliere: nell'Arcipelago, equivale al titolo di principe e designa il signore di un Sopracavalierato. I figli di un Sopracavaliere sono principi, da differenziare dai figli di re, che sono invece principi reali.
Cavaliere: titolo che equivale alla media nobiltà Misreneana.
Sottocavaliere: titolo che equivale alla piccola e spesso povera nobiltà Misreneana.

Ghirr*:* piccola cetra di Elvaner

LUNE

Athera: luna sanguigna
Pani: luna argentata
Laevec: luna dorata

Risplendono da sole per tre notti ogni tre mesi.

TERRITORI E CITTA'

1. Misrenea: arcipelago completo, formato da quattro arcipelaghi minori e dalla grande isola di Rovanea. Ha la forma di un'aquila.
2. Elvaner: Sopracavalierato degli Hardan, formato da una Grande Isola Madre (Becco d'Aquila) e da numerose isole minori. È popolato da contadini e pastori. Le isole minori sono ricche di miniere d'argento. La capitale è Va'nel. Stemma: una fenice che si alza in volo. La divisa dei soldati è verde e argentata.
3. Rovanea: enorme isola frastagliata in cui si trovano Lanthard, la corte del re, e l'avamposto Pringel. Stemma: un grifone dorato in campo azzurro. Divisa militare: azzurra e dorata.
4. Zircana: Principato dei Vilkaster, formato da molte isole. Capitale: Za'nallorn. Stemma: una leonessa dai seni di donna. La divisa militare è color terra e porpora.
5. Ægator: Arcipelago dei *Mav*, i clan d'occidente. Stemma: un drago rosso, come la divisa militare.
6. Praterie Nuramag del Puma Bianco: immense praterie a sud dell'arcipelago governate dall'Imperatrice Malibran, madre di Allaras e alleata di Re Farsnar III di Randeran.
7. Valmādria: arcipelago orientale di Misrenea. Stemma: due cervi impennati contro una spada dall'elsa ingioiellata in campo bordeaux. Sopra, adagiata sulla guardia, spicca una corona a tre punte. Solo le isole governate da un re possono esibire una corona, nello stemma. Il colore della divisa militare è argento azzurrino.
8. Myrdrassa: Impero ad est dell'arcipelago. È vasto ma sta per soccombere a carestie e siccità. La divisa dei soldati è color ocra.
9. Steppe Zh'Ellend: territori che si estendono sopra Myrdrassa, popolati da tribù nomadi.

DIVINITA' delle Terre Conosciute:

1. Árylgan: dea adorata dai Nuramag.
2. Ályshan: grande dio di Misrenea.
3. Odrisio: potente Dio adorato in Myrdrassa, nelle steppe e in Valmādria.
4. Ashin: dio adorato in Zirĉana
5. Dea Saamyra: dea Myrdrass dai capelli rossi, consorte di Odrisio.
6. Melyss: dea di Elvaner.
7. Ashivad: piccolo dio adorato a Samishka (Aldemar).
8. Zaillte: dea protettrice dei Mav di Ægator.

ALTRE DIVINITA':

Hal'Bithsni: Dio venerato dal popolo dei Ra'muss.
Uno Immortale e Dea Madre: divinità adorate dagli Harana.

Kajan: Inferno Gelato, dove convergono le anime dei malvagi

Ringraziamenti

È sempre difficile scrivere una nota di ringraziamento. Si ha sempre l'ansia di scordare qualcuno e di dover trascorrere sette anni in penitenza per la smemoratezza di un attimo. Per questo, mi limito a ringraziamenti generici, pregando gli eventuali esclusi di essere tolleranti con i pochi, fedelissimi neuroni, che ancora si ostinano a prendere in affitto la mia testolina.

Ringrazio gli oltre venti *beta readers* che hanno avuto la compiacenza di leggere in anteprima alcuni estratti o perfino il romanzo nella sua interezza, non una, ma anche più volte, quando sentivo che qualcosa non funzionava e non riuscivo a focalizzare gli elementi da rimuovere o modificare. Ringrazio anche i *beta readers sostenitori*, ovvero i non esperti di editing, che con la loro curiosità e con il loro entusiasmo mi hanno spronato a non cedere, nemmeno quando avrei voluto fare un falò con tutti i fogli stampati.

Ringrazio la mia Musa per la pazienza con cui mi ha seguito in tutti questi anni. Abbiamo iniziato questa storia quand'ero una dodicenne, e della prima stesura è rimasto ben poco, nel romanzo definitivo – e per fortuna! D'allora, ho revisionato la trama infinite volte, riscrivendola a mano, battendola su due diverse macchine da scrivere e infine su tutti i pc che mi sono capitati sotto le grinfie.

Ringrazio i miei gatti per avermi tenuto compagnia, mentre provavo a dar vita a ciascuna di queste pagine, e la serie TV "The Seeker" per avermi restituito la voglia di scrivere dopo tre anni di completo abbandono.

Federica Leva

Note biografiche dell'autrice

"Medico internista, psicoterapeuta e scrittrice. Scrive da quand'è ragazza e ha all'attivo numerose partecipazioni a premi letterari *fantasy* e *mainstream*, con una trentina di premi conseguiti e una dozzina di primi posti. Talvolta è stata richiamata per diventare membro onorario o presidente di giuria – Piero Chiara, Artenuova, l'Olandese Volante. Predilige i generi fantasy, *mainstream*, storico e umoristico.

Sul finire del 2002 ha pubblicato con Zecchini Editore il romanzo a tema musicale, *Radici di sabbia* - Andante, Allegretto, Largo, Animato con fuoco", nell'ambito della collana "I racconti della Musica", in cui già compaiono il critico musicale Rattalino, Nava e Zignani. Il romanzo si è aggiudicato cinque premi letterari, nazionali ed europei. È prevista una sua nuova pubblicazione nel 2015, in una veste più ampliata e approfondita rispetto a quella originale.

Nel 2006, ha pubblicato il romanzo a tema musicale *Cantico sull'Oceano*, edito da Ennepilibri di Imperia e ripubblicato nel 2013 dalla Sesat Ed. di Bologna. Il romanzo si è aggiudicato tre premi letterari.

Nel 2014 ha pubblicato il romanzo fantasy "Echi dalle Terre Sommerse", Sereture Ed., primo volume de "La Saga del Rinnegato".

I suoi lavori – numerosi racconti di varia lunghezza, interventi, recensioni e articoli letterari e di cronaca – sono stati pubblicati su fanzine, bisettimanali regionali, riviste letterarie, raccolte letterarie e portali Internet. Nel 2012 ha pubblicato il racconto *Sacrilege* sull'antologia *The Gage Project* edita dalla casa editrice Inkbeans, Los Angeles.

Il racconto dark fantasy "L'ultima notte di San Valentino", pubblicato come selfp, è stato tradotto in spagnolo, in francese e in giapponese. A breve, sarà disponibile anche la traduzione in inglese.

Amministra un blog personale www.federicaleva.it, un blog fotografico e un forum di consulti psicologici www.chiediallopsicologo.it.

Le sue grandi passioni sono: leggere, scrivere, il fantasy, la musica e i gatti.

Echi dalle Terre Sommerse

Il romanzo è disponibile anche in ebook sui migliori stores on line

ISBN ebook: 978-88-940333-0-4

www.ingramcontent.com/pod-product-compliance
Lightning Source LLC
Chambersburg PA
CBHW051430260626
47162CB00001B/29
9788894033311